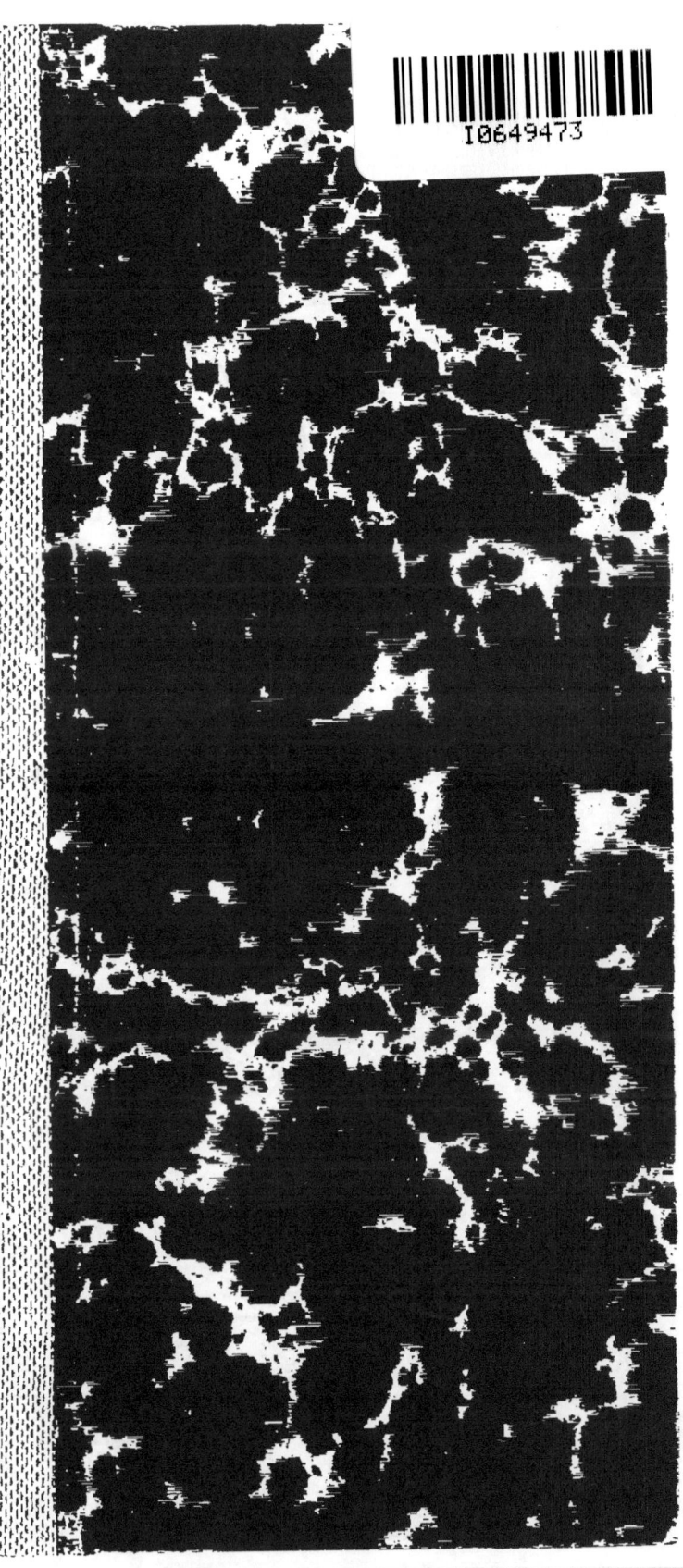

BARBEROUSSE

OU

L'ÉGLISE AU XIIe SIÈCLE

PAR

CONRAD DE BOLANDEN,

Auteur de « LA REINE BERTHE. »

OUVRAGE TRADUIT DE L'ALLEMAND.

PARIS   ✠   LEIPZIG

P. M. LAROCHE, LIBRAIRE-GÉRANT, | L. A. KITTLER, COMMISSIONNAIRE,
Rue Bonaparte, 66.   Querstrasse, 34.

H. CASTERMAN
TOURNAI.

COLLECTION FABIOLA

BARBEROUSSE.

COLLECTION FABIOLA.

Nous avons réuni sous cette dénomination les principaux
ouvrages qui, suivant le conseil de l'illustre auteur de *Fabiola*,
ont été composés en diverses langues. Ils continuent l'œuvre
du Cardinal Wiseman, en présentant « un tableau fidèle de la
situation de l'Eglise dans les siècles passés de son existence. »
Tous ces ouvrages sont publiés dans le format grand in-12.

FABIOLA.	Cardinal WISEMAN.
CALLISTA.	NEWMAN.
EUSÈBE.	WEALE.
L'ANNEAU IMPÉRIAL.	P. BION.
ÆMILIANUS.	HENNART.
MARCELLINUS.	GUENOT.
EPAGATHUS.	DE VILLENEUVE.
CÉSONIA.	LEHMANN.
VIVIA.	DE MARICOURT.
LYDIA.	GEIGER.
LA VENGEANCE D'UN JUIF.	GUENOT.
CÉCILIUS VIRIATHUS.	ANONYME.
BEGGA.	DE MARICOURT.
ROI ET REINE.	BEHRLE.
LA REINE BERTHE.	DE BOLANDEN.
BARBEROUSSE.	DE BOLANDEN.
LUDWIG ET EDELTRUDE.	HOLZWARTH.
*GENEVIÈVE DE BALZO.	MICHEL.
LAURENTIA.	FULLERTON.
HERMAN LE PRÉMONTRÉ.	WEBER.

Les ouvrages précédés d'un astérisque sont sous presse
Les autres ont paru.

BARBEROUSSE

ou

L'ÉGLISE AU XIIᵉ SIÈCLE

PAR

CONRAD DE BOLANDEN,

Auteur de « La Reine Berthe. »

OUVRAGE TRADUIT DE L'ALLEMAND.

———•○○◯⊃◯C◯◦◦◦———

PARIS   LEIPZIG

F.-M. LAROCHE LIBRAIRE-GÉRANT,   L.-A KITTLER, COMMISSIONNAIRE.

Rue Bonaparte, 66.   Querstrasse, 34.

H. CASTERMAN

TOURNAI.

1866

BARBEROUSSE

I. — INTRODUCTION.

Vers le milieu du XIIe siècle, Milan avait conquis la prédominance sur presque toutes les cités lombardes. Elle brillait comme une reine dans toute la Haute-Italie. A l'exception de Gênes la superbe, et de Venise la maritime, la plupart des autres villes étaient sous sa dépendance. Lodi, Pavie et quelques autres villes avaient bien essayé de revendiquer leur liberté et leur indépendance, mais le résultat n'avait pas répondu à leur attent. Chaque effort tenté pour les recouvrer ne faisait qu'amener une plus complète sujétion. L'orgueil et le désir de dominer s'accroissaient à Milan à mesure que les autres cités voyaient diminuer leur courage. La plupart supportaient en silence un joug qu'elles n'osaient secouer. Elles préféraient s'y soumettre, avec la perspective d'un traitement amical plutôt que de s'attirer, par la résistance, le châtiment des Milanais, et perdre dans une lutte inégale le reste de leur indépendance.

La Lombardie était, il est vrai, sous la domination de l'empire germanique; mais la souveraineté de l'empereur n'était reconnue qu'en théorie par les Lombards indisciplinés, et quand ils s'y voyaient contraints par la force des armes. Si l'empereur se trouvait en lutte avec l'Eglise ou avec les grands de l'empire, l'esprit de rébellion prenait immédiatement le dessus.

A peine Frédéric Ier de Hohestauffen, que les Italiens désignaient généralement sous le nom de Barberousse, était-il monté sur le trône, qu'un évènement remarquable attira son attention sur l'Italie.

Barberousse tint, en 1153, à Kosnitz, une Cour de justice, décidant avec sagesse toutes les causes qui lui étaient soumises. Là parurent soudainement deux hommes, portant comme indice de leur misère une croix de bois sur le dos; ils firent entendre devant le fauteuil de l'empereur de longues doléances contre Milan, dont la tyrannie avait détruit Lodi, leur patrie, après avoir dépouillé les habitants et les avoir expulsés à l'étranger. Ils venaient solliciter l'appui de Frédéric, qui pouvait seul protéger les cités lombardes.

Frédéric manda Schwicker d'Aspermont, un de ses nobles, et lui remit un écrit rempli de menaces et de reproches envers les Milanais. L'envoyé se hâta de se rendre à Milan, pour s'acquitter de son ambassade auprès des consuls et du peuple. Mais ceux-ci eurent à peine connaissance du message, qu'ils le mirent en pièces, le foulèrent aux pieds, et l'envoyé de l'empereur lui-même n'échappa à la mort que par la fuite.

On ne pouvait laisser un pareil crime impuni; à la tête d'une nombreuse armée, Frédéric se dirigea vers Milan, et apparut sans qu'on l'attendît dans les plaines italiques. Les Milanais se hâtèrent de mettre à exécution leurs intentions déloyales envers Côme et Lodi. Puis, ils firent offrir secrètement à l'empereur la somme, énorme pour l'époque, de quatre cents marcs, si Barberousse consentait à leur confirmer la suprématie sur ces deux villes. Cette proposition excita l'indignation et le courroux du souverain.

— Misérables, s'écria-t-il en se tournant vers les envoyés milanais, comment osez-vous proposer à un empereur d'Allemagne d'excuser votre turpitude? Alors même qu'il serait en mon pouvoir de vendre la moitié de l'empire, je préférerais réduire votre cité à l'état de bicoque, plutôt que de lui laisser exercer un pouvoir tyrannique sur des villes, qui ont, tout autant qu'elle, des droits à la liberté !

Il leur fallut alors solennellement promettre d'indemniser Lodi et Côme de tous les dommages qui leur avaient été causés. Barberousse ne pouvait faire plus pour le moment. Les alliances de Milan, ses richesses et sa force militaire, ne permettaient pas à la petite armée allemande de soumettre la Lombardie.

Puis ce fut vers Tortone que l'empereur dirigea ses forces. Cette ville alliée de Milan avait ravagé le territoire de Pavie, et commis maintes dévastations. Tortone fut invitée à s'expliquer, mais confiante en ses tours et en ses murs solides, elle refusa orgueilleusement toute explication. Alors Frédéric se dirigea vers cette ville, la prit d'assaut, et la réduisit en cendres.

Cet exemple terrible effraya les Lombards. Les Milanais ignoraient encore ce que leur réservait le jeune souverain. On avait appris à connaître la force et l'énergie de l'empereur, et on pouvait apprécier la nécessité de resserer des liens qui avaient existé jusqu'alors.

A peine l'empereur avait-il traversé les Alpes, et s'était-il fait couronner par le pape, Adrien IV, que les Milanais renouvelèrent leurs exactions contre Lodi. Bien loin de réparer les dommages antérieurs, ou d'avoir égard aux ordres de Frédéric, ils se présentèrent avec une puissante armée devant Lodi, emprisonnèrent ou massacrèrent les habitants, brûlèrent la ville, détruisirent les récoltes et les vignes, et ne se retirèrent qu'après avoir fait de tout le pays une solitude désolée.

Cette fois encore, les habitants de Lodi se rendirent en Allemagne, pour se plaindre à l'empereur.

Barberousse devint furieux. Milan avait méprisé ses menaces, et n'avait même pas tenu compte de la suprématie impériale. Une pareille audace exigeait une répression énergique.

Des rescrits furent adressés à tous les princes spirituels et temporels, pour qu'ils eussent à se joindre à l'armée destinée à opérer en Italie. Dès le mois de Juillet 1158, les escadrons allemands traversaient les Alpes, Milan était assiégée et prise, après une défense héroïque.

Cette fois encore, Frédéric ne mit pas à exécution ses menaces, bien qu'on lui conseillât de faire subir à Milan le sort de Tortone. Peut-être Frédéric voulut-il ménager la ville seigneuriale, peut-être aussi se laissa-t-il aller à écouter la voix de la mansuétude, par l'appât de quelque somme d'argent? Toutefois il courba l'orgueil de la fière cité lombarde. Elle dut renoncer à tous ses droits et priviléges, il lui fallut rebâtir Côme et Lodi ; ses droits et péages firent retour à l'empereur ; elle eut à payer neuf mille marcs d'argent, et il lui fallut livrer, jusqu'à l'accomplissement de ces conditions et de plusieurs autres, trois cents ôtages pris parmi les principaux de la ville.

L'empereur renvoya alors la majeure partie des Allemands dans leurs foyers, et convoqua les princes, les prélats, les comtes et autres autorités civiles à la Diète. Il devait s'y tenir une réunion complète, pour donner la paix à toute l'Italie, rétablir l'ordre et préciser d'une façon définitive les droits du souverain et ceux des sujets.

Dans l'immense plaine qu'arrose le Pô, s'éleva un puissant et formidable camp, comparable à une cathédrale ; au centre se trouvait la tente impériale, et à une distance plus ou moins rapprochée, selon leur rang, les tentes des princes. Des rues en ligne droite séparaient les divers quartiers de cette ville improvisée, et, afin d'éviter les conflits, le campement des Allemands était d'un côté du fleuve, et celui des Italiens du côté opposé. Frédéric y avait appelé les quatre plus célèbres professeurs de droit de l'université de Bologne, et il leur avait adjoint vingt-huit conseillers des diverses villes lombardes, pour rechercher l'origine des lois et leurs traditions.

Du haut de son trône, Frédéric ouvrit la réunion par un discours solennel.

— Appelé au pouvoir par la grâce de Dieu, dit-il, il nous est donné de relever le courage des gens de bien, de maintenir et de corriger les méchants. Après la dernière guerre que nous venons de terminer si

heureusement, les affaires de la paix réclament toute
notre attention, car il nous paraît juste et convenable
de protéger par nos armes le pays que nous gouver-
nons par nos lois. Mais avant qu'il soit rien écrit ou
décidé, concernant mon droit ou le vôtre, il faut établir ce qui est juste, convenable, nécessaire, utile,
selon la localité ou l'époque, car une fois les lois
données ou écrites, on ne les discutera plus, on les
appliquera.

Les Italiens furent surpris de l'habileté du jeune
prince. Son adresse et sa politique attirèrent l'admiration, car il devenait évident pour eux qu'avec un
pareil souverain, l'obéissance seule serait avanta-
geuse.

Pendant que les légistes de Bologne, s'appuyant
sur le vieux droit romain, accordaient à Frédéric les
priviléges de l'antique empire romain, les Lombards
remarquèrent dans les décisions un arbitraire étrange,
qui ruinait toutes leurs libertés. Ainsi, telle décision
d'après laquelle tous les droits et péages de fleuves,
de ports, de ponts faisaient retour aux coffres de
l'empereur, tous les droits de mouture, de pêche, de
salines, celui de battre monnaie, qui jusqu'alors appartenaient aux ducs, aux comtes ou aux villes libres,
furent attribués à l'empereur.

Barberousse avait anéanti la vie propre, organique
des cités lombardes. Aussi longtemps que Frédéric
resta dans la Haute-Italie, ou s'abstint de donner le
moindre signe de mécontentement. Mais à peine se
fut-il dirigé vers Rome que la fomentation s'accrut,
et que çà et là la révolte éclata. L'empereur envoya
à Milan, pour calmer les troubles, Otto de Wittels-

bach, le chancelier Reinald et le chevalier Goswin.
Le peuple, furieux, s'assembla devant la demeure
des envoyés impériaux, repoussa leurs chevaux, et
ce ne fut qu'à grand peine qu'ils parvinrent à échapper à la mort.

Ce fait inattendu attira sur Milan l'attention de tous
les nobles rassemblés près de l'empereur. La cité
indisciplinée se vit vouée au pillage, à la destruction,
et les habitants à l'esclavage.

Au lieu de décourager les Milanais, cette énergique démonstration les engagea à déployer toute leur
puissance. On préférait mourir avec éclat, que de
porter d'ignobles entraves. La lutte s'engagea sur le
champ. Barberousse célébrait les fêtes de Pâques à
Bologne; les Milanais s'emparèrent du trésor impérial,
sommes énormes que Frédéric avait recueillies dans
diverses parties de l'Italie, et qu'il y avait déposées.
Puis, ils brûlèrent le château, et pendirent tous les
Lombards qui s'y trouvaient, comme traîtres à la patrie.

L'empereur arrivait avec sa petite armée, mais il
était trop tard. Les Milanais se réfugièrent derrière
les murailles de leur ville, et purent voir Frédéric,
dans son courroux, ravager tout le pays d'alentour.
Il ne put rien entreprendre contre Milan, par suite
du manque de troupes et d'artillerie de siège. A peine
eût-il laissé le pays libre, que les Milanais reprirent
l'offensive, et se dédommagèrent de la dévastation de
leurs domaines, sur les alliés de Frédéric. Unis aux
Bresciens, ils s'emparèrent de Lodi et de Crémone.
Ils essayèrent même, à plusieurs reprises, d'attenter
à la vie de l'empereur. En plusieurs occasions, ils

tombèrent sur les Impériaux, en tuèrent quelques-
uns, et en firent d'autres prisonniers. Barberousse
ne pouvait répondre avec succès à ces actes d'hosti-
lité. Son armée se composait principalement d'Italiens. Crémone soulevée fut à la vérité prise et brûlée,
mais ces représailles n'amenèrent aucun résultat.

Ces luttes acharnées et les désastres qui en ré-
sultaient pour tous les partis, réduisirent la Lombardie presque à l'état de désert. Les champs ravagés
ne produisaient plus rien. La terre ne pouvant plus
nourir ses habitants, l'étranger souffraient aussi de
la famine. Barberousse rassembla donc ses princes
et ses chevaliers, les remercia officiellement pour la
fidélité dont ils avaient fait preuve, en récompensa
un grand nombre et engagea les Allemands à rentrer
dans leurs foyers, leur promettant de revenir avant
un an avec des forces innombrables, pour reprendre
les hostilités en Italie.

II — L'EMBUSCADE.

Après avoir passé l'hiver en tracasseries et en que-
relles avec l'empereur et ses adhérents, les Milanais
inaugurèrent l'année 1161 d'une façon plus sérieuse.
Des châteaux-forts furent pris les uns par trahison,
d'autres par la force. Frédéric ne pouvait faire aucune opposition aux progrès de l'ennemi, l'armée

allemande n'étant pas encore réunie. Aussi cherchat-il, par sa prudence et son activité, à tenir l'ennemi en échec. Pendant que sa petite armée, pour activer la chute de Milan, assiégeait Neulodi et Côme, il parcourait le pays à la tête d'une petite escorte, rassurant les gens dévoués et se conciliant les indécis.

C'était par une belle matinée. Une petite troupe de gens armés, auxquels on eût pu donner le nom de bandits, faisait le guet au pied d'une colline, distante de deux journées environ de Milan. Les soldats, au nombre de dix, étaient étendus épuisés sur le sol, et leurs chevaux, la tête pendante, témoignaient qu'ils avaient partagé les fatigues de leurs maîtres.

Les bras croisés sur la poitrine, leur chef se tenait sur le côté, un peu en arrière. Sa riche armure, sa fière stature, ne lui donnait nullement l'air d'un brigand. Son bouclier, richement travaillé par les armuriers de Milan, était enrichi d'ornements d'argent en ronde-bosse; le bord de sa cotte d'armes était richement brodé, et la ceinture qui la fermait, ornée de pierres précieuses. La physionomie du jeune guerrier portait l'empreinte pénible du doute et du dépit.

A ses côtés se tenait un petit homme maigre; lui, au contraire, semblait tranquille et content. De son chapeau pointu sortait une figure bronzée par le soleil, à l'œil plein de malice, de ruse; et le feu qui jaillissait de ses prunelles, allié au pli ironique que formait sa bouche, donnait à sa physionomie un aspect fort peu sympathique. Sur son dos pendait une arbalète; ses épaules portaient un carquois et des flèches, et, à son côté, brillait une longue rapière.

— Rien! dit le chevalier irrité. Ah! Griffi, si tu
m'as trompé, je te ferai fustiger.

— Fustiger! seigneur Piétro! moi, Cocco Griffi,
moi le fils du haut et puissant consul Niger de Milan!
me faire fustiger! dit le petit homme avec un étonnement véritable.

— Oui, certes!

— Comment, seigneur Piétro! votre ville natale
se flatte de donner la liberté aux Italiens..... Ne se-
rait-t-il pas barbare de faire battre de verges un
loyal lombard!.....

— Tu l'as bien mérité!..... En ce moment, Milan
détruit et renverse un boulevard de la tyrannie allemande. J'aurais si volontiers pris part à ce haut-fait!
Tu arrives, toi, avec ta faconde, et tu me fais rester
ici, où j'attends inutilement cette maudite Barberousse, tandis que les bourgeois de Milan fêtent la
liberté.

— Permettez, seigneur Piétro!.... La destruction
d'un château à demi-ruiné n'est point une œuvre
digne de votre héroïsme, reprit Griffi d'un ton moitié
sérieux, moitié badin. Ah! s'il s'agissait de prendre
d'assaut le château de Cinola, à la bonne heure! Mais
le fidèle bourgmestre de Barberousse, Bonello, ayant
ouvert les portes du château par patriotisme, j'ai cru
qu'il ne pouvait s'agir là de hauts faits d'armes!.....
La vaillance des Milanais se bornera à vider les
tonnes, à saccager quelques friperies, peut-être à
brûler le château; puis ils rentreront dans leurs murs.

Piétro ne répliqua rien; il jeta sur son interlocuteur un œil irrité et plein de mépris, et continua de
regarder au loin.

— Mais au contraire, ajouta Griffi avec orgueil, je vous fournis une véritable occasion d'accomplir un fait héroïque. L'Empereur se dirige vers le nord avec une faible escorte ; je l'apprends, je me glisse à sa suite pour connaître la route qu'il va suivre..... Puis, je galoppe nuit et jour pour venir vous en instruire et vous fournir le moyen de sauver la patrie, en immolant ou en jetant le tyran dans les fers !.... En récompense, vous parlez de me faire battre de verges !.....

— Et si tu réussis, je remplirai ton chapeau de pièces d'or ! dit Piétro les joues enflammées par l'espérance..... Je ferai graver ton nom sur des tables de bronze, et ta statue sera élevée sur toutes les places publiques.

Cocco n'entendit pas ces dernières paroles. Son œil plongeait dans l'éloignement. Il saisit soudain le bras du chevalier.

— Voyez-vous là-bas, tout près de la forêt ? Des armures brillent au soleil..... C'est Barberousse, suivi de dix-huit chevaliers et de soixante-dix varlets.

— Ah ! le monstre ! s'écria le Milanais.

L'émotion, la colère, la haine, l'empêchèrent d'ajouter un mot de plus.

— Je vous en prie, seigneur Piétro, dit vivement Griffi, ôtez votre casque et retournez votre bouclier. L'éclat de votre armure pourrait nous trahir.

Le conseil de Cocco fut immédiatement suivi.

— Maintenant, dit Griffi, prenons bien nos mesures pour que Barberousse ne puisse nous échapper. Restez ici avec vos hommes, pour observer l'ennemi. Moi, je vais galopper vers Cinola, et, en quelques instants, je reviens à la tête de mes hommes.

— Et pendant ce temps-là, le tyran pourra nous échapper! Oh! insensé que je suis, s'écria Piétro, pourquoi n'ai-je pas ici mes braves soldats? D'un seul coup, le joug serait brisé, et la patrie délivrée!.....

— Soyez sans crainte, reprit Cocco. Pour que ces guerriers bardés de fer pussent nous échapper, il faudrait qu'il leur poussât des aîles. Voyez-vous cette petite vallée, avec ses prés ondoyants et son étroit ruisseau?...... Les Allemands se dirigent de ce côté. La route est tout près de là, et on ne laisse pas facilement passer une occasion de faire reposer les chevaux et de les nourrir, car les pâturages sont rares dans ces contrées. Or, tandis que Sa Majesté impériale prendra ses aises, notre petite troupe s'avancera et saisira sans peine notre rougeaud par la barbe.

Griffi frappa dans ses mains et siffla. A ce signal, un petit cheval, vif et éveillé, accourut vers lui.

— Cocco, mon cher ami, hâte-toi; mais attends, prends avec toi deux de mes hommes. Il pourrait t'arriver malheur, et tu tiens dans tes mains la liberté de l'Italie.

— Faites-moi battre de verges, seigneur Piétro, dit en ricanant Griffi, si mon coursier Molo ne dépasse pas dix fois vos raides cavaliers!

A ces mots il sauta sur le dos de l'agile animal.

Le chevalier le fit suivre par deux de ses cavaliers, mais Cocco les laissa bien loin en arrière.

Piétro se tenait derrière un buisson, et observait tous les mouvements de l'ennemi. Les Allemands s'approchaient toujours davantage. En avant chevau-

chaient des chevaliers aux armures étincelantes. On
pouvait déjà distinguer la bannière de Barberousse,
sur laquelle était brodé un lion. Piétro crut même
reconnaître, à la tête de l'escorte, la stature élevée de
l'empereur. Comme l'avait prévu Cocco, ils s'engagèrent dans le petit vallon, au milieu duquel se trouvaient les ruines d'un cloître.

Le Milanais observait avec tant d'émotion cette
troupe brillante, qu'il respirait à peine. Il défendit à
ses gens de se lever de terre, afin que leurs casques
d'acier ne pussent trahir leur présence. Il regardait
avec une vive impatience du côté de Milan. Toute sa
personne témoignait autant d'inquiétude pour la délivrance de son pays, que de haine pour l'homme
dont le bras pesait si lourdement sur l'Italie.

III — LE CHANCELIER REINALD.

L'escorte impériale se reposait dans le vallon. Dé-
barrassés de leurs brides et de leurs selles, les chevaux erraient sur les vertes pelouses, et les guerriers,
formant plusieurs groupes, s'étaient assis à l'ombre
des pins et des chênes.

Parmi les chevaliers, trois avaient choisi pour retraite le lieu le plus pittoresque des ruines du cloître.
De la légère élévation où ils se trouvaient, on pouvait distinguer tout le pays d'alentour, et même, du

côté du nord, les crêtes escarpées des Alpes. C'était vers ces montagnes que se tournait le regard anxieux de l'un des trois chevaliers, tandis que, les mains appuyées sur la poignée de son glaive, il se tenait debout devant le portail de l'église dévastée. La taille de ce guerrier ne dépassait pas de beaucoup la moyenne, mais il était fort et musculeux. Son manteau, sans ornement, était rejeté en arrière. Ses jambes, ses pieds mêmes étaient recouverts d'un flexible acier, et, jusqu'aux genoux, il était vêtu d'une cotte de mailles formée de légers chaînons d'argent, passée au-dessus d'une tunique en tissu d'acier. Sa tête était couverte d'un casque brillant, dont la solidité défiait le glaive, et lorsque le guerrier se tournait du côté du soleil, toute sa personne resplendissait, et l'œil ébloui était forcé de se fermer. Son épée très-large et à deux tranchants était renfermée dans un fourreau de cuir noir, et avait de chaque côté une garde d'acier.

Au premier abord, la personne du jeune guerrier ne répondait pas à cette lourde armure. C'était un homme d'une mâle beauté, dont les mains étaient d'une blancheur étonnante. Sur ses joues d'un rouge vif et sur ses lèvres fines, se jouait un sourire ouvert empreint d'amabilité. Toutefois, on pouvait remarquer, sous cet extérieur aimable, une énergie violente, une volonté de fer et un orgueil sans bornes.

Son grand œil, d'un bleu clair, inspirait la confiance, mais, dans l'occasion, ce regard pouvait devenir aussi menaçant qu'il semblait doux et bienveillant. Le front du chevalier était large, son nez aquilin; sa barbe était d'un rouge vif, comme sa chevelure, ainsi qu'on pouvait en juger d'après les quelques boucles qui, s'échappant de son casque, venaient flotter sur son front.

C'était l'empereur Frédéric 1er, le plus puissant seigneur de la terre, un des plus grands hommes dont l'histoire ait fait mention.

Les deux compagnons de l'empereur différaient essentiellement. Le premier était grand, il avait la figure allongée et sombre; sa longue chevelure était noire. L'amour de la lutte se lisait dans son regard, et l'on pouvait deviner la force dans ses traits. C'était un homme de vaillance et de guerre. Tout dévoué à son empereur, le comte palatin Otto de Wittelsbach, était le fidèle compagnon de Frédéric.

L'autre guerrier était petit, blond, d'une physionomie douce et riante. Il ne portait pas, comme Otto, une lourde armure, mais une longue robe brodée, des hauts-de-chausse verts, et un chapeau noir. Malgré son air amical et doux, sa figure avait quelque chose de dissimulé, et ses yeux semblaient refléter une légère teinte de fausseté et de ruse; sa parole était élégante et persuasive. On a pu déjà reconnaître le célèbre chancelier Reinald, comte de Dussel et archevêque de Cologne. Barberousse avait en lui une entière confiance, à laquelle Reinald répondait par son habileté politique. Le chancelier avait peut-être des idées plus avancées que Frédéric lui-même, et il le poussait en avant, malgré tous les obstacles qui se trouvaient sur la route de son souverain.

L'empereur regardait toujours vers le nord. Tout-à-coup, un jeune homme s'approcha, tenant une coupe pleine à la main. Sa figure était belle, douce, et avait quelque chose d'enfantin. La physionomie de

Frédéric prit un air d'intérêt paternel, pendant que, vidant le gobelet, il regardait le jeune chevalier.

— Tu es plein d'attention pour ton parrain, Erwin, dit l'empereur. Peste! si le repas répond à tes prévenances, nous serons traités ici d'une façon tout à fait impériale.

— La table est prête, et vous attend, dit Erwin, montrant un bouclier posé sur une pierre. Veuillez excuser sa frugalité.

Barberousse se dirigea vers le bouclier, dont les losanges bleus et blancs trahissaient le propriétaire. Sur ce bouclier était placé le repas de l'empereur : du pain et un peu de viande fumée.

— A table, messeigneurs!... Ah! pas mal, dit l'empereur, en s'approchant du bouclier du comte palatin; la Bavière nous envoie, sur la terre lombarde, une nourriture fortifiante.

— Et bientôt des guerriers bavarois viendront nous prêter l'appui de leurs bras vigoureux, répondit Otto de Wittelsbach. Les dernières nouvelles reçues nous promettent l'avant-garde pour demain.

— Il est grand temps de courir sus à la déloyauté guelfe, dit Frédéric. De toutes parts éclate la rebellion. Milan se rit de nous, Gênes devient de plus en plus difficile, Venise elle-même prend des airs dédaigneux, en dépit de l'éloquence de notre chancelier.

— La raison et le bon droit n'ont aucune chance de réussir auprès de la fraude et de la dissimulation.

— Très-bien, dit Otto, je suis heureux de vous entendre parler de la sorte. Il faut lever le glaive et apprendre aux rebelles qu'ils doivent à l'empereur obéissance et fidélité.

— Parfaitement, seigneur comte palatin, dit Reinald en jetant un regard de côté à l'empereur. Après avoir inutilement épuisé la douceur et la conciliation, il y aurait lâcheté à ne pas tirer l'épée.

Le maigre festin touchait à sa fin. Barberousse invita le chancelier à lui faire une lecture, jusqu'au moment du départ. Sur un signe de l'empereur, Erwin apporte un petit livre. Mais Otto de Wittelsbach se retira à l'écart. Il était trop homme de guerre pour trouver quelque distraction à la lecture. Frédéric s'assit sur un fût de colonne brisé ; devant lui se plaça Reinald, le livre sur les genoux.

— Nous avons appris à connaître quelles sont les idées du Pape sur l'origine du pouvoir, dit le chancelier, ouvrant le livre à un endroit marqué. Ce que signifient ces idées, et le but auquel elles tendent, se trouvent clairement expliqués par les passages suivants d'une lettre de Grégoire VII : « L'Eglise est la mère de tous, c'est d'elle qu'émane et que rayonne tout éclat et toute chaleur. C'est pourquoi lui sont soumis empereurs, rois, princes, archevêques, évêques, abbés. Grâce à la puissance des clefs, elle peut les instituer et les déposer. Elle leur donne le pouvoir non pas pour une renommée passagère, mais pour une sainte éternité. Ils lui doivent donc une modeste obéissance. »

Jusque-là Barberousse avait écouté la lecture avec calme, bien qu'on pût suivre sur son visage les sentiments qui agitaient son âme. Soudain, il interrompit le chancelier :

— Sur ma foi, voilà qui est parfaitement raisonné ! L'Eglise domine tout !... Elle peut instituer et déposer les empereurs et les princes!... Tous doivent lui obéir modestement!... Quelle arrogance!... Les princes ne sont que de simples vassaux du Pape!....

— Rien de plus, répondit Reinald. Le Pape est le soleil, l'empereur la lune. C'est du Pape que l'empereur reçoit la lumière, l'éclat et la puissance.

— Assez! assez! marquez la place, s'écria Frédéric. La lecture de pareilles énormités insulte la dignité impériale.

Un fin sourire se dessina sur les lèvres de Reinald.

— Les grands hommes font malheureusement de grandes fautes. Sans votre regrettable oubli, aucun Pape ne se fût hasardé à émettre de telles prétentions à la domination universelle.

— Charles ne devait-il pas se montrer favorable à la requête de Rome?

— Sans doute! mais sa libéralité envers l'Eglise eut dû être plus mesurée, et les honneurs rendus plus sages. Tenir l'étrier du Pape!... Oui, les empereurs doivent s'abaisser jusque là. Mais ce n'est qu'une simple formalité, se hâta d'ajouter le chancelier, en voyant rougir Frédéric. Si les Papes font d'une formalité un devoir qui peut leur en vouloir?

— Quand j'ai tenu l'étrier du Pape, monsieur le chancelier, dit Barberousse avec dignité, c'était un hommage que le chrétien rendait au chef de la chrétienté.

— Cette raison est excellente, sire, reprit Reinald de sa plus douce voix. L'accomplissement des pieux devoirs du chrétien ne peut qu'honorer l'empereur; mais les devoirs du chrétien ne doivent pas s'opposer à ceux de l'empereur.

— Bien!... il nous faudra donc placer l'empereur au-dessus du chrétien.

Le regard souriant de Reinald se fixa pendant quelques secondes sur Barberousse. Celui-ci fit entendre au chancelier que ses idées sur la toute-puissance impériale étaient quelque peu hérétiques, et qu'il lui semblait difficile de les réaliser. Il lui fit même entrevoir qu'il plaçait la puissance impériale au-dessus de tous les autres, mais qu'il reculait devant une impiété comme serait celle de réclamer cette suprématie.

— Mettez toujours l'empereur au-dessus du chrétien, et vous ne cesserez pas pour cela d'être chrétien. Je vous ferai même remarquer que la séparation du pouvoir impérial et de la papauté est nécessaire, si l'on veut être véritablement empereur. Pour les empereurs de France et de Saxe, le Pape ne fut jamais que l'évêque de Rome. Il avait été choisi par eux, parmi les plus dignes prélats; ils étaient les suzerains du Pape, sans cesser pour cela d'être les premiers à honorer, dans le pontife romain, le chef de la chrétienté, ajouta le courtisan, comme si l'explication qu'il venait de donner lui semblait violente. Et quelle est aujourd'hui la supériorité du Pape sur l'empereur? Quelle influence a-t-il sur votre choix? Vous avez choisi Victor pour Pape, les cardinaux ont élu Roland, qui se fait appeler Alexandre III, et qui règne en dépit de vous!... Victor est une œuvre impuissante de votre volonté; elle tombera dès que l'appui de votre main lui sera retiré. Et Alexandre, votre adversaire triomphant, est plus solidement assis sur le trône pontifical que jamais! Ses légats vont en

Espagne, en France, en Angleterre, partout l'Univers!

— Assez! à quoi bon tous ces discours? Il vous sied bien, vraiment, d'établir ici que c'est en vain que, pendant deux ans, nous avons réfléchi, travaillé et combattu ensemble.

— En vain? oui; mais pourquoi? parce que nous avons laissé fuir le moment favorable. Milan, la forteresse d'Alexandre et de ses partisans, était en votre pouvoir. Vous auriez dû la détruire.

— Vous savez toujours indiquer, après coup, ce que j'aurais dû faire!... Eh! que ne parliez-vous plus tôt?

— Il n'est pas trop tard encore, reprit Reinald. Les Allemands sont descendus des Alpes. Il faut que la prise de Milan soit leur premier fait d'armes.

— Naturellement, et le second?

— Le renversement de l'ordre établi en Italie, et l'installation de Victor à Rome.

— Et l'on mettrait au ban de l'univers le schismatique Barberousse, persécuteur de l'Eglise! répondit Frédéric avec un rire amer.

— Schismatique? non! Le monde surpris reconnaîtrait en vous le digne émule du grand empereur. Que firent Charles, Othon et Henri III? Ne donnèrent-ils pas leur ville de Rome à l'évêque? Et s'il arrive maintenant, que vous, empereur, vous mettiez dans votre ville de Rome un évêque de votre choix, on vous en conteste le droit!... Agissez, brisez toute résistance, et les Papes ne seront plus les ennemis de l'empereur et de l'Etat!

Pendant que Reinald parlait, Barberousse tenait la tête baissée. Chaque parole de l'habile chancelier pénétrait dans son âme. Il répondait à tous les désirs de Frédéric, qui étaient d'assujettir le pouvoir spirituel du Pape à la majesté impériale. L'empereur, chef suprême, ne devait avoir aucune puissance au-dessus de la sienne. L'Eglise devait rester, ce qu'exigeait le moyen âge, la source de toute croyance ; mais elle devait être la très-humble servante du trône. La difficulté de ce plan n'échappa point à Frédéric, mais son cœur n'hésita pas pour cela. Au contraire, la hardiesse et l'imprévu plaisaient à son imagination. Reinald remarqua l'effet que ses conseils avaient produit sur l'empereur. Assis sans mouvement, les bras pendants et les yeux fixés sur le sol, il paraissait plongé dans une profonde rêverie.

En ce moment, Otto de Wittelsbach arrivait à grand pas.

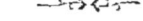

IV. — LA BATAILLE.

— Mauvaises nouvelles ! sire, s'écria le comte palatin. Cinola, votre puissante forteresse sur l'Adda, est prise !

Barberousse se leva subitement, et regarda le comte avec stupéfaction. Un éclair de menace traversa son regard.

— Cinola ! Quand..... par qui a-t-elle été prise ?

— Aujourd'hui, et par les Milanais. Mais voici

quelqu'un qui pourra donner quelques détails à votre Majesté.

Et il montra un guerrier, qui s'était jusque-là tenu dans l'éloignement.

— Ah! c'est toi, Géro, dit Frédéric, dont la mémoire extraordinaire se rappelait les noms des personnes qu'il n'avait vu qu'une fois. Voyons, parle, j'ai hâte de l'entendre.....

— Ce que j'ai à vous dire, seigneur, est de nature à accroître le plus violent chagrin. Ce matin, Cinola a été remise aux Milanais.....

— Remise?..... demanda Frédéric avec colère.

— Oui, sire, remise par le guelfe, le lâche, le fourbe Bonello, auquel vous aviez confié le commandement du château.....

Le visage de Barberousse prit une expression terrible à voir.

— Quelles sont les forces des Milanais? dit-il.

— Environ trois cents hommes.

— Ont-ils brûlé ou pillé le château?

— Je l'ignore sire. Dès que je vis flotter la bannière des Guelfes sur la tour, je me hâtai de partir. S'ils veulent piller le fort et le brûler, il leur faudra quelque temps, ils préféreront sans doute vider la cave.

— Combien d'Allemands y avait-il avec toi dans le château.

— Trois et une moitié, car l'un d'eux n'a plus qu'une jambe. Les malheureux me font mal à voir; il y va pour eux de la vie.

— Messires, dit l'empereur aux chevaliers qui s'étaient groupés autour de lui, ne perdons pas un instant courons venger cet outrage.

Tous se regardèrent avec stupéfaction ; l'audacieux Otto lui-même secoua la tête.

— Les Guelfes nous sont trop supérieurs en nombre, sire, répondit-il.

— Depuis quand le comte Otto compte-t-il ses ennemis? demanda Barberousse.

— Mais, fit observer Reinald, que la résolution de Frédéric inquiétait, ne serait-il pas plus prudent d'attendre l'arrivée des troupes allemandes.

— Non ; le châtiment doit suivre de près le crime. Comment! sous nos propres yeux, des traîtres ourdiraient leurs intrigues, et nous attendrions pour les châtier!... Ce serait afficher hautement notre impuissance.

— Savoir se plier aux circonstances n'est pas de la faiblesse, mais de la sagesse, fit observer Reinald. L'empereur ne doit pas exposer sa personne. Pardonnez à ma franchise, sire, mais vous ne devez pas donner à vos ennemis la joie de vous voir périr.

— Sachez, monsieur le chancelier, reprit l'empereur avec décision, que c'est en la bravant que nous évitons la mort sur le champ de l'honneur! Plutôt mourir, que de supporter un pareil outrage!

— Eh bien! que le Ciel vous soit en aide! dit Reinald avec un profond abattement. Trois cents contre quatre-vingts... C'est impardonnable.

— Soit, monsieur le chancelier ; mais que peuvent trois cents traîtres contre quatre-vingts gentilhommes allemands, combattant pour la gloire de leur nom et l'honneur de leur souverain? Quand je n'aurais autour de moi que dix loyaux chevaliers, je saurais faire voir à tout l'univers que le courage et la valeur ne sont pas de vains mots en Allemagne! Allons, messieurs, aux armes!

— Aux armes! vive l'empereur! s'écrièrent les chevaliers, enflammés par l'exemple de Barberousse.

— Votre état pacifique rend votre présence inutile à cette sanglante œuvre de justice, dit l'empereur, en se tournant vers Reinald, et il vous serait peu commode de nous attendre ici... Mettez-vous donc en route, et pressez l'arrivée des princes.

— Que Dieu nous aide! dit Reinald, comprenant que Frédéric voulait lui faire éviter le danger. Je saurai mourir avec vous!...

— Votre fidélité, ami Reinald, n'a pas besoin de cette action d'éclat pour me devenir précieuse. D'ailleurs je ne suis pas encore décidé à descendre dans la tombe!... Mais cessons ce débat... Allez au-devant des princes, saluez-les en mon nom, et dirigez leur marche vers Milan.

Reinald suivit de l'œil, avec inquiétude, l'empereur dont la haute stature se voyait à travers les crevasses des murailles, tandis que son pas retentissait sous les voûtes de l'église en ruines. Les sons aigus du cor avaient réuni les chevaliers, qui étaient montés à cheval. Sans se servir des étriers, Frédéric s'élança sur son coursier tout bardé de fer. Bientôt la petite troupe disparut dans la direction du Sud-Ouest.

— Le voilà qui s'élance peut-être à la mort, se dit Reinald en regardant l'empereur qui s'éloignait. Son orgueil lui fait mépriser le danger!... Je sais qu'il peut se fier à la force de son bras, mais il ne faudrait qu'une malheureuse circonstance pour paralyser ses moyens de défense. Pendant que je vais courir au devant des princes, peut-être les Milanais se réjouiront-ils sur son cadavre, et Rome, relevant son front abaissé, fera crouler l'édifice construit avec tant d'efforts !...

Le chancelier tressaillit en s'entendant appeler.

— Si cela vous est agréable, seigneur comte, nous allons partir, dit le guerrier, que Barberousse avait chargé d'accompagner le chancelier.

— Tu n'aurais pas dû diminuer la petite escorte. Ta lance eût été aujourd'hui plus utile que jamais à l'empereur.

— Oh ! je ne crains rien, reprit le guerrier. Les Guelfes ne sauraient résister au comte Otto et à ses braves compagnons. D'ailleurs, Barberousse est à leur tête !... Jamais je n'ai vu ses yeux lancer tant de flammes, que lorsqu'il m'a dit de vous accompagner.

Reinald suivit le guerrier et monta à cheval. Ils se dirigèrent vers le nord, marchant le plus vite possible.

Pendant ce temps, Barberousse et ses chevaliers s'avançaient dans la plaine. La plupart des guerriers étaient sérieux et leur visage portait l'empreinte du souci. Le silence n'était troublé que par le bruit du sabot des chevaux et le cliquetis des armes. L'empereur étudiait le pays qui s'étendait devant lui. Dans l'éloignement, on voyait de sombres masses qui s'évanouissait à chaque instant. Bientôt l'éclat des lances et des casques vint frapper leurs regards, et l'on entendit même d'une façon distincte le bruit d'une troupe en marche. Tandis que Barberousse, dans le doute, se tenait immobile, le comte Otto s'approcha de lui.

— Je crois connaître qu'elle est cette troupe qui
s'avance. Quand nous avons quitté les ruines du cloître, j'ai vu plusieurs cavaliers sur une hauteur; ils
se dirigeaient vers Milan. C'étaient sans doute des
espions, qui se hâtent d'informer de notre approche
les braves de Cinola.

— Géro, dit l'empereur, tu es moins lourdement
armé... Cours en avant, examine la force de cette
troupe, vois s'il y a de l'infanterie derrière ces cavaliers, et si des lances ne se trouvent pas postées dans
le bois pour nous prendre par derrière.

Le guerrier partit au galop et disparut. Frédéric
permit à tous de mettre pied à terre, pour se préparer à la lutte. Aussitôt les gourdes passèrent de main
en main, et leur contenu ne contribua pas peu à
augmenter le courage.

Barberousse ne prit rien, mais il se rendit compte,
autant que possible, de l'état du terrain. Aucune
élévation, aucune rivière, aucun marais n'échappa
à son œil observateur. A droite, se trouvait un
petit bois, qui pouvait servir à l'ennemi pour cacher ses plans d'attaque. Comme l'endroit où se trouvait sa petite escorte était légèrement élevé, Frédéric résolut d'y attendre l'ennemi, afin de rendre
moins violente et moins irrésistible l'attaque des
cavaliers.

Géro arriva bientôt, suivi au loin de plusieurs cavaliers ennemis, venus en éclaireurs.

— Les Guelfes s'avancent en trois corps, dit Géro.
Dans le centre est l'infanterie, forte d'environ deux
cents lances... Les ailes sont beaucoup plus faibles...
Je n'ai rien pu distinguer dans le bois...

— Les Milanais sont sûrs de la victoire, dit en riant le chevalier Goswin, un rude homme de guerre. Ils se disent : cinq Lombards peuvent bien venir à bout d'un Allemand, à quoi bon la tactique militaire ? Eh bien! à Lodi, mon glaive en a assommé une vingtaine sans s'émousser. Je veux voir aujourd'hui combien de Lombards il faut exterminer pour ébrécher une bonne lame allemande.

— Oui, ajouta Frédéric en riant, et c'est pour cela que les braves gens vous appellent le « Mangeur de Lombards. » Vous voyez, maître Goswin, que votre bonne chance vous fournit aujourd'hui un choix assez nombreux pour calmer votre appétit. Mais, à l'œuvre, messires !... L'ennemi ne nous laissera pas longtemps le choix de l'attaque, il faut lui donner de l'occupation.

Il divisa ses hommes, confia l'aile droite au comte Otto, l'aile gauche à Goswin, et se réserva le commandement du centre. Dès le début, les Guelfes s'attachèrent à tuer les chevaux, afin de démonter les chevaliers, qui, à pied et revêtus de leurs lourdes armures, devaient tomber entre leurs mains. Barberousse comprit le danger.

Les Milanais avancèrent environ d'une centaine de pas, puis s'arrêtèrent. Contrairement au calme et au silence des Allemands, ils faisaient grand bruit, chantaient, agitaient leurs armes, comme pour faire voir qu'ils étaient sûrs de sortir vainqueurs de la lutte.

Les fidèles guerriers de l'empereur attendaient le premier choc. Barberousse s'avança sur le front de la petite troupe :

— Vaillants amis, leur dit-il, ayez confiance en

votre cause!..... Vous tirez l'épée contre la trahison
et la révolte! ayez foi en l'aide de Dieu, c'est lui qui
châtie le parjure! Confiez-vous dans la force de vos
bras habitués à vaincre!.... Faites-voir aussi que vous
êtes dignes de porter le nom allemand! Que saint
Michel, le patron de notre patrie, soit notre cri de
ralliement! Allons, en avant, et haut la bannière!

— Saint Michel! Saint Michel! tel fut le cri qui
retentit dans les rangs.

Les clairons sonnèrent et les cavaliers s'élancèrent
sur l'ennemi. Les Milanais poussaient des cris sauvages. Leur cavalerie s'élançait contre l'ennemi,
tandis que leur infanterie, en bataillons compactes,
attendait l'attaque de Barberousse et de ses chevaliers. Un épouvantable fracas mêlé au cliquetis des
armes, indiqua bientôt que les ennemis en venaient
aux mains. Barberousse se distinguait à la tête des
siens. De plus en plus ardent, Frédéric avait percé
de part en part le chef des Milanais. Puis, le glaive au
poing, il se précipita sur l'ennemi, faisant dans ses
rangs de larges trouées.

Bientôt, chaque chevalier eut étendu d'un coup de
lance, son adversaire dans la poussière. Les rangs de
l'infanterie furent rompus, et plus d'un fantassin
roula sous les pieds des chevaux. Aussitôt régna une
immense confusion. Les Milanais cherchaient à traverser les rangs des chevaliers, et tombaient victimes
de leur témérité. L'empereur fut bientôt au plus vif
de la mêlée. Entouré de tous côtés par l'ennemi, le
héros ne voulut pas reculer. L'espoir de délivrer la
patrie enflammait le courage des Milanais, ils ne
s'effrayèrent point de voir les plus braves et les plus

courageux tomber sous l'épée de Barberousse. Au cri sauvage de : Mort au tyran! ils environnèrent l'empereur, et commencèrent à attaquer son cheval, comme s'ils eussent voulu miner les fondations d'une citadelle inexpugnable. Tout à coup, le coursier fit un écart, et tomba inanimé. Une lance venait de lui percer le flanc. A demi-couché sous sa monture, Frédéric se trouvait sans défense, en butte aux coups des Milanais. Dans leur rage aveugle, ils s'élançaient sur lui, sans songer que son armure le protégeait.

Un cri de triomphe révéla aux Allemands le malheur qui les menaçaient. Erwin parvint à traverser les rangs lombards, et les contraignit à tourner leurs armes contre lui. Les autres chevaliers arrivèrent bientôt. Erwin, renversé de son cheval, tint son bouclier au-dessus de la tête de l'empereur. Tout à coup, l'on entendit le cri de ralliement..... C'était Otto, fondant sur l'ennemi à la tête de ses braves. La lutte était terminée. L'infanterie milanaise fut dissipée ou anéantie.

V. — APRÈS LA VICTOIRE.

Au milieu du champ de bataille se tenait Barberousse, entouré de morts et de mourants. Son manteau, percé de trous, pendait rougi de sang autour de son armure, dont la solidité l'avait protégé contre les armes des Lombards. Néanmoins, il avait reçu dans la lutte une légère contusion. On voyait encore, dans la plaine, des chevaliers donner la chasse aux Milanais fugitifs. Il n'était resté près de l'empereur que quelques Allemands blessés. Frédéric dirigea ses regards sur un Guelfe étendu devant lui, et dont le sang coulait à flots de sa poitrine. Le blessé regardait l'empereur, et son visage indiquait nettement les approches de la mort. Mais même à ce moment, le lombard témoignait de sa haine pour le tyran de son pays. Ses mains ne pouvant plus tenir les armes, il s'efforçait d'exhaler sa haine par de violentes paroles.

— Tyran, disait-il d'une voix entrecoupée, quand cesseras-tu de tuer et d'assassiner? Sacrifie les derniers Lombards à ton orgueil, bois le sang par torrents, nos cœurs le donneront volontiers pour la liberté!...... Mais..... sois maudit!...... toi et toute ta race!....

Il tomba à la renverse et mourut. L'empereur contempla le cadavre. Les paroles du mourant et sa malédiction avaient ému Barberousse. Otto de Wittelsbach arrivait en ce moment, avec ses hommes et quelques prisonniers. On voyait aussi, dans le lointain, Goswin revenir victorieux.

— J'ai fait épargner ces coquins, sire, dit le comte palatin, afin que quelques-uns, au moins, pussent expier leur trahison par le supplice de la corde.

L'œil de Frédéric s'arrêta sur les prisonniers. Avant même qu'il eut parlé, ses regards avaient indiqué le sort qui leur était réservé. Mais Frédéric se taisait encore; sans doute, il attendait que ces infortunés lui demandassent grâce. Mais comme aucun d'eux n'y semblait décidé, il désigna un arbre du doigt.

— Qu'une corde en finisse avec ces rebelles, dit-il.

L'approche de la mort n'effraya pas les Lombards. Aucun ne demanda grâce. Ne mouraient-ils pas pour le plus grand des biens, pour la patrie et la liberté? Dans leurs yeux sombres brillaient des éclairs de haine contre Barberousse.

— Cómte palatin, jetez-vous avec les vôtres dans la forteresse de Cinola, avant que les Milanais ne puissent s'y fortifier. Nous attendrons ici Goswin, puis, nous vous suivrons avec les blessés.

Wittelsbach monta aussitôt à cheval et partit.

Erwin, sur l'ordre de son souverain, était resté près de lui. L'empereur regarda en souriant cet enfant qui, pour remplir les devoirs de la chevalerie, s'était distingué dans le combat et l'avait si bien protégé avec son bouclier.

— Tu as bien mérité de ton parrain, mon jeune ami, dit l'empereur. Il ne nous est pas permis d'être ingrat. Eprouves-tu quelque désir? Parle, l'empereur ne peut manquer de le satisfaire.

Erwin s'inclina en silence. Mais Goswin arrivait en ce moment, et, avec lui, le chevalier Bonello, le traître gouverneur de Cinola, qu'il ramenait prisonnier.

— Ah! par saint Guy, vous avez joliment travaillé, sire, dit Goswin, regardant les cadavres. J'aurais fini depuis longtemps, mais ce noble chevalier m'a donné forte affaire. Je dois le reconnaître c'est une fameuse lame, mais, hélas! c'est aussi un fameux traître!

Frédéric reçut avec un froid dédain l'ancien gouverneur de son château. Bonello était un homme
dans la force de l'âge, petit, mais fortement constitué.
Son regard était abattu, mais tranquille. Comme la
plupart des nobles de condition inférieure, Guido de
Bonello s'était rangé parmi les plus chauds partisans
de l'empereur, et, en cela, il agissait plutôt par nécessité que par conviction. Il ne soutint pas le regard
pénétrant de Barberousse.

— Etes-vous prêt à mourir de la mort des traîtres?
demanda l'empereur.

— Je suis prêt, répondit Guido d'une voix ferme ;
mais rétractez, je vous prie, cette expression de
traître !...

— Et pourquoi donc?

— Sire, Guido Bonello n'a été traître que le jour
où il vous a prêté le serment de fidélité, se soumet-
tant au tyran de sa patrie, oubliant qu'il était Lombard !

— N'avez-vous pas honte de vouloir ainsi colorer
votre félonie? dit l'empereur.

— Sire, on s'incline avec obéissance devant le
souverain qui, par la force de son glaive, à su assujettir la Lombardie. Mais quand la tyrannie règne au
lieu de la loi, quand toutes les libertés sont foulées
aux pieds, le pays dévasté, la population rançonnée ;
quand le pied de fer de l'empereur se pose sur le cou
d'une population agenouillée, l'obéissance alors est
un crime! Plutôt mourir que de vivre esclaves! S'il
faut que l'Italie vous obéisse contre son gré, dépla-
cez-en la population et remplacez-la par des ilotes.

Le monarque, par suite de ses habitudes de justicier, avait laissé à Guido une liberté pleine et entière d'exposer sa défense. Quand il eut fini :

— Voilà bien le Lombard, s'écria-t-il ; inventer des faits, dénaturer les autres!... Vous appelez tyrannie, l'énergie déployée envers des traîtres que j'ai comblés de grâces et d'égards ; les tributs légitimes, vous les qualifiez d'exactions!... Mais qui donc a fait preuve de plus de tyrannie envers les faibles, que vous autres Lombards? Rappelez-vous Côme et Lodi. Quels désordres avant que nos armes n'y eussent rétabli l'ordre! Et ces villes, les alliées de Milan, n'en étaient-elles pas les esclaves? Mais ce n'est pas au souverain à s'excuser devant un traître!... Le gibet vous attend!...

Sans ostentation comme sans faiblesse, Bonello entendit son arrêt. Les hommes d'armes voulurent se saisir de lui, mais il releva la tête :

— Il existe une coutume antique, observée même chez les païens... Tous les condamnés à mort ont le droit d'adresser une dernière demande, qui leur est accordée.

— C'est bien ; de quoi s'agit-il?

— Remettez l'exécution à trois jours.

— Pourquoi ce délai?

Ici Guido changea de ton. Il perdit son assurance, ses lèvres tremblèrent, sa figure exprima un profond chagrin et une larme mouilla ses yeux.

— Allons, dit-il, je n'aurais pas cru à cette faiblesse!... Les sentiments du père sont plus forts que la volonté du citoyen. Que je puisse encore une fois voir mon enfant, l'unique fruit d'une union fortunée!... Quand on est si près de la mort, on a des arrangements à prendre.

— N'ayez nulle honte de ces sentiments, dit Barberousse. Ils vous honorent, et votre requête vous
est accordée. Goswin, prenez ce prisonnier sous votre
garde.

L'empereur s'éloigna; il s'occupa de soigner les
blessés et de recueillir les morts. On construisit des
civières avec des lances et des branches d'arbres.
Accompagné de quelques chevaliers, Barberousse se
dirigea vers Cinola. Les autres guerriers l'y rejoi-
gnirent bientôt avec les blessés.

VI. — LE FOU.

A peine Frédéric était-il installé à Cinola, que les
princes allemands y entrèrent successivement avec
leurs hommes. L'empereur se réjouit de l'arrivée de
plusieurs évêques, dont la présence devait servir
d'appui au prince allemand; ces prélats ne venaient
pas dans l'intérêt de la paix, car ils étaient tous cui-
rassés et suivis d'innombrables soldats. Parmi les
princes temporels, on distinguait Henri-le-Lion, duc
de Saxe et de Bavière, le plus puissant prince après
l'empereur; Diépold, duc de Bohême; les puissants
comtes de Dachau, d'Andechs et d'Abenberg. Le duc
Henri d'Autriche, nommé Josomirgott, n'était pas
encore arrivé, mais son armée se tenait toute prête
dans les défilés des Alpes.

On vit, comme par enchantement, s'élever dans la plaine un camp immense, destiné à recevoir les princes, les chevaliers et les écuyers. Sur la cime des toits d'une éclatante blancheur, flottaient des étendards aux couleurs éclatantes, et devant les tentes des princes pendaient, à des mâts, des bannières brodées d'or et d'argent. Dans les rues et les défilés du camp, se pressait une foule animée, aux vêtements bariolés, aux armes brillantes ; des chevaliers aux armures d'airain, montés sur leurs coursiers, entourés de leurs écuyers et de leurs longues lances, circulaient en tous sens. La tente impériale était située au milieu du camp, et, comme à leur centre, toutes les notes bizarres de ce tumulte venaient y aboutir.

Toutefois, un spectacle émouvant avait lieu devant la porte de la forteresse de Cinola, située environ à mille pas du camp. La principale fortification consistait en une grosse tour ronde. La porte basse de cette tour était ouverte, et on en vit sortir Bonello entre deux valets. Il allait être conduit à la mort, sans avoir pu revoir sa fille bien-aimée. Les trois jours de captivité qui venaient de s'écouler et la certitude de mourir bientôt imprimaient sur la figure de Guido les marques d'un profond chagrin. Il suivait, en trébuchant, le guerrier, devant la porte du fort, où se trouvait érigée la potence, composée de deux troncs d'arbre supportant une poutre, où pendait une corde et le nœud coulant fatal.

Le condamné faisait tous ses efforts pour marcher à la mort sans donner signe de faiblesse. Mais quand il fut à trois pas de la potence, et que le bourreau saisit la corde, tout son courage l'abandonna. Il demeura immobile.

— Qu'avez-vous? dit le chef de l'escorte, homme aux mœurs rudes et impitoyables; vous avez fait preuve de courage jusqu'à présent, vous ne devriez pas faiblir devant un bout de corde!

Bonello releva la tête, des larmes brillaient dans ses yeux, et sur sa figure se peignait la plus profonde douleur.

— Je ne crains pas la mort, dit-il, mais.... mon enfant, ma chère enfant!

Et il se cacha la tête dans les mains.

— Que nous rabâchez-vous là avec votre enfant? Vous deviez déjà être pendu hier; par suite de vos jérémiades, la chose a été différée jusqu'aujourd'hui; mais ne croyez pas nous faire attendre plus long-temps. Ainsi donc, en avant!

— Tu n'est qu'un sot, mon cousin, dit une voix aiguë; comment peux-tu penser que quelqu'un se laisse pendre de bonne volonté?

Le chef se retourna, lançant un regard sombre et courroucé à son interlocuteur. C'était un petit homme, une sorte de nain aux traits intelligents, et dont les yeux laissaient voir des éclairs de finesse. Il portait la veste bigarrée des fous à cette époque, et avait sur la tête le bonnet rouge et éclatant, qui supportait de longues oreilles d'âne, auxquelles pendaient de pe-tites clochettes. Tous ses vêtements étaient parsemés de grelots, de sorte que le moindre mouvement du fou les faisait sonner. Il était assis sur une pierre, la tête plongée dans ses deux mains, et se mit à rire au nez du guerrier irrité.

— Tais-toi, ou je te fais pendre par tes oreilles d'âne! dit ce dernier.

— Aurais-tu donc l'envie de me retirer du monde, pour devenir mon successeur? dit en riant le fou sans changer de ton. Il faudrait, dans ce cas, d'abord prouver qu'il y a dans ta tête plus de cervelle que dans une citrouille. Mais tu débutes fort mal, cousin Hesso, sans quoi tu ne voudrais pas pendre ce pauvre diable de si bon matin!

— Cet homme doit être pendu, parce que son heure est venue! dit Hesso du ton d'un tigre en fureur.

Mais la vue des armes de Henri-le-Lion, brodées sur la veste du fou, l'empêcha d'en venir aux voies de fait.

— Tu aurais raison si tu n'avais pas menti, reprit le fou. Tes longues oreilles doivent avoir entendu l'empereur dire hier : « Qu'on le pende demain! » Ce qui était vrai hier matin, le sera encore dans quatorze heures. D'ici là, le temps appartient à ce pauvre diable.

Hesso demeurait immobile. Lui que tous redoutaient et détestaient, souffrir l'intervention d'un fou, et voir retarder par lui l'exécution d'un condamné! Cette pensée le faisait rougir de fureur. Il se tourna vers le condamné.

— En avant! attachez ce traître à la potence!

Les valets obéirent, et le bourreau mit la corde au cou de Bonello. En ce moment, le fou fit un mouvement, et, avant que le bourreau s'en fut aperçu, coupa la corde avec le couteau qui pendait à sa ceinture.

— Qu'est-ce à dire? s'écria Hesso.

— Enfoncé! enfoncé! dit le fou; ne vois-tu pas, cousin, que cet homme ne s'est pas encore confessé?

La tête et le corps de ce pauvre diable t'appartiennent, à toi et aux corbeaux, mais ni toi ni ton compère Belzébuth n'avez de droit sur son âme!... Que cet homme s'acquitte d'abord de ses devoirs de chrétien!...

— Par satan! qu'ai-je à y voir? Voyons, refaites-moi ce nœud, et pendez le traître.

— Alors, pends-toi aussi, cousin. Est-ce que tu oserais exécuter quelqu'un, avant qu'il ne se fût confessé? Crois-tu que je sois venu ici pour voir pendre un bandit, et que j'aie du plaisir à voir le diable s'emparer d'une âme? Si la vie t'est chère, cousin, attends que j'amène ici un moine, un évêque, ou, au besoin, le pape!.....

Là-dessus, il s'élança vers le camp. Hesso se mordit les lèvres, il connaissait l'ordre précis de n'exécuter personne, sans lui avoir procuré les secours de la religion.

— Reconduisez, dit-il, le prisonnier dans son cachot, jusqu'à ce que fou et moine aient rempli leur tâche.

Le fou s'arrêta enfin devant une tente, dont l'apparence et la splendeur indiquaient assez le rang princier de celui qui l'habitait. A la porte flottait une bannière, sur laquelle on pouvait remarquer, à côté des armoiries, les insignes de la puissance épiscopale. Sur le seuil se tenait un homme, qui regardait le va-et-vient du camp. Son extérieur indiquait une position élevée. Sa longue tunique était richement brodée aux poignets et au cou; à ses doigts resplendissaient des anneaux d'or, ornés de pierres précieuses. Son abord semblait facile, et il sourit avec complaisance en voyant accourir le fou.

— Bonne chance! cria le farceur; je ne cherchais qu'un moinillon, et je rencontre un chanoine au manteau chamarré d'or!

— Que signifie, petit coquin?

— Pour enlever une âme au diable, cousin Adelbert! Il y a ici près un homme que l'on va pendre; il est encore dans les liens du péché; viens donc dehors, et tranche ces liens, afin qu'il puisse s'élancer du gibet dans le sein d'Abraham!

— Oh! Lanzo, dit Adelbert, ne vois-tu pas qu'à ma ceinture je n'ai ni glaive ni épée?

— Cousin, ta langue est assez affilée pour couper ces liens. Suis-moi!

— Comment! un chanoine suivre un fou!.... tu seras fustigé, coquin.

— Eh bien! que le chanoine précède le fou. Je parie qu'il ne perdra pas la piste.

— Qui cela?

— Le chanoine.

— Et de quelle piste parles-tu?

— Parbleu! de celle du fou! Tu me ressembles tant, cousin; si ton bonnet n'a pas d'oreilles, il n'en pense pas moins, et ton vêtement est tout aussi chamarré que le mien.

— Va-t'en! dit Adelbert.

— Vous voulez donc laisser tomber le pauvre diable en enfer!

— Oui, certes, et toi avec lui! Cherche un moine.

— Hein?..... On apprend tous les jours en ce monde, dit Lanzo avec un sérieux plaisant. Je ne supposais pas que les moines valussent mieux que les chanoines; mais je m'en souviendrai..... Ah! quelle

chance, voilà un moine!..... deux..... en voilà trois
pour un ! s'écria le fou en voyant quelques moines qui
venaient de descendre de cheval, et s'approchaient
de la tente.

Ces moines étaient couverts de poussière, et visi-
blement épuisés de fatigue. Le plus âgé s'approcha
du chanoine, pendant que les autres se tenaient à
l'écart, dans une humilité claustrale.

— Veuillez nous excuser, révérend père, dit le
moine après les salutations d'usage. Nous arrivons
au camp, et cherchons un toit hospitalier. Notre
règle nous prescrit la plus grande retenue, et il n'est
pas facile, dans ce mouvement guerrier, de tenir
avec calme le bâton de pasteur. Peut-être Monseigneur
daignera-t-il, pour quelques jours, nous accorder
une petite place sous sa tente?

Cette humble requête froissa le chanoine. Il se redressa fièrement, et regarda les moines avec dédain.

— La tente d'un évêque n'est point une auberge
pour les moines, dit-il d'un ton bref et dédaigneux.

— Si tu veux frayer avec les évêques, les prieurs
ou même les chanoines, saint homme, dit Lanzo, il
faut d'abord que tes cheveux coupés repoussent sur ta
tête chauve, et viennent retomber en boucles frisées
sur ta pelisse de martre.

Le moine semblait embarrassé.

— Voudriez-vous vous charger d'appuyer ma requête auprès de ce gracieux seigneur, en ajoutant que
nous sommes envoyés par l'archevêque Eberhard de
Salzbourg.

— Comment ! des moines envoyés par un archevêque ! dit Adelbert avec ironie. Il n'a donc pas

d'abbé, pas de chanoine à la tête de son chapitre?
Venir dans cette tenue grossière au milieu des splen-
deurs de la cour!..... Sa Majesté impériale n'aime
pas beaucoup les moines, et elle a raison.

— Ah! dit Lanzo, s imon cousin Barberousse pouvait faire de tous les moines des porte-queues de
son pape, et des flatteurs de son pouvoir, nous n'aurions plus besoin de prélats ni de chanoines!....

Adelbert jeta sur le fou un regard de colère, et
disparut dans la tente. Les moines étaient embarras-
sés. Cette réception si dédaigneuse devait d'autant
plus les faire souffrir, que c'était pour la première
fois qu'ils se trouvaient en rapport avec de hauts
dignitaires.

— Soyez rassurés, fils de saint Benoît, dit Lanzo;
vous aurez un bon gîte, et même un bon repas, je
vous le jure par mon bonnet de fou! Mais, pour cela,
il faut me rendre un service!.....

— De tout cœur, répondit le moine.

— Suivez-moi, je vais vous montrer le chemin,
reprit Lanzo, emmenant l'orateur, tandis que les autres les suivaient avec les chevaux.

— Vous nous demandez l'accomplissement d'un
devoir, dit le prêtre après que Lanzo lui eut exposé
sa demande; mais ne pourrions-nous pas aller sur-
le-champ auprès de ce malheureux?

— Rien ne presse. On n'oserait le pendre, tant
que le registre de la confession n'aura pas reçu la
croix, par laquelle vous lui donnez l'absolution. Vous
n'avez même pas à craindre qu'un autre vous sup-
plante. Mon cousin Barberousse ne souffre pas la
vue des moines; c'est pourquoi il n'y a dans le camp

que des prélats frisés et fourrés, qui ne veulent rien avoir de commun avec la confession. Mais nous voici arrivés...... Gare là! faites place à d'honnêtes gens, badauds que vous êtes! cria Lanzo en touchant de son bonnet les valets qui se tenaient à l'entrée d'une étroite ruelle.

Cette ruelle conduisait derrière la tente d'Henri-le-Lion, où se trouvait un vaste espace carré. Les gens et les chevaux du duc y étaient logés.

— Ici, Balderich! dit le fou à un valet : conduis les chevaux de ces pieux frères à l'écurie, et soigne-les bien.

Balderich obéit sans observation, croyant que cet ordre émanait du prince. Lanzo conduisit ensuite les moines dans sa tente, où il leur offrit du pain, du vin et de la viande.

— Je sais, dit-il, que vous ne mangez point de viande, mais, avec la meilleure volonté du monde, je ne puis vous offrir de poisson, bien qu'il y en ait en abondance dans le camp.

Les moines dirent leur *benedicite*, et mangèrent ce qu'ils avaient devant eux.

— N'allez-vous pas changer de costume, père Conrad? demanda un moine à celui qui paraissait leur supérieur.

— Pas encore, mon fils, répondit Conrad ; il suffit, pour le moment, d'en secouer la poussière.

Pendant que les moines s'approchaient de Conrad, le fou examinait la tournure imposante de son hôte, et paraissait se creuser la tête pour deviner son identité.

— Mon fils! dit-il en promenant ses regards sur

le moine. Si ce sont là vos fils, vous êtes donc leur
père?

— Certes, ami Lanzo.

— Bon! Que Dieu me pardonne, j'ai conduit un
digne abbé dans la tente d'un fou!

— Tu vois combien les apparences sont trom-
peuses, dit l'abbé en riant.

— Oui..... oui..... Désormais, je banderai mes
yeux, et j'ouvrirai encore plus larges mes oreilles,
pour mieux voir qui j'ai devant moi. Tous, excepté
mes yeux, ne verront dans le camp ni abbé ni évêque;
mon oreille n'en entendra pas davantage. Maintenant
que vous voilà prêt, seigneur abbé, nous pouvons
partir. Quant à vous, mes chers hôtes, pendant notre
absence, réconfortez-vous, le jambon vient de la table
du duc et le vin de ses caves.

Et Lanzo sortit avec l'abbé.

VII. — PÈRE ET FILLE.

Dans un obscur et profond souterrain de la forteresse de Cinola, se trouvait assis, sur un bloc de
pierre grise, Guido de Bonello. Le prisonnier était
courbé, et sa tête touchait presque à ses genoux. Ses
yeux regardaient le sol, sur lequel tombait parfois
une larme, jusqu'à ce que la source en fut tarie. Ses

mains enchaînées pendaient jusqu'à terre, vraisem-
blablement entraînées par le poids des fers.

Bonello ne manquait pas de courage, et regardait
la mort en face sans trembler. Quand, parfois, de
petites lueurs pénétraient par l'étroite lucarne et tombaient sur son visage, on pouvait s'apercevoir que
son esprit errant au loin ne songeait guère à sa
propre destinée, mais à sa fille, encore si jeune, et
qui allait se trouver seule et sans appui. En ce moment, un bruit de pas se fit entendre. Il releva la
tête, écoutant avec attention s'il ne reconnaîtrait pas
la démarche légère d'une femme. La clef grinça dans
la serrure, la porte s'ouvrit, et livra passage au guichetier en chef, suivi de l'abbé Conrad et de Lanzo.

— Voilà un prêtre, dit le geôlier d'un ton bourru.
Faites vite, qu'on puisse enfin vous pendre! Si on
agissait ainsi envers tous les coquins, ma foi! je
donnerais ma démission de porte-clefs.

— Je suis tout à votre service, mon bon ami, dit
le prélat, en s'approchant avec bienveillance du prisonnier.

— Merci, mon père, répliqua Guido; mais vous
vous trompez fort, si vous croyez trouver ici un criminel!.....

— Bien parlé, cousin, s'écria le fou. Il est d'usage
aujourd'hui de pendre les honnêtes gens, et de laisser
courir les coquins. Allons donc, cousin, par le seul
fait que tu es un trop tendre père, et que tu émeus
jusqu'au cœur des fous, tu deviens digne de la potence! Dieu sait que la pitié seule a pu me décider à
te chercher un confesseur.

Sans faire attention au babil de Lanzo, le condam-

né regardait attentivement l'abbé, qui semblait surpris et affecté de voir Bonello en cet état.

— Vous n'avez point devant vous un criminel endurci, dit Bonello, devinant les pensées de l'abbé.
Tout mon crime consiste à avoir tiré l'épée contre la
domination sanguinaire de l'empereur. Ce qui vous
a amené dans le camp de Barberousse, ce n'est certes
pas le désir d'encourager les erreurs et les déborde-
ments du schismatique. Vous n'êtes pas un flatteur,
vous ne vous êtes pas vendu au tyran, cela se voit
clairement dans votre œil limpide et pieux! Aussi,
parce que je suis un pécheur, je saisis avec joie
l'appui de votre bras pour mon dernier voyage. Mais
accordez-moi d'abord les secours spirituels.

Un bruit de pas de chevaux venant de la cour interrompit le prisonnier. On entendit marcher vers le
cachot, et une légère apparition couverte de voiles,
entra dans le souterrain. La fille de Bonello se trouvait dans ses bras.

Piétro Niger se tenait à l'entrée, et ce n'était pas
sans émotion qu'il regardait la scène qu'il avait sous
les yeux.

Le condamné, embrassant son enfant, pleurait et
sanglottait. La pensée de tenir dans ses bras, sur le
bord de la tombe, tout ce qu'il aimait, brisait son
cœur. La contenance de la noble jeune fille était plus
calme. Elle ne se laissait pas aller aux plaintes et
aux lamentations. Sa tête demeura un moment penchée sur la poitrine de son père, mais bientôt elle se
releva, et écartant les cheveux gris qui couvrait son
visage, elle le regarda avec amour.

— Mon père! dit elle. Elle n'en put dire davantage, mais le ton dont ces deux mots furent prononcés laissait deviner tout ce que ressentait son cœur en ce terrible moment. Elle s'était dégagée des bras de Bonello, et regardait autour d'elle.

Les femmes montrent souvent dans les circonstances difficiles une force étonnante et une énergie sans égale. Chassant loin d'elle la douleur, et maîtrisant toute impression pénible, elle ne songea qu'à adoucir les derniers moments du condamné.

— Otez, je vous prie, les lourdes chaînes qui le font tant souffrir, et conduisez-le dans un réduit moins horrible que celui-ci.

Le sbire fit entendre un sourd murmure :

— Oui, mais je n'ai pas envie de me faire pendre à sa place !

— Oh ! dit-elle d'une douce voix, ce n'est pas un crime d'adoucir les dernières heures d'un condamné.

Elle saisit la main du guichetier, et y vida le contenu d'une petite bourse de soie. La vue de l'or toucha le cœur de cet homme, il sourit, s'inclina, et marmotta des excuses.

— Noble demoiselle...... trop aimable...... Vous avez raison, il serait inhumain de tourmenter sans nécessité ce pauvre diable. Il y a là-haut dans la tour une chambre vide, dont la solidité défie toute tentative d'évasion. C'est là que je veux mener votre père. Quant aux chaînes, je les ôte dès maintenant, car il ne peut, d'ailleurs, les conserver pour le dernier voyage.

Et, prenant une clef dans son trousseau, les chaînes de Guido tombèrent sur le sol.

— Le capitaine Hesso pourrait faire la grimace,

s'il voyait tout ceci, mais il ne reviendra pas aujour-
d'hui, et demain tout sera fini.

Ces dernières paroles brisèrent le cœur de la jeune
fille. Le fou remarqua sa douleur sur son visage rougissant, et son cœur en fut touché.

— Oui, dit-il, demain tout sera probablement fini.
Du reste, cousin geôlier, il me suffirait de dire un
seul mot à monseigneur le duc, pour te faire mentir.
J'ai déjà une fois coupé le nœud de la corde ; je
pourrais encore en faire autant, si je le jugeais à propos.

— Je te dois des remercîments, mon ami, dit Bonello en pressant la main du fou. Sans ta bonne lame,
sans ton cœur meilleur encore, je ne compterais plus
parmi les vivants.

— Bah ! ce n'était qu'un acte de folie, mon doux
seigneur ; mais voulez-vous faire quelque chose d'habile ? envoyez ce révérend Père à l'empereur, afin
que Sa Majesté daigne ouvrir votre cage.

— Si vous avez accès à la Cour, révérend Père,
intercédez pour moi ! Si l'empereur m'accorde la vie,
je la consacrerai tout entière à protéger et à élever
mon enfant. Jamais je n'ai fait d'opposition à la suprématie impériale. Ma main et mon cœur n'étaient
armés que contre la tyrannie !

— Sire chevalier, je ferai avec joie tout ce qui
sera en mon pouvoir. Une mission m'appelle sans
retard auprès de l'empereur. Dieu veuille que je
trouve son esprit bien disposé ! Je ne tarderai pas à
vous annoncer moi-même le résultat de mes efforts.

Et le prélat, suivi de Lanzo, reprit la route du
camp.

Le geôlier conduisit ensuite Guido, sa fille et Piétro Niger dans une chambre haute et bien éclairée de la tour.

— Si vous avez un désir à exprimer, dit-il, ouvrez cette fenêtre, je suis toujours à proximité.

Il attendit un instant, car il pensait qu'on allait lui adresser quelque demande. Mais comme tous gardaient le silence, il sortit en fermant soigneusement la porte. Les voyageurs avaient évidemment besoin de rafraîchissements, le geôlier lui-même semblait l'avoir compris ; mais le terrible destin qui pesait sur la tête de Bonello, ne permettait pas à sa fille de penser aux besoins du corps. Chaque minute augmentait son inquiétude, car chaque instant rapprochait son père de l'heure du supplice. Pour ne pas affliger les courts moments qui lui restaient à vivre, elle cherchait à cacher sa propre douleur. Chaque mouvement, chaque regard de la jeune fille trahissait sa douleur intérieure.

Piétro était pâle et souffrant. Il avait été blessé dans cette malheureuse bataille. Mais le fier Milanais souffrait davantage du péril de sa patrie que de sa blessure encore ouverte. Il se tenait à la fenêtre et considérait le camp des Allemands. Tout entier à sa contemplation, il oublia bientôt l'infortuné Guido et sa fille.

— Je vous attendais depuis deux jours, mon enfant ! Le peu de sûreté des routes vous aura sans doute retardée ?

— Mais non, père ; la blessure de Piétro ne permettait pas de voyager plus promptement.

— Vous n'avez pas été inquiétés ?

— Non, au contraire, dit-elle, partout les chevaliers allemands nous ont traités avec égards.

— Étranges gens que ces Allemands! dit Guido.
J'ai déjà admiré leur retenue et leur politesse envers
les dames..... Mais il suffisait que tu parusses dans le
camp, Hermengarde, pour que plusieurs vaillants
chevaliers t'offrissent leurs services!

— Gardons-nous, toutefois, de compter sur cet
appui chevaleresque, dit Piétro, dont la haine pour
les Allemands ne pouvait souffrir qu'on les louât.

— Rendre justice à l'ennemi, reprit Bonello, n'est
pas faire preuve de faiblesse ou de trahison.

— Non; mais reconnaître des vertus chez son
ennemi, cela n'est pas d'un bon patriote, reprit Niger.

Le condamné connaissait la haine aveugle de
Piétro et prévoyait sa réponse. Il ne lui fut pas difficile de démontrer, d'après les faits, l'injustice de ce
reproche. Pendant qu'ils discutaient ainsi, Hermengarde s'approcha de la fenêtre, où elle donna un
libre cours à ses larmes longtemps contenues. La
potence s'élevait devant ses yeux; elle pouvait voir le
bourreau qui y travaillait encore. Détournant ses regards, elle leva les yeux au ciel qui resplendissait
pur et limpide au-dessus du paysage. Elle songea à
la démarche du pieux abbé, et aussitôt ses mains se
joignirent. Dans la foi de son cœur pieux, elle im-
plorait Dieu et la sainte Vierge pour son malheureux
père.

Ses larmes cessèrent de couler, et, devenue plus
calme :

— Certainement, mon père, l'empereur vous par-
donnera. Le Tout-Puissant connaît votre innocence,

il ne permettra pas que vous périssiez de la mort des
criminels.

— Espérons, mon enfant!

— Moi je n'espère rien, disait Niger. Le cœur tyrannique de Barberousse ne connaît ni la bienveillance ni la justice..... Hermengarde, résignez-vous,
ne vous bercez pas d'un espoir chimérique.

— Ah! Piétro, dit-elle en se détournant.

— Soyez fière de la mort de votre père, il meurt
pour la liberté de la patrie!

— Assez! assez! interrompit Bonello. Une jeune
fille de quatorze ans à peine ne peut comprendre ce
langage héroïque, cher Pietro! Mais voyons, si mes
heures étaient comptées, s'il me fallait vous quitter,
(et Guido fit appel à toute sa force pour conserver
son calme), c'est à vous, Piétro, qu'il appartiendra de
remplacer, autant que possible, le pauvre père. Vous
connaissez mon désir; recevez ici la main d'Hermengarde, en attendant que le prêtre vous unisse pour
toujours.

Des larmes vinrent mouiller les yeux du condamné
et coulèrent sur sa barbe grise, tandis qu'il prenait
la main d'Hermengarde pour la joindre à celle de
Piétro. Mais les paroles de Niger avait trop profondément déchiré le cœur d'Hermengarde; elle se
tourna du côté de son père, lui prit la main, se jeta
à son cou et pleura amèrement.

VIII. — L'ABBÉ CONRAD.

Le condamné n'aurait pu facilement trouver un intercesseur plus puissant que l'abbé Conrad, l'ami de l'archevêque de Salzbourg. L'opposition de ce prélat avait empêché jusqu'alors l'anti-pape Victor d'être reconnu en Allemagne. Frédéric n'avait négligé aucun moyen pour séduire les princes de l'Eglise, mais tout avait été inutile ; ni les menaces, ni les prières n'avaient pu décider Eberhard à prêter la main au schisme. Il ne répondit même pas à l'invitation que lui fit l'empereur de venir en Italie, afin de ne point laisser croire qu'il pactisât avec l'erreur.

Beaucoup d'évêques réglèrent leur conduite sur celle de l'éminent archevêque de Salzbourg, et, tant que le choix de l'irrésolu Victor ne serait pas généralement accueilli, l'empereur ne pouvait espérer la réalisation de ses projets. En effet, autant Victor était soumis aux moindres désirs de Frédéric, autant Alexandre III s'y montrait contraire. Puissant et courageux comme Barberousse lui-même, il dédaignait de jouer le rôle de valet de l'empereur, d'enchaîner la liberté de l'Eglise, et de faire servir la religion à affermir un empire despotique. Un pareil homme, d'après Barberousse, ne devait pas rester sur le siége de Saint-Pierre, aussi cherchait-il, de toutes ses forces, à renverser Alexandre. Eberhard était en Allemagne l'âme du parti d'Alexandre, et Conrad ayant, de son côté, la plus grande influence sur l'archevêque, Barberousse ne pouvait manquer de faire tous ses efforts pour être agréable au moine.

L'arrivée de Conrad, depuis longtemps attendue, fut promptement connue au camp impérial. A peine atteignait-il la tente hospitalière de Lanzo, qu'il se vit entouré de nombreux seigneurs de la cour. Parmi ceux-ci se trouvait Adelbert, qui ne pouvait trouver assez d'excuses pour faire oublier sa conduite précédente. Conrad avait conservé toute sa modestie, mais il ne pouvait s'empêcher de sourire de l'empressement des courtisans.

— Monseigneur l'évêque regrette fort de ne pouvoir espérer l'honneur de vous offrir l'hospitalité, disait Adelbert. Sa Majesté a décidé que l'appartement le plus somptueux de sa propre tente vous serait réservé. Monseigneur m'a accablé de reproches bien mérités pour ma méprise si maladroite.... Mais qui eût pu penser que la défroque d'un moine cachât un si illustre abbé?...

— Seigneur Adelbert, laissez de côté toute excuse, cela n'en vaut réellement pas la peine.

— Votre Grandeur me rend honteux, gracieux seigneur... On dit de votre ordre célèbre qu'il est le bien-venu partout... C'est bien le moins que vous, qui réunissez toutes les vertus, soyez reçu à bras ouverts.

Le prélat commençait à éprouver du dégoût pour ces basses flatteries; il se félicita d'être enfin arrivé à la tente impériale. Un vaste espace carré s'étendait devant la tente de Frédéric. A l'extrémité de cette place, et à quelques pas seulement de l'entrée de la demeure royale, s'élevait un immense poteau, au sommet duquel était attaché le riche écusson de l'empereur. Des deux côtés de cet écusson, à mi-chemin de la tente, se tenaient deux chevaliers complètement armés, l'épée nue à la main, et semblables à deux statues enluminées. Ils montaient la garde selon l'usage traditionnel devant l'écusson impérial, et les seigneurs, spirituels et temporels, devaient à tour de rôle s'acquitter de cet office. Contrairement au tumulte bruyant des rues, un profond silence régnait dans le voisinage de la tente impériale. Des guerriers revêtus d'éclatantes armures, des seigneurs aux riches vêtements se trouvaient sur la place. Leur air soumis et respectueux indiquait assez qu'ils se trouvaient en quelque sorte sous les yeux du souverain.

Plongé dans de sombres pensées, Frédéric était assis dans sa tente. En face de lui était le chancelier Reinald. L'empereur se félicitait du concours empressé que lui avaient prêté les princes allemands; toutefois, l'abstention d'un grand nombre d'évêques le rendait assez soucieux. Peu de prélats s'étaient rendus à son appel. Quelques-uns envoyaient des hommes ou de l'argent, d'autres excusaient leur inaction. Mais Frédéric connaissait parfaitement les motifs qui les faisaient agir; ils voulaient éviter toute relation avec un schismatique.

A la tête d'une armée innombrable et vaillante, Barberousse pouvait bien ravager l'Italie; mais l'accomplissement de son plus cher projet, l'assujettissement de l'Eglise, ne pouvait, en ce temps-là, s'obtenir par les armes.

Frédéric, qui était furieux contre l'épiscopat bavarois, principal appui d'Alexandre III, en voulait surtout au primat Eberhard de Salzbourg. Des messages menaçants avaient réclamé la présence de l'archevêque. On s'attendait à le voir arriver à la tête de ses hommes d'armes. Au lieu de cela, on ne vit venir que d'humbles moines.

— En vérité, disait l'empereur, je commence à me lasser !... L'archevêque méprise nos prières et nos menaces.... eh bien ! il sentira notre colère !...

— La force n'est pas de mise en pareil cas, fit sentencieusement observer le chancelier. La Majesté Impériale n'est pas encore en état d'oser briser la crosse et la mître !...

— Il nous faudra donc mendier l'appui de ce vieux prêtre égoïste ! dit Frédéric avec amertume. Nous ne sommes pas encore réduit à une telle impuissance, monsieur le chancelier ! Si l'archevêque ne nous présente pas des excuses plausibles, il sera puni de bannissement.

— Le bannissement ! répondit Reinald en riant. Les sentences fulminées par Victor tourneront en fumée sans laisser de traces. On rira de l'anti-pape, et l'on n'éprouvera pas le moindre scrupule de conscience. Vous pouvez employer la force, mais ce sera aux dépens de votre considération. Vous savez la profonde vénération dont Eberhard est entouré. Son abstention seule empêche les prélats de se ranger du côté de Victor; le peuple le regarde comme un saint, et si vous voulez vous perdre dans l'esprit public, vous n'avez qu'à punir Eberhard.

— Que me conseille alors votre sagesse?

— Vos prières, vos menaces n'ont aucun résultat,

répondit l'habile conseiller ; eh bien ! prenez le masque d'organisateur de l'Eglise. Recevez l'abbé Conrad avec une grande bienveillance, et confiez-vous à moi pour le reste.

— Quel est donc votre plan ?

— Parvenir à attirer Eberhard à votre cour... Tout serait gagné alors.

— Tout ! allons donc, jamais Eberhard ne sera infidèle à Alexandre.

— Soit ! mais qu'il vienne seulement à la cour. Je ferai courir le bruit qu'il a reconnu Victor. Et ce qui est plus fort, ajouta-t-il avec un rire ironique, le saint homme aura rendu visite au schismatique Frédéric de Hohenstauffen, visite à laquelle le saint évêque n'aurait jamais pu se résoudre, si vous continuiez de vous montrer l'ennemi de l'Eglise !

— Voilà qui est bien ! dit le prince. Ce jeu-là pourra produire quelque effet.

— Quelque effet !... seulement quelque effet ? reprit Dassel blessé du ton de Frédéric. Ma proposition n'est pas un jeu, ce n'est pas une fantaisie de mon imagination !...

— Je le vois, la science est fort susceptible, et ceux qui la possèdent aussi, répondit Barberousse. Nous nous inclinons donc devant votre découverte, qui n'est pas un jeu, puisque vous le voulez, mais une terrible machine de guerre dirigée contre la tête d'Alexandre !...

— La démarche d'Eberhard portera le coup de grâce à Alexandre, et la reconnaissance de Victor, votre pape, suivra de près, s'écria Reinald. Si vous y consentez, sire, nous ferons appeler l'envoyé de l'archevêque.

Le monarque fit un signe de tête affirmatif. Le comte écarta le rideau de soie de la tente, et dit quelques mots à un chambellan. Bientôt Conrad arriva.

— Soyez le bienvenu, seigneur abbé, dit Frédéric en se levant de son siége. Nous nous félicitons du choix heureux qu'a fait notre métropolitain de Salzbourg. On est toujours heureux de rencontrer un sage conseiller, capable de résoudre les cas difficiles.

Conrad s'inclina en remettant à l'empereur un pli cacheté. Frédéric brisa le sceau avec précipitation ; c'étaient les lettres de créance de l'abbé.

— Asseyez-vous, dit Barberousse, en désignant un siége. L'archevêque prend prétexte de son grand âge, et de son état maladif, pour se dispenser de se rendre à notre invitation. Nous regrettons ces obstacles..... mais que répond l'archevêque à nos observations?

— Il ne peut envoyer les troupes que lui demande Votre Majesté. Elles lui sont nécessaires pour défendre son propre territoire contre des voisins ambitieux. Mais il est tout disposé à remettre à Votre Majesté un tribut en argent?

— De l'argent! non pas; nous refusons l'argent! dit fièrement Frédéric. La fidélité et l'attachement seuls ont du prix à nos yeux. Si l'obéissance pouvait se remplacer par l'or, notre puissance serait bien malade. Mais en voilà assez! Nous saurons nous passer de l'appui de l'archevêque de Salzbourg ; les forces ne nous manquent point pour entrer en campagne! Mais que pense-t-il du véritable chef de l'Église? Nous espérons bien qu'il n'est pas au nombre de ceux qui pactisent avec le schisme?

— La soumission au vrai pape est un des principaux devoirs des prélats, reprit Conrad. Mais aux yeux de celui qui m'envoie, ce n'est pas Victor mais Alexandre, qui est le pape légitime. L'archevêque de Salzbourg m'a chargé de faire cette remarque à Votre Majesté.

— C'est cela! encore des observations! s'écria Frédéric.

— Permettez-moi, sire, d'exposer les raisons sur lesquelles s'appuient les convictions du prélat, dit Conrad. Immédiatement après la mort d'Adrien IV, les cardinaux se réunirent, et, à l'unanimité, élurent le cardinal Roland, aujourd'hui Alexandre III....

— A l'unanimité! interrompit Barberousse. Autant qu'il nous souvienne, tous les cardinaux n'étaient pas réunis.

— C'est vrai, il en manquait trois... Mais Votre Majesté en gardait deux en captivité, reprit Conrad.

— Cette réponse n'a pas le sens commun, seigneur abbé. Ces deux cardinaux avaient encouru notre déplaisir... Nous les avons invités à ne pas quitter notre cour.... Leur position ne peut être qualifiée de captivité..... Mais continuez.....

— On connaissait le caractère décidé et énergique d'Alexandre, continua Conrad, et on résolut de le renverser. A l'aide de puissants auxiliaires, le cardinal Octavien fut élu, et Alexandre violemment expulsé. Aussi l'archevêque Eberhard, et tout prélat instruit des saints canons, considèrent l'élection de Victor comme entachée d'illégalité. Alexandre, à leurs yeux, est le pape légitime.

— Voilà qui est surprenant! dit le monarque, que certains arguments de l'abbé avaient fait rougir.

Certes, jamais nous n'avions envisagé la question à ce point de vue.... Il nous faudra donc partager maintenant l'opinion de l'archevêque!... Jusqu'à ce jour, nous avions pensé différemment. Votre métropolitain aurait dû exposer au Concile de Pavie, où il fut invité, les raisons que vous venez de développer ici!... Si nous sommes dans l'erreur, si nous soutenons un anti-pape, la faute en est donc à votre maître. Nous aimons à voir ce savant prélat, et nous regrettons fort de ne pouvoir jouir de l'appui éclairé de ses lumières. C'est regrettable, car s'il l'eût voulu, le schisme aurait cessé depuis longtemps.

L'abbé Conrad était muet d'étonnement. Il hésitait cependant à croire à l'entière sincérité de Barberousse.

— Le schisme nous afflige profondément, continua l'empereur. Le protecteur de l'Eglise doit doublement le déplorer. Nous avons tout fait pour que le véritable Pape, que nous pensions être Victor, fût reconnu par toute l'Eglise. Toutefois, nous devons l'avouer, ce que vous venez de nous dire de la part de l'archevêque, nous fait hésiter....

— De toute façon, il serait avantageux au bien de l'Eglise, dit timidement Reinald, que Monseigneur Eberhard se rendît à la cour... Son influence personnelle applanirait tous les obstacles.

— Quoique malade, l'auguste vieillard ne reculera pas devant les fatigues du voyage, dès qu'il pourra supposer que sa présence amènera la reconnaissance unanime du véritable pape, ajouta l'abbé Conrad.

— Espérons-le, fit l'empereur.

Et, se tournant vers Reinald, il continua :

— Vous ferez connaître par écrit notre désir à l'archevêque. En attendant, mon cher abbé, vous êtes notre hôte.

Il se leva, en inclinant légèrement la tête, pour faire comprendre au prélat qu'il pouvait se retirer. La pensée de Bonello le retint, et ce ne fut pas sans un certain embarras, que l'abbé commença à intercéder pour le condamné.

— Que Votre Majesté daigne m'excuser, si je me permets d'implorer sa clémence, pour un homme bien malheureux. Un chevalier guelfe, nommé Bonello, doit être pendu aujourd'hui même. Daignez lui faire grâce de la vie, et, désormais, il se tiendra à l'écart de tout mouvement politique, se consacrant exclusivement à l'éducation de sa fille unique. Cette jeune personne, à peine sortie de l'enfance, a d'autant plus besoin de l'appui paternel, que sa beauté extraordinaire devient presque un danger pour elle. Si Votre Majesté veut bien me témoigner quelque bienveillance, je la supplie d'exaucer ma prière !

L'empereur réfléchit un moment.

— Impossible, répondit-il ; le jugement doit être exécuté.

— Si Votre Majesté ne peut faire grâce au traître, dit le chancelier, elle peut en faire cadeau à l'ami de l'archevêque de Salzbourg. Bonello n'est, après tout, qu'un gentilhomme lombard... Etrange présent pour un prélat allemand !

Barberousse comprit l'intention de son conseiller, mais sa volonté était inébranlable.

— Pas un mot de plus !... le traître mourra.

Conrad lut sur les traits de l'empereur l'inutilité
de nouvelles prières, et se trouva heureux d'avoir au
moins prolongé de quelques heures la vie du condamné. Il pouvait, du moins, le préparer au grand
voyage de l'éternité.

— Hâtez-vous de remplir votre saint ministère,
dit Barberousse, car dès l'aube de demain, Bonello
sera pendu.

Le prélat s'inclina, et sortit de la tente.

— Vous auriez dû laisser vivre le pauvre diable,
dit le chancelier d'un ton mécontent.

— Le pauvre diable pouvait vivre, mais le rebelle
doit périr, répondit Barberousse en reprenant sa
place à table.

— Si j'aspirais à gouverner le monde, il faudrait
que l'aveugle déesse de la justice fît plus d'un sacrifice sur l'autel de la sagesse, ajouta encore le comte
de Dassel. L'abbé Conrad a sollicité pour le guelfe...
Conrad est l'ami d'Eberhard, et Eberhard est l'âme
de l'épiscopat....

— Nous ne pouvons acheter la fidélité qui nous
est dûe, avec l'impunité des coupables !

— La justice de Votre Majesté fait honte à ma petite sagesse, dit Reinald d'un ton respectueux. En ce
moment, j'éprouve un étrange embarras. J'aperçois
un dangereux écueil, une sorte de conjuration contre
l'accomplissement de votre plan gigantesque, et je
n'ose ni conseiller ni avertir !... Cela est vraiment
pénible pour un cœur sincèrement dévoué !...

— Expliquez-vous ?

— La chose nage encore dans le lointain de la
fatalité humaine, reprit Dassel.

Il releva la tête et se rapprocha de la table. Sa figure devint sérieuse, sont front se plissa, son œil devint perçant.

— Henri-le-Lion est duc de Saxe et de Bavière, continua-t-il. Il est le plus puissant seigneur d'Allemagne. Son attachement, comme Guelfe, à Alexandre est évident; nous en avons assez de preuves en main. Or, se concilier Henri-le-Lion par des cadeaux, par l'accroissement de ses domaines serait dangereux. Il est fier, hautain, avide d'autorité, et, ne pouvant plus rien espérer de Votre Majesté, il se portera du côté où son ambition prévoit de plus grands avantages. Peut-être ne lui manque-t-il qu'un prétexte pour se séparer de l'empereur, et s'unir ouvertement aux Guelfes et à Alexandre?

Le chancelier se tut un instant, et attendit la réponse de Barberousse, mais l'empereur garda le silence.

— Henri-le-Lion est allié au riche et puissant Berthold de Zœhringen, continua Dassel. En cas de rupture, Zœhringen aussi serait contre nous. L'empereur serait-il en mesure de résister avec succès aux deux princes réunis?

— Cette supposition me surprend, et, cependant, je l'avoue, ces craintes ne sont pas dépourvues de raison, répondit Barberousse.

— J'ai montré le péril à Votre Majesté; je voudrais maintenant lui indiquer le moyen de le détourner. Le Lion a épousé la sœur de Zœhringen, Clémence, dont il n'a que des filles. Or, quoi de plus pénible pour un prince qui désire voir se perpétuer sa race? On dit même qu'il y a eu, à ce pro-

pos plus d'une discussion entre les deux époux. Si le
duc répudiait Clémence, tout serait gagné; par le fait
même, il se séparerait de Zœhringen et d'Alexandre,
et serait, à tout jamais, acquis à votre cause.

Frédéric hocha la tête.

— Ce chef-d'œuvre de politique ne manque pas
de sagesse, mais est-ce bien là un procédé honnête?

— Ah! s'écria Dassel, je savais déjà que la justice
impériale viendrait faire obstacle au bonheur des
Hohenstauffen! Eh bien! continua-t-il avec un sourire ironique, nous serons donc martyrs de la justice!

L'empereur ne répondit rien, Reinald contrariait
ses scrupules de conscience. Ce dernier étendit un
parchemin sur la table, et regardant Barberousse en
face, il résolut de se servir d'une arme terrible,
qu'il tenait en réserve pour décider l'empereur.

— L'esprit aventureux du Lion peut tout faire
craindre, dit alors Frédéric. Sa puissance, ses relations le rendent redoutable. Votre plan remédierait
à tout, mais il n'est pas réalisable.

— Et pourquoi pas, Sire? Puisque l'empereur a
pu divorcer, pourquoi le duc ne le pourrait-il point?
Vous avez éloigné Adelheid, sans consulter l'Eglise,
et épousé Béatrix, motivant, si je ne m'abuse, le renvoi de la première sur des motifs de parenté. Faut-il
au pape Victor plus qu'un ordre de l'empereur, pour
rompre le mariage du duc?

— Mesurez vos paroles, monsieur le chancelier.
Ce qui me retient encore, c'est l'injustice criante
dont serait victime cette pauvre Clémence! C'est une
si noble femme!...

— Sans doute, et je la plains; mais voulez-vous

que les jérémiades d'une femme puissent arrêter vos
pas vers la puissance et la gloire?

Cette observation termina la discussion. L'orgueilleuse aspiration de Barberousse à l'empire du monde
devait faire taire tout autre sentiment. Barberousse
aimait la gloire et la puissance ; ce sentiment régnait
en maître dans son âme, et il lui sacrifiait tout le
reste.

— Mais l'acquiescement du duc à nos projets pourrait être douteux, ajouta-t-il, moins pour discuter
que pour témoigner de son mauvais vouloir.

— Je vais m'en occuper, car il faut que le Lion
soit promptement décidé à une rupture !

IX. — DÉVOUEMENT FILIAL.

Plus Bonello voyait sa fille, plus il se sentait faiblir à l'idée de la mort qui devait l'en séparer. Que
deviendrait, hélas ! la pauvre orpheline? Jusqu'alors,
il s'était rassuré en songeant à l'union d'Hermengarde avec Niger. Mais depuis que la sortie emportée
et imprévoyante de Piétro avait si profondément
blessé les sentiments d'Hermengarde, il ne désirait
plus lui-même cette union pour sa fille. Se renfer-
merait-elle dans un cloître? Mais de quelle sûreté
étaient à cette époque de luttes les murs d'un cloître?

Pendant qu'il gémissait sous le poids de ces

amères pensées, Piétro Niger recommença ses diva-
gations à propos de la grâce promise.

— Je ne voudrais pas, sire chevalier, laisser supposer à Frédéric, fut-ce même par un regard, que je
crains la mort.

— Notre situation est différente, jeune homme,
répliqua Bonello ; les soucis et les sentiments de la
paternité, sont souvent plus puissants que l'ivresse
du jeune âge.

— Il faut être maître de soi, dit Niger. Les liens
du sang perdent leurs droits en face des devoirs sacrés de la patrie. Si nous tremblons devant la corde
et le gibet, si le voisinage de la mort nous arrache
des plaintes et des larmes, nous méritons, par notre
faiblesse, l'esclavage des Allemands.

— Vous vous faites vraiment tort, dit Guido, en
jetant un regard de côté sur sa fille, qui se tenait
près de la fenêtre, où elle attendait avec inquiétude
le retour de l'abbé Conrad.

Enfin, elle remarqua quelques cavaliers, qui s'approchaient de l'éminence sur laquelle était bâtie
Cinola. Hermengarde crut distinguer parmi eux une
robe de moine ; mais que signifiaient les hommes
armés ? Formaient-ils l'escorte de l'abbé ? Son cœur
battait à rompre sa poitrine. L'escorte s'arrêta au
pied de l'éminence. La jeune fille reconnut le prélat
qui descendait de cheval, laissant son escorte en
arrière, et se hâtait de monter le sentier.

— C'est lui !... il vient... il vient !... s'écria-t-elle
toute émue. Voyez comme il s'empresse, le brave
homme ! Non, ce n'est pas la démarche d'un messager
de mauvaise nouvelles, c'est le pas agile de la grâce

et du salut !... Mon père, ô mon père ! dit-elle en embrassant Bonello, et souriant au milieu de ses larmes.

— Tu pourrais avoir raison, mon enfant ; toutefois, attendons.

— N'en doutez pas, la chose est sûre. Vous êtes sauvé, une voix intérieure me le dit !

La clef grinça dans la serrure, l'abbé Conrad entra triste et abattu.

— Je viens moi-même, dit-il, vous apprendre le résultat de mes efforts. Ma demande n'est qu'en partie exaucée, sire chevalier. L'empereur vous fait grâce pour aujourd'hui.

La forme adoucie à l'aide de laquelle l'abbé annonça son échec, ne trompa pas un instant le condamné. Les sentiments enfantins d'Hermengarde ne lui firent pas découvrir immédiatement l'affreuse vérité, que renfermaient les paroles de Conrad.

— Bon père, dit-elle, vos obscures paroles m'effraient. Je vous en supplie, dites clairement si l'empereur accorde la vie à mon père.

Le prélat regarda la jeune fille avec anxiété.

— L'empereur ne voulait pas d'abord entendre parler de grâce ; cependant, j'ai pu, par mes supplications réitérées, arriver à un résultat satisfaisant.

— Ah ! seulement pour aujourd'hui ?

— Nous pouvons être parfaitement tranquille, chère enfant, il ne tombera pas aujourd'hui un cheveu de la tête de votre père.

— Mais demain.... Grand Dieu, qu'arrivera-t-il demain ? s'écria-t-elle avec angoisse.

— Ayons confiance en Dieu, ma fille, dit Conrad. Lui seul est maître de l'avenir.

— Oh! malheureuse que je suis!... Vous ne voulez pas me dire la terrible vérité!... Votre pitié a peur de mes larmes!... Ne voyez-vous pas, mon père, que mes yeux sont secs, que je suis calme et tranquille? Pour l'amour de Dieu, parlez! dit-elle, agitée par la fièvre; cette incertitude me tue! Je suis assez forte pour supporter ce qu'il y a de plus terrible; ne craignez pas d'entendre des gémissements, nous n'avons pas le temps de pleurer et de nous plaindre. Il faut utiliser les quelques heures de cette journée, pour détourner ce qui doit avoir lieu demain.

Hermengarde parlait avec tant de force, ses prières et tout son extérieur lui donnait un air si touchant, qu'une pensée consolante vint au prélat.

— Votre langage pourrait réussir auprès de l'empereur, ma fille, lui dit-il, je veux bien employer mon crédit pour vous faire arriver près de lui. Peut-être réussirez-vous mieux que moi?

— Vous avez échoué! tout est donc fini, dit-elle en tremblant.

— Remets-toi, mon enfant, dit Guido, tout n'est pas encore perdu.

— Oh! je suis calme, mon père; mon esprit est tout à moi; Révérend Père, je vous en prie, conduisez-moi au camp.

Et elle commença, avec une étrange tranquillité, ses préparatifs de départ. Mais ce calme n'était qu'apparent; son cœur se déchirait dans sa poitrine. Elle avait réuni toutes ses forces pour faire cette dernière démarche, et cachait soigneusement ses angoisses.

— Piétro, dit-elle avec hésitation, vous viendrez avec moi!...

— Pardonnez-moi, noble demoiselle, si je ne puis accéder à votre désir. La vue du tyran m'est déjà insupportable, que serait-ce si je vous voyais suppliante à ses pieds?

— Ah! Piétro ne me refusez pas l'appui de votre votre bras!

— Rassurez-vous, ma fille, dit l'abbé Conrad. Je ne m'éloignerai pas de vous un seul instant. Ce jeune homme semble fort exalté, et nous devons agir avec un grand calme.

Hermengarde saisit la main du prélat, et sortit précipitamment de la tour.

La suite de Conrad se composait de chevaliers faisant partie de la maison impériale, car jamais Barberousse ne manquait de combler d'honneurs ceux qu'il désirait s'attacher.

A l'aspect d'Hermengarde, un des gentilshommes descendit de cheval, et vint se mettre à genoux pour tenir l'étrier. Conrad et la jeune femme descendirent la colline, tandis que les seigneurs exprimaient leur surprise et leur admiration. Hermengarde était remarquablement belle, et ne pouvait manquer de se concilier l'affection de tous, en ces temps de chevalerie où la beauté recevait tant d'hommages.

La petite troupe avait pris la grande route qui traversait le camp. Le mouvement de va-et-vient ne leur permettait guère de hâter le pas; souvent ils étaient forcés de s'arrêter. La jeune fille se trouvait pour la première fois au milieu d'un camp. Mais elle entendait à peine le tumulte et le cliquetis des armes, tant elle était en proie à l'inquiétude et à la douleur.

De tous côtés, elle attirait l'attention par son extérieur doux et modeste, et surtout par sa beauté. Les groupes se taisaient, et un profond silence régnait jusqu'à ce qu'Hermengarde fut passée. Dans le voisinage de la tente de Henri-le-Lion, ils rencontrèrent le chancelier Reinald. Richement vêtu, et suivi de nombreux serviteurs, il se disposait à rendre visite au duc.

— Où allez-vous ainsi, seigneur abbé?... demanda-t-il. Ah bien! très-bien, vous ne vous laissez pas facilement décourager, ajouta-t-il, en considérant Hermengarde. En vérité, (et il s'inclina devant la jeune fille), votre protégée mérite bien cette démarche, à laquelle je souhaite le meilleur résultat.

— Ce résultat serait certain, si ma légère influence avait l'appui de votre pouvoir, monsieur le chancelier, dit Conrad.

Reinald ne répondit rien. Mais en regardant Hermengarde, il conçut immédiatement un plan, dont son imagination était seule capable.

— Mon appui! Bien volontiers, seigneur abbé. Le respect que j'ai pour vous, et l'intérêt que je porte à cette aimable damoiselle, ordonnent de vous offrir mes services. Mais agissons avec sagesse, et prenons bien toutes nos mesures. J'ai une toute petite affaire à régler chez le duc de Saxe, et je suis à vous sur le champ. Veuillez, dans l'intervalle, entrer sous ma tente.

Le comte chargea un de ses serviteurs de traiter convenablement le prélat et sa société jusqu'à son retour, puis il continua sa route, après avoir adressé quelques paroles de consolation à la jeune fille.

— Comme cela se rencontre! se dit le chancelier,

qui ne perdait pas de vue les plus minimes détails. Le Lion lui-même ne pourra regarder cette beauté sans danger pour son repos. Elle est encore un peu jeune, quelques années de plus ne nuiraient pas, mais, comparée à Clémence, elle dira assez nettement au duc ce qu'il doit faire de la duchesse.

Il était arrivé à la tente du prince. Descendant de cheval, il laissa son escorte dans la première chambre, et, couvert de ses vêtements de soie, il traversa plusieurs appartements, et arriva enfin dans une grande pièce richement ornée. Un serviteur se présenta à lui.

— Pourrais-je parler à votre maître? demanda Dassel.

— Veuillez attendre un instant, répondit le valet. Monseigneur est en famille, et il n'aime pas à être dérangé dans de pareils moments.

De la chambre fermée, on entendait sortir une voix d'homme, mâle et sonore, à laquelle répondaient de joyeux et enfantins éclats de rire.

— Rien ne presse, répondit Dassel.

Et il se mit à se promener dans la chambre, paraissant plongé dans ses pensées, mais en réalité prêtant l'oreille à ce qui se passait chez le duc.

Henri-le-Lion, duc de Bavière et de Saxe, était un prince audacieux et entreprenant. Toujours occupé de l'accroissement de son duché, il voulait que le nord de l'Allemagne lui appartînt, comme le sud appartenait à l'empereur. Aussi, depuis de longues années, guerroyait-il contre les Slaves. Il était enfin parvenu à anéantir leur indépendance, et manifestait un grand désir de voir la foi chrétienne faire des

progrès parmi eux. Mais il avait plutôt en vue d'asseoir sa propre domination que d'assurer le triomphe
de la vérité.

Toutefois, il ne manifestait pas grande sympathie
pour les changements que Barberousse introduisait
dans l'Église. Il penchait pour le parti orthodoxe, et
n'en faisait nul mystère; il combattait les Lombards
comme ennemis de l'empire, mais il approuvait leur
résistance aux empiétements de Frédéric. Il ne reconnaissait pas le Pape Victor, et lui témoignait
même une sorte de dédain, car Henri méprisait les
manières basses et serviles de l'anti-pape, et ses sentiments religieux étaient opposés à cette illégale
élévation.

Il appartenait à l'habileté de Frédéric de savoir
tirer parti d'un homme du caractère emporté de Henri,
et de ne pas le laisser indécis dans la lutte qui allait
s'engager. Barberousse sentait depuis longtemps
qu'il y avait quelque chose à faire pour détacher le
duc du parti d'Alexandre. L'habileté de Reinald lui
parut avoir trouvé le véritable moyen d'y parvenir.

Pendant que le chancelier combinait son plan
déloyal, le duc, sans se douter de la visite qui l'attendait, était assis au milieu de sa famille. Henri
était fort, bien bâti. Il avait la chevelure foncée, les
traits basanés, et une barbe épaisse. Sa figure était
franche et ouverte; son œil noir plein de feu indiquait sa hardiesse et son courage. Sa force surprenante lui avait fait donner le surnom de Lion. Il était
ennemi du repos, et se plaignait hautement de l'inaction à laquelle le condamnait l'empereur.

Près de lui se tenait Clémence, son épouse, occupée d'un ouvrage de broderie. La duchesse n'était pas dépourvue des agréments du corps et de l'esprit. Elle aimait son époux du plus vif amour. Mais les tendres sentiments de Henri pour la belle Clémence avaient depuis longtemps disparu de son cœur. Il estimait sa femme pour ses vertus, tout en éprouvant un vif chagrin de n'avoir pas de fils, et il avait même laissé entendre à plusieurs intimes, qu'ils ne serait pas opposé au divorce.

— Regarde donc, Clémence, quel joli garçon ferait notre Hildegarde! dit le prince écartant les boucles soyeuses de la figure de l'enfant, qui s'était glissée entre les jambes de son père. L'enfant pourrait déjà jouer avec les armes, préparer des flèches, et, dans quelques années, lutter à mes côtés.

— Et peut-être y mourir, ô mon époux!

— Nos cinq filles ne courent pas risque de mourir de la mort des héros! dit le duc avec amertume. Ah! je donnerais la moitié de ma main gauche, pour que deux de ces filles fussent des garçons!.....

— Henri, n'ayez pas de si sombres pensées!..... Vous m'inquiétez pour l'avenir.

— N'importe! une main pour un fils! continua Henri avec une fureur croissante. Si mon lit de mort était entouré de cinq fils, je saurais pourquoi j'ai lutté, et quel était le but de mes efforts! Cinq jeunes lions! Ah! ils achèveraient l'œuvre paternelle, et, réunis en faisceau, ils pourraient défier l'empereur. Mais arriver au tombeau et laisser l'œuvre péniblement accomplie aux mains de faibles femmes, cela est amer, oui, terriblement amer!

Clémence avait laissé reposer son aiguille, et re-

gardait son époux dans les yeux. Malgré sa nature
douce et ses principes religieux, elle ne pouvait s'empêcher d'être tristement frappée des plaintes de
Henri-le-Lion.

— Pardonnez, cher Henri, si votre sortie me paraît tant soit peu intéressée. Celui qui n'a que l'honneur en vue, ne travaille point pour l'avenir. Sur
cette terre, il doit nous suffire de la conscience
d'avoir agi de bonne foi, avec de nobles desseins.

— Un triste lot !

— Et pourtant, c'est le meilleur, le plus avantageux
de ce monde, répondit-elle. La véritable récompense,
le laurier qui doit couronner vos victoires est éternel,
impérissable. Ce qu'on croit avoir établi sur la terre
n'est souvent rien pour l'éternité. A quoi sert alors
d'avoir passé la vie dans les orages, les tracas et les
combats? Je vous en supplie, cher époux, ne cherchez pas querelle à la Providence. Chassez de votre
esprit toute pensée terrestre; l'orgueil mène à l'oubli
de Dieu, et à la perdition éternelle!

Le prince écouta ces remontrances avec calme, et
sans manifester de surprise.

— Vous avez raison, dit-il, la récompense de
l'honneur n'est que d'un médiocre prix, si l'on considère la destinée éternelle de l'homme. Mais, je ne
puis m'empêcher de le reconnaître, mon honneur
donnerait plus d'une feuille du laurier de l'éternité
pour posséder un rejeton terrestre.

On entendit un léger bruit, le rideau s'entrouvrit,
et Lanzo, le bouffon, entra d'un air sérieux.

— D'où viens-tu, coquin?

— Du gibet, parrain.

— Quoi! serais-je le parrain d'un gibier de potence?

— Puisqu'on paraît décidé à mener à la potence
les honnêtes gens, tu n'as pas lieu d'être honteux,
mon cousin.

— Qui donc a-t-on pendu?

— Pendu! il n'est pas question de pendre, pour
le moment du moins; toutefois, ceux qui se trouvent
sous la corde ne sont pas les plus mal placés. Celui
que tient la corde peut être un honnête bourgeois,
même quand c'est Barberousse ou ta seigneurie qui
l'y envoie; mais quand le diable mène quelqu'un au
gibet, oh! alors, c'est différent!....

— Tu n'es pas fort aujourd'hui, Lanzo.

— Et pourquoi cela, maître?

— Cette sotte croyance que le diable puisse mener
les gens au gibet.....

— J'ai eu bien raison d'avoir cette pensée lumi-
neuse! dit le fou. Veux-tu que je te fasse voir un
tour de satan?

— Je suis curieux, voyons!

— Veuille d'abord avoir l'obligeance d'ouvrir les
yeux de ton intelligence, car celui dont l'esprit est
aveugle, quoique voyant selon le corps, ne peut découvrir les trames du démon. Les œuvres de sa majesté diabolique sont d'essence spirituelle, comme
messire Belzébuth lui-même. Le premier et le principal agent du diable, c'est.... devine un peu, cousin?

— Quoi?

— L'orgueil! Quand le diable a pu engager quelqu'un dans les liens de l'orgueil, c'est un homme
perdu! L'orgueil monte et aspire toujours à monter.

Supposons que le sujet soit duc, il voudrait être empereur ; il mettra de côté, pour y arriver, tout ce qui le gêne ; et, fallût-il même pour cela commettre des crimes, il ira en avant. Est-il empereur, il voudra commander à l'égal de Dieu ; le Pape même ne devra être que le serviteur très-humble de l'empereur, comme tu peux clairement le voir aujourd'hui, si tu as des yeux pour cela. L'orgueil n'a aucune considération pour autrui ; tout doit le servir. L'orgueilleux a-t-il une excellente femme, dont la seule faute est de n'avoir pas de fils, la pauvre créature devient une martyre, car l'orgueilleux voudrait voir renaître la renommée et l'éclat du pouvoir dans ses fils, longtemps après que sa dépouille mortelle aura servi de pâture aux vers !

Le duc fit un mouvement. Il se tourna du côté de Clémence, mais la duchesse travaillait assidûment, et ne semblait pas prêter l'oreille aux discours du fou.

— Veux-tu que je te montre encore d'autres tours du démon, cousin ?

— Non, en voilà assez pour une fois.

— Sa Majesté diabolique n'a pas seulement des cordes et des rêts pour prendre les fous, elle a aussi des valets de bourreau qui vont à leur piste. Si je ne me trompe, un serviteur de cette espèce viendra bientôt te rendre visite. Viens, je vais te montrer ce particulier ; mais prends garde à toi, cousin Lion !

Le prince regarda gravement Lanzo, et comme il savait que souvent ses plaisanteries étaient sérieuses au fond, il suivit du regard ses indications.

— Voilà le serviteur de Sa Majesté, dit Lanzo en désignant Reinald, qui s'avançait en souriant.

— Pardonnez-moi, seigneur duc, si je trouble votre bonheur de famille, pendant quelques instants. Je n'ai pu résister au plaisir de vous donner une bonne nouvelle.

— Soyez le bienvenu, monsieur le chancelier; et cette nouvelle?...

— Demain, on lèvera le camp, et l'on marchera sur Milan.

— Enfin! dit le guerrier, c'est vraiment une bonne nouvelle que vous m'apprenez là!.... On s'abrutit dans la vie des camps. Il y a déjà longtemps que nous aurions dû en finir avec nos adversaires.

— C'est aussi mon avis, reprit Reinald. Sa Majesté voulait d'abord attendre l'arrivée du duc d'Autriche; le poids de vos représentations a modifié le plan de Sa Majesté. Je dois vraiment admirer votre influence, qui a fait changer ainsi les idées d'un souverain si peu enclin aux concessions. Il me paraît que Votre Seigneurie excelle autant dans le cabinet qu'au milieu de la lutte.

Cet éloge vint chatouiller l'orgueil de Henri.

— Vous êtes trop bon, monsieur le chancelier. Mes observations n'ont servi qu'à prouver le talent militaire de l'Empereur.

Un sourire ironique, à peine visible, se dessina sur les lèvres de Reinald.

— Le monarque n'est pas moins grand parce qu'il sait écouter les avis, et suivre les conseils qui lui sont donnés, répondit-il. Je viens donc inviter Votre Grâce à assister au conseil de guerre, dans lequel doit se débattre le plan de campagne contre Milan. Ce n'est, du reste, qu'un petit comité, auquel ne seront appelés que quelques princes et quelques prélats habiles dans l'art de la guerre.

— A quelle heure?

— Aussitôt après votre arrivée.

— Holà! mon manteau! s'écria le duc.

— Oh! cela ne presse pas tant, dit Dassel. Avant de partir, je dois solliciter l'indulgence de votre Seigneurie.

— Et à quel propos?

— Pour un larcin. Toutefois, je voudrais faire ma confession en secret!....

Ils entrèrent dans la chambre voisine. Lanzo s'y glissa, se mit derrière le rideau et prêta l'oreille, comme si l'indiscrétion faisait partie de ses priviléges.

— Qu'avez-vous? demanda le duc, en voyant Reinald dans l'attitude d'un homme plein d'irrésolution et d'abattement.

— J'ai réellement commis un vol, et voici comment : pour ne pas troubler vos joies de famille, je voulus attendre votre sortie.... J'ai eu la tentation d'écouter votre discussion avec la duchesse, et je me suis laissé aller à ce premier mouvement. Votre douleur secrète, votre malheur me touchent de près. Vous, le plus puissant prince de l'empire, n'avoir point de fils!.... Un arbre puissant et plein de sève rester stérile.... cela est réellement affligeant.

Le Lion leva les yeux sur le chancelier, dont la figure semblait profondément attristée.

— Affligeant, dites-vous? L'homme doit savoir supporter les fardeaux qu'il ne peut rejeter.

— Qu'il ne peut... très-bien, s'il ne le peut; mais

moi, j'avais pensé qu'un pareil incident si fâcheux pour votre race devait pouvoir se changer.... Il faudrait peut-être un courage exceptionnel de votre part, peut-être aussi quelque violence? ... dit le tentateur d'un ton insinuant.

— Rien de plus ?

— Je l'ignore. La première femme de l'Empereur n'avait point d'enfant; il l'a répudiée pour contracter une nouvelle union avec Béatrix, et, aujourd'hui, il est entouré d'une nombreuse famille.

Un mélange de regret et de dépit parut sur le visage de Henri qui, tout en se taisant, tourmentait sa barbe.

— Frédéric le pouvait..... Adélaïde était sa parente.

— On a choisi ce prétexte, c'est vrai, répliqua joyeusement Reinald, mais il y en a bien d'autres. Ce qui est hors de doute, c'est que le pape Victor accèderait évidemment à la demande de l'Empereur, ou même à votre simple désir. Si les liens du sang peuvent faire rompre un mariage, ne pourrait-on pas faire valoir l'anéantissement d'une maison célèbre? Ne perdons pas de vue cet objet. Pardonnez-moi si l'intérêt que je prends à votre triste sort, me rend importun....

— Non pas, en aucune façon !... Cette pensée n'est pas nouvelle, mais, chose étrange ! ce que l'on rumine depuis plusieurs mois semble différent dès que cela prend un corps et se traduit en paroles.

— Cela donne de la réalité à un désir longtemps attendu, répondit l'homme d'état en étudiant les traits du prince. Mais il pensait :

— C'est la frayeur de la conscience en présence d'une mauvaise action !

Le duc se taisait ; il restait debout, les yeux fixés à terre.

— J'en conviens, cette union m'est pénible ; mais engager l'affaire, la poursuivre, la mener à une conclusion..... hum ! je pense que ce devrait être l'affaire de votre intelligence, mon cher chancelier !

— Avec plaisir !.... Vous pouvez disposer de moi, répliqua Reinald ; et, cette fois, il ne mentait pas. Mais d'abord il faudrait gagner l'Empereur, et, par lui, le pape. Peut-être y aurait-il aujourd'hui une occasion d'exposer le cas devant quatre personnes compétentes ?... Cela convient-il à votre Seigneurie ?

Ils sortirent de l'appartement ; Henri demanda son manteau, son casque et son épée. Lanzo était assis par terre, jouant avec les grelots de ses vêtements.

— Cousin, as-tu oublié les roueries du démon ? dit-il en s'avançant.

Pour augmenter les remords de Henri, Clémence, entourée de ses enfants, entra dans la chambre ; elle avait entendu le cri du duc, et s'était hâtée, selon la coutume allemande, d'apporter le glaive à son époux. Le chancelier s'inclina profondément devant la princesse ; son regard clair et limpide ne laissa point présager à Clémence le malheur qui la menaçait. Mais Henri, franc et ouvert, était embarrassé. Il ne pouvait supporter le regard de son aimable épouse.

— Pourquoi vous donner tant de peine, Clémence ? lui dit-il en ceignant son épée.

— Il m'est toujours agréable de vous servir, cher Henri, dit-elle en lui présentant son casque.

La présence du chancelier lui fit craindre qu'il n'y eût quelque mésintelligence entre le duc et l'Empereur. Elle connaissait le caractère emporté de Henri, et elle l'eût volontiers engagé à se calmer.

— Où allez-vous, cher époux? Etes-vous appelé auprès de Sa Majesté?

— Appelé.... non; c'est-à-dire, oui.... Je suis appelé pour un conseil de guerre qui va avoir lieu.

Et il quitta la tente accompagné du chancelier.

— Grand Dieu! qu'y a-t-il donc? dit Clémence. Je ne l'ai jamais vu comme cela!....

— Ni moi non plus, répondit Lanzo, qui était toujours assis par terre. Il a la mine d'un homme que le diable mène au gibet.

— Quel affreux langage, Lanzo!

— Quel méchant homme, Clémence!

— Est-ce ainsi que tu parles de ton maître?

— J'ai renoncé à lui, noble dame, et je me suis voué à votre service, car je crois que vous aurez bientôt besoin d'un serviteur dévoué.

— Pourquoi cela?

— Pourquoi? hum! le pourquoi pourrait vous chagriner, et briser votre cœur. N'interrogez pas les fous, noble dame, les fous disent la vérité!

— Je voudrais pourtant savoir la vérité, Lanzo.

— Bon! Alors, priez pour votre mari!

— Je l'ai déjà fait aujourd'hui.

— Vous pouvez le faire de nouveau.

— Et pourquoi donc?

— Parce qu'il n'est pas en bonne compagnie, et qu'il a besoin de prières!

X. — LE TENTATEUR.

Frédéric attendait, avec une impatience fiévreuse, le retour de Dassel, pour apprendre le résultat de ses efforts. Il avait mûrement pesé le plan de Reinald; ce plan lui convenait, et paraissait tellement favorable à ses projets, que la seule supposition de voir le duc Henri opposé au divorce, et contrarier par là ses desseins, le troublait singulièrement. Un chambellan annonça l'arrivée de Henri. Frédéric dissimula les pensées qui l'agitaient, et ce fut en souriant qu'il tendit la main au duc.

— Etes-vous donc enfin satisfait de nous, cher duc? dit-il en le priant de s'asseoir.

— Certes, il faut bien que je le sois, répondit Henri qui semblait triste, inquiet et chagrin.

— Les princes vont entrer dans quelques instants et le conseil ouvrira la séance. Il s'agit de décider quelles mesures nous prendrons contre Milan. Cette ville fière et rebelle sentira tout le poids de notre colère. Nous sommes presque résolu à anéantir ce foyer de révolte, et nous espérons nous trouver d'accord sur ce point avec votre Seigneurie.

Le duc ne répondit rien, et ses regards demeurèrent fixés sur le sol.

— Seriez-vous d'un avis différent? dit Barberousse. Mon plan est le résultat de mûres réflexions, mais dites-moi le vôtre, je le comparerai au mien.

— Comme vous voudrez, Sire, répliqua Henri.

Barberousse lança un coup d'œil à Reinald, qui y répondit par un regard surpris.

— Votre seigneurie me paraît mécontente et soucieuse.... Pardonnez-moi cette observation, dit Frédéric avec abandon. J'espère que ce ne sont pas de mauvaises nouvelles reçues de votre duché, ou des contrariétés plus intimes qui vous attristent?

— Des chagrins domestiques, Sire, dit Reinald.

— Comment cela?

Dassel vit dans le silence de Henri une invitation à exposer l'affaire, et il commença à peindre, sous de sombres couleurs et avec une habileté calculée, le malheur du duc qui, avec toute sa puissance et toute sa renommée, n'avait point de postérité à laquelle il pût léguer l'illustration de ses hauts faits personnels.

— Ces tristes circonstances ont fait l'objet de notre entretien. Votre Majesté trouvera donc tout naturel cet abattement de la part d'un homme, qui ne pense pas seulement au présent, mais qui travaille surtout pour l'avenir.

— Réellement, j'en suis tout affligé, dit Barberousse, mais qu'y faire? Clémence, pourtant, ne paraît pas destinée à réaliser le vœu de votre Seigneurie...

— Pardonnez à ma hardiesse, si j'ose faire allusion à la conduite de Votre Majesté en des circonstances identiques, dit Reinald.

— Soit! mais chaque époux ne peut, en semblable circonstance, agir comme je l'ai fait, dit Frédéric.

Cette observation devait exciter l'orgueil du duc de Saxe, habitué à regarder Barberousse comme un empêchement à sa grandeur et à sa puissance personnelles.

— Il faut que l'Empereur soit éclairé sur la situation, répondit Henri en relevant fièrement la tête. Je dois vous dire, qu'en pareil cas Votre Majesté pourrait attendre des égards réciproques de la part du duc.

— Surtout du duc de Saxe et de Bavière, qui ne porte pas en vain le fier nom de Lion. Mais, reprit-il en levant la tête, les circonstances sont sérieuses et difficiles, et bien que l'opportunité de la séparation nous paraisse évidente, il n'est pas en notre pouvoir de la prononcer. Sa Sainteté le pape Victor possède seul ce privilége.

Les dernières paroles de Frédéric étaient sagement calculées. Il fallait qu'Henri comprît bien que, seul, le pape de Frédéric, et encore sur l'ordre impérial, pouvait prononcer la rupture de son mariage. Frédéric voulait s'assurer si le duc abandonnerait Alexandre III.

Le prince saxon savait que le pape Alexandre ne prononcerait jamais la rupture d'une union régulièrement contractée. Pendant qu'il était occupé de cette pensée, le regard de Barberousse se fixa sur lui. Le silence du Lion était déjà d'un heureux augure, car Henri avait jusqu'alors, même contre Frédéric, soutenu la légitimité d'Alexandre.

— Nous ne doutons nullement, reprit Barberousse après un court silence, que Sa Sainteté, sur nos observations, ne se laisse émouvoir.

— Je désirerais l'intervention de Votre Majesté, dit le Lion, afin que cette affaire pût être menée aussi rapidement que possible.

— Comme nous nous sommes trouvés dans le

même cas, nous connaissons les raisons à faire valoir
pour en accélérer la solution, dit le monarque. Que
la duchesse ne sache rien d'avance.... A quoi bon ?
Les pleurs d'une femme ne peuvent changer ce qui
doit arriver.

Le chancelier, voyant que tout allait à souhait,
s'esquiva pour aller à la recherche de l'abbé Conrad
et de sa protégée. Il tenait à faire réussir la demande
d'Hermengarde, non par compassion, mais pour
assurer le triomphe de son infâme politique. Le religieux se trouvait dans le salon du comte, qui faisait
partie de la tente impériale. Chacun des regards de
la jeune fille cherchait le chancelier, dont elle attendait le retour avec impatience, car elle espérait que
ses larmes et ses prières pourraient amollir le cœur
de Barberousse. L'abbé cherchait à la consoler, mais
sans y réussir. Hermengarde s'était assise dans un
coin de l'appartement, portant ses yeux tantôt vers
l'entrée, tantôt vers le ciel. Le moine avait ouvert son
psautier et priait. Enfin Reinald apparut ; souriant à
l'idée de son succès auprès du duc Henri, il s'approcha de la fille de Bonello, en lui faisant entendre
de douces paroles.

— Pardonnez-moi, noble demoiselle, si je vous ai
fait attendre. En pareille occurrence l'opportunité est
décisive. Or, le moment opportun est venu.

Ces paroles éveillèrent l'espoir de la jeune fille,
mais la pensée qu'elle était si près de l'instant qui
allait décider de la vie ou de la mort de son père lui
serra le cœur, et elle resta pâle et silencieuse.

— Soyez rassurée.... Tout va bien.... N'ayez nulle
crainte, quand vous vous trouverez devant l'Empe-

reur. Ne cherchez point longuement vos paroles, parlez selon l'inspiration de votre cœur. En de telles
circonstances, ce langage est toujours le meilleur.

— Avez-vous quelque espoir? demanda l'abbé
Conrad, qui cherchait à lire sur les traits de l'homme
d'État.

— D'excellentes espérances, mon cher abbé. L'Empereur, j'en suis convaincu, fera grâce.... Mais hâtez-
vous! Quand on viendra vous dire d'entrer, ne vous
faites pas attendre.

Il dit encore quelques mots pour consoler la jeune
fille et disparut. Pendant ce temps, Frédéric se dirigeait vers la salle du conseil. Les seigneurs s'y tenaient en cercle, discutant le siége et le sort futur de
Milan. Obitzo, le chef des troupes auxiliaires d'Italie,
parlait avec éloquence contre la tyrannie de Milan, et
insistait sur la nécessité de lui faire subir le traitement qu'elle avait infligé à Lodi. Le voisin d'Obitzo,
revêtu des habits épiscopaux, et l'épée au côté, écoutait à peine les observations de l'Italien. Il regardait
vers la portière de la chambre impériale, attendant
avec inquiétude l'arrivée de l'Empereur. C'était l'évêque Géro de Halberstadt, élevé à ce siége par la
toute-puissante volonté de Barberousse, en dépit de
tous les réglements, après l'expulsion de l'évêque
Ulrich. Ce digne prélat avait trouvé un refuge auprès de l'archevêque de Salzbourg, et comme Géro
savait qu'un envoyé de l'archevêque était arrivé, il
craignait de perdre ses prébendes. Les évêques d'Osnabrück et de Minden, créatures impériales, parlè-
rent aussi dans le sens de la guerre. Le comte palatin
Otto de Wittelsbach, peu partisan des longs discours,

trouvait la harangue d'Obitzo bien prolixe, et commençait à se mettre en colère. On entendit en ce moment la puissante voix d'Henri-le-Lion, le rideau fut écarté, et l'Empereur entra accompagné des ducs de Saxe, de Bohême et de Rottembourg. En dernier lieu venait Reinald. Les assistants s'inclinèrent devant l'Empereur, qui prit place sur un siége préparé d'avance, pendant que les seigneurs s'asseyaient sur d'autres siéges placés en demi-cercle. A son entrée, le chancelier avait quelque peu relevé le rideau, de façon à laisser une légère ouverture. Derrière cette ouverture, se tenait un serviteur, qui attendait, immobile, les ordres du chancelier.

— D'importants motifs nous décident, dit Barberousse, à ne pas attendre l'arrivée du duc d'Autriche, et à nous diriger, dès demain, sur Milan. Avec l'aide de Dieu, il sera donné à la bravoure allemande de châtier les crimes que cette ville a commis contre le droit, contre la suprématie du peuple allemand, et contre la majesté de notre personne. Dans la connaissance où ils sont de leur culpabilité, les rebelles ne s'attendent pas à une lutte comme le prescrirait la générosité, mais à une guerre d'extermination. Nous désirons savoir si les vues de nos fidèles alliés sont d'accord avec ce qu'attendent nos adversaires. Nous vous posons donc cette question : La guerre doit-elle suivre son cours avec une inexorable justice, ou l'ennemi mérite-t-il un traitement plus doux, et devons-nous respecter les biens et les personnes de nos adversaires?

Henri-le-Lion à qui appartenait le droit de parler le premier, réfléchit un moment. Son esprit chevaleresque n'était pas sympathique à cette guerre à outrance que proposait l'Empereur. On lisait une pensée identique sur les traits du duc de Rottembourg, et du duc palatin Otto. Les évêques schismatiques, au contraire, qui avaient parfaitement compris que Barberousse voulait la destruction de Milan, baissèrent la tête en signe d'assentiment. Ils avaient peine à attendre que le moment du vote arrivât, pour faire preuve de leur obéissance. Obitzo s'agitait impatiemment sur son siége, et ne pouvait comprendre l'hésitation du duc de Saxe.

— Je suis venu avec mes Saxons et mes Bavarois pour combattre l'ennemi, dit le Lion, pour châtier les rebelles et les soumettre à votre sceptre. Mais tout cela peut se faire sans dévaster ce beau pays. A quoi bon arracher les vignes, déraciner les arbres, anéantir les moissons, brûler les villages et les hameaux? Je ne suis pas partisan de la cruauté.

— En d'autres circonstances, nous partagerions votre manière de voir, cher duc, répondit Frédéric, mais nous croyons qu'il faut traiter Milan comme Milan a traité les autres.

Le margrave Obitzo ne put garder plus longtemps le silence.

— Pourquoi user de modération envers la dévastatrice de toute la Lombardie? Milan a versé des flots de sang innocent, et n'a laissé à ses victimes le choix qu'entre la mort et l'esclavage! Oui, s'écria-t-il, Milan a cent fois mérité la destruction. Et ce que j'exprime ici, messeigneurs, ce n'est pas seulement mon opinion personnelle, c'est le sentiment de toute la Lombardie.

Obitzo était en bonne voie, il en eût dit bien d'autres, mais un regard de Frédéric lui imposa silence.

— Vous n'avez rien chargé, margrave, dit Barberousse d'un air gracieux, mais vous avez parlé avec un peu trop de chaleur. Quel est votre avis, duc? demanda-t-il à Rottembourg.

Ce prince tenait à se concilier la bienveillance de l'Empereur. Il trouvait intérieurement que la destruction de Milan était un châtiment trop sévère, mais en voyant le regard de l'Empereur fixé sur lui, il se prononça dans le sens réclamé par le monarque.

Le duc Diepold de Bohême opina également pour le pillage et la destruction de l'ennemi.

— Et vous, comte palatin? demanda encore Barberousse.

— Je partage l'avis du duc Henri, répondit Wittelsbach avec une mâle fierté; il ne faut pas que l'ennemi puisse dire que nous avons agi comme des païens.

— Si vous craignez de mécontenter l'ennemi, cher comte, il vous faudra traiter plus doucement les pauvres diables au fort du combat.

Puis il continua à recueillir les voix. Tous, comme on devait s'y attendre, se prononcèrent dans le sens de la volonté impériale.

Le duc de Saxe laissa tomber avec bruit sa lourde épée, regarda avec colère les vils courtisans, et se tira la barbe, ce qui était chez lui un signe de colère. Frédéric se hâta de chercher à calmer Henri.

— Vous n'êtes pas tenu de vous conformer aux décisions du conseil de guerre, mon cher duc; nous nous en rapportons à vous pour ce qui est de votre conduite personnelle à l'égard de l'ennemi..... Mais, ajouta Barberousse, qu'on fasse savoir à l'abbé de Saint-Augustin, dont le monastère est voisin de Milan, qu'il ait à nous prier de bien vouloir épargner le couvent et ses dépendances. Ces moines sont les adversaires déterminés de Sa Sainteté le pape Victor, et les partisans décidés du cardinal Roland.

Henri ouvrait déjà la bouche pour défendre l'abbé, et exposer que des discussions ecclésiastiques ne sont pas un motif pour détruire un monastère, mais il pensa à la rupture de son mariage, à l'impossibilité de l'obtenir d'Alexandre III, et il se tut.

— Ces moines sont les plus dangereux ennemis de Votre Majesté, dit Obitzo. Ils soulèvent continuellement le peuple, et attisent le feu de la révolte, sous prétexte que Votre Altesse dépouille l'Eglise de sa liberté, et veut tout soumettre à sa volonté.

Ici Reinald fit un signe à son serviteur, qui se hâta de disparaître.

— Autant que je sache, dit l'évêque Werner de Minden, qui ne laissait passer aucune occasion de faire preuve d'érudition, ces moines suivent la règle de Saint-Augustin. Or, cette règle défend aux frères, en termes très-énergiques, livre II, chap. 12, de prendre part aux affaires terrestres, et leur recommande l'étude et la vie contemplative.

— Pardonnez, seigneur évêque, dit en l'interrompant Barberousse, qui redoutait déjà une dissertation savante, la règle de ces moines n'a rien à voir dans la question qui nous occupe.

— Certes, dit avec soumission le prélat, la règle n'a rien à voir avec la rébellion; c'est pourquoi je souscris de tout mon cœur au châtiment de ces Augustins.

— Il me semble, dit l'évêque Géro de Halberstadt, que ces moines ont d'autant plus mérité d'être châtiés, qu'ils ne veulent pas reconnaître le pape que leur indique l'Empereur, auquel, d'après le droit et l'usage, appartient la nomination de l'évêque de Rome. Pour ce motif seul, les réguliers de Saint-Augustin méritent d'être traités en rebelles et en révoltés.

Personne ne parla en faveur des pauvres moines, et l'on décida que le couvent serait pillé.

Barberousse achevait de remercier les princes et les prélats de leurs sages conseils, quand le rideau de soie qui fermait la tente s'ouvrit au large. On put voir alors la noble stature de l'abbé Conrad, qui tenait par la main la tremblante Hermengarde, une enfant hésitante à la main d'un vieillard à cheveux blancs. Le filleul de l'Empereur, Erwin, les suivait. Le jeune homme, touché du malheur de cette belle jeune fille, était accouru pour offrir ses services. La position du comte auprès de Barberousse lui permit de suivre la malheureuse dans la salle du conseil, et il y prit la noble résolution de joindre ses prières à celles de l'infortunée Hermengarde.

L'Empereur parut surpris et mécontent. La présence de l'abbé et de la jeune fille lui fit immédiatement comprendre le but que l'on se proposait. De sombres nuages, sinistre présage ! s'amoncelèrent aussitôt sur son front. Les seigneurs présents ne pouvaient s'empêcher de prendre part à la douleur d'Hermengarde.

— Pardonnez, Sire, dit l'abbé après s'être pro-

fondément incliné devant l'Empereur et les princes,
si ma confiance en votre générosité m'enhardit à solliciter de nouveau votre clémence en faveur du malheureux Bonello. Voici l'infortunée fille du condamné,
que la mort de son père va laisser orpheline et sans
appui, au moment où une guerre terrible dévaste le
pays. Que Votre Majesté daigne consentir à prêter
l'oreille à la clémence, car cette vertu ne sied pas
moins aux monarques que la justice.

Pendant que Conrad parlait, Hermengarde tomba
à genoux devant l'Empereur. Malgré tous ses efforts,
elle ne put prononcer que des paroles entrecoupées :

— Pitié !.... grâce !.... Pour l'amour de Dieu !....
Soyez miséricordieux !

Barberousse restait assis, sombre et taciturne. Son
regard calme errait de la suppliante à l'abbé.

— Vous auriez pu vous épargner cette démarche,
seigneur abbé, dit-il avec violence. Croyez-vous donc
que les pleurs d'une femme obtiendront ce que vos
représentations n'ont pu obtenir ?

— Je le supposais, Sire. Il est naturel au cœur
humain de se laisser toucher par les larmes, les
prières et les plaintes de l'innocence. Je n'en attendais pas moins du cœur de Votre Altesse !.....

Les évêques furent effrayés de la hardiesse du
langage de l'abbé. Le Lion inclinait la tête. Les sourcils de Barberousse s'épaississaient toujours. Reinald avait observé Henri dès l'apparition d'Hermengarde, afin de voir quel effet produirait sur lui la
beauté surprenante de la jeune fille. Mais le rusé
diplomate avait eu tort de croire qu'un homme
comme Henri-le-Lion se laisserait prendre à un

piége aussi grossier. Dassel avait déjà bâti tout un édifice, et il s'était flatté de dompter l'indomptable Lion. Si la supposition du chancelier s'était réalisée, il eût parlé en faveur de Bonello. Mais le courtisan ne vit aucun indice d'approbation sur la physionomie du duc, et il s'abstint de soutenir la cause que plaidait Hermengarde. Celle-ci était toujours agenouillée à la même place, fondant en larmes et se cachant le visage dans ses mains. Puis, elle regardait l'Empereur, s'efforçant de rassembler ses pensées ; chaque fois le regard farouche de Barberousse la forçait à baisser les yeux.

— Pitié! disait-elle, ne faites pas périr mon père ; il regrette son crime, grâce....

— Nous sommes fatigué de ces lamentations! dit Barberousse ; relevez-la, et qu'elle sorte d'ici!...,

L'évêque Géro se hâta d'accomplir le désir de l'Empereur, qui exposa aux personnes présentes le crime de Bonello.

— Si vous trouvez notre arrêt injuste, parlez, le criminel sera mis en liberté.

— Bonello est une bonne épée, mais il a mal employé sa vaillance, dit Otto. Du reste, je supplie Votre Altesse, pour l'amour de cette pauvre fille, de faire grâce à son père !

— Faites grâce, Sire, dit Henri-le-Lion. Je crains que votre arrêt ne cause la mort de deux personnes!....

Et il désignait la pâle et tremblante Hermengarde.

— Cette fois, nous ne voulons être que juste, dit Barberousse.

— L'arrêt est parfaitement juste, ajouta Werner

de Minden. Qui donc mériterait la mort, si l'on épargnait ceux qui sont traîtres envers l'Empereur?

Les deux autres évêques baissèrent la tête en signe d'assentiment ; ils approuvaient toujours ce que réclamait le regard de Barberousse.

— Vous le voyez, seigneur abbé, nous ne pouvons faire grâce.....

Il s'arrêta tout à coup...... La vue de la tremblante Hermengarde, qui s'affaissait sur son siége, ne lui permit pas de continuer.

— C'est bien, seigneur Conrad, vous pouvez vous retirer.

Et il fit signe de la main d'éloigner la fille de Bonello.

En cet instant, Erwin s'avança vers le monarque. La douleur de la jeune fille avait profondément ému le jeune homme, et l'on pouvait voir clairement que la dure conduite de son parrain le chagrinait. Le visage en feu, il se plaça devant l'Empereur, s'inclina et dit :

— Pardon, Sire, si j'ose vous rappeler le souvenir de la récente lutte, et la promesse que m'a faite Votre Majesté de m'octroyer une grâce.

— Ah! j'espère que tu n'abuseras pas de ma parole, Erwin?

— En abuser..... Non, certes. La grâce que je sollicite, Sire, c'est la vie et la liberté de Bonello, le père de cette jeune fille.

Barberousse regarda Erwin d'un air irrité et terrible.

— Votre demande est-elle sérieuse, comte?

— On ne peut plus sérieuse, Sire, se hâta de répondre le jeune homme.

— Réfléchis, enfant, à ce que tu demandes, s'écria l'Empereur en courroux. Ne joue pas avec notre parole..... elle est sacrée..... mais.....

Et il éleva la main droite d'un air menaçant.

— Si l'égoïsme présidait à ma demande, ce serait faire abus de votre promesse impériale; mais je ne réclame que la vie et la liberté d'un homme dont la protection est nécessaire à cette jeune fille..... En cela, je crois accomplir une œuvre d'humanité, et, peut-être, de chevalerie.

Barberousse se tut. Ses yeux furieux se portèrent sur Erwin, qui se tenait calme devant lui.

— Eh bien! dit-il après un silence, puisque vous vous obstinez dans cette demande que nous ne pouvons vous refuser, soit! Bonello est libre...... Mais vous, comte Erwin de Rechberg, pour ce mauvais usage que vous faites de notre parole, nous vous retirons notre faveur..... vous êtes banni....

Il n'acheva pas. Erwin, stupéfait, se jeta précipitamment aux pieds de l'Empereur, et, embrassant ses genoux :

— Sire! dit-il, arrêtez! Suspendez, de grâce, ce châtiment..... Ne me bannissez pas.... au moins pas pour le moment; que je puisse rester auprès de vous, qui êtes si souvent menacé de la mort! Ah! laissez-moi veiller sur votre précieuse existence, permettez-moi de vous témoigner toute ma reconnaissance pour l'amour et les soins paternels que vous m'avez manifestés jusqu'ici! N'ai-je pas joué tout jeune sur vos genoux? ne m'avez-vous pas appris à me servir de l'arc, de l'épée et de la lance? n'avez-vous pas été mon second père? Ah! mon cher parrain, ne ne bannissez pas, je ne puis vivre sans vous!

Cette requête si naïve d'un cœur qui lui était tout dévoué, produisit une grande impression sur Barberousse. Il n'interrompit point Erwin, ne retira pas sa main qu'il baisait, et se mit à observer la figure du jeune homme. Toute dureté disparut de ses traits, et fit place à la condescendance.

— Relève-toi, dit-il; tu es un fameux flatteur, Erwin! Peut-être aussi un petit coquin? Qu'en pensez-vous, messeigneurs?

Les seigneurs ne remarquèrent pas sans surprise l'attendrissement du souverain, mais il leur fut sincèrement agréable. Le monarque ajouta :

— Mais nous ne devons pas cependant faire preuve de faiblesse, et, à cause de l'intérêt que tu as manifesté pour un coupable, tu seras banni, pendant huit jours, de notre camp. Ce châtiment te permettra de ramener dans ses foyers la jeune personne, pour laquelle tu t'es conduit d'une façon si chevaleresque.

Erwin rougit, s'inclina devant l'Empereur et disparut.

La terreur et l'effroi ne permirent pas d'abord à Hermengarde de comprendre ce qui se passait. Mais quand le jeune homme revint lui annoncer la liberté de Bonello, une joie vive se répandit sur le visage de la jeune fille. Elle se leva rapidement, et voulut se jeter aux pieds de Frédéric pour le remercier. L'Empereur détourna la tête, et s'opposa à toute démonstration de reconnaissance.

— Vous n'avez point à nous remercier, dit-il. Adieu! nous sommes fatigués de cette affaire!

Et il lui fit signe de se retirer. Conrad, Rechberg et Hermengarde quittèrent donc la salle.

XI — LE VOYAGE.

Erwin crut qu'il était convenable, d'accompagner Bonello et sa fille jusqu'à ce qu'ils fussent en lieu de sûreté. Il songeait aux dangers de la route, à la haine que se portaient les divers partis en Lombardie, et il craignait que Bonello ne perdît la vie, s'il avait la mauvaise chance de rencontrer quelque guerrier de Lodi, de Pavie, de Crémone ou d'autres villes alliées contre Milan. Erwin se mit donc en mesure de trouver une escorte de gens armés, pour défendre, en cas d'attaque, Hermengarde et Guido. Pendant que le comte de Rechberg se préparait à partir, Hermengarde et l'abbé Conrad se rendaient, en toute hâte, au fort de Cinola, où leur arrivée rendit l'espoir au condamné, qui se jeta au cou de sa fille et pleura de joie avec elle. L'abbé Conrad les regardait avec calme; Piétro Niger se tenait à l'écart et paraissait sombre. On eût dit qu'il ne prenait aucune part à leur bonheur, et qu'il était vexé que le tyran eût fait grâce. Après les premiers instants accordés à ces épanchements intimes, Guido demanda un récit détaillé. L'abbé Conrad prit la parole et raconta la scène qui avait eu lieu entre Erwin et le prince.

— Où est ce noble jeune homme? demanda Bonello; pourquoi ne pas l'avoir amené?

En ce moment, on entendit dans la cour de la forteresse un bruit de piétinements de chevaux et de cliquetis d'armes. Erwin descendit de cheval et se dirigea en toute hâte vers la tour. Bonello le suivait du regard, et quand le comte de Rechberg, revêtu de sa brillante armure, entra dans la chambre, Guido se dirigea vers lui, lui saisit la main et tomba à genoux :

— Excellent jeune homme ! dit-il. O mon sauveur ! que Dieu vous rende le bien que vous faites à mon enfant ! Puisse le ciel m'accorder la faveur de vous prouver ma reconnaissance ! Tout ce que vous me demanderez vous sera accordé. Que Dieu vous bénisse et vous protége !

Ces paroles du vieillard furent prononcées d'une voix émue. Erwin l'interrompit, car sa modestie souffrait de voir Bonello à ses pieds.

— Relevez-vous, chevalier, je vous en prie. C'est trop de remercîments..... Je n'ai fait que ce que tout autre gentilhomme eût fait à ma place. Permettez-moi seulement de solliciter la faveur de vous accompagner jusqu'à votre demeure.

Cette nouvelle marque de bienveillance arracha au vieillard de nouvelles démonstrations de reconnaissance. Rechberg y mit fin, en annonçant que tout était prêt pour le départ. Ils quittèrent la tour et entrèrent dans la cour du château, où la haquenée d'Hermengarde et un superbe coursier pour son père les attendaient. La séparation de Guido et de l'abbé fut touchante ; ils s'embrassèrent et le prélat reprit la route du camp. Piétro Niger monta à cheval avec un sombre chagrin. Il regardait avec orgueil la jeune Hermengarde, et Bonello avec un air de mépris.

— Adieu, demoiselle, soyez heureuse ! Adieu, chevalier ! dit-il du haut de son cheval. Puissiez-vous ne pas regretter la vie que vous devez à Barberousse, et que vous êtes forcé de passer désormais sans utilité pour l'honneur et la liberté de votre pays!

Il piqua des deux, et disparut avant que Guido pût lui répliquer. Les autres quittèrent également Cinola. Hermengarde activait sa monture, en personne pressée de s'éloigner d'un lieu où elle avait tant souffert.

Arrivés au pied de la colline, ils se dirigèrent vers le sud, mais ils prirent bientôt une autre route. Bonello, qui connaissait le pays, voulait éviter la rencontre des guerriers italiens; il était bien résolu à laisser reposer son épée, mais il se trouvait malheureux de voir les Lombards s'unir en foule à l'armée de Barberousse pour combattre Milan, le plus fort rempart de la liberté italienne. Sous prétexte d'éviter le fracas de la grand'route, ils prirent un sentier qui, à l'aide de détours, conduisait au haut de la plaine. Erwin se pliait en tout aux désirs de sa protégée. Il prit les mesures nécessaires pour se garantir contre les voleurs qui, à cette époque, ravageaient les routes. A cent pas en avant marchaient deux hommes armés, puis venait Rechberg suivi de Bonello et d'Hermengarde. Quatre autres guerriers fermaient la marche.

— Il faut hâter le pas, dit Guido, afin d'arriver avant la nuit au cloître de San-Pietro. Pour aujourd'hui, nous avons assez marché, et en nous remettant en route demain à l'aube du jour, nous serons à mon château avant le soir.

Erwin désirait depuis longtemps avoir quelques détails sur la famille de Bonello, et, puisqu'il lui en fournissait l'occasion, il se hâta d'en profiter.

— Seulement demain soir? Alors votre château est tout proche des Alpes maritimes?

— Au milieu même, comte, au beau milieu des Alpes, répondit Guido. Ma demeure vous plaira sans doute, car vous devez aimer les châteaux-forts bâtis sur les montagnes. Il y a de longues années, lorsque je visitai l'Allemagne, j'admirai vos immenses nids d'aigle. Là, point de forts dans la vallée ; ils planent tous sur d'immenses rochers qui souvent font eux-mêmes partie du château. Cette disposition de la noblesse allemande à éviter les villes et à se jucher sur les hauteurs démontre son bon sens naturel. J'ai souvent arrêté mon cheval pour observer un château qui apparaissait dans le lointain et semblait se perdre dans l'azur du ciel. Nos ancêtres s'entendaient aussi à bâtir des forteresses. Connaissez-vous Castellamare?

— Serait-ce là votre domaine?

— Précisément, répondit Bonello. Les Romains, dont je descends, ont bâti ce château-fort, qui de temps immémorial appartient à ma famille.

— Sans doute qu'en votre absence ce château est resté sous la garde de votre fils?

— Je n'ai pas de fils, répliqua le vieillard avec quelque chagrin.

— Ce jeune homme pâle, qui était près de vous, vous est-il allié?

— Piétro Niger? non, mais il ne s'en faut guère.

Ici la monture de la jeune fille fit un si violent écart, qu'Erwin fut empêché de répondre.

— Prends garde, mon enfant, le cheval semble d'humeur gaie, dit Guido. Piétro, ajouta-t-il, est le

fils du consul Niger de Milan; il accompagnait ma
fille à Cinola. C'est un excellent garçon.

Ils approchaient du cloître. Le crépuscule entourait les murs d'une épaisse nuée, qui se voyait de loin.
Les vitraux de l'église paraissaient d'un rouge sombre, et la croix dorée de la tour resplendissait aux
rayons du soleil. Bonello porta ses regards vers ce
point joyeux du paysage. Enfin ils arrivèrent à la
porte du couvent.

Aux sons de la cloche, un judas s'ouvrit dans la
muraille, et deux yeux se mirent à considérer les
voyageurs.

— Ouvrez, ouvrez, frère Ignace! dit le sire de
Castellamare; nous avons envie de nous reposer ici,
et d'y boire une cruche de votre meilleur vin.

Bientôt on entendit grincer la clef dans la serrure,
les portes s'ouvrirent avec fracas, et la petite cavalcade pénétra dans la cour.

— Soyez le bienvenu, seigneur, dit Ignace avec
joie, et pardonnez-moi de vous avoir fait attendre.
On ne saurait être trop prudent aujourd'hui; le pays
est sillonné de gens de toute sorte, et les pauvres
monastères ne sont pas à l'abri de leurs coups. Votre
arrivée, seigneur, est un jour de fête pour nous;
nous regrettons seulement que le révérend père soit
absent.

— Où donc est-il?

— A Gênes.

— Je le regrette, dit Guido, nous aurions pu
causer ensemble jusqu'à l'heure des matines.

Les chevaux furent conduits à l'écurie et les voyageurs entrèrent au réfectoire, d'où le frère hospita-

lier les conduisit dans une chambre décorée avec
simplicité. De longues tables et des bancs, deux fau-
teuils, un beau crucifix pendu au mur, un bénitier
de cuivre composaient tout l'ameublement. Guido
s'était assis commodément dans un fauteuil, et causait avec le frère hospitalier, qui avait pour mission
non-seulement de servir les étrangers, mais aussi de
s'entretenir avec eux s'ils le désiraient.

— Le père abbé est donc à Gênes? dit Bonello.
Comme il s'absente rarement, il faut qu'il ait eu
quelque motif important pour entreprendre ce
voyage?

Le religieux jeta un regard de défiance sur Erwin
et se tut. Rechberg en conclut que les moines étaient
des partisans décidés d'Alexandre III, et qu'ils avaient
encouru le mécontentement de Barberousse. Le repas fut apporté. Il consistait en trois plats copieux,
qui plurent beaucoup aux voyageurs. Les valets,
pendant ce temps, étaient servis dans une autre
chambre. Le reste de la soirée se passa à causer.
Bonello évitait toute allusion aux événements politiques. Le moine imitait l'exemple de Guido, bien
qu'on pût remarquer qu'il eût volontiers parlé de
l'armée allemande et des événements qui menaçaient
l'Eglise. Mais la présence du gentilhomme allemand
lui fermait la bouche.

Erwin souffrait de cette retenue qu'on s'imposait
à cause de lui. Il était en outre froissé à la pensée
que Guido pût le soupçonner de rapporter à Frédéric ce qu'il aurait entendu. Hermengarde semblait
conformer sa conduite à celle de son père. Rechberg
avait essayé en vain de nouer une conversation avec
avec elle.

— Elle me regarde comme un ennemi de son pays, peut-être comme un schismatique dont on doit fuir la présence? Elle devrait pourtant songer à ce que j'ai fait pour elle !

Cette idée le tourmentait, et il fut bien aise qu'on se séparât pour prendre quelque repos. Le lendemain matin, on se remit en route. Les cîmes des Alpes se rapprochaient. Hermengarde paraissait plus riante, et son joli visage semblait se réjouir du voisinage de sa demeure. Elle parla gracieusement à Erwin, lui adressant des questions naïves sur l'Allemagne et ses habitants. Rechberg se réjouissait de l'intérêt qu'elle semblait prendre à sa patrie.

— Y a-t-il aussi en Allemagne des montagnes comme celles-là? dit-elle en montrant les Alpes.

— Oui, mademoiselle, et de plus nos montagnes sont couvertes de belles forêts remplies de gibier, de chevreuils, de cerfs et de sangliers ; les ours seuls y deviennent rares, ce dont les voyageurs se réjouissent; tandis que les véritables chasseurs les regrettent.

— Les ours! mais ce sont de terribles animaux ! Peut-on s'affliger quand ils disparaissent?

— La chasse de l'ours offre bien des agréments.

— Des agréments fort dangereux !

— C'est précisément à cause du danger que cette chasse présente de l'attrait, mademoiselle. Il n'y a pas grand courage à abattre le cerf qui fuit, mais lutter avec l'ours exige de la force, du sangfroid, de l'agilité. La chasse à l'ours est, pour ainsi dire, une sorte de préparation à la lutte avec l'homme.

La chaleur d'Erwin prouvait qu'il parlait d'un de ses plaisirs de prédilection.

— Dans quelle partie de l'Allemagne se trouve donc votre domaine, seigneur comte? dit-elle après quelques instants de silence.

— En Souabe.

— Mais c'est en Souabe, autant que je me le rappelle, qu'est le berceau des Hohenstaufen.

— Effectivement, noble demoiselle! Les châteaux de Hohenstaufen et de Rechberg sont voisins. Les deux familles vivent dans les meilleurs termes, et sont même unies par les liens du sang.

Erwin regretta cette dernière observation, car il réfléchit que sa parenté avec Barberousse ne serait peut-être qu'une médiocre recommandation auprès de la jeune Lombarde.

— Notre voyage va probablement être interrompu d'une façon désagréable, dit Bonello qui, depuis quelque temps déjà, observait un point gris qui se dessinait sur le sommet de la montagne.

— Comment cela, sire chevalier?

— Voyez-vous là-bas ce château? c'est le séjour du prévôt impérial Herman, à qui appartient le péage du pont; c'est un homme dur et cruel. Il augmente le péage selon son caprice, surtout quand les voyageurs sont d'un rang élevé. Lui résister est dangereux. Il a déjà emprisonné bien des gens, et il les retient si longtemps captifs qu'on finit par lui remettre la rançon qu'il exige.

— Mais c'est une injustice criante! s'écria le jeune homme indigné. Il est fâcheux que l'Empereur ignore ces détails!... Herman aurait à payer cher cet abus de pouvoir.

Bonello secoua la tête en souriant, et dit :

— Herman agit tout à fait selon les idées de l'Empereur.

Rechberg regarda le Lombard avec surprise, comme s'il s'était rendu coupable d'une grave injure à l'égard de son souverain. Bonello reprit :

— Barberousse connaît certainement la manière d'agir de son délégué, mais ce qu'il ignore ce sont d'autres exactions bien plus criminelles. Des familles entières sont souvent réduites par lui à la mendicité. Lorsqu'il n'y a plus rien à prendre, il vend le reste aux Juifs; c'est ce qu'il appelle opérer légalement des rentrées. Il fait souvent étendre des malheureux sur le chevalet, pour leur arracher jusqu'aux derniers deniers. Bref, Herman est un tyran, l'effroi du pays, la honte de l'humanité. J'ajouterai que les prévôts des villes nommés par Barberousse exigent, eux aussi, des droits exhorbitants.

— Ce que vous me dites là me semble inconcevable, répondit le jeune comte, mais je suis persuadé qu'à la moindre plainte Frédéric ferait cesser toutes ces horreurs.

— Vous vous trompez gravement, dit Bonello. J'ai moi-même en vain sollicité l'Empereur à ce sujet. Il faut bien percevoir les péages légaux, me dit-il, quoique nous regrettions que nos fidèles agents soient forcés de recourir pour cela à des voies rigoureuses.

Ils continuèrent à chevaucher en silence. Le comte était abattu. Il commençait à trouver fort naturel que des hommes tels que Bonello se soulevassent contre de pareilles mesures.

XII — LE PÉAGE.

Ils arrivèrent auprès du pont. Des deux côtés se trouvaient deux grosses tours, au sommet desquelles flottait la bannière impériale. Des poutres barricadaient le passage, et une nombreuse troupe d'hommes armés le défendaient. A mi-chemin du pont, sur le sommet d'une grande hauteur, se trouvait le château-fort d'Herman, une sombre contruction, bâtie pour dominer le passage du pont. C'était la route de Gênes, toujours sillonnée d'innombrables voyageurs, aussi le péage produisait une somme importante au trésor impérial. Sous Henri V, le château fut détruit par les Italiens. Il fut relevé lors de la seconde invasion de Frédéric dans la Haute-Italie, et il y installa Herman.

A l'approche des voyageurs, les guerriers se tenaient sous le porche; à l'un des créneaux de la tour, couché sur la poitrine et le menton appuyé dans la main, un valet observait les arrivants. Quand il les vit s'engager sur le pont, il poussa un hourra joyeux et battit des mains.

— Holà! camarades, voici une riche proie : un chevalier lombard, une demoiselle, des marchands génois! Tiens le péage un peu haut, Dietho; ces richards peuvent bien payer..... Crois-moi, fais aussi tomber quelque chose dans notre caisse; l'Empereur ne trouvera rien à redire, si d'honnêtes garçons pensent un peu à leur sacoche!

L'appel du guetteur l'interrompit. Ils se glissèrent tous à travers les poutres et se rangèrent devant la porte de la tour.

— Que parles-tu de marchands? dit Dietho, braquant sur les étrangers son œil de faucon; c'est une troupe de gens armés!

— Bah! dit le guetteur en regardant de nouveau, deux en avant, quatre en arrière..... je ne compte pas ceux qui se trouvent au milieu; ce sont sans doute de riches fainéants de Gênes..... Et nous sommes ici douze gaillards déterminés! Attention, Dietho, soigne bien la demande!

— Nous les étrillerons solidement, dit un autre; depuis hier, nous avons eu assez de mauvaise chance.

Dietho, qui portait le sac à sa ceinture, pour indiquer que c'était à lui qu'incombait la charge de percevoir la redevance, examinait les voyageurs, et, plus son examen se prolongeait, plus son visage devenait sombre.

— Il n'y a rien à faire, dit-il, ces étrangers marchent trop fièrement; on dirait des Allemands.

— Et quand cela serait, dit le guetteur qui était descendu; Allemands ou non, c'est tout un; nul ne doit passer ici sans y laisser quelque chose. Que dis-tu, Dietho? est-ce qu'une pièce d'or pour chaque gentilhomme, et deux deniers d'argent pour chaque valet, te semblent chose insuffisante?

Dietho haussa les épaules.

— Ce serait assez, dit-il; mais je crains bien qu'ils ne soient pas d'aussi bonne composition.

— Alors, nous leur tannerons le cuir! s'écrièrent plusieurs soldats en agitant leurs lances. Une pièce

d'or pour chaque gentilhomme, deux deniers pour
chaque valet, c'est vraiment trop peu!

Rechberg avait quitté Hermengarde pour se placer
à la tête de la petite troupe. Il voulait savoir si la
plainte exprimée par Bonello était fondée. Il s'avança
lentement vers la tour. La noble démarche d'Erwin,
sa riche armure, son superbe cheval donnèrent de
lui une haute idée aux hommes d'armes.

— Voyez, disaient-ils, comme l'or de son casque
reluit! Ces éperons d'argent, ces anneaux d'or au bau-
drier dénotent au moins un comte, peut-être le fils
d'un duc?..... Bah! celui-là peut payer. Dietho, tu
exigeras au moins trois pièces d'or!

Le comte Rechberg s'avança vers la tour fermée,
dont les gardiens ne faisaient pas mine de vouloir
laisser le passage libre.

— Faites place, retirez les poutres, et laissez-nous
passer, dit-il d'un ton poli.

— Permettez, beau seigneur!..... Ne voyez-vous
pas flotter ici la bannière impériale? Il y a un droit
de péage à payer. Avec quoi Frédéric entretiendrait-
il des soldats, si on lui refusait les droits qui lui
sont dûs? L'Empereur a fait venir des archers de
Hongrie, et ils ont besoin de leur solde. Bref, les
temps sont durs, aussi le péage est cher!

Ces observations déplurent au comte, car elles
étaient de nature à vexer les Italiens et à leur rendre
l'Empereur odieux. Il ne laissa toutefois rien paraître,
et demanda ce qu'il devait payer,

— Quatre pièces d'or! dit une voix, car Dietho
hésitait.

— Très-bien! vous entendez, quatre pièces d'or

à cause de la cherté des temps ! ajouta Dietho. Cette demoiselle et son chevalier paieront aussi huit pièces d'or, et chaque valet deux deniers, en tout douze pièces d'or et douze deniers ! Ce n'est certes pas beaucoup, si l'on songe à l'armée que l'Empereur organise en ce moment.

— Autant qu'il m'en souvienne, dit Erwin, le droit de péage est d'un denier par personne. Comment se fait-il que vous éleviez ce droit au centuple?

— Je vous l'ai dit, répliqua Dietho..... la dureté des temps...,..

— Du reste, nous ne sommes pas ici pour rendre des comptes à tous les blancs-becs qui se présentent ! cria une voix de l'intérieur. Qu'on paie, ou qu'on détale !

— Tu oses parler de la sorte à un chevalier, misérable valet ! dit Rechberg en colère. Voici douze deniers...... Le droit est payé, livrez-nous passage !.....

— Les valets peuvent passer, dit Dietho, en empochant l'argent avec calme ; mais pour que les autres puissent en faire autant et traverser ce beau pont qui a coûté si cher, il s'en faut juste de douze pièces d'or !

— Si vous ne remplissez pas sur-le-champ le devoir qui vous est imposé, je saurai bien vous y contraindre ! dit Erwin en portant la main à son épée.

A cette menace, les gardiens partirent de violents éclats de rire.

— Venez donc, dirent-ils, si le cœur vous en dit ! Venez, beau jeune homme, nous allons vous apprendre à compter !.....

Rechberg se disposait à forcer le passage ; Bonello se hâta d'intervenir.

— Ne vous commettez pas avec ces gens-là, comte, dit-il ; je vais payer ce qu'ils demandent.

— Non ! cela ne sera pas, dit Rechberg. Rançonner ainsi les voyageurs au nom de l'Empereur, c'est un crime qui doit être puni. Laissez-moi, c'est une œuvre méritoire que de châtier ces coquins.

Tout à coup Herman lui-même parut ; il avait entendu le tumulte, et venait au secours de ses gens. Erwin abaissa la visière de son casque, pour cacher son visage au prévôt qui le connaissait, et s'assurer de sa complicité.

— Qu'y a-t-il? dit Herman.

— Il est heureux que vous arriviez, seigneur, répondit Dietho. Ce jeune homme nous menace de son glaive, parce que nous ne voulons pas le laisser passer pour douze misérables deniers.

— Pour douze deniers !...... Vous et toute votre bande !..... Y songez-vous, dit Herman au comte.

— Douze deniers font bien le taux légal, nous ne sommes en effet que neuf personnes.

— Ah ! dit le prévôt. Avez-vous donc la prétention de vouloir nous prescrire ce que nous devons demander ?

— La loi vous le dit suffisamment.

— Eh bien ! Dietho ? demanda le prévôt pour connaître ce qu'il avait réclamé.

— Douze pièces d'or pour les trois nobles, et douze deniers pour les valets...... Pardonnez-moi si j'ai été trop modéré.

— C'est vraiment trop peu ! s'écria Herman. Traî-

tres Lombards! et il jeta un regard oblique à Bonello, qui forcez l'Empereur à traverser les Alpes,
auriez-vous l'intention d'essayer de forcer le passage,
comme semble l'indiquer votre visière baissée.....
Bon! nous sommes à vos ordres.

Le comte fut convaincu alors que le prévôt ne valait pas mieux que ses hommes, il leva sa visière, et
laissa voir un visage enflammé de colère. Herman
ouvrit la bouche sans pouvoir prononcer un mot. Il
semblait frappé de la foudre.

— Ah! pardonnez-moi, cher comte, pardonnez!
dit le gouverneur; qui eût pu se douter?..... c'est
une méprise!

Et plus il s'efforçait de s'excuser, plus il s'embar-
rassait. Les valets, remarquant le changement survenu dans leur maître, se hâtèrent d'enlever les
poutres.

— Je n'ai rien à vous pardonner, dit Rechberg.
Mais Frédéric apprendra quel abus vous faites de
votre autorité!

Il fit volte face et traversa le pont avec ses compagnons. Le prévôt resta comme anéanti; il regarda
partir la troupe, et se frappa le front de désespoir.

— Le bien-aimé de l'Empereur! Son favori! malheur! s'écria-t-il. Camarades, pas de plaintes, pas de
récriminations, pas d'excuses. Je ne redoutais pas
les plaintes de toute l'Italie, Barberousse aurait
ajouté plutôt foi à la parole d'un honnête Allemand
qu'à celle de tous ses adversaires; mais cet Erwin!...
Si nous pouvions réparer cette méprise!...

Bientôt les voyageurs arrivèrent à un couvent re-
nommé pour son hospitalité, car à cette époque, les

couvents étaient les meilleures et presque les seules
hôtelleries. Ils s'y reposèrent un instant, puis se re-
mirent en route. Les sombres cimes des Alpes devenaient à chaque instant plus proches, et, vers le
soir, les voyageurs s'engagèrent dans un étroit et
profond vallon.

— Castellamare n'est plus fort éloigné, dit Bonello.
Si les sinuosités de la vallée ne nous barraient la vue
du paysage, le château se montrerait à nos yeux.

— Quel pays riche et superbe! dit Erwin qui
admirait cette nature forte et sauvage.

— Il offre cet aspect jusqu'à la mer, reprit Guido.
Le vallon va se rétrécissant pour se changer en un
défilé que surplombent d'énormes masses de rochers,
et, quand on en sort, la vaste mer apparaît aux yeux
du voyageur surpris.

Les montagnes se rapprochaient de plus en plus.
Le soleil couchant dorait les sommets des Alpes.
Sur les pentes inférieures, des ombres assombris-
saient les verts buissons. Pendant qu'ils chevauchaient de la sorte, ils se trouvèrent subitement
inondés par le soleil pénétrant à travers une éclaircie,
et quand Erwin dirigea son œil ébloui sur ce point,
il distingua la citadelle de Castellamare qui s'accro-
chait, fière et hardie, aux rochers.

— Ah! quel magnifique spectacle! s'écria-t-il. Je
ne connais pas de forteresse bâtie dans une meilleure
position!

Après avoir suivi quelque temps un sentier abrupte,
ils arrivèrent devant une porte creusée dans le roc,
et se trouvèrent bientôt dans le château de Castellamare.

XIII. — CASTELLAMARE.

Le séjour de Rechberg à Castellamare lui ouvrit
des horizons nouveaux dans le monde des pensées,
des aspirations et des vœux. Il résolut d'étudier à
fond le caractère d'Hermengarde, et, si l'examen
était favorable, de demander sa main à Bonello.
Mais l'Empereur serait-il favorable à ce projet ?
Cruelle incertitude !

La jeune fille, de son côté, '. cachait pas sa
reconnaissance pour le jeune chevalier. Le souvenir
de la vaillance de Rechberg, qui avait sauvé la vie
de son père, faisait paraître sa conduite toute naturelle.

Ses attentions pour Erwin étaient pleines de délicatesse, et ses efforts pour lui rendre le séjour du
château plus agréable lui inspiraient toujours des
distractions nouvelles. Elle montrait un grand tact
et beaucoup d'intelligence pour apprécier les beautés
de la nature. Elle savait trouver les plus beaux points
de vue ; elle faisait remarquer à Erwin les jeux de
lumière, les accidents si pittoresques de la montagne
et des rochers. Sept jours s'écoulèrent au milieu de
distractions de toute espèce.

Le septième jour, à leur retour d'une excursion,
Rechberg et Hermengarde trouvèrent le château
en grande animation ; il y avait des chevaux dans la
cour ; des valets étrangers, que fêtaient les gens de
Bonello, gardaient ces nobles coursiers. Evidemment,

des hôtes illustres étaient survenus ; mais pourquoi les chevaux restaient-ils sellés? ce n'était donc là qu'une visite passagère ?

Tandis qu'Hermengarde traversait la cour avec Erwin, elle se prit à considérer un des hommes d'armes qui, à sa vue, déposa la cruche qu'il portait à ses lèvres, et fit un profond salut. La jeune fille s'arrêta, et le valet s'avança humblement vers Hermengarde, qui reconnut avec surprise Cocco Griffi. Elle l'avait vu à Milan, dans le palais du consul Gherardo Niger, où il jouissait d'une certaine considération, et se trouvait parfois chargé d'importants messages.

— C'est toi, Cocco Griffi? dit-elle. D'où nous arrives-tu ?

— De Milan.

— A qui appartient cette suite? continua-t-elle.

— Au noble consul Gherardo Niger, votre vieil ami..... si je puis m'exprimer ainsi.

Cocco fit cette addition, en voyant le changement qui se manifesta sur le visage d'Hermengarde. Son mariage avec Piétro était le vœu le plus cher du consul Niger, et Bonello désirait également cet hymen. Ces idées troublèrent la jeune fille, qui se hâta de se rendre dans sa chambre. Les craintes d'Hermengarde pouvaient bien cependant être sans fondement ; la tenue sévère de la petite troupe n'indiquait pas une demande en mariage.

Gherardo Niger, l'âme de la république milanaise, s'était vu tout à coup rappelé de Gênes où il négociait un traité d'alliance offensive et défensive avec cette vaillante cité. Le bruit de l'approche d'une puissante armée impériale et la perspective du siége de la ville découragea fort le consul. Connaissant les projets de Barberousse, il prévoyait, dans un avenir peu éloigné, l'abaissement et peut-être la destruction de la fière cité de Milan.

Des craintes identiques tourmentaient les personnages arrivés avec lui à Castellamare. Parmi eux se trouvait un homme en costume ecclésiastique, dont l'extérieur indiquait les hautes dignités. Galdin Sala, archiduc de la cathédrale et plus tard archevêque de Milan, est devenu célèbre dans l'histoire. Habituellement taciturne et réfléchi, les yeux baissés et fixés à terre, Sala s'animait, devenait audacieux, quand il s'agissait de combattre pour les libertés de l'Eglise, qui a seule le pouvoir de combattre à la fois les passions humaines et le despotisme. Aussi l'opposition de Galdin envers Barberousse était plus que violente.

— Les circonstances sont graves, disait Bonello, mais il ne faut pas oublier que Dieu est l'arbitre des destinées humaines. Barberousse veut réunir dans ses mains le pouvoir spirituel et le pouvoir temporel ; mais en cela nous avons vu échouer des hommes aussi puissants, aussi ambitieux que lui.

— Vous avez raison, reprit Gherardo, aucun pouvoir ne peut dominer l'Eglise. La papauté est éternelle, inébranlable comme l'œuvre de Dieu qui lui a promis une durée sans fin. Mais, hélas ! mon cher Guido, quels désastres va produire la lutte qui se prépare !

— Il serait facile de prouver, dit Galdin Sala, que l'Eglise n'a jamais eu d'ennemi aussi dangereux que Barberousse. En effet, depuis Néron jusqu'à Constantin, les tyrans sanguinaires se sont contenté d'arracher les membres de l'Eglise. Barberousse n'arrache pas, lui, il étouffe ! ses œuvres de mort sont d'autant plus à craindre qu'il opère plus silencieusement. Les païens voulaient renverser le christianisme ; ils ne permettaient pas qu'une société toute païenne devînt chrétienne. Barberousse, au contraire. veut renverser un ordre de choses établi depuis des siècles. Les empereurs cherchaient à sauvegarder leur monde païen ; Frédéric voudrait renverser le monde chrétien, pour ériger, sur ses ruines, sa toute-puissance impériale.

— Je ne suis pas très-versé en histoire, dit le comte de Biandrate, ami secret de Barberousse ; je sais cependant qu'il y a eu des empereurs chrétiens très-hostiles à la papauté : Henri IV, par exemple.

— C'est vrai, mais l'Eglise a sauvé le monde de la destruction, reprit Sala. Les manœuvres guerrières de Henri IV contre l'Eglise étaient terribles, sa haine contre la papauté était violente ; mais Barberousse est bien plus dangereux. On ne voit pas en lui cette cruauté qu'Henri montrait si ouvertement. Frédéric paraît noble, généreux, vaillant, et il sait environner sa personne de tout ce qui flatte les yeux. Jusqu'à présent, il ne combat pas le pape l'épée à la main, mais il tend ses filets de façon à les jeter en Espagne, en Angleterre, en Allemagne, en France, afin d'enlacer toute la chrétienté dans le schisme. C'est pour cela qu'il ne cesse de répéter que la douleur de l'Eglise lui tient au cœur, qu'il voudrait faire reconnaître partout le pape légitime et mettre fin au schisme. Hypocrisie, dissimulation diabolique ! s'écria

Sala avec colère ; c'est lui qui a créé le schisme, c'est lui qui a déchiré l'unité de l'Eglise, pour la détruire plus facilement. Il voudrait tout dominer, devenir maître de toute la terre, et ne voir personne au-dessus de lui ou même son égal !

— Vos paroles, monsieur l'archidiacre, sont navrantes, dit Niger, mais elles n'ont rien d'exagéré. Et cela est d'autant plus regrettable, que plusieurs s'obstinent à ne pas voir le danger. Gênes elle-même se laisse éblouir, par jalousie contre Milan, sans réfléchir qu'il arrivera un moment où on lui imposera aussi le joug. Barberousse sait tirer parti de ces dissentiments entre Lombards. Il détruit nos villes l'une par l'autre, de façon à ce qu'il n'y ait plus en Italie que des villages soumis à la suprématie impériale.

— Quant à moi, messeigneurs, dit Guido, j'en reviens à ce que je disais d'abord : Dieu seul tient les destinées du monde en son pouvoir. Ce que Barberousse tente aujourd'hui, bien d'autres l'ont tenté avant lui, mais aucun n'y est parvenu. Frédéric ne réussira pas davantage. Donc, mes chers hôtes, fiez-vous en Dieu, et faisons notre devoir ; le reste viendra plus tard.

A ces mots, il prit sa coupe ; les autres lui firent raison, mais en dépit de tous les efforts du châtelain pour animer la réunion, il n'y put réussir. Le consul fit observer qu'il était urgent de songer au départ.

— Il n'y a pas de temps à perdre, dit-il, car nous aurons beaucoup à faire à Milan, il nous sera bien difficile de lutter contre l'ennemi !

On se sépara bientôt. Bonello se mit à la fenêtre,

et regarda la troupe qui s'engageait dans le vallon.

— Adieu, cher Gherardo, dit-il avec émotion.
Peut-être ne reverrai-je plus ton visage? Comme ils
se hâtent de verser les dernières gouttes de leur
sang pour la liberté, pour l'Eglise, pour la patrie!
et il faut que je reste ici, condamné à l'oisiveté par
ma parole... Triste sort !

A ce moment, les cavaliers disparurent à ses yeux.
Il se rendit dans la salle de famille, où il rencontra
le comte Rechberg. Celui-ci l'attendait, pour lui faire
part de sa résolution de quitter Castellamare le
lendemain matin.

— Pourquoi cette précipitation, comte? dit Guido ;
vous n'avez, j'espère, aucun motif de regretter votre
séjour parmi nous?

— Nullement, mais il faut que je parte. L'Empereur ne m'a accordé que huit jours d'absence, et il
m'est impossible de les outrepasser.

— Vous n'avez pas besoin de vous hâter, reprit le
Lombard avec tristesse. Milan est bien fortifiée et
pourvue de tout. Il pourra s'écouler des mois avant
que Barberousse ne l'ait soumise.

— La volonté de l'Empereur est énergique, répondit Rechberg.

— Oh ! je connais cette volonté d'airain ! dit Guido.
Frédéric détruira les remparts de Milan, et forcera
la citadelle par la famine, mais, d'ici là, bien des
jours peuvent s'écouler. Dans quelques mois, vous
arriverez encore à temps pour prendre part aux
combats. Restez ici. Nous irons à Gênes, où il y a
tant de merveilles à visiter. Vous y verrez de superbes églises, de magnifiques palais, son admirable

golfe, ses flottes et une foule d'autres merveilles. Si vous le désirez, nous pourrons même aller en Corse.

Mais rien ne put retenir Erwin ; il se sépara bien à regret de Bonello et d'Hermengarde. Guido lui réitéra maintes fois, en termes chaleureux, ses remercîments.

— Permettez-moi, cher comte, de vous offrir un léger souvenir ? dit le châtelain en tirant d'un coffre une lourde chaîne d'or. Portez cet ornement en souvenir de moi ; puisse notre amitié d'aujourd'hui rester inaltérable et vraie comme ce noble métal ! Et toi, Hermengarde, n'as-tu rien à présenter à notre digne ami ?

A ces mots, la jeune fille prit des mains d'une de ses femmes un gobelet d'or d'un riche travail artistique, sur le couvercle duquel se trouvait Saint-Georges terrassant le dragon.

— Daignez accepter cette légère marque de notre reconnaissance et de notre amitié ! dit-elle.

— J'espère, mon cher comte, que nous ne serons pas longtemps à nous revoir, ajouta Guido. Milan n'est pas fort éloignée, et une excursion dans les montagnes rompra l'uniformité de votre vie de camp.

— Je saisirai toujours l'occasion qui me permettra de répondre à vos désirs, reprit Rechberg. Adieu, cher Bonello, adieu, noble demoiselle !

Et comme elle lui tendait la main, il se mit à genoux et la baisa.

Guido accompagna son hôte jusque dans la cour du château, et bientôt les pas de son cheval résonnèrent sur le pont-levis.

XIV — LE SIÉGE.

Erwin put bientôt constater les dévastations de l'armée de Barberousse. Au lieu de riants hameaux et de maisons de campagne, on ne voyait plus que des ruines, d'où s'échappaient encore d'épais nuages de fumée ; les arbres fruitiers avaient été déracinés, les vignes arrachées, les moissons détruites. Çà et là, on apercevait des paysans pendus aux arbres voisins. Le sol était semé de dépouilles que les pillards avaient abandonnées. La plaine, autrefois si verte et si heureuse, avait un aspect triste et nu, comme celui des steppes de la Russie.

Cette dévastation produisit une pénible impression sur Erwin ; il piqua des deux, et se hâta de se dérober à ce triste spectacle.

Il aperçut bientôt les tentes de l'armée impériale. Aussi loin que pouvait s'étendre la vue, on voyait briller leurs toits aigus, d'une éclatante blancheur, sur lesquels flottaient des étendards. Un vague tumulte, mêlé aux bruits retentissants d'une musique guerrière, se faisait entendre. Sur divers points, on voyait flotter d'épais nuages de fumée ; on entendait le cliquetis des armes et le bruit des ouvriers employés aux travaux du siége. Du point élevé où il était, Erwin pouvait découvrir Milan, avec ses nombreuses maisons, ses tours superbes, ses créneaux étincelants, ses fortifications puissantes. Rechberg contempla avec surprise la grande ville qui, par sa

richesse, sa force et son audace, avait entraîné ses
sœurs dans la lutte, et il ne put s'empêcher d'éprouver un sentiment de tristesse en songeant que tout
cela, grandeur, puissance et domination, était destiné à périr. Après quelques minutes de marche, le
comte se trouva dans l'intérieur du camp, où il put
constater la présence presque exclusive de troupes
auxiliaires d'Italie.

Il n'était pas possible de cerner complètement la
ville, aussi Frédéric avait-il établi quatre camps,
entourés de profonds fossés et de palissades, pour
tenir à l'écart l'ennemi assiégé. La ville se trouvait
donc resserrée par une vaste enceinte, qui empêchait
toute communication avec le dehors. De petits sentiers séparaient les divers camps, et il était impossible aux assiégés de rien faire parvenir dans la ville,
sans que les assiégeants s'en aperçussent. Le conseil
de guerre décida qu'il fallait prendre la forteresse
par la famine, parce que l'assaut exigerait un trop
grand sacrifice de soldats. Aucun prince ne se trouvait donc obligé d'ériger ces hautes tours, que l'on
faisait en ces temps-là avancer jusqu'au pied des
murailles. Toutefois, Henri-le-Lion en fit construire
une qui excita l'étonnement général. Elle était à
roulettes, d'une hauteur de six étages. Le dessous
était si vaste et si commode, que mille guerriers pouvaient y trouver place. La partie supérieure était plus
étroite et garnie de portes de sortie. Roulée jusqu'au
pied du mur de la ville, on abaissait les ponts-levis,
qui donnaient alors facilement accès dans la place.
Les Milanais faisaient souvent des sorties du côté du
camp des Italiens. La haine donnait à ces luttes une

ardeur extrême ; et pendant que les Italiens s'entre-
détruisaient, Frédéric se préparait à les asservir
tous sous sa domination.

Or, tandis que les assiégés se préparaient à tout
souffrir pour la défense de leur liberté, la plus
grande inquiétude régnait dans le camp des troupes
italiennes alliées. Des ennemis jurés qui, depuis de
longues années, se détestaient mutuellement, devaient désormais vivre ensemble, dans l'espace resserré du même camp. Leur haine pour Milan suffisait, il est vrai, pour les tenir réunis ; mais le vieux
levain existait encore, et, dans plus d'une occasion,
on en vint aux injures et aux coups. Cela devenait
intolérable. Les moyens employés par Frédéric pour
maintenir l'ordre paraîtront peut-être cruels, mais il
avait appris, par expérience, qu'il ne pouvait obtenir
beaucoup que par la frayeur.

Rechberg aperçut de tous côtés affluer des étrangers curieux et inquiets. Une immense plaine divisait
le camp en deux parties. Les jeux et les exercices
étaient tellement dans les habitudes de cette époque,
que, même au milieu du camp et sous les murs d'une
citadelle assiégée, on avait réservé une place pour
les divertissements, et l'on s'y récréait tous les jours
sous les yeux mêmes de l'ennemi. Mais en ce moment la place présentait un tout autre aspect. La
bannière de Frédéric flottait au gré des vents, et
l'aigle impériale se mouvait, hardie et audacieuse,
au dessus de la foule. A cheval sur son coursier, on
voyait au milieu de la multitude le héraut, portant le
manteau écarlate et le bâton à pomme d'argent.
Immédiatement derrière lui venait un homme, qui,

en peu de temps, avait su devenir l'effroi des Italiens. C'était Hesso, le chef de la police, entouré de ses hommes, dont les lances brillaient au soleil. Hesso regardait la foule d'un air féroce. Il devint bientôt l'objet de l'attention générale.

— Que vient-il faire ici, ce chien sanglant? disait-on çà et là. Voyez quels regards il nous lance! Les pauvres diables qu'il a pendus ce matin ne sont pas encore refroidis, et il lui tarde déjà de recommencer.

Bien que Hesso ne comprît pas leur langage, il lisait leurs pensées sur leur front.

— Vous me haïssez et me craignez!... Très-bien!. Je ne vous hais pas moins.

Et ses yeux devenaient plus sombres. Les fanfares et les trompettes résonnaient sans interruption. Le héraut leur imposa silence. Des milliers d'individus attendaient. L'homme au manteau écarlate fit un nouveau signe, mais le murmure confus ne voulait pas cesser. Alors, il éleva sa canne, et la tint en l'air jusqu'à ce que le plus profond silence se fût établi. Il commença par respirer bruyamment, et se mit à transmettre de sa voix puissante et intelligible les volontés de Frédéric.

— Au nom de l'Empereur, notre seigneur, écoutez quels seront les châtiments des récalcitrants. Il est défendu de se battre dans le camp. Si le coupable est chevalier, il sera dépouillé de ses armes et déchu de l'armée. Si c'est un valet, il sera fustigé, on lui rasera la tête, et il sera marqué avec un fer rouge, à moins que son maître ne le délivre en payant cinquante deniers.

Le héraut se tut pour laisser aux auditeurs le

temps de la réflexion. Ce premier arrêté ne fit pas
bon effet sur les Italiens, habitués à se laisser aller
à toutes les violences. Aussi vit-on de toutes parts
les visages s'assombrir.

— Battus, tondus et marqués d'un fer rouge
pour une semblable vétille! disait la foule. C'est
trop fort!

— Entends-tu, Migleo, à combien on nous a éva-
lués? Cinquante deniers!.... Hé! c'est risible, dit
un Lombard en se tournant vers son voisin.

Le héraut réclama le silence.

— Celui qui blessera un soldat, perdra la main;
celui qui le tuera, aura la tête tranchée!

— Dis donc, Migleo, quelle mine ferais-tu avec
une tête rasée?

— Ne crois-tu pas, Robbio, que d'ici à une quin-
zaine de jours nous n'aurons plus ni tête, ni mains?
Pour moi, il m'est tout aussi impossible de rencontrer
un habitant de Pavie sans le rosser, que de rencontrer une poule sans lui tordre le cou!

— Et moi, il m'est impossible de rencontrer un
habitant de Novare sans lui cracher au visage! répliqua un citoyen de Pavie qui se trouvait présent;
et peu s'en fallut qu'ils n'en vinssent aux mains, sous
les yeux mêmes de Hesso.

— Silence, imbéciles! dit Robbio; voulez-vous
donc tomber sous les griffes de cet homme rouge?

— Pour le premier vol, un valet sera battu, rasé
et marqué, au second, il sera pendu! ajouta le
héraut!

— Il y a une lacune dans cette loi sur le vol, dit
une voix. Il est interdit au valet de voler, mais pas

au maître. Qu'arriverait-il si le coupable était un comte, un duc ou un roi?

— Silence, dit une voix dans la foule, dont le timbre grêle et perçant n'était pas sans quelque analogie avec celle de Lanzo. Les grands seigneurs ne volent pas; ils se laissent tout simplement aller à leurs nobles inclinations.

— Quiconque, reprit le héraut, ira trouver le cardinal Roland, qui se prétend à tort le pape Alexandre III, sera mis au ban de l'Empire; il sera permis de lui courir sus!

— Entendez-vous? piller n'est pas voler, un empereur peut tout permettre.

— Alexandre est le véritable pape; Victor est l'antipape, n'est ce pas, camarades?

— Certainement: Vive Alexandre!

Le héraut continua:

— Quiconque procurera des vivres aux Milanais, perdra la main; il y aura récompense pour le dénonciateur.

Ce dernier article, le plus barbare pourtant, souleva l'approbation générale de tous les Italiens; leur haine trouvait même le châtiment trop doux. Ils oublièrent le joug de fer sous lequel Frédéric les tenait asservis, pour ne voir en lui que l'adversaire de Milan, la ville abhorrée.

— Vive l'Empereur! A bas Milan! Mort et destruction à Milan!

Les clairons et les fanfares sonnèrent de nouveau, et, pendant que les soldats donnaient un libre cours à leur haine, le héraut et sa suite quittèrent la place. Le comte Rechberg avait assisté à cette proclamation,

et il se préparait à partir, ce qui, vu la foule, n'était
pas chose facile. Dès que Hesso fut hors de vue, les
Italiens se mirent à maudire Frédéric.

— Riez, riez! pensa Rechberg. Vous pourrez rire
longtemps, mais vous ne pourrez violer impunément
ces ordonnances.

A ce moment, deux oreilles d'âne, munies de clochettes et posées sur la tête de Lanzo, s'approchèrent
du comte. Le fou se fraya, à grand'peine, un chemin
jusqu'à une borne, où il monta, et, de là, il s'élança,
avec l'agilité d'un singe, sur l'étrier du comte. Bientôt il se trouva en croupe derrière le chevalier
surpris. Bien que l'adresse de Lanzo excitât un rire
unanime, Rechberg le laissa faire, car il ne voyait
rien d'outrageant dans le procédé du fou qu'il estimait pour sa loyauté, et dont les plaisanteries pouvaient le récréer en route.

— D'où viens-tu donc, Lanzo?

— De remplir mon devoir, noble comte.

— Oui, mais dans quel but?....

— Quel but? Je viens seulement de l'apercevoir;
jusqu'ici je n'en avais point. Mais je vois maintenant
que Monseigneur est ici pour accomplir des choses
extraordinaires. L'Empereur, le pape et les rois ne
sont que de petits personnages auprès de vous.

— Et pourquoi donc, Lanzo?

— Parce que vous avez le fou derrière vous!

— Le fou derrière moi. Je ne vois pas ce que cela
peut présager de si extraordinaire.

— Eh! si vous voulez seulement faire preuve de
perspicacité, je suis à vos ordres, dit le fou. Je vais
commencer par le pape, c'est-à-dire si Victor est

vraiment pape, ce dont les gens sensés commencent
à douter. Voici, en effet, deux ans que Barberousse
réunit des conciles, et pourtant tous ces conciles ne
prouvent pas encore que Victor soit le pape. Ceci
démontre assez ou que Victor est un sot, ou qu'il est
le jouet de l'Empereur, puisqu'il est prêt à accepter
ce qu'Alexandre repousse. Si Victor était quelque
peu sensé, il saurait qu'un honnête moine vaut mieux
que ce qu'il est.....

— Tu es une mauvaise langue, Lanzo.

— Possible! Mais vous allez voir qu'elle dit la
vérité; voici venir le roi d'Angleterre et le roi de
France. Eux aussi sont fous. J'y songeais, en voyant
leurs ambassadeurs s'agenouiller et s'incliner devant
l'Empereur. S'ils étaient sensés, ils comprendraient
que Frédéric a l'intention de les prendre l'un après
l'autre dans ses filets.

— Tu es un homme d'état fort prévoyant, mon
bon Lanzo.

— Parbleu! cela se voit à mes oreilles... Du reste,
l'Empereur est aussi fou que les autres.... Mais
j'oubliais.... Ah! je ne vois aucun mal à ce que vous
ayez un fou pour parrain!.... Si Frédéric était sage,
il ne chercherait pas à dominer tout l'univers. Il se
prépare à engloutir Milan, la tête de l'Italie. Après
la tête, le reste viendra tout seul. Ah! c'est là un
mets de digestion peu facile. La terre est à Dieu, et
non pas à l'Empereur. Un de ces jours, la folie de
Frédéric le fera tomber sous le glaive d'un Dieu
vengeur.

— Bien parlé! Lanzo, tu devrais siéger dans les
conseils de l'Empereur.

— Dieu m'en garde! mon honnêteté y serait exposée à de trop rudes épreuves... Mais je vois, dans l'acier de votre casque, un petit lutin qui me fait des grimaces. Mon raisonnement a donc un côté faible? Tiens, dites-moi, je vous prie, de qui vous vient cette magnifique chaîne d'or?

— Pourquoi cette question?

— Répondez-y d'abord.

— Du chevalier Bonello, celui pour qui tu t'es si souvent interposé.

— Dites-moi, messire, comment avez-vous pris tant à cœur la cause de ce traître? Tout le camp a été surpris de la façon dont vous vous êtes exposé à la colère de l'Empereur. Nul autre que vous n'aurait voulu, pour le salut d'un traître, encourir la disgrâce de son souverain. Etait-ce là de l'habileté, était-ce même de la sagesse?

— Comment oses-tu me faire une semblable question? Ne faut-il pas secourir les malheureux?

— Parfaitement répliqué! Mais le lutin que je vois dans votre casque poli me fait encore des grimaces. Je crains que vous ne m'ayez pas dit la vérité toute entière. N'aviez-vous pas d'autre motif que la pitié pour venir en aide à Bonello?

— Tu as raison.

— Ah! j'ai quelque intelligence!... Bonello a une fille à marier!.... Des gens expérimentés n'ont pu la voir sans en être éblouis. Mais l'éblouissement est aussi une sorte de folie!.... Je pousserais bien mes questions plus avant, mais je craindrais que votre fourreau d'acier ne se mit en contact avec mon dos.

— Tu ne vas pourtant pas t'en tenir là?

— Non, certes, si je puis continuer.

— Va toujours !

— Eh bien ! dit le petit fripon, votre rougeur m'apprend ce que j'avais déjà deviné ! Mais avez-vous songé à ce que vous êtes, et à ce qu'est cette jeune fille ? Je crains que, sous ce rapport, vous n'ayez pas agi sagement. Allez donc trouver votre parrain, et sollicitez l'autorisation d'épouser la fille....... d'un traître !

Erwin pâlit.

— Ah ! comme vous pâlissez, dit Lanzo. Voyez-vous, comte, les hommes sages doivent toujours songer au dénoûment. Mais ne vous désolez pas, l'ange de la Lombardie n'est guère encore qu'une enfant ; en quelques années, bien des choses peuvent se passer.

Et il s'élança à terre.

— Tu ne vas pas partir comme cela, Lanzo. Il me semble que tu ne dédaigneras pas une légère collation dans la tente impériale.

— Grand merci, comte ! Croyez-moi, on a aujourd'hui bien autre chose à faire dans la tente de Barberousse que d'héberger un pauvre diable.

Et Lanzo se dirigea résolument vers la tente de Henri-le-Lion.

XV. — L'ANTI-PAPE.

Bien que Lanzo ne fût que le bouffon du duc de
Saxe, ses insinuations avaient inquiété le comte. Les
allusions qu'il avait faites à ses relations avec Bonello
l'effrayaient, et il trouvait étrange qu'il n'eût pas lui-
même fait ces réflexions un peu plus tôt. Il était
effrayé en songeant à la dépendance à laquelle le
condamnait sa position de filleul de l'empereur. Il
était en effet présumable que Frédéric n'admettrait
pas la possibilité d'une alliance avec la famille de
Bonello.

Sous l'influence de ces pensées, Rechberg avait
pénétré assez avant dans le camp, sans remarquer le
silence inusité qui y régnait. Les rues désertes, les
tentes solitaires prouvaient que les soldats devaient
être partis pour quelque expédition extraordinaire.
Mais quand il s'approcha de la tente ou plutôt
du palais impérial, il vit, des deux côtés de la
route, tous les guerriers en armes et les chevaliers
armés de toutes pièces. La tente de Frédéric, comme
toutes celles de ce quartier, était ornée de fleurs, de
lauriers et de tapis. Evidemment, il y avait réception.
Erwin apprit bientôt qu'il s'agissait de recevoir
le pape Victor, et les fanfares, qui résonnèrent à ce
moment, annoncèrent que son entrée au camp ne se
ferait pas attendre.

Victor était, pour le jeune comte, une haute et
illustre personnalité; mais il ne pouvait le regarder

comme le chef de l'Eglise ; pour lui, le vrai pape était Alexandre III. La vue de Victor, dont il connaissait l'esprit irrésolu, fit la plus fâcheuse impression sur Rechberg. Il se décida immédiatement à ne se présenter chez l'empereur qu'après les fêtes de la réception.

L'empereur se donnait beaucoup de mal pour faire fête à son pape ; non pas qu'il voulut honorer le chef de l'Église, mais parce qu'il jugeait utile de donner quelque importance à l'homme qu'il croyait nécessaire à l'accomplissement de ses desseins. Tous les mouvements de l'empereur témoignaient de son profond respect pour le chef de l'Église. Il chevauchait à sa gauche, un peu en arrière, comme s'il n'osait pas marcher de pair avec le chef de la chrétienté. L'empereur portait un vêtement de couleur rouge, par-dessus lequel était jeté le manteau impérial retenu par des demi-lunes en argent et des soleils d'or. Il avait le sceptre dans la main droite, et, sur la tête, le diadème. Sa physionomie était digne et sérieuse. A mesure qu'on s'approchait du camp, et que la foule pouvait mieux juger de ses mouvements, il témoignait plus d'attention à l'anti-pape, dont la main ne cessait de bénir la foule.

Quant à Victor, sa haute stature, sa tenue, ses vêtements même semblaient indiquer plutôt un prince temporel qu'un guide spirituel. Un large manteau rouge brodé d'or couvrait toute sa personne. Sur sa chevelure bouclée et bien soignée était posée la tiare. La figure de Victor reflétait l'orgueil de son esprit.

Après l'empereur s'avançaient Henri-le-Lion, puis les ducs d'Autriche, de Bohême et de Rottenbourg, le

landgrave de Thuringe, et une longue suite de princes et de seigneurs, tous en riches équipages. A
environ cent pas devant Victor, marchait la musique
militaire, dont les fanfares se répandaient au loin.
Nulle part on ne voyait l'apparence d'une solennité
religieuse; aucune bannière, aucun chant; on ne
voyait même pas une croix; de tous côtés, c'étaient
des armes, des étendards guerriers. L'arrivée de
Victor démontrait bien ce qu'il était : une créature
de l'empereur, d'où il tirait tout son pouvoir et tout
son éclat.

Arrivé devant sa tente, Frédéric descendit de cheval et s'approcha de Victor. L'empereur s'inclina, et
vint tenir, selon l'usage, l'étrier du pape. Ici, le
cardinal Octavien, car tels étaient réellement le rang
et le titre de Victor, commit la maladresse de laisser
l'empereur trop longtemps dans cette posture. Il
parut occupé avec ses familiers, se tourna et se retourna sur sa selle, de manière à ce que tous les
assistants pussent voir l'humble posture de Frédéric.

La colère et la honte se peignaient sur le visage
de l'empereur, tandis que le chancelier Reinald souriait intérieurement. Il avait, en effet, engagé le
monarque à laisser tomber en désuétude cette cérémonie, qui, selon lui, n'avait plus de signification.
Mais Frédéric voyait plus loin que Reinald. Il croyait
qu'il n'était pas encore temps de mettre de côté un
usage qui faisait croire à la haute position du chef
de la chrétienté.

Enfin, Octavien descendit de cheval; il serra l'empereur dans ses bras, et lui donna le baiser de paix;
puis il se tourna vers les princes et le peuple réuni

sur la place, les bénit, et entra avec l'empereur dans la tente impériale.

--·+·>

XVI. — LE VALET DE L'EMPEREUR.

Le premier service que Barberousse exigea de Victor, ce fut d'excommunier, devant les murs de l'insolente ville de Milan, et en présence de toute l'armée, Alexandre III et ses partisans. Peu de jours après son arrivée au camp, une vaste tribune fut élevée assez loin toutefois des murailles pour éviter l'atteinte des traits. Cette tribune était tendue de drap noir, et garnie d'un grand nombre de siéges. Au centre, se trouvait une estrade, et, derrière celle-ci, le fauteuil de l'Empereur, de sorte qu'il pouvait aisément transmettre sa pensée à l'orateur.

Des milliers d'hommes, accourus des diverses parties du camp, entouraient la tribune; une foule curieuse garnissait les murs et les tours de Milan.

A l'heure indiquée, parurent l'Empereur, les seigneurs, le prétendu pape et les évêques. Ils montèrent sur l'estrade, et prirent place selon leur rang. Dans un discours bruyant, le chapelain du pape, Albéric, exposa brièvement le but de la réunion. Il représenta Alexandre et ses partisans comme des schismatiques; Victor, au contraire, fut exalté comme le véritable pontife.

Lorsque Victor monta en chaire, on remit à l'empereur, aux seigneurs et aux évêques des cierges allumés. Octavien commença à réciter la formule assez longue de l'excommunication, d'une voix que la passion faisait trembler, et quand il fit entendre, d'un ton plus haut, la malédiction, l'empereur, les évêques et les seigneurs éteignirent leurs cierges.

Cette comédie exécutée par les ordres de Frédéric, en face d'une des cités qui comptait les plus puissants partisans d'Alexandre, fut accueillie par les Milanais au milieu d'une hilarité générale. A peine l'excommunication était-elle formulée, qu'à la faveur du silence qui la suivit, on entendit le son d'un porte-voix :

— Octavien, à tort appelé Victor, disait une voix retentissante, valet de l'empereur, dévastateur de la sainte Église! nous nous moquons de ta malédiction…. Le Ciel bénit ceux que tu maudis, et maudit ceux que tu bénis !

Parmi les nombreux guerriers qui se trouvaient là, fort peu connaissaient l'usage du porte-voix. Pour la plupart, ces paroles étaient surnaturelles, et leur retentissement lointain faisait presque croire à leur prompte réalisation. Frédéric évita cet écueil ; il était plus éclairé que la foule. Il savait que le bruit courait que, depuis quelques jours, un ange était descendu du ciel pour maudire Victor. Il resta assis, tandis que l'étonnement de la foule se traduisait par des clameurs. On vit alors s'élever dans les airs, sous l'impulsion d'une machine de guerre, un objet qui avait la forme humaine, et vint, par hasard, tomber à quelques pas de Victor. C'était un homme de paille, revêtu de haillons, et ayant sur la tête une mître de papier. Il portait à la main un écriteau, sur lequel se trouvait écrit en gros caractères : « Pape Victor ! » De bruyants éclats de rire retentirent sur les murailles, et le porte-voix s'écria : « Pape de paille, pape de paille ! »

Octavien était comme frappé de la foudre, les yeux écarquillés, et regardant le mannequin. Sa physionomie avait pris des teintes bizarres et tout-à-fait comiques. Reinald, qui se trouvait près de là avec d'autres seigneurs, et qui, intérieurement, trouvait une assez grande ressemblance entre Victor et le pape de paille, avait peine à retenir son hilarité. Frédéric était sombre, mais il eut bientôt trouvé un expédient, pour faire tourner l'incident contre les Milanais eux-mêmes.

— Retirez-vous, dit-il à Victor.

Au même instant, l'empereur parut à la place d'Octavien, et, avec cet air courroucé et terrible qui lui allait si bien dans certaines circonstances, il imposa silence. Le visage de Reinald lui-même devint sérieux. Tous s'assirent, attendant avec anxiété ce qu'allait dire l'empereur.

— Que signifie tout cela ? que veut, avec ses railleries, la coupable Milan ? Cette ville misérable ne respectera donc jamais rien ! Elle tourne en ridicule jusqu'aux insignes du pouvoir spirituel, se raille du chef régulier de l'Eglise, et, pour donner plus de portée à ses impudences, un misérable les lance avec un porte-voix ! Rappelez-vous la tyrannie qui règne à Milan, songez à la destruction de Lodi, aux malheurs de Côme, songez-y un instant, et dites-moi si cette ville n'a pas mérité d'être rasée !

Frédéric se tut. Ses paroles avaient allumé l'incendie.

— Elle le mérite! s'écrièrent avec ardeur les habitants de Côme ou de Lodi qui se trouvaient là ; elle le mérite, à bas Milan!

— Oui, elle le mérite, reprit l'empereur, et, cette fois, nous serons l'exécuteur de cet acte de justice.

Il fit une pause. Sa main se porta à son front, et en enleva la couronne. Le regard dirigé vers le ciel, la main droite étendue comme pour prêter serment, il s'écria d'une voix animée :

— Moi, Frédéric de Hohenstaufen, roi des Allemands et empereur romain, je jure devant Dieu tout-puissant, devant la bienheureuse vierge Marie, par les saints apôtres Pierre et Paul et par tous les saints du paradis, que cette couronne n'ornera plus mon front, que la ville de Milan n'ait été détruite en châtiment de ses crimes!

L'empereur se signa, et remit la couronne au chancelier palatin.

Ce serment solennel produisit le meilleur effet sur les Italiens.

— Vive l'empereur! vociférèrent des milliers de voix ; vive l'empereur! à bas Milan!

Pendant que ces cris se proféraient devant les murs de la forteresse, Barberousse, satisfait de la tournure que prenaient les choses, quitta la tribune, suivi des seigneurs. Rentré dans sa tente, Victor donna un libre cours à sa colère. Pendant qu'Albéric lui enlevait le manteau papal, il secouait la tête et donnait des signes non équivoques de mécontentement.

— L'homme de paille! l'homme de paille! répétait-il! les misérables, les malheureux, me comparer à un homme de paille, moi le chef véritable de l'Église!

— C'est infâme! c'est digne de la vengeance céleste! disait le chapelain.

— Patience, les Milanais paieront cher toutes leurs railleries. Il ne manquait plus que cela pour accroître la colère impériale. Il faut que cette ville soit détruite et rasée. Quiconque parle en faveur de cette nouvelle Ninive, est l'ennemi de l'empereur, du pape et de l'Église.

— Et le porte-voix.... cet abominable porte-voix! ajouta Albéric.

— C'est juste, je l'avais presque oublié, répondit Victor. Comment m'ont-ils donc appelé? Pape de paille! Les misérables! je suis le vrai pape, par le choix populaire et la confirmation impériale.... Oui, je le suis, ajouta-t-il encore, comme pour se persuader lui-même. Alexandre ne peut être que le cardinal Roland, car il lui manque la consécrarion impériale, et l'élection du peuple.

— Très-certainement; vous êtes, sans aucun doute, le véritable pontife! se hâta d'ajouter Albéric, qui connaissait les inquiétudes de Victor.

— Comment m'ont-ils encore appelé?.... Valet de l'empereur, je crois?...

— Vous l'avez dit, seigneur. Qualification stupide! Vous n'êtes le valet de personne, vous songez toujours à défendre la liberté de l'Église.

Ces paroles firent sur Octavien l'effet d'une amère ironie. Il songeait à ses sentiments bas et serviles, et s'agitait convulsivement sur son siége.

— Je rends à l'empereur ce qui lui revient, et je
suis en cela fidèle aux ordres du Seigneur. En ce qui
touche à l'Église, je suis inébranlable, je ne suis le
serviteur de personne. Ne l'ai-je pas souvent prouvé?
Ne l'ai-je pas prouvé avant-hier encore, quand l'empereur me pressait de prononcer la séparation entre
le duc Henri et Clémence? N'avons-nous pas, en
vertu de notre saint ministère, énergiquement re-
poussé cette demande?

— J'ai admiré votre énergie, monseigneur!

— Il n'y a pas de représentations, pas de menaces
qui puissent nous décider à rompre cette union!
continua Octavien. Si les princes pouvaient, à leur
guise, prendre et renvoyer leurs épouses, où donc
serait la justice et l'ordre? Non! par le salut éternel
de mon âme, à laquelle Dieu fasse miséricorde!
jamais je ne commettrai un pareil méfait.

Comme Victor finissait d'exprimer cette détermination, Reinald entra dans la chambre. La sortie
d'Octavien n'échappa point à l'œil observateur du
courtisan. En effet, bien qu'il osât rarement résister
aux ordres de son maître, il lui arrivait parfois, soit
par honte ou par colère, de se refuser à accomplir ce
qu'on lui demandait. Comme tous les hommes à idées
étroites et sans décision, il voulait par moments faire
preuve d'énergie. Parfois, il déplorait sa position,
mais il n'avait pas assez de grandeur d'âme pour
consentir à n'occuper qu'un rang inférieur et à briser
les liens dont Frédéric l'avait enlacé. Aussi donnait-
il pleine carrière à sa mauvaise humeur contre ceux
qu'il n'avait pas besoin de craindre. Rogue, dédaigneux vis-à-vis de ses inférieurs, il était humble et

soumis en présence de l'empereur et de son entourage.

Cette fois, Victor semblait décidé à faire preuve de caractère. Il ne se leva pas pour recevoir le chancelier, et ne répondit à ses salutations qu'avec un visage renfrogné. L'habile courtisan n'y prêta pas la moindre attention. Il prit un siége et s'assit tranquillement en face du chef de l'Église.

— Avant de déposer aux pieds de Votre Sainteté le message de l'empereur, notre maître, j'éprouve le besoin de vous exprimer mes regrets pour le scandale causé par les Milanais.

— L'illusion de ces gens abandonnés de Dieu est la plus sûre preuve de notre légitimité! interrompit Victor; nous n'avons donc besoin ni de vos regrets, ni de vos consolations. Transmettez-nous le message de l'empereur. Nous verrons si ce message, pour le cas où il contiendrait une prière, mérite d'être pris en considération.

Reinald eut besoin de tout son empire sur lui-même pour ne pas éclater de rire à ce langage d'Octavien et surtout à l'air qui les accompagnait. Si Victor eût été ce qu'il voulait paraître, le comte Dassel aurait dû se fâcher; mais comme il connaissait le pape de longue date, ce fier discours ne fit qu'exciter son sourire.

— La sagesse bien connue de Votre Sainteté n'a évidemment, en cette circonstance, nul besoin de mes consolations, répondit Reinald avec un sourire ironique. D'après son propre désir, j'aborde donc le sujet du message de l'empereur. Ce message concerne la rupture du mariage du duc Henri et de Clémence.

— Nous avons déjà exprimé nettement notre opinion sur ce sujet, répliqua Octavien.

— Il y a longtemps de cela, ajouta Reinald, mais aujourd'hui Sa Majesté désire en finir, et vous prie de lui indiquer le jour où il vous plaira de prononcer la dissolution de ce mariage en séance publique.

— Me faut-il donc répéter ce que j'ai déjà dit? reprit Victor avec surprise. Cette union est légitime; je ne puis donc la rompre. La parenté mise en avant n'est pas assez nettement prouvée, et le degré en est trop éloigné.

— Néanmoins, l'Empereur souhaite la rupture de ce mariage, et cela pour des motifs politiques fort sérieux, dit Reinald d'un air grave.

— Pour des motifs politiques! Qu'avons-nous à nous occuper des raisons politiques?

— Certes, les affaires d'État ne sont pas de votre ressort, mais Votre Sainteté devrait pourtant avoir égard au vœu exprimé par l'Empereur.

— Fort bien, monsieur le chancelier! les affaires de l'État sont hors de notre portée, dites-vous, et nous devons, pour celles de l'Église, suivre les vœux de l'Empereur. Que serions-nous donc alors? Les Milanais l'ont bien dit: le plat valet de l'empereur!

— Que Votre Sainteté veuille bien se rappeler qu'elle doit tout à l'Empereur.

— Pardon, monsieur le chancelier; je tiens mes pouvoirs de l'élection des cardinaux et du peuple.

— Des cardinaux! dit Dassel avec ironie: combien donc ont voté pour vous? autant qu'il m'en souvienne, deux seulement! Et le peuple? Le païen Jugurtha reprochait au peuple romain sa corruption; peut-être ce peuple corrompu ne se fût-il pas prononcé pour vous, sans les riches largesses de vos amis?

Le sang d'Octavien lui monta au visage.

— Je ne voudrais pas blesser Votre Sainteté, continua Dassel, mais simplement la prémunir contre tout sentiment d'ingratitude envers l'Empereur.

— Admettons que ce que vous dites soit véritable; notre élection n'a-t-elle pas été ratifiée par quatre conciles?

— Quatre conciles! dit Reinald en souriant de pitié. Il devait y avoir quatre conciles, mais la puissance de l'Empereur n'a pu parvenir à réunir les évêques. Mais que sont des conciles sans évêques? vous devez le savoir, saint père!.... De grâce, terminons cette discussion inutile. Je voulais seulement vous transmettre l'ordre de l'Empereur, et lui rapporter votre réponse.

— L'ordre de l'Empereur! de mieux en mieux!...

— Oui; la prière de l'Empereur, si vous le préférez, dit l'homme d'État en se levant; ordre ou prière, peu importe! l'Empereur exige que l'on obéisse à l'une comme à l'autre. Vous pouvez, du reste, prévoir les résultats fâcheux de votre désobéissance.

— Pour l'amour de Dieu! ne partez pas, s'écria Victor épouvanté. Dites-moi vous-même comment je puis, contre mon devoir et ma conscience, rompre un mariage légitime? Je ne demande pas mieux que de prouver mon obéissance à l'Empereur; je lui demande seulement de ne pas exiger une violation flagrante des lois divines et ecclésiastiques.

— N'avez-vous pas le pouvoir de délier?

— Oui, mais pas les liens d'un mariage indissoluble.

— La parenté qui existe entre Henri et Clémence rend nulle cette union. L'arbre généalogique vous sera soumis, et vous pourrez prononcer l'annulation du mariage.

Victor se trouvait fort embarrassé. En vain cherchait-il un moyen de sortir de cette fausse position. D'un côté, il était honteux de son impuissance, et sa conscience n'était pas sans lui faire de reproches; mais, d'autre part, il voyait les conséquences fâcheuses qu'amènerait son refus. Le ton de Reinald, son air sombre et menaçant, son désir de quitter la chambre effrayaient Octavien, sur le front duquel perlaient des gouttes de sueur, preuve évidente que les actions mauvaises sont souvent plus pénibles à accomplir que les bonnes.

— Puis-je enfin annoncer à l'Empereur que vous lui obéirez? reprit Dassel; ou dois-je rapporter à Sa Majesté votre désobéissance, afin qu'il proclame l'illégitimité de votre choix?

— J'obéirai, fit Victor d'une voix brisée.

— Voilà qui est sagement raisonné, dit le courtisan, dont la physionomie reprit immédiatement un air agréable. Puis-je demander quand Votre Sainteté pourra exécuter sa promesse?

— Quand il plaira à l'Empereur.

— Votre visite réjouira Sa Majesté, reprit Dassel. Il me reste encore à demander à Votre Sainteté si elle daignera conférer la dignité épiscopale, la semaine prochaine, dans la cathédrale de Pavie, à quelques jeunes gens qui possèdent au plus haut degré la

confiance de l'Empereur. Parmi eux se trouve le
jeune comte de Biandrate, dont le choix, comme
archevêque de Ravenne, a été retardé par certaines
objections de votre prédécesseur, le pape Adrien.

— Je n'ai qu'à confirmer le choix de Sa Majesté ;
je serai à Pavie pour l'époque indiquée.

Le chancelier s'inclina et sortit. Profondément abattu
et honteux, le pape restait immobile, les yeux fixés
sur la porte par laquelle Dassel venait de disparaître.
Il semblait ne pouvoir croire lui-même à sa position,
et il murmurait :

— Oui, je suis le valet de l'Empereur, rien qu'un
misérable et plat valet !

XVII. — UN MAUVAIS GÉNIE.

Après avoir déposé aux pieds de Barberousse la
promesse de l'obéissance de Victor, Dassel se dirigea
vers le camp de Henri-le-Lion, pour lui annoncer la
prochaine dissolution de son mariage. Le duc de
Saxe occupait le cloître des Augustins, situé devant
les murs de la forteresse. Malgré les décisions du
conseil de guerre, ce cloître n'avait été ni pillé ni
détruit, parce qu'il était au centre du camp de Henri,
et qu'il lui servait de résidence. Il s'éleva même
violemment contre les Italiens, qui réclamaient énergiquement le pillage et la destruction de cet édifice.

— Dans le Nord, dit-il, je n'épargne ni argent ni peines pour fonder des églises et des couvents. Pourquoi les détruirais-je dans le Sud? Vous sentez bien que ce serait contraire à mes principes, et, pour satisfaire votre haine contre les Milanais, je ne me donnerai pas un démenti.

Ces mots mirent fin à la discussion. La belle église resta debout, le cloître fut respecté, et l'on chassa les moines inquiets du côté de Milan. Depuis que Henri songeait à rompre son mariage, il avait perdu son air ouvert, sa bienveillance et ses couleurs fraîches et riantes. Son regard cherchait la terre, son front était sombre, sa tête s'inclinait; un poids lourd obsédait sa pensée. Pendant que Reinald poussait à la séparation, le duc ne pouvait s'y déterminer. Son orgueil la réclamait, son cœur s'y refusait. Une union de quinze ans lui avait prouvé l'affection sincère et l'inébranlable fidélité de Clémence, qui ne vivait que pour son époux. Il ne pouvait se rappeler un mot amer ou un reproche de sa part. Tous ses efforts tendaient, au contraire, à faire oublier à son époux et ses fatigues et ses soucis. La séparation projetée, bien que connue de Clémence, n'exerça aucune influence sur sa conduite. Elle ne fit entendre ni plainte ni reproche, et mit tous ses soins à cacher aux yeux de Henri la douleur amère et le chagrin qui l'oppressaient.

Mais les souffrances de Clémence n'étaient point ignorées de son mari. Il admirait la grandeur d'âme de cette noble femme, et il lui en coûtait de se trouver presque contraint de commettre une pareille injustice. Si la duchesse lui eût adressé des reproches, la lutte lui eût semblé plus facile ; mais cette muette douleur, cet amour résigné le désarmait. C'était en vain qu'il laissait s'écouler les années pour trouver un juste sujet de mécontentement, il n'y réussissait pas ; les années se suivaient, et il ne parvenait à réunir que des preuves toujours plus évidentes de la fidélité et de l'affection de Clémence.

De tristes pensées l'assiégeaient au moment où il s'assit dans le jardin du cloître, sur un banc ombragé de clématites. Son dos était appuyé contre le mur, ses jambes étendues, ses mains crispées sur sa poitrine ; son menton s'inclinait, et son visage, où se peignait le chagrin, indiquait ce qui se passait dans son âme. Le duc ressemblait à un homme anéanti par la douleur. De temps en temps, il laissait échapper un profond soupir, comme pour livrer passage à la lutte qu'il soutenait intérieurement.

Une voix claire et enfantine le fit tressaillir. A l'extrémité du bosquet apparut Clémence, tenant par la main la petite Adélaïde, blonde enfant aux cheveux bouclés. Dès qu'elle aperçut son père, elle courut vers lui ; mais elle s'arrêta tout à coup, à quelques pas d'Henri. dans un air d'indécision et de doute,

— Eh bien! petite, avance donc! dit Henri en s'efforçant de donner à sa rude physionomie un air souriant.

L'enfant obéit. Il était évident qu'elle ne se sentait pas à l'aise sur les genoux de son père, car elle regardait avec anxiété du côté de sa mère.

Henri était tout troublé. Clémence s'assit sur le banc à côté de lui. L'air peu agréable du duc ne lui avait pas échappé, et, comme si elle eût pu lire les

pensées qui obscurcissaient le front de son époux,
un tressaillement se fit jour sur son visage. L'énergique volonté de Clémence sut pourtant cacher sa
douleur.

— Père, pourquoi portes-tu toujours ce vêtement
de fer? dit Adélaïde, tandis qu'elle jouait avec les
anneaux de la cotte de mailles du duc.

— Parce que cela est nécessaire en temps de
guerre, mon enfant; n'aimerais-tu pas d'avoir un
vêtement semblable? Regarde comme il brille et
étincelle!

— Non, mon père, il est trop dur et trop raide;
je préfère la robe de ma mère.

— Si, au lieu d'être une petite fille, tu étais un
garçon, mon vêtement de fer te plairait davantage.

Ces paroles produisirent un effet surprenant sur
l'enfant. Elle se tourna d'abord vers Clémence, qui
semblait près de pleurer; puis elle jeta ses deux
bras autour du cou de son père, comme pour l'empêcher de gronder sa mère.

— Je veux être un garçon, père! dit Adélaïde
moitié souriant, moitié pleurant.

— Tu veux? Et pourquoi cela?

— Pour que ma mère ne pleure plus!

— Laisse donc, petite bavarde; pourquoi ta mère
pleurerait-elle?

— Mais si, elle pleure, elle pleure même beaucoup; mais quand tu viens, père, ma mère essuie
ses larmes, et sourit.

Le duc se sentit ému; ce langage simple, dans la
bouche d'une enfant, et la plainte qu'il contenait
contre lui, le rendirent presque honteux. Jusqu'alors

le prince n'avait pas dit un mot à sa femme de la séparation projetée. Une bonne occasion venait de se présenter, mais il lui en coûtait d'aborder ce sujet ; il fallait pourtant s'y résoudre, mais le sentiment de l'injustice était plus fort que son courage.

Clémence remarqua ce qui se passait dans l'âme de Henri. Un mélange d'affection pour son époux, de chagrin pour ses erreurs, et d'espoir de le faire revenir sur la résolution qu'il avait prise, la décida à parler.

— Cher Henri, dit-elle, le devoir de la femme est de veiller et de prier, dès qu'un danger menace son époux. Je ne puis plus me taire, en présence des intrigants qui cherchent à vous circonvenir. Les plans iniques du chancelier Reinald menacent de perdre votre âme. Aucun motif ne peut excuser le mal, aucune bonne intention ne peut innocenter une action défendue. S'il m'était possible de vous rendre heureux et content, je le ferais, dût même notre séparation me briser le cœur !

Les larmes l'empêchèrent d'achever. Le duc savait que ce n'était point là de stériles paroles, et qu'elles provenaient d'une affection sérieuse. Elles firent impression sur lui.

— Pourquoi cette allusion à une circonstance qui nous est pénible à tous deux ? dit-il. Il est de ces choses qu'on doit placer au-dessus de l'affection. Vous êtes la plus noble des femmes, sur mon honneur de chevalier ! Et pourtant, Clémence, la dynastie guelfe est menacée de s'éteindre avec moi dans le Nord.

— Je connais la fameuse découverte de Reinald,

celle de notre parenté! Vous savez bien, Henri, que
cela est faux. Je subirais volontiers la douleur de
la séparation pour vous rendre heureux; mais la
certitude que cette rupture nuirait au salut de votre
âme me déchire le cœur. O Henri, reprit-elle en
fondant en larmes, éloignez de vous cette pensée
coupable! Fiez-vous à l'avenir!... Peut-être... Peut-
être mes heures sont-elles comptées ?

A ce moment, on entendit le pas d'un cheval dans
la cour, et, presque au même instant, Reinald parut
devant le berceau. Clémence se leva rapidement,
comme saisie d'horreur. Ses larmes ne coulaient
plus; elle était pâle et tremblante. Elle jeta sur son
époux un long et douloureux regard, rien qu'un
regard, mais ce regard renfermait toute son âme.
Puis, tenant toujours sa fille par la main, elle s'éloigna précipitamment.

Revêtu des brillants habits de soie qu'il ne portait
qu'aux grandes solennités de la cour, ayant au doigt
l'anneau pastoral de l'archevêché de Cologne, don
de Frédéric, la tête couverte d'une mître précieuse,
le cou garni d'une chaîne d'or qui en faisait trois fois
le tour, le comte Dassel salua le duc avec un visage
souriant. Il avait vu Clémence s'éloigner, et il avait
remarqué le sombre chagrin de Henri. De telles circonstances réclamaient toute son adresse.

— Je viens d'avoir l'occasion de voir la tour de
siége que Votre Altesse fait construire, dit Dassel,
en s'inclinant profondément. Quel travail admirable!
On ne pourrait lui comparer que la tour que l'empereur a fait construire au siége de Crémone.

L'habile courtisan venait de faire allusion à une
circonstance dont Henri tirait vanité.

— Vous faites erreur, cher comte, dit-il; mon impérial cousin a construit, il est vrai, une superbe machine de siége; mais sa tour contenait deux cents guerriers de moins que la mienne. De plus, elle ne pouvait avancer que lentement et avec danger.

Reinald ne se permit pas de douter de l'excellence de l'œuvre ducale.

— Alors, dit-il, la perfection de votre tour menace de devenir dangereuse.

— Dangereuse?

— Oui, certes, dit Dassel, dangereuse pour la renommée et les espérances de plus d'un héros, qui ont bâti tous leurs rêves d'orgueil et d'avenir sur la prise de Milan. Figurez-vous, seigneur, la déconvenue du comte palatin Otto, du duc d'Autriche, du landgrave de Thuringe, et des autres illustres capitaines, en voyant le lion de Souabe faire flotter sa bannière aux créneaux de Milan.

Le duc partit d'un bruyant éclat de rire.

— La pensée de votre renommée me rappelle sur le champ la certitude de votre bonheur. Le pape Victor est tout prêt à rompre le mariage que vous avez contracté avec votre parente.

A ces mots, la physionomie du duc changea d'expression. Ses yeux s'assombrirent, et pendant que sa main droite se promenait dans sa barbe, la gauche se portait, menaçante, à la garde de son épée.

— Il ne reste plus à Votre Altesse qu'à indiquer le jour et l'heure de la séparation tant désirée, dit Reinald.

— Hum! vous êtes bien soucieux de mes intérêts. Pourquoi cette précipitation?

— N'est-ce pas votre désir, seigneur ?

— Certainement, c'est bien mon désir. On ne me commandera jamais rien ! Peut-être me conviendra-t-il de laisser les choses sur l'ancien pied ?

Le courtisan sembla surpris.

— Cela vous étonne ! Oui, j'ai dit sur l'ancien pied, mon cher comte.

— C'est l'affaire de Votre Altesse, reprit Dassel avec prudence comme s'il se fût trouvé en face d'un lion déchaîné ; toutefois, je dois vous le dire, l'affaire est déjà si avancée !

— Eh bien ! faites-lui rebrousser chemin. La chose doit vous être facile, à vous qui êtes passé maître en ces sortes de matières.

— Pourrait-on demander à Votre Altesse les motifs de ce changement soudain ?...

Le duc regarda le chancelier avec colère.

— Les motifs ! mais ce serait une infamie ! Qu'avez-vous donc à me regarder de la sorte ? Voyez là-bas !

Et il lui montrait, dans le jardin, Clémence à moitié cachée par les buissons de roses, s'agenouillant au pied d'une statue de la Madone. Près d'elle se tenait Adélaïde, les mains jointes, et regardant tour à tour la statue de pierre et sa mère tout en larmes. Reinald vit la mère et l'enfant ; il comprit la cause de ses larmes, et pendant qu'il les regardait couler il résolut d'achever son œuvre infernale.

— C'est une pieuse femme ! dit-il, une femme vraiment modèle ! La séparation doit lui être doulou-reuse, je le comprends ; mais elle est douloureuse aussi pour un prince, qui a à cœur la continuation de sa race et la durée de sa renommée !

— Oh! la douleur de la séparation, le mal qu'elle cause à un cœur aimant, tout cela pourrait se calmer, dit Henri ; mais, mon cher comte, cet acte serait non-seulement dur et sans pitié, mais encore coupable devant Dieu.

— Coupable devant Dieu ! cette découverte me paraît nouvelle. Le pape dissout votre mariage ; il connaît ses devoirs, et répondra des conséquences.

— Oui, votre pape, dit Henri, moitié riant, moitié en colère. Est-ce que la parole de ce jouet de l'Empereur aurait le pouvoir de rendre bon un acte pervers ?

— Certes, c'est là un point grave pour une conscience timorée, dit Dassel avec ironie.

— Mais vous-même, cher comte, il y a des années que l'empereur vous a mis cette bague archiépiscopale au doigt ; dites-moi donc pourquoi vous n'êtes pas encore consacré ? Il ne manque que votre bon vouloir ; Victor ne demande pas mieux. Mais, et cela est bien naturel, vous dédaignez la consécration de l'anti-pape ! Et vous voudriez que son intervention me suffise ?.....

— Ma consécration n'a rien de pressant, se hâta de répliquer Reinald ; mais Votre Altesse se trompe, quand elle se laisse aller à des scrupules de conscience, au moins exagérés.

— Exagérés !

— Certainement. N'est-ce pas à l'Empereur qu'il appartient de nommer l'évêque de Rome ? L'histoire de l'empire est là pour le prouver.

— Sans doute, il faut à mon cousin, pour l'exécution de ses plans, un pape très-soumis. Je ne veux

pas vous quereller à ce sujet. Les évêques du Nord
doivent aussi m'obéir..... La seule différence, c'est
qu'aucun de mes évêques n'est chef suprême de la
chrétienté.

— Une autre différence, dit Reinald du ton d'un
homme qui hésite, c'est que votre cousin Frédéric
pose les fondements d'une dynastie destinée à régir
l'univers, pendant que votre œuvre mourra avec
vous....

Le duc de Saxe ne répondit rien. Ses traits se
contractèrent, il se leva et se tint immobile devant
Dassel comme une statue d'airain. Son rêve était de
fonder dans le Nord un empire indépendant. Depuis
bien des années, il faisait la guerre dans ce but,
auquel tendaient tous ses efforts. Dassel s'efforça
d'exciter plus vivement encore le dépit du duc de
Saxe.

— Vous avez, il est vrai, deux charmantes filles ;
mais vous ne pouvez leur léguer vos domaines.
Toutes vos conquêtes feraient retour à l'empire ; il
ne leur resterait que les alleux.

— Un moment, comte! s'écria Henri, furieux de
voir disposer de la sorte de domaines conquis au
prix de tant de peines.

— Je le sais, mes paroles doivent vous déplaire ;
mais, excusez ma franchise, mon raisonnement n'en
est pas moins juste.

— Il est faux, vous dis-je! complètement faux!
Vous imaginez-vous que j'aurais, pendant des années,
fait la guerre, bouleversé les populations, supporté
la faim, la soif, mille fatigues de tous genres, pour
descendre comme un niais dans la tombe?

— Je le regrette, seigneur; mais, puisque vous repoussez la séparation que je vous propose, il faut prévoir les plus fâcheuses conséquences.

— Repousser! non pas, je veux réfléchir; ce qui doit être fait le sera, oui, sur ma parole!

Reinald tressaillit de joie.

— Allez, et remerciez mon impérial cousin. Ce divorce aura lieu, dût-il m'anéantir moi-même! Toutefois, dites à l'empereur de ne pas pousser les choses plus loin que je ne le désire.

XVIII. — CONFIDENCES.

Reinald se dirigea vers la tente impériale. Il avait hâte de rendre compte à l'empereur de son entretien avec le duc de Saxe. Un chambellan lui apprit que Frédéric se trouvait chez l'impératrice. Dassel se détermina à l'attendre dans une chambre voisine. A peine avait-il fait quelques pas dans cette salle toute remplie d'armures, de cuirasses et de glaives, qu'il entendit la voix de Frédéric. Le monarque semblait courroucé. L'Empereur en colère : quelle perspective pour un homme d'État! Reinald s'approcha de la cloison et prêta l'oreille.

En sortant de chez l'impératrice, Frédéric avait trouvé le comte Rechberg dans l'antichambre. Le jeune homme songeait depuis longtemps à demander en mariage la fille de Bonello. Mais, hélas! pouvait-il espérer d'obtenir le consentement de l'empereur? Cette pénible incertitude déchirait son cœur.

Erwin était assis dans un coin, les coudes posés sur ses genoux, et la tête dans les mains. Plongé dans ses réflexions, il ne remarqua pas l'entrée de Frédéric, dont les pas étaient assourdis par l'épais tapis qui couvrait le sol. L'empereur regarda le jeune homme avec surprise. Il vit son air souffrant, et secoua la tête. En ce moment, Erwin soupira tout haut, et Frédéric tressaillit malgré lui.

— Erwin, dit-il à haute voix.

Celui-ci se réveilla comme en sursaut, rougit, se leva, et se tint debout, comme un criminel devant l'empereur.

— Qu'as-tu, mon garçon? Depuis quelque temps, tu me sembles malheureux; rien ne peut te distraire. Parle, qu'as-tu?

Erwin ne répondit que par une vive rougeur. L'homme qui, d'un mot, pouvait le rendre heureux, était là devant lui, et il n'osait parler.

— Serais-tu muet? Ah! maintenant, je suis curieux de connaître le secret de cette tête chagrine.

— Il faudra que je vienne en aide à ce pauvre garçon, pensa Reinald.

— Voyons, Erwin, ta défiance m'attriste. Quel autre motif pourrait t'empêcher de parler?

Rechberg jeta un regard douloureux sur l'empereur, pour lui faire comprendre la peine que lui causait ce reproche.

— Eh bien! dit-il, si tu as confiance en moi, parle! Qu'as-tu? Depuis quelque temps, je remarque

ton air sombre et désolé, et je pensais avoir le droit
d'obtenir ton secret sans te le demander.

Ce reproche décida plus que jamais Erwin à
garder le silence.

— Pardon, Sire, ce n'est pas le manque de confiance qui me ferme la bouche, mais la certitude que
mes légers soucis ne sont pas dignes de l'attention
de Votre Majesté.

— Légers soucis! reprit Barberousse, regardant
attentivement le jeune homme... C'est juste! j'aurais
dû y songer plus tôt... En effet, c'est un enfantillage.

L'entrée de Reinald d'un côté, celle de l'impératrice de l'autre interrompirent Frédéric.

— Béatrix, dit-il en se tournant vers l'impératrice,
je vous confie ce terrible malade. Je sais que vous
êtes habile à guérir toutes les souffrances.

Et Frédéric quitta l'appartement avec Dassel.
Béatrix, chargée de consoler le pauvre Erwin, était
la riche et noble fille du comte Reinald de la Haute-
Bourgogne. Elle avait seize ans à peine, quand
Frédéric la choisit pour épouse. Il fallut que le
caprice de Barberousse fût bien fort pour le faire
passer sur tous les obstacles que mit à cette union
illégitime le pape Adrien IV. L'empereur avait
répudié Adélaïde, sa première femme, et, malgré
les représentations de l'Église et la réprobation
générale, il conduisit Béatrix à l'autel.

L'impératrice Béatrix avait alors vingt et un ans.
D'un esprit aimable, belle et gracieuse, elle était la
plus aimable princesse de l'époque. Ce fut avec joie
qu'elle saisit l'occasion de consoler un jeune homme
qu'elle estimait et aimait, tant pour lui-même qu'à

cause de sa parenté avec l'empereur. Après avoir
renvoyé ses femmes, elle vint s'asseoir à côté
d'Erwin.

En peu de temps, Béatrix fut au courant de
tout. Elle écouta le narrateur avec sang-froid et
sans l'interrompre, même par un sourire. Quand il
eut achevé, l'impératrice s'écria :

— Je veux que vous fassiez le plus tôt possible la
demande de la main d'Hermengarde.

— Je remercie Votre Majesté, mais je ne puis
faire une démarche qui ne serait peut-être pas
approuvée....

— Que signifie! pas approuvée, et par qui?

— Par l'Empereur, qui ne consentira jamais à
mon mariage avec la fille d'un homme qu'il regarde
comme un traître.

— Allons donc, Erwin, que font à l'Empereur
vos affaires de cœur? Il ne désire rien que de vous
voir heureux.

— Votre Majesté pourrait se tromper à ce sujet,
répondit Rechberg.

— L'Empereur vous a-t-il fait des reproches à ce
sujet?

— En aucune façon; mais je suis sûr qu'il s'opposera à mon mariage.

— C'est entendu, mon cher Erwin! Vous êtes de
ces gens qui prennent plaisir à se tourmenter. Il
faut que je vienne à votre aide. C'est, du reste, le
désir de Frédéric. Il m'appartient de faire usage des
paroles de l'Empereur, et de me souvenir que vous
êtes confié à mes soins. Or, la première médecine
que je vous ordonne, c'est de dépouiller toute crainte.

Dans l'intervalle, je vais préparer une potion véritablement curative.

Elle sortit de la salle.

— Richilde, dit Béatrix, en entrant dans ses
appartements, ne pourrais-tu m'indiquer un chevalier
auquel on pût confier un message de quelque importance?

— L'armée toute entière est aux ordres de Votre
Majesté, répondit la femme de chambre.

— Non, non; je n'ai besoin que d'une épée solide
et parfaitement éprouvée.

— Que pensez-vous, Madame, du chevalier Goswin? il est vaillant, discret, et chevaucherait, pour
Votre Majesté, jusqu'au trône du sultan d'Égypte.

Béatrix fit entendre un petit rire clair et prolongé.

— Es-tu vraiment dans ton bon sens? Goswin,
cet homme grossier!.... J'aurais là, par ma foi, un
joli messager.

— Pardon! madame, je n'avais nulle intention
mauvaise, mais pour que je ne commette pas de
nouvelle maladresse, il serait bon que je connusse
les vues de Votre Majesté.

— Indiscrète! Au fait, tu peux tout savoir....
Depuis longtemps j'ai la curiosité de connaître cette
Hermengarde, qui a ébloui tous les chevaliers qui
ont pu l'apercevoir. J'ai donc songé à lui envoyer
une brillante ambassade, pour l'inviter à se rendre
à ma cour.

— Excellente pensée! dit Richilde.

— J'ai entendu parler des efforts de cette noble
jeune fille pour sauver son père. Cet amour filial
m'a causé de l'étonnement, et je voudrais connaître
cette femme héroïque.

— Mais votre invitation sera-t-elle acceptée? La
châtelaine de Castellamare est encore extrêmement
jeune; elle compte quatorze ans à peine. Cette enfant
ne pourra quitter la forteresse sans la permission de
son père. Le gentilhomme laissera-t-il aller sa fille
dans un lieu où il a été si mal traité?

— Ton objection n'est point tout-à-fait dénuée
de fondement, reprit Béatrix. Mais, en général, les
pères ne sont point opposés au bien-être de leurs
enfants, et ils sont disposés à beaucoup oublier pour
arriver à ce but. Je viens de songer à un messager
qui me convient, et qui fera réussir ma démarche.
Allons nous mettre à l'œuvre sur-le-champ.

XIX. — LES CONSULS.

Les Milanais supportaient courageusement les
fatigues et les ennuis de l'état de siége. L'amour de
la liberté leur faisait supporter les épreuves les plus
dures. Un même esprit animait toute la population,
car tous étaient également menacés par les succès de
Barberousse. Tous, marchands, artisans ou nobles,
prenaient part à la défense. Chacun luttait pour soi-
même, et défendait ses droits et ses libertés.

Les Milanais tentaient tous les jours des sorties,
car leur but était de chercher à introduire des vivres
dans la cité. Mais les portes étaient surveillées avec le

plus grand soin. Quiconque y était surpris, y laissait
les mains, les yeux, et parfois la vie. Les plus hardis
n'osaient plus se risquer à approvisionner la ville.
La perspective d'une famine encore éloignée, mais
certaine, inspira à plusieurs consuls, auxquels les
Milanais avaient confié l'autorité, l'idée de se réunir,
pour aviser aux moyens de détourner cette calamité.
Ils tinrent conseil en secret et délibérèrent à huis-
clos. Ils comprenaient que Frédéric ne songerait
jamais à lever le siége; ils savaient aussi qu'on ne
pouvait attendre des secours des confédérés. Gênes,
Venise, Pise enviaient depuis longtemps la grandeur
de Milan, et souhaitaient son abaissement. Les autres
cités s'inclinaient devant la puissance formidable de
Frédéric, et s'étaient montré disposées à reconnaître
la suprématie de la maison de Hohenstaufen. On ne
pouvait donc espérer de salut que par d'heureuses et
adroites négociations, et l'on comptait, pour cela,
utiliser les talents d'un homme, que le peuple regardait comme un saint, de l'archidiacre Galdin Sala.
On se décida à l'inviter à assister à la réunion, et,
dans ce but, Gherardo se rendit à son palais pour le
prier de s'y rendre. L'archidiacre fut exact. Après
quelques paroles d'exorde, Gherardo exposa le but
de la réunion, et sollicita l'assentiment de Galdin.

— Si le peuple veut résister, dit-il, Barberousse
ne peut espérer une prompte reddition. Milan ne
sera pas prise d'assaut, j'en suis convaincu. On
cherchera à la réduire par la famine.

— N'y a-t-il donc aucun moyen de faire entrer
des vivres? demanda le consul des marchands. Si
Barberousse peut faire pénétrer dans nos murs la

faim, sa plus redoutable alliée, nous sommes inévitablement perdus! Il ne faut épargner ni peine ni argent pour écarter cette terrible perspective, dût-il nous en coûter notre dernière obole, dussions-nous même engager nos derniers bijoux et les vases précieux de nos églises!

— L'Eglise ne restera pas en arrière, si le besoin s'en fait sentir, répondit l'archidiacre; mais avant d'en venir à cette extrémité, il faut que tous les autres moyens soient épuisés.

— Ce ne sont pas les moyens qui font défaut, dit le consul Obertus, un digne vieillard à barbe blanche; mais les plus fortes sommes ne sauraient faire entrer un seul pain dans nos murs! L'Empereur fait autour des portes une garde trop sévère : les uns ont expié leur tentative par la mort, d'autres par la perte de leurs membres.

— Ne serait-il pas à propos, dit Galdin, de rationner le peuple? Il boit et mange, comme s'il puisait à une source intarissable.

— Je suis étonné, répliqua Obertus, qu'un homme de votre sagesse puisse proposer une pareille mesure! La multitude commencerait à redouter un danger auquel elle n'a pas encore songé, et son courage se trouverait amoindri. Et puis, qui sait? ajouta-t-il en baissant la voix, la foule est changeante, il faut peu de chose pour produire, en des circonstances comme celles-ci, les plus mauvais résultats. Les Milanais ne se sont-ils pas jadis révoltés, sur le simple bruit d'une défaite, et n'ont-ils pas détruit la maison d'un homme qui avait sacrifié toute sa fortune pour la cause de la liberté? Si la famine venait à apparaître dans le lointain, le peuple commencerait par se plaindre, puis viendraient les sourds murmures, puis les révoltes, et l'on finirait par trouver le joug de Frédéric plus facile à supporter que la faim.

Sala avait l'esprit trop juste pour mettre en doute la réalité de ce tableau.

— L'avenir présente peu d'espoir, dit Niger. Si la famine vient nous décimer, il faudra bien nous rendre. Peut-être ferions-nous bien de ne pas attendre le dernier moment ? L'Empereur prendrait en considération une soumission volontaire. Une entrevue avec lui adoucirait notre situation.

L'archidiacre ouvrit de grands yeux ; il s'étonnait d'entendre Niger émettre une telle proposition.

— Entrer en négociations, dit-il, avec Frédéric ! et sur quelles bases ?

— Sur les bases les plus équitables, dit Obertus ; celui qui se soumet de plein gré, a toujours moins à souffrir du vainqueur.

— Vous vous trompez grandement, messire ! reprit Galdin ; il n'y a pas d'entente possible avec le tyran ; offrez-lui la jouissance de tous nos droits, faites-lui abandon de tous les revenus de la principauté, tout cela ne lui suffirait point.

— Et que lui faudrait-il donc ? demanda Cino, consul des artisans, homme à la tournure brusque, aux poings solides, mais d'une intelligence bornée.

En dépit du sérieux de la situation, Galdin ne put s'empêcher de sourire.

— Barberousse aspire à la domination universelle, dit Sala. Il veut réunir dans ses mains tous les droits et toutes les libertés ; il veut que les villes libres

redeviennent simples villages. Toute indépendance,
toute liberté doivent disparaître devant la suprématie
impériale. Tout doit s'incliner devant ce tout-puissant dominateur! Les choses les plus saintes, la
religion, l'Eglise ne sont à ses yeux que des machines de gouvernement. Tel est le plan gigantesque
de Frédéric ; pouvons-nous, devons-nous tendre la
main à un pareil homme? Il ne nous reste qu'à
vaincre où à mourir.

L'archidiacre avait parlé avec calme, mais avec
énergie ; on savait qu'il n'exagérait pas. Il se fit alors
un profond silence, que ni Gherardo, ni Obertus
n'osèrent interrompre. Tout à coup, la rue s'anima ;
on entendit un bruit de pas et de clameurs, auxquels
se joignaient des exclamations d'effroi. Niger ouvrit
une fenêtre, et demanda à un bourgeois, complètement armé, ce qui se passait dans la ville.

— Dehors! tout le monde dehors! répondit-il ; la
tour de Henri-le-Lion s'avance sur la ville.

— La tour! la tour! dit Cino en pâlissant; croyez-
moi, il y aura cette nuit quelques douzaines de nos
concitoyens, incapables pour jamais de manger le
pain de la ville.

Tous les consuls semblaient également atterrés. Le
but de la réunion fut bientôt oublié, et tous se retirèrent. Niger retint l'archidiacre, et, le prenant à
part :

— Un instant, je vous prie, messire Galdin. Les
paroles qui ont été prononcées ici pourraient répandre, parmi le peuple, le doute, la défiance et le
découragement. Je crois pouvoir compter sur votre
discrétion.....

— Inutile, messire, répondit Sala ; mes lèvres ne laisseront pas tomber une syllabe. Hâtons-nous, avec l'aide de Dieu, de repousser l'assaut.

Il serra la main de Niger, et s'éloigna en toute hâte. Le consul endossa la cuirasse et s'empressa de quitter sa demeure.

— — ╍ ╍ —

XX. — L'ASSAUT.

Une terreur profonde se répandit dans Milan. On apercevait déjà les formes colossales de la monstrueuse machine, et l'on comprenait qu'une telle attaque aurait bientôt raison de toute résistance. L'anxiété était peinte sur tous les visages. Dans toutes les rues marchaient, à pas précipités, des hommes armés, et même des femmes et des enfants ; ils se dirigeaient vers le point menacé. De toutes les portes s'élançaient des bourgeois qui, dans leur précipitation, n'avaient pas pris le temps de s'armer complètement, et qui, tout en marchant, achevaient leur accoutrement. Des chariots circulaient, chargés d'énormes chaudières en fer et d'autres vases plus petits, remplis d'huile et de poix. Les cris des chefs, les ordres des consuls, joints à la multiplicité incessante des signaux faits par les sentinelles, ne contribuaient pas peu à accroître le tumulte. On apercevait, du reste, à peu de distance, la cause de

l'effroi général : la tête sombre et menaçante de la
tour qui, d'un mouvement lent et pour ainsi dire
imperceptible, s'avançait vers la ville.

En ce moment, les Milanais firent mouvoir deux
grandes machines qui lançaient non-seulement des
boulets, mais aussi des pierres, des clous, de la mitraille. Ces engins étaient suivies de quatre autres
plus petits appelés chats, qui servaient à faire pleu-
voir la mitraille sur les assiégeants. Déjà, du haut des
remparts, on pouvait distinguer l'ennemi sortant de
ses quatre camps, et attendant, avec impatience, le
moment où il pourrait s'élancer à l'assaut, pour soutenir la bannière de Saxe. Sur le sommet des remparts, se trouvaient d'habiles tireurs, pour lancer, à
l'abri des créneaux, des traits dans l'intérieur de la
tour, dès que celle-ci serait à portée. L'espace libre
entre la muraille et les maisons était encombré par
une foule de gentilhommes et de bourgeois. Ils
attendaient avec impatience le moment où le pont-
levis s'abaisserait, et où la lutte s'engagerait sérieuse
et sanglante. Tout était prévu, chacun connaissait
son poste et son devoir. Quant aux femmes et aux
enfants, ils avaient disparu ; à genoux dans l'église,
ils imploraient la divine Providence, lui demandant
son secours pour la lutte qui allait s'engager.

Les machines étaient prêtes à commencer leur
œuvre de destruction contre la tour. Les deux plus
fortes étaient chargées de pierres d'une telle dimen-
sion, qu'il fallait les efforts réunis de quatre hommes
pour en mouvoir une seule. Au-dessus de brasiers
ardents, et posés sur d'immenses trépieds, se trouvaient les vases de fer dans lesquels chauffaient
l'huile et la poix.

La tour avançait toujours. On ne distinguait point la force qui la faisait mouvoir, et c'était un spectacle effrayant à voir que ce géant cheminant avec tant de calme et de régularité qu'on l'eût cru poussé par le souffle d'un génie. On entendit sortir de l'intérieur un tumulte confus, produit par le travail des machines. Aux fenêtres de cette tour, on apercevait des physionomies animées ; ces hommes lançaient des flèches avec une telle violence, qu'elles venaient rebondir jusque sur les murs de la ville.

Le chef des machines, Anselme, vieillard encore vert, aux yeux vifs, aux traits accentués, examinait la tour qui s'avançait. Les soldats étaient attentifs au moindre signe de leur chef Obertus, qui, ainsi que tous les principaux de la ville, se trouvait à son poste. Si la science d'Anselme ne parvenait pas à détruire la tour, rien ne pourrait l'empêcher d'avancer.

— Lâchez les chats ! dit Anselme, l'œil toujours fixé sur la tour.

L'ordre fut exécuté sur le champ. Anselme se tint derrière les machines, pour en constater l'effet. Le silence était profond. Les yeux de tous, inquiets et tremblants, se portaient sur le chef, dont le visage était sérieux et grave. Il mit la main à la machine, une explosion terrible ébranla le sol ; les balles sifflèrent et allèrent frapper au front la terrible tour ; mais son sommet, entouré de foin et de fougères, ne parut pas même avoir été atteint. Une seconde décharge ne produisit aucun résultat.

— Par mon saint patron ! la coquine est solide, dit Anselme en secouant la tête. Si des pierres du poids de quatre quintaux ne lui font pas plus de

mal que des boules de neige, nous n'avons pas
grand espoir d'échapper aux compagnons de Barberousse. Toutefois, essayons-encore.

A ce moment, on fit avancer une pierre énorme
qu'on introduisit dans la machine. Un sifflement
aigu se fit entendre. Elle vint heurter la tour, mais
sans pouvoir l'endommager.

— Tout est inutile, dit Anselme ; le démon seul à
put construire cette tour !

— Ne serait-il pas prudent, dit Niger, de disposer les petites machines pour recevoir l'ennemi,
puisque nous ne pouvons l'empêcher de tenter
l'assaut.

— Lâchez les chats ! dit Anselme.

Mais la tour ne continua pas moins sa route avec
plus de vitesse qu'auparavant. On emplit donc les
petites machines d'ingrédients divers ; les assiégés
se tenaient prêts à recevoir les assaillants, avec de la
poix et d'autres matières inflammables.

— Attention ! que tous soient en éveil !.... dit
Anselme ; mélangez bien l'huile, l'étoupe et la poix.
Alerte, enfants ! que vos tonneaux soient bien remplis.

Déjà une lutte acharnée s'était engagée dans l'espace compris entre la forteresse et la tour. De part
et d'autre volaient incessamment des flèches. Dès
qu'une tête paraissait aux créneaux, la mitraille
allait l'atteindre. Les Milanais gisaient mortellement
frappés, mais les soldats de la tour ne souffraient
guère moins. Les projectiles et les flèches s'y frayaient
un chemin par toutes les ouvertures.

— Ces Milanais se battent très-vaillamment, dit
Henri-le-Lion en repoussant un trait qui venait de

frapper son casque. Nous avons déjà cinquante hommes morts ou hors de combat.

— Peste soit de cette manière de combattre! dit Otto de Wittelsbach, qui attendait avec impatience le moment où la tour arriverait contre les murailles.

— Nous trouverons de dignes adversaires, comte, répondit Henri. Ils remplissent sans doute les machines en notre honneur!... Pourvu que le feu n'endommage pas la tour! Les Milanais sont d'habiles artificiers.

— Ma foi, dès que nous serons sur le mur, ils pourront incendier la tour, dit Otto.

La scène commença bientôt à changer d'aspect; les Milanais avaient inondé le rempart de poix bouillante, et avaient allumé un feu violent à l'endroit même où Henri avait l'intention de faire arrêter sa tour. Au même moment, ils commencèrent à jeter sur cette machine de la poix et de l'huile embrasées. Des barils enflammés furent lancés contre les assiégeants, et presque tous atteignirent le but. Cette masse enflammée se répandit sur le sommet de la tour, mais sans pouvoir y mettre le feu.

— Allons, en avant! Apprêtez les paquets d'étoupe! dit Anselme.

Pendant que cet ordre préoccupait les guerriers, Anselme se hâtait d'aller sur les murailles, où l'on avait transporté les petites machines remplies de toutes sortes d'ingrédients. Leur ouverture était dirigée vers les ponts-levis de la tour, de façon à les couvrir dès qu'ils seraient abaissés. Anselme s'aperçut de l'utilité de sa manœuvre, et se hâta de retourner vers les grosses machines.

Les paquets d'étoupe, trempés dans les tonnes de résine, furent apportés, mis dans les machines et enflammés. Alors commença le plus terrible feu. Le mouvement rapide enflammait les paquets d'étoupe qui, à leur contact avec la tour, formaient des globes de feu qui en brûlaient le sommet. Mais l'ennemi avait reconnu le péril, et il travaillait en conséquence. Quelques instants encore, et la tour vomirait ses soldats sur les remparts. Anselme et ses hommes se tenaient près des petites machines; le chef avait la main sur le ressort, et l'œil fixé vers le pont-levis. L'épée au poing, le bouclier au bras, les Milanais attendaient les assaillants. Il régnait tout autour un silence de mort. La tour restait immobile. La chute du pont-levis fut suivie d'une lutte énergique. On vit, à travers les ouvertures, une foule de gens armés. Ils s'avancèrent en bon ordre. Plus d'un hésita et recula, plus d'un tomba pour ne plus se relever. Peine inutile! les morts étaient immédiatement remplacés. En avant marchaient le duc Henri et Otto de Wittelsbach. Les Milanais s'élancèrent à leur rencontre. Un combat sanglant, une mêlée furieuse s'engagèrent. Otto avait déjà mis un pied sur le rempart, mais il ne pouvait avancer plus loin. L'ennemi était là, et la lutte commençait corps à corps, entre les adversaires. C'était en vain qu'Otto frappait les plus terribles coups; son glaive brillait et faisait de profondes trouées, qui se trouvaient sur le champ réparées. Il arriva plus d'une fois à l'épée du comte palatin de se heurter à un casque d'acier, et plus d'une fois la lance d'un bras vigoureux ébranla le héros. Le Lion l'emportait encore en fureur sur

Wittelsbach; chacun des coups qu'il portait désarmait ou mettait son adversaire hors de combat. Mais
c'était en vain qu'il accumulait cadavres sur cadavres :
il était toujours sur le pont, à l'entrée du rempart,
sans pouvoir avancer.

En ce moment, une grêle de traits et de projectiles
furent lancés sur les assiégeants, blessant les uns,
tuant les autres. Les flammes se mirent à environner
la tour, la poix enflammée produisait, à chaque
instant, une fumée plus noire et plus épaisse.

Henri et Otto continuaient à lutter avec vaillance,
mais l'effort de leurs armes restait sans résultat, car
les Milanais déployaient, de leur côté, une valeur et
une énergie égales. La lutte continuait sans produire le moindre avantage. Si les Milanais ne purent
chasser l'ennemi, ils l'empêchèrent de pénétrer dans
la ville, et lui causèrent des pertes sérieuses. Le cri
de guerre : « Saint Ambroise! Saint Ambroise! »
retentissait continuellement, et l'image du saint
patron de Milan flottait au-dessus des combattants.

Au milieu du tumulte, on entendait des cris d'encouragement ou de haine.

— Frère, songe à notre liberté! Mort au tyran!
disait Pietro Niger qui luttait aux premiers rangs.

— Pour l'Eglise et la patrie! Mort à Barberousse!
mort au tyran! criait-on d'autre part.

— Mort aux traîtres! mort aux rebelles! répli-
quait Otto de Wittelsbach, abattant chaque fois son
adversaire.

La lutte devenait de plus en plus terrible; c'était
une horrible mêlée; à chaque instant, de nouveaux
cadavres venaient s'amonceler. Le sang se mêlait sur

le sol aux matières enflammées. C'était un terrible
spectacle. Du camp arrivaient cesse d'immenses
troupes de combattants, désireux de prendre part à
la lutte. Mais la tour des assiégeants était en feu.
Aux cris des soldats, au cliquetis des armes venaient
se mêler le râle des mourants, et le bruit des flammes.
Celles-ci sortaient par toutes les ouvertures de la
tour, digne ornement de cette sanglante tragédie.

— Arrière ! arrière ! cria-t-on de toute part, le
pont est en feu !

En effet, des langues de flammes, pareilles à des
serpents, mordaient le pont. Tous s'élancèrent dans
la tour, à travers le feu et la fumée, d'autres se
jetèrent sur le pont. Mais le duc Henri, le comte
palatin Otto, et d'autres chevaliers, ne reculèrent pas
d'une semelle. Sans s'inquiéter de l'ennemi qu'ils
laissaient derrière eux, ils s'efforçaient héroïquement
de s'ouvrir un passage. C'était en vain ; le courage
des assiégés s'augmentait à mesure que croissait le
danger. Un craquement effroyable se fit alors entendre, puis une flamme triomphante surgit, domi-
nant tout l'édifice, qui s'effondrait. Ceux qui se trouvaient sur le pont dûrent renoncer à tout espoir ; il
suffisait d'un instant pour les détruire. Déjà les
flammes l'entouraient avec fureur.

A ce moment, apparut sur le rempart la haute
stature du consul Obertus, un drapeau blanc à la
main. Un trompette réclama le silence.

— Vaillants chevaliers, nobles hommes, dit Obertus, cessez ces luttes regrettables ! Nous savons
apprécier la valeur, même chez nos adversaires ; le
sol brûlant tremble sous vos pieds, laissez reposer

vos armes, retournez sans empêchement parmi les vôtres.

Ce trait d'humanité ne pouvait trouver d'opposition. Henri remit l'épée au fourreau, et se retira. Un instant plus tard le pont s'écroulait. La tour avait toute l'apparence d'une haute colonne de feu, qui ne tarda pas à s'affaisser. Les assiégeants perdirent environ six cents hommes; les Milanais eurent aussi à déplorer la mort de nombreux guerriers; mais la bataille produisit du moins un résultat, celui de prouver à Barberousse que Milan ne pourrait être prise d'assaut.

XXI. — LES PROJETS DE L'EMPEREUR.

Barberousse poursuivait l'exécution de ses vastes projets. Comme on a pu le remarquer, il voulait, comme Auguste, posséder l'empire du monde; il voulait que tous les princes, spirituels et temporels, devinssent ses vassaux, mais, avant tout, il travaillait à détruire la papauté. Le César romain était grand-prêtre, *pontifex maximus*; Frédéric voulait l'être comme lui.

Le plan gigantesque de Frédéric n'avait chance de réussir que par le bouleversement de tout l'univers; il le comprenait bien, mais son caractère énergique ne s'en effrayait pas, et il s'inquiétait médiocrement d'asseoir son empire sur des ruines, pourvu que cet empire fût fondé.

Il voyait clairement que la force des armes ne lui suffirait pas pour atteindre son but; il devait faire appel à la science politique. Ses ambassadeurs se rendirent auprès des diverses cours, portant à tous les princes des assurances d'amitié; ils n'oublièrent pas d'y déplorer la triste situation de l'Église, et l'obstination d'Alexandre. Frédéric était surtout en désaccord avec Rome. Il y entretenait un parti nombreux, qui ne laissait pas de repos au pape, et qui le força même à abandonner la ville éternelle. Les choses en vinrent même à ce point, qu'il ne se trouva pas, dans toute la chrétienté, une ville qui osât offrir un refuge à son chef fugitif. Barberousse convoqua alors un concile général, pour donner à ses projets l'apparence de la légalité. Les rois de France et d'Angleterre ne s'étaient pas abstenus de s'y faire représenter. Ces deux princes aussi, et surtout le despotique et sanguinaire Henri d'Angleterre, croyaient avoir à se plaindre d'Alexandre.

Une grande activité régnait au camp impérial. Les jeux, les fêtes et les cérémonies se suivaient sans interruption. Reinald, le profond politique, avait beaucoup à faire pour que, de part et d'autre, les rapports fussent toujours agréables.

Après quelques jours passés en fêtes de tout genre, Barberousse voulut donner aux ambassadeurs une audience solennelle. Il les fit attendre un certain temps dans la salle du trône, puis les riches tentures de soie se déroulèrent, et le brillant cortége de l'empereur fit son apparition. Richement vêtus de

robes brillantes, les seigneurs entrèrent les premiers,
suivis de Frédéric, revêtu de tous les insignes impériaux. La couronne seule lui manquait; il observait
le vœu qu'il avait fait de la déposer jusqu'à la prise
de Milan.

Le monarque monta sur son trône. Autour de lui
se rangèrent les seigneurs. Chaque geste, chaque
regard de Frédéric indiquait assez qu'il connaissait
sa puissance, et qu'il n'ignorait pas qu'il était au-
dessus de tous les souverains de la terre. Pareils à
des étoiles brillantes, les seigneurs environnaient
le soleil impérial. Les envoyés s'avancèrent à quelques
pas du trône. Leur suite se tenait derrière eux. Le
comte palatin Otto, les comtes d'Andechs et de Bogen
assistaient également à la cérémonie, mais en armure
complète. Ces seigneurs étaient comme en faction
dans la salle, l'épée placée devant eux, la main
immobile sur la garde; on eût dit des statues d'airain.

Le comte de Guyenne, l'envoyé de la France,
commença en termes pompeux un discours où il
assurait l'empereur de l'amitié de son souverain. Il
déplora et regretta les troubles de l'Église en habile
diplomate, faisant de grandes phrases assez vagues,
de sorte que le comte Otto, peu ami des longs
discours, commença à s'impatienter; il leva son épée
en l'air, et la laissa retomber de tout son poids. Ce
bruit retentissant calma tout-à-coup l'orateur; il
conclut par une phrase courte et sonore, et s'inclina
profondément.

L'ambassadeur d'Angleterre joua la contre-partie.
Il fut raide, sobre de paroles, et conserva un visage
sévère; la présence de l'empereur put seule donner

quelque animation aux traits du fils d'Albion.

Frédéric ne fut point ému des flatteries du Français, et la raideur de l'Anglais ne put le blesser. Il connaissait les procédés de Louis, tout aussi bien que l'ambition et la cruauté de Henri d'Angleterre, qui possédait en France plusieurs domaines. Henri cherchait à les accroître, et de là surgissaient souvent des contestations. Aussi, les deux souverains cherchaient à s'attirer exclusivement l'amitié de l'empereur. Frédéric ne l'ignorait pas, et il en profitait. Il n'ignorait pas non plus cette maxime : « Diviser pour régner. » Alexandre III avait fait tous ses efforts pour réconcilier les deux souverains; Barberousse, de son côté, avait cherché à empêcher cette entente, qui eût pu tourner contre lui. Retirer au Saint-Père l'appui de la France et de l'Angleterre, lui enlever jusqu'à son dernier soutien, gagner ensuite la France et l'Angleterre au schisme, tel était le but que se proposait Frédéric.

La réplique de l'empereur fut nette et décidée; ce fut tout l'opposé de l'allocution de l'envoyé de France. Mais il n'en laissa pas moins percer la connaissance qu'il avait de son propre pouvoir, et la haute importance qu'il y attachait. Ses paroles retentirent parfois comme des menaces. Appuyé sur l'ancien droit romain, Barberousse tenait fort à l'universalité du pouvoir impérial. L'idée de la prédominance de l'empire agissait sur lui et il aspirait évidemment à une suprématie, peut-être tyrannique, sur certaines contrées plus rapprochées. Peut-être même cette ambition n'était-elle pas bien claire pour Frédéric lui-même; mais il connaissait parfaitement, d'après le digeste, tous les textes qu'il pouvait invoquer en sa faveur.

— Nous espérons, dit le monarque, que les liens d'amitié de votre pays avec l'empire ne feront que se resserrer. Maintenir l'ordre et la légalité, faire prévaloir le droit et la paix aux yeux de tous et assurer la tranquillité des états chrétiens, voilà le devoir de l'héritier de Charles-le-Grand. De toute façon, notre ferme intention est d'accomplir ce devoir. Nous ne faisons pas la guerre pour acquérir de la renommée; c'est la nécessité qui nous y force. Nous dirigerons le bras puissant de l'empire contre quiconque cherchera à lutter contre sa suprématie. La division de l'Église est une des grandes causes de cette désunion. Il nous importe, à nous, protecteur de l'Église, de ne pas perdre ce sujet de vue, et nous comptons en cette circonstance sur l'appui de de la France et de l'Angleterre. Mais comme cette affaire est plutôt de la compétence d'un concile, nous réclamons la présence de l'Angleterre et de la France, . qui nous y enverront des représentants munis de pleins pouvoirs, et les décisions de cette illustre assemblée seront appuyées et mises à exécution par tous les moyens.

Le chevalier Reinald, qui jusqu'alors avait écouté avec attention le discours de l'empereur, ne put dissimuler ses sentiments. Sa physionomie annonçait la surprise. Chaque parole lui paraissait un reproche, dont il avait peine à déguiser l'amertume sous un sourire diplomatique. Les derniers mots de Frédéric ne produisirent pas moins d'effet sur les ambassadeurs. L'envoyé de France fit un mouvement du

côté de l'Anglais, comme pour lui demander : Que
t'a-t-on conseillé? qu'a-t-on approuvé et qu'a-t-on
promis? L'Anglais resta froid et calme; mais l'expression de sa physionomie pouvait faire supposer
qu'il venait de marcher sur un aspic.

— Puisque nous avons le plaisir de posséder
parmi nous les illustres envoyés de France et d'Angleterre, nous les prions de porter à leurs nobles
souverains l'assurance formelle de notre bienveillance et de notre amitié.

L'Empereur se leva; les envoyés firent une profonde
révérence, et quittèrent la salle du trône, accompagnés d'Otto de Wittelsbach, du comte d'Andechs
et de Bogen et de leur suite.

— Mon impérial cousin, dit Henri-le-Lion au duc
d'Autriche, s'entend à merveille à jeter la zizanie
entre la France et l'Angleterre.

— Vous avez raison, dit celui-ci; Louis ne peut
songer à se débarrasser de l'Anglais, s'il compte
protéger Alexandre; l'Anglais, de son côté, perdra
jusqu'au dernier pouce de terrain qu'il possède en
France, s'il fait seulement semblant de contrecarrer
l'organisation de l'Église impériale.

Sur ces entrefaites, Ulrich, chancelier palatin,
s'était éloigné sur un signe de Barberousse.

— Il nous reste encore un devoir de justice à
remplir, et nous réclamons votre présence, dit l'empereur en invitant les princes à s'asseoir. La plainte
se rapporte à un abus de pouvoir. Ceux que nous
honorons de notre confiance doivent d'autant moins
se rendre coupables. Aussi, sans égard à la position,
à la noblesse et à toutes les autres considérations,

nous sommes déterminés à faire bonne et stricte justice de chacun.

Tandis que Barberousse parlait encore, Rechberg entrait dans la salle, et, de l'autre côté, le chevalier Herman, le bailli de Staufenburg. Il était suivi de Hesso, chef de la police, ce qui indiquait suffisamment qu'il était l'accusé. Sans crainte et le front haut, il s'approcha du trône, se jeta à genoux, et conserva quelque temps cette attitude de suppliant.

— Debout! dit l'empereur, que le chancelier fasse son devoir!

Ulrich s'avança entre Herman et les barons. Son regard sérieux et enflammé faisait déjà prévoir qu'il avait à remplir un des devoirs les plus sérieux de son emploi.

— Au nom de la très-sainte Trinité! dit-il à haute voix.

A ces mots, l'empereur et les barons se levèrent, et s'inclinèrent profondément.

— Le noble comte Erwin de Rechberg, ici présent, accuse le chevalier Herman, bailli et châtelain impérial à Staufenburg, d'avoir perçu, contrairement à la loi, les droits de péage, et d'avoir ainsi abusé du nom de l'Empereur pour faire rejaillir sur lui le mépris public.

— Qu'avez-vous à répondre? demanda Barberousse.

— Jamais, répliqua Herman avec insolence, je n'ai fait abus du nom de l'Empereur, jamais je n'ai violé la loi. Je tiens cette plainte pour fausse et mensongère, et je le prouverai l'épée à la main, en champ clos.

— Vous avez pu n'avoir pas l'intention de violer la loi, dit Frédéric; cependant, il n'est pas moins positif que tel a été le résultat de votre conduite illégale.

— Ce que je n'ai pas eu l'intention de faire, Sire, ne peut m'être imputé à crime. Je repousse, encore une fois, cette accusation comme fausse. Je prouverai mon innocence, la lance et l'épée à la main.

— C'est ce que nous ne vous accordons pas!

— Mais le droit que je réclame appartient à tout homme libre.

Frédéric lança au hardi chevalier un regard irrité, mais le calme de l'accusé ne se démentit pas. L'évêque de Munster prit la parole.

— Il faut, dit ce prélat, qu'au nom de la sainte Église, je rectifie vos erreurs. Les canons interdisent les combats singuliers. Y a-t-il, en effet, quelque chose de plus stupide que de vouloir ainsi démontrer son innocence? Admettons que vous soyez vainqueur de votre adversaire, cela prouve-t-il que vous n'êtes pas coupable?

En terminant, l'évêque dirigea un regard du côté de l'empereur pour lire sur ses traits s'il approuvait son discours. Ce n'était nullement le sentiment du devoir qui le lui avait dicté, mais uniquement l'idée de rendre service à l'empereur.

— Comte Rechberg, dit le monarque, en se tournant vers Erwin, quel droit de péage Herman a-t-il exigé de vous?

— Quatre pièces d'or pour moi, et huit autres pour Bonello et sa fille.

— L'avouez-vous?

Herman regardait de côté et d'autre, comme s'il cherchait une échappatoire.

— Chevalier Herman, dit Barberousse avec menace, gardez-vous de nous tromper! Cela ne vous servirait de rien, et ne ferait qu'accroître votre châtiment.

— Persuadé que j'avais devant moi des traîtres, j'ai exigé ces douze pièces d'or; mais Dieu m'est témoin que je n'ai pas voulu abuser du nom de l'Empereur, ni violer la loi.

— Cependant, dit Barberousse, vous avez abusé de votre charge, vous avez volé nos sujets; écoutez donc votre condamnation : en vous retirant vos armes et votre charge, nous vous déclarons déchu de la noblesse. Votre écusson sera brisé, et un chien galeux en traînera les débris autour de la ville de Milan.

Herman écouta les premiers mots avec dédain et ironie, mais quand l'empereur parla de faire traîner son écusson dans la boue, il tressaillit, ouvrit la bouche, changea de couleur, et tomba à genoux devant le trône.

— Grâce! Pitié! Condamnez-moi à mort, mais ne déshonorez pas mon écusson!

— Silence! le châtiment est prononcé, et il sera exécuté, dit Frédéric.

— Majesté, reprit Herman en se traînant comme un ver au pied du trône, gracieux seigneur, faites-moi tuer; mais, de grâce, ne m'infligez pas cet affront. Voyez ces cicatrices! (et il déchirait ses vêtements, et mettait sa poitrine à nu) je les ai reçues en combattant pour vous. Et maintenant, vous voulez faire de moi un sujet d'opprobre éternel!

— Emmenez-le, dit le législateur sans être ému.

Le capitaine et ses aides entraînèrent le condamné,
qui entremêlait ses prières de menaces et de malédictions.

— • ♦ ⅛ ♦ • • —

XXII. — VANITÉ.

Erwin sortit du camp après la condamnation d'Herman, et se dirigea vers un bois voisin pour y méditer
à loisir.

La conduite du condamné l'avait profondément
ému et l'occupait encore. Dans l'intérêt de la légalité,
il avait cru devoir porter plainte. Mais quand il fut
témoin du désespoir du coupable, il se repentit presque de l'avoir fait connaître. Comme toutes les
natures nobles, Rechberg était tristement affecté,
à l'aspect d'un châtiment mérité. La pensée du malheur d'autrui lui rappelait d'ailleurs ses propres
infortunes. Frédéric, malgré son caractère inflexible,
consentirait-il à pardonner à Bonello? Il espérait
cependant, car il sentait bien qu'il lui fallait de toute
nécessité une espérance pour lui donner la force de
se soutenir.

Pendant que Rechberg, la tête baissée, semblait
plongé dans ses rêveries, une inquiétude violente
vint tout à coup l'assaillir. Il céda à ses pressentiments, et dirigea ses pas vers le camp avec autant
de hâte que s'il avait reçu la nouvelle de la venue

d'Hermengarde. Comment Erwin avait-il pu se douter de l'arrivée extraordinaire de la châtelaine de Castellamare? Il ne connaissait rien des projets de l'impératrice. Et pourtant Hermengarde venait d'arriver au camp, elle était entrée dans la tente impériale, dans une circonstance fort opportune pour Béatrix, qui redoutait un peu les reproches de son époux. Mais comme, après la réception des ambassadeurs, Frédéric s'était rendu à Lodi en compagnie du chancelier Reinald, Béatrix était sûre, durant quelques jours, de ne point être dérangée dans ses plans. La réception qu'elle fit à la fille de Bonello fut pleine d'abandon et de cordialité. Hermengarde attribua naturellement à Rechberg la bienveillance qu'on lui témoignait; le discours de l'impératrice la détrompa.

— Je ne puis vous exprimer la joie que je ressens de pouvoir apprécier une jeune fille douée de si rares qualités, et dont l'amour filial n'a calculé ni les périls, ni les difficultés pour sauver son père. Je voulais, noble demoiselle, vous exprimer toute la considération et l'admiration que j'éprouve pour vous. Je souhaiterais que la Cour pût, par votre présence, recevoir un éclat encore plus brillant.

Ces paroles, quoique flatteuses, laissèrent Hermengarde fort surprise. Sa belle âme, éloignée de toute idée d'orgueil, ne cherchait ni à briller, ni à se mettre en évidence. Après l'accomplissement de sa réception, qu'allongèrent les innombrables formalités alors en usage, elle se retira pour se reposer de ses fatigues dans l'appartement qui lui avait été préparé.

L'attente de Béatrix relativement à la beauté de

l'Italienne était encore dépassée. Elle n'était elle-
même pas dépourvue d'agréments, et elle le savait,
toutefois elle n'avait consulté, pour faire cette invitation, ni le désir de Rechberg, ni les mérites
d'Hermengarde. Elle voulait simplement se convaincre que la renommée ne l'avait pas trompée sur
la rare beauté de la jeune fille. Habituée, jusqu'à ce
jour, par son rang et sa beauté, à primer à la Cour,
elle se trouva tout-à-coup dans la position d'un
général qui, toujours vainqueur dans tous les combats,
recevrait inopinément un échec. La gentille souveraine
eut de la peine à supporter son dépit, et, tandis qu'elle
faisait tous ses efforts pour paraître calme, chacun de
ses mouvements trahissait sa pensée intime.

— Eh bien! madame, comment trouvez-vous cette
jeune fille? demanda Richilde, qui éprouvait une
certaine satisfaction de la colère de sa souveraine.

— Enlève cette draperie, la chaleur est suffocante,
dit Béatrix. Tu me demandes ce que j'en pense?....
Tu la trouves donc jolie?...

— Oui, très-belle! extraordinairement belle.

— Vraiment?

— Je n'ai jamais vu sa pareille! dit étourdiment
la cameriste. Il est présumable que mon goût
n'est pas parfait, mais c'est là l'expression de ma
pensée.

— Très-belle! extraordinairement belle! répéta
Béatrix avec un mélange d'ironie et de colère. Tu es
bien libérale de ce mot-là?....

— J'ai simplement voulu exprimer le plus haut
point de la beauté. Peut-être aurais-je pu dire : belle
comme un ange!.... Et par le fait, Majesté, c'est

ainsi que je me suis toujours représenté les anges!..

Béatrix chercha en vain à dissimuler ses impressions, elle rougissait et pâlissait tour-à-tour.

— C'est vraîment une enfant! Elle n'a pas encore quatorze ans; quels changements peuvent se produire en elle jusqu'à vingt ans! On dit que les plus jolies enfants font les plus vilaines femmes.

— Le proverbe aura tort ici, Majesté. La beauté de cette jeune fille n'est qu'à sa naissance, mais on peut déjà prévoir ce qu'elle deviendra. Je me la figure comme un bouton de rose près d'éclore. Quand la rose sera épanouie, je ne conseillerai à personne de s'en approcher, sans être bien sûre de pouvoir soutenir la comparaison.

— Assez de paroles oiseuses! Hermengarde est la fiancée de Rechberg, je ne veux donc rien négliger pour lui être agréable. Va, renseigne-toi; Rechberg ne peut tarder à venir. Je serai curieuse d'assister à leur entrevue. Invite donc cette demoiselle à la collation, que je veux prendre avec elle.

※

XXIII. — LA RENCONTRE.

Hermengarde était plongée dans une douloureuse incertitude. L'impératrice ne lui avait pas dit un mot d'Erwin. N'était-il plus au camp? avait-il accompagné Barberousse à Lodi, ou était-il rentré dans ses foyers?

Ces pensées l'agitaient et la troublaient. Elle arpentait son appartement en long et en large.

— N'êtes-vous pas fatiguée? Pourquoi courir de la sorte? dit sa nourrice, qui l'avait accompagnée. Mes membres sont brisés, et vous paraissez alerte et vive comme si vous n'aviez pas fait quatorze milles aujourd'hui.

— La jeunesse supporte impunément la fatigue, mais j'ai eu tort, ma bonne Hedwige, de te faire faire une route si fatigante.

— Tort! et qui donc vous eût accompagnée? Votre père était absent; vous ne pouviez, seule, vous rendre à la Cour.

— Que me rappelles-tu! J'ai eu, je le crains bien, un double tort, celui de te fatiguer et celui de partir, sans avoir obtenu la permission de mon père.

— Vous ne pouviez refuser un pareil honneur. Quelle simplicité! Plus d'une fille de prince eût été fière de cette invitation! Non, non, vous avez eu raison de l'accepter.

— Mais l'assentiment de mon père?

— Laissez donc! votre père sera fier de l'honneur qui vous a été fait, n'en doutez pas.

— Cependant....

— Silence!..... on vient.....

A ce moment, Richilde, accompagnée de plusieurs dames d'honneur, vint inviter, avec la plus grande cordialité, Hermengarde à se rendre auprès de l'impératrice. Richilde remarqua avec surprise la tristesse d'Hermengarde.

— Seriez-vous indisposée, noble demoiselle? lui dit-elle avec sympathie.

— Ce n'est rien, répondit Hermengarde en rougissant; j'éprouve une sorte de mal du pays, cette maladie des enfants gâtés.

— Oubliez pour quelques jours vos sites alpestres. Le comte Rechberg nous en a souvent parlé, et si les tableaux qu'il nous en a tracés ne sont pas exagérés, il n'y a pas lieu de s'étonner que le fracas des camps vous fasse regretter votre château.

— Serait-il donc retourné en Allemagne? demanda Hermengarde.

— Non! vous le rencontrerez à la réunion à laquelle Sa Majesté m'a chargée de vous inviter.

Les dames présentes regardaient avec une admiration silencieuse la stature gracieuse, élégante et élancée d'Hermengarde. Sa physionomie si pure lui donnait un air presque surnaturel.

Elle sortit enfin, précédée de quelques dames qui faisaient partie de l'escorte d'honneur. En tête marchait le maître des cérémonies, en grand costume, portant le bâton d'argent, insigne de sa dignité. Après avoir traversé plusieurs appartements richement et somptueusement décorés, le cortége arriva dans le salon de réception.

— La noble châtelaine de Castellamare! dit à haute voix le maître des cérémonies.

Ces paroles vinrent interrompre l'impératrice au milieu d'une conversation sérieuse et animée qu'elle avait avec le duc d'Autriche. Elle vint, avec amabilité, au devant de la jeune fille, et la présenta au prince.

— J'ai entendu parler de vous, noble demoiselle, et suis heureux de pouvoir faire votre connaissance, dit le duc. Vous réalisez l'idéal : une belle âme dans une enveloppe parfaite... Vous avez donné à tous les enfants le plus bel exemple qu'il soit possible de suivre; vous avez acquis de l'honneur et de la renommée. Laissez-moi vous exprimer toute mon admiration.

— Vous prenez le vrai moyen de rendre notre Hermengarde fière. La franchise a du bon, mais il ne faut pas en abuser.

— Pardon, Majesté! dit le duc qui connaissait Béatrix, et savait que la beauté de la jeune fille pouvait la contrarier; mais je dois dire que vous venez d'ajouter à votre cercle une perle dont l'éclat éblouira plus d'un seigneur.

— Vous n'avez pas été franc, cette fois, dit l'impératrice avec une sorte de colère contenue. Allons, venez à table; elle est servie d'une manière un peu féminine, cependant je n'accepte point de refus.

En ce moment, le rideau de soie qui fermait l'entrée de la tente se souleva, et le comte Erwin de Rechberg fit son entrée. Cette arrivée amena l'expansion et la gaîté. Tous les regards se portèrent sur les deux jeunes gens. Erwin se tenait à quelques pas de l'entrée, comme si ses pieds eussent pris racine dans le sol. Les yeux fixes et immobiles, il semblait craindre d'avancer, comme si le plus léger mouvement eût dû faire disparaître la vision qu'il avait sous les yeux.

L'impératrice tenant la jeune fille par la main, s'avança vers le comte.

— Ce n'est pas un rêve comme vous semblez le craindre, Erwin, dit Béatrix..... Eh bien! comte, pourquoi rester de la sorte muet et sans mouvement?

cette surprise, j'en suis convaincu, n'a rien de désagréable.

— Pardonnez-moi, l'étonnement... la surprise....

Il fit quelques pas, et baisa la main d'Hermengarde.

On prit place à table. A droite de l'impératrice se
trouvait Hermengarde, à sa gauche le duc d'Autriche,
et, près de la jeune fille, le comte Erwin. Au bas de
la table se tenaient les femmes de service, Hedwige
occupant parmi elles la place d'honneur. Les mets
servis sur des plats d'argent consistaient en volailles,
gibier, fruits, miel et autres douceurs. On ne fit
que peu d'attention à la boisson, excepté le duc
d'Autriche, qui buvait à longs traits dans sa grande
coupe d'or.

La conversation suivit son cours. Hedwige avait
fort à faire pour répondre à toutes les questions que
la curiosité des autres femmes lui faisait adresser.
Rechberg et Hermengarde avaient tant de choses à
se dire, qu'ils en oublièrent le boire et le manger.
Le duc d'Autriche reprit avec l'impératrice la conversation que l'arrivée d'Hermengarde avait interrompue.

— Oui, madame, disait-il, c'est un acte irréligieux,
complètement impie. Clémence est une noble épouse,
et le prétexte de parenté ne repose sur rien de sérieux.
Cette affaire pourrait avoir lieu chez les maures et
chez les païens, mais chez les chrétiens, jamais!
Clémence est l'épouse du duc de Saxe, et s'il en
prenait une seconde, elle ne pourrait être légitime...
Voilà comment j'envisage la question, et si l'affaire
venait à se débattre publiquement, j'exposerais mon
opinion.

Ce discours ne pouvait plaire à l'impératrice, car
sa position auprès de Frédéric était à peu près identique. La première femme de Barberousse vivant
encore, elle n'était donc pas épouse légitime. Ses
yeux brillants laissèrent voir combien le langage du
duc d'Autriche la froissait.

— Je ne supposais pas, dit-elle, votre parenté si
proche....

— Ma parenté!... Certes, il m'est pénible de voir
renvoyer honteusement la fille de mon cousin ; mais
il y a bien d'autres motifs qui me décident à rejeter
cette séparation. L'empereur peut avoir des raisons
politiques pour tout bouleverser dans l'Église et dans
l'État ; mais, croyez-moi, cela ne peut durer longtemps : mépriser les saintes leçons de la foi, rompre
les liens sacrés, mentir aux lois qui sont saintes pour
les princes et les peuples, ce sont là des actes iniques,
qui ne peuvent rester impunis.

— Vous êtes un habile prédicateur, dit Béatrix
dont l'esprit léger se prêtait peu aux discussions
sérieuses. On entend bien que vous avez été élevé
par les moines....

— Les souvenirs de ma jeunesse n'ont eu aucune
influence sur mes opinions relatives aux choses
saintes. Je dois, du reste, beaucoup de reconnaissance aux bons pères de Fulva.

— Et je vois que le manteau ducal n'est pour vous
qu'une sorte de froc !....

— Votre Majesté est d'accord avec l'Empereur ;
lui aussi n'aime pas les moines.

— Rien de plus naturel ! Les moines s'opposent
avec énergie à tout développement du pouvoir impé-

rial. Ces pieux personnages ne veulent pas admettre de partage.

— Du moins, ils n'admettent pas la puissance spirituelle de l'empereur, et, à cet égard, ils ont parfaitement raison, dit le duc avec son franc-parler.

— Mon Dieu, de quel air vous me dites cela!.... Laissons ce sujet, nous ne nous convaincrons ni l'un ni l'autre.

— Pardon, Majesté! Comme j'ai eu l'honneur de vous le déclarer, je viens seulement d'apprendre l'histoire de la séparation. Étonné, furieux, je me suis hâté de venir pour exposer nettement à l'empereur ma pensée; mais comme, par malheur, Sa Majesté est absente, je me suis permis de vous dire mes sentiments. Puis-je espérer que vous voudrez bien y prendre part, et défendre les droits sacrés de la malheureuse Clémence?

— Il suffit, dit-elle. Votre conversation aura été fort instructive pour moi; je ne savais pas jusqu'à ce jour que celles qui remplacent une femme répudiée n'étaient que des courtisanes. Soyez convaincu que l'empereur appréciera, lui aussi, cette leçon comme elle le mérite.

Le prince comprit qu'il venait de se faire une ennemie acharnée. Cela, toutefois, ne le troubla aucunement. Ce n'était pas un courtisan que le duc Jacomirgott, et il avait trop de caractère et d'énergie pour dissimuler, même un instant, sa véritable manière de voir. Béatrix s'éloigna du duc, le visage en colère; mais ce qu'elle vit de l'autre côté fut loin de la calmer. Elle aperçut Hermengarde, éblouissante de beauté, et conversant avec Erwin. Son œil irrité ne se fixa qu'un instant sur la jeune fille.

— Votre entretien ne m'est en aucune façon désagréable; mais nous sommes décidée, comte Rechberg, à ne pas vous abandonner entièrement l'aimable Hermengarde. Nous avons décidé qu'elle nous accompagnerait dans notre appartement.

L'impératrice se leva de table, s'inclina froidement devant le duc, et quitta la chambre, accompagnée de la châtelaine de Castellamare, et suivie de ses dames.

— Je me la suis aliénée pour toujours! se dit le duc d'Autriche.... Elle ne peut, en effet, s'intéresser à ma pauvre Clémence, sans songer à l'impératrice Adélaïde dont elle a pris la place.... Eh! qu'y a-t-il, petit? dit-il en voyant Lanzo qui s'avançait, sérieux et plein de gravité.

— Si mon œil ne me trompe pas, vous êtes le duc d'Autriche? dit le fou.

— Oui. Ensuite?

— Ensuite, sachez que vous avez devant vous l'envoyé de Son Altesse la duchesse de Saxe et de Bavière.

— Toi, l'envoyé d'une duchesse! Voilà qui est surprenant.

— Nullement, monsieur le duc; Clémence voulait trouver un homme pour lui servir de messager, mais comme, dans ces quatre camps, il n'y a que trois hommes, son choix s'est trouvé forcément limité.

— Trois hommes seulement parmi plusieurs milliers de vaillantes épées! Quelle impertinence! Tu mériterais d'être fouetté.... Mais voyons; quels sont ces trois hommes!

— Naturellement, le premier c'est moi, le second

est mon cousin Barberousse, et le troisième ce sera vous, s'il vous plaît!

— Comment! interrompit Erwin. Et moi, ne suis-je pas un homme?

— Non, reprit Lanzo. Les hommes doivent être libres, et votre cœur ne l'est plus!

— Mauvais plaisant! dit en riant le duc d'Autriche.

— Et tous les autres ne sont que les poupées, les marionnettes, les chevaux de bois, les porteurs de cuirasses, les limiers d'un homme, de Barberousse. Réunissez toutes ces créatures, faites-en une pâte, et mettez-la sous la presse; il n'en sortira pas la moindre action d'indépendance, de générosité ou d'énergie.

— Hum! tu n'as pas tout-à-fait tort; mais nous oublions l'essentiel.... Qu'est-ce que votre Seigneurie vient m'annoncer au nom de la duchesse?

— Il faut vous rendre sur-le-champ chez votre cousine; voilà une heure que je vous cherche.

Le duc d'Autriche prit congé de Rechberg, et sortit de la tente.

XXIV. — LA PROMENADE.

Hedwige était occupée à coiffer Hermengarde. Après avoir rangé son épaisse chevelure, qui tombait en boucles nombreuses sur ses épaules, elle prit une couronne d'argent enrichie de pierres précieuses, et la lui mit sur la tête.

— Veuillez, dit-elle, regarder dans la glace si vous êtes satisfaite de votre coiffure.

La jeune fille se leva pour suivre les conseils de sa nourrice.

— C'est très-bien! répondit-elle après un léger coup-d'œil; maintenant, hâte-toi d'en finir.

— Je ne puis pas aller si vite!.... Vous le savez, tout le monde vous observe..... Il ne faut pas qu'on m'accuse de négligence!

Elle regardait Hermengarde debout devant elle. La jeune fille était entièrement vêtue de blanc; les manches de sa robe étaient étroites et le corsage à taille. La coupe et la couleur de ce vêtement faisaient ressortir l'élégance de ses formes, sa grâce et sa distinction. Son âme innocente resplendissait pour ainsi dire dans ses yeux remplis d'expression. Tandis qu'elle se tenait debout devant la nourrice, sa nature semblait avoir pris quelque chose d'une créature surhumaine, détachée des soins de ce bas monde.

— Jusqu'ici, tout est bien! dit Hedwige après un sérieux examen.

Elle prit un léger par-dessus bleu à boutons ronds et à larges bordures d'or.

— Parfait, dit-elle; je vous embrasserais volontiers, tant vous êtes belle! Le blanc et le bleu vous vont à merveille.

— Ne t'arrête donc pas à de semblables niaiseries, Hedwige; on est déjà venu deux fois voir si nous étions prêtes.

— Soyez tranquille, nous arriverons à temps pour la cavalcade. Mais comme tout est froid et raide ici! Les femmes de service de l'impératrice se meuvent

comme des poupées..... Quelles figures sérieuses!
quel joli langage! On ose à peine ouvrir la bouche
de peur de dire quelque maladresse. Je suis heureuse
de cette promenade, qui va nous donner un moment
de liberté.

Elle apporta un riche manteau brodé d'hermine
qu'elle jeta sur l'épaule d'Hermengarde, puis un long
voile qu'elle fixa au diadème. Tout en préservant la
jeune fille de l'ardeur des rayons du soleil, ce voile
lui permettait aussi d'échapper aux regards indiscrets.

Quelques minutes plus tard, Hermengarde chevauchait à travers le camp, escortée par Erwin, et
accompagnée d'Hedwige et de Géro, le valet du
comte. Ils se dirigèrent vers le bois voisin.

— Combien s'est-il écoulé de temps, depuis votre
visite à Castellamare, monsieur le comte? trois
mois, n'est-ce pas?

— Trois mois et six jours, madame.

— Vous me direz au moins pourquoi, pendant
trois mois et six jours, on ne vous a point aperçu?
Mon père vous avait si cordialement invité!... Vous
savez quelles obligations nous vous avons, et vous
étiez certain de la joie que nous eût causée votre
visite. Pourquoi donc vous en être abstenu?

— Parce que je ne suis pas libre, mademoiselle;
tout mon temps appartient à l'empereur!

— Et l'empereur ne veut pas que vous visitiez
Bonello.... J'aurais dû y songer!

— Oh! non, s'empressa de répondre Rechberg;
la grande âme de l'empereur est bien éloignée de ces
mesquines idées. Il oublie vite le passé, mais il
tient au bon ordre de son armée. Ni prince ni chevalier n'a sa pleine liberté en campagne.

— Quel ordre rigoureux !

— Il est nécessaire; qu'arriverait-il si chacun pouvait quitter le camp selon ses caprices?

— Soit, vous voilà excusé; le devoir avant tout!... Mais voyez donc, la belle forêt! Comme l'herbe et les fleurs y croissent, comme les pins y étalent leurs verts panaches! Que cette verdure fait bien à la vue! Cette forêt est vraîment belle, mais il lui manque la grandeur alpestre....

— Si vous le désirez, nous irons un peu plus loin; là haut se trouve un site enchanteur, où j'ai bien des fois rêvé en secret.

Elle accepta; Géro resta avec les chevaux, et ils suivirent, avec Hedwige, le sentier qui conduisait à la hauteur. Dès qu'ils y furent arrivés, Rechberg étendit son manteau sur le gazon, et invita Hermengarde à s'asseoir.

Au-dessus d'eux s'élevait, comme un toit verdoyant, le feuillage touffu des arbres, sur lesquels gazouillaient et chantaient de jolis oiseaux. On voyait, dans le lointain, les tours de Milan, à travers une éclaircie, qui devait être l'ouvrage de quelque promeneur, car tout autour le bois était épais, et ne permettait de voir qu'à peu de distance. Hedwige cueillait des fleurs, et les réunisait en un gracieux bouquet.

A peine la jeune fille était-elle installée sur le gazon, que deux hommes se glissèrent à travers le fourré. Le premier, couvert d'une armure complète, avait la visière de son casque baissée; l'autre ne portait qu'une cuirasse, et, sous son chapeau qui remplaçait le casque, s'apanouissait la face de Cocco Griffi. Ils s'avancèrent à pas lents; bientôt, ils furent tout près de la jeune fille, cachés par un arbre et écoutant la conversation. L'homme armé, dont on voyait luire les yeux à travers son casque, semblait lancer des éclairs.

— Cette place me paraît parfaitement choisie, dit Hermengarde. Quel admirable point de vue !

— Oui, et c'est en partie pour cela que j'affectionne ce lieu sauvage....

En ce moment, l'observateur silencieux poussa un cri sinistre à travers la visière de son casque, et disparut dans les taillis, suivi de son compagnon.

XXV. — L'ENLÈVEMENT.

— Que dites-vous de cette rencontre? demanda Cocco Griffi au chevalier qu'il avait peine à suivre, tant il marchait à grands pas. Vous êtes pleinement désintéressé dans la question !...

Le chevalier ne répondit pas. Ils arrivèrent bientôt à une éclaircie, au milieu de la forêt. Une douzaine de guerriers y étaient étendus sur l'herbe et dormaient. Le cheval du chevalier était attaché à un arbre, par une longue courroie, de façon à lui laisser la liberté de paître l'herbe d'alentour.

— Debout, dormeurs ! dit le chevalier.

Les varlets se levèrent tout effrayés, regardèrent le soleil avec surprise, puis reportèrent leur vue sur leur chef.

— Ici, Wido! continua-t-il en s'adressant à un jeune homme aux larges épaules, qui se tenait près de lui.

Après que Wido eût détaché le cheval, et suspendu la courroie à la selle, Cocco Griffi s'approcha du chevalier.

— Vous ne tuerez pas ces jeunes gens? dit-il.

— Que t'importe? répondit-il, avec brusquerie; et toi, ajouta-t-il en se tournant vers un varlet, mène mon cheval sur la route, et attends-y que mon cor te rappelle.

— Mais, noble seigneur, dit Griffi, nous ne sommes pas venus ici pour faire un mauvais coup, mais pour ravitailler les Milanais affamés. Qu'arrivera-t-il si les fournisseurs, privés de notre secours, tombent aux mains de Hesso? Il leur tranchera la main droite, et les vivres n'arriveront pas à Milan.

— Silence!

— Silence! oui, silence! murmura Cocco. Silence! silence! et laisse crever de faim tes compatriotes.... J'aurais dû, avant de vous annoncer la présence d'Hermengarde, songer à la folie que je faisais en vous en parlant....

Le chef regarda le petit homme en silence, comme si sa colère lui paraissait fondée. Il prit une bourse de soie, agita les pièces d'or qu'elle contenait, puis la fit briller au soleil.

— Tiens! ne sois pas fâché, Cocco!... Tu ne pourra pas dire au moins que tu m'as rendu un service sans en avoir été récompensé.

— Grand service, grande récompense, ma foi! dit Cocco, en soupesant la bourse. Je réduirai donc à néant mon intelligence, pour partager votre manière de voir. Nous verrons si nos maraudeurs pourront rentrer en ville. Ils risqueront fort de tomber dans les griffes de Hesso!...

Le gentilhomme ordonna à ses gens de le suivre aussi silencieusement que possible, et il s'éloigna avec eux.

Rechberg s'était assis non loin de la jeune fille. Ils causaient avec Hedwige.

Tout à coup Hedwige poussa un cri terrible. Au même instant, Rechberg est renversé. Wido se met à genoux sur sa poitrine, et les autres varlets lui lient les bras et les jambes, de façon qu'il peut à peine se mouvoir.

Hermengarde avait à peine eu le temps de se rendre compte de ce qui se passait. Le chevalier inconnu l'avait saisie par un bras et l'entraînait; derrière eux courait Hedwige, remplissant le bois de ses lamentations. Géro, de son côté, attiré par le bruit, fut bientôt mis hors d'état de résister.

Toutefois, il ne fut pas aisé de garroter Erwin; son bras vigoureux repoussait les varlets avec énergie. S'il eût pu se remettre sur ses pieds et employer son glaive, les Milanais auraient passé un vilain quart-d'heure.

— Tonnerre! s'écria Wido, est-ce que huit vaillants Lombards ne viendront pas à bout de ce sanglier allemand? Nozi, passe la courroie du côté gauche.... Bon!... tirez, maintenant, compagnons! Passez à droite!... Allons, je crois que c'est bien ficelé.... Nous verrons maintenant s'il pourra briser ces triples nœuds. Liez-lui les pieds.... On ne sau-

rait prendre trop de précautions avec ces bêtes fé-
roces! Maintenant, laissez-le frétiller, comme le
poisson hors de l'eau....

— Misérables, coquins, scélérats! dit Erwin.

— Silence! vous ne sauriez briser vos liens, dit un
des varlets; quelle folie de vous agiter de la sorte!
tâchez de mourir en paix.

— Ma vie serait-elle menacée?

— Belle question! notre maître n'épargne aucun
des Allemands dont il peut s'emparer. Il a un véritable plaisir à immoler les barbares germains!....

— Quel est donc votre maître?

— Demandez-le-lui.....

— Et cette jeune demoiselle!... Le misérable!...
Que ce bandit ne s'avise pas de lui manquer de
respect!....

— Vous sortiriez alors du tombeau pour lui tordre
le cou, dit Wido en ricanant. Tenez, mon maître
vient à vous, pour vous fournir ses explications.

L'inconnu s'avançait en effet, la visière baissée; il
se tint immobile devant Erwin, en se croisant les
bras, comme s'il délibérait sur son sort.

— Lève ta visière, coquin, que je voie ta face de
bandit! dit Erwin avec rage.

— Inutile, tu as devant toi un vaillant Lombard,
qui a juré de débarrasser sa patrie de la tyrannie
allemande. Cela doit te suffire....

— Et tu vas te livrer à une œuvre vraiment lombarde, voleur, assasin et filou!

— Epargne tes paroles, et écoute-moi. Ma manière d'agir peut paraître coupable, surtout aux yeux
du comte de Rechberg, pour lequel, malgré la haine

que j'ai vouée à tous les Allemands, j'ai quelques
égards à cause de ses nobles sentiments. Sans cette
considération, je l'aurais tout simplement exter-
miné. Je suis lié par un serment terrible, qui
m'oblige à détruire les ennemis de l'Italie partout
où je le puis.

— Fort bien ; mais s'attaquer à une jeune fille
isolée, cela crie vengeance !

— Silence ! dit l'inconnu en l'interrompant. J'enlève la châtelaine de Castellamare aux mains de
ceux qui ne sont pas dignes de retenir un pareil
trésor !... L'irréflexion de la jeunesse, un sentiment
de reconnaissance ont peut-être pu la décider, en
l'absence de son père, à quitter le château et à se
rendre à la cour du tyran. La châtelaine de Castellamare restera sous ma protection, jusqu'au jour où
je pourrai la remettre aux mains de son père.

Rechberg ouvrait de grands yeux, et considérait
cette homme dont le langage exprimait si clairement
les égards qu'il aurait pour la jeune fille.

— Mais qui vous donne le droit de vous interpo-
ser en cette occasion?

— Ce droit m'appartient, cela doit vous suffire.
Hermengarde m'a instamment prié de veiller sur vos
jours, dit le lombard, et je lui en veux presque pour
cela. Toutefois, j'ai accédé à sa demande : vous êtes
libre..... Ta tête grise, dit-il en se tournant vers
Géro, me fait supposer que tu es un homme sérieux.
Ecoute donc bien ce que je vais te dire, et écoute-le
de point en point, dans l'intérêt de ton maître. Dans
une heure d'ici, tu couperas ses liens; d'ici là, nous
serons rendus à Milan, et il ne lui sera plus possible

de nous rejoindre. Ne te laisse pas émouvoir par ses prières, et ne le délie pas plus tôt, car s'il se mettait à notre poursuite, je me considèrerais alors comme dégagé de ma promesse, et il devrait mourir!.... M'obéiras-tu?

— De tout mon cœur, répondit Géro, et à la lettre!.... Non pas pour vous être agréable, mais dans l'intérêt de mon noble maître.

— Tu es un honnête garçon, dit le chevalier.

Et, dégaînant son poignard, il trancha les liens de Géro.

— Par tous les saints du paradis! puisqu'il y a encore chez vous quelques sentiments chevaleresques, voulez-vous accepter mon défi?

— Avec plaisir, quand, et où vous voudrez!

— Où pourrai-je vous adresser ce défi? demanda Rechberg avec animation.

— A quoi bon les formalités, quand votre empereur viole toutes les lois divines et humaines. Présentez-vous tout simplement, avec un trompette, à la porte de Saint-Ambroise : vous m'y rencontrerez.

— Je vous remercie, dit Rechberg. Soyez prêt demain de bonne heure.

— Vous trouverez vos chevaux où vous les avez laissés, dit l'inconnu. Vous n'avez rien enlevé, j'espère! ajouta-t-il en se tournant vers ses serviteurs qui écoutaient cette conversation avec curiosité.

— Pour qui nous prenez-vous, seigneur? répondit Wido. Mais ce gant que j'aperçois à terre ne doit pas aller au bras de fer du sanglier allemand; j'en conclus donc qu'il n'est pas sa propriété.

— Ah! donne-le moi, dit l'inconnu.... C'est le

gant d'Hermengarde! Si notre combat se trouvait
empêché ou n'amenait point de résultat, vous pourrez toujours reconnaître votre ennemi à ce gant qu'il
portera à son cimier. Oui, je porterai ce gant pour
l'honneur d'elle, et pour vous faire injure !

A ces mots, il fit signe à ses gens de le suivre, et
bientôt toute la troupe disparut dans la forêt.

— Quel étrange individu ! dit Erwin ; c'est un
mélange singulier du brigand et de l'honnête homme.

— Oui, répondit Géro, mais le brigand l'emporte ;
sa loyauté me fait l'effet d'une goutte de vin dans une
cruche d'eau !... Seigneur, je ne puis vous laisser
ainsi étendu par terre, je veux vous remettre sur vos
pieds.

— Coupe seulement mes liens je me relèverai
bien seul.

— Du tout ! vous pourriez faire un mauvais usage
de vos pieds, et poursuivre les bandits.

Géro l'aida à se relever avec quelque peine, puis il
s'éloigna pour chercher les chevaux. Dans l'intervalle, Rechberg songeait au changement qui s'était
opéré dans sa position et à la destruction de toutes
ses espérances. C'en était donc fait ! Hermengarde
était au pouvoir d'un homme qui semblait avoir des
droits sur elle. Le retour de Géro interrompit ses
réflexions.

— Nous n'avons décidément pas eu affaire à des
voleurs : nos chevaux étaient là-bas où nous les
avons laissés ; je les ai attachés ici près, afin de les
avoir sous la main.

— Ce n'étaient pas des voleurs, dis-tu ?

— Du moins, ce ne sont pas des voleurs ordi-

naires, sans cela les anneaux d'or qui ornent vos
épaules, et vos chevaux auraient disparu.

— Hâte-toi, coupe mes liens, tu me laisses captif
toute une éternité!...

— Permettez! seigneur; encore un moment; le
temps vous paraît bien long!

— Pourrais-je, quand je le voudrais, poursuivre
ce bandit? Ne vois-tu pas combien la nuit est sombre?

— Un peu de patience, seigneur! Je me réjouis
d'avance de votre triomphe futur, et je chercherai
votre plus forte lance, votre armure la mieux trempée.

— Crois-tu donc qu'il se trouvera au rendez-vous?

— N'en doutez pas, il a l'air trop orgueilleux
pour être déloyal.

— Mais qui donc est-il? Que c'est étrange! Il me
semble pourtant avoir déjà ouï le son de cette voix.

— Ne vous cassez pas la tête à ce sujet; vous le
connaîtrez bientôt.

— Tu as raison. Jamais je n'ai eu tant de curiosité de voir un ennemi lever la visière de son casque!

— Maintenant, laissez-moi vous détacher; comme
les bandits ont serré les nœuds!

— Tu trouves! je n'en ai rien senti... Vite, Géro,
vite, où sont les chevaux? dit Rechberg en précé-
dant son écuyer.

Ils se mirent en selle, et quittèrent le bois aussi
vite que le leur permit l'obscurité. Avant d'atteindre
le camp, Rechberg devait assister à une scène, dont
l'obscurité augmentait l'horreur. A peine avait-il fait
une centaine de pas, qu'il entendit un bruit d'armes
et des cris. Le comte arrêta sa monture et regarda.
Toujours curieux de connaître son ennemi, Rech-

berg supposa que cette lutte nocturne avait quelque rapport avec l'inconnu. Il espéra que les Milanais avaient pu être arrêtés par les patrouilles, et se hâta de pousser son cheval sur le lieu de la lutte ; mais l'obscurité et la prudence l'obligèrent à s'approcher plus silencieusement. Le bruit cessa bientôt, la lutte était finie. Des torches étincelantes s'approchèrent de Rechberg.

— C'est Hesso et ses limiers, dit Géro ; oui, on entend sa voix perçante.

La troupe s'approchait ; les fallots éclairaient une troupe d'ânes lourdement chargés dont les conducteurs, la tête baissée et les mains liées, marchaient entre deux rangs d'hommes armés.

— Est-ce vous, chevalier Hesso ? dit Rechberg. En rentrant au camp, j'ai entendu le bruit de votre engagement, et je me disposais à venir à votre secours..

— Peine inutile, seigneur comte.

— Vous avez fait bonne prise, à ce qu'il paraît ?

— Vingt ânes et huit Milanais, reprit Hesso. Un seul s'est échappé, trois sont morts, de sorte que, cette fois, quatre seulement échapperont au châtiment.

— N'y avait-il donc pas d'escorte ? demanda Erwin en chevauchant aux côtés de Hesso.

— Pas cette fois ; d'habitude, il leur en vient une de Milan, avec laquelle nous avons à lutter, mais aujourd'hui elle a fait défaut.

Erwin supposa que l'inconnu et ses varlets devaient faire partie de cette escorte. Il pensa donc qu'il lui serait facile d'apprendre de la bouche d'un des captifs le nom de son adversaire.

— Il faudrait inventer un châtiment plus sévère, dit Hesso. On ne craint plus d'avoir la main coupée. « Coupe-moi la main, me dit l'autre jour un jeune homme, et Milan m'en rendra une d'or. » Si l'empereur veut prendre la ville par la famine, qu'il fasse pendre quiconque y introduira un pois....

— La mort n'est-elle pas la punition des récidivistes ?

— Oui, mais les coquins se gardent de la récidive!.... On paie si bien les mutilés, qu'ils ne sont pas tentés de risquer leur tête. Ces misérables ne paraissent pas tenir à leur main ; aujourd'hui ici, demain là! On ne peut être partout.... Pendant que j'arrête ceux-ci, une autre troupe s'introduit probablement dans la ville.

En ce moment, ils arrivèrent près d'une rangée de tentes, éloignées du camp d'environ trente pas. C'était l'habitation de Hesso et de ses varlets. Au centre se trouvoit un gibet, et, près de lui, un gros bloc, tout sanglant. Pendant qu'on déchargeait les ânes, on amena les captifs auprès du terrible bloc.

— Est-ce que vous allez exécuter leur sentence dès ce soir?

— Bien entendu! Pourquoi garder ces oiseaux dans le camp? Chacun d'eux va laisser ici sa main droite, puis il pourra courir où il voudra. Telle est la loi!....

Il ôta son pourpoint, et, la chemise relevée jusqu'aux coudes, le glaive à la main, Hesso se tint devant le bloc, prêt à accomplir l'œuvre terrible. Un captif s'avança vers le bloc : son visage pâle et souffrant attendrit Erwin. Il ne pouvait assister à cette cruelle tragédie, qui, pour Hesso, n'était qu'une affaire d'habitude.

— Apporte ici ton tribut, dit l'homme au glaive ; quelle figure fait ce drôle ! il tremble, ses dents se heurtent.

On entendit un bruit sourd, puis un cri plaintif.

— Un ! dit le bourreau, jetant la main de côté ; mais voyez donc la main de cette poule mouillée.

Et les valets du bourreau se mirent à rire avec lui, en voyant l'infortuné s'évanouir par suite de ses souffrances.

— Laissez-le, dit Hesso avec sang-froid ; s'il perd son sang, nous sommes sûrs qu'il ne recommencera plus.

— Un mot, messire, dit Erwin ; voudriez-vous me permettre un instant d'entretien avec les prisonniers ?

Hesso ouvrit de grands yeux.

— Pourquoi donc ? demanda-t-il en regardant le comte avec colère.

— D'après vos propres observations, les assiégés enverraient des escortes pour protéger les convois de vivres ; peut-être me sera-t-il donné d'en apprendre davantage, et ainsi de déterminer l'empereur à prendre des mesures plus énergiques ?

— Trois ! dit le bourreau.

Et l'on entendit à la fois un cri de douleur et un rire sauvage.

— Des mesures plus énergiques, à la bonne heure ! dit Hesso, mais vous n'en tirerez rien.... Quatre !...

— On peut toujours essayer....

— Cinq !... et une main ensanglantée vint rebondir devant le comte. Essai superflu ! vous ne connais-

sez pas ces bandits; ils ne savent que mentir et
tromper, voilà tout! Sept!... Et puis, il est trop tard ;
voyez donc, voici le dernier.... Huit!... C'est fait...
Vive l'Empereur! dit le bourreau.

Parmi les victimes, les unes étaient tombées par
terre, les autres avaient assez de force pour se panser.

— N'avez-vous pas reçu l'ordre de faire panser
ces infortunés? dit Erwin. L'empereur a prescrit de
leur couper la main, mais non pas de les laisser
mourir en perdant tout leur sang.

— C'est juste, répondit Hesso. Où donc est
Lutold, le charlatan? En avant avec tes emplâtres,
vieux!

Pendant que Lutold s'acquittait de son ministère,
ce qui n'eût probablement pas eu lieu sans l'intervention de Rechberg, celui-ci s'éloigna avec Géro.

XXVI. — TRAHISON.

L'absence prolongée et peu ordinaire d'Erwin ne
fut pas remarquée dans la tente impériale, car des
événements d'une haute importance avaient attiré
l'attention ailleurs. La défense héroïque des Milanais
avait excité la surprise et l'admiration des chevaliers
allemands. Aussi, par égard pour la noblesse d'âme
du parti guelfe, le comte palatin Conrad, le comte
Ludwig, et le duc de Bohème se décidèrent à inter-

venir pour le cas où les assiégés se verraient réduits
à négocier. Cette résolution surprit agréablement les
consuls, et ils se prêtèrent avec joie à cette intervention.

A peine Frédéric, peu de temps après le départ
d'Erwin, était-il rentré dans sa tente, que les seigneurs se présentèrent devant lui. L'empereur parut
étonné, et son premier mouvement fut de repousser
tout accommodement, mais l'insistance des seigneurs
parvint à le décider; il comprit qu'il devait faire une
concession à l'esprit chevaleresque de l'époque. On
informa les Milanais que Sa Majesté daignerait recevoir les parlementaires.

Barberousse attachait plus d'importance à cette
démarche qu'elle n'en méritait réellement. Habitué à tout considérer au point de vue de ses projets
de domination universelle, il se trouva froissé non
pas de l'intervention des chevaliers, mais de ce qu'il
regardait comme un encouragement pour les rebelles.
Il était d'ailleurs irrité de la résistance que faisait
alors le duc d'Autriche au divorce d'Henri-le-Lion,
et surtout de la conversation que Béatrix n'avait pas
manqué de lui rapporter. Reinald, qu'il fit appeler,
alla encore plus loin; il fit entendre des cris de
rage et des menaces, et ne quitta le cabinet impérial
qu'après minuit. Jamais on n'a su ce qui se passa
alors entre Frédéric et son ministre. Les chroniques
de la cour laissent même douter si le chancelier eut
connaissance de la démarche des princes en faveur
des Milanais.

On ne doit donc pas s'étonner si, en de pareilles
circonstances, l'absence d'Erwin et d'Hermengarde

passa inaperçue. Erwin put, sans affectation, se
retirer dans son appartement et y attendre le lendemain. Géro avait apprêté sa meilleure armure. Il
revêtit d'abord son maître d'une cotte de mailles,
dont le tissu d'acier protégeait son corps dans la
partie supérieure, et que surmontait une sorte de
cape pour la défense de la tête. Il lui passa ensuite
des manches et des chausses de mailles, puis les jam-
bières d'acier, et enfin les gantelets. Bien que le
comte fut couvert de pied en cap d'acier solidement
trempé, cela ne suffit point à Géro, qui lui fit encore endosser une armure d'acier, une cuirasse et
un chaperon, qu'il recouvrit de son casque poli
comme un miroir. Un poignard et une longue épée
complétaient le costume, et, selon l'usage établi, la
la lance et le bouclier d'Erwin furent remis à un
page qui devait l'accompagner.

Précédé d'un trompette, Erwin sortit du camp et
se dirigea vers la porte qu'on lui avait désignée pour
rendez-vous. Quelle ne fut pas sa surprise de voir
cette porte ouverte, et les Milanais, placés en rangs
serrés, occupant les murs et les tours. Ignorant ce
qui avait eu lieu, il ne pouvait se rendre compte de
la situation. Bientôt, il entendit un cliquetis d'armes
dans la partie du camp occupée par les gens de l'archevêque de Cologne. Il était impossible qu'il y eût
méprise de la part des assiégés; leurs mouvements
étaient lents, précis, et l'on distinguait les vêtements
de cérémonie des consuls, qu'escortaient de brillants chevaliers.

Pendant que Rechberg restait immobile, les cors
et les trompettes résonnèrent, et l'escorte de Reinald

sortit du camp et se rua sur les Milanais. Ceux-ci ne s'attendaient pas à une pareille attaque et trouvèrent à peine le temps de s'organiser pour la défense. De toutes parts, on se mit à crier : « Trahison ! » En même temps, des troupes armées se précipitèrent au secours de ceux qu'on attaquait.

Rechberg éprouva d'autant plus de surprise, qu'il voyait au milieu des Milanais les bannières du duc de Bohême, qui s'efforçait en vain d'arrêter la lutte. La mêlée devenait de plus en plus violente, et Reinald courait de sérieux dangers. Le duc de Bohême se tenait sur l'expectative, tandis qu'Erwin se hâtait de diriger sa monture vers le comte Ludwig et les autres princes, sur les traits desquels on lisait le plus profond dépit.

— Nous voilà déshonorés à jamais ! dit le comte palatin Conrad.

— Le misérable ! le traître ! Quel infâme chancelier ! dit le duc de Bohême ; comme je lui jetterai sa honte à la face, quand il sera de retour.

— Le retour lui sera difficile, ajouta Goswin ; voyez comme il est entouré, et comme ses hommes tombent autour de lui ! Attention, un coup de lance va le renverser !

Le comte Dassel courait en effet le plus grand danger ; il était entouré de toutes parts de Milanais furieux. A ce moment, l'empereur parut, entouré de chevaliers, et armé de pied en cap.

— Qu'y a-t-il, messeigneurs ? Que signifie ce combat ? Comment ! Cologne est en péril, et vous restez immobiles ?...

— Pardon, sire, répondit le comte Ludwig ; le

chancelier Reinald a traîteusement attaqué les Milanais, qui, sur la foi de notre parole, étaient sortis de la ville. Il subit, à juste titre, la peine de sa trahison.

— Il est possible que le chancelier soit coupable, mais vous l'êtes tout autant, si vous laissez écraser des Allemands! répliqua Frédéric. Allons, Goswin, au camp! et appelez le peuple au combat. Erwin, conduisez cette troupe et prenez l'ennemi en flanc.

Pendant que Rechberg, en exécution de cet ordre, se mettait à la tête d'une colonne, Barberousse employait inutilement les prières et les menaces pour forcer les seigneurs à prendre part au combat.

— Notre devoir, sire, n'a jamais consisté à défendre les traîtres! dit le comte palatin Conrad.

— Prenez garde, dit l'empereur d'un ton de menace; vous pourriez avoir à vous repentir de votre conduite.

Il piqua des deux, et se mit à la tête de la petite escorte qui s'était accrue dans l'intervalle.

— Courage, mes fidèles! dit l'empereur en élevant sa lance; songez à la renommée allemande!... Une bannière allemande est en péril, sus à son aide!....

Les lances s'inclinèrent, et les chevaliers s'élancèrent en foule contre l'ennemi.

Rechberg avait déjà pris part à la lutte, et s'efforçait de dégager le chancelier. Il s'avançait, en répandant la mort et la destruction sur son passage, tout en cherchant l'inconnu qu'il devait reconnaître au gant attaché à son casque.

Les troupes sorties du camp et les Milanais venus à leur rencontre se livrèrent un combat acharné. De toutes parts, c'étaient des cris et une confusion inexprimable. Le sol tremblait sous les pas des chevaux; de part et d'autre, on déployait une énergie et une vigueur peu communes. Chaque troupe, en sortant, attaquait immédiatement des adversaires tout prêts à la recevoir, et cela sans ordre ni plan préconçu ; il en résultait une confusion inexprimable. On voyait se lever et s'abaisser les lances et les glaives, qui fendaient l'air. Les trompettes sonnaient et les cris de rage et de douleur complétaient cette lugubre tragédie.

Erwin pressait sa monture vers le point où les consuls s'étaient arrêtés, sans pouvoir ni avancer ni reculer ; mais avant qu'il pût y réussir, sur la gauche à l'endroit où combattait l'empereur, on entendit un grand bruit. Erwin regarda ; l'empereur avait disparu. Une lutte meurtrière avait lieu en cet endroit, et le cri : l'Empereur est tombé! parcourut les rangs. Les Allemands poussent leur cri de guerre, et attaquent de toutes parts leurs adversaires, qui commencent à faiblir. Rechberg vit, à ce moment, l'empereur qui se relevait d'entre les chevaux tués, pour charger l'ennemi avec ardeur. Il arrivait en ce moment auprès des consuls. Les Milanais fuyaient de tous côtés.

— Rendez-vous! dit Erwin, en présentant la pointe de son épée sur la poitrine de Gherardo Niger.

— Je me rends, dit celui-ci, aux conditions ordinaires de la chevalerie.

Le comte remit le prisonnier à l'un de ses compagnons.

— Ami Berthold, dit-il, veuillez accompagner ce

gentilhomme à votre tente, et lui tenir société jusqu'à mon retour. .

Il éperonna son cheval, et se mit à charger l'ennemi, renversant ceux qui résistaient encore. Bientôt
la fuite devint générale, et les Allemands se trouvèrent aux portes de la ville avec les fuyards. Quatre-
vingts chevaliers, deux cent soixante-six fantassins,
presque tous sortis pour porter secours aux consuls,
étaient prisonniers. Une foule de morts et de blessés
couvrait le champ de bataille. Avant de se dépouiller
de son armure, Rechberg se rendit dans la tente, où
il savait devoir trouver son prisonnier. Il était profondément abattu. Niger accueillit Rechberg d'un
air de reproche.

— Les circonstances qui ont amené la lutte me
sont inconnues, messire, et je vous prie d'en agréer
mes excuses ; mais celle-ci une fois engagée, mon
honneur m'ordonnait d'y prendre part.

— Seigneur comte, répondit Gherardo, je n'ai
rien à redire à votre explication ; la haine du chancelier envers ma patrie est si grande, qu'il croit pouvoir se servir contre nous, même d'armes déloyales,
pour satisfaire ses sentiments.

— On ne peut, en effet, excuser le comte Dassel,
dit Erwin ; mais vous devez savoir que Milan renferme bien des gens qui ne brillent pas non plus par
la loyauté.

— Je vous comprends, dit-il ; vous parlez d'un
fait qui vous touche de près.... et moi aussi. L'en-
lèvement d'Hermengarde est un acte fort blâmable.

Rechberg était surpris, mais son étonnement s'accrut encore, quand le consul, après un léger silence,
continua :

— Cette action, commise par mon fils, est très-répréhensible, c'est vrai ; mais peut-être, mon cher comte, qu'en pareil circonstance vous eussiez agi de même. Pietro n'est pas encore, il est vrai, fiancé à Hermengarde, mais leur union est décidée depuis longtemps.... Mettez-vous à la place de Pietro, et dites si sa conduite ne vous semble pas moins coupable?

Le comte était comme frappé de la foudre ; il regarda d'abord Niger d'un œil effaré, et puis, se promenant avec agitation dans la chambre :

— Ah! vraiment? dit-il avec le plus profond étonnement.

— Vous voyez donc que la position de Pietro vis à vis d'Hermengarde excuse en quelque sorte sa manière d'agir.

— Oh! oui, naturellement....

— Toutefois, cette conduite de mon fils n'est pas digne d'un chevalier.... Je compte assez sur la noblesse de vos sentiments, pour espérer que vous ne rendrez pas le père responsable....

— Non; mais cette action de votre fils devra changer quelque chose aux conditions de votre délivrance.... Je dois m'absenter un moment.... Le sire Berthold remplira envers vous, dans cet intervalle, les devoirs de l'hospitalité.

— Avec plaisir, comte, c'est un honneur pour moi de recevoir votre captif.

Erwin monta à cheval, et se rendit à la tente impériale, car il éprouvait le besoin de se trouver seul quelques instants. Dès son arrivée, Géro lui annonça qu'un guelfe était venu, demandant avec instance à lui parler. Géro débarrassa Erwin de son armure :

— Vous n'êtes pas blessé, seigneur ?

— Non !

— Il est fâcheux que votre duel n'ait pu avoir lieu. Peut-être votre inconnu n'est-il pas sorti de la lutte sans blessures, peut-être même a-t-il été tué ou pris, car il y a un grand nombre de chevaliers captifs ?

— C'est bon, mets là mon armure, et laisse-moi seul.

Géro obéit sans autre observation ; jamais il n'avait vu son maître si triste et si abattu.

— Puis-je introduire l'étranger, dès qu'il reviendra ? demanda-t-il avant de se retirer.

— Oui, répondit Rechberg.

Sa physionomie égarée laissait voir le trouble de son âme. Enfoncé dans une chaise, il resta longtemps plongé dans de sombres pensées.

Bonello de Castellamare entra en ce moment. Erwin lui fit une réception assez froide, Bonello crut en deviner la cause.

— Si ma fille, dit-il, est venue à la cour sans ma permission, l'acte de Pietro l'a bien punie.

— Vous pensez ? demanda Erwin.

— En doutez-vous, seigneur comte ?

— D'après ce que j'ai appris, le mariage de votre fille avec Pietro est décidé depuis longtemps.

— C'est un projet abandonné ; jamais Hermengarde n'épousera le jeune Niger.

— Le consul qui a tous les dehors d'un homme d'honneur, et qui, depuis plusieurs heures, est mon prisonnier, m'a tenu un autre langage.

— Parce qu'il ignore certains détails. Il est vrai qu'il a été question, il y a quelques années, d'unir ces deux enfants. J'ignore si jamais Hermengarde a répondu à ce désir, mais je sais que les façons et les manières de Pietro l'ont froissée. Elle m'a, du reste, déclaré clairement, après votre visite à Castellamare, que jamais elle ne serait l'épouse de Pietro. Or, mon intention n'étant pas de contrarier le choix de ma fille, elle reste donc tout-à-fait libre.

Cette révélation changea tout-à-coup la physionomie de Rechberg. Il s'en fallut de peu que, dans sa joie, il ne se jetât au cou de Bonello ; mais soudain son visage s'assombrit. Il songeait à la prisonnière, et Bonello se hâta d'ajouter :

— Ma fille quittera Milan aujourd'hui même. Gherardo Niger étant votre prisonnier, Pietro vous remettra Hermengarde en échange de son père.

Avant que Rechberg eût pu répondre, le chancelier Reinald entra dans l'appartement. Après un coup-d'œil jeté sur Bonello, il s'inclina devant le comte, et le remercia du secours qu'il lui avait porté.

— Je n'ai fait que mon devoir, répondit Erwin, et je me réjouis de voir qu'il ne vous est arrivé aucun mal.

— J'en suis sorti sain et sauf, dit Dassel sérieusement, mais les deux tiers de mes hommes ont succombé. Que Dieu soit miséricordieux à leurs âmes! Avec ses remercîments, j'ai aussi à vous transmettre un désir de Sa Majesté. On dit que l'influent consul Gherardo Niger est tombé entre vos mains : l'Empereur vous prie de lui remettre cet homme.

— Je regrette de ne pouvoir accéder au désir de l'Empereur. Niger est déjà libre.

— Quoi! s'écria Dassel, vous l'avez déjà renvoyé
à Milan?

— Pas encore, mais je suis sur le point de le faire.

— Ne vous pressez pas, attendez au moins que
j'en aie fait part à Sa Majesté.

Et le courtisan sortit en toute hâte.

— Seigneur comte, dit Guido qui avait écouté
avec inquiétude, rendez-vous au désir de l'Empereur.

— Soyez tranquille, répondit Rechberg, le prisonnier est à moi, et à moi seul!

Le chancelier reparut en ce moment.

— Sa Majesté vous invite à vous présenter sur-le-
champ devant elle.

— C'est bien, je vous suis; quant à vous, messire
Bonello, rendez-vous près du consul Niger, et faites-
lui connaître la condition que je mets à sa liberté.
Géro, conduis ce gentilhomme à la tente du chevalier
Berthold, j'y serai bientôt.

— Soyons sage, jeune homme, dit Dassel après
l'éloignement de Guido; cédez au désir de votre
impérial parrain. Vous savez que tout doit s'incliner
devant la raison d'État.

— C'est bien, marchons.

— Je regretterais, dit Reinald, que votre intérêt
pour cette jeune italienne vous fît refuser d'accéder
au désir impérial. Je vous en supplie, soyez prudent,
et ne compromettez pas votre bonheur.

Rechberg ne répondit rien, et ils entrèrent dans
l'appartement de l'Empereur. Avec un gracieux sourire, Frédéric leur fit signe d'avancer.

— Nous ne sommes pas complètement contents
de ta conduite, Erwin : tu entretiens des relations

suivies avec un homme qui a encouru notre déplaisir;
tu reçois même ce traître dans notre propre tente.
Bien plus, ce qui nous étonne au dernier point, tu
affiches des projets d'alliance avec Bonello. L'invitation que l'impératrice a faite à sa fille a aussi encouru notre blâme. Nous désirons et nous entendons
que de pareilles choses cessent à l'avenir.

Rechberg reçut cette verte semonce sans répliquer
un seul mot.

— La lutte d'aujourd'hui, continua Frédéric, à
laquelle tu as glorieusement pris part, a fait tomber
le consul Niger en ton pouvoir. D'après les lois de la
guerre, il t'appartient. Nous ne voulons rien faire
d'injuste, et nous t'exprimons le simple désir de le
voir remettre entre nos mains.

— Pardonnez, Sire!... Il m'est impossible de me
rendre à vos désirs, dit Rechberg avec soumission
mais avec fermeté. Hermengarde a été saisie par le
fils de Niger : sa délivrance est liée à celle du consul;
Votre Majesté ne s'opposera pas à ce que, en cette
circonstance, je me laisse guider par les lois de la
chevalerie.

— Ah! les devoirs de la chevalerie! s'écria Barberousse en colère. Nos vassaux, sous ce même prétexte,
ont à peine consenti à protéger leur suzerain dans la
lutte, et le comte Rechberg, toujours sous le même
prétexte, croit pouvoir refuser ce que l'empereur lui
demande.... Où s'arrêtera ceci?.... Si cela continue,
nos vassaux manqueront tous à leur serment de
fidélité!....

— La fidélité et la bravoure font partie des devoirs
de la chevalerie, répondit Erwin, et ils sont sacrés
comme les autres.

— Tu sembles beaucoup tenir à ces derniers devoirs, jeune homme. C'est fort heureux pour Bonello!..... Ne me pousse pas à bout, et crains notre disgrâce!.....

Erwin supporta avec calme le regard enflammé de Barberousse.

— C'est étrange, reprit l'empereur avec colère, cette jeune fille vient toujours se glisser entre nous!.. Je te le répète, il est grand temps que tu reviennes à la raison et que tu renonces à des illusions absurdes. Faire de la fille d'un traître italien l'épouse du comte Rechberg!...,

Le jeune comte se trouvait dans une position très-pénible. Il hésita un instant, mais bientôt il répondit:

— Sire, je ne puis, je ne dois pas répondre à votre désir.

— Bien! s'écria Frédéric irrité, puisque vous ne pouvez faire ce que je vous demande, ce serait folie que d'abuser plus longtemps de votre jeune courage. Allez tout préparer pour votre départ..... Demain, vous repartirez pour l'Allemagne.

Erwin ne s'était pas attendu à ce dénouement. Il pouvait encore, en cédant à la volonté de Frédéric, détourner son courroux.

— Non, pensa-t-il, je ne le puis pas!

Il se tourna vers l'empereur, avec une détermination bien arrêtée de refus, puis il se détourna, et sortit.

— Si nous faisons abstraction de sa désobéissance, il est charmant! dit Frédéric; avez-vous remarqué comme son cœur se brisait, et comme il s'est efforcé de dissimuler ses souffrances?

— Cela me paraît tout naturel, répondit Reinald :
c'est un Rechberg, et les Rechberg ont, à cet égard,
plus d'un point de ressemblance avec leurs parents,
les Hohenstaufen.

— Il nous manquera longtemps! reprit l'empereur. Mais l'air vif et sain de la Souabe le guérira
bientôt de ses sots et ridicules projets de mariage.

XXVII. — INCIDENTS.

L'entrée de plusieurs seigneurs attira l'attention
de Frédéric sur un sujet non moins important. La
trahison de Reinald avait soulevé une indignation
générale. Les princes se sentaient humiliés aux yeux
de l'ennemi, et leur arrivée annonçait un orage. Ils
entrèrent avec animation. Leur salut à l'empereur fut
moins profond que d'habitude, et il put lire sur leur
visage toute leur irritation, tandis qu'ils lançaient des
regards courroucés vers Reinald.

— A quoi devons-nous l'honneur de cette visite
inespérée? demanda Barberousse, lorsque les seigneurs eurent pris place sur des siéges.

— Nous venons, dit Louis le landgrave, réclamer
la punition exemplaire du chancelier Reinald, qui a
traîtreusement chargé les Milanais, alors que ceux-ci
sur la foi de notre honneur, et confiants en notre
parole, se rendaient à la cour.

" — Vos plaintes nous attristent profondément, dit Frédéric. Que d'erreurs pourront être la suite de ces mésintelligences! Mais. soyons juste avant tout. Monsieur le chancelier, qu'avez-vous à dire pour votre défense?

Dassel prit un air innocent, et, d'une voix mielleuse:

— L'accusé doit avoir le privilége de se défendre et bien des raisons l'excusent dans le cas présent. Ma fidélité à Votre Majesté, les égards que je professe pour la noblesse de l'empire sont une garantie de mon innocence.... Que Dieu me garde de ne pas respecter une parole princière! Si j'avais su que les Milanais, bien qu'ennemis de l'Empereur et de l'empire, étaient venus dans notre camp avec des garanties, je ne me serais pas permis de les attaquer!... Pardonnez-moi mon ignorance, si toutefois l'ignorant est digne de pardon à vos yeux.

— Mais, chancelier, ne vous avons-nous pas crié, et cela assez haut, que les Italiens étaient venus sur notre parole, et qu'il fallait les laisser en paix?

— C'est vrai, mais la bataille était engagée, répondit Dassel. Les assiégés m'entouraient de toutes parts, et j'étais alors non pas l'agresseur, mais dans le cas de légitime défense.

— Vos assurances ne nous suffisent pas! dit le duc de Bohême; vous êtes plus habile que nous à manier la parole, et vous l'emportez sur nous par la ruse. Il faut, pourtant, que la trahison soit punie! Etes-vous disposé à vous laver, en champ clos, de cette souillure?

— Votre seigneurie doit savoir, reprit Dassel en souriant, que les canons de l'Eglise interdisent ce mode de justification à l'archevêque de Cologne....

— Bah! dit le comte. Vous êtes laïc comme nous ; la consécration seule fait les prêtres et les évêques !... Tant que vous n'êtes pas prêtre, vous n'avez aucun droit de vous retrancher derrière les priviléges de l'Eglise.

— Messeigneurs, dit l'empereur avec colère, nous ne permettrons pas qu'on attaque un homme dont la fidélité et la véracité nous sont bien connues ; nous le déclarons absous de toute faute. Ses explications nous suffisent !...

La colère et le dépit se montrèrent sur le visage des seigneurs.

— Si Votre Majesté veut protéger son chancelier, dit Conrad, force nous est de lui obéir ; mais en revanche, sire, vous voudrez bien faire remettre en liberté les consuls faits prisonniers, malgré notre parole de chevaliers.

— Cela ne se peut, répondit Frédéric. Ces consuls sont les chefs de la rébellion, les instigateurs de la trahison organisée contre nous, depuis longues années. Ce serait folie de notre part, que de renvoyer ces fauteurs de désordres. Ils resteront captifs jusqu'à la reddition de la place.

— Mais, sire, ajouta le duc de Bohême, qui avait peine à maîtriser son indignation, on dira à Milan que nous n'avons pas de loyauté, on dira que vous voulez la destruction de la ville, et non sa soumission !...

— Quant à moi, dit Conrad avec animation, mon honneur est engagé, et j'éviterai tout rapport avec le chancelier. Dès demain, moi et mes hommes regagnerons nos foyers.

— Votre temps de service est expiré, et nous n'avons pas le droit de vous retenir, répondit Barberousse avec calme. Toutefois, vous reviendrez au printemps prochain avec des troupes plus nombreuses et mieux disciplinées. Si, d'ici là, nous en avons fini avec Milan, il nous restera encore assez de besogne en Italie, avant que nous puissions rendre à l'empire son antique splendeur.

Bien que ces dernières paroles eussent pour but de flatter les seigneurs, ce fut d'un air peu satisfait qu'ils se levèrent et sortirent de la tente.

Pendant ce temps, Rechberg se trouvait avec Bonello et Niger devant la porte, près de laquelle s'élevait la tente des consuls. Erwin communiquait au père d'Hermengarde l'ordre de Frédéric, et les motifs qui le faisaient bannir d'Italie. La tristesse et le ton désolé du jeune comte émurent Bonello.

— Si ma fille pouvait vous estimer plus qu'elle ne le fait déjà, cette injustice vous ferait grandir encore à ses yeux. Je suis toutefois persuadé qu'elle se rendra maintenant à mes désirs, et qu'elle consentira à s'éloigner de l'Italie.

— Vous voulez donc quitter votre patrie? demanda Rechberg avec surprise.

— Oui, et c'est pour longtemps ! répondit Guido. Il est douloureux de se trouver dans le voisinage d'une lutte qui anéantit la liberté de la patrie sans pouvoir y prendre part. Ces motifs et d'autres encore me décident à me rendre en France, jusqu'à ce que l'orage soit calmé.

Ils mirent pied à terre devant la porte, et Gherardo Niger fut relaché, contre sa promesse de se remettre en captivité, si Hermengarde n'était pas rendue immédiatement à son père.

— Puisque vous ne voulez pas entrer dans la ville, dit Niger à Erwin, attendez ici quelques instants, et vous pourrez vous convaincre de la mise en liberté de la jeune fille. Acceptez mes remercîments pour l'énergie avec laquelle vous avez défendu votre honneur devant Frédéric.

Erwin s'assit sur une pierre devant la porte, la face tournée vers la ville, et dans l'attitude d'un homme qui attend le coucher du soleil. Enfin il entendit un grand bruit, la porte s'ouvrit, et Bonello sortit, tenant sa fille par la main, pendant qu'une foule curieuse occupait les remparts. Le jeune homme se leva lentement. La pensée du départ et de la séparation l'attristait réellement.

— Tout marche comme je l'avais prévu, dit Bonello ; Hermengarde part avec joie, elle quitte volontiers un pays que vous abandonnez. Je crois même que, en dépit des obstacles, elle préférerait la Souabe à la France.

— Est-ce que ces obstacles sont insurmontables? demanda Erwin. Bien que pupille et vassal de l'Empereur, je suis le seul maître dans le château de mon père.

— Impossible! dit Guido sérieusement. Vous m'avez fait entrevoir ce qu'a dit l'empereur, et j'ai bien compris le motif pour lequel il vous éloigne de la Lombardie. Barberousse n'est pas homme à laisser entraver ses plans. A peine serions-nous en Souabe, qu'un ordre impérial viendrait, soyez-en sûr, nous en expulser.

Erwin comprit la vérité de cette objection, et il baissa la tête.

— Vous pouvez, toutefois, nous rendre un important service, dit Guido ; les routes ne sont pas sûres et peut-être pourriez-vous nous procurer une escorte?

— J'en fais mon affaire, dit Rechberg ; quand comptez-vous partir?

— Aujourd'hui même, et le plus tôt possible.

— Je vais aller de ce pas trouver le duc d'Autriche, dit Erwin. Il se fera, j'en suis certain, un plaisir d'être agréable à une jeune personne qui s'est rendue si célèbre par son amour filial.

— Je vous remercie, comte! Eh bien! Hermengarde, n'as-tu pas une parole de remercîment pour notre bienfaiteur?

— Messire comte, dit-elle d'une voix tremblante, alors même que je pourrais en ce moment trouver des paroles pour vous exprimer la reconnaissance que nous vous avons, ma voix n'exprimerait qu'imparfaitement cette reconnaissance. Nous ne vous oublierons jamais, et tous les jours nous adresserons pour vous nos prières à Celui qui tient en main les destinées humaines.

— Fort bien, ma fille, tu as raison.... Serais-je assez heureux, cher comte, pour pouvoir accomplir un de vos désirs?

Erwin, tout ému, gardait le silence.

— Grâce au ciel, je suis à même de vous récompenser, dit Guido, moitié sérieux, moitié plaisant, mais vous devriez avoir le courage de formuler votre demande? Vous ne dites rien? Eh bien! mes enfants, donnez-vous la main, et fiancez-vous, en présence du ciel et devant cette foule immense!

Pendant que Rechberg recevait la main d'Hermengarde, le peuple applaudissait. Erwin oublia le passé ; ses yeux brillèrent de décision et de courage, comme s'il eût défié tout l'univers.

— Mon cher Bonello, c'est plein d'espoir en l'avenir que je vous quitte ! Adieu, Hermengarde, ne craignez rien, notre séparation n'est que passagère !

Il monta à cheval, sous les applaudissements du peuple, et disparut.

XXVIII. — LA POPULACE AU XIIe SIÈCLE.

La conduite déloyale de Reinald, la détention probable de leurs consuls enlevèrent aux Milanais tout le courage qui pouvait encore leur rester. Barberousse continuait de cerner la ville avec ses nombreuses cohortes, et il devenait tout à fait impossible d'y introduire des vivres. Les provisions s'épuisèrent, et les assiégés commencèrent à ressentir les atteintes de la faim. Le peuple, courageux et vaillant tant qu'il nageait dans l'abondance, commença à murmurer. L'archidiacre Sala lui-même, autrefois le favori du peuple, et que l'on honorait presque comme un saint, perdit toute influence. On commença par se moquer de ses discours, et bientôt il fut contraint de se réfugier à Gênes avec l'archevêque et d'autres ecclésiastiques. Avec eux disparut toute organisation ;

la foule menaçait d'ouvrir les portes à l'ennemi. Des milliers d'individus de tout sexe et de tout âge se réunissaient devant les palais des consuls Niger et Obertus, réclamant du pain avec audace. Ces circonstances décidèrent les consuls à céder, et, le dernier jour de février 1162, on convoqua le peuple en assemblée.

La foule se porta en masse sur la place située au centre de la ville. Chacun montrait clairement sur son visage les angoisses de la faim. Leurs yeux étaient creusés, leurs joues pâles, leurs jambes vacillantes. Un seul membre fonctionnait encore avec énergie, c'était la langue. On déblatéra à cœur joie contre les consuls, qui furent en proie aux plus violentes accusations. Les plus hardis s'étaient placés autour de la tribune, du haut de laquelle les consuls devaient haranguer le peuple. Ils avaient choisi ce poste, afin de pouvoir troubler et interrompre à leur gré l'orateur.

— Croyez-moi, mes amis, disait un cordonnier à la mine hâve et aux traits faméliques, je ne pourrais plus raccommoder la moindre chaussure, et savez-vous pourquoi? c'est que mes enfants ont dévoré le dernier morceau de cuir qui se trouvait à la maison.

— Du cuir! mais c'est là un morceau de roi! interrompit une voix. Nous mangeons des choses que je n'oserais nommer! Il nous faudra tous mourir de faim, mourir misérablement, si l'on n'ouvre pas les portes aux assiégeants.

— Oui, certes, s'écria un troisième, si nos consuls ressentaient comme nous les angoisses de la faim, ils renonceraient bien vite à parler de courage héroïque, de dévouement patriotique, de patience, et d'autres belles choses semblables. Ils peuvent parler à leur aise, camarades, car ils ont à boire et à manger.

— Le nez rouge du consul Boriso m'a longtemps fait réfléchir, ainsi que le gros ventre de Grillo, dit un boucher. Nous avons tous, mes amis, une mine affreuse, comme si nous devions mourir de faim aujourd'hui. On ne vit pas de liberté et d'amour de la patrie ; nous n'avons pas les caves et les celliers bien garnis des consuls !

— Barberousse ne nous traitera pas plus rudement que la famine, ajouta un autre. A quoi sert la liberté, s'il faut mourir de faim ?

— Sottises que tout cela ! Voyez, je vous prie, où nous a conduits la liberté ? Si nous continuons à en jouir encore pendant une dizaine de jours, nous serons tous la proie du fossoyeur.

— Vive le pain ! à bas la liberté ! s'écrièrent des milliers de voix quand les consuls parurent.

Obertus monta à la tribune. Les cris se changèrent en murmures, et bientôt ils firent place au silence. Le vieux consul se tenait debout, triste et abattu ; son regard s'abaissait sur la foule, et il songeait au temps où il parlait aux Milanais si forts et si vaillants.

— Concitoyens, dit-il, voici déjà un an que vous subissez toutes les rigueurs d'un siége avec une patience et un courage dignes de votre renommée. Barberousse nous presse de plus près. Il veut anéantir les hommes libres, il veut abaisser Milan et la réduire en vasselage.

L'orateur ne put continuer, des cris sauvages
vinrent lui couper la parole.

— Du pain! du pain! criait-on de toutes parts.

— Ouvrez les portes! à bas le bavard!

— Frères, concitoyens, reprit Obertus, songez à
votre grandeur passée, voulez-vous donc traîner la
chaîne de l'esclavage?

— Ah! notre grandeur! voyez donc comme nous
sommes petits et humiliés; il est commode de parler
quand on vit dans l'abondance!... Donnez-nous du
pain!

— Concitoyens, ne me torturez pas par de pareils
reproches. Je souffre de la faim comme vous, mais
je préfère la mort à la perte de la liberté dont le
souffle animait nos pères!...

— Bah! nous ne sommes pas si sots; la vie doit
marcher avant la liberté!

— Cet homme est fou, cria une voix; nous engager à mourir de faim!

— Il est fou! oui, l'or de la trahison fait mouvoir
sa langue!... Camarades, allons ouvrir les portes.

— Vive l'empereur! vive le pain!

Obertus se tourna vers la foule, la suppliant par
signes de l'écouter.

— Concitoyens, reprit-il, vos désirs seront exécutés; vous aurez ce que vous désirez. Aujourd'hui
même, une ambassade quittera Milan pour traiter de
la reddition de la place, mais les conséquences vous
en seront imputables; vous en gémirez et vous vous
plaindrez! Si le peuple milanais est dégénéré, s'il
court avec joie au devant de l'esclavage : que sa
volonté soit faite!

La foule fit silence. Obertus avait parlé d'un ton si douloureux, ses traits exprimaient tant d'angoisse que bien des Milanais prirent part à la douleur et au chagrin du vieillard. Les meneurs tinrent bon cependant.

— Ce ne sont là que des phrases, mes amis ! Barberousse ne nous mangera pas ; il rognera quelque peu notre liberté, il nous imposera une contribution de guerre, il détruira quelques forts que l'on pourra reconstruire ; tout le reste restera dans l'état actuel.

— Certainement, certainement, dirent plusieurs voix.

— Frères, à l'hôtel-de-ville ! cria la foule ; voyons si les consuls nous tiendront parole !

— C'est cela, à l'hôtel-de-ville !

Aussitôt la foule se dirigea vers l'hôtel-de-ville, et l'entoura jusqu'à ce que la députation précédée d'un trompette porteur du drapeau blanc parut sous le porche du palais. La foule soupçonneuse accompagna les envoyés jusqu'à la porte de la ville, et les suivit des yeux jusqu'à leur entrée dans le camp ennemi. Au bout de deux heures, les envoyés revinrent, annonçant que l'empereur recevrait le lendemain communication des propositions des assiégés.

A cette nouvelle, la joie ne fut pas universelle ; tandis que le bas peuple se réjouissait, la bourgeoisie et la noblesse se désolaient. Le lendemain quatre consuls se rendirent au camp. La réception qui leur fut faite prédisait le sort futur de Milan. Ils ne purent pénétrer dans la tente impériale, et on les força d'attendre, sur la place, exposés à toutes les intempéries de la saison, le bon plaisir de Barberousse. De gros nuages noirs s'amoncelèrent pendant ce temps, et une pluie torrentielle commença à tomber; un violent orage secouait les tentes, le tonnerre et les éclairs ébranlaient les airs. Bientôt les consuls furent mouillés jusqu'aux os, leurs vêtements aux couleurs brillantes leur collaient sur le corps. Ces pauvres vieillards tremblaient de froid, et tandis qu'errants çà et là ils cherchaient un abri, ils ne rencontraient que les visages railleurs de valets grossiers qui se moquaient d'eux.

Les consuls furent humiliés de ces procédés. Habitués au premier rang dans les cités italiennes, et songeant à la grandeur de leur ville libre, cette épreuve leur parut doublement pénible. La tête penchée sur la poitrine, ces nobles vieillards, à la physionomie triste et résignée, les vêtements souillés par l'eau et la boue, ressemblaient assez à des statues, auxquelles le souci des choses terrestres eût été étranger.

Enfin ils furent introduits. L'empereur les attendait, entouré des grands de l'empire et des consuls des villes alliées. Les Milanais se jettèrent aux pieds de Frédéric, puis Gherardo Niger lui donna connaissance des propositions dont il était porteur.

— Sire, illustres princes, nobles seigneurs, dit-il, les malheurs du siége ont inspiré au peuple de Milan le désir de la soumission et de la paix. Entourés de toutes parts de travaux gigantesques, nous aurions encore pu, pendant un certain temps, défier la bravoure de l'ennemi.....

— Assez ! je vous prie, interrompit Barberousse avec énergie. Dites-nous simplement vos propositions, sans commentaire.

— J'obéis, répondit Niger, oppressé et ému en se voyant forcé d'accepter l'abaissement de sa patrie. Nos conditions renferment tout ce qu'on peut exiger; et si la ville était prise d'assaut, Votre Majesté n'en pourrait réclamer davantage. Milan détruira ses fortifications, bâtira à ses frais une forteresse impériale, anéantira toutes ses alliances, recevra l'armée dans ses murs, donnera trois cents ôtages pour trois ans, reconnaîtra la suprématie des fonctionnaires de l'empereur, la suprématie de Votre Majesté, et paiera une somme à fixer ultérieurement.

Les nobles parurent satisfaits, tandis que les consuls des villes alliées branlaient la tête d'un air de mécontentement.

— Duc, dit Frédéric en s'adressant à Henri-le-Lion, que pensez-vous de ces propositions?

— On ne pourrait, je crois, rien exiger de plus, répondit Henri; je suis surpris, je l'avoue, et je me demande comment l'orgueil de Milan à pu se résoudre à les formuler.

Les autres seigneurs furent du même avis, ainsi que les évêques de l'empire.

— Si l'empereur trouve la punition insuffisante, dit l'évêque de Munster, je suis loin d'être disposé à accepter les offres de l'ennemi.

— On sait assez, dit alors le consul de Pavie, combien Milan est facile à promettre et avec quelle facilité elle viole ses engagements! Sire, songez à sa trahison passée, et ne souffrez pas qu'elle puisse se renouveler!

— Milan a détruit notre ville et emmené nos citoyens captifs : qu'un sort pareil lui soit infligé! dit le consul de Lodi.

— Des extorsions inouïes ont rempli le trésor de
Milan ; il ne lui sera pas difficile de payer un gros
tribut! ajouta le consul de Novarre. Les fortifications
une fois détruites, elle pourra les rétablir encore,
lorsqu'après trois ans ses ôtages seront de retour.
Elle démolira de nouveau le château impérial, con-
tractera de nouvelles alliances, et se remettra à la
tête de la ligue contre l'empereur et l'empire! Les
propositions qui sont faites à Votre Majesté n'offrent
aucune garantie contre le retour de son antique
tyrannie!

— Le repos et la sûreté de la Lombardie ne
seront jamais assurés, tant que Milan subsistera, dit
le consul de Verceil. Votre Altesse doit non-seulement faire acte de justice, mais encore sauvegarder
les intérêts des cités italiennes. Il faut que Milan
soit rasée!

Les seigneurs secouaient la tête ; quant à Frédéric,
il avait écouté les divers sentiments, sans que ses
traits permissent de voir si ses sympathies penchaient
du côté de la modération ou de la colère.

— Les avis sont partagés, dit-il enfin ; monsieur
le chancelier, veuillez nous donner les conseils de
votre sagesse.

— Il me semble, dit Reinald, que les injures si
graves faites à la Majesté impériale ne peuvent s'expier que par une soumission sans réserve. Si Milan
trouve qu'elle a assez résisté, qu'elle s'en remette
pleinement à la générosité impériale ; c'est à l'empereur de décider s'il veut écouter la voix de la vengeance, ou celle du pardon.

— Nous sommes de votre avis, et vos paroles

nous décident. Ce n'est pas aux assiégés, c'est au vainqueur à dicter les conditions. Quand la ville se sera rendue à merci, nous ferons connaître notre décision.

— Nos pouvoirs ne vont pas jusque là, répondit Niger.

— Faites connaître notre volonté aux Milanais, dit Frédéric. Ne perdez pas de temps ici, afin que vos délais ne retardent pas la destinée de votre ville.

XXIX. — HUMILIATION.

Les Milanais ne doutaient pas que leurs propositions ne fussent acceptées. Ils furent étonnés du refus de Frédéric, et ceux qui occupaient les plus hautes positions dans la cité eurent l'idée que le peuple, plutôt que de se rendre à discrétion, se déciderait à une défense énergique. Ils se trompaient. On ne voulait plus entendre parler de résistance.

Cette nouvelle, quand elle parvint à Frédéric, le remplit de joie et flatta son orgueil. Il prévit immédiatement le résultat de cette victoire : le dernier appui d'Alexandre tombait avec Milan.

Frédéric avait expulsé de Rome l'infortuné pontife, qui avait dû se retirer à Gênes, mais cette ville ne pouvait espérer abriter longtemps le chef fugitif de l'Eglise. Après la chute de Milan, la résistance des autres villes de la Lombardie devenait inutile.

— Le boulevard du parti d'Alexandre est anéanti,
et sa défaite vous prépare un glorieux avenir, dit
Reinald en entrant dans le cabinet impérial. La
volonté seule de Votre Majesté suffira pour chasser
Roland de Gênes. Où se dirigera-t-il? L'Espagne
seule, tant qu'elle ne sera pas occupée par les Maures,
pourra appuyer sa suprématie. Quant à la France,
elle ne peut reconnaître ce prétendu pape; l'Angleterre l'imitera. Reste l'appui des Sarrazins; voilà qui
est fameux pour le Saint-Père!

Il songeait à l'avenir; Frédéric, de son côté, était
tout occupé du présent. Il voulait que la reddition
de Milan eût lieu de la façon la plus propre à frapper
l'imagination. Il fallait une tragédie pour marquer
la chûte de la reine des cités lombardes, et il fixa la
date de la représentation au 6 mars.

Il fit élever, en dehors du camp, une estrade
assez vaste pour recevoir à la fois l'empereur et tous
les seigneurs. Il fit dresser un échafaudage d'une
largeur de quatorze marches, et de forme demi-cir-
culaire. Les siéges des seigneurs y furent placés par
ordre de priorité, s'élevant les uns au-dessus des
autres, tandis que le trône de Frédéric planait sur
tout l'ensemble et se dressait resplendissant. Ce siége
gigantesque indiquait la suprématie impériale. Cette
estrade était entièrement recouverte de drap écarlate, tandis que les abords du trône étalaient les plus
riches tapis. Ce trône s'élevait sans appui apparent
et reposait sur une cloison entourée de couronnes
et de fleurs qui, jointes aux diverses bannières des
seigneurs, produisaient, par le mélange des cou-

leurs, un effet grandiose. Derrière le siége impérial, l'étendard de Barberousse flottait au gré des vents.

Les troupes couvraient toute la plaine de leurs rangs pressés. Le soleil brillait, et ses rayons, reflétés par les casques et les armures d'acier poli, lançaient des milliers d'éclairs. Les cavaliers, armés de pied en cap et la lance au poing, ressemblaient à des murs impénétrables.

Le peuple sortit de Milan d'un air triste et sombre, et s'avança à pas lents, en rangs pressés. En tête venaient les consuls, suivis de quatre cents nobles, tous nu-pieds, couverts d'un cilice et la corde au cou. De longues lances supportaient les bannières et les écussons des différents quartiers de la ville. Aucun souffle ne les agitait, et l'on eût dit qu'ils portaient le deuil de leur malheureuse cité. Quelques consuls portaient, sur des coussins de velours bleu, les clefs de la ville, destinées à être présentées à l'empereur. Les clairons et les trompettes jouaient des airs plaintifs. Quand les instruments faisaient silence, on entendait des chants de tristesse et de supplications comme ceux que proférait le peuple dans les plus grandes calamités. Le ciel lui-même sembla bientôt prendre part à la tristesse générale, de noirs nuages obscurcirent le soleil, et un air lourd pesa sur la campagne. Les vainqueurs eux-mêmes étaient émus à la vue de ces ennemis vaillants et si profondément abaissés. Les rangs des troupes auxiliaires italiennes offraient seuls des physionomies riantes ou ironiques.

Les consuls s'arrêtèrent devant l'estrade. Cette silencieuse attente fit courir un frémissement dans les membres de tous les assistants ; il se communiquait de rang en rang, jusqu'à la porte de Milan, d'où le peuple continuait à sortir. Insensiblement, la foule s'arrêta. Les plus fiers avaient le front incliné vers la terre. On ne voyait partout que des cendres, des cordes, des vêtements de pénitence. Les fanfares se turent, et l'on n'entendit plus que le chant : *Kyrie eleison, Kyrie eleison!* comme si le peuple eût voulu faire comprendre que c'était de la divinité qu'il attendait tout son secours. De temps à autre se faisait entendre un gémissement plaintif, auquel répondaient des milliers de soupirs ; on eût dit le dernier souffle d'un peuple, dont le glas funèbre vient de sonner.

Des fanfares retentirent près de la tente impériale. Barberousse allait paraître. Les sons guerriers devenaient de plus en plus distincts, et l'on aperçut bientôt Frédéric à cheval et entouré des seigneurs de sa cour. Tous mirent pied à terre, environ à trente pas du trône. Revêtus de leur plus riche costume, les princes et les seigneurs s'avançaient derrière Frédéric dont les regards exprimaient l'orgueil et la joie. Au loin s'étendaient les rangs serrés de l'armée, et l'ensemble de cette scène avait ce caractère de grandeur et de majesté qui convenait au souverain faisant alors la loi au monde.

Auprès du monarque se pressaient les ambassadeurs de France, d'Espagne, d'Angleterre et d'Autriche. Bien qu'envoyés au camp pour des affaires d'Etat, ils paraissaient n'être venus que pour assister au triomphe de Barberousse et pour être témoins de sa grandeur.

De longs cris de joie accueillirent l'empereur et les seigneurs. Frédéric s'assit sur son trône, tandis que les seigneurs prenaient place sur les siéges qui leur étaient destinés. Les acclamations ne cessaient pas de retentir. Le plus infime soldat de l'armée se réjouissait en songeant que les rayons de la majesté impériale rejaillissaient jusqu'à lui. Il voyait l'empereur au-dessus de tous : au-dessous de lui les rangs éclatants des seigneurs, à ses pieds le peuple de Milan prosterné dans la poussière !

De sérieuses considérations occupaient l'esprit de Barberousse. Son visage rayonnait d'ivresse et de triomphe ; évidemment son âme se complaisait dans ces honneurs. Il voyait, de Rome à Lubeck, tous ces pays, avec leurs millions d'habitants, soumis à son sceptre. Il observait l'Angleterre, l'Espagne, la France et la Grèce, et s'il lui restait encore beaucoup à faire pour l'atteindre, le but qu'il se proposait brillait à ses yeux. Etablir la suprématie de l'empereur sur tous les trônes de la chrétienté, tel était son rêve. Il voulait être le successeur de Charlemagne non seulement par le rang et la dignité, mais aussi par la puissance. Tout occupé de ces pensées, il perdait même de vue la destruction de Milan. Déjà les consuls avaient remis au chancelier les clefs de la ville, déjà ils avaient prêté le serment de fidélité en présence de quatre cents nobles, lorsqu'un bruyant mouvement de l'armée vint interrompre les méditations de Frédéric.

Une aile de l'armée, dont les rangs couvraient la plaine du côté du camp et la séparaient de la forteresse, abandonna la position qu'elle occupait et

s'élança vers l'orient, laissant un libre passage à la
population qui s'avançait. Celle-ci s'était mise en
mouvement, accompagnant de ses gémissements et
de ses lamentations le bruit des marches et des chants
de triomphe. Cette masse de peuple s'arrêta devant
le trône. Tous avaient la corde au cou, et une croix
à la main ; ils étaient couverts du cilice, et plusieurs
même portaient le sac de la pénitence. Dès qu'un
groupe arrivait devant le trône, il y déposait les
drapeaux et les trompettes, jurait à l'Empereur une
soumission sans réserve, puis continuait sa marche
lente et silencieuse vers un espace resserré de l'autre
côté de la plaine.

Cette marche simple, à laquelle la physionomie
des Milanais donnait un caractère de douloureuse
gravité, avait quelque chose de positivement grand.
Chaque fois que les trompettes résonnaient pour la
dernière fois, on eût dit, en voyant les étendards
tomber sur le sol, qu'une partie du peuple milanais
rendait le dernier soupir. Ce spectacle émut même
les vainqueurs. La plupart soupiraient ; d'autres, trop
voisins du trône, étant forcés de dissimuler, bais-
saient prudemment leur visage pâle d'émotion. Les
princes eux-mêmes pleuraient. Seul, Barberousse
restait calme et froid. Son regard se penchait vers
la terre, comme si ce châtiment sévère lui parût trop
doux pour venger l'injure faite à la majesté impériale.

Le peuple couvrait déjà la plaine. On vit s'avancer,
traîné par cinq taureaux blancs, un grand char sur
lequel s'élevait un mât immense, et portant la célèbre
statue de Saint-Ambroise, le patron de Milan. Le

drapeau de cette cité, ainsi que ceux de toutes les villes confédérées, flottaient au mât. Autour du char, couvert de drap écarlate, se tenaient douze guerriers, portant le casque et la cuirasse, et revêtus de pourpre. Les conducteurs du char étaient également habillés de drap rouge.

Construit par l'archevêque Aribert, ce char jouait un grand rôle en temps de guerre. C'était, en quelque sorte, le *Palladium* de la ville de Milan. Dans les engagements, il faisait flotter le drapeau national à une hauteur étonnante, de façon à servir à tous de point de ralliement. Le devoir de tous les Milanais était de le défendre jusqu'à la mort, car il était l'image, l'âme de la cité libre, l'honneur et la gloire de Milan.

Lorsqu'il fut arrivé en face du trône, il s'arrêta, et ceux qui le montaient mirent pied à terre. Un silence de mort régnait dans la foule. On voyait des larmes dans tous les les yeux. Des sentiments de rage et de colère émurent plus d'un spectateur, en regardant Frédéric, quand un craquement sinistre retentit. Le grand mât venait d'être renversé, et sa chûte ébranla le char. L'image de Saint-Ambroise avait roulé dans la poussière, avec les drapeaux et les bannières ; la la cloche sonnait un glas funèbre, et ces insignes, naguère si brillants, étaient étendus sur le sol, image frappante du sort qui attendait Milan.

Le peuple éclata en gémissements. Plusieurs s'arrachèrent les cheveux de désespoir, tandis que d'autres, succombant sous le poids de l'émotion, restaient privés de mouvement, ou se mordaient les lèvres avec rage.

Frédéric seul restait toujours impassible, mais on

voyait des larmes sur la physionomie énergique de
Henri-le-Lion, et ses traits laissaient assez deviner la
part qu'il prenait à l'humiliation de l'illustre cité.

On vit alors s'avancer le comte de Biandrate,
ancien allié de Milan, aujourd'hui le soutien des
vainqueurs ; il vint s'agenouiller devant le trône, et
demander merci.

— Je supplie Votre Majesté de prendre pitié de ce
peuple qui, prosterné à vos pieds dans la poussière,
implore votre miséricorde. Toute la grandeur, toute
la puissance de la fière cité sont à vos genoux. Ne
voyez pas les coupables, ne voyez que vos enfants, qui
n'ont pas su discerner le bien du mal ; faites-leur grâce
de la vie, et que la miséricorde modère votre justice !

— L'expérience nous a déjà fait voir les tristes
suites d'une conduite trop modérée, répondit Barberousse. Milan a dédaigné notre faveur, elle est restée
le centre de toutes les séditions, la directrice de tous
les attentats contre l'empire et l'empereur.

— Toutefois, je supplie encore Votre Majesté, dit
le comte encouragé en voyant que l'hésitation de
l'empereur ne faisait que mécontenter les seigneurs,
de ne pas briser le roseau suppliant. La renommée
de Votre Altesse et celle du nom germanique seront-
elles augmentées, si, par un signe de vous, cette immense cité, cette réunion de guerriers deviennent
l'objet d'un châtiment tellement grave que l'histoire
de la chrétienté n'en offre pas d'exemple?....

Un murmure d'approbation parcourut les rangs
des seigneurs. Frédéric ne put y résister. Trop de
violence pouvait amener de fâcheux résultats ; il le
comprit, et modéra sa sentence.

— Toute la modération compatible avec la justice leur sera accordée, dit-il après une courte pause. Tous ont mérité de perdre la vie, nous la laisserons à tous !

— Dieu soit loué ! s'écrièrent les seigneurs.

Mais les Italiens murmurèrent. Ils voulaient la destruction de Milan. Plusieurs consuls des villes confédérées s'avancèrent vers le trône, et s'exprimèrent énergiquement en violentes paroles de haine, qui réjouirent intérieurement l'empereur.

— Il faut, Sire, dit le consul de Pavie, que Milan qui a détruit Côme et Lodi soit détruite elle-même.

— Souvenez-vous, Sire, ajouta le consul de Verceil, de l'appui que vous devez à ceux qui vous sont toujours restés fidèles. Aussi longtemps que Milan sera debout, il n'y aura ni paix, ni ordre possible. Vous avez renversé la louve, votre glaive puissant l'a réduite à se traîner dans la poussière, mais cela ne suffit pas, il faut l'exterminer ! Quelques années encore, et Milan, toujours altérée du sang de ses voisins, étendra de nouveau sa tyrannie sur toute la Lombardie. Nous demandons justice, Sire, rendez-nous justice !

— Vous avez le droit de faire appel à notre protection, répondit Frédéric, et elle vous est acquise. Nous ne laisserons jamais tourmenter nos fidèles sujets. Milan doit demeurer déserte. Il faut que, dans quinze jours, tous les habitants aient quitté la ville, et se soient partagés en quatre troupes, éloignées l'une de l'autre de deux milles.

Le monarque se leva, et donna le signal du départ. Il se remit en selle, en foulant aux pieds les drapeaux étalés sur le sol, et, suivi de tous les seigneurs, il rentra au camp, aux sons d'une musique guerrière, tandis que les Milanais pleuraient sur la destruction de leur ville bien-aimée.

XXX. — DIVERTISSEMENTS.

Le 26 mars 1162, l'empereur victorieux fit son entrée triomphale dans la cité conquise, non par une des portes, mais par-dessus les fortifications déman-telées. De là il se rendit, avec les seigneurs, à Pavie, l'ancienne résidence des rois lombards. Il y fit célé-brer des fêtes avec une pompe extraordinaire, et y reçut les envoyés des villes alliées de Milan, qui, désespérant de conserver leur liberté, venaient se rendre à merci. Brescia, Plaisance, Imola, Faenza et Bologne durent accepter de pénibles conditions, tandis que les villes amies de Frédéric recevaient d'immenses priviléges. L'empereur se mit aussi en rapport avec les puissantes villes maritimes de Gênes et de Pise, et des traités secrets assurèrent à ces deux cités des fractions de la Sicile et de la Pouille, en attendant que l'on pût partager les riches trésors du roi de Naples.

C'est ainsi que Frédéric poursuivait ses projets, même lorsqu'il semblait le plus occupé de ses plaisirs. Pavie se surpassait pour honorer son hôte illustre ;

les fêtes se succédaient. Les diverses corporations se relayaient tour-à-tour pour récréer l'empereur. Il trouvait du temps pour tout observer, et rien n'échappait à son attention et à ses louanges. Entouré d'une suite innombrable, souvent accompagné de l'impératrice, il parcourait les rues pavoisées. On ne pouvait assez exalter l'amabilité du monarque; il parlait au plus humble citoyen, et ne renvoyait jamais sans secours celui qui venait implorer sa pitié.

Frédéric avait le grand art que possèdent presque toujours ceux qui aspirent à la domination, il savait se concilier les sympathies populaires.

Après les tournois, les courses de bagues, les danses, les réjouissances et les joyeuses causeries, on offrit à l'empereur le spectacle de la prise d'un fort défendu par des femmes et des jeunes filles. C'était un grand carré, garni de petites tours et de balcons. Les murs étaient formés d'étoffes de couleurs variées, de velours, de pourpre et d'hermine. Les vêtements des acteurs se composaient des plus riches tissus, ornés d'or et de diamants. Les têtes n'étaient point protégées par des casques d'acier, mais par des couronnes de filigrane, par de riches diadèmes, ou même simplement par l'élégant édifice d'une chevelure abondante. Au lieu d'armes meurtrières, elles portaient des parfums, de l'eau de rose, de l'ambre dont elles inondaient les assiégeants. La diversité des couleurs et des riches étoffes qui formaient la forteresse, la beauté et la grâce de celles qui la défendaient, présentaient un tableau charmant. Barberousse lui-même, qui assistait au spectacle avec une brillante suite de seigneurs, ne pouvait contempler cette scène sans y prendre le plus vif intérêt.

Avant l'assaut, les sons joyeux d'une bonne musique annoncèrent un nouveau spectacle. On vit s'avancer, sur des chars ornés de rubans et de drapeaux, les membres de la corporation des boulangers. Devant eux s'élevait un immense gâteau, chef-d'œuvre de leur art. Ils firent le tour de la forteresse, en chantant aux sons de la musique, et placèrent leur gâteau dans le voisinage d'un mât élevé. Un jeune homme fit savoir à haute voix que le gâteau appartiendrait à celui qui enlèverait le drapeau placé au haut du mât.

Les boulangers furent suivis par les bouchers, portant un immense porc rôti, dont tous ceux qui le désiraient pouvaient goûter. Puis vinrent les oiseleurs, les aubergistes et les autres corporations, portant de riches présents. Le présent des aubergistes, vaste tonneau rempli de vin, fut surtout agréable aux Allemands.

Dans l'intervalle, les hommes et les jeunes gens se préparaient à livrer l'assaut. Ils entourèrent, en rangs épais, la forteresse, recevant les traits qui leur étaient lancés, des dattes, des pommes, des poires, des noix muscades et des pâtisseries. Bien qu'il ne s'agît que d'une plaisanterie, il y eut, comme au commencement de toute lutte, une certaine animation. Les joues des assiégées se colorèrent, et leurs yeux lancèrent des éclairs à l'approche de l'ennemi.

Le podestat éleva son bâton ; une flûte donna quelques sons guerriers, et la lutte s'engagea. De tous côtés volaient des dattes, des coings, des gâteaux et d'autres projectiles lancés contre le château. Les murs de la forteresse s'ébranlèrent, et une bruyante

musique couvrit les plaintes des prétendus blessés.
De l'eau de rose, répandue à flots, remplissait l'air
de doux parfums, tandis que de jeunes garçons s'em-
pressaient de ramasser les friands projectiles.

Un jeune homme surtout fit preuve, lors de l'assaut,
d'une grande énergie. Malgré l'eau de rose et l'ambre,
il parvint jusqu'à la porte du château, se fraya un
chemin à l'aide d'une tige fleurie, et se trouva tout-
à-coup, au grand effroi des assiégées, au cœur de la
place. Tandis que le courage de ce jeune homme excitait l'émulation des uns, il provoquait le dépit des
autres. Les assiégées furent bientôt délivrées, et le
vaillant ennemi fut expulsé de la forteresse. Il en
sortit entouré d'un drap, de la tête aux genoux, et
dont l'intérieur avait été enduit de miel. Ce ne fut pas
sans peine qu'il parvint à se dégager, et, une fois ce
résultat obtenu, une nuée de mouches vint s'abattre
sur lui, à la grande joie des spectateurs.

Les assiégeants finirent par déclarer la citadelle
inexpugnable. Alors parut, sur le balcon élevé, une
femme de haute stature, qui vint poser des conditions pour capituler.

— Vous avez appris, dit-elle, vaillants guerriers,
que la force ouverte ne peut rien contre les femmes.
Vous êtes, il est vrai, nos seigneurs, mais nous savons
rembourser avec intérêts la cruauté et la violence.
Faites preuve de douceur et de modération et vous
n'aurez jamais à vous plaindre de nous. En ma qualité de gouverneur de ce château, je crois devoir
vous annoncer que nous l'avons gardé tant que cela
nous a plû. Nous l'abandonnons volontairement, afin
de vous donner un exemple de modération.

Ce discours fut accueilli par des rires et des cris de joie, et la musique annonça le commencement de l'escalade de l'arbre, sur lequel s'élancèrent plusieurs joyeux garçons.

Le chevalier Goswin se trouvait parmi les assistants, et exprimait hautement son mécontentement. L'attaque de la citadelle, loin de lui être agréable, n'avait fait qu'exciter sa colère. Evidemment, le guerrier aurait depuis longtemps abandonné la place pour se livrer à d'autres divertissements, s'il n'eût pas été retenu là par la consigne.

— Quel jeu stupide! quelle sotte idée! se disait-il.

Il regarda vers le balcon où Barberousse se trouvait entouré des seigneurs, riant et causant avec animation.

— Je ne comprends pas l'Empereur, dit-il; il bavarde comme une vieille femme et rit comme s'il pouvait trouver du plaisir à toutes ces folies. Mais peut-être n'est-ce là qu'un artifice pour mieux tromper les Italiens?... Nous allons voir quelle figure il fera à la réception de mon message.

Goswin quitta la foule des spectateurs, entra au palais et pénétra dans la salle.

— Ce gaillard-là grimpe parfaitement, dit Barberousse à l'envoyé de Pise; voyez donc avec quelle énergie il presse le mât glissant; je vous exhorte à l'engager pour votre flotte.

— Nous ne manquons pas de garçons plus habiles encore, sire. Les hostilités prochaines avec Naples vous démontreront la capacité de nos hommes.

— Les députés sont-ils déjà partis pour Pise et Gênes?

— Depuis hier, sire.

— Nous profiterons de cette occasion pour ne pas retarder davantage le châtiment que mérite la conduite hostile du roi de Naples. Il est évident que la résistance de Venise ne se prolonge que grâce aux secours de Guillaume.

— Peut-être serait-il bon de diminuer tant soit peu la puissance de Venise? dit un Génois. Ce n'est pas chose aisée, mais vous pouvez compter sur notre concours.

Frédéric accueillit cette ouverture avec plaisir ; la jalousie des citées italiennes servait admirablement ses projets.

— Que nous apporte le chevalier Goswin? demanda l'empereur en voyant entrer le gentilhomme.

— Un message que Votre Altesse.....

— Est-ce important? dit Frédéric en l'interrompant, de crainte que le guerrier imprudent ne vînt à révéler, devant des oreilles indiscrètes, des faits que tous ne devaient pas connaître. Faites excuse, messeigneurs, je suis à vous, et il se retira à l'écart avec Goswin. Eh bien! qu'y a-t-il?

— Le comte Rechberg est arrivé en Lombardie.

— Est-ce tout? vous n'aviez pas besoin de nous déranger pour si peu de chose.

— C'est l'abbé qui me l'a annoncé; j'ai reçu la nouvelle pour vous la transmettre.

— L'abbé!... Quel abbé?

— Celui qui, l'été dernier, s'était rendu au camp devant Milan.

— L'abbé Conrad ?

— C'est peut-être son nom; il vous attend au palais.

— Quel motif peut nous l'amener? demanda Frédéric surpris.

— Je puis vous le dire, sire ; l'abbé vient au nom de l'archevêque de Salzbourg, qui est devant Pavie avec d'autres prélats.

— Qu'est-ce à dire? s'écria Barberousse; l'archevêque de Salzbourg en Italie, près de nous!.... Quelle folie à vous, Goswin, de nous apporter si légèrement une nouvelle de cette importance!

— Je croyais que le comte Erwin avait, aux yeux de Votre Majesté, autant d'importance au moins que l'archevêque de Salzbourg.

— Mais pourquoi campe-t-il devant la ville? Quels sont les prélats qui l'accompagnent?

— Vous pourrez le lui demander, sire.

Frédéric allait sortir, quand entra le podestat de Pavie.

— Rien qu'un mot, sire.

— Soit, mais dites vite; le métropolitain de Bavière, accompagné d'autres prélats, vient nous féliciter.

L'adroit habitant de Pavie comprit mieux que Goswin la portée de cette visite.

— Une seconde victoire, sire, un second triomphe pour vos idées, plus important peut-être que celui que vous avez remporté à Milan.... Je voulais vous demander si les deux cents marcs d'argent que Pavie a déposés à vos pieds seront suffisants..... Nous sommes disposés à vous offrir davantage s'il le faut.

— Ils suffiront, comte, merci !...

— Je voulais aussi faire observer à Votre Majesté, que la destruction de Tortone est absolument nécessaire à la sécurité de votre fidèle Pavie. Dans votre générosité, vous vous contentez de détruire les fortifications ; mais, sire, ce n'est là que la moitié de la besogne.

— Pavie n'a rien à craindre d'une place ouverte.

— Des murs sont bien vite reconstruits, sire. Vous connaissez les sentiments hostiles de Tortone à votre égard. Le peuple de Pavie serait disposé à tous les sacrifices, si vous lui accordiez la destruction de cette ville.

Frédéric sortit brusquement sans répondre.

— Très-bien ! dit le podestat en se frottant joyeusement les mains ; cela signifie : faites ce que vous voudrez, faites ce que je ne veux pas faire, je ne vous contrarie pas.

Goswin avait entendu toute la conversation, et son intelligence lui suffisait pour comprendre l'immoralité de cette scène.

— Voilà une vraie coquinerie ! dit-il en suivant Frédéric. Tortone déplaît à Pavie, Pavie offre de l'argent à l'empereur, et Tortone sera détruite !.... Voilà une conduite qui n'est ni honnête, ni impériale, ni même chrétienne.

Le monarque se hâta de se rendre dans l'antique palais des rois lombards, où il avait établi sa résidence. A peine arrivé, le pape Victor lui fit demander audience. On ne la lui accorda pas. L'abbé Conrad, au contraire, fut admis sur le champ en compagnie de Reinald.

— Soyez le bienvenu à Pavie, seigneur abbé, dit l'empereur, et d'autant plus que vous nous annoncez l'arrivée du digne métropolitain de Salzbourg.

A ces mots, il porta ses regards vers Dassel, qui resta impassible, ce qui, pour l'empereur, était de mauvais augure.

— Le prélat vous présente ses respectueuses salutations, et prie Votre Majesté de lui indiquer une époque à laquelle il puisse vous entretenir dans une autre ville que Pavie.

— Une autre ville! Et pourquoi donc?

— Parce qu'il ne semble pas convenable à l'archevêque de pénétrer dans la cité où Victor tient sa cour. Le devoir lui commande d'éviter toute communication avec l'anti-pape. Son séjour à Pavie pourrait être considéré comme une reconnaissance.

Reinald fit un signe à Barberousse, dont la physionomie ne trahissait point ses pensées intérieures. Le nom d'Eberhard avait une grande réputation en Italie; la conduite de ce prélat qui évitait toute communication avec l'anti-pape, devait naturellement déplaire à l'empereur.

— Nous savons apprécier la prudence de l'archevêque, dit Frédéric après quelques instants de réflexion; où se trouve-t-il en ce moment?

— Au cloître de Saint-Martin.

— A Saint-Martin, dans ce pauvre petit cloître, à peine assez riche pour nourrir ses quelques moines!... Nous allons ordonner sur le champ un changement plus en rapport avec la dignité et la position d'Eberhard. Quels sont les prélats qui composent sa suite?

— L'évêque de Brixen, le prieur de Reichersberg et plusieurs abbés.

— Nous nous réjouissons de l'arrivée de ces

dignes prélats. Tenez vous prêt, seigneur abbé, à revenir bientôt ici avec les seigneurs de la cour, que nous enverrons au-devant de l'archevêque.

A peine Conrad eût-il quitté la chambre, que Victor y entra. Le dépit et la colère se lisaient sur son visage.

— Pardonnez-moi, dit-il, si ma présence est inopportune, mais il s'agit d'une grave insulte, et je sais que Votre Majesté ne laissera pas impunis ceux qui outragent le pape légitime!...

— Nous sommes fort occupé d'affaires d'Etat, répondit Frédéric d'un ton de mauvais vouloir; voyons, de quoi s'agit-il?

— Eberhard de Salzbourg me refuse l'obédience; il quitte même Pavie pour ne pas se trouver souillé au contact du schismatique Victor. Il est insupportable de se voir dégradé aux yeux de tout le peuple; le chef de l'Eglise dûment nommé et institué par l'Empereur ne peut être dénigré de la sorte devant toute la chrétienté; une telle insulte mérite d'être punie!

— Je suis très-sensible à cet affront; que me conseillez-vous?

— Punissez, sire, l'orgueil de l'archevêque, et forcez-le à reconnaître le véritable pape.

— Le forcer? comment l'entend votre sagesse?

— S'il n'obéit pas de bon gré, qu'il obéisse par la force! Celui dont l'énergie seule soutient le schisme dans l'Eglise d'Allemagne est en votre pouvoir!

— Il faut donc l'arrêter et l'emprisonner étroitement?

— Il n'est pas nécessaire d'en venir à cette extrémité. La crainte qu'inspire Votre Majesté suffira pour lui faire plier le genou.

— Les hommes du caractère d'Eberhard ne se laissent pas intimider par la crainte ; ce sentiment leur est inconnu. Un bien meilleur moyen de persuasion, ce serait une visite que vous feriez à l'archevêque.

— Que dites-vous? m'abaisser à ce point! Moi solliciter l'amitié d'un prélat rebelle?

— Peut-être souhaiterions-nous que vous fissiez cette démarche. Si ce moyen peut mettre fin au différend actuel, il faudra bien l'employer.

A ces mots, Victor demeura comme anéanti. Sa situation vis-à-vis de l'empereur l'avait accoutumé à ne pas prendre de considération pour lui-même, mais cette fois il ressentit vivement la bassesse de la démarche qu'on voulait lui faire faire.

— Votre Majesté ne pourra jamais me contraindre à cet acte déshonorant ; je résignerais plutôt la tiare!

— J'ai dit peut-être.... il faut tout prévoir, mais permettez-moi de retourner à mes affaires interrompues.

Victor protesta de son obéissance, et sortit en s'inclinant.

— Il faudra bien qu'il y vienne, dit Frédéric en se tournant vers Dassel, qui s'était tenu à l'écart. Vous saurez, dit-il, que vous n'avez rien entendu de ma conversation avec le pape.

— Sire, cela n'est pas possible. Je dois vous en parler....

— A quoi bon?

— A quoi bon? Y a-t-il pour le moment rien de

plus important que de détourner le coup qu'Eberhard est sur le point de vous porter, ainsi qu'au Saint-Père? Grâce au Ciel, les circonstances vous permettent de triompher de cette difficulté.

— Expliquez-vous.

— Vous attendez, de Milan, les reliques des trois rois Mages, qui doivent arriver ici processionnellement dans deux jours. Le respect que vous leur témoignerez prouvera la vivacité de votre foi aux yeux de tous les peuples à Pavie, et vous enverrez le pape en avant pour les recevoir. Victor peut partir dès demain matin, et, de cette façon, vous aurez éloigné ce foyer pestilentiel que redoute le nez trop sensible de l'archevêque.

— Mais Victor ne reviendra-t-il pas avec les reliques?

— Il ne faut pas qu'il revienne, un ordre de Votre Majesté l'appellera à Lodi, et il attendra qu'on ait besoin de lui.

— Parfait!

— Eberhard est sérieux, et Votre Majesté ne peut lésiner en ce qui regarde les témoignages d'honneur à lui rendre. Le peuple admirera votre condescendance. Que votre ambassade soit aussi brillante que possible. Le comte Haro devra en faire partie; il possède un magnifique château situé entre Pavie et le cloître Saint-Martin. Il pourra y conduire les prélats, et Votre Majesté y rencontrera le Goliath de l'épiscopat méridional de l'Allemagne.

— Bravo! dit Frédéric; j'approuve tout!.. Agissez.

XXXI. — A RIVOLI.

Un exprès fut immédiatement envoyé à Rivoli, pour porter au comte Haro l'ordre de tenir prêts tous les appartements de son château. Dassel le fit suivre de nombreux domestiques conduisant des bêtes de somme chargées de riches tapis, de candélabres d'argent, de vaisselle et de tout ce qui était nécessaire pour offrir une splendide hospitalité. Le château, ordinairement si calme, prit tout-à-coup un air de fête. Le maître-d'hôtel du comte était partout, rangeant, dérangeant, ordonnant, grondant et activant les préparatifs.

Seul, le chapelain du château restait calme, au milieu du bouleversement général. Évidemment, une circonstance exceptionnelle l'obligeait à l'oisiveté, car ses mains calleuses n'annonçaient pas que ses occupations fussent totalement intellectuelles. La domesticité lui abandonnait tout ce que les autres ne voulaient pas faire, et il ressemblait plus à un valet d'écurie qu'à un ecclésiastique.

Bien que sans grande instruction, Rainulf comprenait l'inconvenance d'une telle conduite. Il se plaignait souvent que l'on n'eût pas égard à ses fonctions spirituelles, et qu'on le traitât comme un simple sujet. Mais ses plaintes parvenaient rarement aux oreilles du comte, et quand cela arrivait, il n'y faisait guère attention. Haro, toujours à la cour, connaissait trop bien la façon d'agir de l'empereur avec Victor pour être respectueux envers son chapelain.

— Puisque le Pape, disait-il, obéit aux volontés de l'Empereur, il faut que tu te résignes aussi à faire ce qu'on t'ordonne.

Le chapelain de Rivoli ne tarda pas à être tiré de son oisiveté par une voix éclatante.

— Eh quoi, paresseux! lui dit le maître-d'hôtel courroucé, l'écurie n'est pas encore balayée, tout est en désordre, et les chevaux de l'empereur et des nobles prélats vont arriver.

— Cela m'importe peu, répondit Rainulf; le fumier peut rester là, je n'y toucherai pas!...

Le maître-d'hôtel resta stupéfait. La conduite du chapelain, jusqu'alors si humble, lui paraissait inexplicable.

— Es-tu fou? n'as-tu pas cent fois déjà fait cette besogne?

— C'est vrai! Cent fois et plus, vous m'avez ravalé aux plus vils travaux; je me suis souvent plaint, on n'y a pas fait attention; aujourd'hui, ce sera différent.

— Tu n'as pas l'intention, j'espère, d'aller te plaindre à l'empereur? reprit l'autre ironiquement. Tu tomberais bien; ne sais-tu pas, imbécile, que le pape et les évêques sont les serviteurs de l'empereur, et les curés ceux des seigneurs châtelains? c'est l'usage, vois-tu!

— C'est un mauvais usage, un usage impie!. Les prêtres n'ont pas reçu la consécration pour nettoyer les écuries, mais pour s'acquitter de leur divin ministère.

— Ah! voilà un noble emportement! Un moment, je vais t'apprendre à obéir!

En ce moment, un cavalier vint annoncer l'approche

des prélats. Le majordomne lève les yeux au ciel, s'arrache les cheveux, commande d'enfermer le chapelain dans la tour, s'élance dans le château, et monte sur une plate-forme.

— Que tous les saints me soient en aide ! dit-il avec épouvante, en voyant le vallon étinceler de casques, de cuirasses et d'armures. Quoi ! c'est toute une armée, une armée de chevaliers et de comtes ! Où pourrai-je héberger tout cela à Rivoli, où vingt seigneurs et leur suite pourraient à peine trouver de quoi s'accommoder ? C'est chose impossible, ils ne peuvent venir tous ici ; il faut qu'ils soient aveugles, pour ne pas voir que le château ne peut les contenir tous, dût-on même placer des chevaliers jusque dans les caves et les greniers ! Non, cela n'est pas possible... Mais, voyons !... Les voilà au pied de la colline ! Ah ! les hommes couverts d'acier se détournent, et laissent passer en avant les prélats. Vite, Romano, vite, ton costume le plus neuf, le plus riche. Aujourd'hui, tu deviens maréchal du palais.

Pendant que le maître-d'hôtel endossait sa riche livrée et prenait en main la grosse canne à pommeau d'argent, symbole de sa charge, Eberhard de Salzbourg montait lentement la colline. Le vieillard était d'une stature imposante ; les traits énergiques et bien marqués de sa physionomie étaient plus renforcés qu'adoucis par l'éclat de ses yeux perçants. Sa voix avait un timbre profond, et toutes ses paroles étaient toujours scrupuleusement pesées. Il dirigeait son cheval avec aisance, malgré son grand âge, qui n'avait nullement abattu son corps vigoureux, ni diminué la force de son esprit. Sa suite et son costume indi-

quaient assez sa haute dignité. Son vêtement de
dessus était bordé d'hermine, et il portait au cou une
lourde chaîne d'or, à laquelle se trouvait suspendue
une croix pastorale enrichie de pierreries. La selle
de son coursier était ornée d'anneaux et de boucles
d'argent.

A ses côtés chevauchaient l'évêque Herman de
Brixen et le prieur Gerhoh de Reichersberg, deux
personnages dignes, aux manières sérieuses et graves.
Derrière eux venaient quelques abbés, puis la suite
d'honneur envoyée par Frédéric, parmi laquelle on
remarquait le comte Erwin de Rechberg.

Le comte Haro se hâta de se rendre dans la cour,
pour y recevoir le prélat à sa descente de cheval.
Une foule de serviteurs se tenaient prêts à prendre
soin des chevaux. Bientôt les nobles hôtes furent
introduits.

Les gens d'Eberhard étaient restés au pied de la
colline De toutes parts s'élevaient des tentes, que
l'on portait alors avec soi pour pouvoir camper
librement partout. Environ deux cents guerriers,
richement équipés, accompagnaient l'archevêque de
Salzbourg, et lui formaient une suite assez nombreuse
pour arrêter les plus hardis brigands. L'archevêque
n'ignorait pas que la force impose toujours aux
hommes sauvages et sans éducation, et, tout en
vivant chez lui avec une simplicité monacale, il ne
négligeait jamais, quand il avait à paraître en public,
de le faire avec toute la pompe possible.

Le prélat ne prit pas grande part au riche festin.
Prétextant la fatigue, il se retira dans ses appartements ; les autres suivirent son exemple, tandis que

Haro et ses hôtes laïcs restèrent à table jusqu'à la
nuit.

Les plaisirs de la table n'avaient pas d'empire sur
Rechberg, et il trouvait d'autant moins d'intérêt au
récit du triomphe de Barberousse sur les Milanais,
qu'il en avait déjà cent fois entendu les détails. Il
sortit donc de la salle du banquet, et alla se promener,
profitant d'une belle soirée de printemps. Après
avoir traversé la cour du château, il descendit la
colline et se trouva bientôt au milieu du petit parc.
A peine s'était-il assis à l'ombre d'un bosquet, et
songeait-il que, malgré l'intervention du métropolitain de Salzbourg, son parrain pourrait bien l'envoyer en Souabe, qu'un coup de sifflet assez prolongé
attira son attention... Peu après, le même son se fit
entendre de nouveau, et l'on y répondit du château.
Il entendit des pas et vit deux hommes se rapprocher
et causer à voix basse dans le lointain.

Cette scène avait un caractère mystérieux, qui
excita la curiosité du comte. Ces rôdeurs de nuit
portaient le manteau court et la haute coiffure des
nobles italiens, à l'aide de laquelle on pouvait se
cacher le visage. Rechberg prêta en vain l'oreille,
il ne put distinguer leur conversation. Il ne saisissait
que les mots de : « Pape, Empereur, France, Eberhard, » parce qu'on les prononçait avec une certaine
énergie. A son grand étonnement, le comte entendit
son propre nom :

— Erwin, comte de Rechberg!.... Cela n'est pas
possible!

L'autre ajouta quelques paroles à voix basse, auxquelles répondit une malédiction. Puis, ils se sépa-

rèrent, l'un se dirigeant vers le château. Erwin se décida à aller au-devant de l'inconnu. L'étranger surpris s'arrêta, et porta d'abord la main à son épée. Erwin regarda l'étranger, mais il ne put distinguer que deux yeux brillants et une épaisse barbe noire.

— Ce n'est pas mon métier, dit Rechberg, de barrer le chemin aux honnêtes gens, mais vous vous êtes occupé de moi tout-à-l'heure, et j'ai le droit de vous demander qui vous êtes, et ce que vous avez à me reprocher.

— Mon identité vous importe peu, comte, et si vous suiviez les lumières de votre conscience, je n'aurais pas de reproches à vous faire.

— Qu'est-ce à dire? Pour qui me prenez-vous?

— Pour un jeune homme léger, qui oublie trop tôt sa parole.

— Misérable! retire à l'instant cette insulte!..... ou bien.....

Et il porta la main à la poignée de son épée.

— Mon intention n'a pas été de vous insulter, reprit l'inconnu avec calme; laissez votre glaive en repos. Je ne le crains pas, mais je n'ai nul désir d'en venir aux mains avec un gentilhomme dont je ne suis pas l'ennemi.

— Ah!... et cependant vous n'hésitez pas à le calomnier!

— Les vérités désagréables à entendre ne sont pas des calomnies. Il est positif que vous avez manqué à votre parole, et cela dans une conjoncture où elle devait vous être sacrée.

— La preuve! Vite.... ou, sur mon honneur, vous ne répéterez pas cette injure une troisième fois!.....

— Connaissez-vous la châtelaine de Castellamare ?

— Oui.

— Vous lui êtes fiancé.

— Certainement.

— N'êtes-vous donc pas rentré dans les bonnes grâces de Barberousse, en vous engageant à contracter une autre union ?

— Moi ! oublier Hermengarde !..... Une pareille assertion ne mérite pas même de réponse.

— C'est étrange, dit l'inconnu en secouant la tête.

— Qu'y a-t-il encore ?

— L'empereur vous a banni à cause de vos projets de mariage, et vous voici de retour ?

— Vous concluez que j'ai dû acheter la bienveillance impériale par la violation de ma parole ?

— Il est vrai.

— Pourquoi supposer le mal plutôt que le bien ? N'était-il pas plus naturel de dire : Rechberg a voulu profiter de l'arrivée d'Eberhard pour rentrer en grâce, par son intervention ? Cela eût été juste et raisonnable, et vous auriez deviné le véritable motif de mon retour.

— N'êtes-vous pas invité à la cour ?

— Non.

— Alors, votre fidélité va être rudement mise à l'épreuve !... Ne soyez pas inquiet pour ce qui est de votre réconciliation avec Barberousse ; vous arrivez à propos. Il a besoin de vous, ou plutôt vous lui faites défaut pour une mauvaise action. J'espère cependant que vous ne vous laisserez pas entraîner...

— De quoi donc s'agit-il ?

— De choses que vous apprendrez trop tôt. Le malheur vient toujours assez vite. Je vous dis seule-

ment : Soyez fidèle à votre fiancée, à votre épouse ; ne
vous laissez ni séduire ni éblouir par l'ambition.....
Adieu....

— Un instant! Laissons là les équivoques, et
dites-moi clairement ce dont il s'agit.

— Il faut pourtant vous contenter de ce que j'ai
pu vous apprendre : vous êtes prévenu, cela suffit...
Ne me retenez pas, car mes instants sont comptés ;
nous nous retrouverons à Pavie.

L'étranger disparut, et Rechberg, le cœur en proie
à l'inquiétude, retourna au château.

XXXII. — L'ENVOYÉ D'ALEXANDRE.

Dès le lendemain, Erwin put voir se vérifier les
assertions de l'inconnu. Contre toute attente, l'empereur, qui arriva à Rivoli dans la matinée, le reçut à
bras ouverts, et avec de vifs témoignages d'affection.
Rechberg en fut lui-même surpris. Il ne fut en aucune
façon question de la mésintelligence antérieure.

— Sois le bienvenu, Erwin, dit Frédéric, quand
Eberhard le lui présenta ; j'ai appris ton arrivée à
Pavie, et je m'en suis réjoui, en songeant que tu
viendrais avec nous en France.

Il serra la main du jeune comte qui comprit, à n'en
plus douter, que l'empereur avait des vues sur lui.
Reinald, de son côté, se montrait très-affectueux.

Pendant leur voyage à Pavie, qui eut lieu le même jour, le chancelier se tint continuellement à ses côtés. Il parla beaucoup de la France, où devait se tenir un concile en présence des rois de France et d'Angleterre. Il fit valoir la richesse et l'élégance de l'ambassadeur de France, le puissant comte Henri de Champagne, dont la sœur avait tout récemment épousé le roi Louis. Rechberg ne savait que penser, mais il résolut d'être sur ses gardes.

Frédéric avait préparé, à Pavie, une riche réception aux prélats. Les partisans de Victor étaient partis avec lui. Le fervent Omnibonus, évêque de Vérone, partisan décidé d'Alexandre et adversaire de Victor, reçut, à la tête de son clergé, le métropolitain à l'entrée du Dôme. Les armes de Victor, qui brillaient sur sa demeure, furent déplacées, et l'on fit disparaître tout ce qui pouvait rappeler l'anti-pape. Il ne fallait pas que l'archevêque pût avoir le moindre prétexte de mécontentement, car Barberousse voulait paraître exempt de tout esprit de parti, cherchant uniquement à assurer la paix de l'Église.

Le pieux Eberhard, que rien ne pouvait fatiguer, se réjouit de cet état de choses. Le pape Alexandre, avant de quitter Gênes, lui avait écrit pour le prier de décider l'empereur à la douceur, et cette médiation ne semblait pas trop difficile au prélat. Le monarque n'avait-il pas, pendant le voyage de Rivoli, apprécié la valeur personnelle d'Alexandre? Eberhard se rendit donc près de l'empereur en compagnie de l'évêque Herman de Brixen. Ils furent reçus sur-le-champ. Dès que le nom d'Alexandre fut prononcé, un regard de colère illumina la figure de Frédéric, et ses yeux

brillèrent d'un vif courroux. Quoique ce ne fût là
que l'affaire d'un instant, l'archevêque s'en aperçut.
Il craignit d'avoir entrevu le reflet d'une haine invé-
térée, bien que Frédéric écoutât avec calme les explications d'Alexandre. Eberhard, laissant la parole
au pape lui-même, offrit à l'Empereur la lettre dont
il était porteur.

— Les explications du cardinal Roland ne sont
guère d'accord avec tous les efforts qu'il a faits pour
prolonger la résistance de Milan, dit Frédéric. Nous
avons entre les mains la preuve qu'il a encouragé les
rebelles, en leur présentant la révolte sous l'apparence
d'une guerre sainte. Vous reconnaîtrez vous-même,
en digne et saint ecclésiastique que vous êtes, que ce
n'est pas là agir en sujet fidèle.

— Sire, répliqua Eberhard avec énergie, jamais le
pape Alexandre n'a encouragé la révolte, jamais il
ne l'a approuvée. Les pièces que Votre Majesté a en
mains sont fausses, sans nulle valeur, fabriquées par
des gens peu dignes de foi, et qui cherchent à profiter,
dans un but tout personnel, de la dissension de
l'Église. Ce qu'il y a de vrai, c'est qu'Alexandre a
remercié les Milanais de leur fidélité envers lui, et
de leur opposition à l'anti-pape ; en cela, il n'a fait
que son devoir.

— C'est une triste chose ! dit Frédéric en soupirant.
Supposons, en effet, que nous soyons le protecteur de
Victor et que le peuple soit excité à lui désobéir, la
rébellion devient une guerre sainte contre le schismatique Frédéric de Hohenstauffen !

— Il n'est jamais permis à des chrétiens de lutter
à main armée contre l'empereur, répondit Eberhard.

Aux temps des Nérons, ils se laissèrent martyriser pour leur croyance, mais ils ne se soulevèrent jamais.

Cette observation sembla rassurer Frédéric.

— Fort bien, dit-il. Personnellement, nous n'avons aucun grief contre Alexandre. Si le prochain concile, qui doit se réunir à Besançon, et où doivent assister les évêques de notre empire et ceux de la France et de l'Angleterre, reconnaît la légitimité d'Alexandre, nous serons le premier à nous soumettre.

— La chose ne me paraît pas douteuse, ajouta Herman ; Victor viole par trop audacieusement toutes les lois.

— Quant à nous, reprit Barberousse, nous ne sommes pas assez orgueilleux pour ne pas reconnaître notre erreur dès qu'elle nous sera démontrée.

— Que la grâce divine fasse produire de bons fruits à vos pensées! dit l'archevêque. Le Saint-Père vous écrit : « Je prie et supplie l'Empereur d'avoir pitié de l'Église, et de lui accorder la paix. Qu'il ne croie pas que rien de bon puisse résulter du mal qu'il a provoqué, car à mesure que le gouffre du schisme s'accroît, un plus grand nombre d'âmes s'y plonge et s'y perd. Assurez-le que nous sommes disposé à lui tendre la main et à le bénir, dès qu'il aura renoncé aux liens des impies, et qu'il cessera de patronner le déloyal Octavien. » Paroles vraiment évangéliques! Quelle joie éprouverait le Saint-Père, s'il pouvait apprendre que vous ne repoussez pas la main qu'il vous présente!

— Encore une fois, notre conduite est tout-à-fait dépendante de la décision du concile, répondit Barberousse, en s'abstenant de traiter un sujet que la

diplomatie lui défendait d'aborder sous son jour
véritable. Nous apprenons que les reliques des trois
rois mages doivent arriver demain. Nous désirons
qu'elles soient reçues avec tous les honneurs qu'elles
méritent, et qu'elles soient exposées quelques jours
à Pavie. Il nous serait fort agréable que votre
Révérence daignât organiser une cérémonie ecclésiastique à ce sujet.

— Ce sera avec joie, sire; j'aurai soin que les
prescriptions cléricales soient observées.

Le monarque accompagna les prélats jusqu'au seuil
de l'appartement et les congédia. A peine fut-il
rentré que Reinald se présenta.

— Comment Votre Majesté a-t-elle supporté le
premier choc?

— Assez bien. Nous reconnaîtrons Alexandre dès
que le concile l'aura reconnu.

— Parfait, dit Dassel, mais nous aurons soin que
le concile ne le reconnaisse pas. La présence d'un
homme aussi saint qu'Eberhard commence à porter
ses fruits!..... Il jouit d'une si grande réputation de
sainteté parmi le peuple, que sa visite va faire du
schismatique Barberousse le croyant le plus fidèle.
Avouez-le, vous me devez réellement de la reconnaissance pour la découverte que j'ai faite. Mais
n'oublions pas l'essentiel; le vent a complètement
tourné à la cour de France. Le comte de Champagne
m'a fait voir une lettre du chancelier royal, qui lui
donne pleins pouvoirs pour conclure un arrangement
avec vous. Cet excellent comte est hors de lui.... de
joie, car s'il eût été dans son bon sens, il ne m'eût
certes pas fait voir cette lettre.

— Quoi de surprenant que le noble comte ait la tête à l'envers? Ne lui avez-vous pas promis les châteaux, les bailliages, et les forteresses qui se trouvent sur la frontière de la Lorraine?

— Il fallait une forte amorce pour prendre le comte de Champagne. Un diplomate ne doit pas hésiter, quand il s'agit de promesses; l'ambassadeur de France est à vous, bien à vous. Vous pouvez demander ce qui vous fera plaisir, sans craindre de refus.

— Qu'est ce qui a pu produire cet heureux changement?

— Peu de chose. Alexandre a reçu assez grossièrement l'envoyé de Louis; il a fait à l'abbé Théobald de Saint-Germain un long sermon, et menacé l'archevêque d'Orléans, chancelier de Louis, des censures canoniques. Les courtisans se plaignent, le roi est froissé et se propose d'abandonner Alexandre.

— Très-bien!.... Que me conseillez-vous?

— Laissez le comte faire, au nom de son souverain, l'appel des ecclésiastiques de France, et annoncer la venue d'Alexandre. Si, dans l'intervalle, Louis venait à changer d'idée, ce qui n'a rien d'impossible eu égard au caractère français, ou bien le comte de Champagne forcera son souverain à tenir sa parole, ou bien il sera désavoué. Troyes, la Champagne et les belles provinces qui en dépendent seraient très-heureusement annexées à l'empire, et cette perte affaiblirait la France.

— Votre conseil est bon. Envoyez-moi le comte, et tenez le contrat prêt....

— Le comte parlera sans doute à Votre Majesté

de mes promesses ; n'hésitez pas, ratifiez tout, apposez sans hésiter votre sceau à tout ce qu'il vous proposera.

— Soyez tranquille.

Le chancelier se hâta de partir.

— Alexandre, ton heure a sonné ! dit alors Barberousse. Bientôt le plus dangereux ennemi de notre suprématie impériale, le plus actif et le plus astucieux adversaire de nos désirs regrettera de s'être conduit d'une façon si superbe. Ah ! ah ! pour que l'empereur soit tout-à-fait empereur, il ne faut pas que le pape puisse partager l'empire avec lui. Les empereurs païens s'apppelaient : *Pontifices maximi*, et ils l'étaient ; pourquoi donc ne le serais-je pas aussi ?

Dans l'intervalle, le comte Dassel s'occupait des préparatifs du traité. Pendant qu'il traversait les appartements du palais, il se dirigea vers une fenêtre qui donnait sur le jardin.

— Il n'est pas encore là, dit-il ; ah ! pourtant, les voilà, c'est bien !

Il fit entendre un petit ricanement, et disparut.

C'était à Rechberg que se rapportait l'attention du chancelier. Il s'avançait, en effet, à côté d'un jeune gentilhomme, qui n'était pas sans offrir quelque analogie avec Reinald. Erwin lui parlait avec une certaine chaleur et un peu d'animation. Le regard brillant de son compagnon, son air gracieux, sa tournure élégante, sa propension à la raillerie, rappelaient le chancelier.

— La description que vous faites de la comtesse est bien de nature à exciter la curiosité. Quel est son père ?

— Le comte Henri de Champagne, l'envoyé et le beau-frère du roi de France.

— Le comte Dassel m'a parlé du père, il ne m'a
rien dit de la fille.

— Vraiment! il n'a rien dit de celle dont parle
tout Pavie, de Richenza?

— Et elle part après-demain pour la France, dites-
vous?

— Je l'ai entendu dire; elle est venue seulement
pour vénérer les saintes reliques.

— Où demeure-t-elle?

— Hors de la ville, dans une maison de campagne.
Le comte, bien que parfaitement convenable à tous
égards, tient tout le monde éloigné de sa fille. On
dirait un avare veillant avec inquiétude sur son
trésor.

— C'est un père prévoyant, Hellig.

— Il eût mieux fait de la laisser au logis.

— Égoïsme affreux! Richenza n'est pas venue
pour se laisser voir, mais pour voir.

— Vous avez raison. Aussi, je ne veux plus la voir,
bien que j'en eusse demain la meilleure occasion à
Pavie.

— Toutefois, vous m'accompagnerez, Hellig.

— A quoi bon? Faut-il que je vous montre le
soleil pour vous dire : il est là! Vous devriez avoir
plus de souci de votre repos; le mal d'autrui devrait
vous rendre sage.

— Ne craignez rien; supposez que je possède un
joyau dont l'éclat éclipse tous les autres; vous me
dites : Venez voir la plus belle pierre précieuse qui
soit au monde! J'y vais, mais je suis persuadé
d'avance que ce trésor n'est rien en comparaison de
celui que je possède.

En ce moment parut un courtisan ; il venait inviter le comte Rechberg à se trouver, en qualité de témoin, à l'entrevue qui devait avoir lieu entre Frédéric et l'envoyé du roi de France.

XXXIII. — UN AVERTISSEMENT.

La translation des saintes reliques des trois rois Mages avait mis le pays en émoi. De toutes parts accouraient, vers Pavie, une foule de gens de tout âge et de toute condition. L'empereur et tous les seigneurs étaient allés au devant du cortége. Bientôt un murmure lointain, assez semblable à celui de la mer, annonça l'approche du reliquaire.

La châsse, portée par des moines, était une œuvre d'art d'une inestimable valeur. Elle offrait l'aspect d'un dôme d'or et d'argent, richement orné de pierres précieuses. Le plafond en or massif était soutenu par quatre colonnes. Les parois latérales contenaient des médaillons représentant des scènes de la vie des rois Mages. Ce fut avec le plus profond respect qu'Eberhard de Salzbourg commença les cérémonies. Frédéric et sept princes portèrent la châsse à travers toute la ville. Des deux côtés des rues que traversait la procession, se tenaient des chevaliers, en armure complète, assez semblables à des murs d'acier, pour maintenir le peuple à distance. Aux tours flottaient des banderolles, aux fenêtres brillaient des ornements d'or et d'argent, parmi lesquels on pouvait admirer les visages des pieux habitants. Les rues, couvertes de tapis, disparaissaient sous les fleurs ; les cloches sonnaient à toute volée ; le peuple chantait des hymnes et priait. Reinald lui-même, vêtu de son plus riche costume, paraissait frappé du sentiment qui animait la foule. Il s'avançait les mains jointes, et d'un air rempli de respectueuse crainte. Il regardait pourtant l'empereur à la dérobée, et, à cette vue, la satisfaction brillait sur tous ses traits. Le rusé chancelier connaissait les motifs qui déterminaient l'empereur à ces marques extérieures de dévotion.

Rechberg assistait à la cérémonie religieuse, dans une toute autre disposition d'esprit. Il priait avec ferveur, prenait part aux chants sacrés que prononçait la foule, ou bien répétait les invocations que le peuple prononçait à haute voix. Il avait une foi vive au pouvoir et à l'intercession des saints rois et il leur ouvrit son cœur. Il les supplia d'attirer les bénédictions de Dieu sur son prochain mariage avec Hermengarde, leur promettant, en retour, qu'aussitôt après son mariage, trois lampes d'argent seraient suspendues, en leur honneur, dans le dôme de la cathédrale de Cologne. Il prononça ce vœu au moment où l'on traversait la nef pour replacer la châsse dans le chœur de l'église.

On avait disposé, des deux côtés, des siéges pour l'impératrice et les autres dames de la cour. Rechberg se souvint tout à coup de la beauté si vantée de la comtesse Richenza de Champagne. Comme il n'entendait rien aux prières latines que psalmodiaient les prélats, et qu'il croyait avoir assez honoré les reliques par ses prières, il voulut contempler le brillant coup d'œil que devait offrir l'entourage de l'impératrice. Il s'aperçut que les siéges du côté droit étaient exclusivement occupés par Béatrix et les dames de la cour; Richenza devait se trouver du côté gauche, auquel le comte tournait le dos. Un changement de position pouvait s'opérer par un léger mouvement, mais ne remarquerait-on pas cette manœuvre pour la trouver inconvenante. Il fit quelques pas de manière à cacher sa figure derrière le maître-autel, et, après s'être assuré que personne ne pouvait le remarquer, il fit volte-face d'une manière presque imperceptible.

La curiosité d'Erwin fut satisfaite sur le champ. Au premier rang, à quelques pas de lui, était à genoux la fille du comte de Champagne. Son voile était rejeté en arrière, laissant apercevoir une nuée de boucles de cheveux blonds qui ombrageaient son cou. Ses regards étaient fixés sur la châsse, et ses lèvres s'agitaient comme pour murmurer une prière.

Rechberg resta stupéfait. Hellig n'avait rien exagéré. Richenza était d'une beauté rare. Mais tout à coup le regard de Richenza se porta sur le jeune homme, qui détourna les yeux.

Dans l'intervalle, la cérémonie s'était achevée. La châsse avait trois portes comme une grande église. On les ouvrit et l'on put alors voir, à travers un treillis d'or, les restes vénérés. Une quantité innombrable de bougies brûlaient dans des candélabres d'argent. Plusieurs prêtres veillaient continuellement sur les reliques, surtout quand les assistants s'approchaient. Des moines étaient assis devant les portes ouvertes, pour recevoir les gravures, les livres et autres dons que la piété populaire venait offrir aux saintes reliques.

Eberhard de Salzbourg ne voulut pas laisser échapper cette occasion de donner cours à ses sentiments de piété. Il se tenait debout au sommet de l'autel, en avant de l'ostensoir, pour y bénir les princes et le peuple. Avant de donner la bénédiction, il prononça quelques paroles pour exhorter le peuple et les seigneurs à l'obéissance envers Alexandre, et ce, au grand dépit de Reinald et à la confusion de l'empereur.

— Notre gracieux empereur et seigneur, dit-il, dont c'est le devoir de défendre l'Eglise, saura extirper le venin du schisme. Il appartient à sa renommée, au nom qu'il tient de ses aïeux, les Carlovingiens, à la gloire qu'il a acquise de se lever en faveur du Saint-Siége et de se montrer, envers tous les impies, le fils obéissant du Pape, le défenseur de l'Eglise, des lois et des bonnes mœurs. C'est à ces conditions que je bénis l'empereur notre gracieux souverain ; je bénis tous ces nobles seigneurs et prélats qui obéissent au pape Alexandre, je bénis tout le monde catholique des fidèles !

Il allait prendre l'ostensoir, Barberousse fit un signe. Le langage de l'archevêque, devant une si brillante assemblée, ne pouvait passer inaperçu, il fallait y répondre.

— Vous avez saisi cette occasion, Monseigneur, dit-il, pour nous rappeler les devoirs de notre état. Ces devoirs sont lourds, en effet, en ce moment où l'erreur s'est emparée des esprits. Nous ne protégeons aucun parti ; nous défendons le droit et la justice. Nos prédécesseurs, de l'avis des évêques et par leurs conseils, ont écarté ceux qui profitaient des hautes dignités ecclésiastiques et en abusaient au détriment des âmes et de la sainte Eglise. Notre devoir est d'agir de même, nous y sommes résolu. Quand le concile qui doit se réunir aura proclamé le vrai pape, nous le défendrons envers et contre tous. Nous le protégerons, ses ennemis seront nos ennemis ! Puisse le schisme actuel être bientôt anéanti, et la paix rendue à l'Eglise de Dieu.

Frédéric avait dit ces mots à haute voix et avec force. Ils retentirent dans le temple. Ils ressemblaient à une profession de foi faite devant tout le peuple assemblé. Reinald souriait à part lui ; le peuple répétait : « Quel pieux Empereur ! quel seigneur craignant Dieu ! Que Dieu le protége et le garde ! »

La bénédiction donnée, Rechberg quitta la cathédrale avec la suite de l'empereur. Tout à coup il se sentit saisir le bras. Il se retourna. Un noble italien, à en juger par la richesse de son costume, était devant lui ; c'était l'étranger du parc de Rivoli. Erwin n'avait, il est vrai, fait que l'entrevoir à la lueur de la lune, mais il le reconnut sur le champ à ses traits énergiques et à sa longue barbe. Sur un signe de l'inconnu, il le suivit.

— Je vous ai promis, dit l'inconnu, dès qu'ils furent dans une rue latérale, de vous retrouver à Pavie. Reprenons donc, sans détour, la conversation engagée jadis. Mais d'abord une question : est-ce

que votre fidélité envers la châtelaine de Castellamare
n'est pas encore ébranlée ?

— Votre question serait une insulte si je ne vous
supposais de bonne foi.

— Prenez garde, jeune homme, vous ne connaissez pas encore la versatilité du cœur humain.

— Merci de votre avis ; mais, de grâce, quel
motif vous engage à intervenir ?

— Ce que je vous ai dit à Rivoli doit vous avoir
prouvé que je suis au courant des secrets de la cour.
C'est cet infâme Reinald qui a tout préparé..... Il
vous a fait voir la comtesse de Champagne, vous
l'avez remarquée, vous lui parlerez encore aujour-
d'hui ; le reste ira tout seul.

Rechberg était stupéfait. Hellig n'était que l'instrument de Reinald. Il comprenait pourquoi Dassel
avait fait tant de louanges de l'envoyé français.

— Je dois le reconnaître, vous êtes fort bien ren-
seigné. Je n'ai besoin d'aucune autre assurance pour
croire à vos paroles ; mais si Reinald s'imagine qu'il
pourra me rendre infidèle à mes serments, il est
tout à fait dans l'erreur.

— Il veut pourtant assurer une alliance entre
vous et la comtesse de Champagne.

Rechberg rougit d'indignation.

— Comment ! dit-il, Dassel me croit donc sans
foi, vil et sans honneur ?

— Dassel croit tout possible, parce qu'il est capable de tout. Ne vous étonnez de rien de la part de
cet homme, qui s'appelle avec raison lui-même *ruina
mundi* ; mais ce qui me surprend, c'est que Barberousse n'ait pas une plus noble idée de son parent.

— Eh! quoi, l'empereur, lui aussi, a si mauvaise opinion de moi?

— En aucune façon, comte, l'empereur veut vous utiliser pour atteindre son but, voilà tout. Reinald lui a démontré l'avantage d'une union entre vous et Richenza. Le mariage de Frédéric a donné la Bourgogne à l'empire, le même moyen y lierait étroitement la Champagne. Le plan n'est pas déjà si mal combiné, croyez-moi. Un cousin de Frédéric comte de Troyes et de Champagne serait un grand pas vers la consolidation de la domination universelle. Mais, comme je vous l'ai dit, reste à savoir si vous êtes assez fort pour résister....

— Eh bien! si l'héritière du trône de France venait m'offrir sa main je la refuserais!....

— Richenza retourne dans ses foyers, et vous serez son chevalier.

— Moi?

— Barberousse vous le dira lui-même.

— Eh bien! je refuserai cet honneur.

— Vous ne le pouvez pas.

— Vous m'engagez à accompagner Richenza?

— Oui.

— Ne m'avez-vous pas vous-même rappelé l'inconstance du cœur humain?...

— Celui qui se méfie n'a rien à craindre.

— Je ne veux pas en faire l'épreuve.

— Mais quand je vous aurai dit que le voyage d'Hermengarde.....

— Vous connaissez sa demeure?

— Non pas, je sais simplement que votre cousin a des propriétés de ce côté. C'est là que doit s'enga-

ger une lutte terrible et mortelle contre Alexandre ;
c'est là que doivent se réunir les évêques d'Angleterre, d'Italie et de France, sur le désir de Barberousse, pour rendre la paix à l'Eglise ; c'est là que
Louis doit se rencontrer avec Barberousse ; c'est
aussi de ce côté que doit se diriger le comte de
Champagne et sa fille.

— De sorte que, sans doute, je me trouverai dans
le voisinage d'Hermengarde?

— Si vous refusez d'accéder au désir de Barberousse, il vous renverra en Allemagne.

— C'est probable.... Soit, j'accepterai la mission.

— Alors, mon cher comte, j'aurai à vous demander un service qu'il vous sera facile de me rendre.

— Dites, vous avez droit à ma reconnaissance.

— Supposons qu'une dame de haut rang sollici-
tât de voyager sous votre protection....

— Vous ne réclamez là que l'accomplissement
des devoirs de la chevalerie.... Où pourrai-je rencontrer cette voyageuse ?

— Elle se joindra à vous à quelques milles d'ici,
ainsi que sa suite. Le peu de sûreté qu'offrent les
routes lui rendra votre compagnie très-précieuse.
Du reste, elle désire, comme tous les malheureux,
être laissée le plus possible à elle-même.

— Je comprends.... mais avant de nous séparer,
permettez-moi de vous adresser une prière. Puis-je
connaître le nom de l'homme qui m'a témoigné un
si vif intérêt?

— Mon nom? dit l'inconnu avec irrésolution.
Appelez-moi Antonio. C'est un nom obscur, mais des
milliers d'aïeux et des noms illustres ne suffisent pas

pour que leur descendant soit un homme de cœur.

Ils se séparèrent. A peine rentré au palais, Erwin vit venir à lui Hellig.

— Voilà le traître, se dit-il, l'instrument de Dassel.

— Venez, je suis chargé de vous conduire à l'empereur.

Erwin se rendit dans le cabinet impérial, et Frédéric lui fit savoir qu'il avait pensé à lui pour accompagner le puissant comte français dans ses foyers.

— Que tout soit prêt, dit-il, pour le voyage qui aura lieu demain !....

XXXIV. — PAUVRE DUCHESSE.

Le voyage du comte Henri de Champagne s'accomplit avec une merveilleuse lenteur. Il s'arrêtait plusieurs jours dans toute localité qui lui offrait quelque agrément, et passa même près de trois semaines à Chambéry. La politique n'était pas étrangère à ces retards. On voyait aller et venir des messagers qui, après un court entretien avec le comte, se rendaient en France, ou se dirigeaient vers la cour impériale. Le père de Richenza visita plusieurs cités italiennes, dans l'intérêt des plans de Barberousse. Il eut, à plusieurs reprises, des entrevues avec des envoyés de Pise, de Gênes et d'autres villes maritimes. On

pouvait déjà prévoir qu'une étroite alliance aurait
lieu entre ces villes, la France et l'empereur.

Bien que le comte de Champagne fût contrarié
de ne pouvoir offrir beaucoup de distraction à sa
fille, la gaîté naturelle de Richenza n'en souffrait
pas, au contraire. Habituée à exciter l'admiration
dans une cour brillante, elle s'amusait de la céré-
monieuse politesse du gentilhomme allemand. C'était
en vain que Richenza, informée des projets de son
père, le distinguait entre tous les seigneurs de sa
brillante escorte; il restait toujours le même, poli
mais froid et réservé. Cette conduite finit par blesser
au vif la jeune comtesse. Mais Erwin s'en inquiétait
peu; il avait été averti par l'inconnu des projets de
l'empereur, et il se tenait sur ses gardes. Toutefois,
cette lutte de la fidélité avec les tentations extérieures
rendait pénible la position d'Erwin. Cent fois il
regretta d'avoir accepté la mission qu'il accomplissait.

Un jour qu'il était plongé dans ses réflexions, il
entendit un léger coup frappé à la porte de son
appartement :

— Entrez ! dit-il.

Aussitôt parut une femme voilée. Bien qu'elle ne
découvrît pas son visage, Rechberg la reconnut pour
une des suivantes de l'inconnue, qu'Antonio avait
recommandée à ses soins. Rechberg ne savait rien
sur le rang et la position de cette personne, il n'avait
même pas vu son visage. Elle se tenait toujours avec
ses femmes dans l'arrière-tente, ne relevait jamais le
voile qui cachait ses traits et dissimulait jusqu'au
son de sa voix. Souvent Erwin chevauchait à ses
côtés, moins par curiosité que pour accomplir un

devoir de chevalerie. Il ne lui avait pas été possible
de percer le mystère qui enveloppait cette dame. Une
seule chose était évidente pour Erwin, c'est qu'un
grand malheur avait dû la frapper.

Rechberg ayant été invité par la suivante de l'inconnue à la venir visiter, suivit la chambrière. Ils
traversèrent plusieurs rues. Le choix même de la
demeure de l'étrangère témoignait de sa résolution
de vivre dans l'isolement et la tristesse ; ce ne fut pas
sans une certaine émotion qu'Erwin pénétra dans
l'appartement où, entourée de ses suivantes, la dame
reposait sur une chaise longue. A l'entrée d'Erwin,
elle se leva, s'avança de deux pas pour répondre
à ses salutations, et l'invita, d'un signe, à s'asseoir.
Il se fit un assez long silence. Dans son attente,
Erwin regardait la dame qui semblait rassembler
ses pensées, et dont la stature et le maintien respi-
raient un air de dignité et de grandeur.

— Comte, dit-elle d'une voix calme et douce,
recevez d'abord mes remercîments pour le noble
appui que vous prêtez à une femme bien malheureuse.
Pardonnez-moi si j'ai dû vous rester inconnue, les
circonstances me le commandaient ; mais j'ai encore
besoin de votre appui, et j'espère bien, quoique inconnue, pouvoir compter sur vous.

— Je n'ai fait qu'accomplir les devoirs de la chevalerie, répondit Rechberg. Je suis toujours prêt à
vous servir.

— Merci, seigneur comte. Vous le savez, Sa
Sainteté le pape Alexandre s'est réfugiée en France.
Il habite actuellement un monastère, sur la frontière
de l'empire, non loin de Laon ; c'est là, auprès du

Père des fidèles, le soutien de tous les affligés, que je compte me rendre.

Elle se tut, attendant la réponse d'Erwin. Cette voix n'était pas inconnue aux oreilles du comte, et il lui parut l'avoir déjà entendue à la cour.

— J'apprends que, lésé dans son indépendance par l'alliance de l'empereur et du roi de France, le Saint-Père compte se diriger vers l'Angleterre. Je perdrai de la sorte l'occasion de déposer mes doléances aux pieds du vicaire de Jésus-Christ. Etre si près du seul personnage qui me puisse aider dans mon malheur, et ne pouvoir l'atteindre, c'est par trop de douleur ! Vous pouvez, comte, changer cette position pénible, en consentant à m'accompagner à Laon.

— Que me demandez-vous? dit Erwin. Je ne puis abandonner le comte de Champagne, sans violer toutes les règles et sans encourir le mécontentement de l'empereur; mais je tâcherai de décider le comte à accélérer sa marche.

— Vous le prieriez en vain. Le comte de Champagne est un homme d'Etat; il n'agit que par politique et non par pitié pour les malheurs d'une pauvre étrangère.

— J'essaierai toujours.

— Vous perdrez votre temps; mais peut-être m'accorderez-vous, quand vous verrez mon visage, ce que vous avez refusé à l'inconnue?

Elle leva son voile. C'était la duchesse de Saxe, Clémence, pâle, souffrante, une vraie statue de la douleur !

— Grand Dieu! s'écria-t-il, c'est vous, noble dame? Vous, la plus puissante princesse de l'empire, ici, sans appui, sans la suite qui convient à la duchesse de Saxe et de Bavière!...

— Soyez calme! Qu'est-ce que le rang et les dignités? Je ne suis plus qu'une pauvre femme répudiée, qui implore votre appui et votre compassion.

— C'est donc vrai? Cette action ignoble dont on s'entretenait tout bas est donc accomplie? dit Erwin avec indignation. Duc de Saxe, on t'appelle le Lion, mais tu n'as du lion que la cruauté!... Henri, tu es un époux dénaturé, un prince sans honneur, la honte de la chevalerie!

Les yeux de Rechberg lancèrent des éclairs, et sa main chercha la poignée de son glaive, comme s'il eût voulu châtier le crime.

— Ne vous emportez pas, ne le blâmez pas, dit Clémence. La faute est toute entière à ceux qui l'ont égaré et ont détourné son cœur du sentiment du devoir.

— Non pas, duchesse, vos excuses ne font que le rendre plus coupable. Mais dites-moi comment une pareille iniquité a-t-elle pu s'accomplir sous les yeux de l'empereur? Pourquoi ce voyage vers le pape? L'empereur n'est-il pas le protecteur du droit? Pourquoi ne pas vous être adressée à lui?

— Je l'ai fait en vain!... Frédéric plaint mon sort, mais il ne veut ni ne peut défendre mes droits.

— Il ne le peut pas?

— Ce sont ses propres paroles. Notre parenté invalide le mariage; les divorces ne sont pas de sa compétence.

— Comme si l'empereur n'avait pas le devoir d'empêcher et de punir toutes les injustices! Vous êtes la parente de votre époux, et l'on vient seulement de le découvrir!.... Voilà qui est encore plus étrange!....

— C'est une découverte due à la haine du chancelier Reinald. Oh! que nous vivions heureux avant que cet homme pervers ne nous eût connus!.... Que mon époux était noble et grand, lion à la guerre, agneau dans son intérieur, père aimant et soigneux, époux tendre et bienveillant!.... Aujourd'hui, ô mon Dieu!....

Et ici les larmes de Clémence, longtemps contenues, coulèrent par torrents.

— Calmez-vous, madame! songez qu'un acte pareil ne peut être reconnu légalement. Y a-t-il eu procès en forme? A-t-on prononcé un arrêt?

— L'Empereur était à son tribunal, et le pape Victor a prononcé le divorce! Je me suis défendue en vain, j'ai supplié à genoux, tout a été inutile. Enfin, vaincu par mes larmes et mes supplications, Victor a avoué que notre parenté n'était pas prouvée, et qu'il prononçait le divorce contre son opinion personnelle, d'après l'ordre exprès de l'Empereur.

— Hélas!

— La parenté, a-t-il dit, n'est que le prétexte; de puissantes raisons d'Etat font agir l'Empereur.

— O ciel! voilà comment on pratique la justice!... Madame, votre récit me fait revenir sur ma décision. Puisque l'Empereur ne peut vous rendre justice, je vous accompagnerai auprès du Saint-Père. Tenez-vous prête à partir, noble dame, je vais faire mes préparatifs.

Géro rencontra son maître indigné sous le porche, et il y reçut l'ordre de tout préparer pour le départ.

Erwin se hâta de se rendre dans son appartement, où il revêtit son armure, tout en proférant des plaintes amères contre la conduite de Barberousse.

— Mais je ne puis partir! se dit-il au moment de quitter la chambre. Quel ennui!... Que dois-je faire? Un bon chevalier doit autant de respect à la bienséance qu'à ses autres devoirs.

Il déposa la lance et se fit annoncer chez Richenza. Lorsqu'il entra, la jeune comtesse venait de revêtir un vêtement blanc, du meilleur goût.

— Veuillez excuser ma visite matinale, noble demoiselle, dit le comte, mais je ne pouvais la retarder. D'importants motifs m'obligent à partir sans retard, et je viens, selon l'usage et les convenances, solliciter votre autorisation.

— Sans connaître les motifs qui vous font agir, je ne puis vous accorder ce que vous demandez..... Prenez place, cher comte, et exposez votre désir..... Je verrai s'il n'y a pas moyen de vous faire revenir sur votre détermination.

Il fallut obéir et s'asseoir. L'embarras d'Erwin n'échappait point à la jeune fille.

— Je puis d'autant moins vous accorder votre requête, cher comte, que votre départ est contraire à toutes les prévisions. L'Empereur a désigné, pour m'escorter, les meilleures lances de la chevalerie allemande. Or, vous ne pouvez, sans manquer à l'empereur, me quitter avant le terme du voyage.

— Cela est vrai, noble demoiselle, vous escorter est pour moi une affaire d'honneur; mais il est des circonstances où le devoir doit céder à un devoir plus impérieux encore.

— Des circonstances! Puis-je sans indiscrétion,
vous demander quelques éclaircissements?

— Il s'agit d'une infortunée qui a voyagé jusqu'à
présent sous ma protection.

— Je ne m'attendais pas, monsieur le comte, à ce
que cette mystérieuse dame dût nous jouer un pareil
tour, et vous emmener. Croyez-moi, je prends sérieusement part à ses malheurs, à cause de l'influence
qu'elle exerce sur vous. Vous dites qu'elle est à
plaindre.... En quoi donc consiste son infortune?

— Dans le malheur le plus terrible qui puisse
atteindre une épouse. Je ne puis en dire davantage.

— Elle a donc été mariée?

— Oui, et elle fut toujours la plus aimable, la
plus fidèle et la plus malheureuse des femmes.

Richenza respira plus librement. Elle avait eu tort
de s'inquiéter; Erwin était toujours libre.

— La part que vous prenez à ce malheur est bien
digne d'éloges, dit-elle.

— Permettez donc que je parte, noble dame; le
seul espoir de cette malheureuse femme est dans la
protection du pape Alexandre; c'est à sa cour que
je dois l'accompagner, et il faudrait partir sans retard.

— Le pape Alexandre doit être à Laon, au camp
impérial, ou bien il y est attendu; n'est-ce pas de
ce côté que nous allons?

— C'est vrai, mais si lentement!

— Ne savez-vous pas que mon père vient d'être
appelé à Laon en toute hâte? Il doit partir sur le
champ. Votre arrivée m'a empêchée de prendre mon
costume de voyage. Ecoutez! tout est prêt, l'escorte
se réunit déjà.....

Ils allèrent à la fenêtre, et aperçurent les chevaliers et les écuyers sortant de leurs divers campements, et se rangeant sur la place devant la maison.

XXXV. — AUX PORTES DE LAON.

A dater de ce jour, l'ambassadeur de France accéléra son voyage autant qu'il l'avait jusqu'alors traîné en longueur. C'est à peine si l'on accordait aux chevaux le repos nécessaire. On voyageait nuit et jour, comme sous l'impulsion de quelque grand intérêt politique.

A l'air aimable et gracieux du comte de Champagne avait succédé une physionomie grave et soucieuse. Il parlait fort peu et seulement pour répondre à sa fille quand elle voulait se renseigner. Presque fatiguée de la rapidité de cette course, elle assurait à son père qu'elle avait encore assez de force pour continuer. De temps en temps, elle échangeait un regard avec Erwin, et ce regard semblait dire :

— Pour ne pas me séparer de vous, je subis volontiers les inconvénients du voyage.

En approchant des frontières de France, Erwin rencontra plusieurs gentilhommes de sa connaissance, car Barberousse avait fait appel à tous les princes, tant spirituels que temporels, les invitant à se rendre à Laon. Un grand nombre d'entre eux étaient déjà arrivés, et campaient le long des rives de la Saône.

Les tours de la ville de Laon, où se tenait en ce moment Louis VII, se détachaient sur l'horizon lointain. Une foule de cavaliers et de piétons se dirigeaient vers la ville, et la route devenait de plus en plus animée à mesure qu'on approchait des portes de la ville. De tous côtés s'élevaient d'innombrables cabanes, où l'on trouvait, moyennant un prix modique, à boire et à manger. Sous les arbres, au feuillage touffu, des bourgeois de la ville et des guerriers étrangers se livraient aux joies du festin. Tout près du pont-levis, et de façon à pouvoir observer les passants, se tenaient assis, autour d'une cruche, trois vieilles connaissances, le fier Milanais Pietro Niger, Cocco Griffi et Antonio.

Pietro paraissait fort changé. La ruine de sa patrie l'avait ébranlé, et il exprimait bien par ses traits le chagrin qu'il ressentait. Cocco, lui, paraissait toujours le même, et il prenait une part d'autant plus active au repas que ses compagnons semblaient peu s'en soucier.

— Je suis arrivé de Dôle, hier, dit Pietro après un silence; toutes les maisons sont pleines de chevaliers; de toutes parts, on ne rencontre que des guerriers et des courriers. Le roi Louis ouvrira enfin les yeux et verra où le mène Barberousse. S'il n'a pas l'intention de devenir le vassal de l'empereur et d'appuyer sa tyrannie, les barbares allemands occuperont les frontières françaises et les ravageront par le fer et le feu, jusqu'à ce que Louis demande grâce.

— Tu es un profond politique, Pietro, dit Antonio

en riant; nous n'en sommes pas encore là, et nous
n'y serons pas de si tôt. L'empereur peut chercher à
effrayer les Français, je te l'accorde; mais il y regardera à deux fois avant de s'attaquer à la puissance
réunie de l'Angleterre et de la France!

— La France et l'Angleterre réunies! Je croyais
les deux rois brouillés....

— Demande au pape Alexandre s'il est de ton avis.

— Je ne sais qu'une chose, c'est qu'Alexandre
s'est donné jusqu'ici beaucoup de mal pour réconcilier les deux rois. Je sais aussi, comme tout le monde,
que Louis a menacé le pape de le livrer à Barberousse!....

— Les menaces de Louis ne sont pas sérieuses.
Il devra se plier aux circonstances.

— Les circonstances! A mon avis, elles nous sont
bien peu favorables!....

— On ne doit pas dire tout ce qu'on sait, dit
Antonio d'un air sournois.

— Si tu connais les secrets de la situation, tant
mieux; mais moi, je n'attends rien de bon de l'avenir.
Si la France devient jamais vassale de l'empereur,
c'en est fait de la liberté de l'Italie.

— Allons, mon cher Pietro, ne t'occupe pas de
ces choses-là. Songe plutôt aux affaires qui t'amènent
en France. Sais-tu ce que devient Hermengarde?
Comment t'a-t-elle accueilli?

— Elle s'est montrée pleine de bienveillance, mais
elle m'a appris qu'elle était fiancée.

— Le comte Erwin est certes un bon parti, mais
l'affaire peut encore manquer..... Eh! que vois-je?
Le voilà!... à ses côtés se trouve Richenza... Regarde
donc la jeune comtesse.

La suite brillante du comte de Champagne s'avançait au milieu de l'admiration et de l'étonnement de
la foule. Richenza chevauchait en tête du cortége
entre son père et Erwin. Pietro jeta un regard de
haine sur le comte et murmura une malédiction entre
ses dents. Antonio leur avait tourné le dos ; il ne
reprit sa place que quand le bruit des pas des
chevaux eut cessé dans le lointain.

— Malédiction sur tous ceux que protége le tyran !
dit Pietro d'un ton sombre. Honte à moi de pas l'avoir
anéanti !

Et il but une longue gorgée.

— C'est une leçon, ami Pietro ; il faut mieux
profiter des circonstances à l'avenir.

— Je jure de me venger, s'écria Niger dont le
regard brillait de haine. Que je le rencontre en plaine
ou ailleurs, et il fera connaissance avec mon épée.

— Il serait bien plus simple de rompre son mariage, dit Antonio en ricanant.

— Pourrais-tu faire cela ? demanda Pietro transporté. Antonio, ma vie, ma fortune sont à toi, si tu
atteins ce but !..... Mais, hélas ! c'est impossible.

— Et pourquoi donc ? J'ai mon plan, et je veux
qu'il épouse Richenza....

— Explique-toi, cher Antonio !

— Je verrai Hermengarde, et je lui raconterai les
bruits déjà si répandus du mariage de son fiancé
avec la riche et belle comtesse Richenza.

— Y croira-t-elle ?

— Et pourquoi pas ? Je vois déjà l'effet que cette
découverte produira sur Hermengarde !....

— C'est parfait, Antonio !

— Il faudra de la ruse et de l'adresse. La seule difficulté sera de se procurer en temps utile les témoignages nécessaires. Mais le comte de Champagne possède toujours son château dans le voisinage de la ville.... Hermengarde n'en est point fort éloignée.... laissez-moi faire....

Pendant cet entretien, le comte Henri de Champagne et sa suite se dirigeaient vers la ville. Il avait déjà expédié un gentilhomme au chancelier royal, l'évêque Manassès d'Orléans. A peine avaient-ils franchi la porte du Nord que le château du comte parut dans le lointain. Il était situé sur une hauteur, et dominait le parc qui entourait la colline.

La malheureuse duchesse de Saxe accepta avec reconnaissance l'invitation que lui fit le comte d'habiter le château pendant son séjour à Laon. C'est là qu'elle se retira avec son protecteur qui seul était dans le secret, en attendant qu'il pût l'accompagner à la cour papale. Alexandre n'était pas encore arrivé à Laon ; il habitait la célèbre abbaye de Cluny.

En arrivant dans son appartement, dont les fenêtres donnaient sur la ville, le châtelain se hâta de changer de costume. Il éprouvait de vives inquiétudes. Les bons rapports qu'on disait exister entre Alexandre et le roi Louis le tourmentaient d'autant plus, qu'ils menaçaient d'anéantir l'espoir que lui avait donné Reinald d'accroître ses domaines. Aussi, le comte de Champagne voulait-il être pleinement certain du fait, avant de se présenter au roi Louis. Nul ne pouvait mieux l'en instruire que l'archevêque Manassès, qui, de son côté, avait hâte de parler au comte. Aussi se hâta-t-il d'accourir au château, suivi seulement de deux valets.

Le comte n'eut pas plus tôt aperçu les cavaliers qu'il sortit de son appartement et s'avança au-devant d'eux, jusque dans la cour, où il embrassa Manassès, qu'il conduisit ensuite dans son cabinet pour l'entretenir en secret.

L'archevêque d'Orléans avait, par sa conduite peu conforme aux règles canoniques, encouru le déplaisir d'Alexandre. Le pape ne se dissimulait pas les conséquences de ses réprimandes ; il savait que Manassès ferait rompre toutes les relations qui subsistaient encore entre lui et le faible roi de France. Mais l'illustre pontife avait trop le sentiment du devoir pour se laisser influencer par les circonstances.

L'extérieur de l'archevêque d'Orléans indiquait à la fois l'ecclésiastique et l'homme du monde. Tous ses mouvements, empreints d'une certaine grâce affectée, n'avaient rien de naturel. Sa mise ne le distinguait en rien des autres courtisans de qualité. Son anneau épiscopal indiquait seul le rang qu'il occupait. La coupe de sa chevelure, longue et retombant en boucles parfumées, n'était pas conforme aux prescriptions qui engageaient les ecclésiastiques à laisser ce luxe aux laïcs. Sa moustache fine se relevait en crocs, tandis que son menton et ses joues étaient strictement rasés. Il était facile de reconnaître, par un examen même superficiel, que le prélat avait un faible pour les jouissances de la table.

— Vous avez agi sagement, dit Manassès après que le comte de Champagne lui eut exposé le résultat de son entrevue avec Frédéric, de dissimuler le point principal de votre mission ; vous avez surtout bien fait de ne pas mentionner que vous vous abandonniez,

avec toutes vos terres, à l'empereur, si Louis violait
le contrat.

— Qu'importe! le contrat est conclu, juré, et il
doit être observé, répondit le comte. La vaillance de
Louis ne peut lui servir de prétexte pour me nuire.
Mais comment se fait-il qu'il ait si rapidement changé
d'idée, pour se réconcilier avec Alexandre?

— Je n'en sais rien moi-même. Le pape l'a fait
inviter à une conférence, qui, malgré mes observations, a eu lieu à Montpellier. Elle n'a pas duré une
demi-heure, mais elle a suffi pour gagner le roi. Il
paraîtrait qu'on l'aurait éclairé sur l'ambition de
Frédéric; du moins, depuis lors, il parle souvent
avec inquiétude des préparatifs militaires de l'empereur et de ses vues hostiles à la France.

— Rien n'est plus évident que les prétentions de
Frédéric à la suprématie universelle, répondit le
comte de Champagne avec insouciance; mais qu'importe? les grands hommes ont bien le droit de
marcher à la tête de tous les princes.

— Je vois, mon cher comte, que vous n'avez pas
perdu votre temps à la cour impériale, dit l'archevêque avec ironie; gardez-vous toutefois de laisser
paraître le résultat de vos réflexions à la cour de
France. La plupart des vassaux de la couronne ne
vous comprendraient pas.

— Je suivrai vos conseils. Mais je dois avouer que
la manière de voir de Frédéric, en ce qui concerne la
papauté, me semble peu convenable. C'est moins
à la personne d'Alexandre qu'il en veut qu'à la chaire
pontificale. Cela est peu chrétien et surtout dangereux
pour les autres états.

BARB. 25

— Vous allez trop loin, comte : Frédéric ne hait qu'Alexandre. Il ne veut qu'abaisser Roland, ce prélat orgueilleux et inflexible, et nous devons l'aider dans cette tâche. Oui, ajouta le prélat avec colère et passion, quelles sottes idées cet homme pieux a des évêques!... Il voudrait en faire des moines, des ermites, les cloîtrer, en un mot, pour mieux les dominer. Il s'occupe déjà de publier des ordonnances sur la croissance des cheveux ; bientôt il se mettra à en faire sur les hôtels des prélats, sur leur train de maison, sur leur manière de se vêtir!.....

— Ah! je comprends, Alexandre est trop sévère à l'égard des joyeux prélats? dit le comte de Champagne en souriant.

— Oui, répondit Manassès avec dépit, et il saura châtier aussi ces seigneurs et ces comtes qui profitent de toutes les occasions pour se faire adjuger quelque fragment des biens de l'Église! mais assez sur ce sujet..... Comme nous en sommes convenus, que le roi ne sache rien de plus que ce qu'il sait déjà. Cachez-lui surtout les engagements pris personnellement avec Barberousse. Cela suffirait pour le courroucer.

— Ne doit-il donc rien savoir de la détermination prise d'amener Alexandre au conseil, de gré ou de force?

— Cela dépendra des circonstances. Laissez-moi d'abord agir, je vous avertirai en temps opportun. Je me mets tout de suite à l'œuvre. Venez demain à la Cour.

— Pourquoi pas aujourd'hui?

— Parce que j'ai besoin de préparer le cœur du roi. Soyez sans inquiétude ; vous êtes fatigué, le voyage vous a épuisé.... Louis, vous le savez, prend une grande part aux souffrances humaines.

— C'est donc chose entendue. Adieu.

Le comte de Champagne accompagna le chancelier jusque dans la cour, où celui-ci monta à cheval pour se rendre auprès du roi.

———

XXXVI. — FOURBERIE.

Dès le lever du soleil, comme un renard cherchant sa proie, Antonio se glissa dans le voisinage du château du comte de Champagne. Il franchit la porte du parc, et pénétra avec précaution jusque dans la cour, où il se cacha derrière un buisson. Il pouvait observer tout ce qui se passait au château.

— Le comte Rechberg aime les promenades matinales, se disait-il, il me relèvera bientôt de mes factions. S'il apprenait que la fille de Bonello n'est qu'à une heure de ce château, rien ne pourrait l'empêcher de s'y rendre. Or, cette entrevue dérangerait tous mes projets. Il faut donc agir avec adresse..... Bon! le voilà qui s'avance, la tête basse, comptant les cailloux du sentier..... Il vient vers moi, comme si je l'appelais!.... Messire comte, votre serviteur!

— Ah! c'est vous, Antonio? Je vous croyais à Pavie.

— Il est de mon devoir de me trouver partout où se rend le maître du monde.

— Je ne vous comprends pas.

— Vous ignorez donc que Barberousse est entré hier à Dôle, avec toute son armée.

— Vraiment!

— Cette surprise et vos regards trahissent assez le désir que vous éprouvez de ne pas l'y rejoindre.

— Je voudrais bien, Antonio, pouvoir éviter cette rencontre..... La lutte va commencer pour moi.....

— Je suis porteur de nouvelles de votre fiancée... Elles n'ont rien d'agréable, et je le regrette vivement.... Mais qui eût pu s'attendre à cela, et de sa part?... Je me serais plutôt méfié de moi-même.

— Que voulez-vous dire?

— Vous aurez besoin de tout votre courage, mais je vous dois la vérité.....

— Expliquez-vous!

— Pietro, l'ancien fiancé d'Hermengarde, m'a rencontré hier.

— Pardon, chevalier, jamais Pietro n'a été son fiancé.

— Eh bien! il l'est à présent.

— Misérable! dit Erwin en pâlissant, ne répète pas ce que tu viens de dire!

— Voilà un belle reconnaissance! Par intérêt pour vous, je viens vous instruire de choses fort importantes, et, pour me remercier, vous portez la main à votre épée!... Adieu, comte!

— Un instant..... Ah! que m'apprenez-vous? Excusez ma violence, mais vous m'avez brisé le cœur.

— Hermengarde regrette d'être engagée envers vous, le cousin du tyran, du dévastateur de sa patrie, du persécuteur de l'Eglise. Pietro me l'a assuré.

Rechberg restait immobile et comme frappé de la foudre.

— Remettez-vous, comte, et soyez homme ! Peut-être Pietro a-t-il exagéré ?

— Oh! si je pouvais savoir toute la vérité.....

— J'ai affaire demain à la Flèche, où se trouve Hermengarde. Je lui annoncerai votre arrivée à Laon. La façon dont elle recevra cette nouvelle, ses observations, ses regards même appuieront ou démentiront les assertions de Pietro.

— Merci, cher Antonio, je vous en aurai la plus grande obligation.

— Soyez tranquille, reposez-vous sur moi.

— Où pourrais-je avoir de vos nouvelles ?

— Ici même ; ne quittez pas ce château avant que nous ne nous soyons revus.

— Le temps me semblera bien long ; au revoir.

Antonio traversa le parc à la hâte, et prit la route de Laon. Pietro l'attendait à la porte de la ville.

— Eh bien ! que s'est-il passé ?

— Il a tout cru sur parole..... Il est si naïf ! Demain je pars avec toi pour la Flèche.... Il m'envoie vers sa fiancée.

— Nous ne parlerons pas de son arrivée.

— Je lui dirai tout simplement que Rechberg est arrivé avec la comtesse Richenza, qu'on parle même d'une union prochaine, que l'empereur la désire, et que Rechberg n'y semble pas fort opposé.

— Elle ne te croira pas.

— Soit, mais elle aura des doutes. Or, j'ai un moyen de changer ses doutes en certitude.

— Lequel ?

— Tu le sauras plus tard. Maintenant, laisse-moi, nous voici devant la cour du château. N'oublie pas de venir me rejoindre au point du jour.

Antonio entra dans la cour, où il rencontra le comte de Champagne. L'archevêque Manassès attendait le comte dans l'antichambre du monarque.

— J'ai eu un rude combat à soutenir, comte, dit le prélat. Sa Majesté est fort inquiète des armements de Barberousse. Vous aurez un choc à essuyer.

Le comte de Champagne ne sourcilla point.

— Je n'ai pas agi arbitrairement, dit-il ; votre lettre que j'ai lue, me donnait plein pouvoir.

— Parfait ! mettez-vous toujours à couvert derrière mes instructions ; cela ramènera Louis au souvenir du passé. Peut-être est-il déjà honteux de sa conduite ?

En cet instant le roi entra. Les courtisans furent pris à l'improviste. Manassès avait encore bien des choses à dire au comte, il fallait s'en abstenir. Le comte de Champagne s'avança au devant du roi, s'agenouilla et baisa la main qu'il lui tendait. Ce prince, souvent animé des meilleurs sentiments, se vit bien des fois entraîné par de mauvais conseils. D'un caractère frivole et changeant, il se laissait dominer, et le pouvoir qu'il avait laissé prendre sur lui permettait aux partis de l'entraîner fort loin dans le mal. Mais dès que le calme renaissait dans son esprit, il rejetait bien loin les conseils et les déterminations qu'on lui avait suggérés. Ceci explique comment son règne ne fut qu'une suite continuelle de faiblesses. Louis VII se conduisit tout à fait selon son caractère vis à vis d'Alexandre III. Tantôt il était

pour le pape, et tantôt contre lui. Depuis que le
pape lui avait démontré la nécessité de repousser
les empiétements du clergé et de lutter pour la défense de l'Eglise contre les grands sans foi, un grand
parti s'était formé contre lui. A la tête de ce parti se
trouvait la reine Adèle sœur du comte de Champagne
et parente de l'anti-pape Victor. On travaillait sans
relâche l'esprit du roi en lui montrant, sous les plus
sombres couleurs, les dangers que pouvait lui attirer
sa bienveillance pour Alexandre. On faisait aussi
ressortir le danger inévitable d'une guerre avec
l'Allemagne, et la perspective d'une alliance entre
Frédéric et Henri d'Angleterre, l'ennemi juré de la
France.

Louis comprenait le péril, mais le pape était là,
et il ne pouvait se décider à laisser le chef de l'Eglise
sans appui, et surtout à le livrer à Barberousse.

D'un autre côté, les amis d'Alexandre (et de ce
nombre étaient, à peu d'exceptions près, tout l'épiscopat de France) étaient opposés aux plans de Frédéric.
On démontra à Louis comment Frédéric n'avait pour
but que d'humilier l'Eglise et de mettre tous les
princes sous sa dépendance. Louis était assez pers-
picace pour comprendre la vérité de ce fait; mais il
se trompait en se flattant de pouvoir se jouer de
Frédéric à l'aide des négociations de la diplomatie.
Les troupes allemandes, campées à la frontière de
France, parlaient assez haut. Tout cela inquiétait et
troublait le roi, aussi, dès que les formalités de la
réception eurent eu lieu, il laissa percer son mécontentement.

— Qu'est-ce donc? dit il en s'adressant au comte

de Champagne; quel contrat avez-vous fait avec
l'empereur? Qui vous a donné pleins pouvoirs à cet
égard?

— Votre Majesté elle-même en m'enjoignant, par
l'entremise de son chancelier, de contracter une
alliance. Veuillez vous assurer de la vérité de mon
assertion en parcourant cet écrit.

— Nous déplorons la précipitation de notre chancelier, répondit Louis, après avoir parcouru cette
lettre à la hâte. Il n'aurait pas dû laisser nouer si
vite une alliance hostile au Saint-Père.

— Laissez-moi vous rappeler ce qui s'est passé,
dit Manassès. Quand Alexandre par sa grossière inconvenance eut gravement insulté les envoyés de
Votre Majesté, et lorsque, par ce fait, elle se détermina à rompre toutes relations avec lui, je ne pouvais prévoir que votre générosité oublierait si vite
les injures. Mon écrit ne contient rien de plus, rien
de moins que votre volonté.

— Vous savez parfaitement vous excuser, seigneur archevêque; la faute n'en doit être qu'à nous!...
Soit! mais que cette faute, résultat d'un malheureux
moment d'oubli, n'ait pas d'autre suite!

Manassès s'inclina en courbant la tête sous le
déplaisir du souverain; un observateur exercé eût
pu remarquer la colère contenue du courtisan.

— Mais, sire, dit le comte de Champagne surpris,
le contrat ne touche en rien aux prérogatives de
votre souveraineté.

— Vraiment! sommes-nous libres? n'avons-nous
pas les mains liées?

— Vous n'êtes tenu qu'à une entrevue person-

nelle avec l'empereur, et à décider Alexandre à y
assister.

— Que dites-vous là? dit le roi furieux. Forcer
Alexandre à se rendre à une réunion qui doit le
condamner!... Et je coopérerais à cela!... c'est
dans le contrat?

— Oui, sire.

— Non! par tous les Saints, cela ne sera pas!
s'écria le monarque avec feu. Soyez honteux, comte,
d'avoir signé une convention qui nous déshonore!
Le chef de l'Eglise a cherché un refuge dans nos
états, et nous, son fils aîné, agirions envers lui avec
tant de mauvaise foi!... Nous emploierions la violence pour le traîner devant un tribunal composé de
créatures de l'Empereur! Non! par Saint-Denis!
nous perdrons plutôt la couronne et la vie!

Le courtisan laissa passer l'orage en silence, jusqu'à ce que le roi fut calmé.

— Permettez, sire, dit le comte de Champagne,
vous vous méprenez sur le sens du contrat. Il n'est
nullement question de violence. Il s'agit simplement
d'employer votre influence pour décider Alexandre
à prendre part à un concile. S'il est innocent, s'il
est le véritable pape, il sera enchanté de cette occasion qui lui sera offerte de défendre ses droits....

— Très-bien!... Vous avez dépassé vos pouvoirs,
et le contrat n'est pas valide. Alexandre peut faire ce
qu'il lui plaît, et nous ce qui nous paraît bon.
Sommes-nous donc le vassal de l'empereur? N'avons
nous plus la liberté d'agir d'après nos propres idées?

— Je le répète, le contrat ne touche en rien à votre
suprématie, répondit le comte de Champagne; mais

que devais-je faire? L'empereur était sur le point de
contracter, avec l'Angleterre, une alliance contre
vous; devais-je laisser signer un pareil traité?

Le monarque laissa sans réponse cette phrase
habilement décochée, mais elle fit impression sur lui.
C'était, en effet, la crainte de l'alliance de Frédéric
avec l'Angleterre qui lui avait fait engager les négociations.

— Et de quelle façon Barberousse se prépare-t-il
à notre alliance? demanda le roi qui cherchait un
nouveau prétexte pour donner carrière à sa colère.
N'est-il pas à la tête d'une forte armée sur nos frontières? N'est-ce pas là une menace?

En ce moment, et comme pour répondre à cette
question, on entendit retentir dans la cour une
bruyante fanfare.

— Qu'est-ce que cela? demanda Louis.

Il s'approcha de la fenêtre. Une troupe de chevaliers venait de s'arrêter devant le palais. Un chambellan vint, en même temps, annoncer au roi l'arrivée des envoyés de l'empereur.

— Nous les recevrons à l'instant, et nous accueil-
lerons volontiers les félicitations de l'empereur, car
tel est sans doute le but de cette ambassade, dit le
roi avec quelque émotion. Monsieur le chancelier,
ordonnez que les ambassadeurs soient reçus avec
toutes les formalités d'usage. Monsieur le chambellan, faites réunir la cour.

Et Louis rentra tout préoccupé dans ses appartements.

—··❧··—

XXXVII. — L'ESPION.

Le chancelier Reinald et le comte palatin Otto de
Wittelsbach étaient à la tête de l'ambassade que
Frédéric avait chargée d'aller féliciter le roi de
France. Tandis que la suite de ces seigneurs se dis-
persait dans la ville, le maréchal du palais les intro-
duisit au château.

La salle de réception occupait toute la largeur du
palais, et avait plutôt l'air d'une halle que d'un
appartement destiné à recevoir de grands personnages. Les murailles nues n'était pas recouvertes de
tapis ; toute l'ornementation consistait en armes,
parmi lesquelles on remarquait un trophée d'armes
franques des temps anciens. Un antique bouclier
d'acier, ayant appartenu à Charlemagne, attira l'attention du comte Otto. D'étroites ouvertures laissaient
à peine pénétrer un jour douteux ; le sol était recouvert d'un plancher brun, et le long des murailles,
étaient placés des bancs de pierre. Le comte palatin
examinait curieusement les armes ; il avait même
soulevé le bouclier gigantesque de Charlemagne.
Reinald se plaça dans l'embrasure d'une fenêtre,
pour causer plus librement avec le comte de Champagne. Enfin, le roi Louis parut. Il était vêtu de
riches habits, et suivi d'un grand nombre de seigneurs, parmi lesquels on remarquait son frère,
l'archevêque de Reims, Henri, primat de France,
prélat distingué et tout dévoué à Alexandre III.

Le monarque se dirigea vers l'extrémité supérieure
de la salle, où se trouvait placé un trône de chêne,
qui tirait toute sa valeur d'avoir servi à Charlemagne.

Pendant que le comte palatin se dirigeait vers le
roi, d'un air ouvert et dégagé, comme s'il eût voulu
prendre le trône d'assaut, Reinald s'avançait en s'inclinant profondément. Mais cela ne l'empêchait pas
d'étudier attentivement l'entourage du roi. La présence du vénérable primat ne parut pas lui faire
grand plaisir, car il lui lança un coup d'œil qui trahissait autant d'inquiétude que d'indécision.

Louis répondit par un simple mouvement de la
main aux génuflexions de Dassel. La physionomie
du souverain portait l'empreinte d'une détermination
bien arrêtée, qui fit place à un mouvement d'atten-
tive curiosité lorsque le comte de Champagne lui eut
fait connaître le personnel de l'ambassade. Dassel vit
l'étonnement avec lequel Louis fixa ses regards sur
lui, et il en fut flatté. Le comte palatin Otto, cuirassé
des pieds à la tête, regardait avec assez d'indifférence
le roi et toute sa cour.

Dassel commença, sur le champ, à user de sa
profonde science politique. Il répondit à la physionomie si froide du roi par une physionomie et un
langage encore plus froids, s'il était possible. Après
un court compliment, il aborda sur le champ le
point essentiel du traité.

— Nous apportons à Votre Majesté l'amitié et les
félicitations de l'empereur, notre seigneur et maître.
Votre Majesté sait quelle douleur le choix si important d'un pape lui occasionne. L'empereur se réjouit
de pouvoir s'entendre avec Votre Majesté afin de faire

cesser le schisme avant qu'il ait pu se répandre dans
tous les états de la chrétienté. D'après les renseignements reçus jusqu'ici, le seul moyen d'assurer la
paix du monde serait d'assembler un concile général.
Les princes d'Europe ont promis d'y prendre part,
les évêques de l'empire y assisteront et Votre Majesté
pourrait y convier les prélats de la France. Les deux
papes se présenteraient devant cette assemblée, et
chacun d'eux y exposerait ses prétentions. La sagesse
du conseil déciderait ensuite d'une manière définitive. L'Empereur espère que vous êtes désireux,
comme lui, de rendre la paix à l'Eglise, et que vous
y concourrez de toutes vos forces.

— Nous remercions l'empereur de ses félicitations,
répliqua Louis, et nous avons les mêmes désirs ;
mais nous ne sommes pas d'accord sur les moyens à
employer. Ce n'est pas aux princes, mais aux papes
qu'il appartient de convoquer les conciles. Jamais
nous ne nous permettrons d'empiéter sur les droits
du chef de l'Eglise ; les prélats français sont fort attachés aux règles canoniques, et répondraient à peine
à notre invitation. En outre, les statuts ecclésiastiques interdisent aux laïcs, fussent-ils princes, d'avoir
voix aux conciles et d'y siéger. Les évêques seuls
peuvent y prendre part.

— Permettez-moi de vous dire, reprit Dassel,
que l'empereur romain, protecteur-né de l'Eglise, a
toujours pu convoquer des conciles; l'empereur
Frédéric n'entreprend donc rien de nouveau. Il n'a
pas l'intention de participer à la discussion, il veut
simplement y assister comme témoin. Du reste, je n'ai
mission que de féliciter Votre Majesté, et de lui

demander où et quand aura lieu son entrevue avec
l'Empereur.

Cette demande causa quelque embarras à Louis;
s'il n'osait refuser ouvertement cette entrevue, d'autre part il en craignait les suites.

— Certes, monsieur le chancelier, dit-il, nous
souhaitons vivement nous rencontrer avec l'empereur,
pour resserrer encore nos relations d'amitié, mais
nous craignons que cette visite ne soit interprêtée
d'une façon fort opposée à nos vues.

— Et en quoi consisterait cette interprétation
erronée? demanda Dassel de son ton le plus soumis.

— En ce qu'on pourrait supposer que je serais
d'accord avec l'Empereur pour déposer le pape
Alexandre.

— Mais je ne crois pas que ce soit là un faux
jugement, répondit Reinald en souriant.

— Comment! monsieur le chancelier, vous nous
croyez capable d'un pareil crime? dit Louis surpris
de l'audace de Reinald.

— Observer une parole donnée n'est point un
crime, sire, mais un devoir.

— Oui, quand nos envoyés n'ont pas outrepassé
leurs pouvoirs, reprit vivement Louis. Le comte de
Champagne n'avait, en aucune façon, le droit de
s'engager pour nous à prendre parti contre le chef
de l'Eglise.

Le comte de Champagne sentit tout son sang
affluer à son visage; ses lèvres s'agitèrent, mais aucun son n'en sortit.

— Votre Majesté n'est tenue à rien, si ce n'est à
avoir une entrevue personnelle avec l'Empereur.

L'inexécution de cette promesse serait une grave injure pour l'Empereur.... Si vous refusez de venir, l'empereur tiendra sa promesse et viendra avec toute sa suite.

Cette menace produisit une vive émotion parmi les seigneurs français. Le roi lui même hésita un instant, et, avant qu'il eut pu répondre, le duc de Bourgogne s'était écrié :

— Si c'est une menace, sire chancelier, sachez que nous recevrons l'Empereur et sa suite comme ils le méritent!...

— Pas d'emportement, mon cher duc, dit Louis en intervenant. Nous l'avons dit, nous sommes disposé à répondre à l'invitation de l'empereur, et jamais nous n'avons eu l'intention de l'insulter. Qu'il fixe lui-même le lieu et l'époque de notre réunion ; nous nous y rendrons.

Peut-être n'était-ce là qu'une ruse pour gagner du temps? mais Dassel y était préparé.

— Puisque Votre Majesté laisse tout à la discrétion de l'empereur, Frédéric l'attendra le 29 de ce mois, au pont de la Saône.

Louis s'inclina sous ce résultat inévitable, et le comte Dassel termina sa mission en prenant part à un banquet et en quittant aussitôt la ville. L'indécision du roi, ou plutôt sa détermination inattendue étonnait le parti impérial. Tandis que le comte de Champagne se rendait chez sa sœur, l'archevêque Manassès arpentait à grands pas l'appartement.

— Cluny réconcilié avec Alexandre! le primat à la cour; le roi encore plus indécis que jamais!.... Il ne manquerait plus, pour achever notre défaite,

que la réconciliation du roi avec Henri d'Angleterre.
Si Alexandre l'emporte, il ne nous restera qu'à courber le front et à nous soumettre à de rudes pénitences ecclésiastiques.... Il n'y a pas de temps à perdre.... Il faut agir, il faut que la nouvelle du divorce de Henri-le-Lion arrive à l'oreille du pape. Au fait, je vais envoyer la princesse délaissée à Cluny. Alexandre jettera feu et flammes, et cet exemple apprendra à plus d'un seigneur ce qu'il y a à craindre de la rigueur d'Alexandre. Cet esprit d'opposition une fois réveillé, la haine de la cour fera le reste.

Il ouvrit la porte.

— Qu'on m'envoie tout de suite mon espion, dit-il.

A peine cet ordre était-il exprimé, qu'Antonio parut.

— Je n'ai pas encore eu le temps de reconnaître tes services. Prends toujours ceci en attendant.

Et le chancelier passa à Antonio une bourse, que celui-ci empocha en souriant.

— Merci, seigneur; ma faible science peut-elle encore être utile à votre politique?

— Nous verrons, Antonio; tu as promis de faire avancer le mariage de Richenza avec le cousin de l'empereur. Jusqu'à présent, je ne vois pas que tu aies beaucoup réussi. Le jeune homme, à ce que je crois, est toujours dans le château du comte. Si Louis apprenait un seul mot de ce plan, c'en serait fait du comte de Champagne, car ce mariage est opposé aux intérêts de la France.

— Je l'avoue, monseigneur, j'ai peu réussi jusqu'à présent.... Mais la faute n'en est pas à moi. Le comte de Champagne lui-même.....

— Tu ne me comprends pas; le comte de Champagne tient à rester neutre dans cette affaire. A toi de la terminer. Comme tu le dis, Rechberg est fiancé et sa future épouse est dans le voisinage... Voyons, Antonio, tu devrais, par quelque bonne rouerie, anéantir leurs projets. Tu y parviendras, je l'espère...

Manassès se tut, fit encore quelques pas dans la chambre, puis, se plaçant devant son affidé :

— La duchesse Clémence habite secrètement le château du comte?

— Oui.

— Il faut qu'elle parte demain pour Cluny; tu l'accompagneras.

L'ordre prit Antonio à l'improviste. Il songeait à se rendre le lendemain, avec Pietro, près d'Hermengarde.

— Je suis à vos ordres, dit-il, après un instant de réflexion.

— A Cluny, continua Manassès, ouvre l'œil et l'oreille; que rien n'échappe à ton attention. Observe surtout les prélats qui y résident. Examine bien quel est le vent qui souffle entre Alexandre et Henri. Mêle-toi aux serviteurs de la maison, il faut que tu connaisses tous les coins et recoins; les valets sont sans défiance.

— Vous serez satisfait, seigneur.

— Mais prends garde, il y a des coureurs de grandes routes en Italie; Clémence ne peut voyager sans escorte....

— Soyez tranquille, la plus vaillante épée de l'Allemagne l'escorte.

— Qui donc?

— Erwin de Rechberg.

— Très-bien ; il quittera alors le château. Mais en es-tu bien sûr?

— Parfaitement. Rechberg est un vaillant jeune homme ; s'il le fallait, je lui dirais le nom de celle qu'il escorte, et il regarderait comme un devoir de ne pas la quitter jusqu'à destination.

— Antonio, sois actif, fidèle et muet, tu n'y perdras rien... Maintenant, à l'œuvre ; cherche un prétexte pour ne pas retarder ton départ.

Antonio sortit par la grande porte du château, et y trouva la duchesse toute prête à partir. Erwin n'y était pas ; il s'était rendu dès le matin au camp impérial. L'espion se hâta d'aller l'y chercher.

XXXVIII. — LA REINE DE FRANCE.

Le comte de Champagne songeait à faire agir un allié plus énergique que l'archevêque d'Orléans. Nous avons déjà dit que sa sœur Adèle avait épousé le roi de France, et cela quinze jours après le décès de la reine Constance. Cette précipitation et le peu de tendresse qu'il avait témoigné à la défunte reine avaient indigné tout le pays, tandis que cette alliance nouvelle lui attiraient de vives inimitiés, surtout de la part du roi d'Angleterre.

Adèle exerçait un immense empire sur le roi.

Parente de l'anti-pape Victor, elle prenait vivement
son parti, et tous ses efforts tendaient à rapprocher
Louis de Barberousse. Elle ne pouvait souffrir le
pape Alexandre, parce qu'il s'était élevé contre son
mariage, et qu'il l'avait menacée des foudres de
l'Eglise.

A la suite d'un assez long entretien avec son frère,
la reine se rendit chez le roi. Elle le trouva assis sur
une chaise à large dossier, la tête appuyée sur sa
main, les yeux fixés à terre, toute sa physionomie
trahissait la colère et l'inquiétude.

— Adèle, dit le monarque en voyant sa jeune
épouse, depuis qu'Alexandre est en France, je n'ai
plus une heure de repos.

Cette sortie répondait aux désirs de la reine.

— Il est en votre pouvoir, sire, d'éloigner de
France la cause de vos soucis.

— En ma volonté, oui ; mais non en mon pouvoir.

— Vous n'êtes donc plus le maître en France?

— Les circonstances sont plus fortes que ma volonté. Je ne puis, sans m'aliéner la majeure partie
des prélats, me montrer hostile à Alexandre. D'ailleurs, il est le chef suprême de la chrétienté et notre
hôte.....

— Vous ne pouvez être forcé d'observer les lois
de l'hospitalité envers celui qui apporte le trouble
sous votre toit.

— O ma chère ! nous n'en sommes pas encore à ce
point, dit le roi.

— Je le sais, mais les circonstances sont toutefois
bien pénibles, dit Adèle avec abattement. Si l'appui
que vous prêtez à Alexandre contente les prélats, il

éloigne de vous les grands vassaux de la couronne.

Cette observation était juste.

— L'empereur est à nos frontières, à la tête d'une puissante armée; Henri d'Angleterre réunit des troupes dans le Nord.... Qui tirera la France du péril, sinon vos vassaux? Est-ce qu'Alexandre pourra vous être de quelque utilité dans le danger que vous courez à cause de lui?

— Douteriez-vous que nos vassaux hésitent à se rendre à notre appel, ainsi que l'honneur leur en fait une loi?

— La situation est plus tendue que vous ne le supposez, sire.... Déchirez le contrat signé avec l'empereur, protégez Alexandre, et vous verrez bientôt Barberousse franchir la frontière.... Tous vous abandonneront, même mon frère.

Elle se cacha le visage dans ses mains et se mit à pleurer.

— Qu'est-ce à dire, Adèle? s'écria le prince. Est-ce, comme nous l'espérons, l'inquiétude seule qui vous fait parler, ou bien avez-vous connaissance de cette trahison?

— O mon époux, soyez préparé à tout! Oui, le plus puissant de vos vassaux, le comte Henri de Champagne et de Troyes, a promis de se rendre auprès de l'empereur, si vous violez en un seul point le contrat qu'il a signé.

— Que dites-vous? s'écria Louis en se levant furieux.

— Il me l'a avoué en secret. Malgré mes prières et mes larmes, il est décidé à tenir son serment.

— Ah! le misérable, l'infâme! dit le roi en arpentant la chambre. Par Saint-Denis ! nous allons faire arrêter et emprisonner ce traître.

— Il est trop tard, cher époux ! Le comte de Champagne a quitté la cour.

— Eh quoi? le misérable est retourné chez lui?

Cette dernière question fut faite avec moins de colère que d'inquiétude.

— Non pas, il s'est rendu à la cour de l'empereur.

— Sans doute pour y recevoir le prix de sa trahison? Oh! le misérable....

— Il m'a même laissé entrevoir, reprit Adèle dans le but d'effrayer le roi, que d'autres vassaux de la couronne étaient disposés à suivre son exemple. On préfère, m'a-t-il dit, avoir pour suzerain un empereur libre et indépendant, que d'obéir à un roi vassal du pape.

— Où suis-je? s'écria douloureusement Louis, en s'abandonnant à toute l'indécision de son caractère ; rébellion contre le trône, rébellion contre l'Eglise, entouré de traîtres dans mon palais!...

— Le danger est proche et menaçant.... Mais vous avez le pouvoir de le détourner.

— J'ai ce pouvoir, moi? Le comte de Champagne n'est-il pas déjà parti? est-ce que les autres traîtres ne le suivront pas? est-ce que demain, peut-être, ils ne se lèveront pas contre leur souverain, les traîtres? Oh! j'entrevois leur plan de trahison, il est parfaitement organisé.

— Vous exagérez, sire, se hâta d'ajouter l'habile princesse. Peut-être, mon frère reviendra-t-il demain. En ce cas, vous ferez sagement de dissimuler votre courroux.... Il ne doit pas se douter que vous connaissez ses projets hostiles.

— Mes meilleurs amis, les membres de ma famille se soulèvent contre moi ! dit Louis avec émotion ; je reconnais là le doigt de Dieu…. Depuis des
années, j'ai foulé aux pieds les commandements de
la sainte Eglise, le courroux du ciel se déchaîne
contre moi !…

— Ne vous désolez pas, reprit Adèle, cherchez
plutôt à détourner l'orage ; ne perdez pas de temps,
les circonstances pressent. Mon frère vous sera fidèle envers et contre tous, si vous observez le contrat
qu'il a signé en votre nom.

— N'ai-je pas consenti à l'entrevue? et cependant
le traître est parti !

— Vous avez refusé de décider Alexandre à se
rendre au concile.

— Suis-je donc le souverain du pape? est-ce à
moi de donner des ordres au chef de l'Eglise?

— Vous pouvez l'y inviter, agir sur lui à l'aide
d'amicales représentations ; en un mot, vous pouvez
exécuter la lettre du contrat, sans rien faire de contraire à votre conscience.

Adèle n'eut pas de peine à rassurer son époux. On
choisit, pour décider le pape, un prélat bien connu
et dont la réputation de sainteté s'étendait au-delà
des frontières de la France : c'était l'archevêque
Pierre de Tarentaise. Il se trouvait précisément à la
cour. Le roi l'ayant prié de se rendre auprès de lui,
il ne tarda pas à entrer dans l'appartement.

La tranquillité du noble vieillard présentait un
contraste saillant avec l'émotion de Louis, et toute sa
personne était la satire la plus violente des prélats
de la cour de ce temps-là. Un vêtement de drap

grossier, sans broderies, serré à la taille par une
ceinture, couvrait l'archevêque. Sa tête chauve
n'avait qu'une couronne de cheveux blancs, tombant
en boucles. Une longue barbe descendait sur sa poitrine et contribuait encore à rendre sa physionomie
plus respectable. Son grand âge et ses austérités
avaient courbé son corps, mais son œil brillait d'un
éclat tout céleste. L'ensemble de ses traits respirait
un mélange gracieux de douceur et de charité
chrétienne.

— Digne prélat! s'écria Louis, en se hâtant d'aller
au-devant de l'archevêque....

Il lui exposa la situation, et continua :

— Et maintenant, dites, ô mon père, ne suis-je
pas aussi malheureux que le roi David poursuivi par
Absalon? Le comte de Champagne n'est-il pas le
frère de ma femme?

— On connaît depuis longtemps les roueries de
la cour impériale et l'habileté avec laquelle elle sait
entraîner les autres à sa suite, répondit Pierre. Le
comte Henri aura été circonvenu.... Il a juré d'exécuter un contrat, dont il n'a pas prévu les suites. Il
faut que nous trouvions un moyen de ne pas violer
le serment qu'il a prêté à Barberousse.

— Connaissez-vous un autre moyen de sortir de
cette difficulté, que celui d'inviter le pape à assister
au concile?

— Je n'en vois pas d'autre en ce moment; il faut
y réfléchir!...

— Mais il n'y a pas un instant à perdre!.... Qui
sait si mon refus n'est pas agréable à Frédéric, et
s'il ne saisira pas avec joie cette occasion de s'allier

avec Henri d'Angleterre contre la France? N'est-il
pas à la frontière, tout prêt à la lutte?

— On peut malheureusement tout craindre d'un
homme qui déchire l'Eglise.

— C'est pour cela que je vous prie, digne prélat,
d'aller en ambassade auprès du pape ; assurez-le de
mon respect, de ma fidélité ; les circonstances seules
me forcent à l'inviter au concile, et non pas ma
libre volonté.

— Cette invitation convenablement présentée n'a
rien de repréhensible, dit l'archevêque après une
courte réflexion. On ne peut douter des bons sentiments de Votre Majesté pour le Saint-Père, aussi je
me charge volontiers de ce message.

— Dieu soit loué ! répondit Louis avec joie ; vous
enlevez le poids énorme qui oppressait mon cœur !...

— Eh bien ! reprit le vieillard, faites sur-le-
champ savoir à l'Empereur qu'en exécution du contrat, vous avez adressé au Saint-Père une invitation
pour le concile. Je suis presque convaincu qu'Alexandre ne pourra s'y rendre ; mais les apparences
seront sauvées, le comte de Champagne verra sa
parole dégagée, vos ennemis n'auront aucun prétexte
pour vous nuire.

— Dieu parle par votre bouche, ô mon père, et je
suivrai vos conseils.

— Je vais me préparer au départ ; que Dieu garde
Votre Majesté !

— Ne nous quittons pas ainsi ; donnez-nous votre
bénédiction, mon père ! dit le roi en s'agenouillant
devant le vieillard.

Et l'archevêque, sans manifester la moindre émotion, leva les yeux et les mains au ciel, pria quelques instants à voix basse, puis, étendant la main droite, il dit à voix haute : *Benedictio Dei omnipotentis descendat super te et maneat semper.*

— *Amen!* répondit le roi, qui se releva et accompagna le prélat jusqu'à la porte de la salle.

XXXIX. — SOUS LES CHÈNES.

Le jour fixé pour l'entrevue des deux souverains était arrivé. Frédéric avait fait dresser plusieurs tentes magnifiques de l'autre côté du fleuve, tandis que, sur la terre française, on n'apercevait que quelques chênes, sous le feuillage desquels Louis et sa suite se préservaient des rayons du soleil.

Louis VII portait un habit de chasse de couleur verte, un chapeau à plumes et une courte épée. Dès le matin, le roi se livrait au plaisir de la chasse dans les forêts voisines ; il allait au rendez-vous comme par hasard, sa rencontre avec l'Empereur devant paraître improvisée, du moins au peuple qui méprisait le pape Victor et voyait à regret l'alliance de Louis VII avec Barberousse, le schismatique.

Louis montrait extérieurement l'ennui que cette entrevue lui causait. Son inquiétude ne fit même que s'accroître, à la vue des tentes échelonnées dans le lointain. Barberousse, en effet, se présentait à la tête

de nombreuses troupes, afin de pouvoir mieux faire
agréer ses projets. Tous les princes de l'empire avaient
été invités à se rendre à Laon, avec tous leurs hommes
sur le pied de guerre.

Près du roi de France se trouvaient le duc de
Bourgogne, le comte de Champagne et le comte de
Nevers. Ce dernier, seigneur audacieux, n'était pas
partisan de la papauté. Ennemi passionné d'Alexandre, il n'était pas moins violent à l'égard de Victor,
et s'il insistait pour qu'une alliance eût lieu entre
Louis et Frédéric, c'était dans le seul espoir de jouir
en paix de ses rapines.

Un peu plus tard parurent, près du pont, le primat
de France, Pierre de Tarentaise, et Galdin Sala. Ce
dernier, depuis la destruction de Milan, vivait à la
cour d'Alexandre. Il revenait en ce moment de Cluny
avec l'archevêque de Tarentaise, et tous deux étaient
problablement chargés d'une mission secrète.

Plus l'arrivée de Barberousse se faisait attendre,
plus Louis respirait librement ; il espérait que Frédéric ne viendrait pas, et que l'entrevue n'aurait pas lieu.

— Que vous en semble, messeigneurs? L'Empereur paraît ne pas beaucoup tenir à la promesse qu'il
m'a faite. Le soleil monte à l'horizon, et l'heure fixée
pour le rendez-vous est passée depuis longtemps.

— Des circonstances imprévues auront probablement retenu l'empereur, dit le comte de Champagne
auquel la joie secrète de Louis n'échappait pas ; il
ne peut manquer de venir.

— Ne serait-il pas à propos, dit un seigneur, de
lui envoyer un messager pour le prévenir de votre
arrivée?

— Non, dit Louis; à quoi bon ces échanges de messages? Qu'est-ce que le roi de France après tout? Peut-être l'Empereur a-t-il déjà oublié cette bagatelle?

— Il aura été retenu par des affaires d'État, dit le comte de Nevers.

— Et jusqu'à ce que ces affaires-là soient réglées, le roi de France peut attendre!.... Très-bien, reprit Louis. Mais nous n'attendrons plus... Y aurait-il en France des gens qui désirent notre abaissement.... et peut-être même notre déchéance?

Ces paroles à l'adresse de Henri de Champagne, furent prononcées avec quelque aigreur.

— Ceux-là ne peuvent être que des traîtres! dit le duc de Bourgogne, qui connaissait les relations du comte de Champagne avec l'empereur.

Le comte de Champagne lança au duc un regard furieux.

— Je ne croyais pas, dit Louis, qu'il y eût en France un homme capable de vendre sa foi, alors même qu'il y aurait sur terre un autre homme capable de le payer par de fausses promesses.

— Les passions et surtout la convoitise, reprit le duc, corrompent le cœur et le rendent propre à toutes les mauvaises actions; mais c'est un fait, le sol de la France porte des individus capables de vendre leur patrie!

— Êtes-vous bien convaincu de l'existence de ces gens-là? demanda Champagne en retenant sa colère avec peine.

— On en parle, répondit le duc de Bourgogne.

— Un homme d'honneur est prudent avant d'accuser les autres.

— Chacun sait s'il est ou non le valet de Fréderic, reprit le duc. Aussi longtemps que les traîtres jugeront à propos de se couvrir du masque de la fidélité, je ne puis que les surveiller ; mais s'ils se hasardent à jeter le masque, on saura aller au-devant d'eux en champ clos.

— A quoi bon cette discussion, messeigneurs? dit alors le primat pour empêcher le beau-frère du roi de répondre d'une façon encore plus virulente. Je suis convaincu que Champagne et Bourgogne combattront ensemble sous l'oriflamme, dès que la France fera flotter sa célèbre bannière.

— Je suis toujours au poste que m'assignent mon serment et mon devoir ! dit le comte de Champagne avec orgueil.

— Et il ne saurait y avoir de doute sur ce point, ajouta le roi ; vous nous êtes uni par un double lien, celui du vasselage et celui de la parenté.

Le comte de Champagne se tut ; son orgueil ne lui permettait plus de discuter. En toute autre circonstance, il serait monté à cheval et se fût éloigné sans prendre la peine de s'excuser, mais en ce moment il devait plier. Il le fit avec la résolution bien arrêtée de se venger du duc de Bourgogne à la première occasion favorable.

Louis comprit que l'inimitié entre ses grands vassaux n'avait rien d'avantageux ; il se hâta d'y mettre fin.

— L'heure est passée, dit-il en regardant le soleil. Vous êtes tous témoins que ce n'est pas nous qui manquons au rendez-vous.

— L'empereur viendra certainement, attendez encore quelque temps, dit le comte de Champagne.

— Non pas, comte; notre dignité s'y oppose. Je suis las d'attendre. Frédéric prouve, par son absence, qu'il n'a pas une considération excessive pour votre roi. Je suis presque forcé de croire à la vérité des bruits qui lui attribuent des intentions de suprématie sur tous les princes de la chrétienté.

— Comme il vous plaira, Sire. Cependant, continua le comte de Champagne, vous pourriez avoir à regretter les suites de ce départ.

— Les suites! qu'est-ce à dire?

— Le comte veut dire, répondit le duc de Bourgogne, que les ennemis de la France pourraient profiter de cette occasion pour vous accuser de manquer de parole et envahir nos frontières. Ils peuvent venir, nous les attendons!

Louis regarda du côté du camp; de nouvelles craintes l'assaillaient; il était disposé à attendre encore, mais le duc de Bourgogne s'y opposa.

— Vous ne pouvez attendre plus longtemps, Sire, sans préjudice pour vous-même. Si l'empereur veut la guerre, votre condescendance ne l'empêchera pas de vous chercher querelle.

— Je recommande la France à l'appui du Tout-Puissant! dit le faible monarque; mais veuillez, mon cher duc, complimenter l'empereur en mon nom.

— Le Ciel m'en garde! Je ne rencontre jamais les ennemis de la France que sur les champs de bataille. C'est à la tête de mes hommes d'armes que j'irai complimenter Barberousse.

Et le bouillant guerrier remonta à cheval.

— Il faut néanmoins que vous portiez au pape le

message de l'empereur, mon révérend père, dit Louis en s'adressant à Pierre de Tarentaise. Veuillez, je vous prie, avoir la complaisance de représenter à l'empereur que j'ai rempli les conditions convenues, et que je l'ai même attendu au-delà du temps fixé.

— Reposez-vous sur moi, dit le pieux archevêque.

Le roi jeta encore un coup-d'œil en arrière, monta à cheval, et se dirigea vers Laon en compagnie du duc de Bourgogne. Le comte de Champagne s'adossa à un chêne, et regarda d'un air sombre devant lui. Le sauvage Guillaume de Nevers était à ses côtés, souriant ironiquement.

— Le Bourguignon, dit-il, parle comme s'il voulait disputer l'empire à Barberousse.

— Vous êtes de joyeuse humeur, comte, dit Henri de Champagne.

— Et pourquoi pas? L'âme héroïque du duc de Bourgogne enflammera celle du roi; notre vaillant souverain ne tiendra pas sa promesse..... Alexandre ne venant pas, il faudra que Barberousse vienne et amène Victor.... Ah! voilà un digne homme, qui ne regarde pas comme un crime l'action de dépouiller de riches couvents!... Mais si le pape Alexandre restait à la tête des affaires, peste, je devrais faire pénitence!.....

Tandis que le comte de Nevers exposait ainsi les motifs qui l'attachaient à Frédéric et à Victor, les deux ecclésiastiques causaient à l'écart.

— Le roi Louis peut être sincèrement dévoué au Saint-Siége, disait Galdin Sala, mais il ne luttera pas à main armée avec Barberousse. Je crains tout pour le Saint-Père. Un cloître écarté le recevra, et il y restera, sous une stricte surveillance, jusqu'à son dernier soupir. Pendant ce temps-là, Victor, le valet dévoué de Frédéric, gouvernera selon les idées de l'empereur ; les prélats de cour seconderont ses manœuvres, jusqu'à ce que toute l'Église soit tombée dans un état déplorable.

— Ce sont là des craintes purement humaines ; les décrets de Dieu restent impénétrables et ses voies échappent à l'œil des mortels. Comment Louis a-t-il reçu la nouvelle des négociations avec le roi d'Angleterre ? Je sais que vous avez mission de le sonder à cet égard.

— Voici l'empereur, dit Pierre de Tarentaise, en désignant dans le lointain des nuages de poussière.

Le cortége se rapprochait de plus en plus ; les armures brillaient au soleil ; on distinguait les bannières princières, les vêtements des seigneurs, les armures étincelantes ; enfin, le cortége s'arrèta devant les tentes.

XL. — UN VÉRITABLE ÉVÊQUE

L'empereur s'était rendu dans sa tente, suivi de Reinald et des deux comtes français. La nouvelle du départ du roi de France lui causa un vif sentiment de dépit.

— Il se figure avoir agi royalement ! dit Barbe-

rousse; n'est-il pas risible de songer que la paix est
en question, parce que l'un de nous est arrivé au pont
un peu plus tard que l'autre? Mais à quoi en est donc
l'objet principal du contrat? Le cardinal Roland as-
sistera-t-il au concile?

— L'archevêque de Tarentaise vous renseignera
à cet égard, Sire, répondit le comte de Champagne.
Tout ce que je sais, c'est qu'il a décliné l'invitation
royale.

— L'invitation! Qu'est-ce à dire? Est-ce par une
invitation qu'on peut faire plier Roland?..... Vous
voudrez bien vous souvenir que, dans nos conven-
tions jurées par vous au nom de Louis, ce prince
s'est engagé à amener Roland devant ses juges.

— Fort bien, Sire; je tiendrai ce que j'ai promis,
mais je ne puis forcer le roi à agir de même.

— C'est pourtant le seul moyen d'empêcher le roi
de violer son serment, ajouta Guillaume de Nevers.

Il se fit un silence. Sur le front de Barberousse
s'amoncelaient des nuages, et son œil regardait d'un
air menaçant du côté de la France.

— Évidemment, reprit-il, Louis pense se jouer de
nous, mais nous ne le souffrirons pas. Le roi de
France apprendra que nul ne peut aller impunément
à la traverse de la plus puissante nation du monde!
Choisi par la Grâce de Dieu pour protéger l'Église,
nous devons rétablir l'ordre et même châtier les rois!
Comte, faites connaître au roi tout notre mécontentement.... Nous comptons qu'il exécutera, de point en
point, le contrat qu'il a juré. Souvenez-vous que vous
vous êtes engagé, soit par force, soit autrement, à
amener au concile le cardinal Roland. Si le roi de

France veut, comme nous, la paix et l'ordre de
l'Église, il n'épargnera ni les instances ni les menaces
pour que tous les évêques de France prennent part
au concile. Nous regardons comme une déclaration
de guerre l'inobservance de la moindre clause jurée;
nous envahirons le pays, et nous forcerons bien le
roi à ne pas laisser le pays et l'Église aux mains de
quelques énergumènes. Messire chancelier, faites
écrire et sceller ce message.

Dassel s'inclina, et, satisfait de l'énergie que déployait l'empereur, il sortit de la tente.

— Il est bien entendu, messieurs, dit Barberousse
changeant tout-à-coup de ton, que nous recevrons
l'archevêque comme envoyé du roi de France et non
comme un messager de Roland.

Les seigneurs quittèrent la tente, pour être présen-
tés par Reinald aux princes allemands.

— Quel mélange de faiblesse et de fanfaronnade!
se dit l'empereur à part lui. Je n'en viendrai à la
guerre qu'à contre cœur, mais il faut que la France
cesse de se faire la protectrice du pape.

L'entrée de l'archevêque interrompit ce monologue.
L'aspect digne et respectable du prélat produisit
une grande impression sur le monarque. Habitué à
voir les prélats de cour revêtus d'oripeaux et de riches
costumes, il fut surpris de la simplicité et du calme
de l'archevêque. Assez au courant des habitudes
religieuses de son temps, et connaissant la renommée européenne de Pierre de Tarentaise, Frédéric le
regardait avec une émotion qui le surprenait intérieurement. De son côté, le prélat connaissait la haute
position de Frédéric et les intentions hostiles qu'il

nourrissait par rapport à l'Église. Son œil clair se
reposait sur l'empereur, et ses regards, calmes et
profonds, pénétraient au fond de l'âme.

— Je suis heureux de pouvoir vous connaître
personnellement, digne père, dit Barberousse, en
invitant du geste le prélat à s'asseoir. J'ai entendu
dire tant de bien de vous que je désirerais que tous
les prélats vous ressemblassent. Un mot toutefois :
je sais que Roland a refusé notre invitation. Je devais
m'y attendre ; les dangers exaltent certains caractères
au lieu de les dompter. Je suis cependant curieux de
connaître les motifs qui ont dicté son refus.

— Ces motifs, Sire, il ne les a pas inventés. La doctrine de l'Église enseigne que son chef ne peut se soumettre à aucun tribunal terrestre.

— Je reconnais bien là la fierté du cardinal !

— Le Saint-Père vous supplie de ne plus persé-
cuter l'Église ; il souffre en voyant partout le désordre
des mœurs, la discorde universelle, et cela par votre
faute. Il se lamente surtout à propos des siéges
épiscopaux que vous laissez vacants, ou que vous
conférez à des hommes frappés des censures ecclésiastiques.

— Naturellement, nous ne choisissons pas pour
évêques les partisans de Roland. Ce serait réchauffer
le serpent dans notre sein. Mais j'ai tort de m'excuser
devant celui qu'on accuse ; cela est contre les règles.
Si nous voulions nous excuser auprès du pape Alexandre de toutes les insinuations qu'il fait peser sur
nous, notre honneur n'y résisterait pas !...

Frédéric prononça ces paroles avec quelque dépit,
et se leva pour donner congé à l'envoyé.

Le prélat resta tranquillement assis. Connaissant parfaitement Barberousse, il lui était pénible de voir un personnage si influent poursuivre des plans qui devaient amener la ruine de la chrétienté. Il lui en coûtait de voir le monarque s'engager dans cette voie, et il s'efforça de le lui faire comprendre, en des termes dont la nouveauté dut quelque peu le surprendre.

— C'est avec raison que Votre Majesté exige que l'on reconnaisse la suprématie impériale ; mais le Saint-Père ne peut-il vous demander la même faveur, c'est-à-dire la reconnaissance de son indépendance spirituelle ?

— Sans doute ! nous ne prétendons en aucune façon nous mêler des affaires purement papales.

— Mais vous vous en mêlez de la façon la plus violente ! A peine si le représentant de Dieu a, sur terre, assez d'espace pour y poser le pied ! Tout est devenu impérial : évêques impériaux, cloîtres impériaux, abbés impériaux, instructions impériales dans les écoles !.... Alors, à quoi bon un pape ?

Cette vérité frappante, formulée avec calme, réveilla à peine un souvenir dans l'âme de Barberousse.

— Votre argumentation est à la fois injuste et fausse ; toute la terre est au pape, et il peut, partout, jeter son filet de pêcheur ; ce n'est pas nous, protecteur de l'Église, qui chercherons à l'en empêcher.

— Oui, tant qu'il sera sous vos ordres, vous le laisserez agir ; mais si le pape désire être son propre maître, si, indépendant de tout pouvoir humain, il veut enfin régner par lui-même, qu'arrivera-t-il ?

— Il n'y a qu'un seigneur sur la terre, et c'est

l'empereur! dit Frédéric avec orgueil; les lois ne sont que l'expression de sa volonté, et tous les pouvoirs n'existent que par elle!...

— Dans les choses terrestres, soit; mais pour les choses spirituelles, Dieu a choisi un autre souverain, le chef de l'unité religieuse, le pasteur suprême de la chrétienté, le pape!

— L'empereur appartient aussi au troupeau des fidèles, dit vivement Frédéric, de sorte que le pape serait le pasteur de l'empereur, son père spirituel, n'est-ce-pas?

— Sans doute. Dieu a dit au premier pape : « Fais paître mes brebis, » et il n'a pas fait d'exception pour l'empereur.

— Et pourtant l'empereur romain avait le titre de *pontifex maximus!* Comment expliquez-vous cela, monsieur l'archevêque?

— Les empereurs romains étaient païens.....

— Soit, je suis et veux être empereur romain tout entier!....

— Une tête païenne sur un corps chrétien!

— Non! répondit Barberousse, mais allez à Byzance; parcourez les Institutes de Justinien : vous y verrez qu'il peut y avoir alliance entre un païen sur le trône et la chrétienté.

— Vous vous appuyez sur Justinien? mais quel est donc le système de Justinien? N'était-ce pas l'anéantissement de toute liberté, l'annulation de tous les droits de l'humanité? Grand Dieu! ajouta l'illustre archevêque en se levant avec douleur devant l'empereur, quelle erreur! quel danger! Mais le pape n'a pas encore subi le joug de l'esclavage; les peuples ne le souffriraient pas!

— Très bien ; mais si, en cas de désunion, les
peuples penchaient vers le spirituel, il ne serait pas
difficile d'amoindrir la puissance de l'empereur et de
renverser le tyran.

— Permettez, Sire, vous donnez à nos pensées une
interprétation toute contraire. Mais le père des fidèles
doit s'opposer à ceux qui veulent exercer la tyrannie
et le despotisme. L'Évangile a délivré les hommes,
le paganisme seul connaissait l'esclavage ; croyez-
moi, ajouta le vieillard d'un ton prophétique, le jour
où les papes cesseront de protéger la liberté, la révolution bouleversera le monde !

Barberousse secoua la tête d'un air mécontent et
incrédule ; il reprit :

— L'empereur d'Orient n'a pas de pape, et il règne
en paix.

— Encore une erreur, Sire ! Regardez attentivement ce qui se passe à Byzance. Qu'y voyez-vous ?
Un royaume usé et mourant, un clergé courtisan et
sans force, une armée d'ecclésiastiques n'ayant pour
loi que la volonté impériale ; un peuple énervé, sans
mœurs, plein de vanité et d'idées serviles. Et c'est un
pareil état que vous enviez pour votre brillant empire !....

— Vous exagérez ; les choses n'en sont pas à ce
point.

— Ah ! Sire, elles sont dans un état bien plus
fâcheux encore. Grand Dieu ! je le vois maintenant,
Salisbury a raison !...... Je le regrette, mais il a
raison.....

— Salisbury ! dit Barberousse, en tressaillant, car
il avait une grande considération pour les connais-

sances de ce savant illustre. Oserai-je demander en
quoi il a raison?

Pierre poussa un profond soupir.

— Pourquoi cette hésitation, monsieur l'archevêque? Le jugement d'un sage sur nos actes vous est
connu, et vous voulez nous le dissimuler?

— Salisbury se laisse parfois aller à m'écrire, dit
Pierre en pâlissant.

— Eh bien! qu'écrit-il sur nous?

— C'est tout récemment que j'ai reçu sa lettre, dit
le prélat, en tirant un parchemin; elle renferme une
étude sur l'état actuel de l'Église, et surtout sur vos
projets. Elle ne dit pas autre chose que ce que Votre
Majesté elle-même vient de m'apprendre, et pourtant
je n'y voulais pas croire!...

— Parlez.

— Vous le voulez; soyez donc prêt à entendre
d'amères vérités.

« Égaré par les principes du droit de Justinien,
Frédéric rêve le rétablissement du brillant empire
romain, dans sa forme complète et fausse. Il ne
comprend pas la grande idée de l'empire chrétien, ou
elle ne suffit pas à son orgueil. Il veut moins être le
protecteur de l'Église que son maître. Le pape doit
gouverner à son gré la barque de saint Pierre, les
évêques ne doivent être que des abbés de l'empire, et
la religion soumise au but que se propose le gouvernement. De même qu'il anéantit la vie libre de
l'Église, il supprime l'indépendance dans tout le
pays. Au lieu des mœurs et des coutumes qu'il a
charge de protéger, son plan consiste à tout réorga-
niser. Cet empereur, s'il arrive à ses fins, aura tué

toute indépendance. Quel prince, pourtant, pouvait
être comparé à Frédéric, avant qu'il fût devenu un
tyran, et que, d'empereur catholique, il se fût jeté
dans le schisme? »

Ce fut avec un étonnement extrême que Frédéric
entendit cette lecture, et plus d'une fois il eut envie
de l'interrompre ; enfin, au mot de schisme, il rougit
de colère et s'écria :

— Assez ! l'écrit de ce savant personnage fourmile
d'exagérations ! On nous jette à la tête le nom de
schismatique, et tout est dit.... Parce que l'humilité
de Victor nous semble plus digne du Saint-Siége que
l'orgueil de Roland, on nous appelle destructeur de
la liberté de l'Église !

— Permettez, Sire, je dois répondre quelques
mots, c'est mon devoir, dit Pierre. Vous parlez de
l'humilité de Victor, mais Victor n'est, par le fait,
que votre créature, un jouet que votre souffle fait aller
où il veut, un pantin que vous avez choisi pour obéir
à tous vos caprices !.... Et Victor serait le chef légitime de la chrétienté?....

Barberousse était confondu en entendant un pareil
angage. La franchise du vieillard, son calme et sa
dignité le forçaient à l'écouter. Il n'y avait pas d'animation dans ses traits, mais sa voix était claire et
exprimait douloureusement le sentiment du devoir.
Barberousse le regardait en silence.

— Vous reconnaîtrez, Sire, qu'il faut que le pape
soit libre, pour s'acquitter de son ministère. Et quand
toute l'Église serait en relations avec le chef qui la
dirige, qu'est-ce qu'une Église asservie? Grand Dieu!
à quelles bassesses lui faudra-t-il descendre, quelles

actions devra-t-elle sanctionner dans l'intérêt des raisons d'État! Une religion qui agirait dans l'intérêt des passions humaines, au lieu de les combattre, ne pourrait servir au salut des hommes!.... Tout se trouverait anéanti, le mal envahirait le monde entier, et ferait disparaître, avec la lumière du Christ, la croyance, la volonté et la puissance du bien!.... Et c'est là, conclut le vieillard avec énergie, c'est là cet état de dégradation auquel vous voulez réduire une Église qui a dix siècles d'existence!

L'archevêque s'était levé et se tenait devant Frédéric comme un prophète antique.

— C'est bien! en voilà assez; nous comprenons l'indépendance, mais dans certaines limites...

— Ce n'est pas l'indépendance, c'est le devoir qui a dicté mes paroles, Sire! Puisse cet appel d'un vieil évêque, près de paraître devant le juge suprême, ne pas être perdu pour vous! Il est plus difficile de dire la vérité aux princes que de la leur taire. Je ne vous ai dit que la vérité. Daigne le Ciel éclairer Votre Majesté!

Le prélat s'inclina et sortit.

— Certes, se dit Barberousse, voilà un digne homme, un prêtre rare!..... Il pourrait changer un esprit moins décidé que le mien à poursuivre ses desseins!

XLI. — UN PÉCHEUR ENDURCI.

Le duc d'Autriche était à peine descendu de cheval, que Galdin Sala lui fit demander une entrevue. Lors du siége de Milan, le nom de Galdin avait été si souvent prononcé que le duc était presque fier de se trouver en relations personnelles avec un personnage qui avait eu tant d'influence sur les assiégés. Il s'empressa donc d'entrer dans la tente où Sala l'attendait.

L'archidiacre tenait à la main un rouleau de parchemin, revêtu d'un sceau. C'était là la forme usitée pour correspondre avec des personnages de distinction.

Galdin lui remit la lettre, après s'être profondément incliné. A peine Henri eût-il ouvert le rouleau et examiné le cachet, que sa physionomie exprima le plus vif mécontentement.

— Que vois-je? une lettre du Saint-Père! à moi! dit le prince surpris; c'est une erreur, cet écrit doit être pour l'empereur ou pour le roi de France!

— La lettre est adressée à Henri, duc d'Autriche, et elle a beaucoup d'importance! dit Galdin avec respect.

Le duc dénoua les fils de soie, et lut, à la grande surprise de l'archidiacre, le bref latin, car ses études au cloître de Fulva l'avaient mis à même de se passer de secrétaire.

— Clémence à la cour du pape! Je la croyais en Allemagne!.. Le Saint-Père est furieux contre l'action criminelle.... *scelus et flagitium*; oui, c'est bien un crime, dit le duc en continuant à lire et à accompagner sa lecture de réflexions. Le divorce est déclaré nul et non valable. Le Lion est maudit et banni. Ma foi, voilà le langage d'un véritable pape! Je dois faire des représentations au duc.... Je crains bien que ce ne soit peine perdue!...

— Votre Altesse sera fidèle à la voix du Saint-Père, reprit Sala. De tous les princes du camp impérial, Votre Altesse seule est digne de la confiance du pape, et il vous charge de protester contre cet acte inique. Ce serait à l'empereur lui-même de protéger la malheureuse duchesse, mais Frédéric n'est pas opposé à ce divorce!....

— Cela est vrai; c'est un mauvais moyen de gouverner, une fâcheuse mesure prise dans des vues d'accroissement territorial, dit Henri avec ardeur. Le misérable chancelier de l'empereur a dirigé toute cette affaire... La fille de mon cousin vivait avec son époux dans la meilleure intelligence, et, de jour en jour, de nouveaux faits se produisaient à la lumière!... Ah! les princes ne veulent pas voir où cela doit les mener; ils n'ouvriront les yeux que quand ils auront la corde au cou.

— Quel rapport tout cela a-t-il avec le divorce?

— Vous ne connaissez pas la situation, reprit Henri; le renvoi de Clémence doit brouiller le duc de Saxe avec les parents de la duchesse; or, l'union de ces deux maisons rendait impossibles tous les projets tentés par Frédéric contre la liberté du peuple, du clergé ou de la noblesse.

— Frédéric cherche évidemment à s'assurer la

suprématie, dit Galdin dans le but de pousser le duc dans la voie des confidences.

— Il n'y a pas à en douter. Pourquoi ne donne-t-il pas des titulaires aux fiefs vacants et les garde-t-il pour lui? Il possède déjà tout le territoire qui s'étend de Rottenburg jusqu'à Besançon. Il jette la discorde parmi les seigneurs, rattache les fiefs à la couronne, et s'est créé dans l'Église une armée d'évêques corrompus! N'est-ce pas là, dites-moi, de quoi assurer la suprématie impériale?

— Tel est aussi mon avis.

— Ce n'est pas tout. L'empire doit être divisé d'après le système oriental. Un de mes anciens serviteurs qui était avec Barberousse à la dernière croisade, l'a entendu exprimer son admiration pour l'empire grec. Il faut à Barberousse une capitale, une Constantinople, et il l'a déjà. C'est Mayence! Attendez son retour en Allemagne, et vous verrez si cette ville ne perd pas toutes ses libertés à cause du meurtre d'Arnold, et s'il ne fait pas de cette cité coupable une autre Constantinople!....

— Mais comment prêtez-vous encore à l'empereur l'appui de vos armes?

— Parce que je suis seul de mon avis!... Du reste j'ai déjà parlé franchement, à l'empereur; il sait que jamais je ne prêterai les mains à ses projets. Je vous ai parlé franchement afin que vous rapportiez mes paroles au Saint-Père. Qu'Alexandre ne recule pas, il est le seul défenseur du droit et de la liberté! Je vais remplir mon message, et cela en votre présence. Attendez-moi un instant.

Le duc tira un rideau, et sortit de la tente, où il

rentra, presque aussitôt, avec l'époux de Clémence.

— Voici un messager du Saint-Père, le pape Alexandre, dit le duc d'Autriche ; il m'a remis la lettre que voici.

Et il commença à la lire en allemand.

— Peine inutile dit le Lion ; ni vous, mon cher duc, ni Alexandre ne serez appelés à vous prononcer ; le jugement est rendu, l'affaire est faite.

— Le jugement est rendu, et par qui?

— Par le pape Victor, le véritable chef de la chrétienté!

— Est-ce Henri-le-Lion qui parle de la sorte? dit le duc d'Autriche avec plus de mécontentement que de surprise. Qui a jamais plus que vous méprisé Victor? Qui plus que vous l'a qualifié, à juste titre, de simulacre de pape, de jouet impérial? et aujourd'hui, il devient pour vous le chef réel de la chrétienté!

— Les meilleures raisons sont souvent les dernières!

— Parce qu'on en a besoin pour s'excuser, pour justifier de mauvaises actions!

— De mauvaises actions? duc, qu'est-ce à dire? dit le Lion menaçant.

— Faut-il que j'appelle le mal bien, et le bien mal? Non, duc de Saxe, je n'en suis pas encore là, même au camp de Frédéric! Ne méprisez pas ma franchise, Henri ; votre divorce est une faute, une injustice criante, une tache à votre nom.

— Votre intervention dans mes affaires privées est injurieuse pour moi, dit le Lion d'un ton sombre.

— Clémence n'est-elle pas ma parente?

— Trop éloignée pour que vous y mettiez une pareille chaleur.

— Le devoir de tout chevalier est de défendre les droits des dames, dit le duc d'Autriche. En outre, je remplis une mission du pape. Il vous met au ban de l'Église; comptez-vous cela pour rien?

— C'est bon, votre message est rempli, le reste me regarde.

— Eh quoi! vous aurez contre vous toute l'Église, et vous mettrez votre âme en péril, tout en violant les droits de la chevalerie?....

— C'est assez, épargnez-moi des représentations superflues. Notre mariage a été dissous par la parole du Saint-Père, et avec mon désir formel; ni vous, ni personne, fût-ce même Alexandre, ne pourrait me faire revenir sur ma décision.

A ces mots, il tourna le dos au duc, et s'éloigna précipitamment.

— Voilà un exemple du respect que l'on a pour le mariage et la conscience à la cour de Frédéric, dit le prince avec chagrin. L'empereur a donné l'exemple du divorce, et il trouve des imitateurs.

— Hélas! dit Galdin.

— Je suis inquiet pour la sécurité de Clémence. On ignore encore aujourd'hui ce qu'est devenue la pauvre impératrice Adélaïde; elle a disparu, Clémence pourrait également disparaître, et c'est ce qu'il faut empêcher J'irai aujourd'hui même voir le roi de France, et je lui demanderai une forte escorte pour reconduire Clémence chez ses parents. Cette malheureuse princesse se rendra en Autriche à travers la Lorraine et la Bavière, sous la protection de mes armes. C'est là qu'elle pourra paisiblement attendre la conclusion d'une existence qui ne pourrait plus être heureuse auprès de son époux, en admettant même que le cruel Lion pût revenir à de meilleurs sentiments.

Galdin Sala approuva le duc, et en prit congé après avoir reçu de lui l'assurance de son entier dévouement au pape Alexandre.

— Recommandez-moi, ma maison et mon pays, à la bénédiction du Saint-Père..... Consolez aussi Clémence.

Tandis que l'archidiacre s'approchait de la tente où étaient réunis les seigneurs, Barberousse prenait congé du comte de Champagne. Cette séparation avait lieu avec tant d'affection que Galdin en fut surpris.

— Je viendrai bientôt vous rendre visite dans ce joli château que mon cousin paraît tant affectionner, dit Frédéric, tandis que Champagne montait en selle.

— Je crois, répondit le comte, avoir fait la même remarque que Votre Majesté.

Il s'inclina encore une fois jusque sur la crinière de son cheval, puis il piqua des deux et s'éloigna avec sa suite.

Sans perdre un instant, le comte de Champagne retourna au château et le comte de Nevers remit au roi la missive impériale. Ce soir même, le comte de Champagne eut avec Manassès une longue et secrète conférence. La lettre de l'empereur plongea Louis dans un grand embarras. Reinald avait plutôt exagéré qu'amoindri le langage belliqueux de Frédéric, de sorte qu'elle différait peu d'une déclaration de guerre. Louis se promena d'abord dans la chambre, embarrassé, et maudissant l'empereur, le comte de

Champagne et l'entêtement d'Alexandre. Il parut
enfin avoir pris une résolution. Il fit appeler le chancelier Manassès, ennemi acharné d'Alexandre.

— Voici mon avis, dit celui-ci, après avoir pris
connaissance de la lettre : la guerre est inévitable,
si vous continuez à protéger Roland ; j'ai en outre
appris, d'une source secrète, qu'une alliance entre
Frédéric et le roi d'Angleterre était imminente. Nous
risquons fort de nous voir attaqués des deux côtés à
la fois.

L'inquiétude de Louis ne fit que s'accroître.

— Nous avons rempli le devoir d'un roi chrétien,
dit-il. J'ai défendu le pape jusqu'à la dernière limite...
Nul ne peut exiger que j'expose mon royaume aux
dévastations d'une guerre sauvage.

Le rusé courtisan s'attendait à cette conclusion. On
se décida à envoyer un message à Cluny, et le chancelier conseilla de confier cette missive, conçue en
termes assez pressants, à un partisan du Saint-Père.
Louis choisit le pieux archevêque de Tarentaise. Un
autre choix avait probablement été décidé entre Manassès et le comte de Champagne ; en effet, quand le
prélat arriva le lendemain à la Cour, le comte de
Champagne déclara carrément au roi que Pierre ne
pouvait ni ne voulait se charger d'un pareil message.

— N'aurai-je donc même plus le droit de choisir
mes ambassadeurs? dit Louis. Qu'avez-vous contre
l'archevêque?

— Ce saint homme ne peut vous convenir. Il
baisera la main d'Alexandre, et lui adressera avec
tous les témoignages du respect une prière qui doit
lui être intimée comme un ordre. Le pape se trouvera

induit en erreur, il refusera de venir, et la guerre
éclatera. Envoyez plutôt un homme vêtu de fer et
d'acier, et donnez-lui une forte escorte, qui puisse,
au besoin, forcer l'exécution de vos ordres.

— User de violence ! s'écria le roi.

— Pourquoi cet étonnement, Sire ? toutes les voies
de la douceur sont épuisées, il ne reste plus que la
force !

— Il serait inouï d'amener malgré lui le chef de la
chrétienté devant un tribunal uniquement composé
de ses ennemis ! s'écria Louis ; je ne le souffrirai pas !

— C'est bien ; mais alors, moi, comte Henri de
Champagne et de Troyes, je tiendrai mon serment.

— Un instant, comte, pour l'amour de Dieu ! Ne
vous pressez pas tant, s'écria le prince épouvanté. Je
le connais ce malheureux serment, mais vous n'avez
donc pas réfléchi qu'il pouvait être une trahison !.....

— Mon serment est un serment, même à l'égard
d'un ennemi ; et vous, Sire, voudriez-vous me rendre
parjure et félon?.... Ou vous enverrez un message
convenable à Alexandre, ou je me rends auprès de
l'empereur.

— Puisque Votre Majesté ne peut résister aux
instances du comte, dit Manassès en intervenant, ne
serait-il pas à propos de le charger lui-même de cette
mission? La position est difficile, il importe de ne pas
la rendre plus dangereuse.

Après quelque hésitation, le roi y consentit.

— Allez, au nom de Dieu, dit-il ; mais, je vous
adjure sur votre conscience, respectez le pape, respectez le chef de la chrétienté !

XLII. — CLUNY.

L'abbaye de Cluny appartenait à l'ordre religieux le plus illustre. Deux mille cloîtres, répandus dans toute la chrétienté et même en Palestine, étaient soumis à son obédience. Cluny n'était pas seulement un sanctuaire de piété, c'était aussi une école, dont la renommée s'étendait au-delà des mers. Tandis que les moines des autres ordres s'occupaient surtout d'agriculture et des travaux des champs, les paisibles habitants de Cluny s'adonnaient aux sciences et aux travaux de l'intelligence, et attachaient plus de prix aux manuscrits qu'à des trésors matériels. De nombreux moines y étaient sans cesse occupés à copier les œuvres des Pères de l'Église, et même celles des écrivains païens de l'antiquité. Les volumes destinés au service de l'église étaient richement ornés et enluminés pour être plus dignes de figurer à l'autel. L'église du couvent était remplie d'œuvres d'art, de tableaux et de sculptures. Les dortoirs, les salles, le réfectoire servaient aussi d'asile à une foule de chefs-d'œuvre, et l'on se serait cru dans un vaste musée destiné à protéger les arts contre les ravages du temps.

L'église de Cluny, merveille de l'architecture romane, était la plus grande du monde. Tout y était si admirable, que saint Bernard ne put s'empêcher de la trouver trop fastueuse :

— A quoi bon cette étourdissante hauteur, cette

longueur incommensurable, cette immense largueur, ces ornements coûteux qui attirent le regard des fidèles et détournent leur attention? écrivait ce saint homme à Pierre, le vénérable abbé de Cluny. A quoi servent tous ces lustres enrichis de pierres précieuses, ces œuvres d'art, ces riches peintures? Est-ce donc honorer les Saints que de fouler aux pieds leur image ou de cracher sur celle des Anges? Pourquoi ces sublimes représentations sur le pavé, quand la poussière doit les couvrir?

Dans l'imagination de l'austère moine de Cîteaux, la recherche du beau était de beaucoup inférieure à celle de la perfection, et il se figurait que la première nuisait à la seconde.

L'hospitalité s'exerçait à Cluny avec une grande libéralité. Les voyageurs de tout rang, les femmes excepté, y étaient accueillis; des ordres précis spécifiaient la réception à faire aux étrangers, selon leur rang et leurs dignités.

Cluny donna l'hospitalité, en différentes occasions, au pape Innocent IV, à douze cardinaux et à toute leur suite, à deux patriarches, trois archevêques et onze évêques, au roi de France avec sa mère, son frère, sa sœur et toute la cour; à l'empereur de Constantinople, aux héritiers présomptifs des couronnes d'Aragon et de Castille, à plusieurs ducs, à leurs chevaliers et à leur suite. Cela n'empêchait pas les bons moines de vivre dans les austérités; et plusieurs fois même, à cause de leurs libéralités, ils souffrirent de la faim. Les moines veillaient aussi sur tous les pauvres de la contrée. Les frères allaient chaque semaine à la recherche des pauvres honteux

et des malades, et, pendant une famine, l'abbé Odilon
vendit les ornements de l'église ainsi qu'une couronne, don de l'empereur Henri II, pour venir en aide
aux membres souffrants de Jésus-Christ.

Bien que tous les monastères du monde catholique
comptassent l'hospitalité au nombre de leurs obligations, la manière dont elle se pratiquait à Cluny
étonna le comte Rechberg. Il admirait la science,
l'énergie, l'ordre, le sérieux et la dignité des moines.
Le pape se trouvant à Cluny, le concours des étrangers
y était plus grand encore. Chaque jour y voyait arriver et partir des messagers de tous les points du
globe. Erwin y entendit parler les langues les plus
diverses. Des pèlerins arrivaient de la Grèce, de
l'Espagne, de la Russie, d'Angleterre et d'Arabie ;
tous venaient se prosterner aux pieds du trône apostolique. L'empire romain seul n'envoyait personne à
Cluny ; il craignait trop le courroux de Barberousse.

Jamais Rechberg n'avait éprouvé aussi fortement
l'influence du catholicisme. Souvent le pape lui avait
apparu comme le cœur de la chrétienté, reliant le
monde d'une extrémité à l'autre. L'autorité de Barberousse n'était rien en présence de celle du Saint-Père.
Et quand il comparait l'œuvre de Frédéric, le faux
pape Victor au véritable pontife, au chef de l'Église,
il ne pouvait s'empêcher de sourire de pitié.

— Il faudra, se disait-il, que mon parrain subjugue
tout l'univers, s'il veut soumettre le pape.

Rechberg habitait Cluny depuis quinze jours. La
nouveauté l'attirait, mais les paroles d'Antonio le
tourmentaient encore. Il eût désiré pouvoir s'assurer
de la vérité, mais le sentiment du devoir le rete-

nait à Cluny. Il ne pouvait abandonner Clémence.

Un jour qu'il sortait de chez cette princesse infortunée, dont l'assurance s'était accrue depuis qu'elle avait pu voir l'intérêt paternel que lui portait Alexandre, il rencontra le frère hospitalier qui l'attendait. C'était un digne homme, qui lui avait fait, jusqu'alors, les honneurs de Cluny.

— Vous êtes déjà libre, frère Séverin? dit le comte. Je ne croyais pas qu'il fût déjà l'heure des vêpres?

— Les bons pères vont se rendre au chœur, et nous profiterons de leur absence; vous perdriez beaucoup, comte, si vous quittiez le cloître sans avoir vu les peintures du réfectoire.

— Je n'en doute pas, et je vous suis.

Pendant qu'ils traversaient la cour, où de nombreux hôtes se promenaient sous l'ombrage des chênes, Rechberg aperçut tout-à-coup un homme qui attira son attention; il l'avait vu à Castellamare, et Hermengarde le lui avait fait connaître. C'était le serviteur de Niger, Cocco Griffi. Erwin resta immobile, l'observant en silence et espérant qu'il allait pouvoir l'entretenir.

— On ne manque pas ici de sujets d'étonnement, dit frère Séverin en voyant la surprise du comte. Quelle variété de costumes et de langage! Voyez cet Arabe, comme ses yeux brillent, comme ses dents étincellent! et, à côté, ce sérieux et fier Castillan : ce sont là les envoyés du roi de Navarre.

En ce moment Erwin perdit de vue Cocco Griffi.

— Nos peintres viennent souvent ici, pour étudier les visages et d'autres détails auxquels je ne comprends rien. J'ai vu dernièrement dans la cellule des peintres une figure de diable qui ressemble, à s'y méprendre, à un more qui était ici. Je vous le ferai voir.

Le comte ne s'était pas trompé. Cocco Griffi s'avança, et, devant lui, marchait un frère. Ils disparurent à l'entrée d'une maison à deux étages, où étaient reçues les personnes de moyenne condition. Il y avait deux escaliers, sur lesquels monta le frère pour examiner les marques rouges tracées sur la porte. Enfin, il se tourna vers Cocco.

— C'est ici, dit le moine, qu'habite Antonio, celui que vous cherchez.

Griffi entra. L'espion était assis à table et écrivait; il tourna la tête, et regarda de côté comme un homme peu satisfait d'être dérangé; mais quand il eut reconnu Cocco Griffi, il se leva précipitamment.

— Cocco! est-ce bien toi? Quel bon vent t'amène?

— Un miracle, cher Antonio! Tu verras, et t'étonneras; peut-être même seras-tu furieux?

— Je parie que ton maître a encore fait des siennes? N'est-ce pas cela?

— Oui, tu l'as deviné.... Mon maître, en compagnie de la châtelaine de Castellamare, est en route pour Cluny.... J'ai été envoyé en avant pour vous annoncer ce chef-d'œuvre!

Antonio regarda Griffi avec stupéfaction, puis il éclata en expressions de colère :

— Voilà un joli coup! Cet imbécile n'a jamais eu d'intelligence!... Il va tout gâter!... La jeune fille va venir ici, elle rencontrera le comte et tous mes plans seront renversés. L'imprudent! il lui aura sans doute raconté que Rechberg est venu à Cluny pour accompagner la duchesse, et qu'à son retour il doit épouser Richenza! N'est-ce pas cela?

— Oui, à part le mariage.

— C'est cela, il lui a caché précisément ce qu'il fallait lui dire.

— Il n'a parlé que de Richenza et d'Erwin, d'Erwin et de Richenza.

— Et puis?...

— Et puis, Hermengarde a assuré qu'elle avait promis de faire un voyage à Cluny, et que ce voyage ne pouvait être retardé.

— L'invention est bonne!

— Alors, mon maître eut l'idée d'offrir à la jeune personne de l'accompagner.

— Et elle refusa?

— Deux ou trois fois, mais mon maître fut inébranlable. Ils seront ici demain au plus tard, et mon maître vous promet de mener l'affaire à votre entière satisfaction. Vous pouvez compter sur sa reconnaissance.

Ces dernières paroles amenèrent un sourire sur les lèvres d'Antonio; il savait que Pietro possédait d'immenses richesses en Lombardie.

— Affaire manquée, se dit-il, en se promenant dans la chambre. Mais Hermengarde ne peut rester dans le cloître; elle devra se loger dans le village. Or, comme les portes de Cluny ne s'ouvrent qu'une fois par semaine aux femmes, le hasard seul peut amener une entrevue entre elle et Rechberg.

Il se tourna vers Griffi.

— Où demeures-tu? dit-il.

— Près de la porte; j'ai une fenêtre qui donne sur la rue.

— Sois toujours aux aguets, et, dès qu'ils arriveront, fais-le-moi savoir.

—••◦••—

XLIII. — DANS LE CLOITRE.

Pendant ce temps-là, Rechberg était arrivé devant
la porte du cloître. On l'ouvrit et il entra avec son
compagnon, dans une petite cour.

— Il est encore trop tôt, dit le portier quand le
religieux lui eut exposé le but de sa venue ; mais
vous pouvez attendre ici.

Ils firent quelques pas vers un petit mur tapissé
de plantes grimpantes, qui séparait le jardin réservé
aux moines. Erwin pouvait les apercevoir et admirer
leur tenue grave et digne. Il remarqua aussitôt combien ils étaient différents des moines de l'Allemagne,
qui se livraient surtout à la culture des champs. A
Cluny, le comte voyait des hommes, employant toute
une vie de réclusion à la pratique de la vertu et aux
progrès de la science.

A ce moment, deux religieux s'approchèrent de la
muraille. Ils parlaient à haute voix, et leur conversation semblait fort intéressante. Leurs mouvements
étaient mesurés comme toutes leurs paroles. Le
jeune comte ne comprit pas un mot de leur langage,
qui lui parut beau et sonore, mais l'énergie qui se
trahissait par les gestes et la physionomie des inter-

locuteurs lui faisait comprendre l'importance de la
discussion. Evidemment il s'agissait des plus hauts
problèmes de la philosophie.

— Quelle est donc cette langue? demanda-t-il
avec curiosité.

— Ils parlent le grec, comte, répondit Séverin à
voix basse. Nos pères comprennent toutes les langues:
le latin, l'arabe, le grec, l'hébreu et bien d'autres.
J'aime d'entendre parler l'hébreu, c'est un si étrange
mélange de consonnes gutturales! La langue franque
ne pourrait en émettre une seule syllabe. L'hébreu
se parle plus de la gorge que de la langue. Vous
pourrez vous en convaincre vous-même, car je serais
bien surpris si, aujourd'hui même, nous n'en enten-
dions pas quelques mots. Ah! voilà deux de nos
artistes!... Ceux mêmes que je préfère. Il y a chez
eux du cœur et de l'âme, tandis que bien des savants
n'ont que de l'intelligence. Voyez donc comme ils
discutent..., Approchons, je parie que la discussion
roule sur Homère, Pindare, Apollon ou Horace.

Erwin prêta l'oreille :

— Vous refusez alors toute valeur à la science
païenne, frère Odilon?

— Nullement. J'ai simplement dit que la foi religieuse était le véritable domaine de la véritable
science. Les païens avaient leur croyance, et par suite
leur art; mais l'art chrétien est autant supérieur à
l'art païen, que la religion chrétienne l'est au paganisme.

— Nos poésies sont donc préférables à celles
d'Horace?

— Oui, en tant que les nôtres célèbrent la vérité,

et les leurs les erreurs païennes. Mais, frère Colomban, sous le rapport de la forme, nous sommes de beaucoup inférieurs aux païens. La poésie chrétienne est encore dans l'enfance.

— Vous avez admiré avec moi les statues nouvellement reçues de Rome : serions-nous capables de produire quelque chose d'aussi parfait?

— Distinguons, répondit Odilon. Les païens sont arrivés à une grande perfection de forme; mais le corps est-il bien l'unique et véritable objet de l'art? Non, il doit s'occuper aussi de l'âme! Le plus habile sculpteur païen n'aurait pu ciseler la pure image de la Vierge.

— Je crois vous comprendre, dit Colomban.

— Il en est ainsi de la poésie. La source de toute élévation, l'origine du beau, c'est Dieu ; plus le poète s'en rapproche, plus il est artiste. Il est d'autant plus loin de la perfection, qu'il a éloigné ses pensées de l'idée de Dieu.

Les deux moines disparurent au détour du sentier.

— Eh bien! ne sont-ce pas là de vraies lumières de la foi? demanda Séverin au comte ; aussi ils jouissent de toute la liberté possible. Ils peuvent aller à Rome et même plus loin; parfois on les dispense de se rendre au chœur.

En ce moment retentit le son d'une cloche. Toutes les conversations cessèrent aussitôt; chaque moine se mit en rang, pour se rendre à la place qui lui était propre. Cet ordre plut à Rechberg, qui crut voir une troupe bien disciplinée, à mesure que défilaient devant lui ces religieux à la haute stature.

Déjà résonnaient les sons de l'orgue ; immédiatement les chants commencèrent.

— Maintenant, utilisons bien notre temps, dit Séverin, en pressant le pas ; voyons le réfectoire ; ce n'est qu'un réfectoire, il est vrai, mais il n'a pas son pareil en France, ni en Allemagne....

Ils étaient alors devant la salle, à l'entrée de laquelle se trouvait un grand crucifix artistement sculpté. Rechberg fut stupéfait, dès son entrée, de la splendeur et de la grandeur extraordinaire de la salle. Des tables de chêne aux pieds sculptés, couverts de beau linge blanc, étaient rangées dans un ordre méthodique. A l'extrémité supérieure, et placé de façon à voir toute la salle, était le siége de l'abbé ; sa table, à laquelle prenaient souvent place les prieurs et les grands dignitaires du couvent, était élevée sur une estrade. Séverin assura au comte que ces tables réunies contenaient plus de quatre cents couverts, car Cluny comptait alors quatre cent quatre-vingts moines, dont plusieurs qui menaient la vie cénobitique habitaient les bois voisins.

En dehors des rangs, on apercevait une table couverte d'un drap noir.

— C'est là que sont servis les *pulmenta defunctorum,* dit Séverin, répondant à une question de Rechberg. Ce couvert est celui du pieux duc d'Aquitaine, le protecteur de notre couvent ; celui-ci est pour sa pieuse épouse Ingeburge.

Il continua ainsi jusqu'à ce qu'il eut énuméré les dix-huit couverts.

— Mais les personnes que vous venez de me nommer sont toutes mortes ! quelle utilité y a-t-il donc de leur offrir, tous les jours, un festin auquel elles ne prennent part?

Le frère regarda Erwin avec surprise.

— L'archange Raphaël n'a-t-il pas assuré au jeune Tobie, qu'il est meilleur de distribuer des aumônes que d'élever et de construire des pyramides d'or et d'argent? C'est pour cela que, tous les jours, les bienfaiteurs morts de Cluny nourrissent les pauvres. Croyez-vous que les bénédictions qu'ils en reçoivent au ciel ne valent pas les pierres précieuses?

Rechberg était trop bon catholique pour trouver un mot à répliquer; c'était là une coutume louable et religieuse.

Il dirigea toute son attention sur les peintures qui ornaient les murailles; il en comprit plusieurs sans explication, telle que la châsse de saint Eustache et la lutte de saint George avec le dragon; mais y il en avait d'autres tellement étranges, sous tous les rapports, qu'il se vit forcé de demander des éclaircissements.

Ils sortirent de la salle pour aller visiter les artistes. Comme ils traversaient plusieurs galeries, Rechberg s'arrêta tout à coup devant une statue d'airain, dont la physionomie vivante et animée l'avait frappé.

— C'est l'image de feu notre père Pierre-le-Vénérable, dit Séverin avec un profond respect. Il y a deux ans qu'elle a été fondue. Les pères qui l'ont connu de son vivant disent qu'il est fort ressemblant. Un peu plus tard, quand le couvent sera plus en fonds, on fera exécuter cette statue en argent.

À chaque instant, ils apercevaient des images de

saints, en bois ou en pierre, les unes récentes, les autres d'un travail antique, de sorte qu'on eût pu suivre pas à pas l'histoire de l'art. Mais le comte était trop peu au courant de ces sortes de choses pour y prêter toute son attention; bien plus, il ne pouvait oublier Cocco Griffi.

— Seigneur comte, dit Séverin, il faut que vous visitiez la bibliothèque, ne fût-ce même qu'en courant.

Ils se trouvaient alors devant la porte. Le religieux l'ouvrit. Une vingtaine de pupitres se trouvaient rangés en cercle autour d'un plus grand, que Rechberg put reconnaître comme un chef-d'œuvre de sculpture. Cette œuvre d'art était ornée d'arabesques, de fleurs, de fruits, d'oiseaux et d'animaux de toute espèce; sur le pupitre était un livre en caractères grecs.

— C'est ici que s'écrivent les livres, lui dit Séverin; le lecteur se tient sur le pupitre, autour de lui sont assis les copistes. Jugez vous-même, (et il présenta à Rechberg les manuscrits), si les copistes de Cluny ne comprennent pas parfaitement leur métier. Et nos pères sont attentifs à tout!... Nous avons vingt fois la Sainte Ecriture. Presque tous les ouvrages des Pères et la plupart des écrivains et des prêtres païens se trouvent dans notre bibliothèque. Tous les ans des moines de notre Ordre vont en France, en Italie et jusqu'en Grèce, pour y chercher des manuscrits rares, qui sont immédiatement reproduits quatre fois.

Ils quittèrent le cloître, et, après avoir traversé une cour solitaire, ils arrivèrent à une maison aux grandes fenêtres. Ils y virent d'abord les œuvres des statuaires : des figures de tous genres se trouvaient placées là sur des blocs.

— N'est-ce pas une superbe tête d'ange? dit Séverin; que ces traits sont fins et doux, que les plis de son vêtement sont fins et naturels! Et cette sainte Vierge? qu'elle est belle et gracieuse! Est-il possible qu'on puisse donner ainsi la vie à la pierre?

Mais Rechberg prenait peu de part à l'enthousiasme artistique du frère. Son esprit était ailleurs, et il ne suivait guère les raisonnements de l'artiste.

— Quel dommage que nous ne puissions entrer! dit Séverin, en montrant un écriteau sur lequel se trouvait écrit : *Porta clausa*, la porte est fermée; le peintre travaille, vous perdez beaucoup, comte.

— On ne peut pas tout voir en un jour, dit Erwin, auquel cette porte fermée était bien agréable.

— Si vous voulez honorer chaque chose selon ses mérites, il vous faudra encore rester des mois à Cluny. L'église seule demanderait un long examen, avec tous ses tableaux, ses portraits, ses mosaïques.

— Quel est ce bâtiment? demanda Erwin en désignant une belle maison, devant laquelle ils se trouvaient.

— C'est la demeure du Saint-Père.... Que Dieu le protége! Ses ennemis ne lui laissent pas de repos. Il a été forcé de fuir l'Italie, et c'est à peine s'il a pu trouver un refuge en France.

— A peine? les Français sont-ils donc partisans du pape Victor?

— Dieu nous en garde, dit Séverin ; mais on craint le farouche Barberousse, qui s'est mis en tête que Victor devînt pape!...

Erwin sourit de la crainte qu'inspirait son parrain.

— Ce Barberousse est un homme cruel. On raconte de lui des traits impossibles. Il paraît qu'il veut être à la fois pape et empereur, et c'est là un désir fort peu chrétien. Il est sur la frontière, à la tête d'une puissante armée, pour contraindre le roi de France à lui livrer le pape. Malheur à nous, si ce farouche empereur vient jusqu'ici!... Il détruira notre cloître, comme il a détruit Milan.

— Vous avez trop mauvaise idée de l'empereur, dit Rechberg; pourquoi en voudrait-il à Cluny? Parce que vous exercez l'hospitalité à l'égard d'Alexandre.... Mais l'empereur est trop chevaleresque pour punir l'accomplissement d'un devoir.

Il dit ces mots avec tant de chaleur, que Séverin regretta presque de s'être exprimé si ouvertement.

— Jusqu'ici, je n'ai pu voir le pape. Ne serait-ce pas possible?

— C'est difficile. Le Saint-Père prend à peine quelques instants de repos chaque jour, et il les passe dans ce jardin. Du matin jusqu'au soir, il travaille ou reçoit des visites, des ambassadeurs ou des lettres de toutes les parties du monde. On est forcé d'éconduire souvent des gens distingués.

Ils se trouvaient alors près d'une porte conduisant dans l'enceinte réservée aux religieux. Séverin l'ouvrit à l'aide d'une clef qu'il portait à la ceinture, et prit congé d'Erwin, qui remercia le bon frère, en regrettant qu'il ne pût rien accepter pour sa peine.

— N'insistez pas, comte, dit le moine : l'or et l'argent ne me serviraient de rien; la plus belle récompense pour le religieux, c'est celle qui résulte pour lui de l'accomplissement du devoir.

Rechberg s'éloigna à pas précipités. Il se mit à la recherche d'Antonio, car l'idée d'avoir vu Cocco Griffi l'avait tourmenté durant la visite du cloître, et il commençait à croire qu'il pourrait bien y avoir quelque rapport entre le serviteur de Pietro et les craintes qu'il éprouvait sur le sort d'Hermengarde.

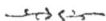

XLIV. — LE PONTIFE.

Deux seigneurs se dirigeaient vers la modeste demeure du Saint-Père : c'étaient l'archevêque Pierre de Tarentaise et le comte Dietrich, l'envoyé du primat des Gaules.

Depuis deux jours, Pierre était arrivé à Cluny. Le Pape reçut son message avec calme, mais la forme ne le trompa point sur le fonds. Après quelques questions adressées à l'envoyé royal, Alexandre devina tout ; il savait que Louis ne pouvait résister à Frédéric, et que l'arrivée de Pierre lui apportait un ordre et non une invitation. Le comte Dietrich, au contraire, apportait au Pape l'assurance du dévouement tout filial de l'archevêque de Reims.

A peine le primat eut-il appris les idées du roi son frère, et les ordres donnés au comte de Champagne, qu'il se hâta de se rendre auprès de Louis pour lui faire des représentations. Mais soit par crainte des armes de Barberousse, soit qu'il fût excité par les exigences de ses propres vassaux, au lieu de prêter l'oreille aux plaintes de Henri, Louis se répandit en récriminations amères contre Alexandre. Alors le primat se hâta d'expédier à Cluny le comte Dietrich, pour faire part au pontife du danger qui le menaçait. Pierre de Tarentaise voulut bien consentir à l'introduire auprès du Saint-Père.

Le prélat vénérable marchait tout attristé à côté du comte. Reçus à leur arrivée par un maître-d'hôtel, ils furent conduits dans une chambre de l'étage supérieur, où ils rencontrèrent le célèbre fondateur de Notre-Dame, l'archevêque Maurice de Paris, et trois cardinaux. Ces prélats reçurent la nouvelle avec stupéfaction, pendant qu'un chambellan se rendait dans la chambre du Pape pour annoncer leur arrivée.

Alexandre était debout devant un grand pupitre, sur lequel étaient étalés des parchemins qu'il lisait attentivement. Il dictait en même temps à un diacre, qui transcrivait ses paroles. Alexandre possédait la rare qualité de pouvoir s'occuper de plusieurs choses à la fois.

L'extérieur du pontife indiquait immédiatement l'énergie de son âme. La constitution énergique de son corps lui donnait la force de supporter les fatigues que nécessitaient les soins de l'Eglise. Ses traits décelaient une fermeté décisive, tempérée par un certain calme, et son regard offrait le miroir transparent de sa belle âme. La maigreur de son corps était le résultat de ses travaux incessants, et de ses austérités. La grandeur et la majesté de son extérieur inspiraient un respect involontaire. Sur son large front se voyaient les traces des soucis et des inquiétudes, mais autour de la bouche se dessinait un gracieux sourire. Jadis professeur à l'Université de Bologne, il brilllait par ses vastes connaissances dans toutes les branches du savoir. Défenseur infatigable des droits et des libertés de l'Eglise, il était personnellement humble et modeste. Il ne haïssait personne, pas même Barberousse, son adversaire heureux et implacable.

La mise d'Alexandre était des plus simples : son vêtement blanc pendait jusqu'à ses pieds ; au-dessus il portait une courte tunique de couleur rouge, à larges manches, la dalmatique de ce temps-là ; de ses épaules, le pallium en laine blanche avec une croix noire venait se croiser sur sa poitrine, d'où il pendait jusqu'aux pieds, à la façon de l'étole antique. Le Pontife portait au doigt l'anneau pastoral, et sa tête était couverte d'une mitre ronde, ornée de petites croix.

A peine fut-il informé de l'arrivée de l'envoyé de la cour de France, qu'il quitta son travail et se rendit dans la salle d'honneur, où le comte Dietrich et les cardinaux l'attendaient.

A l'entrée du chef de la chrétienté, tous plièrent le genou. Alexandre s'avança vers le comte et lui tendit une main que celui-ci baisa respectueusement, puis il prit place, avec les cardinaux, sur les siéges placés en demi-cercle autour du trône papal.

— Votre fils dévoué, Très-Saint-Père, l'archevêque de Reims, primat des Gaules, m'envoie vers vous, dit le comte en se levant, pour vous avertir qu'un

grand danger menace votre sûreté. Peu après le
départ de l'archevêque de Tarentaise, le partisan de
l'empereur, le comte Henri de Champagne, est venu
chez le roi et l'a effrayé à un tel point, qu'il a promis
d'abandonner Votre Sainteté, afin de n'avoir rien à
démêler avec Barberousse. Le comte de Champagne
a déjà réuni ses hommes d'armes, ceux de Guillaume
de Nevers, de l'archevêque d'Orléans et d'autres
ennemis de Votre Sainteté, et il s'avance à la tête de
nombreuses troupes, pour s'emparer de votre personne et la livrer à l'empereur. Mon vénéré seigneur
s'est hâté de m'envoyer vers vous, pour engager
Votre Sainteté à éviter la captivité en se réfugiant
sur le sol anglais.

Pendant ce discours, les traits des cardinaux exprimaient l'effroi, mais le pape ne perdit pas un
instant son sang-froid ; on pouvait toutefois lire sur
sa physionomie la souffrance qu'il éprouvait intérieurement.

— Je vous remercie, comte, dit le pontife avec
calme.. Veuillez assurer notre digne fils, le primat
des Gaules, de notre affection paternelle et sympathique, mais nous ne pouvons suivre le conseil qu'il
nous donne. Nous resterons ici, nous nous laisserons
emmener en captivité, si cela est dans les desseins
de Dieu. Ce n'est pas la première fois, que le chef
de l'Eglise est forcé de céder à la violence. Si Dieu,
dans l'intérêt de son saint nom, m'a jugé digne de
souffrir, fût-ce même la mort, que sa sainte volonté
soit faite !

— Permettez, Saint-Père, dit le cardinal Jean de
Naples ; votre résolution ne me paraît pas prudente.

Dès que vous serez tombé aux mains de votre ennemi, il vous conduira devant un concile et vous plongera dans un cachot. Octavien, qui se fait appeler Victor, gouvernerait alors au nom et selon la volonté de l'empereur, pendant que le successeur de Saint-Pierre serait en captivité. Évitez ce péril, et tout l'univers catholique se soulèvera contre l'empereur schismatique et ses évêques. Saint Paul n'a-t-il pas évité le danger en fuyant, afin de pouvoir porter plus loin la parole divine.

— Sous ce rapport, digne frère, nous sommes depuis longtemps un fervent disciple de Saint-Paul, dit Alexandre en souriant; nous avons fui de Rome, nous avons fui de Gênes. Où pourrions-nous désormais éviter la poursuite acharnée de Frédéric?

— L'empereur grec Manuël, reprit Jean de Naples, vous a offert, à plusieurs reprises, des hommes et de l'argent pour protéger Rome et expulser les Allemands de l'Italie!... Votre Sainteté n'ignore pas que Venise et d'autres villes puissantes appuieraient fortement cette entreprise.

— Et quelles conditions Manuël nous fait-il pour cela, monsieur le cardinal?

— Il exige la garantie de la couronne impériale pour lui et ses successeurs. Or, cette couronne appartient au pape, il peut en disposer...

— Très-bien! dit Alexandre. Mais n'aurons-nous pas alors l'air de retirer cette couronne aux souverains allemands, par une haine toute personnelle? La sagesse de nos prédécesseurs a, depuis des siècles, mis la couronne au front des princes d'Allemagne. Est-ce à nous, pour des raisons purement privées,

de changer les actes de leur sagesse? Non, monsieur
le cardinal! Que Dieu éclaire, conserve et protége
l'empereur Frédéric!

— Peut-être conviendrait-il, dit le cardinal Guillaume de Pavie, d'implorer le secours du roi d'Angleterre? A environ dix milles d'ici se trouve son
armée, et il suffirait d'une simple demande de Votre
Sainteté, pour que les troupes anglaises fussent à ses
ordres!

Cette proposition excita l'étonnement du pape, et,
avant de lui répondre, son regard irrité se fixa sur
le cardinal.

— Nous réfugier à la cour de Henri d'Angleterre!
Nous confier à un homme qui viole les liens du mariage, et dont la cruauté n'hésite pas à répandre le
sang innocent!... Nous remettre en la puissance
d'un prince qui ne connaît pas de droit, qui n'a rien
d'humain, qui foule aux pieds les lois divines et
celles de l'Eglise.... Mais nous serions alors plus
malheureux que le pauvre Octavien aux mains de
Frédéric!

Le cardinal ne trouva rien à répondre, et baissa
silencieusement la tête.

— Peut-être l'Espagne est-elle le seul pays où
puisse se rendre le successeur de saint Pierre? dit
Maurice de Pavie.

Mais il fut aussitôt interrompu par Alexandre.

— L'Espagne!... O pauvre Espagne, dit le pape
avec douleur.... Vous ignorez encore, mes chers
frères, la nouvelle que j'ai apprise hier. Les Maures
ont rassemblé des forces innombrables contre l'Espagne, pour y anéantir la religion chrétienne. Ils

appellent, des déserts de l'Afrique, d'innombrables légions de bandits sauvages, qui vont se ruer sur l'Espagne comme les sables du désert!... Et puis, continua le pape avec douleur, l'Empereur qui devrait protéger l'Eglise et la chrétienté, loin de combattre le croissant, encourage les ennemis de notre religion sainte par sa lutte impie contre le siége apostolique. Mes frères, reprit-il avec émotion, ce sont-là de bien dures épreuves!... Que Dieu puisse détourner des fidèles la persécution, la prison et la mort! Puisse la chrétienté ne pas être divisée par le schisme!... Mais nous devons rester au gouvernail pour diriger notre barque à travers les orages.

Il se tut. Sa tête s'inclina ; il oubliait sa propre situation en songeant à celle de l'Eglise. Les prélats, de leur côté, profondément émus, gardaient le silence.

Enfin, Alexandre releva la tête. Son regard était abattu mais rasséréné. Il fit connaître sa résolution de ne pas éviter le danger qui le menaçait par la fuite, et son regard ainsi que sa voix avaient alors la fermeté et la clarté qui leur étaient habituelles.

— Vous voudrez bien, monsieur le Cardinal, dit-il en s'adressant à Guillaume de Pavie, veiller à ce que tous les archevêques, évêques et prélats que nous avons admis à la réception de l'envoyé royal, soient invités à la réunion. Nous avons l'intention, peut-être pour la dernière fois, de parler ouvertement pour défendre le droit, la justice et la liberté de l'Eglise.

Il se leva et donna le signal du départ. Les assistants s'agenouillèrent, reçurent la bénédiction du pontife et quittèrent respectueusement la chambre.

— O mon Seigneur, ô mon Dieu! disait Alexandre

en se rendant dans une petite chapelle où il disait
habituellement la messe.

Il s'agenouilla devant l'autel où se trouvait suspendue une colombe d'or, qui renfermait le corps du
Seigneur. Le représentant du Christ venait, en secret,
invoquer le Dieu caché.

Agenouillé devant l'autel, il pria longtemps et avec
ferveur. Ses traits exprimaient tour-à-tour le chagrin,
la consolation et la résignation. Les rayons rougis du
soleil couchant, venant frapper les vitraux de la chapelle, trouvèrent encore le Saint-Père en prières.

XLV. — LA RUSE D'UN COQUIN.

— En tout cas, pensa Erwin, Antonio doit avoir
connaissance de la présence de Cocco Griffi à Cluny.

Il envoya donc son fidèle Géro dans le quartier des
Italiens pour le chercher ; Antonio n'y était pas.

— Il se promène ordinairement sur la grande
place, au milieu des étrangers, dit Géro, mais aujour-
d'hui il s'est caché je ne sais où.

La journée se passa ainsi ; enfin, le lendemain,
Antonio se fit annoncer. Le comte le reçut avec assez
du froideur.

— Enfin, nous pouvons nous diriger vers Laon,
messire comte. Le duc Henri-le-Lion persiste dans
ses projets, au risque de se faire mettre au ban de

l'empire; le duc d'Autriche a envoyé une puissante
escorte pour accompagner chez ses parents la duchesse Clémence. Cela était prudent en effet ; car la
pauvre dame n'aurait pas lieu de se réjouir, si Henri
jugeait opportun de la mettre sous les verrous.

— De qui vous vient ce détail?

— D'une vieille connaissance, qui s'est rencontrée
au camp avec l'envoyé du pape Galdin Sala.

— Vous ne savez pas d'autres nouvelles?

— Non.

— Le serviteur de Pietro Niger n'est pas venu chez
vous?

Antonio tressaillit, mais il se remit promptement,
en homme qui a des ressources.

— Oui, Cocco Griffi est venu chez moi, mais j'avais
cru devoir vous taire cette visite, parce qu'elle n'a
rien d'agréable pour Votre Seigneurie.

— Parle librement. Tu n'as rien à craindre.

— Je le sais, mais je n'aime pas à froisser ceux
qui méritent mes égards. Pietro Niger m'a prié de
venir le rejoindre, afin de faire en ma présence une
démarche importante; car, il faut que vous le sachiez,
nous sommes grands amis..... Ceci doit vous suffire.

— Nullement. Pourquoi cette invitation et quelle
est cette démarche importante?

— L'accomplissement d'un grand projet.

— Qui se rapporte à Hermengarde?

— Puisque vous le dites, je dois l'avouer.... Mais
rassurez-vous, rien n'est perdu encore : comme nous
retournons demain à Laon, nous aurons tout le temps
de voir votre fiancée et de lui rappeler ses promesses!

Erwin pâlit et rougit tour-à-tour, puis son visage

devint sérieux. Tournant le dos à l'Italien, il se dirigea
vers la fenêtre pour réfléchir.

— Puis-je savoir, demanda Antonio après une
pause, si vous partirez demain?

— Partir! et pourquoi? répondit Rechberg comme
sortant d'un rêve. Eh bien, oui, à demain !

Et il laissa là Antonio, qui ne tarda pas à disparaître. Il quitta Cluny et se dirigea vers le village
voisin. Accoutumé à recueillir des nouvelles, il s'était
approché d'un homme qui suivait le même chemin.

— Savez-vous, lui dit cet homme, que l'on veut
s'emparer du Saint-Père? Le comte de Champagne
est en route, avec bon nombre de chevaliers et de
valets, pour se saisir du pape et le livrer à Barberousse qui le mettra à mort.

— Voilà qui est bien trouvé, mon brave homme!

— Invention, dites-vous!.. Mais j'ai vu moi-même,
hier au soir, le comte et sa fille, la comtesse Richenza,
arriver au village.

— Avec sa fille? répéta Antonio stupéfait en regardant l'étranger.

— Oui, avec sa fille et de nombreux serviteurs ;
mais je vous jure qu'ils ne livreront pas le pape à
Barberousse : le peuple se soulèverait plutôt et déli-
vrerait le Saint-Père.

Sans écouter le discours du vieillard, Antonio se
mit à songer à la possibilité de la présence de
Richenza à Cluny. Cela lui paraissait si étrange, si
invraisemblable qu'il ne put l'attribuer qu'aux desseins de Barberousse de faire épouser cette dame par
son cousin, le comte Rechberg.

Ils étaient arrivés au village. Pietro était aux aguets

à une fenêtre ; Antonio l'aperçut et entra dans la maison, où Niger le reçut avec maintes démonstrations d'amitié.

— Laisse-moi me remettre un peu, mon cher Pietro ; c'est par trop étrange, mon esprit bat la campagne.

— Qu'as-tu donc?

Antonio ne répondit pas.

— Es-tu fou? Antonio, regarde-moi en face!..... Voyons !

— Je suis anéanti!... Je veux en vain rétablir tout ce que tu as compromis..... Et pourquoi avoir dit à Hermengarde qu'Erwin se trouvait à Cluny? Ta sottise a tout gâté.

— Assez, Antonio, assez! J'ai fait une bévue, et tu t'amuses à me la faire regretter.

— Laisse-moi te consoler. Pietro, le comte de Champagne peut arriver d'un moment à l'autre....

— Que m'importe?

— Sa fille Richenza l'accompagne; je pressens que l'empereur a des vues sur le comte Rechberg.

— Voilà un détail que l'on pourrait utiliser, dit Pietro.

— Crois-tu? la lumière frappe donc tes yeux?.... Comprends-tu maintenant pourquoi je suis si soucieux? Mon plan est perdu ! Il fallait qu'Erwin partît demain pour éviter la rencontre d'Hermengarde; maintenant, il faut qu'il reste !

— Qu'as-tu décidé?

— N'interroge pas. Agis, fais ce que je te dirai ; je n'ai pas confiance en toi, Pietro; as-tu parlé de moi à Hermengarde?

— Non, elle sait seulement que mon ami Antonio m'a accompagné jusqu'ici.

— Très-bien ! présente-moi, il n'y pas un instant à perdre.

Ils entrèrent dans une chambre, où deux serviteurs du châtelain de Castellamare étaient assis devant un échiquier. Leurs armures étaient pendues à la muraille, et leurs lances reposaient dans un coin.

— Ubalde, demande à la chambrière si ta maîtresse veut recevoir mon ami? dit Pietro à l'un des guerriers qui s'éloigna et revint aussitôt avec une réponse affirmative.

Ils se rendirent tous deux dans un magnifique appartement richement meublé, où Hermengarde les attendait. Elle se leva à leur entrée, et accueillit Antonio avec un sourire amical. Puis elle se rassit, tandis qu'Hedwige plaçait deux siéges pour les visiteurs.

— Voici mon ami, noble demoiselle, cet Antonio dont je vous ai souvent parlé, dit Niger en le présentant. Il a accompagné le comte Rechberg à Cluny, et j'ai eu l'heureuse chance de le rencontrer dans la rue.

— Je suis heureuse. messire Pietro, de pouvoir connaître votre ami. Mais quelle affaire amène donc ici le comte Rechberg?

— Il est venu avec la duchesse de Saxe, qui, chassée par son époux, vient réclamer l'appui du Saint-Siége..... C'était là un devoir de chevalerie, ajouta l'Italien; mais Rechberg a d'autant plus de mérite cette fois, qu'il a entrepris ce voyage contre le gré de l'empereur.

— Sa générosité, je l'espère, ne lui fera pas perdre les bonnes grâces de Barberousse?

— Je ne puis rien préciser à cet égard ; mais Barberousse ménagera toujours, ce me semble, un parent qui est sur le point de s'allier à l'une des premières familles de France.

Hermengarde tressaillit.

— A ce que m'a dit Rechberg, poursuivit Antonio, le comte de Champagne doit arriver aujourd'hui avec sa fille. Probablement que Rechberg se rendra avec la comtesse dans les propriétés de son père.

— Ne pourrais-je voir le comte, messire Antonio? demanda Hermengarde ; c'est le sauveur de mon père, et nous lui avons de grandes obligations.

— Cela me paraît assez difficile, noble demoiselle. Les femmes ne peuvent entrer dans le couvent qu'un seul jour de la semaine, et je doute que le comte reste ici longtemps ; néanmoins, si vous le voulez, je lui communiquerai votre désir.

— Je vous en prie, et le plus tôt possible.

— Je suis à vos ordres, noble demoiselle... Mais, si je ne me trompe, voici le comte de Champagne.

Le son des clairons et le pas des chevaux retentirent dans les rues. Le comte, accompagné d'une suite innombrable, traversa le chemin. Quelques pas plus loin venait Richenza, en riche costume. Hermengarde restait immobile, comme si ses forces eussent voulu l'abandonner ; elle se remit toutefois et congédia Antonio.

— Veuillez vous rappeler ma prière, chevalier, dit-elle ; peut-être pourrez-vous encore me rapporter ce soir la réponse du comte?...

— Je suis tout à vos ordres, dit Antonio qui quitta la chambre en s'inclinant profondément.

— Ah çà! tu ne lui diras rien, j'espère! dit Niger à Antonio.

— A quoi songes-tu? Demain je lui dirai que le comte ne veut ni venir chez elle ni recevoir sa visite. Nous verrons bien ce qu'il en adviendra..... Oh! la bonne plaisanterie, et qu'il est agréable de mener ainsi les gens par le bout du nez! Mais il faut tout prévoir : supposons qu'Hermengarde rencontre Erwin.... Alors?...

— Alors, je mettrais fin à la plaisanterie d'un seul coup! dit Pietro d'un air sombre.

— C'est ton affaire. Attends-moi demain, dit Antonio.

XLVI. — LE DISCOURS D'UN PONTIFE.

Étienne, prieur de Cluny, entra chez le pape ; l'abbé Hugo avait été, le matin même, déposé par le chapitre, à cause de ses opinions schismatiques, et le prieur venait d'apprendre que le comte de Champagne avait fait garder toutes les issues du cloître.

— Le comte s'intéresse beaucoup à nous, dit Alexandre ; vous voyez comme il est fidèle à son seigneur, pourquoi le serions-nous moins que lui au nôtre? Tout est-il prêt pour le concile?

— Vos ordres sont exécutés, Saint-Père.

— J'offrirai le saint sacrifice, puis je recevrai le comte de Champagne. Y a-t-il donc autre chose encore, mon fils? demanda le pape, en voyant qu'Étienne restait immobile et inquiet devant lui.

— Saint-Père, vous êtes donc décidé à devenir prisonnier de ces impies? dit le bon prieur dont l'émotion toucha le pape. On a gardé toutes les voies de communication, mais vous pourriez sortir sous le costume d'un moine et vous échapper!..... J'ai tout fait préparer...

— Étienne, vous vous êtes occupé de beaucoup de choses, il n'y en avait qu'une seule importante, dit Alexandre d'un ton de blâme; puis il reprit d'une voix plus douce : l'heure appproche, mon fils, veillez à ce que tout soit prêt.

— L'heure approche! dit le prieur en se retirant, c'est aussi ce qu'a dit le Sauveur quand on est venu le saisir. Malheur à moi! Cluny est devenu un mont des Oliviers , et le Saint-Père va en sortir pour aller en prison et peut-être à la mort!

Les traits d'Étienne exprimaient la plus vive douleur à mesure qu'il traversait les couloirs du cloître pour se rendre à l'église.

Comme on l'a déjà remarqué, l'église de Cluny était la plus grande du monde. De gigantesques colonnes de huit pieds de circonférence soutenaient la nef; des sculptures et des peintures ornaient ce magnifique édifice; un superbe pavé en mosaïque couvrait le sol du chœur. Les murs étaient ornés de tableaux précieux, représentant la vie de Jésus-Christ, des saints ou des scènes de l'Ancien Testament. Sur l'autel

brillaient des candélabres d'or et d'argent ; devant le
maître-autel s'élevaient des chandeliers à quatre
branches, de l'argent le plus pur, suppportant des
lanternes ornées de pierres précieuses, qui donnaient
à la lumière un éclat plus vif.

Après qu'Étienne se fut assuré de l'accomplissement des ordres d'Alexandre, il se rendit dans le
cloître et y arriva au moment où le comte de Champagne y entrait accompagné de trente chevaliers.

Sans accorder un regard aux œuvres d'art, ils
s'avancèrent, couverts de leurs armures étincelantes,
dans la maison de Dieu. Ils s'arrêtèrent devant la
chaire, à l'entrée du chœur, formant une longue
rangée. Le casque en tête, en armure complète et
l'épée à la main, ils ressemblaient, par leurs regards,
à ces hordes barbares qui étaient venues poursuivre
le Christ jusque dans la maison de Dieu.

Mais l'instant fixé par Alexandre approchait.

La porte de la sacristie s'ouvrit et un cortége étin-
celant entra dans le chœur. En tête marchaient les
frères laïcs et les moines en costumes blancs, puis
venaient les abbés, les évêques et les cardinaux en
riches costumes, la mître en tête et la crosse en main ;
le pape suivait, vêtu de rouge, dans tout l'appareil
des grandes cérémonies.

— Rouge ! la couleur des saints martyrs ! pensa
Étienne, en voyant la couleur choisie par le pape. Et
voici les bourreaux ! ajouta-t-il en regardant les
sombres guerriers.

Le saint sacrifice commença. Le pape, tout entier
à la prière, ne songeait guère à ce qui se passait
autour de lui. Les prélats étaient agenouillés sur des

coussins rouges ; les moines et les religieux sur le sol même.

Dès que l'office fut terminé, et sans quitter ses vêtements pontificaux, le pape se rendit dans le chœur ; il monta sur son trône recouvert d'un vaste baldaquin, et à l'entour s'assirent les cardinaux, les évêques et les abbés. Les moines se tenaient debout, en longues files, les regards pleins d'anxiété.

A trois pas en avant, se trouvait une table sur laquelle étaient déposés des parchemins. Deux copistes étaient assis à cette table, pour transcrire le procès-verbal.

Les chevaliers s'avancèrent fièrement auprès du pape ; en tête marchaient le comte de Champagne et le féroce comte de Nevers.

— Sire Pape, dit le comte, nous venons vous inviter, de la part de notre roi et seigneur, à vous rendre à la réunion ecclésiastique qui doit se tenir prochainement à Besançon. Nous ne pouvons accepter d'excuses ; votre refus pouvant amener une lutte sanglante entre la France et l'Allemagne, notre roi s'est engagé, par serment, à ce que vous vous présentiez à la réunion, et il est décidé à tenir sa parole. Acceptez donc son invitation de bonne grâce, afin de ne pas nous contraindre à employer la violence.

Un langage si peu mesuré souleva des murmures dans l'assistance.

— Comte de Champagne, dit l'archevêque Maurice de Paris, homme pieux mais vif ; vous renversez non-seulement tous les usages, mais vous manquez aussi au respect que vous devez au chef de la chrétienté. Comment osez-vous adresser de telles paroles au

vicaire du Christ, dans la maison de Dieu même?
Voudriez-vous nous faire supposer que les grands
vassaux de la couronne de France l'emportent encore
en irréligion sur les valets du schismatique Barberousse?

Maurice allait continuer, mais le pape lui imposa
silence.

— Messire comte, ce n'est pas l'obstination qui
nous engage à refuser l'invitation dont vous êtes
porteur, mais le devoir. Nous nous trouverons à
Besançon, mais non pas comme accusé. Qui a con-
voqué la réunion? des hommes oublieux de leurs
devoirs, presque tous sous le coup des censures
canoniques!..... Nous ne pouvons soumettre notre
cause à aucun tribunal terrestre, et moins encore à
un tribunal n'agissant que d'après les ordres de l'empereur. Frédéric a violé toutes les lois divines et
humaines en mettant le concile au-dessus du pape,
et l'empereur au-dessus du concile. Nous réprouvons
cette injustice, et nous sommes prêt, pour remplir
notre devoir, à subir tous les tourments, et même la
mort!

Alexandre se tut. Il se leva, et toute sa physionomie parut empreinte d'un tel caractère de majesté
digne, que le comte Guillaume lui-même en fut saisi.

Le vicaire de Jésus-Christ reprit la parole avec
énergie, mais avec un calme, avec une dignité qui
portaient la conviction dans tous les esprits.

— Mes chers frères, dit-il en se tournant vers les
prélats, il est fort probable que nous allons être
appelés à marcher de nouveau dans le sentier où
notre Seigneur et Sauveur nous a tous précédés, et

dans lequel plusieurs de nos prédécesseurs l'ont
suivi jusqu'au martyre!... Oui, le chemin de la croix
seul mène à la victoire et à un monde meilleur!.....
Vous savez depuis longtemps quel est le but que
poursuit l'empereur. Trompé par l'éclat des empereurs païens, Frédéric veut dominer et l'Église et
l'État. Le chef de la chrétienté n'est pour lui qu'un
instrument de sa volonté, et la sainte religion qu'un
moyen d'arriver à son but. Nous nous étonnons que
pareilles idées soient celles d'un prince doué par Dieu
de si grandes qualités.... Vous le savez, mes frères,
l'empereur a nommé à tous les siéges vacants de son
empire des hommes peu dignes, n'ayant ni le savoir
indispensable, ni l'esprit de piété qui doit animer
les pasteurs de Dieu. Et pourtant l'apôtre a dit :
« L'évêque doit être innocent, et non pas égoïste,
colère, adonné à la boisson, porté à la discorde et
aux gains illicites ; il doit être hospitalier, bienveillant, soigneux, juste et d'un abord facile. » Et il
faudrait que l'évêque fût le valet de l'empereur!.....
Nous éprouvons une grande douleur à la vue d'un tel
égarement. Que de malheurs on prépare à l'Église!
L'esprit ecclésiastique est de moins en moins considéré, la liberté de l'Église n'existe plus que de nom;
les biens de l'Église paraissent n'exister que pour
être mis au pillage par des mains impies. Mais au
milieu de ce débordement d'injustices, le Saint-Siége
a été placé par la divine Providence comme le rocher
de l'ordre, qui doit briser toutes les tempêtes. Aussi
nous venons au nom de Dieu vous déclarer que le
cardinal Octavien, à tort appelé le pape Victor, est
frappé des censures ecclésiastiques. Nous déclarons

d'avance toutes les résolutions du concile de Besançon nulles et non avenues. Si, jusqu'à ce jour, nous nous sommes abstenus de frapper des foudres de l'Église le dévastateur de la chrétienté, le véritable auteur du schisme, c'est que Notre-Seigneur Jésus-Christ nous enseigne le pardon. Aussi, bien que le temps de parler soit venu, nous pardonnons à l'empereur toutes les souffrances et les misères qu'il nous a fait endurer. Ce discours, mes frères, vous le reproduirez dans les chaires de toutes les paroisses, et vous le propagerez par tous les moyens possibles, pour que le peuple chrétien ne soit pas induit en erreur. Quant à nous, nous prierons Dieu sans relâche pour qu'il empêche le succès des ennemis de la sainte Église; puisse-t-il la protéger de son bras puissant! puisse-t-il amener au repentir et à la contrition tous les esprits égarés!

— *Amen, amen!* répétèrent les prélats.

— *Amen, amen!* dirent les témoins.

— *Amen, amen!* répéta la foule dans l'église.

Le comte de Champagne était resté interdit. Convaincu de la justice du choix d'Alexandre, son ambition seule l'attachait à l'empereur. Il avait été frappé du discours du Saint-Père; il lui semblait que Dieu lui-même venait de parler.

Il se trouvait gêné, en ce moment du moins, pour mettre la main sur le pape, alors que celui-ci déclarait qu'il était prêt à tout pour remplir son devoir.

— Saint-Père, dit-il avec respect, j'admire votre raisonnement et la résolution avec laquelle vous voulez remplir les devoirs sacrés de votre charge, Mais mon opinion personnelle n'a rien à voir dans l'exécution du mandat dont je suis chargé. J'attends donc, Saint-Père, qu'il vous plaise de m'indiquer l'heure que vous avez fixée pour votre départ pour Laon.

Et, sans attendre de réponse, il s'inclina et sortit, suivi de son escorte.

XLVII. — CATASTROPHE.

L'arrivée de Richenza à Cluny surprit Rechberg, mais elle témoigna tant d'intérêt pour la duchesse Clémence qu'Erwin ne put s'empêcher de lui raconter, dans le plus grand détail, tous ses malheurs.

La haute position du comte de Champagne lui avait permis d'habiter dans les dépendances du cloître, et, près de ses appartements, s'étendait un immense jardin clos de murs, orné de fleurs, de bosquets et de promenades ombragées.

Richenza et sa suivante venaient d'entrer au jardin ; le frère Séverin les suivait à distance. Antonio, qui étudiait toutes les démarches d'Erwin, le vit, selon son habitude, se diriger vers le jardin après s'être levé de table. L'italien parut avoir attendu cette circonstance, car il quitta le cloître et se dirigea en toute hâte vers le village. Hermengarde l'attendait avec anxiété. A peine était-il parti la veille, qu'elle espérait déjà son retour.

Enfin Antonio parut; il se présenta de l'air le plus indifférent.

— Votre absence a été longue, messire Antonio; ne vous a-t-il donc pas été possible de transmettre mon message hier?

— Noble demoiselle, Rechberg est resté fort avant dans la soirée en compagnie du comte de Champagne et d'autres seigneurs. Ce matin, il s'est levé tard; je n'ai pu lui transmettre mon message qu'à l'instant même, alors qu'il se rendait au jardin avec la comtesse Richenza. L'instant était mal choisi.

— Soit; quelle fut sa réponse?

— Hermengarde ici? a-t-il dit avec surprise. Venir la voir!.... dites-vous. Je le regrette, ce n'est plus possible....

— Achevez, Antonio, et point de tromperie! dit-elle. Il est dans le jardin?

— Précisément; or, le jardin touche à la route et se trouve au pied de la montagne. De là, vous pourrez les voir.

— Oui, c'est ce que je veux faire, dit Hermengarde, qui parut avoir repris subitement tout son courage. Un instant, messeigneurs, et je suis à vous.

Elle disparut par une porte.

— Tu as fait là une sottise, dit Pietro. Si elle réussissait à pénétrer dans le jardin?...

— Bah! elle ne saurait franchir un mur de dix pieds!

— Et si Rechberg l'aperçoit?

— Lui! il n'a pas les yeux assez perçants pour la reconnaître de si loin.

Hermengarde revint, et partit aussitôt, suivie d'Hedwige et des deux italiens.

En peu de temps, ils se trouvèrent sur la route qui dominait le jardin. Antonio se dirigea vers la hauteur, d'où l'on découvrait tous les environs. La jeune fille le suivit avec vivacité, sans prêter l'oreille au discours d'Antonio. Elle regarda, et, tout-à-coup, elle resta immobile, puis, avant que ses compagnons pussent s'y opposer, elle s'élança et se trouva près d'une petite porte percée dans le mur du jardin.

A peine Antonio se fut-il aperçu de son absence et de la porte ouverte, qu'il s'élança près d'elle.

— Pour l'amour de Dieu, où allez-vous? Votre entrée dans le cloître pourrait avoir des suites désastreuses!....

Elle tourna un peu la tête, regarda Antonio et disparut.

Hedwige et Pietro la suivirent. Antonio resta en arrière.

— Cette porte ouverte!.... fâcheux contre-temps! dit-il; tout est perdu! je n'ai qu'à m'enfuir pour échapper à la colère du comte.

Il quitta la place et disparut dans le cloître.

Un petit sentier tournait à travers plusieurs buissons, et aboutissait enfin à une serre entourée de vignes. Arrivée à ce point, Hermengarde s'arrêta; à environ cent pas devant elle, Rechberg parcourait avec Richenza une allée sablée. La conversation paraissait animée. Frère Séverin se tenait à la porte, pareil à une statue; il récitait des psaumes.

Hermengarde observait.

— C'est une noble femme que la duchesse de Saxe! dit Richenza. Et que fit-elle à la nouvelle de la conduite déloyale de son époux?

— Il fallut que Galdin Sala lui répétât par trois
fois les paroles du duc : « Clémence a cessé d'être mon
épouse par la parole du Saint-Père et par mon consentement. Nul, pas même Alexandre, ne peut changer
ma volonté. » D'abord, la duchesse demeura comme
anéantie. Elle répéta : « Par son consentement !... »
et cela d'un ton qui ne peut se décrire. On eût dit
que son cœur allait se rompre, mais bientôt un rayon
de colère brilla dans ses yeux. Le duc de Saxe avait
perdu tout droit à son affection. « Messire comte, me
dit-elle, je vous remercie pour toutes les peines que
je vous ai causées ; » et prenant un bijou de prix :
« Acceptez-le, dit-elle, la duchesse répudiée peut
encore vous témoigner sa reconnaissance. » Puis,
elle s'est rendue auprès du pape et a quitté Cluny ce
matin, escortée par les hommes du duc d'Autriche.

— Quelle grandeur ! quelle noblesse ! mais aussi
quel malheur ! dit Richenza émue.

— Le but de mon voyage est atteint, dit Rechberg ;
maintenant que la duchesse est partie, des circonstances urgentes me rappellent à Laon.

— Elles peuvent toutefois se retarder, nous par-
tirons ensemble, dit Richenza.

— Je le regrette, mais tout est prêt pour mon
départ ; il faut que je quitte Cluny aujourd'hui même.
Permettez-moi, noble demoiselle, de vous faire mes
adieux.

Il ne put achever. Un cri perçant l'interrompit.

— Erwin ! Erwin ! dit une voix partant de la serre.

Le comte s'approcha. Deux personnes, placées
dans le demi-jour, étaient auprès d'une troisième.
Erwin restait immobile ; le son de la voix lui était

connu, mais il ne pouvait croire que ce fût celle d'Hermengarde.

Étonné et surpris, Rechberg s'agenouilla devant la jeune fille évanouie. Tout signe de vie avait disparu de son visage. Tout-à-coup, le comte fut saisi et rejeté loin d'elle.

— Arrière! misérable, s'écria Pietro dont la colère s'enflammait à la vue de Rechberg, tu n'as plus le droit de la servir, barbare germain!

Rechberg regarda le Lombard, puis la jeune fille évanouie.

Niger le repoussa une seconde fois.

— Si tu oses encore l'approcher, je te perce de cette épée!

Et Pietro, l'épée nue, se plaça entre le comte et la jeune fille.

— Qui es-tu pour oser te placer entre ma fiancée et moi? s'écria Rechberg.

— Dégaine et défends-toi, dit l'italien furieux.

— Ici, en sa présence? Non pas! répliqua Rechberg; remets ton épée au fourreau, je te corrigerai en temps plus opportun.

— Tu ne m'échapperas pas ainsi! misérable, défends-toi! dit Pietro.

Et la pointe de son épée vint effleurer la poitrine d'Erwin.

— Arrête! dit le comte. Oserais-tu m'assassiner?

— Je veux ta vie! Si tu ne la défends pas, je la prendrai, dit Niger, dont l'épée fendit l'air et vint tomber sur l'épaule de Rechberg.

A peine le comte eut-il ressenti le choc, que son glaive, prompt comme l'éclair, sortit du fourreau, et le combat commença.

Hermengarde reposait, la tête appuyée sur Hedwige qui s'était assise par terre et frottait les tempes de sa maîtresse. Pendant le duel, la jeune fille reprit ses sens. En ouvrant les yeux, elle aperçut les combattants et appela Erwin par son nom; mais celui-ci, furieux, n'entendait et ne voyait rien que son adversaire qui l'avait blessé. Son épée s'abattit comme un éclair, et fendit la tête de Pietro, qui tomba inanimé.

A ce moment parut le chambellan, chargé du maintien de l'ordre. A la vue du cadavre sanglant, il s'écria :

— Malheur à nous! le meurtre a pénétré dans le cloître! Misérable, qu'avez-vous fait!

Mais Rechberg à qui la question s'adressait n'y fit aucune attention. Il voulait s'approcher de la jeune fille, qui s'était assise sur un banc près de la suivante; elle lui fit signe de la main de s'éloigner. Erwin, triste et la tête basse, restait immobile, tandis que frère Séverin prenait sa défense auprès du chambellan.

— J'ai assisté à toute la scène, mon digne père; le comte voulait se retirer, mais le malheureux, dont l'âme est devant Dieu, a essayé de le percer de son épée; le comte a dû se défendre malgré lui.

— Cela diminue la gravité du crime, répondit le chambellan, mais le crime a été commis dans le territoire du cloître, et il est justiciable de Cluny. Comte, suivez-moi.

— Sans hésiter, dit Rechberg. Noble dame, ajouta-t-il en se tournant vers Richenza, je regrette vraiment, par ma brutalité, d'avoir causé l'évanouissement de cette jeune personne de votre suite. Veuillez, je vous prie, la faire soigner jusqu'à ce qu'ayant prouvé mon innocence, je puisse lui offrir mes excuses.

Richenza comprit l'insinuation, car Hermengarde aurait dû quitter le cloître, si elle n'eût pas été considérée comme faisant partie de la suite de la comtesse.

— Il n'était pas nécessaire de me prier de soigner ma jeune amie, c'est un devoir pour moi.

Et elle donna aussitôt les ordres nécessaires pour que la jeune fille fût conduite dans ses appartements.

Erwin jeta encore un regard sur Hermengarde, et suivit le chambellan.

Le lendemain matin, les membres du tribunal s'assemblèrent. Le témoignage de Séverin et la bonne réputation dont jouissait le protecteur de Clémence le firent relâcher. Cependant, les juges ne se rendirent pas bien compte du motif qui avait amené la dispute entre Pietro et le comte de Rochberg.

Les juges se retirèrent dans une autre chambre, et en sortirent après quelques instants.

— Mon fils, lui dit le président, la loi t'acquitte, car tu t'es trouvé en cas de légitime défense. Dieu, qui connaît les cœurs, sait si ton acte a été pur de toute passion. Aussi, je te conseille, dans l'intérêt de ton âme, d'accomplir pour pénitence le pèlerinage de Terre-Sainte, afin que l'épée souillée du sang de Pietro se lave en combattant pour la défense du tombeau du Sauveur.

Le comte remercia le juge, et se hâta de se diriger vers l'appartement de Richenza, où il comptait trouver Hermengarde.

A sa grande surprise, il apprit que le comte de Champagne était parti le matin de bonne heure, se dirigeant vers Laon, avec tous ses serviteurs. On lui dit en même temps que la jeune fille s'était retirée dans le village voisin, où il se hâta de se rendre.

Pendant sa courte captivité, on avait enfermé le comte dans une belle chambre aux fenêtres grillées. Il s'était rappelé les divers évènements des jours précédents, mais l'arrivée d'Hermengarde à Cluny et tant d'autres circonstances lui étaient inconnues. Et pourquoi Pietro était-il avec elle? Pourquoi lui fit-elle signe de s'éloigner, quand il voulut s'approcher? Il s'était cent fois adressé ces questions, et n'avait pu les résoudre. Maintenant, il se dirigeait à pas pressés vers le village, où il arriva prompt comme la foudre.

Dès son entrée à l'auberge, il fut reçu par Hedwige, qui lui annonça que sa maîtresse était encore souffrante et n'avait pas quitté la chambre.

— Mais je vais aller lui dire que vous êtes là, ajouta-t-elle.

Erwin arpenta l'appartement jusqu'à ce que la suivante vint lui annoncer que sa maîtresse ne tarderait pas à paraître.

— Grand Dieu! dit-elle, comme elle souffre! J'ai toujours pensé que vous ne pouviez méconnaître vos engagements, et que, malgré la parenté de la comtesse Richenza avec le roi de France, elle ne vous ferait pas oublier votre fiancée...

— Je ne comprends pas ce que vous voulez dire, Hedwige? Comment auriez-vous pu avoir une pareille pensée?

— Pietro nous a dit que vous vouliez épouser Richenza, et Antonio nous l'a affirmé également. Puis, vous êtes resté plusieurs jours au château du comte de Champagne, et vous n'avez pas voulu nous recevoir. Richenza vous accompagnait à Cluny....

— Maintenant, je comprends tout, dit Erwin ; ah ! le misérable coquin !

La porte s'ouvrit. Hermengarde parut, en simple robe blanche, retenue par une ceinture bleue.

— Pardon, lui dit le comte, pour toutes les souffrances que je vous ai fait subir involontairement.

Mais Hermengarde était convaincue de l'innocence d'Erwin avant même qu'il eût parlé.

— Erwin, lui dit-elle, vous n'avez pas besoin de vous excuser ; mais, dites-moi, pourquoi ne vous ai-je pas vu hier ?

— Pouvais-je supposer que vous étiez à Cluny ?

— Antonio ne vous a-t-il donc pas transmis mon message ?

— Nullement !.. Vous êtes surprise, Hermengarde, mais ce n'est pas tout. On a cherché à nous séparer. Le misérable Antonio avait adroitement pris ses mesures.

— Le hasard sert souvent les méchants, dit la noble jeune fille. L'arrivée de Richenza à Cluny est sans doute aussi l'effet du hasard ?

— Peut-être était-ce un plan préparé ? Je voulais précisément retourner à Laon, et prendre congé..... lorsque....

Il s'arrêta tout-à-coup. Le souvenir de la scène du jardin se peignit douloureusement sur le visage d'Hermengarde. Elle s'assit silencieuse et regarda Erwin. Le souvenir de la scène dans laquelle elle avait cru voir plus qu'une formalité ordinaire de la civilité chevaleresque d'alors, parut lui faire une

pénible impression. Mais qui aurait pu conserver ce
soupçon en présence des explications si franches et si
loyales de Rechberg?

— Ah! Erwin, dit-elle; mais ce meurtre, ce terrible attentat!

— Auriez-vous donc voulu que je me laissasse
pourfendre?

— Non, oh! non. Mais après le combat, j'ai vu
comme votre épée lui avait fendu la tête, j'ai vu ses
yeux hagards, j'ai vu son sang qui coulait à flots de
sa blessure!

Et elle se cacha la figure dans les mains.

— Misérable que je suis de vous avoir causé cette
frayeur! Consolez-vous, le temps dissipera cette impression. Voulez-vous me faire regretter de m'être
trouvé vainqueur? Les pieux moines m'ont déclaré
innocent, voulez-vous être plus sévère qu'eux? Dites-
le, je me soumets à votre jugement.

— Vous êtes innocent, Erwin... Oui, et cependant
ce sang est encore entre nous; c'est là un sentiment
enfantin que je ne puis parvenir à maîtriser.

Le comte resta pensif. Les moines l'avaient déclaré
innocent du meurtre, mais ils avaient émis des doutes
sur sa complète innocence. En effet, si, au lieu de
suivre Antonio, il se fût rendu au château du comte
de Champagne, Pietro ne serait pas mort dans les
jardins de Cluny. Des remords poignants émurent
le jeune homme.

— Les pieux moines, dit-il, m'ont conseillé un
pèlerinage en Palestine, au tombeau du Sauveur. A
vous, Hermengarde, de décider si je dois me soumettre à cette pénitence?

Cette question étrange était tout-à-fait dans les mœurs du temps. Hermengarde réfléchit quelques instants.

— Demain, dit-elle, après avoir prié ensemble Marie, la Mère des douleurs, vous connaîtrez ma réponse.

—··⊰⊱·—

LXVIII. — LE TRIOMPHE DE LA FORCE.

Le départ inopiné du comte de Champagne souleva une surprise générale, et Alexandre lui-même en fut étonné. On apprit enfin qu'un cavalier était arrivé dans la nuit et avait insisté pour parler au comte. Nul ne put dire d'où il venait, ni de quelles nouvelles il était porteur; mais il paraît qu'à la suite de dépêches importantes, le comte était parti le soir, comme un fugitif. Il donnait à peine aux chevaux le temps de repos nécessaire, de sorte que, après six jours de marche, il arriva, à son château près de Laon, le 7 septembre, date pour laquelle une nouvelle entrevue avait été convenue entre l'empereur et le roi de France.

Louis qui avait éprouvé une vive terreur tant qu'il eut sous les yeux une armée allemande, semblait désirer sérieusement cette entrevue. Il fit du moins construire quelques tentes pour lui et sa suite, à proximité du pont de la Saône.

Vers neuf heures, Louis parut au lieu désigné ; Barberousse n'était pas encore arrivé. Reinald, accompagné de plusieurs évêques et seigneurs, ne semblait pas attendre sitôt le roi, qu'il trouva plus accommodant que lors de sa visite à Laon.

— L'empereur ne doutera plus de mes intentions pacifiques, dit Louis ; le comte de Champagne a plein pouvoir pour amener ici le pape, même par la force ; je suis venu moi-même à l'heure fixée, pour y attendre votre maître. Que dois-je faire de plus pour ne pas être taxé de trahison ?

Le chancelier ne trouva rien à répondre.

— L'empereur reconnaît votre bonne volonté, sire, répondit-il. Avec son aide, vous serez bientôt débarrassé d'un mal qui déchire la France et trouble l'Église. Il n'y a pas le moindre doute que les Pères du concile ne dénient au cardinal Roland, à tort appelé Alexandre, tout droit au trône pontifical.

— Je ne puis prendre sur moi de prononcer de quel côté est le bon droit, répliqua Louis.

Reinald voulut répondre, mais on entendit un grand bruit, et l'on aperçut une troupe de guerriers armés. Un cavalier couvert de poussière s'élança en avant, jeta un regard autour du cercle, et, en apercevant le roi, s'inclina devant lui, et lui demanda un entretien secret.

Le monarque entra avec l'étranger dans sa tente. On entendait, à travers les cloisons de toile, la voix de l'étranger, et, dès qu'il eût prononcé quelques phrases, Louis s'écria :

— *Deo gratias!...* Dieu soit loué pour cette heureuse conclusion !

Reinald restait stupéfait, et, pendant qu'il était encore occupé à réfléchir, le roi revint avec l'étranger. La joie se lisait sur tous ses traits. Sans s'inquiéter de satisfaire la curiosité de Reinald, Louis confia l'inconnu à un gentilhomme de sa suite, avec ordre de lui faire les honneurs qu'il méritait, puis il reprit la conversation interrompue.

— Nous n'avons plus qu'un point à régler, messire chancelier, c'est la pression que l'empereur prétend exercer sur le concile. Les Pères doivent être libres ; il ne faut pas que leurs votes soient influencés, ni par la force des armes, ni par des considérations humaines.

— L'empereur, dit Dassel, mettra en œuvre le raisonnement et la force pour rétablir l'ordre dans l'Eglise.

— Sans doute, et cela d'après ses propres idées.... Mais qui nous garantit que ces idées soient libres de toute opinion personnelle? L'empereur est l'ennemi personnel d'Alexandre ; reconnaîtrait-il les droits de ce dernier à la chaire de Saint-Pierre?

— Ces questions sont injurieuses, sire... L'empereur est trop juste pour manquer à la justice.... Et vous demandez qui vous garantira la pureté de ses vues? Devant qui voulez-vous rendre l'empereur responsable? De qui dépend-il?

— Des lois, messire, des lois qu'il viole à plusieurs égards.

— Voilà un reproche que des gens intéressés lui ont souvent adressé ; je m'étonne, sire, que vous le reproduisiez!

— Et nous nous étonnons, nous! dit Louis avec

fierté, que vous, comte, ne sentiez pas l'importance
de ce reproche! Et puis, dans l'assemblée de Besançon, siégent des princes temporels et des évêques
non consacrés.... Qui donc peut donner à des laïcs
le droit de voter dans des questions purement ecclésiastiques, et surtout dans des questions d'une telle
importance?

— L'empereur! répondit Dassel sans hésiter. Si
la majesté impériale croit devoir sanctionner une
exception à la règle, cette exception devient, par
suite de sa haute et puissante volonté, la règle et la
loi. Bien plus, si le chef de l'empire romain, qui est
en même temps le chef des princes de la chrétienté,
juge à propos d'accorder une voix aux princes étrangers sur cette question, il a droit à toute leur reconnaissance!

— Fort bien, sire chancelier; et nous sommes
par conséquent les sujets de l'empereur? Voilà qui
est nouveau!... Nos évêques seront heureux de la
leçon qui va leur être faite!... N'est-il pas vrai,
messieurs, ajouta-t-il, que vous êtes, vous aussi,
surpris d'entendre une pareille doctrine?

Reinald répondit avec vigueur, on échangea des
paroles amères; le chancelier perdit patience.

— On n'a d'ailleurs aucunement besoin des évêques français pour faire cesser le schisme, s'écria-
t-il. Quand une discussion s'élève chez vous à propos
d'un évêché, vous tranchez la difficulté vous-même;
pourquoi l'empereur n'aurait-il pas le même droit?
Rome lui appartient.

L'entourage de Louis entendit ces paroles avec
surprise. Le discours de Dassel était en opposition

avec les idées reçues et les canons de l'Eglise. Le
roi profita de cette bévue de l'homme d'État.

— Je m'étonne, dit-il, que vous, si habile, émet-
tiez de si étranges assertions. Nous pouvons choisir
les évêques, mais après entente préalable avec le
Saint-Siége. En outre, aucun évêque de mon royaume
n'est chef de la chrétienté ; votre objection n'est donc
pas valable. L'empereur et les évêques ont seuls,
dites-vous, le choix du pape. Est-ce que le Christ
n'a pas confié à saint Pierre et à ses successeurs
tout son troupeau? Est-ce qu'il a laissé en dehors
nos évêques et ma personne? Le pape ne serait-il
que votre pasteur et non pas le nôtre?

Ce langage étonna Reinald. Il en sentit toute la
valeur, et s'efforça vainement d'adoucir ses premières
paroles. Louis lui tourna le dos, sortit de la tente, et
s'éloigna avec sa suite.

— Quel homme changeant que ce roi de France!
dit l'évêque Géro de Halberstadt. Hier encore, il
s'inclinait devant l'empereur, et aujourd'hui il le
défie.

— Patience, Frédéric lui enseignera l'obéissance,
répliqua Werner de Minden. Il fallait en venir là.
A quoi bon les fortes armures, quand tout est pacifique? Croyez-moi, la morgue de Louis vient fort à
propos ; deux jours encore, et nous verrons l'aigle
impériale voler sur la frontière française.

— L'empereur m'a donné hier un magnifique
coursier et une armure de Venise ; je me réjouis de
pouvoir bientôt m'en servir, dit Philippe d'Osnabrück.

— Je mettrai, moi, mon armure de Nuremberg,
dit l'évêque de Munster. J'en possède une que m'a

donné l'empereur, et, jusqu'à présent, aucune arme
n'a pu en entamer les mailles.

L'entrée du comte de Champagne interrompit la
conversation des évêques ; Dassel, jusqu'alors plongé
dans ses pensées, alla au-devant du comte, dont la
physionomie sombre n'annonçait rien de bon.

— Déjà de retour? dit Dassel. J'espère que vous
amenez le cardinal Roland avec vous.

— Avec la meilleure volonté, cela ne m'a pas été
possible. Tout est manqué. Le roi Henri d'Angleterre
s'avance avec une puissante armée. Heureusement, je
l'ai appris à temps, et j'ai évité de tomber dans les
mains de ces partisans d'Alexandre. Dans la suite de
Louis que j'accompagnais, j'ai vu le comte anglais
Gilbert, envoyé de son souverain.

Reinald était comme frappé de la foudre.

— Voilà, se dit-il, la clef de la conduite de Louis.
C'est étonnant que cette négociation entre Roland et
le roi d'Angleterre ait pu nous échapper. Je regarde
cela comme impossible.

— C'est tout-à-fait hors de mes suppositions, dit le
comte de Champagne pour consoler l'homme d'État.
Le roi d'Angleterre, dont le caractère secret est connu
de tous, a suivi une marche préparée depuis longtemps, et dont personne ne savait rien. Il est certain
qu'il ne vient pas au secours d'Alexandre ; il s'avance
plutôt contre la toute-puissance impériale.

— C'est vraiment risible ! Comme si une faible
gazelle pouvait lutter contre le léopard ! dit Dassel.
Allons chez l'empereur ; venez, comte, qu'il apprenne
tout de votre bouche.

Le comte ne se pressa nullement. Il voyait, lui, la
question sous un autre jour.

— Ma sûreté me défend cette démarche, dit-il ; j'ai fait tout ce que j'ai pu, j'ai appuyé l'empereur, mais ce serait folie à moi de fournir un prétexte au roi d'Angleterre pour se saisir de mes domaines. Je ne puis, pour le moment, qu'être l'ami secret de Frédéric.

— Comment ! comte, vous comptez servir deux maîtres ? dit Dassel furieux. Comment pourriez-vous être à la fois l'ami et l'ennemi de l'empereur ?

Le comte de Champagne comprit la difficulté ; mais aucune représentation de Dassel ne put le faire changer de détermination.

— Cela ne se peut, messire chancelier. Je ne puis retarder mon retour à Laon. Adieu, rappelez-moi au souvenir de l'empereur.

Il s'élança en selle et se dirigea vers la ville.

— Ah ! ces faux Français ! dit Dassel ; c'est bon, nos armes leur apprendront l'honnêteté et la conscience !

— C'est aussi mon avis, dit l'évêque batailleur Werner ; l'honnêteté germanique, qui a été plus de dix fois la dupe de sa droiture, est un fait bien connu. Allons vite au camp, relevons notre bannière, et faisons une moisson de nouveaux lauriers dans le cœur de la France !

Les seigneurs retournèrent en toute hâte dans le camp, où l'empereur était entouré de princes et d'évêques. La nouvelle inopinée du changement de décision de Louis et la détermination du roi d'Angleterre étonna et attrista les seigneurs. Les uns voulaient sur-le-champ courir aux armes et passer la frontière ; parmi ceux-là était le farouche Otto de Wittelsbach et les évêques impériaux opposés à Alexandre.

Les ducs d'Autriche, de Bavière et de Saxe, et d'autres secrètement alliés au pape, apprirent la nouvelle avec plus de sang-froid.

Barberousse resta calme, bien que ses yeux lançassent des éclairs, et que son regard tranquille eût peine à dissimuler sa colère. Il fit un signe à Reinald, et, répondant par une légère inclination de la tête à tous les assistants, il quitta l'assemblée, qui devenait toujours plus animée.

Débarrassé du costume d'apparat dans lequel il avait voulu éblouir le roi de France et ses grands vassaux, Barberousse était assis en face du chancelier. Reinald avait l'air d'un serpent insinuant et souple, qui cherche à atteindre sa proie.

La physionomie de Frédéric était calme; sa figure était sévère, et son regard perçant et énergique laissait seul voir l'irritation de son esprit.

— La solution ne peut avoir lieu désormais qu'en campagne, dit Dassel; hâtons-nous donc, avant que Louis ait réuni ses forces. Vous êtes insulté; chacun, jusqu'au dernier goujat, ressent l'injure que vous a faite le roi de France; profitons vite de cette occasion.

— Si vous aviez observé mes fidèles vassaux, vous ne parleriez pas de tout ceci comme d'une heureuse occasion, répliqua Frédéric. En outre, je ne tiens pas à tout confier à la force des armes. Nous ne sommes pas encore prêts à lutter contre les forces réunies de la France et de l'Angleterre. Mais, ajouta-t-il, le résultat de la réunion ecclésiastique est-il bien positif?

— Positif! dit le comte. On peut répondre de nos évêques, mais non de ceux du roi de Suède! Ce sont

là des faits qui ne s'arrangent pas l'épée au poing.
On pèse alors beaucoup plus l'intelligence, l'adresse,
l'habileté des personnes que la force brutale.

— Vous voilà encore avec vos ruses, j'en ai assez !
dit Barberousse mécontent. Les prélats danois sont
des hommes, l'intérêt les dirigera. Victor recevra, en
outre, l'injonction, dès le commencement du concile,
d'annuler tout appel à Rome, ou ailleurs. Nous
verrons bien si les évêques danois résisteront à cette
embûche.

— Très-bien ! cela pourra en intimider quelques-
uns, dit Dassel ; mais vous diminuez de la sorte le
pouvoir du pape, et augmentez celui des évêques.
Qu'y gagnera l'empereur ?

— Ce que le pape possède seul aujourd'hui sera
la propriété de milliers d'individus. J'ai toujours
considéré, du reste, la force disséminée comme plus
facile à diriger qu'une puissance unie.

— Votre observation est juste et énergique, dit
l'adroit chancelier.

Après un assez long entretien, Reinald quitta l'empereur pour s'occuper des préparatifs du concile.

Louis respira librement quand il apprit que l'armée
s'était dirigée vers Besançon. Il éprouva une certaine
satisfaction à recevoir une lettre d'Alexandre qui lui
annonçait que le roi d'Angleterre était disposé à
lutter contre Frédéric. En même temps, on apprenait
que le roi André de Hongrie était prêt à entrer en
Allemagne, dès que Frédéric attaquerait la France.

Dans l'intervalle, l'empereur, accompagné de plusieurs princes et d'environ cinquante archevêques et
évêques, arrivait à Besançon. Il y avait peu de ces

ecclésiastiques qui fussent consacrés. Le roi Walde-
mar de Danemark arriva de son côté, mais il n'était
accompagné que par l'évêque Absalon de Roskilde.
Les princes de l'Église du Nord ne pouvaient se
résoudre à assister à une réunion convoquée en dehors
des règles canoniques, et qui n'avait pour but que de
légaliser les vues du schismatique Frédéric.

Les préliminaires contre Alexandre, la reconnaissance de Victor, et par suite la suprématie de l'empereur, furent rapidement et habilement exposés.

L'empereur était sur le point de quitter l'appartement où il se trouvait avec Dassel, pour se rendre en
grande pompe à la cathédrale où devait se tenir le
concile, lorsqu'on lui remit un pli portant le sceau de
l'abbaye de Cluny.

— De Cluny ! dit-il. Qui a apporté cet écrit ?

— Un cavalier inconnu, lui dit le chambellan.

Barberousse parcourut ces lignes, pendant que
Reinald examinait curieusement ses traits.

— Bah ! c'est à peine si cela vaut la peine d'en parler, dit Frédéric en mettant la lettre sur un meuble ; du
moins, nous n'avons pas le loisir de nous y arrêter...
Cependant, si vous voulez savoir, dit-il en voyant la
curiosité de Dassel, le comte Rechberg nous annonce
qu'il va entreprendre un pèlerinage en Terre-Sainte.
Voilà tout. Le jeune homme ne pouvait rien faire de
mieux pour éviter les liens dans lesquels un sage
homme d'État voulait l'enchaîner. Espérons qu'il
nous reviendra guéri. Messire chancelier, donnez le
signal du départ.

Il est probable qu'en d'autres circonstances, Barberousse n'aurait pas appris avec tant de calme la réso-

lution de son parent. Mais alors il était sur le point
de prendre une mesure intéressant toute la chrétienté,
et il ne pouvait songer à autre chose.

Un long et brillant cortége de princes et de prélats
se dirigea vers la cathédrale de Besançon. L'empereur
ne négligea point cette occasion de tenir l'étrier du
Saint-Père. Victor se soumit à cette formalité avec
orgueil, comme s'il voulait, par cette présomption,
s'excuser pour toutes les soumissions auxquelles il
était réduit.

Les évêques et les princes avaient déjà pris leurs
places au centre de la nef de la cathédrale. La prési-
dence était dévolue à Victor. A sa droite se tenait
Frédéric, et à sa gauche le roi de Danemark Wal-
demar.

Barberousse ouvrit la séance en racontant au concile les faits et artifices des souverains de France et
d'Angleterre. Il exposa également ses efforts pour la
pacification de l'Église et la suppression du schisme.
Son discours convainquit tout l'auditoire de sa bonne
volonté et de sa modération.

Ensuite Victor se leva et proféra des plaintes
amères contre les ennemis de l'Église et surtout
contre Alexandre. La substance de son discours,
probablement inspiré par Frédéric, énonçait les
nombreuses libertés qu'il accordait aux évêques.

Après lui parla Reinald, et, dans un langage
artificieux, il exposa la justice du choix de Victor, et
s'efforça de présenter la réunion actuelle comme un
concile général.

Enfin Barberousse se leva et pria l'assemblée en
termes énergiques de mettre fin au schisme, de bannir

Roland comme ennemi de l'Église, et de proclamer
Victor comme chef de la chrétienté.

Une clameur universelle parcourut la cathédrale ;
on alluma les cierges. A ce moment, l'évêque Absalon
se leva et fit un signe d'intelligence à son souverain.

— Pour l'amour de Dieu, mes chers frères, dit
Victor, ne vous éloignez pas dans ce moment important !

— Je ne suis ici que pour accompagner mon
souverain, dit Absalon très-froidement. Comme il
quitte la cathédrale, je dois le suivre.

Le départ du roi et d'Absalon souleva quelque
tumulte. D'autres évêques suivirent leur exemple.
C'étaient ceux chez lesquels le sentiment de l'honneur
et du devoir parlait plus haut que la crainte de
Frédéric. Mais la marche de l'assemblée n'en fut
aucunement entravée. Alexandre fut excommunié, et
Victor proclamé solennellement chef de l'Église.
L'assemblée se sépara après le chant du *Te Deum*.

LXIX. — PROJETS PATERNELS.

Cinq ans environ se sont écoulés depuis la réunion
de Besançon. La lutte entre le pape et l'empereur se
continuait, mais bien des choses avaient tourné au
profit de Frédéric. Dans les moments de trouble, les
hommes vertueux seuls ont le courage de rester
fidèles à leurs convictions ; les autres se laissent

influencer et guider par les circonstances ou intimider par les évènements. Dans l'un et l'autre cas, Frédéric savait agir sur les passions ; sa force effrayait les uns, sa générosité retenait les autres.

Après le décès de Victor, qui mourut comme il avait vécu, séparé de l'Église, torturé par sa conscience et sans recevoir les saints sacrements, le chancelier Reinald installa immédiatement un nouveau pape, Pascal III. L'empereur sanctionna ce choix. Le schisme avait de nouveau un chef, et Barberousse faisait tous ses efforts pour le faire reconnaître.

On obligea tous les évêques à réciter à haute voix, les dimanches et fêtes, la prière pour le pape Pascal. Les moines et les ecclésiastiques furent mis en demeure, l'espace de six semaines, de prêter serment de fidélité à Pascal ; celui qui manquait à ce prétendu devoir était signalé et puni comme ennemi de l'empereur.

Frédéric alla encore plus loin.

A la diète de Wurtzbourg, en 1163, il fit prendre les résolutions suivantes : « L'empereur, les princes et les évêques refusent de reconnaître Roland ou tout autre de ses successeurs nommés par son parti ; les Allemands jurent de n'élire aucun empereur, à moins qu'il ne s'engage à observer les vues de l'Allemagne en ce qui concerne la papauté. Tout laïc opposant perdra la vie et ses biens ; tout ecclésiastique sera dépouillé de ses bénéfices et de ses dignités. Les princes et les évêques sont responsables de leurs sujets, qui doivent prêter un serment identique. »

De cette façon, l'Église allemande était séparée de l'Église romaine et seule catholique, car les vues allemandes sur la papauté étaient tout l'opposé de ce qu'enseigne la vraie doctrine de Jésus-Christ.

Frédéric était à la veille de fonder en Occident un empire pareil à celui d'Orient et d'y installer la suprématie impériale. Pascal n'était, comme Victor, que le valet de l'empereur. L'épiscopat s'abaissait de plus en plus, et ses membres étaient presque tous des prélats de cour. La mort d'Eberhard de Salzbourg vint priver le parti d'Alexandre de son chef dans l'Allemagne méridionale. Séparés de leur chef et retenus par des chaînes d'or, les personnages mitrés devenaient de jour en jour plus étrangers aux fonctions de leur saint ministère. Ils échangèrent le bâton pastoral pour le glaive, la mître épiscopale pour le casque, les vêtements sacerdotaux pour la cuirasse de guerre. Le clergé inférieur ne valait pas mieux que ses supérieurs ; et le peuple, dont l'âme était confiée à leurs soins, tombait de plus en plus dans l'ignorance.

Il y avait cependant encore quelques hommes dont la sainteté s'opposait énergiquement aux vues de l'empereur. L'archevêque Conrad de Mayence, de la famille de Wittelsbach, et l'archevêque Conrad de Salzbourg oncle de l'empereur, protestaient énergiquement contre cette usurpation. Ils furent signalés comme ennemis de l'empire, dépouillés de leurs évêchés et forcés de fuir en Italie. Ces procédés brutaux avaient produit les résultats que l'on voulait obtenir. On obéit désormais à la lettre aux ordres du puissant empereur.

La situation qu'Henri d'Angleterre avait prise vis-à-vis d'Alexandre favorisait aussi les efforts de Frédéric. Ce roi cruel et despotique régissait l'Église d'Angleterre selon ses seuls caprices. Les cloîtres et les monastères n'étaient pour lui que des réserves pour ses besoins matériels. Bien des évêchés restaient vacants et leurs revenus allaient grossir le trésor royal. Le célèbre Thomas Becket, archevêque de Cantorbéry, résista de toutes ses forces à la tyrannie du souverain, mais bientôt, sur les ordres du roi, il fut assassiné sur les marches de l'autel.

Toutes relations amicales entre Alexandre et Henri d'Angleterre furent interrompues.

Ces circonstances vinrent fort à propos pour servir les projets de Frédéric. Reinald fut envoyé à Londres pour contracter une alliance entre Henri et Barberousse contre le pape Alexandre, et, afin de cimenter cette alliance, une fille du roi devait épouser le fils de Barberousse, et Henri-le-Lion une princesse d'Angleterre.

L'Italie était calme. Toutefois on supportait le joug impérial avec impatience, et partout l'on se préparait aux éventualités ; le feu couvait, mais, depuis le terrible châtiment de Milan, aucune ville n'osait lever l'étendard de la liberté.

En 1167, Barberousse, suivi d'une nombreuse armée, parut en Italie. Il voulait expulser Alexandre de Rome, où celui-ci avait pu rentrer, grâce à la protection du roi Guillaume de Naples. Les Lombards avaient espéré que la justice de Frédéric soulagerait leurs maux : une affluence énorme de peuple vint se se plaindre de ses préposés. Frédéric écouta toutes les réclamations, mais y fit rarement droit. Aussi, à peine fut-il parti pour Rome, que la ligue lombarde

se forma, d'abord faible et imperceptible ; mais c'était
un présage heureux et un encouragement pour les
opprimés.

Guido de Castellamare, fidèle à la parole donnée,
restait dans ses foyers et s'abstenait de toute démonstration hostile.

Hermengarde avait alors dix-neuf ans ; elle ne
quittait point le château solitaire du vallon. Depuis
son retour de France, elle vivait comme une recluse.
Sa seule distraction consistait à se rendre à Gênes,
pour y chercher des nouvelles du comte Rechberg
auprès des pèlerins revenant de la Terre-Sainte. Dans
les premières années, elle obtint les meilleurs renseignements. Le nom d'Erwin avait atteint la plus
haute renommée en Palestine. Beaucoup avaient vu
le jeune héros, lui avaient parlé, et tous racontaient
ses prodiges de valeur ; mais depuis deux ans, on
n'avait plus de nouvelles positives. Les faits et gestes
du jeune homme étaient encore présents à la mémoire
de tous les pèlerins, mais nul ne savait ce qu'il était
devenu. Hermengarde était en proie aux plus tristes
appréhensions.

— Il sera mort en luttant contre les infidèles, se
disait-elle.

Et des larmes coulaient le long de ses joues.

Mais l'espoir abandonne difficilement le cœur
humain. La triste fiancée conservait donc toujours
une vague espérance, mais elle allait toujours s'af-
faiblissant, pareille à une lumière qui, au moment de
s'éteindre, jette une dernière lueur.

Enfin, l'espoir de la jeune fille s'éteignit faute
d'aliment. Jadis elle se tenait sur une petite terrasse,

qui permettait de découvrir toute la vallée et la mer dans le lointain; et quand elle y distinguait une voile, elle se flattait que ce pourrait être celle qui ramenait son époux. Mais, depuis plusieurs mois, la terrasse était abandonnée; Hermengarde ne regardait plus de ce côté, elle n'avait plus d'espoir.

'Guido voyait la douleur de sa fille et l'observait.

— Le temps guérit toutes les blessures, pensait-il.

A en juger d'après les apparences, les prévisions de Bonello paraissaient devoir s'accomplir. La jeune fille était plus calme. Les voyages à Gênes avaient cessé, et le nom de Rechberg sortait rarement de ses lèvres. Pour contenter son père, elle visitait parfois une famille noble du voisinage, mais c'était uniquement par obéissance filiale. Du reste, ces visites étaient rares et de courte durée. Mais Bonello, certain que Rechberg avait partagé le sort de la plupart des croisés, songeait à proposer à sa fille un autre parti, sinon aussi brillant, du moins digne d'elle.

La vieillesse regarde les choses d'un autre œil que la jeunesse. L'expérience lui a appris la vanité des choses terrestres; elle considère tout avec plus de sang-froid. Aussi Guido trouvait-il nécessaire de chercher pour Hermengade un protecteur qui veillerait sur elle quand il ne serait plus.

— Je suis vieux, pensait-il, je puis mourir d'un jour à l'autre; je ne puis laisser ma fille sans un époux pour la défendre.

Il avait longtemps mûri ce projet en silence, après avoir jeté les yeux sur le fils unique de cette même famille de Rapallo, où il allait parfois rendre visite avec Hermengarde.

Héribert de Rapallo venait régulièrement chaque semaine à Castellamare. Ses visites semblaient fort agréables au vieux Guido. Il restait auprès de lui des heures entières à écouter sa conversation, et il lui arrivait souvent de partir sans avoir vu Hermengarde. Aussi, pendant que Bonello se figurait que sa fille était sur le point d'oublier Rechberg, puisqu'elle ne montait plus sur la terrasse, ne parlait plus du pèlerin et n'allait même plus à Gênes, Héribert était convaincu qu'elle pensait plus que jamais à son fiancé. Il attribuait son calme à la force que lui donnaient ses sentiments religieux, et il avait raison. Elle ne comptait plus, il est vrai, revoir le comte ici-bas, mais elle espérait le retrouver dans un monde meilleur, et cet espoir la consolait et la fortifiait.

Toutefois Rapallo continuait ses visites à Castellamare, parce qu'il trouvait du plaisir dans la conversation de Guido et qu'il espérait vaguement que la jeune fille consentirait peut-être un jour à lui accorder sa main.

— C'est étrange! Rapallo ne nous a pas encore rendu visite cette semaine, dit un jour Guido après le dîner. Je suppose bien qu'il ne lui est rien arrivé de fâcheux.

— J'y ai songé aussi, mon père. C'est aujourd'hui vendredi, et il avait promis de venir mardi.... Serait-il malade?

Cette remarque plut au vieillard.

— Héribert est un homme fort distingué, dit Guido après un court silence ; il est modeste, noble et vaillant.

— Il est d'agréable compagnie, et a des sentiments de piété, répondit la jeune fille.

— Je suis content que ce soit là ton opinion, chère Hermengarde.

— Il est venu si souvent que j'ai pu observer son caractère.

— Très-bien, mais tu devrais te montrer un peu plus souvent quand il vient, car je suis disposé à croire que c'est bien plus pour toi que pour moi qu'il fait ainsi régulièrement ce long voyage.

Guido sourit en prononçant ces paroles. Sa fille le regarda avec une simplicité naïve qui ne permettait pas de supposer chez elle aucune arrière-pensée; elle était heureuse de voir son père sourire. Guido profita de cette occasion favorable pour parler du projet qu'il nourrissait.

— En effet, dit-il, Rapallo est tout-à-fait de mon goût. Qu'en penses-tu, Hermengarde?

— Je trouve, mon père, que vous avez le goût excellent.

Une expression de joie brilla sur le visage du vieillard. Il croyait toucher au but beaucoup plus facilement qu'il ne l'avait pensé.

— Tu es de mon avis, c'est très-bien, ma fille. Héribert sera certainement un excellent mari; je serais très-heureux de l'avoir pour gendre.

La jeune fille frémit. Guido continua du ton des vieillards qui développent une pensée favorite.

— Je suis bien avancé en âge, chère enfant. Chaque jour je puis être frappé par la mort, et tu peux te trouver sans soutien. L'empereur Barberousse vient de franchir les Alpes; la guerre a recommencé. Que deviendras-tu en un pays où voleurs et brigands agissent au grand jour? Non, je ne pourrais mourir

tranquille; il faut que les solides remparts de Castellamare soient défendus par un brave chevalier.

— Cher père, dit-elle avec émotion, ne touchez pas
à ces cordes si tristes. Vous êtes robuste, votre santé
est excellente; pourquoi vous préoccuper d'éventualités qui sont encore bien loin de nous et qui ne
peuvent que nous attrister?

— Tu parles, chère enfant, comme on le fait à
vingt ans; les jeunes gens vivent ainsi sans songer
à l'avenir, c'est à peine s'ils pensent au lendemain.
Grâce à Dieu, ma santé est bonne, c'est vrai. Mais,
à mon âge, on doit toujours être prêt pour le grand
voyage; on doit se familiariser avec la pensée de la
mort qui peut arriver subite et imprévue. Comme je te
l'ai dit, il me serait actuellement impossible de mourir
en paix. L'isolement où tu te trouves m'inquiète; tu
dois, Hermengarde, décharger mon cœur de cette
inquiétude. Tu as vu de près Rapallo; tu as trouvé
en lui un noble et généreux jeune homme, vraiment
digne toi...

La jeune fille demeura silencieuse; ses lèvres
s'agitèrent, des larmes s'échappèrent de ses yeux.

— Ne pleure pas, mon enfant; tu penses sans
doute au noble Erwin, il est bien digne assurément
que nous pensions à lui, mais pourquoi nous bercer
de vaines espérances? Il est mort, il est tombé sous
les coups des Sarrazins, avec tant de milliers de
chevaliers, victimes de leur dévoûment à la foi. C'est
la pensée qui doit nous consoler. Puisque tu dois
renoncer à l'espérance de l'avoir pour époux et pour
protecteur en ces temps malheureux, il faut qu'un
autre vienne prendre sa place. Ton mariage est le

vœu le plus ardent que ton père forme actuellement. Si tu aimes véritablement ton père, décharge son cœur de ce poids qui l'accable.

Elle cessa de pleurer. De graves pensées agitaient son esprit. Elle avait pour son père l'amour le plus tendre, et elle se demandait si elle ne devait pas consentir à un sacrifice qui procurerait au vieillard une nouvelle ère de félicité.

Au même instant, la porte s'ouvrit. Rapallo parut. Sa taille ne dépassait pas la moyenne; la franchise et la bonté se peignaient sur son visage, plus régulier que beau.

— Vous voilà donc enfin, mon cher Rapallo? lui dit le vieillard. Nous parlions précisément de vous; soyez le bienvenu. Il y a longtemps que nous n'avons eu le plaisir de vous recevoir.

Héribert s'inclina profondément devant la jeune fille; il serra chaleureusement la main de Bonello et se plaça à son côté.

— J'ai dû répondre à l'invitation que m'a adressée la ligue lombarde, et je suis sur le point de m'attacher à elle.

Le vieillard secoua la tête avec une expression marquée de mécontentement.

— Du moins, je l'espère, vous n'avez pris aucun engagement avant de m'avoir consulté? Allez-vous exposer votre tête pour une entreprise qui n'a pas la moindre chance de succès? Héribert, Héribert, ce n'est pas bien, vous avez manqué de prudence. Je n'augure rien de bon de cette tentative.

Il s'ensuivit un dialogue extrêmement animé entre le vieillard et le jeune homme. Hermengarde en

profita pour quitter l'appartement sans qu'on y prit
garde. Elle monta à sa chambre, où elle pleura en
liberté.

— Sans doute, j'admets tout cela, répondit Guido,
quand Héribert lui eut exposé les raisons qui l'avaient
engagé à répondre à l'invitation qu'on lui avait faite.
Je vais plus loin. Je suppose que la ligue lombarde
ira se développant, que les villes et les seigneurs
lui donneront leurs adhésions, qu'elle peut déjà
disposer de l'argent nécessaire, qu'elle aura des
capitaines habiles, tout ce dont elle a besoin pour
soutenir la lutte; une chose lui manque assurément,
c'est l'unité. Aussi longtemps que Pavie, Gênes, Pise,
Lodi, Florence, c'est-à-dire les villes les plus importantes de l'Italie septentrionale soutiendront la cause
de Frédéric, toute tentative d'indépendance ne fera
qu'aggraver la situation.

— Devons-nous donc toujours porter nos chaînes?
s'écria le jeune homme dans les yeux duquel brillait
une ardeur que Guido n'avait jamais observée en lui.

— Aussi longtemps que l'Italie méritera ces chaînes, elle les portera, et elle les mérite par ses
divisions, repartit le vieillard. D'ailleurs soyez convaincu que, sous le rapport militaire, nous sommes
de beaucoup inférieurs aux Allemands. C'est ce que
vient encore de nous apprendre la sanglante bataille
qui s'est livrée sous les murs de Rome. Quarante
mille Romains n'ont pu tenir contre douze mille
Allemands, et, de ces quarante mille Romains, la
moitié à peine est demeurée en vie.

— Cette affaire n'a pas eu l'importance qu'on lui a
donnée d'abord.

— Naturellement dans les conseils des Lombards on s'est attaché à amoindrir la victoire des Allemands. Il est certain, seigneur Rapallo, que la seule avant-garde de l'armée allemande, privée de son chef naturel, l'empereur, au siége d'Ancône, a presque détruit l'armée romaine. Laissez-lui seulement le temps d'introniser son pape dans Saint-Pierre et de soumettre les princes de Sicile, vous verrez avec quelle facilité il viendra à bout des Lombards.

— Mais le joug que nous supportons est intoléra-ble. Les cris qui s'élèvent vers nous sont déchirants.

— Oui, nos compatriotes s'entendent très-bien à se plaindre. Au reste, je l'admets sans peine, leurs plaintes sont légitimes ; mais ce nouveau soulèvement sera tout à l'avantage de l'empereur ; il trouvera un prétexte pour nous accabler de nouvelles charges. Aussi, seigneur Rapallo, écoutez le conseil que vous donne un vieillard : demeurez étranger à la ligue, ne vous compromettez pas dans un soulèvement qui n'aura pas une issue plus favorable que les pré-cédents.

Héribert détourna la conversation ; bientôt il prit congé de son interlocuteur.

— J'aurais voulu vous parler, lui dit Guido, d'une autre affaire qui sans doute ne vous aurait pas déplu ; mais comme vous paraissez pressé, ce sera pour votre prochaine visite.

L. — UN CLUB.

Le jeune seigneur chevauchait rapidement dans
l'étroite vallée de Castellamare. Arrivé à un certain
endroit, il se retourna et considéra encore une fois,
avec une émotion visible, les antiques murailles qui
allaient échapper à ses regards.

— De quoi peut-il être question? se demanda-
t-il à lui-même. L'excellent homme veut sans doute
m'offrir l'une de ces riches armures que j'ai si souvent admirées. S'il en est ainsi, je lui offrirai en
retour le plus beau de mes coursiers.

Le jeune homme, dans sa modestie, n'avait pu
soupçonner la pensée du vieillard; jamais une telle
espérance n'avait séduit son imagination.

Après avoir longtemps chevauché, il pénétra dans
une vallée fermée par de hautes montagnes. Tandis
que toutes les hauteurs étaient couvertes de bois et de
fruits, la vallée elle-même était presque complètement nue. Çà et là on apercevait quelques arbres
fruitiers, les seuls vestiges de la culture qui, autrefois, y avait fleuri. Ailleurs quelques poteaux presque
usés s'élevaient tristement au milieu des hautes
herbes et des épines; c'étaient les restes d'anciennes
clôtures. Au milieu de la vallée se trouvaient les
ruines d'un monastère en grande partie détruit; les
quatre murailles de l'église et son clocher de pierre
subsistaient encore. Bien que ces ruines semblas-
sent être de date récente, elles étaient toutes couvertes

de plantes parasites qui grimpaient le long des
murailles désolées. Héribert attacha son cheval à un
pan de mur; au même endroit stationnait un grand
nombre de chevaux, auxquels les grandes herbes
offraient une abondante pâture.

Il se dirigea aussitôt vers l'église ; le silence profond qui régnait aux alentours n'aurait guère permis
de supposer qu'elle renfermait plusieurs centaines
d'hommes, avides d'entendre un orateur tout différent de ceux qui y parlaient autrefois.

A l'endroit où l'autel s'élevait jadis, on avait dressé
une tribune formée de quelques pierres recouvertes
de mousse. Debout sur ces pierres, un homme à la
parole ardente peignait les malheurs et les désastres
de la Lombardie. Les auditeurs armés suivaient avec
passion les développements de l'orateur : tantôt ils
applaudissaient à ses paroles, tantôt les cris de menace qui sortaient de leur bouche prouvaient qu'il
avait réussi à exciter leurs passions. Rapallo, craignant de les interrompre, s'arrêta à l'entrée de l'église.

— Frères bien-aimés, vous avez vu que Barberousse est insensible à nos maux, disait l'orateur
d'une voix pénétrante. En vain vous avez réclamé
contre l'insolence de ses baillis, contre les torts qu'on
vous faisait dans vos biens, les corvées auxquelles on
vous a assujettis, les mauvais traitements que vous avez
subis, enfin contre toutes les violences dont vous avez
été les victimes. L'empereur est resté sourd à toutes
vos plaintes. En savez vous la raison?

Ici l'orateur s'arrêta un instant ; les lèvres serrées,
les narines béantes, il communiquait du regard à
ses auditeurs la fureur qui l'animait lui-même.

— C'est, répondit-il d'une voix incisive, qu'il vous considère comme des esclaves, auxquels on peut imposer le joug le plus intolérable. Rappelez-vous ce qu'il a dit naguère à Pavie : « L'Italie est une terre conquise ; elle a perdu tous ses droits ; réclamer n'importe quel droit, c'est être rebelle. » Oui, voilà ce qu'il a dit ouvertement, le tyran. Je l'ai entendu de mes propres oreilles ; il a osé dire que vous n'avez plus de droits, que vous n'êtes que des esclaves !

Un sourd murmure parcourut toute l'assemblée.

— Ainsi, mes frères, quand nous faisons appel au droit et à la justice, nous nous rendons coupables de rebellion. Que pouvons-nous espérer avec de tels principes ? Vous étonnez-vous maintenant qu'on ait fait le relevé de vos terres, de vos maisons, de vos troupeaux, de tous vos biens, et que tout ce que vous avez soit soumis à l'impôt ? Ne savez-vous pas, frères bien-aimés, que vous ne possédez plus rien, que tous vos biens sont attribués à l'empereur ? Faites-vous votre moisson, les baillis viennent avec leurs satellites et enlèvent ce qui leur plaît. Les plaintes, les larmes ne servent de rien. On nous laisse de quoi soutenir notre triste existence, de quoi conserver celle de nos enfants ; n'est-ce pas assez pour des esclaves qui ne vivent que dans l'intérêt et pour le service de leurs maîtres ?

Les murmures devinrent plus menaçants, la passion s'agitait de plus en plus dans les cœurs.

— Pour des esclaves, la vie n'est qu'un fardeau, elle n'offre pas la moindre joie. Aussi nous avons été privés du droit de chasse et de pêche, aussi nous n'avons pas un instant que nous puissions consacrer à des plaisirs innocents. Malheur à celui qui laisserait son travail pour prendre un peu de repos. N'est-il pas convenable que vous consumiez votre vie au milieu des travaux les plus pénibles, que vous soyez exposés à toutes les privations, tandis que vos maîtres se plongent dans toutes les délices?

L'orateur avait atteint son but, car il dut s'arrêter un instant pour permettre à ses auditeurs d'exhaler leur fureur par des imprécations violentes contre les oppresseurs du pays.

— Auparavant les barbares visitaient également notre belle patrie, mais ils ne faisaient que la traverser ; en baissant la tête sous l'orage, il passait, et bientôt le dommage était réparé. Barberousse, au contraire, fait peser sur nous un joug qui ne nous offre pas de relâche. Nous devons élever de nos mains ces châteaux-forts qui nous menacent, nous devons construire de nos mains à ces vautours cruels, à ces bourreaux avides de notre sang, je veux dire aux dignes baillis de l'empereur, ces nids d'où ils s'abattent impunément sur nous, pour nous piller et nous maltraiter. Voulez-vous toujours subir l'esclavage? Etes-vous décidés à vous laisser opprimer jusqu'à la mort? N'allez-vous pas enfin vous lever pour vous affranchir, pour chasser les tyrans?

— Vive la liberté, mort aux tyrans, à bas Barberousse! puisse-t-il périr avec ses infâmes satellites! tels furent les cris qui sortirent de l'église en ruines.

— Oui, vive la liberté, reprit l'orateur d'un ton ferme et calme; l'heure de notre délivrance est proche; mettons-la à profit, elle pourrait passer pour ne plus revenir. Le tyran est actuellement devant

Rome. Le plus solide boulevard de notre liberté,
c'est l'Eglise, c'est Alexandre, le successeur de
saint Pierre. Si Barberousse parvient à le renverser,
nous devons perdre à jamais l'espérance de secouer
le joug des Allemands et de l'empereur.

Et l'orateur descendit de sa tribune improvisée au
milieu des bruyants applaudissements de l'auditoire.

L'orateur était un gentilhomme généralement respecté; son amour pour la patrie italienne égalait sa
bienveillance à l'égard des pauvres et des faibles. Il
n'avait rien exagéré; au contraire, il avait plutôt
affaibli les couleurs; mais cette circonstance même
avait augmenté l'effet de son discours. La dureté
impitoyable des baillis était malheureusement un fait
général; les mauvaises dispositions de Frédéric à
l'égard de l'infortunée Italie n'étaient que trop évidentes. L'orateur, par ses allusions discrètes, avait
habilement réveillé tous les souvenirs de ses auditeurs. Un grand nombre d'entre eux avaient souffert
de l'avidité des officiers de l'empereur; plusieurs
avaient eu à subir des tortures cruelles; on se racon-
tait l'un à l'autre ses malheurs, chacun communiquait à ceux qui l'entouraient la haine qui l'agitait
lui-même. Aussi l'assemblée en vint-elle bientôt au
paroxysme de la fureur. On entendait de toute part
des malédictions implacables, des expressions de
tristesse et de colère; les bras s'agitaient, les yeux
étaient enflammés; tout l'auditoire était électrisé.

Enfin, un autre orateur, le milanais Pandolfe,
parut à la tribune. Le bruit se calma par degrés.

— C'est Pandolfe le milanais, se disait-on à voix
basse; car tout ce qui venait de Milan excitait à un

haut degré l'attention générale. Milan, avait obtenu, pour ainsi dire, la couronne du martyre.

— Je vous apporte les amitiés de Milan et de tous les frères de la ligue lombarde, dit Pandolfe d'une voix pure et métallique. Vous avez sans doute appris que Milan n'est plus une ruine : ses murs se relèvent, ses fortifications reparaissaient ; bientôt elle sera plus fière, plus menaçante qu'elle ne l'était naguère. Mais les murs et les tours ne suffisent pas pour nous défendre contre la tyrannie ; ce qu'il nous faut avant tout, ce qui fait déjà notre force, c'est une puissante organisation, c'est l'extension de la ligue lombarde. Des villes puissantes se sont données à elle. Je ne nommerai après Milan que Brescia, Bergame, Crémone, Plaisance, Parme et Modène. D'autres encore sont sur le point de lever l'étendard de l'indépendance. Nous tenons nos réunions non pas au milieu des ruines ou dans des vallées étroites, mais en pleine campagne. Tandis que vous devez encore trembler devant les satellites de la tyrannie et vous échapper à la dérobée pour venir délibérer ici, nous bravons les baillis de Barberousse, parce que maintenant nous sommes forts et puissants. Aussi ne craignez plus pour les intérêts sacrés de la liberté. Ne négligez rien pour gagner à sa cause vos voisins, vos amis, vos parents. Encouragez les timides, secouez les pusillanimes. La victoire est à nous, les chaînes de l'esclavage seront brisées dès l'instant où nous serons unis.

Jusqu'alors Pandolfe avait parlé d'un ton calme et mesuré ; il remarqua avec satisfaction l'impression favorable qu'avait produite les renseignements

qu'il avait donnés sur les progrès de la ligue.
Mais bientôt, pour soulever davantage les esprits de
ses auditeurs, il en vint à peindre la douloureuse
situation qui était faite à l'Italie, et s'exprima d'une
manière beaucoup plus passionnée.

— Frères bien-aimés, vous avez tous vu à Milan
ce dont Frédéric est capable et quel est le sort qui
vous menace. Vous pensez peut-être que vos maux
ont atteint leur extrême limite, vous vous trompez.
On vous pille, on vous vole, on vous ravit dans vos
champs le fruit de vos sueurs, on vient prendre sous
vos yeux vos chevaux et vos bœufs, mais on n'a pas
encore enlevé vos enfants et vos femmes. On vous
maltraite, mais on n'a pas encore pillé vos églises,
on n'a pas encore ravagé et profané vos sanctuaires.

— On l'a fait, on l'a fait, s'écria une voix tremblante de colère. Notre bailli — qu'il soit maudit de
Dieu ! — a enlevé tout ce que notre église renfermait
de précieux, il a voulu forcer notre vieux pasteur à
prier pour l'empereur Barberousse et pour le grand-
prêtre Caïphe (l'anti-pape Pascal). Notre bon pasteur
s'y refusant, il l'a maltraité, et, parce que nous refu-
sions nous-mêmes de prier pour nos oppresseurs,
il nous a fait chasser de l'église à coups de bâtons.

— Tout cela est peu de chose, reprit Pandolfe.
Ne sais-tu pas, mon frère, que l'Eglise, le pape et les
curés sont esclaves, tout aussi bien que nous? N'est-
il pas convenable que le pape et les curés enseignent,
prient, prêchent conformément aux ordres de l'empereur? Puisque vous êtes la propriété de l'empereur,
ajouta-t-il avec une amère ironie, il n'est que juste
qu'il veille sur vos esprits et sur vos corps, et tou-

jours conformément à ses intérêts. Vous vous étonnez! Vous croyez peut-être que j'exagère? Si telle
est votre pensée, c'est que vous ignorez ce que c'est
qu'un empereur et quelle est l'idée qu'il a de lui-
même. Mais n'a-t-on pas dit que les anciens Romains
étaient obligés d'adorer leurs empereurs? Allez à
Rome, vous y verrez encore la statue du divin
Auguste. Oui, les empereurs païens se faisaient passer pour des dieux, et leurs sujets devaient leur
rendre des honneurs divins.

— Quelle infamie, quelle impiété! s'écria-t-on de
toutes parts.

— Barberousse ne prend-il pas déjà le nom d'Auguste? Comme il prétend imiter en tout les empereurs
romains, il finira par nous obliger à lui rendre les
honneurs divins.

Quelques rires l'interrompirent un instant.

— Vous riez, mes frères, vous supposez que je
plaisante? Je parle sérieusement. L'orgueil du tyran
ne reculera pas devant l'abomination de l'idolâtrie.
Vous branlez la tête, la chose vous paraît impossible.
Eh bien! je vous le demande, ne vous semblait-il pas
impossible, il y a dix ans, que vous dussiez devenir
esclaves, que vous dussiez en venir un jour à n'avoir
plus ni bien, ni droit, ni liberté? L'empereur n'est-il
pas pape aujourd'hui? le prétendu pape n'est-il pas
l'humble valet de l'empereur? L'empereur n'a-t-il pas
dès maintenant dans l'Eglise une autorité pour ainsi
dire divine? N'est-ce pas lui qui prescrit actuellement
la manière de prier et de prêcher? Grâce à lui, nos
évêques ont été remplacés par des satellites de la
tyrannie et nos bons pasteurs par des loups furieux
qui déchirent le troupeau.

— Il a raison, tout cela n'est que trop vrai, Pandolfe a raison.

— Barberousse est l'antechrist!

— C'est un enfant du démon!

— Un digne successeur de Néron!

— Un infâme tyran!

— Un tigre altéré de notre sang!

— Malédiction sur lui! qu'il meure, qu'il périsse
malheureusement!

— Vive notre Saint-Père le Pape! Que Dieu protége
Alexandre!

Pandolfe considéra avec complaisance la multitude
enthousiasmée et ravie.

— Oui, vive le pape! que Dieu le protége! reprit-
il avec force et animation. Le rempart de la liberté,
la digue la plus solide contre la tyrannie impériale,
c'est le souverain pontife. Pourquoi toute la fureur
de Barberousse est-elle tournée contre Alexandre?
C'est qu'il sait qu'il ne pourra accomplir ses projets
perfides aussi longtemps que le monde chrétien
conservera celui que Dieu même a établi le gardien
du droit, de la justice, de la morale. Le pape souffre
et lutte pour nous; unissons-nous à lui, groupons-
nous courageusement autour de l'étendard de la
liberté. Levez les mains et prêtez le serment de la
ligue.

Au même instant, on vit s'élever des centaines de
mains; la plupart étaient armées de poignards. Le
silence le plus profond régnait dans toute l'assemblée.
Un épais nuage masquait le soleil et semblait menacer
l'église dépouillée de sa toiture. Un vent violent
soufflait à travers les fenêtres brisées et agitait les

plantes parasites qui serpentaient le long des murailles.

— Comme il vaut mieux mourir avec gloire que mourir dans la honte de l'esclavage, s'écria Pandolfe, dont la forte voix retentissait dans l'édifice ruiné, nous promettons obéissance et fidélité aux principes de la ligue lombarde. Nous jurons d'exposer nos biens et notre vie pour la foi et la patrie, l'Église et la liberté. Nous prenons Dieu à témoin de notre fidélité à nos engagements; qu'il nous condamne aux flammes éternelles, si nous violons notre serment!

— Nous le jurons.

Ce serment, prononcé énergiquement par plusieurs centaines de voix, fut répété par les échos des montagnes voisines. L'assemblée se sépara ; les conjurés se dispersèrent; on pouvait lire sur leurs figures les pensées qui les occupaient, les généreuses résolutions qu'ils avaient prises. Moins d'un quart d'heure après que le serment solennel avait été prononcé, les ruines, un instant animées, étaient redevenues muettes et solitaires.

LI. — LE TRIBUN.

Tandis que les députés des cités lombardes parcouraient le pays et travaillaient à l'organisation de la ligue, Frédéric et son armée campaient devant

Rome. Il n'ignorait pas l'orage qui le menaçait dans le Nord, et voulait lever le siége pour écraser la rebellion, mais Dassel l'en dissuada. Il fallait d'abord, selon l'homme d'État, expulser Alexandre de Rome, et placer Pascal sur le siége de saint Pierre.

Henri-le-Lion, le duc d'Autriche, et tous les autres princes distingués s'étaient abstenus d'envoyer des troupes devant Rome ; ils demeurèrent dans leurs foyers, parce qu'ils commençaient à pressentir les projets de l'empereur.

Mais les évêques d'Allemagne et d'Italie arrivaient en foule, pour prendre part au siége. Revêtus de leur armure de guerre, ils s'apprêtaient à faire usage du glaive et de l'épée pour renverser le successeur de saint Pierre. C'est à ce point d'abaissement que l'empereur avait réduit l'orgueil des prélats. C'étaient pour la plupart, des créatures de Frédéric, qui avait su gagner leur conscience à l'aide de chaînes d'or. Ces évêques étaient riches et puissants, et leur ambition les empêchait de s'opposer aux projets de l'empereur ; il se prêtaient à l'abaissement du pouvoir des princes, en même temps qu'à l'humiliation de la papauté.

L'armée de Frédéric était innombrable, vaillante, habituée à vaincre. Une division sous les ordres des archevêques de Mayence et de Cologne, avait déjà obtenu des succès, mais Rome tenait encore et sa prise semblait exiger une longue lutte, ce dont l'empereur ne se souciait guère. Il venait d'apprendre le développement de la ligue lombarde et l'approche du roi Guillaume, venant au secours de la ville éternelle.

— Votre conseil est plein de danger, disait Barberousse à Reinald ; les Lombards se soulèvent en
masse ; ils décapitent ou pendent mes baillis et tra-
vaillent activement à relever les murs de Milan, tandis que nous restons ici oisifs ! C'est là une faute,
une faute évidente !

Reinald se contenta de sourire avec la satisfaction
d'un homme sûr de triompher.

— Lorsqu'on peut frapper son adversaire au
cœur, ce serait une faute de se contenter de le blesser
au pied. Rome est le cœur, Alexandre en est la vie !...
Qu'ils tombent, et tout est mort !

— C'est parfaitement raisonné, mais ce raisonnement là n'enlève pas un cheveu de la tête de Roland.

— Toutes les éventualités sont prévues ; Roland
ne peut nous échapper, continua Dassel sans répondre à l'observation de Frédéric. La flotte de Pise
garde les entrés du Tibre, nos Brabançons parcou-
rent les campagnes, bref, Roland ne peut plus
fuir.

— Il est fort probable qu'il ne mettra pas votre
prévoyance à l'épreuve.

— Dans trois jours au plus, mon empereur et
maître entendra, dans l'église de Saint-Pierre, la
messe que je célébrerai moi-même en action de
grâces, dit Dassel avec calme.

Frédéric le considérait d'un œil surpris.

— Mes capitaines veillent admirablement, dit
l'homme d'Etat, et pour que Roland pût s'enfuir il
lui faudrait des ailes ! Si j'avais encore cent pièces
d'or à donner, peut-être les bons Romains nous
ouvriraient-ils leurs portes dès demain ? Mes pro-

messes ont eu aussi quelque influence : absence
d'impôts, rétablissement du sénat, droit d'élire le
pape!...

— Ah! vous avez promis tout cela? dit Frédéric.

— Une fois entré dans la ville, vous en tiendrez
ce que vous voudrez, car vous n'avez rien promis,
vous! Oh! il n'y a pas de ville plus facile à tromper
que Rome; il ne lui faut que des promesses. Tout
est faux chez les vaillants Romains....

— Je connais les Romains et je les apprécie à
leur juste valeur, dit Frédéric. Il ne leur reste plus
qu'un orgueil incommensurable que je compte bien
abaisser.

— Ecoutez! quel est ce bruit? dit Dassel.

En effet, un bruit immense retentissait; il prove-
nait du côté de la place Saint-Pierre, où des milliers d'individus réunis criaient et hurlaient sur
tous les tons, de sorte qu'il était difficile d'y comprendre quelque chose.

Dans le centre de la place s'élevait une colonne
en marbre, supportant la statue de la sainte Vierge;
mais en ce moment, au lieu de la statue, elle servait
de piédestal au tailleur Guerrazzi. Une foule compacte s'empressait autour de lui, pour entendre
l'orateur exalté.

Tout près de la colonne, sur le sol, on avait déposé
la statue de la sainte Vierge.

Le tailleur riait et pleurait d'un air convaincu,
il gesticulait, courbait le dos, écarquillait les yeux,
fronçait les sourcils, frappait du poing et agitait ses
cheveux en secouant la tête d'un air formidable. Puis
il riait de nouveau, sa voix perçante prenait un ton

aimable, ses paroles retentissaient douces et flatteuses.

Ce Guerrazzi était à la solde du chancelier Reinald ;
c'est dans la poche du tailleur qu'étaient allé s'engloutir les cent pièces d'or, dont il avait parlé et
que l'artisan avait partagé avec ses conspirateurs.
A la suite du partage, ils s'étaient répandus par la
ville, et travaillaient à faire pénétrer leurs idées dans
la foule.

Le peuple romain était trompé et vendu par ceux-
là mêmes qu'il regardait comme ses plus dévoués
défenseurs. Il partageait le sort commun à toutes
les nations qui commettent la folie de croire que les
intrigants ont autre chose en vue que leur propre
intérêt.

L'orateur dirigea la main avec orgueil vers une
tour ronde qui lui faisait face ; cette tour dominait
la place, à laquelle elle communiquait par un pont
et une large rue ; ses murs étaient d'une épaisseur
et d'une hauteur inouïe ; elle s'élevait près du fleuve
comme un géant, et dominait la ville.

C'était le mausolée d'Adrien, appelé depuis le
château Saint-Ange, et actuellement le refuge d'Alexandre III.

Guerrazzi, continuant son discours, cherchait à
flatter l'orgueil romain de l'auditoire, en lui rappelait les hauts faits de ses ancêtres.

— Voyez là-bas, dit le tailleur, le mausolée de
l'empereur Adrien !... C'est là un souvenir de la
grandeur romaine.... Qu'il est magnifique encore !
Je vois devant moi les descendants des Gracchus,
des Brutus, des Césars, les fils des maîtres du

monde... Mais que sommes-nous aujourd'hui?... Que
nous sommes petits, en comparaison de nos aïeux!
Ah! dit-il en larmoyant, autrefois le peuple romain
imposait ses lois au monde, il levait des tributs sur
tous les peuples; notre sénat, pareil à une réunion de
dieux, siégeait au Capitole... Et aujourd'hui? Qui
donc nous a ravi cette grandeur? Qui donc? ajouta
le tailleur avec courroux, gouverne le monde après
avoir dépouillé le peuple romain de sa puissance?...
Le pape!...

— C'est vrai!... c'est vrai!...

— C'est bien trouvé!

— Quelle sagesse!

Telles furent les acclamations de la foule.

— Romains, concitoyens, continua l'orateur, les
papes sont les successeurs de saint Pierre qui n'a
renié son maître que trois fois; mais beaucoup
d'entre eux semblent avoir pris pour patron Judas,
qui a été un bandit, un voleur et un traître!... Or,
tous les papes sont, à mon avis, de grands hommes,
mais... (ici il fit une pause intentionnée et montra
le château Saint-Ange) tous les papes ne sont pas
des saints!...

La foule applaudit. Mais l'habile orateur vit sur
le champ qu'il foulait un terrain brûlant, et il opéra
aussitôt sa retraite, ou du moins il fit une habile
diversion.

— Notre Saint-Père Alexandre est un des plus
grands papes, qui le conteste? et sa voix retentit
éclatante, au point d'empêcher toute contestation.
Mais quoique Alexandre soit un grand et saint personnage, rendra-t-il au peuple romain les droits

qu'on lui a ravis? Non, concitoyens, et cela parce qu'il ne le peut! Il a juré de transmettre intégralement le vol, le jour où il a ceint la mître. Mais consolez-vous, concitoyens, nous avons un appui puissant, et cet appui c'est l'empereur? Oui, l'empereur rendra à Rome son antique splendeur ; il lui rendra tout ce qui lui a appartenu, car il se glorifie d'être le défenseur du droit et de la justice! Vous aurez de nouveau un sénat, siégeant au Capitole ; le pouvoir des prêtres a fait son temps. On vous rendra le droit d'élire le pape, droit qu'avaient vos ancêtres; et savez-vous pourquoi Barberousse ne veut pas reconnaître Alexandre? Parce qu'il n'a pas été élu par le peuple romain.

Un murmure d'approbation et de joie parcourut la foule.

— Ni Alexandre, ni Pascal ne siégeront au trône pontifical ; vous choisirez tel pape que vous voudrez. Ainsi le veut l'empereur.

L'orateur gagnait du terrain de plus en plus ; si les Romains n'avaient plus l'énergie de leurs ancêtres, ils en avaient encore l'orgueil.

— La suprématie de Rome doit renaître ; toutes les libertés, tous les droits lui seront rendus, et Rome dominera de nouveau le monde comme avant l'usurpation des papes. L'empereur l'a promis, et Barberousse tient ses promesses. Mais, me direz-vous, qu'exige-t-il en échange? Rien, rien que de recevoir de votre main la dignité de patrice, rien que de nommer un pape de votre choix ! Voulez-vous accepter la main que vous tend le grand empereur, ou fermer vos portes au défenseur de vos libertés?

— Vive l'empereur! Vive Barberousse! cria-t-on de toutes parts.

— Vive l'empereur! Vive la Rome d'Auguste!

Et les cris de la populace remplirent les airs.

— Réjouis-toi, Rome, reine du monde, tu vas revoir ton sénat, ton Capitole, tes tribuns du peuple! Peuple romain, dit le tailleur avec énergie, mets la main à l'œuvre, les instants sont précieux; choisis tout de suite tes tribuns, envoie-les sur le champ à l'empereur; dis-lui que tu lui confères le titre de patrice et que tu désires choisir un pape qui défende tes droits et tes libertés!...

Guerrazzi descendit de la tribune, et le choix des tribuns commença aussitôt.

LII. — LA SÉDITION.

Du haut du château Saint-Ange, Alexandre observait la réunion du peuple. Le pontife était accablé de tristesse; il connaissait de longue date la prédisposition à l'inconstance du peuple romain, l'habileté avec laquelle on l'égarait, et il s'attendait à une défection prochaine. Toutefois il ne laissait percer ni mécontentement, ni amertume; sa tristesse était celle d'un tendre père qui déplore les égarements d'un enfant chéri.

Près de lui se tenait Conrad de Wittelsbach,

l'archevêque dépossédé de Mayence. La stature du prélat était grave et élancée, ses traits étaient dignes et réfléchis. Il avait cherché, mais en vain, à opérer un rapprochement entre Alexandre et Frédéric, car le pape était, pour l'empereur courroucé, le seul obstacle à la paix, et sa rénonciation au trône pontifical la condition essentielle qu'il y mettait.

— Pauvre peuple égaré, quel tumulte! Entendez-vous comme ils acclament l'empereur? Quelle terrible ingratitude!

— Les Romains ne se distinguent, à cet égard, d'aucun autre peuple très-saint Père. Aujourd'hui : Hosanna! demain : A mort! Mais on dirait qu'ils viennent nous rendre visite, ajouta Conrad ; la foule se dirige de ce côté.

En effet, les flots populaires se dirigeaient vers le château Saint-Ange, sous la conduite de Guerrazzi et des autres meneurs. On entendit les cris de vive l'empereur, si violents qu'ils pouvaient retentir jusqu'à son camp.

La foule s'avança sur le pont et s'arrêta devant la porte du château, qu'elle regarda d'un air de défi.

Le gouverneur Frangipani se rendit près du Saint-Père, pour lui demander s'il consentait à recevoir les tribuns du peuple romain.

— Les tribuns du peuple romain? dit Alexandre avec surprise.

— Le titre m'a paru aussi étrange qu'à Votre Sainteté, répondit le soldat ; quoi qu'il en soit, les tribuns du peuple romain désirent rendre visite à Votre Sainteté.

— Allons! l'aveuglement est encore plus grand

que je ne le supposais. Qu'ils viennent, qu'on les introduise dans la grande salle!

Une foule assez compacte pénétra dans l'enceinte et parvint, sous la conduite de Frangipani, à la salle indiquée. Il n'y avait probablement pas longtemps que la cour romaine y était réunie, car on voyait encore les siéges des cardinaux rangés autour de la table, et au haut bout, le trône du Saint-Père. Sur les côtés, se trouvaient des étagères chargées de livres et de parchemins; les archives de l'Eglise romaine avaient suivi le pape dans sa fuite.

A peine le dernier tribun était-il entré, que les portes furent gardées par des sentinelles nombreuses. Le bruit des armes dans les couloirs, le pas régulier et cadencé des soldats firent une forte impression sur les têtes échauffées. Ils regardèrent avec effroi autour d'eux, et parurent éprouver quelque crainte.

Guerrazzi s'aperçut du sentiment général, et prit la parole pour les encourager.

— Rassurez-vous, dit-il, nous n'avons rien à craindre. Le peuple entoure le château, et il n'en laisserait pas pierre sur pierre, pour délivrer ses tribuns, si on voulait leur faire violence. Nous avons la confiance du peuple, et nous nous en montrerons dignes. Croyez-moi, depuis Romulus et Rémus on n'avait pas choisi les tribuns avec tant d'entente et de célérité. Puisque, malgré mon peu de valeur, le peuple m'a élevé au tribunat, je veux, aussi vrai que je descends en droite ligne de Romulus, me montrer digne de cet honneur, et employer toutes mes forces à défendre les droits du peuple.

A cet instant, le pape entra dans la salle par une porte latérale, accompagné de Conrad de Mayence.

Les compagnons de Guerrazzi, pour la plupart, appartenaient aux classes populaires et se rangèrent derrière lui. Bien que l'habile tailleur fut persuadé de leur dévouement à sa cause, et de leur ambition personnelle, ils lui parurent tous comme écrasés par la majesté d'Alexandre ; ils restaient immobiles devant lui, en sorte que le pape crut d'abord qu'ils venaient solliciter son pardon pour les révoltés.

Mais Guerrazzi n'était pas un insurgé vulgaire ; c'était un scélérat prêt à tout, un bandit accompli ; il s'avança avec sang-froid vers le pape, se redressa, rejetta la tête en arrière, et s'exprima ainsi :

— Sire Pape, nous, les tribuns du peuple romain, vous faisons savoir et connaître que l'empereur nous a offert son amitié et que nous l'avons acceptée. Il ne vous sera fait aucun mal ; mais il vous faudra déposer la dignité souveraine, afin que le peuple romain puisse, dans l'exercice de son droit, choisir un pape. Comme vous êtes un homme pieux et saint, vous pouvez peut-être espérer que notre choix se porte de nouveau sur vous, pour occuper le siége de Saint-Pierre.

L'orateur se tut, attendant la réponse du pape, mais celui-ci ne lui en fit pas ; l'audace et l'impertinence que respirait l'allocution rendaient toute réplique impossible.

Le tailleur avait plus d'habileté et de ruse que le Saint-Père. Les esprits élevés ne comprendront jamais toute la fausseté et la bassesse des esprits vils. Aussi Alexandre ne supposait-il pas que l'homme

qu'il avait devant lui cherchait à le tromper pour le
faire tomber dans un piége, et le rendre odieux au
peuple.

— Il vous sera agréable, Saint-Père, de mettre
fin à la lutte. Déjà plusieurs centaines de citoyens
romains sont devenus les captifs de Frédéric ; il a
promis de les délivrer, dès que nous lui aurons
ouvert nos portes. Dans le cas contraire, il les fera
pendre, puis il traitera Rome comme il a traité
Milan. Il rasera les fortifications, nous tuera, nous
enverra en exil, et fera de cette riche cité une vaste
solitude. Vous pouvez éviter tout cela, et détourner
cet affreux malheur en quittant le trône, et en faisant
ouvrir les portes de la ville.

Malgré la méchanceté qui perçait au fond de ce
langage, le Saint-Père ne put s'empêcher d'être ému
de ce tableau. Il serait allé volontiers en exil, à la
mort même, pour accomplir son devoir ; mais le
peuple n'avait aucune disposition à la lutte, et cherchait même à l'éviter.

— Mon fils, dit Alexandre après quelque réflexion,
tu as entrepris des choses qui sont hors de ta portée
et contraires à la justice ; je n'y répondrai donc pas.
Il est regrettable que les Romains soient moins disposés à lutter pour Dieu et pour l'Eglise qu'à s'entendre avec l'empereur, qui n'a en vue que de satisfaire sa propre ambition. Son but est de détruire
l'Eglise de Dieu dans Rome.

— Permettez, sire Pape, l'empereur ne vient pas
ici en destructeur, mais bien en protecteur de nos
droits et de nos libertés.

— Vous ne le croyez pas, pauvre peuple égaré !

Comme pour répondre à ces paroles du pape, on entendit alors devant la tour des cris et des pleurs.

— Vive Barberousse! Élection du pape! A bas le gouvernement des prêtres! Vive le Sénat!...

Ces phrases et d'autres analogues arrivaient dans la salle, et montraient assez l'esprit qui animait la foule.

— Écoutez donc, Saint-Père, avec quel enthousiasme le peuple acclame l'empereur! dit le tailleur avec malice. Barberousse est vraiment un grand homme, un empereur auguste. Je me souviens encore de l'époque où il est entré à Saint-Pierre avec le pape Adrien..... Oh! les beaux jours! Ne pourriez-vous donc pas, vous aussi, être l'ami de l'empereur? Toutes les difficultés se trouveraient supprimées.

— Tu ne me comprends pas, mon fils; je n'ai personnellement aucune haine contre Frédéric, mais mon devoir est de résister à ses desseins pervers.

— Ne croyez-vous pas que le pape Adrien ait été un pape pieux et sage?.... Le peuple le considère comme tel.

— Et à bon droit.

— Pourquoi donc a-t-il pu être l'ami de Barberousse, tandis que vous ne l'êtes point?

Parmi les rares qualités d'Alexandre, il faut compter la patience vraiment chrétienne avec laquelle il écoutait les reproches des méchants et la douceur avec lequel il s'efforçait de les convaincre. Mais comment faire comprendre à ces gens l'importance de la lutte engagée avec Frédéric? Le Saint-Père reconnaissait cette impossibilité.

Il réfléchit un instant, se dirigea vers la table et chercha parmi les parchemins.

— Voici, dit-il, un écrit du pape Adrien ; vous pourrez voir, par cet écrit, que Barberousse a aussi causé de profondes douleurs à notre prédécesseur, et qu'il n'a jamais eu en vue la liberté de l'Église : « Dieu soit loué, écrit-il aux évêques d'Allemagne, si vous restez fidèles ! Dieu soit loué s'il vous accorde la faculté de discerner sans passion entre Frédéric et nous ! Ce schisme provoqué par lui retombera sur sa tête ; il ressemble à un dragon qui a voulu fuir à travers les cieux, mais qui s'est enfoncé dans la terre et s'y est englouti. Celui qui s'élève lui-même sera renversé. Ce renard cherche à ravager la vigne du Seigneur, ce fils coupable oublie toute reconnaissance et toute crainte. Il n'a tenu aucune de ses promesses, il nous a trompé partout ; il mérite donc d'être traité comme un rebelle envers Dieu, comme un païen, comme un banni. » Vous voyez donc, mes fils, le sévère jugement qu'Adrien portait sur l'empereur. Qu'écrirait-il donc aujourd'hui ce pieux pontife, quel jugement porterait-il sur Frédéric, en ce moment où il ravage plus furieusement encore l'Église de Dieu ?

Un cri sauvage, qui semblait se rapprocher de plus en plus, interrompit Alexandre, et Frangipani parut.

— Saint-Père, dit-il, je ne puis souffrir plus longtemps ces pillards ; permettez-moi, Sire, de les repousser par la force.

— Nullement ; qu'on ne verse pas de sang ! Dites-leur, reprit-il en se tournant vers Guerrazzi, qu'il ne peut y avoir d'alliance entre les chrétiens et les ennemis de Dieu ; dites-leur bien que Rome n'a rien à craindre, tant qu'elle lutte contre l'ennemi de l'Église !

Et il se retira. Quelques minutes plus tard, Guerrazzi se retrouvait sur sa colonne, et avait réuni
autour de lui toute la foule ameutée.

Le tailleur tonnait contre la dureté d'Alexandre,
qui n'avait nulle pitié des souffrances du peuple et qui
cherchait à accroître la rage de l'empereur.

— Je lui ai tout représenté, disait l'orateur, je lui
ai rappelé Milan, votre anéantissement certain,
tandis que vous aviez votre grâce assurée !... Je lui ai
fait souvenir de nos frères captifs qui seront pendus,
puisque nous ne tendons pas la main à l'empereur.
Les larmes aux yeux, je l'ai supplié d'avoir pitié de
nous, de nos femmes, de nos enfants ; mon discours
eût ému des pierres, mais il n'a pu toucher cet homme
barbare. Est-ce là un pape, un saint homme, un père ?
C'est là un tyran, un dévastateur !

Le but de Guerrazzi était atteint ; la foule était
furieuse et soulevée.

— Mort à Alexandre ! à bas Alexandre !

— Allons, reprit avec feu le tailleur, mon bon
peuple, aide-toi, soulève-toi, brise tes chaînes, et
marche au-devant de ton Auguste !

Et il sauta à terre.

Le feu de la sédition se répandit dans les masses ;
les sicaires de Reinald poussaient à la révolte. On
n'entendait proférer que des éloges pour Barberousse
et des malédictions contre Alexandre.

Enfin le peuple se précipita dans les rues et les
places, pour donner cours à sa fureur.

L'excitation ne fit que s'accroître journellement
dans Rome. Reinald y avait déjà répandu des sommes
considérables. Les langues de Guerrazzi, de Bariso

et de bien d'autres bouleversèrent toutes les têtes.

Alexandre se vit dénoncé comme un homme barbare et sans pitié.

— Bientôt vous souffrirez la faim, mes frères, dit le tailleur toujours sur sa colonne. Vous vous nourrirez de cuir, de racines, de vieux souliers et d'autres choses pareilles. Alexandre, pour qui nous souffrons, est richement fourni de provisions de tout genre dans le château Saint-Ange.

— L'homme du château Saint-Ange n'a pas de cœur! s'écria Bariso, qui vint remplacer Guerrazzi sur le piédestal; sans cela, il ne pourrait nous forcer à supporter la misère, et nous imposer les malheurs qui ont frappé Milan. Oui, l'empereur l'a juré, il mettra tout à feu et à sang, si d'ici à huit jours nous ne nous sommes pas rendus.

— Alexandre ne veut pas quitter le siége pontifical... Peu lui importe si cela amène votre destruction! dit un autre. Barberousse veut rendre à Rome son antique grandeur et sa liberté; Alexandre a d'autres vues, il prétend tout garder pour lui. Il ne tient ni à notre honneur, ni à notre gloire; il médite notre ruine!...

Tous les jours, des rassemblements se réunissaient de côté et d'autre; on vociférait contre Alexandre, on encourageait, à travers les créneaux, Barberousse à pénétrer dans la ville.

Frédéric fit donner l'assaut et brûler l'église Santa-Maria della Torre. La flamme s'étendit plus loin et consuma jusqu'au vestibule du dôme de Saint-Pierre.

Le pape, du haut du château Saint-Ange, voyait la flamme entourer le tombeau du prince des Apô-

tres. La colère rougissait son visage, et la douleur
faisait trembler ses lèvres ; mais, inébranlable dans
le malheur, et tout disposé aux plus grands sacrifices dans l'intérêt de l'Église, il éprouva un amer
chagrin en voyant ravager de la sorte ces lieux sacrés.
Il pleura, et ses larmes furent sans doute portées au
pied du trône de l'Éternel, afin qu'une fois la mesure
comblée, Dieu les prît en pitié et modérât son courroux.

Après la prise du Vatican, Barberousse attaqua le
château Saint-Ange, dont la tour résista à tous ses
efforts. D'autres positions restaient au pouvoir du
pape, mais à quoi pouvait aboutir une plus longue
résistance? Quelle utilité pouvait-il y avoir pour lui à
rester dans une ville où la population lui était
hostile?

Alexandre se résigna ; il vit l'état précaire de
l'Église dévastée, et se décida à fuir.

La fuite du Saint-Père semblait être dans la nature
des choses; l'ennemi paraissait même l'avoir prévue
en prenant ses dispositions pour l'empêcher.

Frédéric avait posté dans le voisinage du château
Saint-Ange des corps de troupes, que l'on doublait
pendant la nuit. Les Allemands seuls étaient admis
à faire ce service, car Barberousse n'avait aucune
confiance dans les Italiens, et il attachait la plus
grande importance à s'emparer du saint pontife.

La tour gigantesque du château s'élevait vers le
ciel, et la statue dorée de l'archange Saint-Michel
brillait à son sommet. Sur le pont Saint-Ange, les
sentinelles marchaient à pas comptés, la lance sur
l'épaule, le casque en tête, et le corps cuirassé. De
temps à autre, elles regardaient le fleuve, puis le

château ou l'horizon, car on savait que le pape
cherchait à fuir.

Plus loin, étendue sur le sol, une immense troupe
de guerriers dormait, et, autour d'eux, étaient rangés
en bon ordre les lances et les casques.

En ce moment, le chevalier Goswin s'entretenait
avec Guerrazzi le tailleur.

La franchise du bon Allemand ne sympathisait
guère avec l'astuce de l'Italien ; mais Guerrazzi, qui
ne perdait nulle occasion de témoigner de son zèle
pour l'empereur, s'était offert à tenir compagnie au
digne chevalier, et à partager avec lui les fatigues de
la garde de nuit. On ne pouvait trouver à redire à
cet empressement, quoique Goswin regardât son
compagnon à peu près de la façon dont un chien
examine un chat qui s'approche de lui en flattant.
L'Allemand n'avait pas, il est vrai, une forte intelligence, mais son bon sens naturel lui disait que
l'homme qu'il avait auprès de lui était rempli d'astuce.

Goswin ne fit d'abord aucune attention à Guerrazzi,
témoignant de la sorte que sa présence lui était
complètement superflue. Le chevalier arpentait le
terrain le long du Tibre et donnait un libre cours à
ses pensées, tandis que la lune se reflétait sur son
armure.

Mais Goswin n'était pas philosophe, et il ne pouvait
rester des heures entières à réfléchir ; il commença
bientôt à trouver le temps long, et se rapprocha de
Guerrazzi.

— Une très-belle soirée ! dit le chevalier en entrant
en matière comme tous ceux qui ne savent que dire.

— Nous sommes en juillet, noble sire, et, à cette

époque, on devrait, je pense, prendre l'habitude de
dormir le jour et de travailler la nuit.

— Dormir le jour, toi? dit Goswin; ne t'ai-je pas
vu, sur la place, apostropher les Romains et les
travailler comme le boulanger travaille une pâte
docile? Et, si je ne me trompe, tu étais déjà, au point
du jour, au camp des alliés? Tu ne dors pas plus le
jour que la nuit.

— C'est vrai, quand il y a de la besogne, seigneur;
et il y en aura, tant que Rome ne sera pas au
pouvoir de l'empereur!...

— Que signifie cette statue au sommet de la tour?
demanda Goswin en indiquant le château Saint-Ange.

— Ah! c'est une étrange histoire, répondit le
tailleur en riant. On appelait autrefois le fort le
mausolée d'Adrien, mais depuis qu'un ange est venu
s'y fixer, on l'appelle la tour Saint-Ange.

— Un ange s'est placé là-dessus?... Voilà qui est
étrange!

— Je vais vous narrer la chose en peu de mots.
Elle s'est passée précisément la nuit, à l'époque où
Grégoire-le-Grand occupait le trône de saint Pierre.
Une peste terrible s'était déclarée à Rome. D'où venait
le fléau? nul ne le savait, mais celui qu'il frappait
tombait sur le coup; l'air était empesté, et c'est
depuis lors qu'on dit à qui éternue : Dieu vous
bénisse!.... c'est-à-dire : Dieu vous garantisse de la
peste! Or, comme cette peste devenait de plus en
plus terrible, le pape Grégoire ordonna une pénitence
générale et une procession à travers la ville, pour
implorer la miséricorde de Dieu. Rien n'y faisait; les
médecins s'opposaient à la procession, disant que

l'aglomération de tant d'hommes ne pouvait qu'activer le fléau. Grégoire, plongé dans ses réflexions, monta au sommet de cette tour, absolument comme Alexandre. Le peuple s'avançait en priant ; à chaque instant, les rangs s'éclaircissaient, et l'on voyait tomber un cadavre. Tout-à-coup, on vit le ciel s'illuminer, et un ange parut au sommet de la tour. Il avait à la main un glaive de feu qu'il agita sur la ville, puis il fit signe de le remettre au fourreau. Au même instant, le fléau disparut. Voilà pourquoi vous voyez là-bas l'image du bienheureux archange saint Michel, qui nous protége toujours, car depuis lors la peste n'a plus sévi parmi nous.

— Voilà, dit Goswin, une merveilleuse histoire ! Ce glaive flamboyant aux mains de Saint-Michel indique bien le châtiment que Dieu destinait aux Romains...

— Sans doute, dit Guèrrazzi en riant.

— Tu ris ?

— Certainement, car je regarde toute cette histoire comme un conte ; les vieilles femmes voient souvent des merveilles où notre sang-froid n'aperçoit rien que de très-naturel.

— Mais la peste n'a-t-elle pas cessé ?

— Oui, mais elle eût également disparu sans l'intervention de saint Michel.

L'ironie du tailleur surprit l'honnête Allemand, dont la foi pieuse ne voyait rien d'étonnant dans l'apparition du glorieux archange.

— Si tous les Romains pensent comme vous, vous n'avez pas mérité le secours de saint Michel.

— Bah ! le saint Michel du mausolée n'est pas un

article de foi! Si je tiens l'apparition pour fausse, je ne suis pourtant pas un païen.

Goswin jeta sur le tailleur un regard courroucé et lui tourna le dos.

Tandis que cette scène se passait devant la porte de la tour, Alexandre se préparait à fuir. Les assiégés eux-mêmes ignoraient les projets du Saint-Père, tandis que, dans l'antichambre qui précédait l'appartement du pape, les cardinaux et les évêques priaient à genoux, répétant à haute voix la prière des voyageurs.

La porte de la salle où se tenait le pape était ouverte; on voyait le chef de l'Église à genoux devant le petit autel, et, près de lui, deux ecclésiastiques vêtus en pèlerins. Le pape portait le même costume.

Sur l'autel brûlaient deux cierges, et, au milieu, était placé un grand crucifix.

Les cardinaux et les évêques priaient, et leur voix tremblait de douleur :

— Aide tes serviteurs, qui ont foi en toi, ô Dieu! Envoie-nous l'aide de ta sainteté, et de Sion protège-nous! Sois, ô seigneur, notre force en présence de l'ennemi, et qu'il ne prévale pas sur nous! Loué soit le Seigneur! Qu'il nous accorde un heureux voyage! Montre-nous tes voies, dirige-nous dans tes sentiers. Les chemins tortueux deviendront droits, les sentiers détournés se redresseront, car Dieu a commandé à ses anges de te protéger sur ton chemin. Seigneur, exauce ma prière, et que ma voix parvienne jusqu'à toi!

— Que le Seigneur soit avec vous! dit le pape au pied de l'autel.

— Et avec ton esprit! répondirent les cardinaux.

— Prions! dit le pape. O Dieu! toi qui as fait
traverser la mer à pied sec, qui as guidé les mages
par ton étoile, accorde-nous un heureux voyage ;
puissions-nous, sous ta protection, arriver en paix au
but que nous poursuivons.

— *Amen!* répondirent les cardinaux.

Il se fit un profond silence ; le chef de l'Église
priait. Frangipani, tout armé, entra et se tint immobile à la porte. Les évêques et les cardinaux restèrent
à leurs places ; on voyait des larmes ruisseler le long
de leurs joues. Ils examinaient Alexandre et ils
tremblait pour sa sûreté.

Au dehors, on entendait la marche cadencée des
sentinelles, puis bientôt tout redevenait silencieux.

Alexandre s'agenouilla de nouveau au pied de
l'autel, et, élevant les yeux vers le crucifix :

— O mon Dieu, mon Sauveur, dit-il avec émotion,
protége le troupeau que je dois abandonner! Sois
miséricordieux à ce peuple égaré; il ne sait pas ce
qu'il fait.

Il se tut et baissa la tête, mais tout-à-coup il la
releva, et, d'une voix forte :

— O Tout-Puissant, Dieu juste, vois ton Église,
tourne les yeux vers ton épouse, vois sa misère, son
abandon, sa persécution, ses périls ! Jusqu'où
laisseras-tu aller la scélératesse, ô Seigneur? O
Seigneur, si tu as pitié de nos peines et de nos
douleurs, viens en aide à ton Église! Éveille-toi,
ô Tout-Puissant, montre ton bras vengeur! O mon
doux Jésus, daigne sauver ta sainte Église !

La voix d'Alexandre était de plus en plus forte ;
sa figure s'était animée, et l'on eût dit qu'il avait une

vision. Ses paroles aussi avaient un accent surnaturel,
et le pontife semblait avoir reçu du Tout-Puissant
lui-même le pouvoir de bénir et de maudire.

En cet instant de crise, le représentant visible de
Dieu sur la terre pouvait bien repasser dans son
esprit toutes les circonstances à l'aide desquelles il
avait lutté en faveur de la grande cause qui venait de
succomber. Le bras gigantesque de l'empereur avait
saisi l'Église, et Dieu seul pouvait lui faire abandonner
sa proie. Le pape le savait, aussi s'adressait-il à Dieu
pour obtenir aide et secours.

Après sa prière, le pape se releva avec la résolution
d'un homme qui aurait remis son sort à des mains
fidèles et sûres.

Les cardinaux et les évêques, profondément émus,
restèrent agenouillés. Le pape les bénit et les serra
dans ses bras; puis, il prit le chapeau de pèlerin, on
lui attacha le bourdon, et, appuyé sur son bâton, il descendit les marches de l'autel, suivi de ses compagnons.

Frangipani avait mis ses hommes sous les armes,
afin de faciliter la sortie du pape, pour le cas où les
assiégeants s'en apercevraient.

Goswin venait précisément de s'étendre sur le sol;
il commençait à sommeiller.

La sentinelle se tenait sur le pont, la tête penchée
sur la poitrine, moitié endormie, moitié éveillée. Un
nuage noir cachait la lune et jetait des ombres sur la
ville; quelques rayons douteux glissaient le long du
fleuve et venaient se refléter sur les armures. Une
petite poterne s'ouvrit tout-à-coup, et trois personnes
sortirent du château.

Guerrazzi était assis par terre, le dos appuyé contre

une pierre, la figure tournée vers le château Saint-
Ange. Les fatigues du jour forçaient l'espion de
Reinald à lutter contre le sommeil. Il se trouvait dans
la position d'un rêveur éveillé; tout ce qui l'environ-
nait semblait fuir devant lui, mais le sens de l'ouïe
s'était accru chez le tailleur, à mesure que les autres
diminuaient.

Un léger bruit presque imperceptible vint du côté
de la tour. Guerrazzi fut soudain sur pied, ouvrit
les yeux, et regarda autour de lui. Il lui parut voir
dans les nuages des formes humaines qui s'éloignaient
et il donna l'alarme sur-le-champ.

— Holà! debout! voyez donc qui s'enfuit par là?

Les guerriers endormis entendirent une chute, un
cri, puis un clapotage dans l'eau.

— Qu'as-tu? Pourquoi crier de la sorte? demanda
Goswin. Allons, le voilà qui reparaît; il s'enfonce de
nouveau, reprit le guerrier en indiquant de sa lance
un endroit du fleuve. L'imbécile! à quoi songeait-il
de sauter dans l'eau, quand il savait d'avance ne
pouvoir nager?

— Qui donc a sauté dans le fleuve?

— L'Italien! Je ne sais ce qui lui a pris tout-
à-coup; il a crié : « Quelqu'un sort du château! »
puis il a sauté dans l'eau.

— As-tu donc vu quelque chose?

— Rien absolument; tout est tranquille, l'imbécile
aura rêvé.

— Cela vient sans doute du peu de respect que ce
coquin a pour le bienheureux saint Michel, dit
Goswin. Le démon l'aura aveuglé au point de lui faire
prendre l'eau pour la terre ferme. J'aurais bien

voulu le rattraper, mais, où l'on ne voit rien, on ne peut rien repêcher.

Les guerriers se tenaient près du pont, et regardaient l'eau qui coulait emportant le corps du scélérat.

— · ᴖꝛⳤ —

LIII. — BARBEROUSSE A ROME.

La fuite d'Alexandre ne fut connue à Rome qu'après son arrivée à Gaëte. Frédéric en fut irrité au plus haut point.

— Il est donc parvenu à tromper vos gardes et vos Brabançons! dit l'empereur à Reinald qui lui apportait cette nouvelle.

— Si nous n'avons pu saisir Alexandre à Rome, nous le prendrons à Bénévent ou à Naples. Le hasard a peut-être arrangé les choses de façon à ce que le pape et le roi Guillaume, son protecteur, vinssent accroître le triomphe de l'empereur romain.

La nouvelle de la fuite d'Alexandre fut bientôt répandue dans Rome, avec mille détails, tous en faveur d' la piété du Saint-Père. On disait que le pape avait traversé invisible les rangs des sentinelles, que Guerrazzi l'avait vu et avait voulu le saisir, mais que des mains mystérieuses l'avaient jeté dans le fleuve. En s'éloignant, ajoutait la foule, le pape avait lancé l'anathème contre Barberousse et appelé les vengeances du ciel sur la tête du méchant empereur.

On avait vu, en ce moment, un éclair déchirer les
nues pour annoncer les plus grands malheurs.

Ces merveilles se racontaient partout, et, plus
elles circulaient, plus elles acquéraient de vraisemblance.

Le 3 août, Frédéric voulut faire son entrée triomphale dans Rome, se faire couronner à Saint-Pierre
avec Béatrix, et recevoir le serment de fidélité des
Romains.

Les préparatifs furent immenses. La place de Saint-
Pierre était richement ornée ; on voyait à toutes les
maisons des drapeaux, des fleurs, des couronnes de
lauriers. Dans les rues que devait suivre le cortége,
on avait disposé des mâts, auxquels flottaient des
banderolles et des emblèmes. L'empereur avait ordonné des réjouissances populaires qui devaient
durer plusieurs jours. Frédéric, disait-on, se mêlerait
à la foule, revêtu de la pourpre patricienne, entouré
de nombreux serviteurs et faisant des libéralités au
peuple.

Les Romains étaient bien disposés ; la vie animait
toutes les rues, et chacun avait revêtu ses habits de
fête, tandis que les ménagères préparaient un festin
de réjouissance.

On était aussi fort occupé au camp des préparatifs
de la fête. Sous les tentes, on fourbissait les armures,
on polissait les casques et les boucliers ; dans les
appartements, les chapelains préparaient les brillants
costumes des évêques, tandis que les seigneurs,
réunis en conseil autour de l'empereur, organisaient
le cortége. Il fallait que l'entrée de Frédéric à Rome
fût magnifique et grandiose.

Le ciel toutefois ne parut pas vouloir prendre part
à la fête. Jusqu'alors, le firmament enflammé avait
répandu sur la terre une chaleur étouffante ; mais la
veille de la cérémonie, des nuages noirâtres s'amoncelèrent et formèrent un épais rideau sur l'horizon.
Tantôt on les voyait s'élever comme de hautes montagnes et tantôt disparaître ; puis on entendait les
roulements du tonnerre qui semblait menacer de
détruire le monde. Les éclairs brillèrent à leur tour,
et des sillons de feu parcoururent le ciel. L'air
pourtant était calme; le vent n'agitait pas les bannières
élevées au sommet des tentes. Toute la nature semblait
dans l'attente.

Le chevalier Goswin était assis sur le seuil de sa
tente et examinait le ciel. Il paraissait inquiet, car le
temps devenait de plus en plus menaçant ; le ciel
était tout en feu.

— Bruno, dit-il à son écuyer, il faut consolider
la tente, car nous allons avoir du mauvais temps.

A peine cet ordre avait-il été donné, qu'un orage
formidable éclata. En quelques instants, les tentes
furent renversées; d'autres, dont l'entrée donnait un
libre accès au vent, furent emportées au loin. On
entendait partout des cris, au milieu de la pluie qui
tombait et inondait le camp, où chacun luttait contre
les éléments déchaînés.

Heureusement que cet ouragan, dont la violence eût
pu causer bien des ravages, ne dura pas longtemps.
Il s'apaisa d'une façon aussi soudaine qu'il avait
éclaté. Mais une menace céleste semblait toujours
peser sur Rome et sur le camp. Les nuages qui
jusqu'alors avaient paru emportés avec violence,

s'arrêtèrent tout-à-coup ; on les eût dit arrivés à destination. Plus d'éclairs, plus de tonnerre ; tout était sombre, menaçant et terrible.

Chevaliers et pages examinaient avec crainte ce calme effrayant ; aux yeux de plusieurs, il semblait que l'orage eût d'abord voulu rassembler toutes ses forces, pour mieux détruire tout ce qui se trouvait sous son influence.

Frédéric, que l'ouragan avait fait sortir de sa tente, regardait à travers l'obscurité.

— Quel orage étrange! disait-il ; il semble que la nature va rentrer dans le néant.

Comme pour répondre à l'observation impériale, un éclair sillonna la nue ; le rayon électrique s'étendit du camp jusqu'à Rome, comme si l'orage eût voulu présager la destruction de cette ville. Les éclairs étaient suivis de craquements effroyables. Après une pause d'un instant, on entendit trois coups de tonnerre si violents que la terre trembla.

La statue de saint Michel n'était plus sur le faîte du château Saint-Ange ; l'orage l'avait renversée.

Tout était bouleversé ; la pluie tombait par torrents. Les soldats se hâtaient de se réfugier sous les tentes, mais on ne pouvait empêcher les eaux de les envahir.

— Malheur sur nous! c'est notre dernier jour, disait-on çà et là ; nous allons tous périr par l'eau ou par le feu !...

Personne toutefois ne fut ni brûlé ni noyé ; les nuages se dispersèrent. Bientôt le ciel resplendit d'étoiles comme à l'ordinaire, mais les environs de Rome étaient désolés, et, de tous côtés, l'on voyait les tristes effets de l'orage.

Tandis que l'ouragan était dans toute son inten-
sité, deux guerriers chevauchaient vers le camp ; en
vain éperonnaient-ils leurs montures pour accélérer
leur course, les animaux effrayés secouaient la tête
et s'arrêtaient tremblants quand un éclair venait à
briller.

Autant qu'on en pouvait juger, l'un de ces deux
hommes appartenait à la plus haute aristocratie ; il
portait une armure superbe, richement ornée des
plus précieux métaux ; son casque était surmonté
d'une couronne de comte, mais son bouclier ne
portait qu'une croix, selon la coutume des croisés.
Son visage, à demi-caché par le casque, était bruni
par un long séjour sous le soleil d'Asie, tandis que
ses yeux brillaient, à travers l'orage, comme s'ils
eussent voulu défier la fureur des éléments. Il conduisait avec calme son coursier, sur le cou duquel il
laissait parfois flotter la bride, et auquel il adressait
des paroles d'encouragement.

— Qu'as-tu, mon brave Véloce? lui disait-il ; tu as
déjà vu bien d'autres orages ; pourquoi trembles-tu?
Un peu de courage, nous approchons du but.

Ils arrivèrent au camp, et le gentilhomme demanda
où était la tente impériale. Un guerrier l'y conduisit.

Frédéric était assis près d'une table ; il avait devant
lui un parchemin, qu'il lisait avec attention. Il tenait
une plume à la main, effaçant çà et là et écrivant des
annotations en marge.

Il corrigeait le discours que son pape devait prononcer, le lendemain, dans l'église Saint-Pierre.

Des pas lourds se firent entendre. Frédéric se
retourna avec surprise, car il avait ordonné de ne

laisser pénétrer personne jusqu'à lui. Le rideau fut
soulevé, et un homme d'une stature haute et élégante
parut à l'entrée.

Frédéric laissa tomber la plume; sa figure exprima
une joyeuse surprise, il s'élança vers Rechberg et le
serra dans ses bras.

— Dieu soit loué! te voici de retour!... Viens ici,
que je te voie!

Et l'empereur le fit s'approcher de la table.

— Te voilà devenu un homme! Tes yeux brillent
de l'éclat du soleil d'Asie ; ton visage, plein de
résolution, trahit l'énergie et le courage.

Il l'embrassa de nouveau, mit de côté le discours
du pape et fit apporter des rafraîchissements.

— Tu es tout trempé, Erwin ; change d'abord de
vêtements. dit son parrain soucieux ; fallait-il donc
venir par cet horrible temps ?

— Les nuages se sont mis à crever subitement,
et, à ce que je vois, ils ont commis quelques dégâts
dans le camp. Il me suffira d'ôter ma cotte d'armes.

La stature élancée et vigoureuse du jeune homme
se dessina alors en face de l'empereur. Frédéric le
considéra avec complaisance, et le regard qu'il lançait
sur Erwin était empreint d'un intérêt tout paternel,
qui vint adoucir les traits énergiques de l'empereur.

— Comment donc se fait-il que tu nous aies laissé
deux ans sans nouvelles?

— Les infidèles m'avaient surpris dans mon sommeil et fait prisonnier. Pendant dix-huit mois, je
gémis enfermé dans une tour, sans espoir de liberté,
car ils exigeaient une somme excessive pour ma
rançon.

— Ils ont eu raison, tu leur coûtais assez cher!
dit Frédéric en riant. Des pèlerins, revenant de la
Terre-Sainte, ont raconté tes merveilleux exploits.

— Enfin, les chevaliers du Temple assiégèrent
ma prison et me délivrèrent.

— Ah! les templiers!... Vaillantes épées!... Leur
courage est immense et leur bravoure approche
presque de la témérité; mais comment es-tu revenu
en Europe?

— Sur un navire normand, qui m'a conduit à
Tarente.

— Bien! tu me raconteras tes aventures en temps
utile. Je me réjouis d'avance de ce récit. Mais tu nous
arrives à propos pour les fêtes de la victoire. Nous
devons couronner demain Pascal, dans la cathédrale
de Saint-Pierre.

Rechberg ne répondit rien; sa figure exprimait la
douleur.

— Comme je reviens de la Palestine, mon parrain,
veuillez m'exempter de prendre part à l'exaltation de
Pascal.

— Ah bien! je comprends, dit Frédéric en fron-
çant le sourcil. Le croisé trouve que notre pape n'est
pas celui de ses convictions!... Soit; tu seras libre
en ce qui concerne la conscience.

Les deux parents continuèrent à causer jusque
fort avant dans la nuit.

Le jour que Barberousse attendait avec tant d'impatience se leva enfin ; les tentes renversées par l'orage furent reconstruites, tandis que les Romains ornaient leur ville comme pour une fête.

Mais tous les cœurs semblaient intérieurement souffrir de cette joie fictive ; nul ne paraissait content, un sombre pressentiment semblait planer sur Rome : tous sentaient vaguement que l'ange de la vengeance les menaçait.

Non loin du château Saint-Ange, sur la large route qui conduit vers Saint-Pierre, se tenait un rassemblement de bourgeois. Ils étaient vêtus d'habits de fête, mais leur physionomie empreinte de tristesse démentait la joie qu'annonçait leur costume. Ils regardaient souvent du côté du château, où s'élevait jadis la statue de saint Michel, et ils secouaient la tête en soupirant.

— Saint Michel a disparu, dit un vieillard, lui qui, pendant des centaines d'années, nous avait protégés !... Que Dieu nous garde !

— Vous êtes trop inquiet, maître Barthélemi, répondit Anselme ; le métal, vous le savez, attire l'éclair : or, la statue était d'airain doré, et, sur ce point culminant, elle devait être indubitablement frappée de la foudre.

— Tu es très-savant, Anselme, reprit le vieillard, mais la statue était là depuis cinq cents ans. Combien

d'orages ont passé sur Rome depuis lors ! et pas un
n'a eu de pouvoir sur elle, jusqu'à ce jour où nous
sommes à la veille de recevoir l'empereur schismatique !...

— Hasard pur et simple !

— Prenez garde, Barthélemi, ajouta un troisième,
l'empereur a de nombreux amis, il pourrait être
dangereux de le calomnier.

— Moi, je prétends que le hasard n'est pour rien
ici !... Que je prenne garde ! Anselme, crois-tu qu'un
vieillard de quatre-vingt-sept ans ait peur de dire la
vérité ? Oui, l'empereur est un schismatique, un
dévastateur de l'Église ; il attirera le malheur sur
Rome ; je sais que beaucoup de gens partagent ma
manière de voir, mais ils n'osent pas l'avouer !....
Comme l'or a circulé ici depuis quatre semaines !
mais l'or de la trahison brûlera tous ceux qui l'ont
accepté !...

Et Barthélemi se remit en marche, et se dirigea
vers le château Saint-Ange.

— Au fond, il a raison, dit Gervasio ; aucun
habitant de Rome n'a de doute sur la personne du
véritable pape, mais que pouvait-on faire? le terrible
Barberousse aurait sans scrupule rasé Rome comme
il a détruit Milan.

— Naturellement, dit Anselme,

— Est-il vrai qu'Alexandre ait lancé sa malédiction sur Rome?

— Non, non ! firent plusieurs voix ; il n'a pas
même maudit Barberousse.

— Je puis vous donner les renseignements les plus
exacts, dit Anselme ; Frangipani a entendu les propres

paroles du pape. Alexandre, agenouillé devant l'image
du Sauveur, a prononcé les paroles suivantes : « Lève-
toi, Seigneur, sois juge entre mes ennemis et moi !
O Tout-Puissant, étends ton bras sur les ennemis de
ton Église !... » Voilà ce qu'il a dit, et rien de plus.

— C'est bien assez ! il a appelé le châtiment céleste
sur nos têtes, et nous pouvons craindre les plus
terribles calamités !...

— Folie ! dit Anselme ; tout cela n'est que la
suite du terrible froid qu'il a fait hier.

— C'était un joli temps, quel orage !

— On a entendu dans l'air des cris et des gémissements.

— Oui, on a même vu une croix de feu au-dessus
de Saint-Pierre.

— L'orage n'est-il pas venu du côté de Gaëte ?
Jamais cela ne s'était vu ; croyez-moi, il y a là du
prodige....

— Tu n'es pas fort, Ambroise.

— Alexandre habite Gaëte, et Rome pourra avoir
à regretter d'avoir abandonné la cause du chef de
l'Église. Vous direz ce que vous voudrez, ce n'était
pas là un orage ordinaire. N'avez-vous pas remarqué
comme il a éclaté sur notre ville, calme, sombre et
terrible ?

— Console-toi ; peut-être te placera-t-on au sénat ?
La toge brodée te fera oublier tes scrupules. Mais
voici le cortége.

En ce moment les cloches de Saint-Pierre commencèrent à sonner.

— Entrons chez moi ; de mon balcon, nous verrons
mieux le cortége, dit Ambroise.

Et il entra dans sa demeure avec ses compagnons.

En ce moment parut un groupe de chevaliers occupant toute la largeur de la rue; à leur tête se trouvait le héraut de l'empire, grave et immobile; on l'eût dit vissé sur la selle, dans son riche costume d'apparat.

De chaque côté du héraut marchait un porte-bannière, vêtu d'un costume éclatant, et regardant, lui aussi, la foule avec orgueil.

Derrière eux s'avançaient, en rangs innombrables, des chevaliers, qui avaient déposé leurs cottes d'armes, leurs boucliers et leurs lances. Ils ne portaient que leur épée, et cependant ils étaient revêtus d'une armure complète, qui resplendissait au soleil d'août. On eût dit une mer d'argent liquide, s'agitant dans la rue Saint-Pierre.

— Voyez donc comme ces hommes de fer sont imposants sur leurs coursiers de combat! dit Ambroise; qu'ils sont fortement constitués! ces Allemands sont vaillants et invincibles!

— Enfin, les voilà passés; combien sont-ils? Voyez donc, sur la place Saint-Pierre, comme ils dispersent la foule, pour former un mur d'airain jusqu'à la cathédrale.

— Ah! voici les évêques! Sainte Vierge, quelle splendeur! quel éclat! Anselme, compte donc les prélats... Je voudrais bien savoir leur nombre....

— Voyez-vous celui-là, avec ses longs cheveux noirs? C'est l'évêque qui frappait si dru pendant la bataille. Derrière lui, voyez-vous cet homme à tête rouge? C'est l'évêque d'Osnabruck, un triste sire!

— Oui, ils ont tous l'air méchant et dur; on

pourrait les appeler les chevaliers spirituels de l'empereur; comme ils regardent de tous côtés !.... Par saint Pierre! Je ne voudrais pas être confirmé par un de ces messieurs; il doivent frapper raide!

Pendant cette conversation, les évêques s'étaient avancés vers l'église; sur leur tête brillaient de riches mitres, et des housses éclatantes couvraient la croupe de leurs chevaux.

Après les évêques venait l'anti-pape Pascal, revêtu des ornements pontificaux, et entouré des prélats de sa cour. Le costume du chef de l'Église lui allait aussi peu qu'à son prédécesseur Octavien. La contenance embarrassée et peu digne de Pascal faisait contraste avec les hautes et difficiles fonctions qu'il devait remplir.

— Figurez-vous Alexandre près de Pascal. Quelle différence! Chez Alexandre, tout indique le vrai pape : ses regards, son langage, sa tenue, sa physionomie. Mais chez Pascal, rien! fi donc! l'empereur a choisi une étrange figure pour occuper la chaire de saint Pierre.

— Silence, voici le Dieu de la fête, le *Divus Augustus*, dit Anselme.

A ce moment on entendit crier :

— Vive l'empereur! vive le Grand-Auguste!

Frédéric, à cheval, fit alors son apparition; à son côté était l'impératrice, et devant lui flottait la bannière impériale.

Au moment où Frédéric s'approchait du château Saint-Ange, il se fit un mouvement dans la foule. Les cris cessèrent, et toutes les têtes se tournèrent dans cette direction.

Un immense drapeau, qui couvrait une partie de la tour, pendait de son sommet. Cet emblème inattendu de deuil et de chagrin fit une violente impression sur les Romains. On vit ce drapeau gigantesque sillonner les airs et s'agiter au milieu des nuages, tandis qu'on recherchait la place qu'occupait jadis l'archange saint Michel. On se souvint de la malédiction d'Alexandre et de toutes les conséquences qu'elle pourrait avoir. Les cris de joie, même ceux payés par Dassel, firent silence, et ce fut de la sorte que Frédéric se dirigea vers l'église de Saint-Pierre.

— Qu'est-ce cela? dit Gervasio qui, du balcon, ne pouvait voir le drapeau ; chacun regarde vers le château Saint-Ange et les cris de « Vive l'empereur! Gloire au Grand-Auguste » ont cessé.

— Mais voyez donc le manteau impérial; comme il resplendit!

— Et comme Barberousse est fier sur son coursier! Ne dirait-on pas Jupiter tonnant?

En effet, Frédéric s'avançait de l'air grave et sérieux qui convenait à un conquérant. Ses traits froids ne trahissaient aucune émotion, et c'était avec éclat que son regard s'abaissait sur la foule environnante.

Autour de sa couronne brillante s'enlaçait un laurier, et sa main droite portait un sceptre avec plus d'orgueil que n'en avait montré Auguste, traîné par des lions dans son char triomphal.

— L'impératrice est une gracieuse créature, dit Anselme. On dirait un agneau près d'un lion.

— Quel est ce seigneur à barbe rouge, derrière l'empereur?

— Le duc de Souabe, Frédéric de Hohenstaufen,
un prince doux, bien différent de son cousin. On
assure que l'empereur ne se fie pas à lui, mais il
doit l'accompagner; aussi le duc a-t-il l'air triste
d'un prisonnier.

— Ah! voyez là-bas! Voici le chancelier Reinald!
dit Gervasio. Quel joli petit seigneur blond! Voyez
comme il rit et fait le beau..... Qui pourrait croire
qu'il est la ruse en personne?

Un escadron de chevaliers terminait la marche;
le cortége était suivi d'une foule immense.

— Vite, mes amis, dit Ambroise, vite à Saint-
Pierre!.... Si nous pouvions traverser la foule!....
Quelle suite d'évêques!

— Soixante-treize! un nombre sacré, car il renferme sept et trois!

Une foule immense remplissait l'église de Saint-
Pierre. Pascal offrit le saint sacrifice sur la tombe des
saints apôtres Pierre et Paul, en présence des hommes
qui, loin de remplir les fonctions de leur saint
ministère, étaient entrés comme des voleurs et des
larrons dans le sanctuaire.

Le peuple a souvent d'étranges pressentiments. A
peine Pascal monta-t-il à l'autel, qu'un murmure de
mécontentement parcourut la foule; on put croire un
instant à une révolte. Un certain nombre d'assistants
cherchèrent à quitter l'église, dans la crainte que le
peuple ne fît un mauvais parti à l'anti-pape, à l'empereur et aux évêques schismatiques.

Pendant la cérémonie, Barberousse s'agenouilla
sur le prie-Dieu, et Béatrix prit place près de lui.

En face du trône se trouvait le siége du pape, élevé

de trois marches, assez pauvre du reste en comparaison du trône de l'empereur.

Après le saint sacrifice, Pascal monta sur son fauteuil et Frédéric s'assit sur son trône; il tenait dans la main droite le sceptre et dans la main gauche le globe impérial ; il portait la couronne. A sa droite Béatrix était assise. L'intervalle entre les deux trônes était occupé par les évêques, qui s'agenouillèrent et se relevèrent quand Reinald se dirigea vers l'autel pour y lire la formule par laquelle tous les évêques devaient jurer de reconnaître Pascal pour pape légitime.

L'orgue et les chants se turent; la voix de Reinald retentit à travers l'église, tandis que le peuple le regardait et l'observait. On vit les mains se lever pour prêter serment, puis chacun alla, en particulier, vers le trône de Frédéric, pour lui jurer obéissance.

Avant de monter la première marche, ils firent une inclination profonde, puis allèrent s'agenouiller devant l'empereur et baisèrent la main qui tenait le sceptre; ils se dirigèrent ensuite vers l'autel, s'agenouillèrent devant Pascal et baisèrent, en signe de soumission, son anneau pastoral.

Pendant que ceci se passait, l'orgue faisait résonner des airs de fêtes, et le chœur chantait, mais ces mélodies ne trouvaient pas d'écho. Les Romains ne montrèrent aucun enthousiasme. La conviction que Pascal, le pape schismatique, n'était que l'instrument de l'empereur et la persuasion que cette réunion n'était composée que d'évêques séparés de l'Église froissaient toutes les idées reçues. On craignait que la justice de Dieu ne vînt châtier l'usurpation de la

chaire de Saint-Pierre. Un grand nombre voulurent
quitter l'église, mais la foule les empêcha de sortir.

La main de Frédéric, tout en tenant le sceptre,
était posée sur son genou, et les évêques passaient
en 's'inclinant et en la baisant. Mais l'empereur
ne faisait aucune attention à tout cela. Son âme
orgueilleuse nageait dans un océan de contentement
et de satisfaction. Il était donc assis enfin à cette place
qu'avait l'habitude d'occuper son adversaire Alexandre, aujourd'hui en fuite, et où ses prédécesseurs
avaient l'habitude de recevoir les hommages de toute
la chrétienté. Quelle différence! Pascal était sa créature, son jouet; le véritable *Pontifex maximus*, c'était
lui!.... Maître absolu dans l'Église et dans l'État, il
était enfin arrivé au but de ses efforts : tous les
royaumes chrétiens lui étaient soumis.

Ces idées remplissaient la tête de Frédéric. Ses
yeux s'abaissaient sur les évêques agenouillés, puis
se reportaient sur la foule comme s'il n'eût pu attendre
plus longtemps le moment de recevoir le serment de
fidélité.

Mais Dieu n'a pas encore donné à l'homme la
puissance de renverser ses desseins. S'il laisse parfois
au méchant libre carrière, c'est pour l'arrêter au
moment décisif.

La main du Tout-Puissant se leva contre le maître
de la terre ; la coupe était pleine, et tandis que Barberousse nourrissait de nouveaux projets d'orgueil,
l'ange du châtiment planait sur sa tête.

La cérémonie s'achevait.

Frédéric se tourna vers le pape comme pour lui
dire : « Voyons, ouvre la bouche et parle comme je
te l'ai prescrit. »

Le discours préparé et révisé pas l'empereur semblait peser à Pascal ; toutefois, après avoir vu le coup-d'œil de son maître, il descendit de l'autel.

L'orgue et les chants cessèrent. Un silence profond s'établit. Tout le monde voulut entendre ce qu'allait dire le chef impérial de l'Église.

Mais Pascal ne devait pas parler.

A peine était-il devant l'autel qu'un mouvement incroyable se répandit dans la foule ; çà et là, des personnes tombaient inanimées. On eût dit que la mort voltigeait, pour frapper des victimes désignées d'avance.

On crut d'abord à une indisposition, comme il peut s'en produire dans les grandes réunions, par suite de la chaleur ; mais comme la mort se répandait de place en place, et que les cadavres se couvraient de teintes noirâtres, la crainte saisit tout le peuple.

— Il est mort ! réellement mort ! dit Gervasio tenant dans ses bras son ami Ambroise. Dieu lui fasse miséricorde !

Et il fit le signe de la croix sur son front.

— Mais voyez donc comme il noircit ! dit Anselme. Par tous les saints ! c'est la peste !...

A peine ces mots furent-ils prononcés, qu'ils se répandirent dans la foule.

— La peste ! la peste ! dit-on de côté et d'autre.

— Malheur à nous ! la peste ! s'écria le peuple.

La foule alors se dirigea compacte et tumultueuse vers la sortie, pour échapper à cet air empoisonné.

L'empereur regarda d'abord avec colère, supposant que la malveillance ou la passion voulait troubler la cérémonie ; mais quand les mots terribles eurent

retenti et que le peuple se fut mis à sortir en désordre,
l'entourage impérial lui-même fut saisi de frayeur.
Les évêques pâlirent et la conscience de beaucoup
d'entre eux leur cria :

— C'est le châtiment de Dieu !

Quant à Frédéric, il ne manifesta ni trouble, ni
crainte ; son âme était au-dessus de ces faiblesses. Il
regrettait simplement l'interruption de la brillante
cérémonie. Il avait élevé son trône triomphant dans
l'église de Saint-Pierre, au cœur de la chrétienté, et
ses regards brillaient de mécontentement et de menace comme s'il eût voulu faire reculer la peste.

Mais la mort ne craint aucun mortel, pas même
celui qui, assis au plus haut faîte, croit pouvoir
menacer le Ciel.

Déjà la peste faisait des victimes dans le voisinage
de Frédéric.

Le comte Ludolf de Dassel, frère du chancelier,
était tombé à quelques pas du trône ; l'évêque Alexandre de Lodi, son voisin, l'avait suivi. Les prélats
regardaient avec stupéfaction ces cadavres qui portaient des signes visibles du fléau. Nul n'avait le
courage de se baisser vers eux pour remplir les
devoirs que prescrit la religion. Ces hommes n'avaient
pas les nobles sentiments de la profession épiscopale;
ils n'avaient que les passions des cours, des bras et
des mains propres à tenir l'épée, des cœurs coupables qui commençaient à éprouver le repentir.

Plusieurs voulurent suivre l'exemple donné par les
Romains. La voix impérieuse de Frédéric les retint.

— Qu'est-ce à dire, messeigneurs? Quoi, évêque
de Luttich, vous, l'une des plus vaillantes épées en

guerre, voudriez-vous être aussi le premier à prendre la fuite? Si Dieu nous envoie une calamité, nous voulons la supporter avec résignation.

Et il ordonna au prévôt de préparer le retour en bon ordre. Il eut lieu sans désordre. Le peuple avait quitté l'église. La place Saint-Pierre était vide. Les Romains, réfugiés dans leurs demeures, s'y étaient renfermés comme pour éviter le fléau. Les trompettes et les clairons sonnèrent une marche, mais il n'y eut pas d'acclamations joyeuses et populaires; les rues étaient tristes et solitaires. Les princes et les prélats portaient la tête basse, et leurs mouvements et leurs gestes indiquaient l'effroi; de toutes parts on ne voyait que cadavres, et la peste commençait à s'attaquer aux chevaliers. L'un d'eux tomba de son cheval. Le cortége s'arrêta, les clairons se turent, l'ordre ne put être maintenu, et chacun s'efforça de quitter au plus vite la ville empoisonnée.

Le retour au camp eut l'air d'une fuite. Barberousse lui-même, avec l'impératrice, regagna sa tente au galop.

LV. — LA MAIN DE DIEU.

La peste avait éclaté avec vigueur et elle continuait à sévir furieusement. La mort arrivait soudain et sans douleur ni malaise. Voulait-on monter à cheval,

la peste vous terrassait au moment où vous mettiez le
pied dans l'étrier ; voulait-on relever un ami, vous
tombiez inanimé près de lui ou dans la fosse que
vous lui aviez creusée par charité.

— Dieu nous punit de notre conduite envers le
pape ! disaient les Romains.

Cette idée se répandit aussi parmi les Allemands.
En quelques jours, il en était mort plusieurs milliers,
entre autres le duc Frédéric de Souabe, le cousin de
l'empereur, le duc Diépold de Bohême et d'autres.
La peste sévissait surtout contre les évêques ; on eût
dit qu'aucun d'eux ne devait revoir sa patrie.

La frayeur et le découragement régnaient au camp.
Beaucoup de tentes étaient vides, leurs habitants
étant morts jusqu'au dernier ; on n'entendait plus ni
chant ni bruit d'armes, tout était calme et silencieux.
Des voitures emportaient les cadavres, et il fallut
creuser des fosses pour les ensevelir par centaines.
Enfin, il ne fut même plus possible de les ensevelir ;
ils demeurèrent exposés à la grande chaleur, qui les
décomposa rapidement. La peste ne fit donc que
s'accroître, malgré les grands feux allumés continuellement pour purifier l'air.

Les chevaux aussi tombèrent malades ; ils s'endor-
maient et mouraient dans leur sommeil. Le camp se
dépeuplait, mais Barberousse, lui, tenait bon ; il
voulait laisser passer le fléau et terminer ensuite
l'œuvre interrompue. Les Romains n'avaient pas
encore prêté le serment de fidélité, Pascal n'était pas
installé, Frangipani tenait toujours le château Saint-
Ange, et il fallait que les partisans d'Alexandre
fussent complètement anéantis. Pour accomplir cette

œuvre, Frédéric ne voulait reculer devant rien, pas même devant la peste.

Dassel l'entretenait dans cette idée.

— Si nous nous décidons à fuir, lui dit-il, nous sommes perdus. Toute la chrétienté regardera notre destruction comme un châtiment divin. Vous ne pourrez plus faire un pas sans paraître frappé de la main divine!....

Frédéric reconnut la justesse de ces conseils, et se décida à tout braver. Il allait sans cesse dans les rues du camp, pour relever le courage des soldats. Erwin l'accompagnait ; le jeune homme chevauchait avec calme à côté de l'empereur. Frédéric l'avait, à plusieurs reprises, invité à partir, mais Erwin avait refusé.

— Tu peux retourner en Allemagne, Erwin, je le désire, lui dit l'empereur ; je te suivrai dès que la question romaine sera résolue.

— Mais moi, je ne veux pas vous quitter, mon parrain, tout le camp fût-il peuplé de cadavres!

Ce témoignage d'affection fit plaisir à Frédéric, qui embrassa le jeune comte et lui serra affectueusement la main.

Un jour que Barberousse venait de parcourir le camp, il rentra la tête basse dans sa tente. La destruction de l'armée devenait inévitable, si l'on ne quittait promptement cet air empesté ; l'orgueil indomptable de l'empereur était brisé, il souffrait.

Il fit appeler le chancelier.

Reinald était assis dans sa tente, il écrivait ; à quelques pas de lui, se tenait son élève favori, Hillin. Sur la présentation de Dassel, Frédéric venait de

nommer ce jeune homme à l'évêché d'Augsbourg,
vacant depuis peu. Reinald était occupé à en informer
le chapitre. Hillin devait partir sur-le-champ pour
l'Allemagne, afin d'y prendre possession de son siége
et d'aviser à quelques mesures urgentes.

— Tu n'as pas, il est vrai, tout-à-fait l'âge voulu
par les canons, dit Dassel; mais les canons sont
surannés comme bien d'autres choses. Quelle folie
de laisser de côté une capacité sous prétexte de la
jeunesse! Quel âge as-tu, Hillin?

Il ne répondit rien.

— Je te demande ton âge.

Même silence.

Le chancelier tourna la tête, et recula effrayé.

Hillin était mort; sa main tenait encore la plume,
ses bras reposaient sur la table et sa figure s'était
affaissée sur le parchemin.

Étonné et secouant la tête, Dassel fit plusieurs fois
le tour du cadavre; mais son effroi ne dura que
peu d'instants. Le chancelier Reinald n'était pas
facile à émouvoir.

— Hillin est mort, dit-il; ce jeune homme avait
de l'avenir, et on eût pu l'utiliser; mort, il ne peut
que nuire.

Et il fit enlever le cadavre.

C'est à cet instant que l'empereur fit appeler
Reinald. Il jeta dans le feu la lettre devenue inutile,
puis il se revêtit de son costume de cour, et sortit.

L'empereur était sérieux et triste. Il répondit à la
salutation de Dassel par un muet sourire et lui fit de
la main signe de s'asseoir.

— Chancelier, nous avons fait tout ce qu'il était

possible de faire. Le Ciel s'obstine contre nous, la
mort sévit d'une façon atroce ; les deux tiers de notre
belle armée sont déjà anéantis, et, si nous restons
plus longtemps, le reste succombera aussi.

— Il faut pourtant rester. La fuite rendra notre
mal plus grand encore ; j'ai prévu tout cela, le fléau
cessera soudainement comme il est arrivé.

— Et si c'était un châtiment de Dieu, chancelier !
dit Barberousse.

Reinald eut un méchant sourire ; il regarda fixe-
ment Barberousse avant de lui répondre.

— Il faudrait alors supposer que Dieu s'amuse
tous les ans à juger les Romains ; tous les ans, la
chaleur dégage des marais des vapeurs pestilentielles,
qui occasionnent des fièvres mortelles ; c'est un climat
désagréable, voilà tout !

Barberousse secoua la tête.

— Vos explications ne peuvent me satisfaire, dit-
il ; il ne s'agit pas ici de la fièvre, mais de la peste ;
or, la peste n'est pas le résultat du hasard, c'est l'effet
de la colère divine ! Il faudrait s'humilier devant
Dieu !....

— Ah ! oui, Sire ; puisque Dieu est opposé à nos
plans, il faut y renoncer et vous avouer vaincu par
Alexandre.

Cette observation toucha l'orgueil de Barberousse.
Reinald continua la lutte.

— Je croyais, reprit-il, qu'il fallait laisser au
peuple ces idées de jugement de Dieu.....

Il poussa un cri strident et ne put achever. Reinald
n'était plus qu'un cadavre. Barberousse n'appela
point au secours ; il resta anéanti devant son confident

mort. Il regardait son visage, sur lequel la haine avait laissé son empreinte diabolique.

Les Allemands n'abandonnèrent pas les cadavres de leurs princes en Italie. Les corps furent embaumés et transportés au-delà des Alpes, pour être ensevelis dans les cathédrales de leur patrie.

On éleva deux grandes tentes pour recevoir les cadavres des princes ; ils y furent couchés en grande pompe et les évêques en grand costume, la mître en tête et la crosse à la main ; les princes étaient revêtus de leur armure comme pour aller au combat.

Une petite escorte se dirigeait vers l'une des tentes. En avant marchait la croix, puis l'évêque de Pavie et quelques ecclésiastiques ; venait ensuite le corps de Reinald porté par quatre de ses hommes ; Barberousse, Rechberg et d'autres gentilhommes suivaient le convoi. On s'arrêta devant la tente, l'évêque récita les prières des morts et la dépouille mortelle de Reinald fut placée parmi les autres.

Tous quittèrent ce lieu en silence. Barberousse entra dans la tente avec Erwin. Il était triste, et une larme vint mouiller ses yeux. Là était son cousin, le duc de Souabe ; près de lui le duc de Bohême, le comte Bérenger de Sultzbach, Rodolphe de Pfulendorf, Henri de Tubingen, Ludolf de Dassel, les évêques de Prague, de Ratisbonne, d'Augsbourg, de Bâle, de Spire, de Constance, de Toul, de Verdun et de Cologne.

Frédéric était toujours là. Il considérait les cadavres de tous ceux qui étaient morts pour son service. Qui lui assurait qu'il n'irait pas lui-même bientôt prendre place parmi ces cadavres ? Il commença alors

à craindre et à songer à l'éternité ; presque complètement désabusé des vanités de la terre, il rentra dans
sa tente.

LVI. — CONCLUSION.

Barberousse ramenait les débris de sa belle armée
en Allemagne ; mais avant d'arriver à Lucques, il
avait encore perdu deux mille hommes.

Harcelé et attaqué par la ligue lombarde, il parvint
toutefois à gagner la fidèle Pavie. Il y rejoignit
l'impératrice Béatrix et put prendre quelque repos.

Mais le terrible châtiment de Rome n'avait fait sur
l'empereur qu'une impression passagère. Frédéric
avait été surpris, mais il n'était en aucune façon
guéri de son orgueil, qui existait toujours et croissait
en raison du développement de la ligue lombarde.
Lodi et Crémone venaient de s'y joindre, en jurant
d'anéantir le pouvoir impérial en Italie. Frédéric se
résolut à combattre toutes les villes de la Lombardie.

Les motifs qui retenaient Erwin auprès de Frédéric
avaient cessé d'exister ; il se sentait attiré vers Castellamare. Il n'était qu'à deux jours du château de sa
fiancée ; mais les chemins étaient occupés par les
armées de la ligue. Le jeune chevalier se décida
pourtant à s'y rendre et fit part de ses desseins à
Frédéric, sans s'inquiéter si l'empereur n'y mettrait
point obstacle.

Contre toute attente, Frédéric accueillit la nouvelle que lui donna Rechberg avec un visage sérieux, mais sans reproche.

— J'aurais tort, dit-il, de mettre des entraves à une affection qui a résisté à tant de difficultés. Bonello a mal agi, mais j'ai su depuis qu'il n'a point pris part à la ligue lombarde, peut-être au péril de sa vie. Cela mérite considération. J'approuve et je bénis ton choix. Toutefois, mon cher enfant, ajouta Frédéric, les révoltés occupent tous les chemins ; il te faut une forte escorte, je ne puis, en ce moment, te la fournir.

— Les révoltés respecteront mon vêtement de pèlerin.

L'esprit de cette époque oubliait toutes les distinctions de parti devant le bourdon d'un croisé. La haine de Frédéric ne pouvait l'empêcher de rendre cette justice à ses adversaires.

Erwin quitta l'empereur pour se mettre à la recherche de son fidèle Géro ; en parcourant le palais, il remarqua un gentilhomme qui y entrait. C'était Héribert de Rapallo.

— Auriez-vous quelque demande à soumettre à l'empereur, chevalier ? demanda Erwin.

— Oui, si vous le permettez, répondit Héribert, que la physionomie ouverte d'Erwin avait séduit ; mais nul ne veut me servir d'introducteur. Je me suis déjà adressé à plusieurs personnes, elles ont fait la sourde oreille ; il faut pourtant que je remette à l'empereur le message que m'a confié la châtelaine de Castellamare ; il faut que je parle à l'empereur.

— La châtelaine de Castellamare ! dit Erwin en retenant les battements de son cœur.

— Puisque vous êtes le premier qui m'accueillez amicalement, sachez donc toute l'affaire. Hermengarde (ainsi s'appelle la jeune personne) est fiancée depuis six ans au cousin de l'empereur, le fameux comte Erwin de Rechberg. Mais le comte est allé en Palestine, et il y est tombé victime des infidèles. Bonello, le père de la jeune fille, souhaite aujourd'hui qu'elle fasse choix d'un époux....

— Et Hermengarde? dit Rechberg en tremblant.

— La jeune fille obéira, si toutefois le comte Rechberg est vraiment mort, ce dont elle doute toujours.

Le jeune homme pâlit.

— Le comte Rechberg!... dit-il avec égarement, sans trop savoir ce qu'il disait. Mais j'en ai entendu parler, je crois m'en souvenir...

— Où donc est-il? vit-il? demanda Rapallo avec un mélange de joie et de chagrin.

— Il vit.

— Dieu soit loué!...

— Connaissez-vous celui qui aspire à la main d'Hermengarde?

— C'est moi.

— Et vous vous réjouissez du retour du comte?

— De tout mon cœur! Hermengarde ne m'épousait que par obéissance.

Erwin admira la loyauté de Rapallo.

— Vous êtes un noble cœur, dit-il en lui prenant la main. Oui, Erwin de Rechberg existe encore, et vous le voyez devant vous!

Héribert poussa involontairement un cri de surprise, puis il s'inclina, recula de quelques pas, et attendit respectueusement.

— Le cousin de l'empereur vous est tout dévoué, mon cher ami, dit Erwin, car je ne puis vous appeler d'un autre nom, après une si noble conduite. Suivez-moi dans le château des vieux rois lombards.

Il prit Rapallo par la main, et le fit entrer dans les appartements.

Quelques instants après, Héribert était assis à table avec Rechberg; le jeune comte ne pouvait assez questionner Rapallo, les moindres détails l'inté-ressaient.

Dès le lendemain, ils se rendirent, accompagnés de plusieurs valets, à Castellamare ; le voyage eut lieu sans encombre. Ils rencontrèrent plusieurs partis lombards, mais, grâce aux mots que leur disait Héribert, on leur livrait passage. Erwin reconnut que Rapallo faisait partie de la ligue, mais cette circonstance ne lui fit rien perdre dans l'esprit de Rechberg. Bien que fidèle à son parrain, il n'approuvait pas tout dans son système de gouvernement, et il ne pouvait s'empêcher de reconnaître que le soulèvement avait quelque raison d'être.

Dès le second jour, ils arrivèrent à Castellamare. La joie y fut inexprimable. Le vieux Bonello pleura d'émotion.

Quelques mois plus tard, le mariage des deux fiancés eut lieu solennellement; toute la noblesse y assista.

L'empereur avait pu revenir en Allemagne, non pas en vainqueur à la tête de son armée, mais plutôt en fugitif.

La catastrophe de Rome avait anéanti tous les plans de Frédéric; le peuple était convaincu que Dieu était intervenu entre lui et l'Eglise. Les partisans de l'empereur perdirent toute influence, et il fut obligé de se réconcilier avec Alexandre. L'entrevue eut lieu à Venise, où les deux souverains s'embrassèrent, et, depuis lors, jamais on ne vit d'amitié plus tendre.

N'étant plus exposé aux méchants conseils de Reinald, Frédéric reconnut ses erreurs, et s'attacha à ses devoirs. Il gouverna l'empire avec force, et l'éleva au-dessus de tous les royaumes. Ce qu'il n'avait pu faire contre l'Église lui devint aisé dès qu'il lui fut soumis; il fut bientôt le plus puissant souverain de la terre.

Enfin, dans un âge déjà avancé, il partit pour la Terre-Sainte. Il ne réussit pas à atteindre le but qu'il cherchait. Arrivé aux frontières de ce pays, il trouva la mort dans les eaux glacées du Cydnus (le 10 juin 1190.) Les princes croisés recueillirent son cadavre, qu'ils ensevelirent sous la bannière de la croix, à Antioche. Appelé à Dieu au milieu d'une sainte entreprise, Barberousse expiait peut-être ainsi les fautes de sa vie passée, en implorant le pardon de ses fautes.

FIN.

TABLE.

Typ. de H. Casterman.

Bibliothèque internationale catholique.

OUVRAGES PARUS.

SECTION ALLEMANDE.

Behrle.   Roi et Reine. In-12.
Benoît (P.)   Consolations en Marie In-12.
Bolanden (de).   La Reine Berthe In-12.
     Barberousse. In-12.
Busé.   S. Paulin de Nole. Gr. in-8.
Doellinger.   Christianisme et l'Eglise. In-12.
     Eglise (l') et les Eglises. In-12.
Emmerich.   Douloureuse Passion. Gr. in-18.
   "   Vie de N. S. J.-C. 6 vol. gr. in-18
   "   Vie de la sainte Vierge. Gr. in-18
Faesser.   Anabaptistes de Munster. In-12.
Helzwartz.   Ludwig et Edeltrude. In-12.
Geiger (le Chan.) Lydia. In-12.
Gfroerer.   Histoire primitive du genre humain. In-12.
Guffiné.   Manuel complet de Piété. In-18.
Hahn-Hahn.   Pères du désert. Gr. in-8.
   "   Maria-Régina. 2 vol. in-12.
   "   Amants de la Croix (les). In-12.
   "   Doralice. In-12.
Héfélé.   Ximenès et l'Inquisition. In-8.
Hirscher.   Vie de la sainte Vierge. In-12.
Klée.   Princ. de Théologie morale. In-8.
Knoblich.   Vie de sainte Hedwige. In-12.
Læmmer.   Misericordias Domini. In-12.
Luken.   Traditions de l'humanité. In-8, 2 v.
Muller (de).   Voyages des Papes. In-12.
Ottmar.   Violettes. In-12, illustré de 4 sujets.
   "   Myosotis. —   —
   "   Bluets. —   —
   "   Pervenches. —   —
   "   Anémones. —   —
   "   Jacinthes. —   —
Pergmayr (P.) Vérités éternelles. In-18.
   "   Maximes spirituelles. In-12.
Schmid.   Souvenirs de ma vie. Gr. in-8.
Siemers.   Histoire de l'Eglise. In-12.
Tanner (le P.) Ecole du Prêtre. 2 vol. in-12.
Veith.   Paroles des ennemis de J.-C. In-18.
Weber.   Herman. In-12.

SECTION ANGLAISE.

Allies.   Voyage en France. Gr. in-8.
Anderdon.   Antoine de Bonneval. Gr in-12.
Baptiste (P.) Ailey Moore. Gr. in-12.
Bonus.   Ombres de la Croix. In-12.
Caddell.   Snowdrop. In-12.
   "   Agnès. In-12.
   "   Geneviève. In-12.
Carleton.   Mauvais œil (le). In-12.
Cobbett.   Réforme en Angleterre. In-12.
Cumming.   Orpheline de Boston. 1 vol. in-12.
Dillies.   Mont S. Laurent. 2 vol. in-12.
   "   May Templeton. In-12.
Faber.   Tout pour Jésus. In-18.
   "   Sir Lancelot. In-12.
Fullerton.   Laurentia. In-12.
   "   Plus vrai que vraisemblable. 2 vol. in-12.
Husenbeth.   Conversion et martyre. In-12.
   "   Deux drames chrétiens. In-12.
Lagrenée (de) Alice Sherwin. Gr. in-8.
Manning.   Fondements de la foi. In-12.
Maricourt (de) Vivia In-12.
Montanclos (de). Sorcière de Melton-Hill. In-12.
Neale.   Duchenier. In-12.
Newman.   Callista. In-12. 2e édit.
   "   Perte et gain. In-12.
   "   Sermons. In-12.
Oakeley.   Jeunes martyrs de Rome. In-12.
Wiseman (card.) Fabiola. In-12. et gr. in-8.
     Mélanges religieux. Gr. in-8.

SECTION ITALIENNE.

Anonyme   Fioretti. Gr. in-18.
Bollerini (le P.) Chasseur des Alpes. In 12.
   "   Pauvresse de Casamari. In-12.
Bartoli.   Vie de S. Stanislas Kotska. In-12.
Bresciani.   Juif de Vérone. 2 vol. in-12. 5e éd.
   "   Lionello. In-12. 2e édit.
   "   République romaine. In-12. 2e éd.
   "   Edmond. In-12.
   "   Lorenzo. — Don Giovanni. In-12.
   "   Ubaldo et Irène. 2 vol. in-12.
   "   Zouave Pontifical. In-12.
   "   Maison de Glace. In-12.
Cabrini (P.) Samedi consacré à Marie. In-18.
Céparile P.) Vie de S. Louis de Gonzague. In-12.
Civiltà Cat. Etude sur le mariage. In-12.
Dominique (P.) Excellence de Marie. 2 v. in-12.
Franco (P.) Quatre récits. In-12.
     Tigranate. In-12.
     Benjamine et Aurore. In-12.
Léonard de Port-Maurice. OEuvres complètes. 8 vol. in-12. I. Vie et correspondance. II. Voie du paradis. III-IV. Sermons pour le Carême. 2 v. V-VI. Sermons et instructions pour les missions. 2 vol. VII. Exercices spirituels. VIII. La Voie sacrée.
Liberatore (le P.) Connaiss. intellectuelle. In-12.
Liguori (S. Alph. de). Prép. à la mort. In-12.
   "   Voie du salut. In-12.
   "   Grands moyens de salut. In-12.
   "   Amour des âmes. 3 vol. in-12.
   "   Gloires de Marie. 2 vol. in-12.
   "   Victoires des Martyrs. In-12

Cette première série des Œuvres ascétiques est maintenant complète. Chaque ouvrage se vend séparément.

Margotti.   Rome et Londres. Gr. in-8.
Pascal (P.)   Médit. sur la Passion. In-12.
Patrignani.   Dévotion à S. Joseph. In-18.
Perrone.   Le Protestantisme et l'Eglise.
Piccirillo (P.) Orpheline des Calabres. In-12.
Reboudengo.   Cours d'instructions. 6 vol. in-12
Rossignoli (P.) Merveilles divines dans les âmes du purgatoire. 3e édit. In-18.
   "   Merv. de l'Euchar. 3e édit. In-18.
   "   Merveilles des Saints. 3 v. in 18.
Sanesi.   Maria. In-12.
Seguin (P.)   Angélina In-12.
Secondi (Mgr.) Veillées funéraires. Gr. in-18
Silvio Pellico. Rafaella. In-12.
Taparelli.   Traité de Droit naturel. 4 v. in-8.
   "   Abrégé du Droit naturel. In-12.

SECTION ESPAGNOLE.

Alvarez de Paz. Médit. sur la vie de J.-C. In-12.
   "   Médit. sur la vie de la S. V. In-12.
Cachupin (P.) Vie du R. P. Du Pont. In-12.
Grenade (de). Méditations Gr. in-18.
Ribadeneira (P.) Vie de N.-S. J.-C. In-8. Portr.
Sobrino.   Hist. de la Terre-Sainte. 2 v. in-8.
     Livre de la consolation. In-12.

LES ROMANS GRECS

par A. **Rancavis.** Traduits du grec moderne, par J. S. DE TOURGAR. — (Le Prince de Morée. — Le Tribunal d'Elisabettown. — Kalmina. — Sur les Sommets. — Le Chauffeur. — Le Fouet d'or — Les deux fils. — Tapas. — Leïla. — Les deux sœurs. — Glumomauth. — Les Prisons et la peine capitale — La Naïade. — Le Diamant. — Les Tisserands de la Hanse. 2 forts vol. In-12 de VII-370 et 380 p.

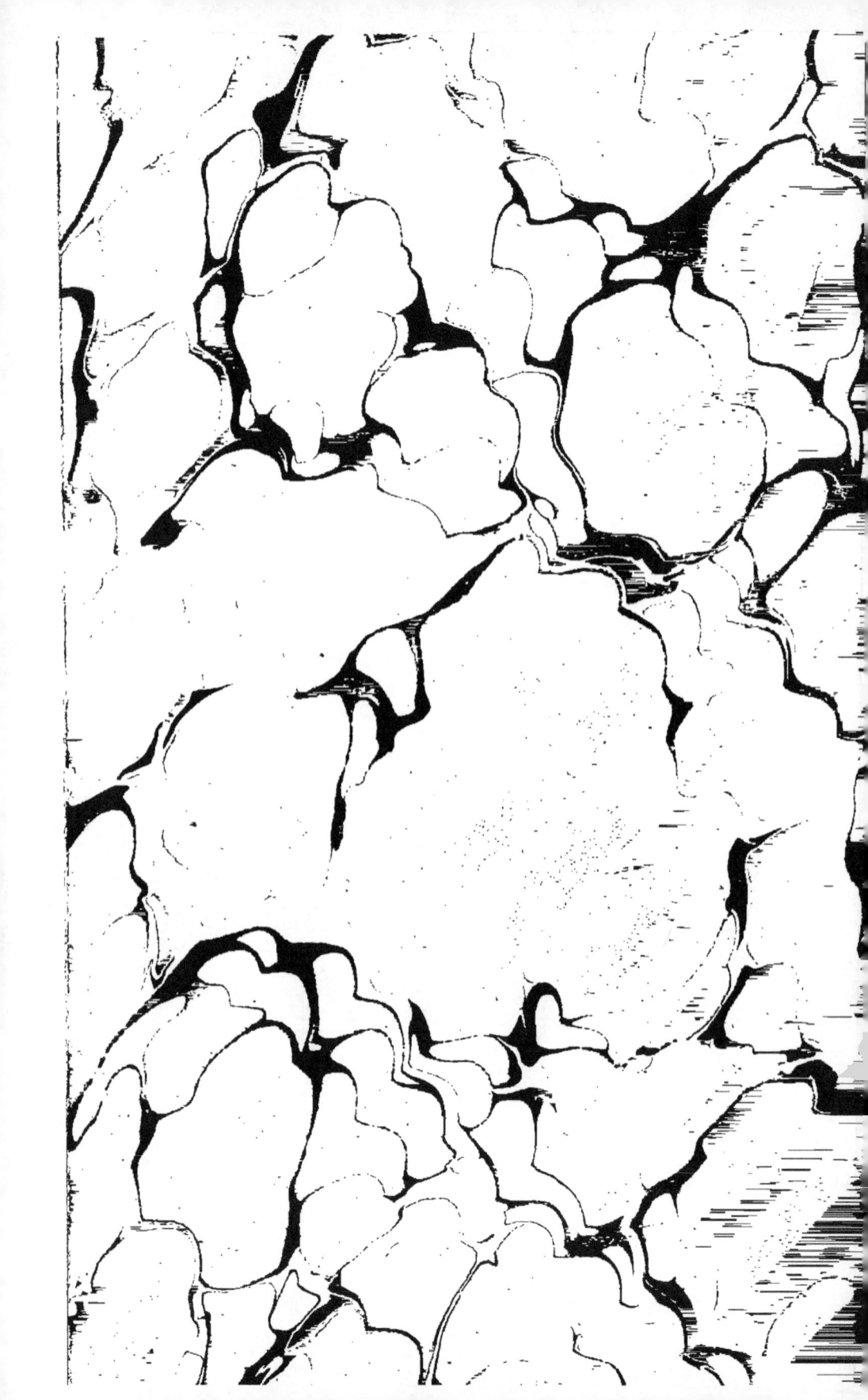

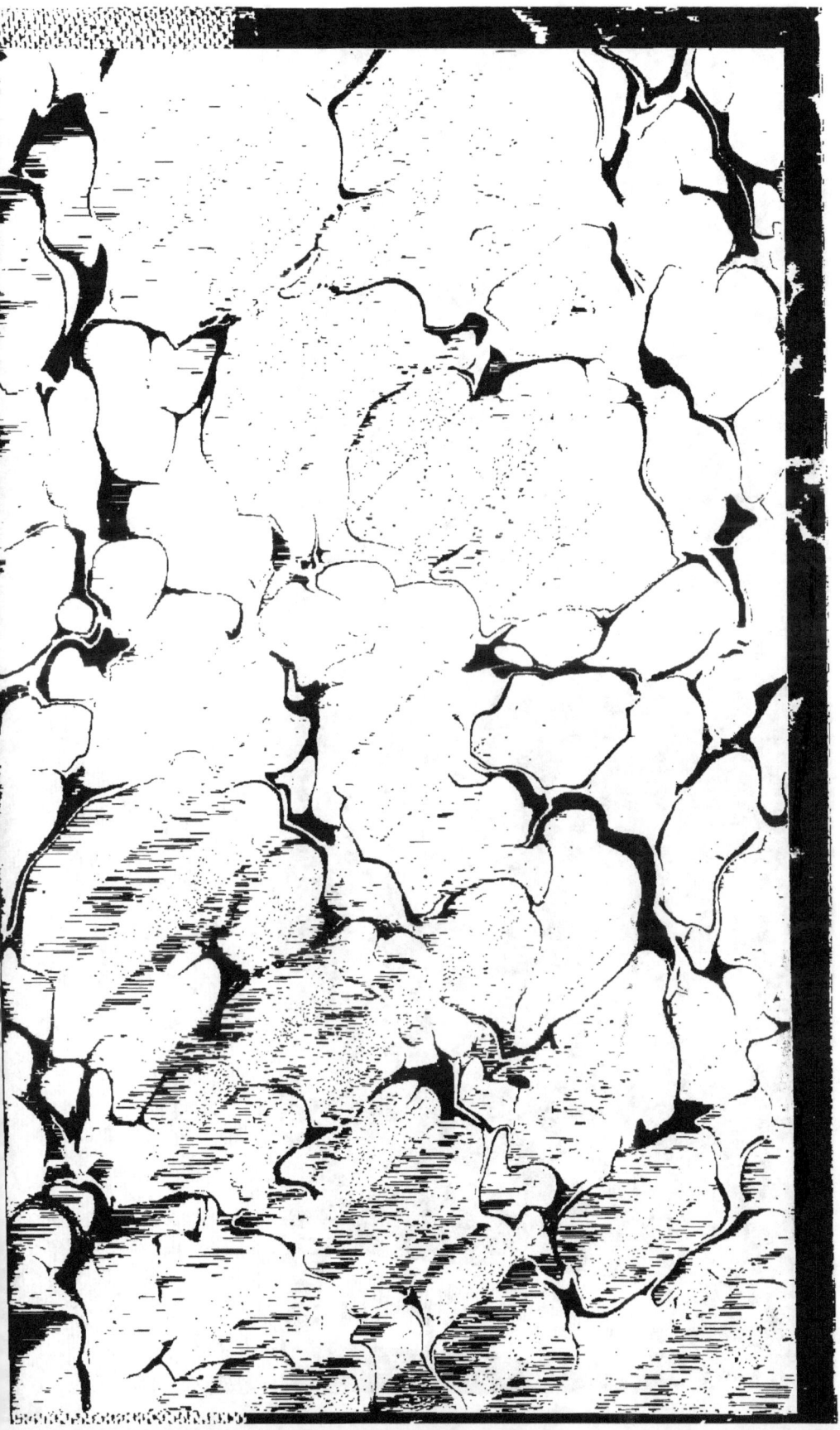

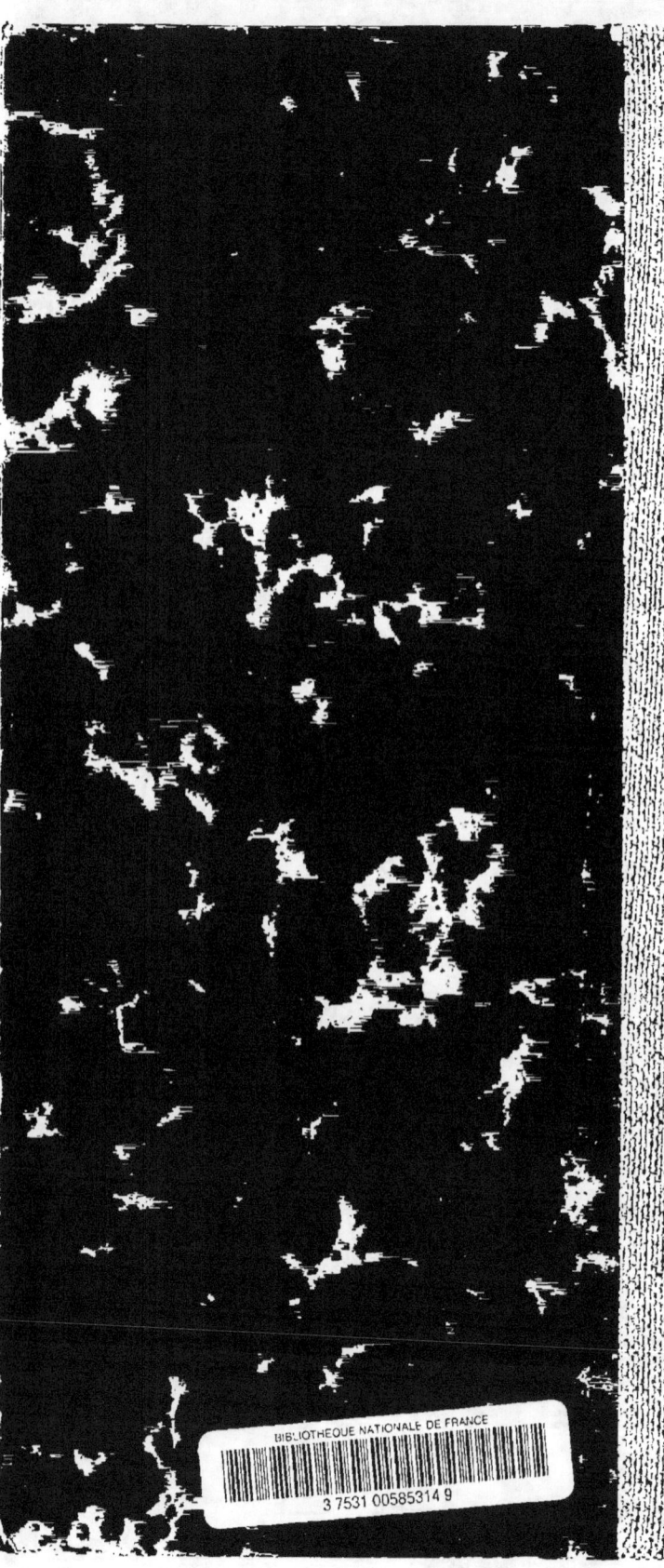

www.ingramcontent.com/pod-product-compliance
Lightning Source LLC
Chambersburg PA
CBHW061034030726
47504CB00002B/365

EX LIBRIS
RÉNÉ SIBILAT

PORTRAITS

CONTEMPORAINS

V

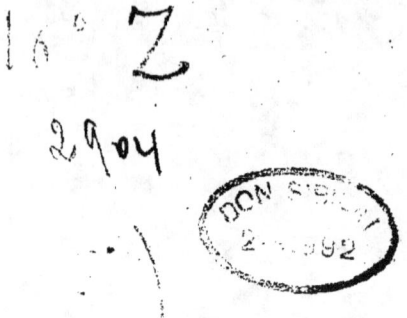

CALMANN LÉVY, ÉDITEUR

OUVRAGES

DE

C.-A. SAINTE-BEUVE

Format grand in-18.

POÉSIES COMPLÈTES

NOUVELLE ÉDITION REVUE ET TRÈS AUGMENTÉE
Deux beaux volumes in-8°.

3587-89. — CORBEIL. Imprimerie CRÉTÉ.

PORTRAITS
CONTEMPORAINS

PAR

C.-A. SAINTE-BEUVE

DE L'ACADÉMIE FRANÇAISE

« Nous sommes mobiles, et nous jugeons
des êtres mobiles..... »
SÉNAC DE MEILHAN

TOME CINQUIÈME

NOUVELLE ÉDITION
REVUE, CORRIGÉE ET TRÈS-AUGMENTÉE

PARIS

CALMANN LÉVY, ÉDITEUR
ANCIENNE MAISON MICHEL LÉVY FRÈRES
3, RUE AUBER, 3
—
1889

PORTRAITS

CONTEMPORAINS

LOUISE LABÉ [1].

« J'en veux presque au spirituel et savant auteur
de la notice de n'avoir pas défendu plus chaudement
cette bonne Louise, à qui beaucoup de péchés ont
dû être remis... Je trouve plus de véritable amour
dans ses sonnets que dans la plupart des vers de
cette époque, dont la poésie est plus souvent ma-
niérée que naïve. »

Lettre de BÉRANGER à l'éditeur, M. Boitel.

Mais si en moi rien y a d'imparfait.
Qu'on blâme Amour: c'est lui seul qui l'a fait.

LOUISE LABÉ, Élégie III.

Cette célèbre Lyonnaise a obtenu un honneur que
n'ont pas eu bien des noms littéraires plus fastueux,
on n'a pas cessé de la réimprimer : l'édition de ses
œuvres publiée en 1824, avec notes, commentaires et

---

(1) OEuvres de Louise Labé. — A Lyon, de l'imprimerie de
Boitel (1845). — Ce portrait serait à joindre à ceux que nous avons
tracés des principaux poëtes de la même époque, à la suite de
notre Tableau de la Poésie française au XVIᵉ siècle (édition de
1843).

v.

1

glossaire, était la sixième au dire des éditeurs, ou plutôt la septième, comme l'a prouvé M. Brunet ; et voilà
qu'un imprimeur de Lyon, connaisseur et littérateur
distingué lui-même, M. Léon Boitel, vient de faire
pour sa tendre compatriote, la Sapho du xvie siècle,
ce que M. Victor Pavie faisait, il y a peu d'années, à
Angers, pour *Joachim Du Bellay : il vient d'en publier
une charmante édition de luxe, tirée à 200 exem-
plaires, avec notice de M. Collombet, mais débar-
rassée d'ailleurs de toute surcharge de notes qui ne
sont bonnes qu'une fois, et qu'il faut laisser en leur
lieu à l'usage des érudits.* En ne craignant pas de
s'occuper à son tour des œuvres de l'aimable élé-
giaque, M. Collombet, le sérieux traducteur de Salvien
et de saint Jérôme, a fait preuve de patriotisme et de
bon esprit ; il n'a pas eu plus de faux scrupule que
n'en eurent en de telles matières ces érudits du bon
temps, l'abbé Goujet, Niceron et autres ; les vrais ca-
tholiques, à bien des égards, sont les plus tolérants.
Pour nous, cette publication nouvelle nous est une
occasion heureuse, que nous ne laisserons pas échapper, de réparer envers Louise Labé un oubli, une lé-
gèreté involontaire qu'un critique ami, M. Patin, nous
reprochait dernièrement avec grâce (1). Il est toujours
très-doux de pouvoir réparer envers un poëte, surtout
quand ce poëte est une femme.

Nous avons beaucoup trop négligé Louise Labé,
parce qu'en étudiant au xvie siècle le mouvement et la

(1) *Journal des Savants*, n° de décembre 1844.

succession des écoles, on la rencontre très-peu. C'est
une gloire, un charme de plus pour une muse de
femme de ne pas avoir rang dans la mêlée et de ne
pas intervenir dans ces luttes raisonneuses. Louise
Labé fut un peu en son temps comme Mme Tastu,
comme Mme Valmore du nôtre : sont-elles classiques,
sont-elles romantiques? elles ne le savent pas bien;
elles ont senti, elles ont chanté, elles ont fleuri à leur
jour; on ne les trouve que dans leur sentier et sur
leur tige. A d'autres la discussion et les théories! à
d'autres l'arène!

Les œuvres de Louise Labé parurent pour la première fois en l'année 1555, c'est-à-dire au moment où
toute la génération éveillée par Du Bellay et Ronsard
prenait son essor, où la jeune école de droit de Poitiers, Vauquelin et ses amis, se produisaient dans leur
ferveur de prosélytes, et où, sur toutes les rives du
Clain et de la Loire, retentissaient, comme des chants
d'oiseaux, des milliers de sonnets, quelques-uns char-
mants déjà, quelques autres un peu rauques encore.
Mais Louise Labé, précédemment louée par Marot,
n'eut pas besoin, elle, pour s'élancer à son tour, de
rompre avec le passé et de s'éprendre de cette ardeur
rivale. Si elle dut en partie ce rôle d'exception au caractère tout intime et passionné de ses vers, elle ne le
dut pas moins à la position littéraire qu'occupait alors
en France la cité lyonnaise. Lyon, en effet, était un
centre plus à portée de l'Italie et qui gagnait à ce voisinage quelques rayons plus hâtifs de cette docte et bé-
nigne influence; Lyon avançait, on peut le dire, sur

le reste de nos provinces et peut-être, à certains
égards, sur la capitale. Des Florentins en grand nombre, à chaque trouble survenu dans la république des
Médicis, avaient émigré sur ce point et y avaient fondé
une espèce de colonie qui continuait d'associer, comme
dans la patrie première, l'instinct et le génie du né-
goce au noble goût des arts et des lettres. De telle
sorte, la *renaissance* à Lyon s'était faite insensiblement par voie d'infusion successive, et il y eut bien
moins lieu que partout ailleurs au coup de tocsin de
1550, qui ressemblait à une révolution. Les preuves
de ce fait général seraient abondantes, et le Père de
Colonia, sans en tirer toutes les conséquences, a pris
soin d'en rassembler un grand nombre dans l'histoire
littéraire qu'il a tracée de sa cité adoptive. L'Académie
de Fourvière, espèce de société de gens doctes et considérables, d'érudits et même d'artistes, dans le goût
des académies d'Italie, et qui devançait la plupart des
fondations de ce genre, date du commencement du
XVIe siècle. Lorsqu'au début de son règne Henri II, avec
Catherine de Médicis, fit sa première entrée solennelle
à Lyon en septembre 1548, la petite colonie des Florentins voulut donner à la reine le régal de la *Ca-
landra,* représentée par des comédiens qu'on avait
mandés exprès d'au delà des monts. La fête même de
cette réception était dirigée dans son ensemble par
Maurice Sève, ancien conseiller-échevin et poëte distingué du temps; les Sève tiraient leur origine d'une
ancienne famille piémontaise. Ce Maurice Sève, qui
célébra en *quatre cent cinquante-huit* dizains une maî-

tresse poétique sous le nom de *Délie,* s'acquit l'estime
des deux écoles ; les novateurs, qui aspiraient à introduire une poésie plus savante et plus relevée que
celle de leurs devanciers, ne manquent jamais, dans
leurs préfaces et manifestes, d'admettre une exception
expresse en faveur de Maurice Sève. Celui-ci faisait en
quelque sorte école, une école intermédiaire; et lorsque Pontus de Thiard qui écrivait dans le Mâconnais,
c'est-à-dire dans le rayon ou ressort poétique de Lyon,
publiait en 1548 ses *Erreurs amoureuses,* qui devan-
çaient les débuts de la pléiade à laquelle il allait ap-
partenir, c'est à Maurice Sève qu'il adressait le premier sonnet. On le voit donc, la réforme poétique,
tentée ailleurs avec éclat et rupture, s'entamait à Lyon
sans qu'il y eût, à proprement parler, de solution de
continuité ; mais il n'en faudrait pas conclure qu'elle
s'y produisît plus coulamment ni d'une veine plus
ménagée. L'érudition de Maurice Sève et de Pontus
de Thiard, leur quintessence platonique et scienti-
fique, ne laisse rien à désirer aux obscurités premières
de Ronsard et de ses amis, et ils n'ont pas l'avantage
de se dégager par moments, comme ceux-ci, avec
netteté, avec un jet de talent proportionné à l'effort ;
ils ne se débrouillent jamais. Louise Labé était disciple de Maurice Sève, et elle lui dut assurément
beaucoup pour les études et les doctes conseils ; mais,
si elle atteignit dans l'expression à quelques accents
heureux, à quelques traits durables, elle ne les puisa
que dans sa propre passion et en elle-même.

Sa vie est restée très-peu éclaircie, malgré la célé-

brité dont elle jouit de son vivant, malgré les mille
témoignages poétiques qui l'entourèrent et dont on a
conservé le recueil comme une guirlande. Cette cé-
lébrité même et le caractère passionné de ses poésies
furent cause qu'après sa mort il se forma insensiblement sur elle une légende qui, accueillie et propagée
sans beaucoup d'examen par des critiques d'ordinaire
plus circonspects, par Antoine Du Verdier et Bayle,
recouvrit bientôt le vrai et finit par rendre l'intéressante figure tout à fait méconnaissable. Les conscien-
cieux éditeurs de 1824 sont heureusement venus remettre en lumière quelques points authentiques, et
ils se sont appliqués surtout (tâche assez difficile et
méritoire) à restituer à Louise Labé son honneur comme
femme, en même temps qu'à lui maintenir sa gloire
comme poëte. Ouvrez, en effet, la *Bibliothèque française*
de Du Verdier et le *Dictionnaire* de Bayle, vous y voyez
Louise Labé désignée tout crûment par la qualification de *courtisane lyonnoise*. Bayle, qui n'a pour autorité que Du Verdier, se donne le plaisir de broder
là-dessus et d'accorder à sa plume, en cet endroit,
tout le libertinage qui fait comme le grain de poivre
de son érudition. La Monnoye, dans ses notes sur La
Croix du Maine, en a usé à son exemple ; il cite sur
Louise Labé un petit distique et un quatrain qu'on
ne trouve point, dit-il, dans la guirlande de vers à sa
louange; je le crois bien, car ces petits vers salaces
ont tout l'air d'être de la façon du malin commentateur lui-même. Nous pourrions faire comme lui et
nous égayer sans peine aux dépens de la belle Louise ;

nous croyons même savoir une petite épigramme
qui ne se trouve pas non plus dans le recueil des vers
imprimés en son honneur, et que La Monnoye, qui
donnait dans l'inédit, a, je ne sais pourquoi, négligée.
La voici :

> N'admirez tant que *la belle Cordière*
> D'Amour en elle ait conçu tout le feu :
> Son bon mari qui n'entendoit le jeu
> Chez lui tenoit fabrique journalière,
> Grand magasin de câbles et d'agrès,
> Croyant le tout étranger à la Dame;
> Mais Amour vint, la malice dans l'âme,
> Choisit la corde et n'y mit que les traits (1).

(1) Depuis la publication première de cet article, j'ai dû la petite communication suivante à l'obligeance de M. Péricaud, le
docte bibliothécaire de la ville de Lyon : je l'enregistre comme je
la reçois.

« Il existe dans une bibliothèque peu connue un exemplaire des
œuvres de Louise Labé (édition de Rouen, 1556), qui paraît avoir
appartenu à La Monnoye. On y chercherait inutilement le huitain
cité par M. Sainte-Beuve, mais on y trouve écrites sur les feuillets
de *garde,* par une main qui doit être contemporaine de l'édition,
les deux petites pièces que voici :

I.

> Dum credulus Labææ
> Vir ille gestiebat (?)
> In cannabis referta.
> Et staminum taberna,
> Huc fervidus Diones
> Venit puer, malamque
> Stupæ facem trahenti (?)
> Est ausus admovere :
> Incenditur supellex
> Omnis tua, Annemunde;

Que si l'on examine de plus près les témoignages
des contemporains de Louise Labé, les indications et
inductions qui ressortent de ces vers mêmes, on n'atteint pas à la certitude (où est la certitude en un
sujet si délicat?), on arrive toutefois à la mieux voir,
à la voir tout autre qu'à travers les badineries des
commentateurs érudits, lesquels ont fait ici, en sens
inverse, ce que tant de bons légendaires ont fait pour
leurs saints et saintes; je veux dire qu'ils n'ont apporté aucune critique en leur récit, et qu'ils se sont
tout simplement délectés à médire, comme les autres
à glorifier. Ce qui d'ailleurs a le plus nui à Louise
Labé, je m'empresse de le reconnaître, et ce qui a pu

> Quidni jecur tenellum
> Ignesceret Labææ?

II.

> Quis isthmiæ te Laidi dicat parem,
>   Labbæa, Lugduni decus,
> Illiterati cui videbantur minus
>   Nervi rigere, et fascinum
> Languere, doctis ni probe frictum libris?
>   Nam vulva doctrinæ patens,
> Te quæstui non manciparas, et lucro
>   Inesse rebaris stuprum.
> Te si diserto contigisset noscere
>   Lusci Philippi malleo,
> Non hunc inanis rumperet tentigo, sed
>   Gratis abiret pœnitens. »

— Voilà qui devient assez piquant. On sait que Laïs ayant demandé
dix mille drachmes à Démosthène pour une nuit, celui-ci répondit qu'il n'achetait pas si cher un repentir. Ici le *gratis pœnitens*
sent son fruit moderne. Cette dernière pièce (qu'elle soit du
XVIe siècle, ou, qui sait? du XIXe) serait, dans tous les cas, fort
digne de La Monnoye lui-même. — On m'assure que ces deux épi-
grammes latines sont de M. P. Rostain, notaire à Lyon.

induire en erreur, ce sont les pièces mêmes de vers à
sa louange attachées à ses œuvres. Chaque siècle a
son ton de galanterie et d'enjouement. Au xvie siècle,
les honnêtes femmes écrivaient et lisaient l'*Hepta-
meron*, et le grave parlement, dans les Grands-Jours
de Poitiers, célébrait sur tous les tons la *Puce* de
Mlle des Roches. Les sonnets amoureux de Louise
Labé mirent en veine bien des beaux esprits du temps,
et ils commencèrent à lui parler en français, en latin,
en grec, en toutes langues, de ses gracieusetés et de
ses baisers (*de Aloysiæ Labææ osculis*), comme des gens
qui avaient le droit d'exprimer un avis là-dessus. Les
malins ou les indifférents ont pu prendre ensuite ces
jeux d'imagination au pied de la lettre. Je ne préten-
drai jamais faire de Louise Labé une Julie d'Angennes,
mais en bonne critique il faut grandement rabattre
de tous ces madrigaux. De ce qu'une foule de poëtes
se déclarèrent bien haut ses amoureux, doit-on en
conclure qu'ils furent ses amants, et faut-il prendre
au positif les vivacités lyriques d'Olivier de Magny
plus qu'on ne ferait les familiarités galantes de Ben-
serade? Je dis cela sans dissimuler qu'il y a, dans les
témoignages cités, deux ou trois endroits embarras-
sants, incommodes; on aimerait autant qu'ils fussent
restés inconnus (1). Et puis elle ne recevait pas seule-

---

(1) Ce regret doit s'entendre surtout d'une certaine ode d'Olivier de Magny (1550) adressée à *sire Aymon* (ou Ennemond), le
mari de *la belle Cordière*; elle a été réimprimée par M. Breghot
du Lut, à Lyon, en 1830, dans une *Note pour servir de supplément*
à l'édition de 1824; ce post-scriptum dérange un peu les conclusions
mêmes de l'excellente édition.

1.

ment dans sa maison des poëtes, mais aussi de braves capitaines, gens qui se repaissent moins de fumée. *On est* donc *fort entrepris,* selon l'expression prudente de Dugas-Montbel, pour rien asseoir de certain ; il y a du pour, il y a du contre. Je ferai valoir le pour de mon mieux.

Louise Charlin, Charly ou Charlieu (on trouve toutes ces variantes de noms dans des actes authentiques), dite communément Louise Labé, était fille d'un cordier de Lyon ; elle dut naître vers 1525 ou 1526. Son père était dans l'aisance, et l'on a fait remarquer avec raison que cette profession de marchand cordier s'appliquait alors à un genre de commerce beaucoup plus étendu qu'aujourd'hui, puisqu'il comprenait la fourniture des câbles et des autres cordages nécessaires au service de la navigation. Qui disait cordier pourtant voulait désigner toujours (qu'on le sache bien) un fabricant tenant de l'artisan, qui avait son *tablier,* durant la semaine, et mettait lui-même la main à la corde. Ce qui est certain, c'est que l'éducation de Louise fut fort soignée, qu'elle vécut dans les loisirs et les *honnêtes passe-temps ;* elle apprit la musique, le luth, les arts d'agrément, les belles-lettres, sans négliger pour cela les travaux d'aiguille, et enfin elle associait à ces goûts divers, déjà si complets chez une femme, les exercices de cheval et des inclinations passablement belliqueuses. Il semblait, en un mot, pour parler le langage d'alors, que *Pallas* l'eût instruite en tous ses arts ingénieux et dotée de tous ses dons. Louise Labé, sans viser précisément à l'éman-

cipation des femmes comme nous l'entendons aujour-
d'hui, faisait quelques pas hardis en ce sens; elle
était de celles, ainsi qu'elle le dit dans sa dédicace à
son amie Mlle *Clémence de Bourges,* qui donnaient le
conseil, sinon l'exemple, et qui osaient du moins
prier les vertueuses dames d'élever un peu leurs esprits
par-dessus leurs quenouilles et fuseaux. Chez elle,
jeune fille ou femme, ce fut toujours le père ou le mari
qui tint la *quenouille;* dans cette profession de cordier, l'expression se trouvait littéralement vraie et
sans métaphore. Lyon offrait, à cette époque, une réunion de personnes du sexe très-remarquables par les
talents en tous genres, et, à ne consulter que les
poésies de Marot, on y trouve célébrées les deux sœurs
Sybille et Claudine Sève, parentes de Maurice, la savante Jeanne Gaillarde, toutes plumes *dorées,* comme
il dit, et les sœurs Perréal, qui étaient peintres. Louise
Labé, qui a très-bien pu, même avant son mariage
avec le cordier Ennemond Perrin, s'être appelée *la*
Belle Cordière, prit rang de bonne heure, et, dès
l'âge de seize ans, sa beauté et son esprit la produisirent. On sait, à n'en pouvoir douter, que, dans son
enthousiasme d'amazone, elle alla au siége de Perpignan en 1542, n'étant âgée que de seize ans, et qu'elle
y figura en homme d'armes, sous le sobriquet de
Capitaine Loys. Il est à croire qu'elle suivit en effet à
ce siége ou son père ou son frère, fournisseurs peut-
être à l'armée, et de là à ses exploits chevaleresques,
un peu exagérés sans doute par les poëtes et les admirateurs de sa beauté, il n'y a qu'un pas. Nous n'en

ferons pas tout à fait une Jeanne d'Arc ni une Clo-
rinde, non plus que nous n'écouterons Calvin, qui
abuse du souvenir de cette aventure pour supposer
qu'elle s'habillait continuellement en homme, et qu'elle
était reçue dans ce costume chez Saconay, l'un des
dignitaires de l'église de Lyon. C'est dans un pam-
phlet latin contre Saconay qu'il articule ce grief avec
force injures. D'autre part, les admirateurs de Louise
la comparaient pour ce fait de jeunesse à Sémiramis;
elle-même a dit moins pompeusement et en rendant
au vrai la couleur romanesque :

> Qui m'eût vu lors en armes fière aller,
> Porter la lance et bois faire voler,
> Le devoir faire en l'estour furieux,
> Piquer, volter le cheval glorieux,
> Pour Bradamante, ou la haute Marphise,
> Sœur de Roger, il m'eût, possible, prise.

D'autres périls plus naturels l'attendaient, auxquels
n'échappent guère ces fières héroïnes, et qu'elles re-
cherchent peut-être en secret sous tout ce bruit. Ce fut
à ce siége, selon la vraisemblance, ou dans les ren-
contres qui suivirent, qu'elle s'éprit d'une passion vive
pour l'homme de guerre à qui s'adressent évidemment
ses poésies, et dont elle regrette plus d'une fois l'absence
ou l'infidélité par delà les monts. La première des
pièces consacrées à la louange de Louise, dans l'édition
de 1555, est une petite épigramme grecque qui peut
jeter quelque jour sur cette situation ; à la faveur et
un peu à l'abri du grec, les termes qui expriment son

infortune particulière de cœur y sont formels. Voici
la traduction :

« Les odes de l'harmonieuse Sapho s'étaient perdues
par la violence du temps qui dévore tout ; les ayant
retrouvées et nourries dans son sein tout plein du miel
de Vénus et des Amours, Louise maintenant nous les
a rendues. Et si quelqu'un s'étonne comme d'une merveille, et demande d'où vient cette *poëtesse* nouvelle,
il saura qu'elle a aussi rencontré, pour son malheur,
un Phaon aimé, terrible et inflexible ! *Frappée par lui
d'abandon*, elle s'est mise, la malheureuse, à moduler
sur les cordes de sa lyre un chant pénétrant ; et
voilà que, par ses poésies mêmes, elle enfonce vivement aux jeunes cœurs les plus rebelles l'aiguillon qui
fait aimer. »

Cette passion qui s'empara de Louise, d'après son
propre aveu (Élégie III), *avant qu'elle eût vu seize hi-
vers,* et qui l'embrasait encore durant le *treizième été*
(treize ans après !), fut-elle antérieure à son mariage
avec l'honnête et riche cordier Ennemond Perrin, ou
se continua-t-elle jusqu'à travers les lois conjugales ?
C'est une question assez piquante et qu'il n'est pas tout
à fait inutile d'agiter, quoiqu'il semble impossible de
la résoudre.

Les poésies de Louise Labé parurent pour la première fois en 1555, c'est-à-dire treize ans après le mé-
morable siége ; à cette époque, il paraît que Louise
était mariée ; on le conjecture du moins d'après plusieurs indices que relève la *Notice* de l'édition de 1824,
et qu'il ne faudrait peut-être pas discuter de trop

près (1). Quoi qu'il en soit, voici ce qui me paraîtrait le plus vraisemblable : Louise Labé, jeune et libre, aurait aimé et chanté ses ardeurs, comme il était permis alors, et sans trop déroger par là aux convenances du siècle. Puis, ces treize années de jeunesse et de passion écoulées, elle se serait laissé épouser par le bon Ennemond Perrin, beaucoup plus âgé qu'elle, qui lui aurait offert sa fortune, son humeur débonnaire et ses complaisances, à défaut de savoir et de poésie; elle aurait fait en un mot un mariage de raison, un peu comme Ariane désolée (chez Thomas Corneille) si elle avait épousé ce bon *roi de Naxe,* qui était son pis-aller. Son mariage, qu'il ait eu lieu avant ou après la publication des poésies, n'y aurait apporté aucun obstacle, parce que ces poésies étaient connues *depuis longtemps* dans le cercle de Louise Labé, que ses amis en avaient *soustrait des copies,* comme l'allègue le privilége du roi de 1554, qu'ils en avaient même *publié* plusieurs pièces *en divers endroits,* et que son mari ne pouvait en apprendre rien qu'il ne sût déjà, ni en recevoir aucun déshonneur. Voilà une explication qui concilierait

(1) Ainsi, dit-on, la plupart des pièces d'éloges imprimées avec ses œuvres, en 1555, lui sont adressées avec la qualification de *dame;* mais dans ces mêmes pièces on l'appelle également *pucelle.* Et quant à la preuve qu'on veut tirer, pour son mariage, de la description que fait certain poëte du beau jardin voisin du Rhône qu'on dit être celui de son mari, je ne vois pas pourquoi le père de Louise n'aurait pas eu aussi bien, de ce côté, un jardin tout proche des terrains qui servaient aux travaux de leur commune profession. Dans le privilége du roi daté de mars 1554, elle n'est désignée que sous le simple nom de *Louise Labé,* sans le nom du mari.

à merveille la considération dont Louise ne cessa de
jouir de son vivant, avec la vivacité de certains
aveux élégiaques et avec la publication de ce qu'elle
appelait *ses jeunesses*. Cependant l'ode d'Olivier de
Magny, publiée en 1559, et dans laquelle le gracieux poëte, un des adorateurs de Louise Labé, parle
très-lestement de ce mari que jusque-là on n'avait
vu nommé nulle part ailleurs (1), donne à soupçonner

(1) On en peut prendre idée par le début; le reste est de plus
en plus vif :

> Si je voulois par quelque effort
> Pourchasser la perte ou la mort
> Du Sire Aymon, et j'eusse envie
> Que sa femme lui fust ravie,
> Ou qu'il entrast en quelque ennui,
> Je serois ingrat envers lui.

> Car alors que je m'en vais voir
> La beaulté qui d'un doux pouvoir
> Le cueur si doucement me brusle,
> Le bon Sire Aymon se recule,
> Trop plus ententif (*attentif*) au long tour
> De ses cordes qu'à mon amour, etc.

On trouverait d'ailleurs dans ce même volume d'*Odes*, d'Olivier
de Magny, au livre IV, quelques pièces, d'un tout autre ton, ar-
dentes, respectueuses, où il se dit amoureux d'une *Loyse* (page
131, 143); dans une ode à Du Bellay (page 133), il décrit les
grâces et perfections d'une maîtresse qui, entre autres mérites, a
celui de faire des vers aussi bien que *Saint-Gelais*, ce qui ne saurait s'appliquer qu'à un petit nombre; il parle, en une chanson
(page 137), d'une beauté qui unit dans ses regards *Mars* à Vénus,
ce qui peut s'entendre de notre guerrière ; enfin, dans une pièce à
Maurice Sève, où il se représente comme ayant quitté Lyon et
absent de *s'a mie* depuis un mois, il s'écrie (page 149) :

> Rivages, monts, arbres et plaines,
> Rivières, rochers et fontaines,
> Antres, forèts, herbes et prez,

qu'il n'y a peut-être pas lieu de se mettre tant en frais pour sauver le décorum. Les mœurs de chaque siècle sont si à part et si sujettes à des mesures différentes, qu'il serait, après tout, très-possible que Louise, en sa qualité de bel-esprit, se fût permis, jusque dans le sein du mariage, ces chants d'ardeur et de regret, comme une licence poétique qui n'aurait pas trop tiré à conséquence dans la pratique. Nous-même, en notre temps, nous avons eu des exemples assez singuliers de ces aveux poétiques dans la bouche des femmes. J'ai sous les yeux de très-agréables poésies publiées avant juillet 1830, et qui n'ont pas fait un pli, je vous assure; de touchantes élégies dans lesquelles une jolie femme du monde écrivait :

. . . . . J'étais sans nulle défiance;
J'avançais en cueillant un gros bouquet de fleurs,
En chantant à mi-voix un air de mon enfance,
Avec lequel toujours on m'endormait sans pleurs.
Tout à coup je le vis au détour d'une allée,
Je le vis, et n'osai m'approcher d'un seul pas;
Je m'arrêtai confuse, interdite, troublée,
Le regardant sans cesse et ne respirant pas.
Il était jeune et beau; sa prunelle azurée
Se voilait fréquemment par ses cils abaissés...
Ah! comme son regard pourtant m'eût rassurée!

> Voisins du séjour de la belle,
> *Et vous petits jardins secrets,*
> Je me meurs pour l'absence d'Elle,
> Et vous vous égayez auprez!

Ne s'agit-il pas, en cet endroit, des jardins si souvent célébrés de Louise Labé? Je le croirais d'autant plus que le reste du signalement semble indiquer la même dame au doux *chant* et à la belle *voix* : αὐδήεσσα, comme a dit Homère de Circé.

En le voyant ainsi, de mes rêves passés
Je croyais ressaisir la fugitive image,
Et retrouver un être aimé depuis longtemps;
Mon écharpe effleura le mobile feuillage,
Et l'inconnu put voir le trouble de mes sens (1)!...

Et quant à ce qui est des jeunes filles poëtes qui parlent aussi tout haut de la beauté des jeunes inconnus, nous aurions à invoquer plus d'un brillant et harmonieux témoignage, que personne n'a oublié, et où l'on n'a pas entendu malice apparemment (2). Tout ceci soit dit pour montrer que Louise Labé a pu s'émanciper quelque peu dans ses vers sans trop déroger aux convenances d'un siècle infiniment moins difficile que le nôtre.

Il est vrai qu'elle s'émancipe un peu plus qu'on ne le ferait aujourd'hui ; son dix-huitième sonnet est tout aussi brûlant qu'on le peut imaginer, et semble du Jean Second *tout pur*; c'était peut-être une gageure pour elle d'imiter le poëte latin ce jour-là. Louise était savante, elle lisait les maîtres, elle avait contracté dans le commerce des Anciens cette sorte d'audace et de virilité d'esprit qui peut bien n'être pas toujours un charme chez une femme, mais qui n'est pas un vice non plus. Il faut ne pas oublier cette éducation pre-

---

(1) *Poésies d'une Femme*, imprimées à Bordeaux dans les premiers mois de 1830.

(2) Au plein cœur de la Restauration, les échos des salons les plus monarchiques ont longtemps répété ce vers de Mlle Delphine Gay, dans *le Bonheur d'être belle* :

> Comme, en me regardant, il sera beau ce soir!

On en souriait bien un peu, pourtant on y applaudissait.

mière en la lisant ; mais surtout un trait chez elle ab-
sout ou du moins relève la femme, et la venge des
inculpations vulgaires : elle eut la passion, l'étincelle
sacrée, c'est-à-dire, dans sa position, le préservatif le
plus sûr. Il lui échappe en quelques endroits de ces
accents du cœur qu'on ne feint pas et qui pénètrent.
Bayle et Du Verdier, qui n'entendaient pas finesse au
sentimental, ont pu prendre ces élans pour des marques d'un désordre sans frein et continuel : libertinage
et passion, c'est tout un pour eux ; et Bayle, sans plus
de délicatesse, se retrouve ici d'accord avec Calvin.
J'en conclurais plutôt (s'il fallait conclure en telle matière) que Louise Labé, en mettant les choses au plus
grave, dut être pendant des années aussi uniquement
occupée qu'Héloïse.

Les œuvres de Louise Labé se composent, en tout,
d'un dialogue en prose intitulé *Débat de Folie et d'A-
mour,* de trois élégies et de vingt-quatre sonnets, dont
le premier est en italien. Une sérieuse et charmante
épître dédicatoire à *Mademoiselle Clémence de Bourges,
Lionnoise,* prouve mieux que toutes les dissertations
à quel point de vue studieux, relevé et, pour tout dire,
décent, Louise envisageait ces nobles délassements des
Muses : « Quant à moi, dit-elle, tant en escrivant premièrement ces jeunesses que en les revoyant depuis,
je n'y cherchois autre chose qu'un honneste passe-
temps et moyen de fuir oisiveté, et n'avois point intention que personne que moi les dust jamais voir.
Mais depuis que quelcuns de mes amis ont trouvé
moyen de les lire sans que j'en susse rien, et que

(ainsi comme aisément nous croyons ceux qui nous
louent) ils m'ont fait à croire que les devois mettre en
lumière, je ne les ai osé esconduire, les menaçant
cependant de leur faire boire la moitié de la honte qui
en proviendroit. Et pour ce que les femmes ne se
montrent volontiers en public seules, je vous ai choisie
pour me servir de guide, vous dédiant ce petit
œuvre... »

Louise Labé se présente donc devant le public en tenant la main de cette demoiselle honorée dont elle se
signe *l'humble amie :* voilà sa condition vraie et si peu
semblable à celle qu'on lui a faite à distance.

Qui a lu et qui sait par cœur la jolie fable de La
Fontaine, *la Folie et l'Amour,* n'est pas dispensé pour
cela de lire le dialogue de Louise Labé, dont La Fontaine n'a fait que mettre en vers l'argument, en le
couronnant d'une affabulation immortelle :

> Tout est mystère dans l'Amour,
> Ses flèches, son carquois, son flambeau, son enfance...

Le dialogue de Louise Labé, dans la forme ou dans le
goût de ceux de Lucien, de la fable de Psyché par Apulée, de l'*Éloge de la Folie* d'Érasme et du *Cymbalum
mundi* de Bonaventure Des Periers, est un écrit plein
de grâce, de finesse, et qui agrée surtout par les détails. Je laisse à de plus érudits à rechercher à qui
elle en doit l'idée originale, le sujet, à quelle source
de moyen âge probablement et de *gaye science* elle l'a
puisé, car je ne saurais lui en attribuer l'invention ;
mais elle s'est, à coup sûr, approprié le tout par le par-

fait développement et le tissu ingénieux des analyses.
Dès l'abord, dans la dispute qui s'engage entre Amour
et Folie au seuil de l'Olympe, chacun voulant arriver
avant l'autre au festin des Dieux, Folie, insultée par
Amour qu'elle a coudoyé, et après lui avoir arraché les
yeux de colère, s'écrie éloquemment : « Tu as offensé
la Royne des hommes, celle qui leur gouverne le cerveau, cœur et esprit; à l'ombre de laquelle tous se retirent une fois en leur vie, et y demeurent les uns
plus, les autres moins, selon leur mérite. » Les plaintes
d'Amour et son recours à sa mère après le fatal acci-
dent, surtout le petit dialogue familier entre Cupidon
et Jupiter, dans lequel l'enfant aveugle fait la leçon au
roi des Dieux, sont semés de traits justes et délicats,
d'observations senties, qui décèlent un maître dans la
science du cœur. Puis l'audience solennelle commence :
Apollon a été choisi pour avocat du plaignant par Vénus, « encore que l'on ait, dit-elle, semé par le monde
que la maison d'Apollon (1) et la mienne ne s'accor-
doient guère bien. » Apollon accepte avec reconnaissance et tient à honneur de démentir ces méchants
propos. Mercure, d'autre part, est nommé avocat
d'*office* de Folie, et il fera son devoir en conscience,
« bien que ce soit chose bien dure à Mercure, dit-il,
de moyenner déplaisir à Vénus. » Le discours d'Apollon est un discours d'avocat, un peu long, éloquent
toutefois ; il peint Amour par tous ses bienfaits et le
montre dans le sens le plus noble, le plus social, et

_____

(1) C'est-à-dire Diane et les Muses.

comme lien d'harmonie dans l'univers et entre les
hommes. Les diverses sortes d'amour et d'amitié, l'a-
mour conjugal, fraternel, y sont célébrés; Apollon cite
Oreste et Pylade, et n'oublie pas David et Jonathas;
Mercure à son tour citera Salomon. A part ces légères
inconvenances, le goût, même aujourd'hui, aurait peu
à reprendre en ces deux ingénieuses plaidoiries. Apollon y fait valoir Amour comme le précepteur de la
grâce et du savoir-vivre dans la société; la description
qu'il trace de la vie sordide du misanthrope et du
loug-garou, de celui qui n'aime que soi seul, est énergique, grotesque, et sent son Rabelais : « Ainsi entre
les hommes, continue Apollon, Amour cause une con-
noissance de soi-mesme. Celui qui ne tasche à com-
plaire à personne, quelque perfection qu'il ait, n'en a
non plus de plaisir que celui qui porte une fleur dedans
sa manche. Mais celui qui désire plaire, incessamment
pense à son fait, mire et remire la chose aimée, suit
les vertus qu'il voit lui estre agréables et s'adonne aux
complexions contraires à soi-mesme, *comme celui qui
porte le bouquet en main...* » Tout ce passage du plai-
doyer d'Apollon est comme un traité de la bonne
compagnie et du bel usage. Retraçant avec complaisance les artifices divers par lesquels les femmes
savent, dans leur toilette, rehausser ou suppléer la
beauté et tirer parti de la mode, il ajoute en une
image heureuse : « et avec tout cela, l'habit propre
comme la feuille autour du fruit. » Amour, au dire
d'Apollon, est le mobile et l'auteur de tout ce qu'il y
a d'aimable, de galant et d'industrieux dans la société;

il est l'âme des beaux entretiens : « Brief, le plus grand
plaisir qui soit après Amour, c'est d'en parler. Ainsi
passoit son chemin Apulée, quelque philosophe qu'il
fust. Ainsi prennent les plus sévères hommes plaisir
d'ouïr parler de ces propos, encore qu'ils ne le veuil-
lent confesser. » Et la poésie, qui donc l'inspire?
« C'est Cupidon qui a gaigné ce point, qu'il faut
que chacun chante ou ses passions, ou celles d'autrui,
ou couvre ses discours d'Amour, sachant qu'il n'y a
rien qui le puisse faire mieux estre reçu. Ovide a toujours dit qu'il aimoit. Pétrarque, en son langage, a fait
sa seule affection approcher à la gloire de celui qui a
représenté toutes les passions, coutumes, façons et natures de tous les hommes, qui est Homère. » Quel éloge
de Pétrarque! il semblera excessif, même à ceux qui
savent le mieux l'admirer. Voilà bien le jugement
d'une femme, mais d'une femme délicate, éprise des
beaux sentiments, non d'une Ninon. En un mot, dans
toute sa plaidoirie, Apollon s'attache à représenter
Amour dans son excellence et sa clairvoyance, Amour
en son âge d'or et avant la chute pour ainsi dire,
Amour avant Folie.

Mercure, au contraire, plaide les avantages et les
prérogatives de Folie, cette fille de Jeunesse, et son alliance intime, naturelle et nécessaire avec Amour. Il
ne voit dans cette grande querelle qui les met aux prises qu'une bouderie d'un instant. Prenez garde, dit-il
en commençant, « si vous ordonnez quelque cas contre
Folie, Amour en aura le premier regret. » Il entre insensiblement dans un éloge de Folie qui rappelle celui

d'Érasme, et il se tire avec agrément de ce paradoxe,
Sans Folie, point de grandeur : « Qui fut plus fol qu'A-
lexandre..., et quel nom est plus célèbre entre les rois?
Quelles gens ont esté, pour un temps, en plus grande
réputation que les philosophes? Si en trouverez-vous
peu qui n'ayent esté abreuvés de Folie. Combien pensez-vous qu'elle ait de fois remué le cerveau de Chry-
sippe? » Il poursuit de ce ton sans trop de difficulté,
et de manière à frayer le chemin à Montaigne; mais
c'est quand il en vient aux charmantes analogies de
Folie et d'Amour, que Mercure (et Louise Labé avec
lui) retrouve son entière originalité. Il soutient plai-
samment, et non sans quelque ombre de vraisemblance,
que les plus folâtres sont les mieux venus auprès des
dames : « Le sage sera laissé sur les livres, ou avec
quelques anciennes matrones, à deviser de la dissolution des habits, des maladies qui courent, ou à démes-
ler quelque longue généalogie. Les jeunes Dames ne
cesseront qu'elles n'ayent en leur compagnie ce gay et
joli cerveau. » Toutes les chimères et les fantaisies
creuses dont se repaissent les amoureux au début de
leur flamme sont merveilleusement touchées. Puis, à
mesure que, dans cette analyse prise sur le fait, il
suit plus avant les progrès de la passion, le trait devient plus profond aussi, et le ton s'élève. Il n'est pas
possible, à un certain endroit, de méconnaître le rapport de la situation décrite avec ce qu'exprimeront tout
à côté les sonnets de Louise : « En somme, dit-elle ici
par la bouche de Mercure, quand cette affection est
imprimée en un cœur généreux d'une Dame, elle y est

si forte qu'à peine se peut-elle effacer; mais le mal
est que le plus souvent elles rencontrent si mal, que
plus aiment et moins sont aimées. Il y aura quelqu'un
qui sera bien aise leur donner martel en teste, et fera
semblant d'aimer ailleurs, et n'en tiendra compte.
Alors les pauvrettes entrent en estranges fantaisies, ne
peuvent si aisément se défaire des hommes comme les
hommes des femmes, n'ayans la commodité de s'es-
longner et commencer autre parti, chassans Amour
avec autre Amour. Elles blasment tous les hommes
pour un. Elles appellent folles celles qui aiment, mau-
dissent le jour que premièrement elles aimèrent, pro-
testent de jamais n'aimer; mais cela ne leur dure
guère. Elles remettent incontinent devant les yeux ce
qu'elles ont tant aimé. Si elles ont quelque enseigne de
lui, elles la baisent, rebaisent, sèment de larmes, s'en
font un chevet et oreiller, et s'escoutent elles-mesmes
plaignantes leurs misérables détresses. Combien en
vois-je qui se retirent jusques aux Enfers pour essayer
si elles pourront, comme jadis Orphée, révoquer leurs
amours perdues? Et en tous ces actes, quels traits trouvez-vous que de Folie? avoir le cœur séparé de soi-
mesme, estre maintenant en paix, ores en guerre, ores
en trefve; couvrir et cacher sa douleur; changer visage
mille fois le jour; sentir le sang qui lui rougit la face,
y montant, puis soudain s'enfuit, la laissant pâle, ainsi
que honte, espérance ou peur nous gouvernent; chercher ce qui nous tourmente, feignant le fuir, et néanmoins avoir crainte de le trouver; n'avoir qu'un petit
ris entre mille soupirs; se tromper soi-mesme; brus-

ler de loin, geler de près ; un parler interrompu, un
silence venant tout à coup, ne sont-ce tous signes d'un
homme aliéné de son bon entendement?... Reconnois
donc, ingrat Amour, quel tu es, et de combien de
biens je te suis cause!... »

Il règne dans tout ce passage une éloquence vive et
comme une expression d'après nature ; le mouvement
de comparaison soudaine avec Orphée : « Combien en
vois-je... » est d'une véritable beauté. — Mercure a
donc mis dans tout son jour la vieille *ligue* qui existe
entre Folie et Amour, bien que celui-ci n'en ait rien su
jusqu'ici. Il conclut d'un ton d'aisance légère en faveur
de sa cliente : « Ne laissez perdre cette belle Dame,
qui vous a donné tant de contentement avec Génie,
Jeunesse, Bacchus, Silène, et ce gentil Gardien des
jardins. Ne permettez fascher celle que vous avez con-
servée jusques ici sans rides, et sans pas un poil blanc ;
et n'ostez, à l'appétit de quelque colère, le plaisir
d'entre les hommes. »

L'arrêt de Jupiter qui remet l'affaire à huitaine,
c'est-à-dire à *trois fois sept fois neuf siècles,* et qui pro-
visoirement commande à Folie de guider Amour, clôt à
l'amiable le débat : « Et sur la restitution des yeux,
après en avoir parlé aux Parques, en sera ordonné. »
Cet excellent dialogue, élégant, spirituel et facile, mis
en regard des vers de Louise Labé, est un exemple de
plus (cela nous coûte un peu à dire) qu'en français la
prose a eu de tout temps une avance marquée sur la
poésie.

Les vers de Louise sont en petit nombre. Ses trois

v.   2

élégies, coulantes et gracieuses, sentent l'école de Marot; elle y raconte comment Amour l'assaillit en son âge
le plus *verd* et la dégoûta aussitôt des œuvres ingénieuses où elle se plaisait; elle s'adresse à l'ami absent
qu'elle craint de savoir oublieux ou infidèle, et lui dit
avec une tendresse naïve :

> Goûte le bien que tant d'hommes désirent,
> Demeure au but où tant d'autres aspirent,
> Et crois qu'ailleurs n'en auras une telle,
> Je ne dis pas qu'elle ne soit plus belle,
> Mais que jamais femme ne t'aimera
> Ne plus que moi d'honneur te portera.
> Maints grands seigneurs à mon amour prétendent,
> Et à me plaire et servir prests se rendent;
> Joûtes et jeux, maintes belles devises,
> En ma faveur sont par eux entreprises;
> Et néanmoins tant peu je m'en soucie,
> Que seulement ne les en remercie.
> Tu es tout seul tout mon mal et mon bien;
> Avec toi tout, et sans toi je n'ai rien.

La situation de Louise, ainsi absente loin de son ami
qui porte les armes en Italie, a dû servir à imaginer
celle de Clotilde de Surville, qui, par ce coin, semble
modelée sur elle. Clotilde bien souvent n'est qu'une
Louise aussi vive amante, mais de plus épouse légitime
et mère. C'est dans ses sonnets surtout que la passion
de Louise éclate et se couronne par instants d'une
flamme qui rappelle Sapho et l'amant de Lesbie. Plusieurs des sonnets pourtant sont pénibles, obscurs;
on s'y heurte à des duretés étranges. Ainsi, pour parler du tour du soleil, elle écrira :

Quand Phébus a son *cerne* fait en terre.

C'est là du Maurice Sève, pour le contourné et le rocail-
leux ; ce Sève, je l'ai dit, tenait lieu à Louise de Ronsard. Elle n'observe pas toujours l'entrelacement des
rimes masculines et féminines, ce qui la rattache
encore à l'école antérieure à Du Bellay. Mais toutes ces
critiques incontestables se taisent devant de petits
tableaux achevés comme celui-ci, où se résument au
naturel les mille gracieuses versatilités et contradic-
tions d'amour :

> Je vis, je meurs ; je me brusle et me noye ;
> J'ai chaud extresme en endurant froidure ;
> La vie m'est et trop molle et trop dure ;
> J'ai grands ennuis entremeslés de joye.
>
> Tout à un coup je ris et je larmoye,
> Et en plaisir maint grief tourment j'endure ;
> Mon bien s'en va, et à jamais il dure ;
> Tout en un coup je sèche et je verdoye.
>
> Ainsi Amour inconstamment me mène :
> Et quand je pense avoir plus de douleur,
> Sans y penser je me treuve hors de peine.
>
> Puis quand je crois ma joye estre certaine,
> Et estre au haut de mon desiré heur,
> Il me remet en mon premier malheur.

Louise était évidemment nourrie des Anciens : on
pourrait indiquer et suivre à la trace un assez grand
nombre de ses imitations ; mais elle les fait avec art
toujours et en les appropriant à sa situation particu-

lière (1). Son précédent sonnet et sa manière en général de concevoir la Vénus éternelle m'ont rappelé un
très-beau fragment de Sophocle, assez peu connu, que
nous a conservé Stobée (2). Je ne crois pas m'éloigner
beaucoup de Louise en le traduisant; il remplacera le
morceau de Sapho, trop répandu pour être cité.

« O jeunes gens! la Cypris n'est pas seulement Cypris, mais elle est surnommée de tous les noms; c'est
l'Enfer, c'est la violence irrésistible, c'est la rage furieuse, c'est le désir sans mélange, c'est le cri aigu de
la douleur! Avec elle toute chose sérieuse, paisible,
tourne à la violence. Car, dans toute poitrine où elle se
loge, aussitôt l'âme se fond. Et qui donc n'est point la
pâture de cette Déesse? Elle s'introduit dans la race
nageante des poissons, elle est dans l'espèce quadru-
pède du continent; son aile s'agite parmi les oiseaux
de proie, parmi les bêtes sauvages, chez les humains,
chez les Dieux là-haut! Duquel des Dieux cette lutteuse

---

(1) Ainsi, à la fin de son élégie première, elle se souvient de
Tibulle qui dit (liv. I, élég. v) contre le médisant et le jaloux :

> Vidi ego, quod juvenum miseros risisset amores,
> Post Veneris vinclis subdere colla senem...

Louise Labé applique cela, non plus à un homme, mais à une
femme, à quelqu'une de celles qui la blâmaient :

> Telle j'ai vu qui avoit en jeunesse
> Blasmé Amour, après en sa vieillesse
> Brusler d'ardeur et plaindre tendrement
> L'aspre rigueur de son tardif tourment.
> Alors de fard et eau continuelle
> Elle essayoit se faire venir belle..., etc.

(2) *Anthologie* de Stobée, titre LXIII.

ne vient-elle pas à bout au troisième effort? S'il m'est
permis (et il est certes bien permis de dire la vérité),
je dirai qu'elle tyrannise même la poitrine de Jupiter.
Sans lance et sans glaive, Cypris met en pièces d'un
seul coup tous les dessins des mortels et des Dieux. »

Et puisque j'en suis à ces réminiscences des Anciens, à celles qui purent se rencontrer en effet dans
l'esprit de Louise ou à celles qu'aussi elle nous sug-
gère, on me permettra une légère digression encore
qui, moyennant détour, nous ramènera à elle finale-
ment. Parmi les hymnes attribués à Homère, il en est
un très-beau adressé à Vénus. Le début ressemble par
l'idée au fragment de Sophocle qu'on vient de lire ; le
poëte chante la Déesse qui fait naître le désir au sein
des hommes et des Dieux, et chez tout ce qui respire.
Mais il n'est que trois cœurs au monde qu'elle ne peut
persuader ni abuser, et près desquels elle perd ses sou-
rires : à savoir, « l'auguste Minerve, qui n'aime que
les combats, les mêlées, ou les ouvrages brillants des
arts, et qui enseigne aux jeunes filles, sous le toit do-
mestique, les adresses de l'aiguille ; puis aussi la
pudique Diane aux flèches d'or et au carquois réson-
nant, qui n'aime que la chasse sur les montagnes, les
hurlements des chiens, ou les chœurs de danse et les
lyres, et les bois pleins d'ombre, et le voisinage des
cités où règne la justice ; et enfin la vénérable Vesta, la
fille aînée de l'antique Saturne, restée la plus jeune
par le décret de Jupiter, laquelle a fait vœu de virgi-
nité éternelle, et qui, à ce prix, est assise au foyer de
la maison, à l'endroit le plus honoré, recevant les

grasses prémices. » A part ces trois cœurs qui lui
échappent, Vénus soumet tout le reste, à commencer
par Jupiter, dont on sait les aventures. Or, de peur
qu'elle ne se puisse vanter d'être seule à l'abri des
mésalliances, Jupiter, un jour, l'enflamme elle-même
pour le beau pasteur Anchise, qui fait paître ses bœufs
sur l'Ida. La manière dont elle le vient aborder, la
coquetterie de sa toilette et l'artifice de discours qu'elle
déploie pour le séduire sans l'effrayer, sont d'un grand
charme et d'une largeur encore qui ne messied pas à
la poésie homérique. Elle a soin de le surprendre à
l'heure où les autres pasteurs conduisent leurs troupeaux par les montagnes, un jour qu'il est resté seul,
par hasard, à l'entrée de ses étables, jouant de la lyre.
Elle se présente à lui comme la fille d'Otrée, roi opu-
lent de toute la Phrygie, et comme une fiancée qui lui
est destinée : « C'est une femme troyenne qui a été ma
nourrice, lui dit-elle par un ingénieux mensonge, et
elle m'a appris, tout enfant, à bien parler ta langue. »
Anchise, au premier regard, est pris du désir, et il lui
répond : « S'il est bien vrai que tu sois une mortelle,
que tu aies une femme pour mère, et qu'Otrée soit ton
illustre père, comme tu le dis, si tu viens à moi par
l'ordre de l'immortel messager, Mercure, et si tu dois
être à jamais appelée du nom de mon épouse; dans ce
cas, nul des mortels ni des Dieux ne saurait m'empêcher ici de te parler d'amour à l'instant même; non,
quand Apollon, le grand archer en personne, au-devant
de moi, me lancerait de son arc d'argent ses flèches
gémissantes, même à ce prix, je voudrais, ô femme

pareille aux déesses, toucher du pied ta couche,
dussé-je n'en sortir que pour être plongé dans la
demeure sombre de Pluton ! »

Cette naïveté de vœu en rappelle directement un
autre bien orageux aussi, bien audacieux, et moins
simple dans sa sublimité, celui d'Atala, lorsque, décou-
vrant son cœur à Chactas, elle s'écrie : « Quel dessein
n'ai-je point rêvé ! quel songe n'est point sorti de ce
cœur si triste ! Quelquefois, en attachant mes yeux sur
toi, j'allais jusqu'à former des désirs aussi insensés
que coupables : tantôt j'aurais voulu être avec toi la
seule créature vivante sur la terre ; tantôt, sentant une
divinité qui m'arrêtait dans mes horribles transports,
j'aurais désiré que cette divinité se fût anéantie, pourvu
que, serrée dans tes bras, j'eusse roulé d'abîme en
abîme avec les débris de Dieu et du monde !... »

Or, pour revenir à Louise Labé, qui ne se reprochait
point, comme Atala, ses transports, et qui, en fille
plutôt païenne de la Renaissance, n'a pas craint de s'y
livrer, elle se rapproche avec grâce de la naïveté du
vœu antique dans son sonnet xiii, qui commence par
ces mots :

> Oh ! si j'estois en ce beau sein ravie...!

et qui finit par ces vers :

> Bien je mourrois, plus que vivante, heureuse !

Je suis obligé, bien qu'à regret, d'y renvoyer le lecteur
curieux, pour ne pas trop abonder ici en ces sortes

d'images (1) ; mais j'oserai citer au long le sonnet XIV,
admirable de sensibilité, et qui fléchirait les plus
sévères ; à lui seul il resterait la couronne immortelle de
Louise :

> Tant que mes yeux pourront larmes espandre,
> A l'heur passé avec toi regretter ;
> Et qu'aux sanglots et soupirs résister
> Pourra ma voix, et un peu faire entendre ;
>
> Tant que ma main pourra les cordes tendre
> Du mignard luth, pour tes grâces chanter ;
> Tant que l'esprit se voudra contenter
> De ne vouloir rien fors que toi comprendre ;
>
> Je ne souhaite encore point mourir.
> Mais quand mes yeux je sentirai tarir,
> Ma voix cassée et ma main impuissante,

(1) Ceci était de convenance dans la *Revue des Deux Mondes,*
où l'article a paru d'abord ; mais n'ayant pas, dans un volume, à
observer les mêmes conditions de réserve rigoureuse, je laisse
glisser le fruit savoureux :

> Oh ! si j'estois en ce beau sein ravie
> De celui-là pour lequel vais mourant ;
> Si avec lui vivre le demeurant
> De mes courts jours ne m'empeschoit Envie ;
>
> Si m'acollant me disoit : Chère Amie,
> Contentons-nous l'un l'autre, s'asseurant,
> Que jà tempeste, Euripe, ne courant,
> Ne pourra desjoindre en notre vie ;
>
> Si de mes bras le tenant acollé,
> Comme du lierre est l'arbre encercelé,
> La Mort venoit, de mon aise envieuse,
>
> Lors que souef plus il me baiseroit,
> Et mon esprit sur ses lèvres fuiroit,
> Bien je mourrois, plus que vivante, heureuse !

Et mon esprit en ce mortel séjour
Ne pouvant plus montrer signe d'amante,
Prirai la Mort noircir mon plus clair jour !

Ce dernier vers pourra sembler un peu serré, un peu dur, mais le sentiment général, mais l'expression vive du morceau, ces *yeux* qui *tarissent, montrer signe d'amante,* ce sont là des beautés qui percent sous les rides et qui ne vieillissent pas.

Il nous serait possible de glaner encore dans les vingt-quatre sonnets de Louise Labé, de relever quelques traits, quelques vers :

Comme du lierre est l'arbre encercelé...
J'allois resvant comme fais maintefois,
Sans y penser. . . . .
Où estes-vous, pleurs de peu de durée?...

Mais, après ce qu'on a lu, l'impression ne pourrait que s'affaiblir. Louise, en terminant, allait au-devant des objections, et, s'adressant au cœur des personnes de son sexe, elle faisait noblement appel à leur indulgence :

Ne reprenez, Dames, si j'ai aimé,...
Et gardez-vous d'estre plus malheureuses.

Il ne paraît pas, en effet, que cette publication de ses vers ait rien diminué de la considération autour d'elle, car je ne tiens pas compte des propos grossiers et des couplets satiriques, comme il est à peu près inévitable qu'il en circule sur toute femme célèbre (1). Elle avait

(1) On peut chercher une de ces chansons diffamantes et tout à

environ vingt-neuf ans à la date de cette publication ;
elle vécut jusqu'en 1566, et mourut à l'âge où les cœurs
passionnés n'ont plus rien à faire en cette vie, ayant
vu se coucher à l'horizon les derniers soleils de la jeunesse. Son testament, qu'on a imprimé, témoigne de
son humilité à la veille du jour suprême, et de son
attention bienfaisante pour tout ce qui lui était attaché.

Le silence que Louise a gardé dans les dix dernières
années de sa vie et le soin qu'elle prit, dans sa publication de 1555, de marquer à plusieurs reprises que
ces petits écrits ont été composés depuis longtemps et
que ce sont œuvres de jeunesse, pourrait faire conjec-
turer qu'elle entra à un certain moment dans un genre
de vie un peu moins ouvert à la publicité. Elle dut
pourtant continuer de jouir plus que jamais du contre-
coup de sa renommée ; tout ce que Lyon avait de con-
sidérable, tout ce qui passait d'étrangers de distinction
allant en Italie, devait désirer de la connaître, et sa
cour sans doute ne diminua pas. Quoi qu'il en soit,
ce silence des dernières années, qui ne laisse arriver
d'elle à nous, dans toute cette existence poétique, qu'un
accent de passion émue et un cri d'amante, sied bien
à la muse d'une femme, et l'imagination peut rêver le
reste.

fait *fescennines* dans un petit écrit intitulé *Documents historiques
sur la vie et les mœurs de Louise Labé*, Lyon, 1844 ; mais de telles
malignités, ainsi exprimées, ne prouvent rien. *La belle Cordière*
eut des ennemis et des *brocardeurs* jusqu'au sein de son triomphe ;
qui en peut douter ? Qui nous dit même que l'ode légère d'Olivier
de Magny (1559) n'est pas du fait d'un ami brouillé qui gardait
quelque rancune au mari ? Cela en a presque l'air.

Ce ne fut que vingt ans environ après sa mort qu'Antoine Du Verdier enregistra à son sujet, en les ramassant crûment, certaines rumeurs courantes, et donna signal à la longue injustice. Il eut beau faire, lui et ceux qui le copièrent : malgré l'injure des doctes qui voulurent transformer sa vie en une sorte de fabliau grivois, *la belle Cordière* resta populaire dans le public lyonnais ; la bonne tradition triompha, et quelque chose d'un intérêt vague et touchant continua de s'attacher à son souvenir, à sa rue, à sa maison, comme à Paris on l'a vu pour Héloïse. C'est qu'aussi Louise Labé, telle qu'on la rêve de loin et telle que nous l'avons devinée d'après ses aveux, demeure, par plus d'un aspect, le type poétique et brillant de la race des femmes lyonnaises, éprises qu'elles sont de certaines fêtes naturelles de la vie, se visitant volontiers entre elles avec des bouquets à la main, et goûtant d'instinct les vives élégances, les fleurs et les parfums. Que si l'on nous pressait trop sur cette théorie des Lyonnaises que nous ne croyons que vraie, il serait possible de citer à l'appui, aujourd'hui encore, celui des noms célèbres de femmes qui résume le mieux la grâce elle-même (1). Mais nous ne parlons que de Louise. Son souvenir, agité et traduit en tous sens, était resté si présent, qu'en 1790 un des bataillons de la garde nationale de Lyon, celui du quartier qu'elle habita et de la rue *Belle-Cordière*, s'avisa d'arborer aussi son nom et son image sur

---

(1) Ce ne peut être que Mme Récamier, qui est en effet de Lyon. — Mlle de Lespinasse en était aussi.

son drapeau : on la transforma même alors, pour plus
d'à-propos, en une héroïne de la liberté ; on lui mit
la pique à la main, et l'on surmonta le tout du chapeau
de Guillaume Tell, avec cette devise :

Tu prédis nos destins, Charly, *belle Cordière,*
 Car pour briser nos fers tu volas la première.

L'épisode du siége de Perpignan était devenu ici une
croisade pour la liberté. Voilà ce que Bayle aurait eu
de la peine à prévoir ; c'est une exagération dans le
sens héroïque, comme les doctes avaient eu la leur à
son sujet dans le sens badin. Ainsi fait la tradition
populaire, se jouant à son gré de ces figures lointaines
comme le vent dans les nuages. Après tant de vicissi-
tudes contraires et tous ces excès apaisés, il survit de
Louise Labé un fonds de souvenir plus vrai, plus
doux. Une muse tendre qui a vécu quelque temps sous
le même ciel et qui en a respiré l'influence, Mme Valmore, s'est rendue l'écho de cette tradition vaguement
charmante sur elle dans les vers suivants, qui sont
dignes de toutes deux :

. . . .
L'Amour! partout l'Amour se venge d'être esclave :
Fièvre des jeunes cœurs, orage des beaux jours,
 Qui consume la vie et la promet toujours;
Indompté sous les nœuds qui lui servent d'entrave,
Oh! l'invisible Amour circule dans les airs,
Dans les flots, dans les fleurs, dans les songes de l'âme,
Dans le jour qui languit, trop chargé de sa flamme,
   Et dans les nocturnes concerts!

Et tu chantas l'Amour! ce fut ta destinée.
Femme! et belle, et naïve, et du monde étonnée!
De la foule qui passe évitant la faveur,
Inclinant sur ton fleuve un front tendre et rêveur,
Louise, tu chantas! A peine de l'enfance
Ta jeunesse hâtive eut perdu les liens,
L'Amour te prit sans peur, sans débats, sans défense;
Il fit tes jours, tes nuits, tes tourments et tes biens.
Et toujours, par ta chaîne au rivage attachée,
Comme une nymphe ardente au milieu des roseaux,
     Des roseaux à demi cachée,
Louise, tu chantas dans les fleurs et les eaux!

Louise Labé, nous l'avons pu voir en l'étudiant de
près, était beaucoup moins fille du peuple et moins
naïve; mais qu'importe qu'elle ait été docte, puisqu'elle
a été passionnée et qu'elle parle à tout lecteur le langage de l'âme? Cette *nymphe ardente* du Rhône fut
certainement orageuse comme lui : est-ce à dire qu'elle
rompit comme lui sa chaîne? En prenant aujourd'hui
parti, à la suite de plusieurs bons juges, pour sa vertu,
ou du moins pour son élévation et sa générosité de
cœur, nous ne craignons pas le sourire; nous nous
souvenons que des débats assez semblables se raniment
encore après des siècles autour des noms d'Éléonore
d'Este et de Marguerite de Navarre, et, pourvu que le
pédantisme ne s'en mêle pas (comme cela s'est vu),
de telles contestations agréables, qui font revivre dans
le passé et qui se traitent en jouant, en valent bien
d'autres plus pressantes.

15 mars 1845.

(Dans la Notice sur Louise Labé placée par M. Monfalcon en
tête de la belle et rare édition des *OEuvres de la belle Cordière*
(1853), il est dit à l'occasion d'une des dernières pages qu'on vient
de lire : « M. Sainte-Beuve a trop généralisé quelques individua-
lités brillantes ; sa théorie des Lyonnaises est plus ingénieuse que
vraie. Louise Labé n'est leur type sous aucun point de vue, et
Mlle de Lespinasse pas davantage. » Ce que je puis dire seulement,
c'est que j'ai parlé d'après quelques exemples à moi connus et
d'après l'impression de personnes qui ont elles-mêmes vécu à
Lyon ; je suis loin de prétendre que les femmes de la société lyonnaise proprement dite soient ainsi ; j'ai eu en vue celles de toutes
les classes, et même au-dessous de la bourgeoisie. Je me soumets
au reste à la décision de ceux qui doivent mieux connaître les
Lyonnaises que moi.)

DÉSAUGIERS.

Voici un portrait qu'il ne m'appartenait pas de faire. J'avais eu dès longtemps l'idée que le plus gai, le plus franc, le plus copieux et le plus ample de nos chansonniers manquait en effet à une série déjà si longue de poëtes, et qu'après tous ces élégiaques, tous ces lyriques, tous ces sensibles et ces délicats, presque tous mélancoliques et plaintifs, il fallait, lui aussi, l'introduire, dût-il venir un peu tard, pour être le boute-en-train de la bande. On avait insisté auprès de Charles Nodier, qui avait fort connu Désaugiers, pour qu'il retraçât cette physionomie si vivante et rassemblât à ce sujet ses souvenirs : les souvenirs, même en se composant et se confondant un peu selon la fantaisie de Nodier, en s'entremêlant de quelques folles couleurs, n'eussent été ici qu'un charme de plus et une manière non moins vive de ressemblance. Mais Nodier mourut avant d'avoir laissé échapper les pages riantes, et nous voilà en demeure; nous poëte autrefois intime, critique aujourd'hui très-grave, de payer le tribut au plus joyeux et au plus bachique des chanteurs. N'importe, nous le ferons sans trop d'effort : la critique a pour devoir et pour plaisir de tout comprendre et de sentir chaque poëte, ne fût-ce qu'un jour.

A une noble dame qui lui demandait de réciter des vers à table, le poëte Parini répondit par un refus :

Orecchio ama placato
La Musa, e mente arguta e cor gentile.

« La Muse, pour se confier, veut une oreille apaisée, un esprit fin et un cœur délicat. » Cela est vrai et le sera toujours des muses discrètes, tendres ou sévères. Mais il est aussi une poésie qui a présidé de tout temps aux banquets, aux réunions cordiales des hommes, et qui s'inspire de la bonne chère, de l'abondance de la paix et des joies de la vie. Les moins lettrés vous citeront tout aussitôt, comme antiques patrons du genre, Horace et Anacréon. On remonterait plus haut encore et c'est Horace lui-même qui a dit :

Laudibus arguitur vini vinosus Homerus.

Homère, en effet, ne perd aucune occasion de remplir les coupes dans les festins qu'il décrit. Lorsque Ulysse déguisé en mendiant arrive chez le fidèle Eumée, celui-ci traite son hôte avec honneur ; il lui sert le dos tout entier d'un porc succulent, lui présente la coupe toute pleine, et Ulysse, moitié ruse, moitié gaieté, et comme animé d'une pointe de vin, se met à raconter avec verve certaine aventure à demi mensongère où figure Ulysse lui-même : « Écoute maintenant, Eumée, s'écrie-t-il, écoutez vous tous, compagnons, je vais parler en me vantant, car le vin me le commande, le vin qui égare, qui ordonne même au plus sage de chanter, qui excite

au rire délicieux et à la danse, et qui jette en avant
des paroles qu'il serait mieux de retenir... » Et cela
dit, le malin conteur pousse sa pointe et, comme entre
deux vins, il risque son histoire, qui a bien son grain
d'*humour* et dans laquelle il joue avec son propre secret.

Mais, après Homère, et sans parler d'Anacréon trop
connu, le poëte ancien qui a le mieux parlé du vin est
peut-être Panyasis, de qui l'on n'a que des fragments.
Ce Panyasis, qui était de la grande époque et oncle ou
cousin germain d'Hérodote, avait composé chez les
Grecs la troisième épopée célèbre, celle qui suivait en
renom les deux filles d'Homère. On n'en sait guère que
le morceau que voici, et il est fait pour donner le
regret de l'ensemble. Rien qu'à la largeur de la coupe
on peut prendre idée de la manière du maître :

« Allons, ô mon hôte, bois! c'est là un talent aussi
que de savoir dans un festin boire comme il faut et
plus que tous les autres, et en même temps de donner
le signal à tous. Le héros d'un festin est égal au héros
qui, dans la guerre, dirige les mêlées terribles, là où
si peu demeurent inébranlables et soutiennent de pied
ferme le choc de Mars impétueux. Cette gloire-là est,
à mes yeux, toute pareille à celle du convive intrépide
qui jouit lui-même de la fête et met en train les autres.
Car il ne me semble pas vivre, il ne connaît pas la
consolation de la vie, le mortel qui, éloignant son cœur
du vin, boit quelque autre boisson d'invention nouvelle (1). Le vin est aux mortels aussi utile que le

_____

(1) Ne dirait-on pas que le bon Panyasis en veut au thé ou à la

feu; il est le vrai bien, le remède des maux, le compagnon de tout chant. Il est une part sacrée de toute
réjouissance, de toute allégresse, de la danse et de
l'aimable amour. C'est pourquoi, assis au festin et
t'humectant à souhait, il te faut boire, et non pas te
gorger de viandes comme un vautour, oubliant les gracieuses délices. »

On a là, dans ce fragment de Panyasis, comme un
premier type classique de l'admirable *Délire bachique*
de Desaugiers.

Les Gaulois, on le sait, ont toujours aimé le vin, et
les Français la chanson. Chanson galante, chanson
satirique, chanson de table, ils en ont eu de toutes les
sortes et dans tous les âges. On assure, non sans vraisemblance, que cela commence fort à passer, et qu'on
ne chante plus guère, du moins dans le sens joyeux
du mot. Un reproche certain qu'ont mérité nos poëtes
modernes, si éminents à tant d'égards, si grandement
lyriques, si tendrement élégiaques, c'est d'avoir trop
oublié l'esprit, ce qui s'appelle proprement de ce nom,
ce qu'avaient précisément nos pères. En effet, si l'on
excepte Béranger et Alfred de Musset, on trouvera qu'ils
s'en sont passés en général et qu'ils ont tous négligé
le sourire. Si cette remarque est vraie du sourire et de
l'esprit, que sera-ce s'il s'agit du rire et de la franche
gaieté? On conviendra qu'elle est encore plus absente (1).

bière ? Les Grecs de tout temps méprisèrent la boisson du Celte ou
du Scythe.

(1) M. de Vigny, dans ce fameux discours de réception à l'Académie où il célébrait M. Étienne, s'est plu à constater la diffé-

Il faut avouer que Béranger lui-même n'en a que le
premier abord et le semblant; elle ne fournit bien souvent chez lui que le prétexte et le cadre, tandis qu'elle
reste le fond chez Désaugiers. Celui-ci est le dernier
chansonnier vraiment gai, le pur chansonnier sans
calcul, sans arrière-pensée, dans toute sa verve et sa
rondeur; à ce titre, il demeure original et ne saurait
mourir.

Désaugiers, dans son *Hymne à la Gaieté*, a dit:

> Il n'est donné qu'à la vertu
> D'éprouver ton heureux délire.

Je n'oserais affirmer que la vertu et la gaieté se tiennent
si étroitement; la gaieté naît avant tout d'un tempérament heureusement mélangé par la nature, mais il
faut aussi que ce tempérament ne soit pas altéré de
bonne heure par des habitudes sociales et des influences
factices trop contraires. La gaieté annonce d'ordinaire
un fonds pur, non tourmenté, non compliqué. Ce qui
nuit le plus à la gaieté dans notre genre de vie actuel,
c'est la complication en toute chose, c'est le harcèle-
ment et l'aiguillon, l'inquiétude dans la vie matérielle
comme dans celle de l'imagination et de l'intelligence.
Les plus nobles préoccupations sont promptes à l'étouf-
fer, à la tarir jusque dans sa source. Il n'est pas exagéré

---

rence : « J'ai, dit-il, je m'en accuse, le tort particulier à *ma*
génération de ne pas assez regretter la gaieté de l'ancien Caveau,
où se réunissaient, *dit-on*, les disciples fervents de Vadé, de Collé
et de Piron... » Il y a bien du dédain, bien du sérieux dans ce
dit-on.

de dire que, chez les modernes, l'ivresse elle-même a changé de caractère, et qu'elle n'engendre plus la même disposition d'oubli d'autrefois. Voyez l'éloge qu'ont fait du vin d'éloquents écrivains de nos jours. Je viens de relire la deuxième des *Lettres d'un Voyageur*, par George Sand, où se trouve cet hymne enthousiaste : « A Dieu ne plaise que je médise du vin ! Généreux sang de la grappe, frère de celui qui coule dans les veines de l'homme !... Vieux ami des poëtes !... toi que le naïf Homère et le sombre Byron lui-même chantèrent dans leurs plus beaux vers, toi qui ranimas longtemps le génie dans le corps débile du maladif Hoffmann ! toi qui prolongeas la puissante vieillesse de Gœthe, et qui rendis souvent une force surhumaine à la verve épuisée des plus grands artistes, pardonne si j'ai parlé des dangers de ton amour ! Plante sacrée, tu crois au pied de l'Hymette, et tu communiques tes feux divins au poëte fatigué, lorsqu'après s'être oublié dans la plaine, et voulant remonter vers les cimes augustes, il ne retrouve plus son ancienne vigueur. Alors tu coules dans ses veines et tu lui donnes une jeunesse magique ; tu ramènes sur ses paupières brûlantes un sommeil pur, et tu fais descendre tout l'Olympe à sa rencontre dans des rêves célestes. Que les sots te méprisent, que les fakirs du bon ton te proscrivent, que les femmes des patriciens détournent les yeux avec horreur en te voyant mouiller les lèvres de la divine Malibran !... » — Toute une philosophie sociale va se mêler insensiblement à cet élan du poëte, et nous voilà bien loin de la gaieté. — M. de Laprade, à son tour, célébrant *la*

Coupe, dans une pièce pleine de beaux vers, a dit:

> Des hautes voluptés nous que la soif altère,
> Fils de la Muse, au vin rendons un culte austère,
> *Buvons-le chastement, comme le sang d'un Dieu.*

C'est là ce qu'on peut appeler s'enivrer du bout des
lèvres et selon la méthode des Alexandrins, en christia-
nisant du mieux qu'on peut le Bacchus du paganisme,
en symbolisant l'orgie sacrée avec des réminiscences
de la communion. C'est de l'ivresse tempérée et com-
mentée de métaphysique (1). On ne saurait mieux marquer que par de tels traits la différence qui nous sépare
de nos pères; ceux-ci et Désaugiers le dernier, dans
leur manière d'*entendre* le vin, c'est-à-dire de le boire
et de le chanter, tenaient un peu plus directement, on
en conviendra, des façons du bon Homère et de celles
du bon Rabelais.

---

(1) Que Pindare abordait autrement la *coupe* dans ce début su-
blime de la viie olympique, où il compare les libéralités de sa
muse à l'envoi d'un nectar généreux! J'y voudrais faire sentir du
moins le désordre du mouvement, la largesse d'effusion et l'opu-
lence.

« Comme lorsqu'un riche, prenant à pleine main la coupe toute
bouillante au dedans de la rosée de la vigne, après avoir bu à la
santé de son gendre, la lui donne en cadeau pour l'emporter d'une
maison à l'autre, — une coupe toute d'or, son bien le plus cher et
la grâce du festin, — honorant par là son alliance, — et il rend
le jeune époux enviable à tous les amis présents pour un si cordial
hyménée;

« Et moi aussi, riche du nectar versé, présent des Muses, j'envoie ce doux fruit de mon génie aux héros chargés de couronnes,
et j'en favorise à mon gré les vainqueurs d'Olympie et de Del-
phes... »

Marc-Antoine Désaugiers naquit le 17 novembre 1772, à Fréjus en Provence. C'est cette même ville qui avait donné naissance à Sieyès, le grand métaphysicien de 89 ; venant après lui et sorti du même lieu, le chansonnier de l'Empire et de la Restauration semblait destiné à prouver qu'en France, même après 89, *tout finit* encore *par des chansons*. Mais cela n'était plus vrai qu'en passant, et l'issue a prouvé qu'il ne fallait pas se fier à l'apparence. Pour les Bourbons, si on veut le prendre en un certain sens, tout a fini en effet par des chansons, mais ç'a été par celles de Béranger, non point par celles de Désaugiers.

Désaugiers sortait d'une famille où les dons du chant et de l'esprit semblent avoir été héréditaires. Son père, compositeur de musique et ami de Sacchini, de Gluck, a donné des opéras et d'autres morceaux lyriques appréciés des maîtres. Notre Désaugiers eut deux frères, dont l'aîné, traducteur et commentateur distingué des *Bucoliques* de Virgile, a fait ses preuves, et à l'Opéra encore et dans la cantate. Il y avait dans cette famille comme un courant naturel de verve, de gaieté et de musique, qui allait du père aux enfants. Ces courants-là, en se divisant, ont aussi leurs caprices et leurs inégalités de veine : ici ce n'est qu'un filet, là c'est un jet à gros bouillons. Nous n'avons qu'à suivre dans son plein la source même.

Le jeune Désaugiers marqua dès l'enfance d'heureuses dispositions. Son père, qui était venu s'établir à Paris, le mit pour faire ses études au collège Mazarin, et l'écolier, en terminant, y eut pour professeur de rhétorique

Geoffroy, nature peu délicate assurément, mais plus
nourri de l'antiquité et des Grecs qu'on ne l'était généralement alors, même au sein de l'Université. L'autre
professeur de rhétorique, dont le jeune Désaugiers suivait également les leçons, était un M. Charbonnet, que
Duvicquet donne pour homme d'esprit dans toute
l'acception du mot, et qui, ajoute-t-il, tournait fort
bien le couplet (1). Rien donc ne manqua, ni au col-
lége, ni au logis, pour mettre en jeu des facultés naturelles si vives dès le premier jour. Un honorable
chanoine de l'église de Paris, compatriote de la famille
Désaugiers, écrivant à l'un des frères du célèbre chansonnier sur la nouvelle de sa mort (août 1827), lui
rendait ce gracieux témoignage : « Je n'oublierai
jamais l'homme aimable que j'ai vu dans sa première
enfance, et dont feu l'abbé Arnaud avait tiré l'horoscope
qu'il a si bien justifié: « Voilà, disait-il du jeune *Tonin* (2),
voilà une tête grecque. » Il aurait pu dire aussi:
« Voilà une tête romaine, et y découvrir des traits de
ressemblance avec le bon, l'aimable Horace, que votre
ingénieux chansonnier rappelait si souvent. Si je
n'avais pas craint d'effaroucher sa muse folâtre et de
rembrunir sa gaieté, je l'aurais volontiers recherché
pour partager celle qu'il répandait autour de lui. Avec
moins de raisons de me tenir à l'écart que monseigneur
l'évêque de Verdun, le sérieux de mon état me parais-

(1) Article sur Désaugiers dans le *Journal des Débats* du 12 août
1827.

(2) Dans son enfance, on l'appelait *Tonin*, diminutif d'Antoine;
plus tard, en famille, on l'appelait *Saint-Marc*.

sait contraster avec cette gaieté habituelle, qui, au
surplus, au dire de monsieur le curé de Saint-Roch,
n'a jamais passé les bornes de la décence. »

Nous aurons plus tard occasion de revenir sur cette
indulgence du clergé et des personnes religieuses pour
la malice innocente de Désaugiers, tandis qu'on était,
au même moment, très en garde contre d'autres gaie-
tés plus suspectes. On aura remarqué cette expression
de *tête grecque* appliquée à l'enfant; n'oublions pas que
sur ces plages favorisées de la Provence étaient déposés
de toute antiquité des germes apportés d'Ionie. L'évêque
de Verdun, dont il est question dans cette lettre, était
M. de Villeneuve, compatriote également de Désaugiers,
et qui avait conseillé à son père, au sortir des études,
de le placer dans l'Église, si bien que le jeune homme
passa six semaines au séminaire de Saint-Lazare. Mais
il ne tint pas à l'épreuve, et dès le lendemain sa vocation l'emportait : il faisait une comédie en un acte et
en vers qui réussissait au boulevard; il arrangeait en
opéra-comique *le Médecin malgré lui* de Molière, dont
son père faisait la musique, et qu'on jouait à Feydeau
en 1791. La révolution vint à la traverse et coupa en
deux cette gaieté naissante qui allait si aisément prendre son essor.

Au moment où la patrie pouvait sembler le moins
regrettable, Désaugiers accompagna à Saint-Domingue
sa sœur, qui venait d'épouser en France un colon de
cette île. On débarqua à la ville du Cap en janvier 1793. Une lettre de notre voyageur, que nous avons
sous les yeux, nous le montre au naturel, tel qu'il était

en ces années d'hilarité et d'insouciance, tel qu'il eut
l'heureux privilége de rester toujours. Il paraît qu'il y
avait à vaincre quelque prévention dans la famille
chez laquelle il arrivait; l'accueil fut d'abord un peu
froid pour lui, pour les jeunes époux et pour sa sœur
en particulier, qui avait à se faire adopter de la nouvelle famille et à s'y apprivoiser elle-même. De jeunes
belles-sœurs observaient les nouveaux-venus avec un
intérêt encore plus curieux qu'affectueux peut-être;
mais tout ce petit manége ne tint pas longtemps en
face d'un hôte aussi imprévu; on avait affaire en sa
personne au plus irrésistible génie (le *Genius* des
Anciens), à celui qui se rit de la contrainte et qui
épanouit les fronts : « Quant à moi, écrivait Désaugiers
racontant ce premier accueil et comment il avait rompu
la glace, j'ai fait des prodiges, soit dit sans me flatter.
Je me suis surpassé en gaieté, je ne dirai pas et en esprit,
mais je puis dire qu'on m'en soupçonne beaucoup. J'ai
été enjoué, galant, plaisant, et j'ai fait fortune. Madame
Mourlan a ri et plaisanté avec moi comme avec son
fils. Les demoiselles ont commencé par m'éplucher
(madame Lavaux me l'avait prédit); elles m'ont
d'abord fait mille questions, auxquelles j'ai répondu
avec une justesse qui m'étonne quand j'y pense. Elles
ont été forcées de quitter la partie, et ce succès m'a
enhardi à un point extrême. On m'a fait chanter et
jouer du piano, je ne me suis pas fait prier. Nous étions
à chaque repas vingt personnes à table, et j'ai eu le
talent de les faire toutes rire. Bref, quand il a été
question d'aller au Borgne, on ne voulait plus me lais-

ser aller, et on a fait tout ce que l'on a pu pour reculer ce *funeste* départ... »

Cette lettre si folâtre (contraste funèbre!) est datée
du *lundi* 21 *janvier* 1793. Riez, chantez à souhait,
portez avec vous la joie, et soyez partout où vous entrez l'âme de la fête! vous avez beau l'ignorer ou
l'oublier, ce contraste se reproduira chaque fois et
chaque jour, pour qui le saura voir : publique ou cachée, il y aura toujours ce jour-là dans le monde une
grande douleur, — une infinité de grandes douleurs.

Les désastres de Saint-Domingue vinrent avertir les
heureux colons que la foudre n'était pas loin. La révolution, là aussi, éclata, et avec la fureur d'un orage du
tropique. La famille de Désaugiers et lui-même furent
en proie à toutes les calamités qui assaillirent les
blancs. Publiant en 1808 son premier recueil de chansons, il toucha, dans sa préface, quelque chose de ces
horribles scènes dont il avait été témoin et victime ;
mais, chez les êtres vivement doués et qui ont été
désignés en naissant d'une marque singulière, la nature
au fond est si impérieuse, et elle donne tellement le
sens qui lui plaît à tout ce qui vient du dehors, qu'il
y voyait plutôt un motif de s'égayer désormais et de
chanter : « Permettez-moi, disait-il au lecteur de cette
préface, de payer à la Gaieté, ma généreuse libératrice,
un hommage que l'ingratitude la plus noire pourrait
seule lui refuser ; daignez m'entendre, et vous en
allez juger. C'est elle qui, me tendant une main secou-
rable sous un autre hémisphère, adoucit pour moi les
périls et les horreurs d'une guerre dont l'histoire n'of-

frira jamais d'exemple; c'est elle qui me consola dans
les fers où me retenait la férocité d'une caste sauvage;
c'est elle enfin qui, m'environnant de tous les prestiges
de l'illusion, me fit envisager d'un œil calme le moment où, pris les armes à la main par ces cannibales,
condamné par un conseil de guerre, agenouillé devant
mes juges, les yeux couverts d'un bandeau qui semblait
me présager la nuit où j'allais descendre, j'attendais
le coup fatal... auquel j'échappai par miracle, ou plutôt par la protection d'un Dieu qui n'a cessé de veiller
sur moi pendant le cours de cette horrible guerre.
Une maladie cruelle fit bientôt renaître pour moi de
nouveaux dangers; ce n'était pas assez d'avoir été
condamné par mes juges, je le fus par les médecins.
J'allais périr,... quand la Gaieté, mon inséparable com-
pagne, soulevant d'une main le voile de l'avenir, me
montra de l'autre le beau ciel de ma patrie, où le bonheur semblait m'appeler. » Et voilà sa barque remise
à flot, aventureuse et légère; le voilà plus en humeur,
plus en veine que jamais, se croyant quitte une bonne
fois avec le malheur, et n'invoquant pour tous patrons
à l'avenir que *Momus* (comme on disait alors) et que
Thalie:

Naturam expellas furca, tamen usque recurret.

Tant il est vrai que toute nature douée d'une vocation
énergique se fait jusqu'à un certain point sa propre
destinée et porte avec elle son démon.

A peine remis de tant de maux, Désaugiers fut emmené de Saint-Domingue aux États-Unis par un capi-

taine américain qui l'avait entendu un jour toucher du
piano. Ce brave homme n'avait pu résister à l'intérêt
qu'un talent si naturel et si expansif lui inspira : il lui
offrit sur-le-champ le passage *gratis* à son bord, et lui
garantit qu'il trouverait sur le continent prochain à
donner autant de leçons qu'il voudrait. Arrivé à Balti-
more, le jeune Saint-Marc y passa les années 1795, 1796 ;
il savait très-bien l'anglais et avait des écolières pour
le piano en grand nombre : il s'était rendu extrêmement
fort sur cet instrument. Sa sœur, devenue veuve, l'avait
rejoint, et leur existence à tous deux était tolérable. Ce
genre de vie convenait même beaucoup mieux à Désaugiers que le sort qui lui était primitivement destiné à
Saint-Domingue comme régisseur de quelque plantation ;
mais tous ses vœux se portaient vers la France, et il ne
fut heureux que lorsqu'il revit le sol natal et sa famille, au printemps de 1797.

C'était le moment de l'extrême orgie du Directoire
et de la bacchanale universelle. On a vu quelquefois, au
plus fort des calamités et des fléaux, le cœur humain
réagir bizarrement et prendre sa revanche par une sorte
d'étourdissement et d'ivresse. On a l'idéal le plus charmant de cette disposition un peu artificielle dans le
cadre du *Décaméron* de Boccace. Mais, s'il y a toujours
quelque chose contre nature dans ce contraste d'un
oubli volontaire et factice au sein des fléaux, rien n'est
plus simple au contraire et plus concevable que l'expansion et la détente au lendemain même de la crise.
C'est ce qui eut lieu en France au sortir des atrocités de
la Terreur. On se remit à l'instant à vivre, à vivre avec

délices, à jouir éperdument des dons naturels, de
l'usage de ses sens, des plaisirs libres et faciles, du
charme des réunions surtout et de la cordialité des
festins. On déjeuna, on dîna, on chanta beaucoup;
Comus, Momus et Bacchus furent à l'ordre du jour :
c'était bien le moins après la déesse Raison. La mode
s'en mêla, comme elle se mêle de tout : on se fit un
rôle de gastronome et d'épicurien;

> Oui, nom d'un chien !
> J' veux t'être épicurien,

se disait plus tard Cadet Buteux dans la chanson. De
très-honnêtes gens se l'étaient dit avant Cadet Buteux,
et s'étaient crus obligés de l'être en dépit de leur esto-
mac lui-même, *invita Minerva*. Des personnages que
nous avons connus très-graves et même moroses (Eu-
sèbe Salverte, par exemple) avaient débuté, grelots en
main, sous ce masque de gaieté. Désaugiers n'eut pas
à le prendre; il saisit, comme on dit, la balle au bond,
et la relança de plus belle. On peut dire que la gaieté
en France n'eut son plein accent et tout son écho que
lorsqu'il y fut revenu.

Pendant les deux ou trois premières années qui
suivirent son retour, nous le perdons un peu de vue :
il ne resta pas tout ce temps à Paris. Attaché, comme
chef d'orchestre, à une troupe de comédiens, il alla
me dit-on, à Marseille, et fit ses caravanes en province.
Molière, jeune, les avait faites aussi. On a, depuis,
brodé sur cette époque de la jeunesse de Désaugiers,
car il a eu et il a sa légende, comme il convient à un

type jovial et populaire; on a inventé mainte anecdote sur lui non moins que sur Rabelais, non moins que sur La Fontaine, et il est devenu matière à vaudevilles à son tour. On ne sait rien d'ailleurs de précis; il parlait peu de son passé et de ses aventures de jeunesse, ou du moins il n'en parlait qu'en courant, entre la coupe et les lèvres; il en disait quelquefois: « J'écrirai tout cela un jour, quand je serai vieux; » mais ce souvenir, chez lui, n'était qu'un éclair; et l'abondance de la vie présente, le jet de chaque moment, recouvrait tout (1).

Depuis mars 1799, où il donnait au théâtre des Jeunes-Artistes *le Testament de Carlin,* on le trouverait sans interruption mêlé à une foule de petites pièces de tout genre, opéras-comiques, vaudevilles, tantôt comme auteur unique, tantôt et le plus ordinairement comme collaborateur pour une moitié ou pour un tiers. Son esprit à ressources excellait à ces jeux de circonstance, à ce travail en commun de quelques matinées. Chansonnier, musicien, metteur en scène, plein de gais motifs et de saillies, il était là dans son élément. On raconte qu'un jour l'acteur qui faisait *Arlequin,* dans

_____

(1) Dans une notice sur Désaugiers (*Chants et Chansons populaires de la France,* 39ᵉ livraison), M. du Mersan, qui l'a bien connu, a dit en effleurant cette époque : « Il voyage avec quelques amis, et, leur bourse légère étant épuisée, ils se font acteurs de circonstance. Leur talent ne répondant pas à leur bonne volonté, ils fuient la scène ingrate qui ne les nourrissait pas, et laissent jusqu'à leurs vêtements pour gages. » Les *Mémoires de mademoiselle Flore* (chap. vi) nous montrent Désaugiers chef d'orchestre au petit théâtre dit *des Victoires nationales,* rue du Bac, vers l'année 1799.

je ne sais quelle farce de lui, se trouvant indisposé au moment de la représentation, il le suppléa à l'improviste, et joua incognito le rôle avec applaudissement (1). Le chiffre des pièces auxquelles il a pris part ne va pas à moins de cent quinze ou de cent vingt. Nous n'aurons point à l'y suivre; la plupart de ces productions légères ressemblent à un champagne autrefois piquant, mais dont la mousse s'est dès longtemps évaporée. Une couple de fois, il parut vouloir tenter une scène plus haute: en 1806, il donna seul *le Mari intrigué*, comédie en trois actes et en vers, très-faible, qui fut jouée au théâtre de l'Impératrice, autrement dit théâtre Louvois; en 1820, il atteignit aux cinq actes, également en vers, et fit jouer à l'Odéon, une comédie, *l'Homme aux précautions*, dont je n'ai rien absolument à dire. Le joli acte de *l'Hôtel garni*, fait en société avec M. Gentil, est resté à la Comédie-Française. Mais l'originalité de Désaugiers et sa vraie veine doivent se chercher ailleurs; laissons là ces prétendus succès *d'estime*, et qu'on me parle de son *Dîner de Madelon!* Comme vaudevilliste et auteur dramatique, il prit rang vers 1805, et ne cessa, durant les vingt années qui suivirent, d'attester chaque soir sa présence par cette quantité de folies, de parades, de parodies plaisantes dont les représentations se comptaient par centaines, et qui fournissaient aux Brunet et aux Potier des types d'une facétie incomparable : *M. Vautour*, la série des *Dumollet*, *le père Sournois*, et

---

(1) On apprend des *Mémoires*, déjà cités, de *mademoiselle Flore* (chap. II) que c'était le rôle d'Arlequin cadet, joué d'ordinaire par Monrose, dans *l'Un après l'Autre* (théâtre Montansier, 1804).

tant d'autres. Comme chansonnier proprement dit, il débuta et se classa d'emblée, vers 1806, à titre de convive du *Caveau moderne :* c'est par ce côté qu'il nous appartient ici.

Il y aurait une jolie histoire à esquisser, celle de la gaieté en France. La gaieté est avant tout quelque chose qui échappe et qui circule; mais elle eut aussi ses rendez-vous réguliers, ses coteries et foyers de réunion, ses institutions pour ainsi dire, aux divers âges. Laujon, au tome IV de ses *OEuvres,* a tracé un petit aperçu des dîners chantants, à commencer par *l'ancien Caveau,* dont la fondation appartient à Piron, Crébillon fils et Collé, et qui remonte à 1733 (1). On remonterait bien au delà, si l'on voulait rechercher tous les dîners périodiques un peu célèbres, égayés de chant, de même que, dans l'histoire de notre théâtre, on remonte bien au delà de l'établissement des *Confrères de la Passion.* Il y avait les dîners du *Temple,* où Chaulieu, l'abbé Courtin et autres libres commensaux des Vendôme, célébraient Lisette, la paresse et le vin. Il y eut ces gais dîners de la jeunesse de Boileau et de Racine, où faisaient assaut La Fontaine et Molière : Chapelle n'y laissait pas dormir le refrain. On entrevoit plus anciennement les dîners ou soupers de la *Satire Ménippée,* où de malicieux couplets durent se chanter, à la sourdine, la veille de l'entrée d'Henri IV,

_____

(1) Laujon a varié sur cette date : dans une notice sur le même sujet insérée dans le recueil des *Dîners du Vaudeville* (mois de frimaire an IX), il indique l'année 1737. Je livre ces discordances aux futurs historiens et aux chronologistes de la chanson.

et à gorge déployée le lendemain. Marot, dans sa jeunesse, était le meneur et l'âme de cette société des
Enfants sans souci; folle bande directement organisée
pour le vaudeville et les chansons; mais c'est à partir
de 1733 qu'on peut suivre presque sans interruption la
série des dîners joyeux, et qu'on possède les annales à
peu près complètes de la gastronomie en belle humeur.
L'ancien Caveau, dont les réunions se tenaient au carre-
four Bussy, chez le restaurateur Landelle, dura dix
années et plus. Les dîners qui eurent lieu ensuite chez
le fermier-général Pelletier, et qui, à partir de 1759,
rattachèrent plusieurs des précédents convives, eurent
l'air un moment de vouloir remplacer le centre qu'on
avait perdu; pourtant on ne s'y sentait pas assez entre
soi, pas assez au cabaret: Bon nombre des membres
dispersés de l'ancien Caveau, aidés de fraîches re-
crues qu'ils s'adjoignirent, reformèrent un *Caveau* véritable, qui paraît avoir duré jusqu'après 1775. Il y eut
là un nouvel intervalle comblé par d'autres fondations
intérimaires, que Laujon a touchées en passant. Mais
c'est au lendemain de la Terreur qu'il se fit une véritable restauration de la gaieté en France. Dans un dîner
du 2 fructidor an IV (1796), dix-sept gens d'esprit dont
on a les noms, et parmi lesquels on distingue les deux
Ségur, Deschamps, père des poëtes Deschamps d'aujour-
d'hui, Piis, Radet, Barré, Després, etc., posèrent entre
eux les bases d'un projet de réunion mensuelle qu'ils
rédigèrent le mois suivant en couplets; c'était l'ère des
constitutions nouvelles et des décrets de toutes sortes;
on ne manqua pas ici d'en parodier la formule:

En joyeuse société,
Quelques amis du Vaudeville,
Considérant que la gaieté
Sommeille un peu dans cette ville,
Sous les auspices de Panard,
Vadé, Piron, Collé, Favart,
Ont regretté du bon vieux âge
Le badinage
Qui s'enfuit;
Et, pour en rétablir l'usage,
Sont convenus de ce qui suit :

et, après la rédaction rimée de divers articles du règlement, la commission signait en bonne forme :

Au nom de l'Assemblée entière,
Paraphé, *ne varietur.*
Paris, ce deux vendémiaire,
Radet, Piis, Deschamps, Ségur.

De là les *Diners du Vaudeville,* qui fournirent une carrière assez brillante, et ne prirent fin qu'à la naissance de l'Empire (1). Un peu plus tôt, un peu plus tard, l'aimable société avait son terme marqué vers ce moment qui enleva plusieurs de ses principaux convives : l'un des Ségur mourut, l'aîné devenait maître des cérémonies; Després, nommé secrétaire des commandements du roi de Hollande, et d'autres membres encore, appelés à de graves fonctions officielles, durent renoncer à des amusements qui semblaient incompatibles avec l'éti-

(1) On a la collection des chansons qu'on y chantait et qui se publiaient par cahier chaque mois, plus ou moins régulièrement, à partir de vendémiaire an v (septembre 1796).

quette renaissante. Le décorum impérial ne passait rien ; il était très-roide, comme quelque chose de très-neuf. De plus jeunes et de moins compromis dans les honneurs survinrent donc, et se groupèrent de toutes parts en frairies à la ronde. J'omets cette foule de réunions moins en vue et vouées à une goguette moins choisie, qui pullulèrent alors, et qui n'ont pas laissé de traces ni d'archives ; mais l'institution qui sembla l'héritière directe des *Dîners du Vaudeville,* et qui représente la gaieté sous l'Empire, comme l'autre réunion l'avait représentée sous le Directoire et sous le Consulat, ce fut la société du *Rocher de Cancale* ou du *Caveau moderne.* Nous y trouvons tout d'abord Désaugiers.

La gaieté sous l'Empire différa un peu de celle du Directoire ; elle se régla davantage sans cesser d'être abondante, elle se simplifia. Sous le Directoire, elle était en train de tout envahir et de déborder : l'Empire fit là comme ailleurs, il fit des quais. La gaieté y put couler à pleins bords dans un lit tracé.

C'est Tyrtée ou Callinus qui a dit, s'adressant à la jeunesse oisive : « Jeunes gens, vous vous croyez en pleine paix, et la guerre embrasse toute la terre. » Ceci s'appliquerait très-bien au très-petit nombre de jeunes gens ou d'hommes jeunes encore qui avaient trouvé moyen d'éviter la conscription et de rester à Paris sous l'Empire. Sous ce gouvernement fort et victorieux, dans ce silence absolu de toute discussion politique sérieuse, on avait pris le parti, quand on le pouvait, de jouir de la vie, du soleil de chaque matin, de rêver la paix et d'en prélever les douceurs. On s'était refait une sorte de sécurité par insouciance, et, puisqu'on ne pouvait rien au gouvernail, on ne songeait qu'à remplir gaiement la traversée. On pratiquait l'épicuréisme tout de bon ; on répétait en chœur la ronde bachique d'Armand Gouffé : *Plus on est de fous....* ; et, du café des Variétés au café de Chartres, on s'en allait fredonnant la devise de Désaugiers et du *Caveau :*

> Aime, ris, chante et bois,
> Tu ne vivras qu'une fois.

Cette morale des joyeux chansonniers est, après tout, celle même que chante bien mélodieusement, si l'on s'en souvient, l'oiseau magique dans les jardins d'Armide : *Cogliamo la rosa...*

> Cueillons, cueillons la rose au matin de la vie!

Que si, sous sa forme purement folâtre et dans la voix bruyante de l'ivresse, elle est moins faite pour séduire les âmes délicates et tendres, elle prend parfois aussi des accents d'une telle richesse, d'une folie si éclatante et si sincère, qu'elle a force de poésie à son tour, et que, bon gré mal gré, elle entraîne. Je puis assurer les élégiaques et les rêveurs que Lamartine, qui effleura cette vie de l'Empire dans sa jeunesse, apprécie fort et sait très-bien rappeler à l'occasion certaines des plus belles chansons de Désaugiers.

Ce ne sont pas celles qui ont pour titre et pour sujet un de ces noms tirés au sort, comme c'était d'usage dans les réunions du *Caveau,* la *neige,* la *plume,* le *noir,* le *long ;* il s'agissait de broder là-dessus quel-

ques couplets, vraie gageure de société et pur jeu
d'esprit. Ces sortes de chansons, qui prêtent aux
pointes et aux calembours, sont trop nombreuses dans
le premier recueil de Désaugiers ; mais bien vite et du
second coup il perça juste et ouvrit largement sa veine.
Ses belles chansons, toutes de feu et d'inspiration (il
suffira de les noter d'un mot), ce sont : *Ma Vie épicu-
rienne* (1810).

> Le jour
> Chantant l'amour,
> Et souvent le faisant sans bruit
> La nuit... ;

le *Panpan bachique* (1809) :

> Lorsque le champagne
> Fait en s'échappant
> Pan, pan... ;

ce sont ces autres refrains irrésistibles et qui éveillent
de toutes parts l'écho, *le Carillon bachique* (1808), surtout *le Délire bachique* (1810) :

> Quand on est mort, c'est pour longtemps...

admirable chant, tout bouillant d'une douce fureur, et
où brille dans tout son éclat le génie rabelaisien. Il est
telle de ses premières chansons faites comme parodie
et pendant à la fameuse chanson à boire de maître
Adam de Nevers, et intitulée *Chanson à manger* (1806),
où ce même génie à la Gargantua se déclare. Je ne
me figure pas qu'on chantât autre chose aux noces de
Gamache ; on en a plein la bouche à chaque mot, on

v.   **4**

nage véritablement en pleine bombance. Désaugiers, en ce genre, a la veine plus grasse qu'aucun de ses devanciers et de ses contemporains; mais on ose mieux louer en lui les vifs et légers accès de son humeur jaillissante, au nombre desquels je rappellerai encore *la Manière de vivre cent ans* (1810). C'est par de telles explosions de verve, populaires en naissant, que Désaugiers est devenu si vite un type national de gaieté et comme le patron à perpétuité de tous les dîners chantants; il n'en est aucun désormais où sa réjouissante mémoire ne préside. Il a, du premier jour et sans y songer, effacé le pâle Laujon, redonné la main aux maîtres gaulois de vieille race, et n'a pas été détrôné à cet endroit, même par Béranger.

La sensibilité que celui-ci a introduite avec tant d'art dans la chanson n'est pas absente, autant qu'il le semblerait d'abord, chez Désaugiers. Dans ce *Dîner de Madelon,* sa petite comédie la plus charmante (1813), il se rencontre de jolis couplets qui expriment *la Philosophie du sexagénaire :*

> A soixante ans on ne doit pas remettre
> L'instant heureux qui promet un plaisir.
>
> . . . .
>
> Celui qui plie à soixante ans bagage,
> S'il vécut bien, vécut assez longtemps.

Il y a là-dessous une tristesse que voilent l'expression et le sourire. C'est, au ton près, la pensée de cet Ancien qui disait : « Lorsque tu auras doublé (1) le soixan-

---

(1) Métaphore empruntée des Jeux olympiques.